エーリヒ・ケストナー

謎を秘めた啓蒙家の生涯

スヴェン・ハヌシェク［著］
藤川芳朗［訳］

白水社

エーリヒ・ケストナー

謎を秘めた啓蒙家の生涯

装丁——伊勢 功治

母親は幼い息子を失い、一編の詩を書く——そのひと言ひと言はみんな嘘だ。その一方で、女性にたいしてアレルギーがあり、子どものいない詩人が、幼い息子を失った母親について一編の詩を書く——すると国じゅうが感動してむせび泣く。もろもろの感情は、その感情の真正さもろとも、奈落の底でしだいに跡形もなく消えていき、人間が作った冷たいことこのうえない作品のみが、シベリアの氷に閉ざされたマンモスの肉にもひとしく、いつまでも残る。

ハリー・ムリッシュ* 『ターバンを巻いた自画像』

*オランダの著述家。ナチス軍のオランダ占領中に、オーストリア出身の占領軍将校と、ドイツ生まれのユダヤ人女性のあいだに生まれた（一九二七生）

目次

エーリヒ・ケストナー

謎を秘めた啓蒙家の生涯

凡　例

一、本文中の（　）は原書通り。なお、小活字で（Ⅱ・93）や（MG・121）などとあるのは出典とページを示している。巻末「原注」の注意書きをご覧いただきたい。また、行間中の（1）、（2）…は原注の（1）、（2）…に対応している。

一、原書のイタリック体の場合には傍点を振った。

一、雑誌名の初出箇所は『世界舞台《ディー・ヴェルトビューネ》』のようにルビ付きとし、二度目からは邦訳名だけとした。なお、強調を表すイタリック体で示された書名、雑誌名、カバレット作品名は『　』で示した。また、『ダス・ターゲ＝ブーフ［日－記］』のように最初に日本語の意味を付記し、次からはカタカナ書きにした場合もある。

一、新聞名は「　」で示した。なお、雑誌名同様、初出箇所では「フォス新聞《ディー・フォシッシエ・ツァイトゥング》」のようにルビ付きとし、二度目からは邦訳名だけとした。

一、原書中の、強調を示す〉〈は、本訳書では《　》によって示した。

一、引用文中の引用は〈　〉で示した。

一、［　］は訳注を示す。本文を理解するうえで、その場ですぐ知ることが必要と判断した場合に限定した。分量によって二行組みにした場合もある。

一、原書では段落がきわめて少ない。本訳書では内容を考慮した上で適宜段落を増やした。また、新しいテーマに移っているときに、段落を一行アキにしたケースもある。

一、原書付録のケストナー作品初出データ、および映画製作データは割愛した。ご諒解いただきたい。

エーリヒ・ケストナー　謎を秘めた啓蒙家

ケストナーといえば、今日では何よりもまず児童文学の作家として知られている。ドイツ語圏でもっとも早くこの分野に進出した作家であり、また全世界で認められた数少ない一人だ。ケストナーが書いた子ども向けの本は三〇以上の言葉に翻訳されている。一人の作家が、しばしば一生にわたって自分の本を愛しつづけてくれる読者層を、獲得したのである。そしてこの作家はどうやらそれをさほど苦労することなくやってのけた。ケストナーにあっては、自分が創造した子どもたちや自分の作品を読む子どもたちに感情移入する能力が、本能的と呼ぶほかないほど正確にはたらいているので、彼は世の大半の作家よりも無意識に近い状態で創作していたと考えたくなる——じっさいそう考えれば、彼の作品の多くがどうして今なお読者を感激させるのか、大人になっても鋭敏な感受性を持ちつづけている人びとが、彼の子どもの本を再読したときに相変わらず感激を覚えるのはなぜか、説明がつくであろう。

《大人向けのケストナー》の方は、いかがわしい傾向を持つ政治的な著述家にして詩人と見なされ、また諷刺作家でユーモア作家だと見なされている。しかしケストナーの場合は、諷刺を語るならば同時に、憂愁と感傷性とについても触れるべきであろう。ある人は言っている。「ケストナーは偉大な警世家とか予言者と見なすにはあまりにも礼儀正しい(1)」。ところで、センチメンタルな部分なら誰でも秘かに持っているものであるが、ケストナーはたびたびその秘かな部分に光を当て、露呈させている。青年時代のケストナーは《新即物主義《ノイエ・ザッハリヒカイト》》という呼称を拒絶したが、のちに日常語の範囲内では使うことを了承した。ケストナーのテキストがいつもあたえる崇高な感情と感動は、叙述の簡潔さと乾いた文体に由来している――つまり、ある種の作家たちのように泥水の中をころげまわるようなことはしないで、むしろ控え目に表現しているのだ。また、ケストナーは自分の関心事を普遍的なかたちで表現するので、読者は誰でも、この作家の物語から自分の人生を読み取ることができるのである。

ケストナーの小説には、これは『雪の中の三人の男』といった娯楽小説にも余すところなく当てはまるのだが、従来のドイツの小説にはなかった特徴が認められる。つまり、それまでドイツの小説といえば、むずかしい、わからない、哲学的だ、抽象的で感覚性に欠ける、という定評があった。それにたいしてケストナーの散文は感覚的で、いわばもっとも良い意味でアングロサクソン的なのである。ケストナーは抽象的な表現には関心を持ったことがなく、たとえそうした表現を使うことはあってもその内容を満たすことはできず、また満たすつもりもなかった。これも読者が彼に引き寄せられる理由である。ケストナーは書いた、善と悪について、戦争と平和、道徳と犯罪について。そして読んだ誰もが彼の考えを理解した。しかもこの点は現在にいたるまで少しも変わっておらず、これは偉大な文章家ケストナーにして初めてできたことである。彼の言葉は明快そのものであり、ただ不出来ないくつかの作品にのみ錆ついた箇所が認められる。数年間つづいた激動の青年期のあとは、時間をかけて丹念に書くようになり、徹底的に推敲し、「こんなことがおよそ可能だとしてであるが、言ってみればつばをつけてピカピカに磨き上げたようなものであった」[2]。

ケストナーはアヴァンギャルドではなかった。文学の可能性を拡げるといったことはしていない。また、だからといって引け目に感じることはなかった。自分のことをテニスのカテゴリーになぞらえてこう語ったことがある。「彼はAクラスには入っていない」(Ⅱ・324)。彼はたくさんの読者を手に入れようとした。彼が望んだのは、「単純なことなのだが、いざやってのけようとするとむずかしいのだ」(ブレヒト)。そしてケストナーはそれをやってのけた。このみずから選んだ《大衆作家》という肖像《フィグーア》には、しかし、危険がひそんでいた。ありのままの自分を率直に表現する作家、と見られてしまう危険である。大半の著書で愛想よくおしゃべりする人物という姿を見せていたことから、読者の方では、この人物なら知っている、肩を叩いて挨拶したい、と思ってしまったのである。ケストナーは晩年にいたって、見ず知らずの人々からこうした敬愛の気持ちを表明され、それに耐えねばならなかった。じっさいのケストナーはといえば、きわめて気むずかしく打ち解けない人間だったのである。たとえば、ある製菓業者にしつこく付きまとわれたことがあった。この業者は外側のチョコレートと中の詰め物との境目がほとんどわからない新製品を開発したとき、それに何としても《二人のロッテ》という名前をつけたがって、ケストナーの許可を求めた。こうした非常識な要求をされるたびに、ケストナーはひどい苦しみを味わい、お願いですから、私の作品をそのような目的に使おうなどというお考えは忘れてください、と答えるのだった。

ケストナーはもともと自分の人生について、たいそう多くのことを私たちに伝えようとしていたように思われる。彼の作品には、詩にせよ小説にせよ、自伝的な印象をあたえる箇所がいたるところにあり、毎度同じタイプの《分身《アルテル・エゴ》》が登場しているからである。彼は「ぼくは」とか「ぼくに」とか「ぼくの母さんに」などと書いているほか、『ぼくが子どもだったころ』という作品は、まさに自分の少年時代をそのまま描いたように見える。ヘルマン・ケステンとその他の友人たちは、ケストナーが作品の中で記述している夢ですら、「彼自身が見た夢だ」と言って、この印象をさらに強めている。ところが、これこそ用心が肝要なところで、ケストナーは役を演じているのである。ケストナーが自分について語っている事柄は、じつは物語やお話であり、彼一流の削除や変形をとおして様式化した表現なのであり、場合によってはそれが何度も繰り返されているのだ。これまで書かれたケストナーの伝記は、この作家は自分をありのまま率直に表現している、という思い込みの餌食になっている。つまり、「家の前には小さな庭がある方が好ましいように、本には絶対にちょっとしたまえがきがあった方がよく」〔『ぼくが子どもだったころ』の冒頭の一節〕、といった、ケストナーお得意の意味のないおしゃべりに惑わされた結果、またケストナーの伴侶ルイーゼロッテ・エンデルレを——ということは最終的にケストナー自身を——少しばかり信用し過ぎた結果、まんまと詩人の思う壺にはまってしまったのである。

エーリヒ・ケストナーとルイーゼロッテ・エンデルレの遺した資料には、まことに残念なことであるが、計画的な欠落が認められる。わずかな例外を別にすれば、つまりいわゆる『母さん通信《ムットヒエンブリーフエン》』や見落とされた数通の私信、ケストナーの秘書エルフリーデ・メヒニヒとリーゼロッテ・ローゼノウによって整理された遺稿を除けば、私的な記録や個人同士の遣り取りについては、誰かが体系的に選び出して廃棄したという印象を受けるのである。ケストナーが感情を吐露した文章は、遺された資料には例外的にしか見いだされない。そこにあるのは《文学的に書かれたもの》だけ、つまり、さほど彼が自分を直接的に語っていないものだけなのだ。そのうえ、二人の上にはフィルターがかぶせられている。けっして攻撃的ではないイロニー、乾いたイロニーというフィルターである。若いころのケストナーが書いた母親宛ての手紙やいくつかの初期の作品においては、自分を天才視するナルシスト的な陶酔のなかで明らさまに自己を語っていたのにたいして、ナチス政権下で生きるうちにそれが劇的に変わってしまう。そして戦後にいたっても、他人に《自分の顔のうしろを覗かせない》姿勢を守りつづけ、そのうえ何よりも過去にさかのぼってその姿勢をつらぬくことにしたのである。(3) したがって、最晩年のケストナーが、かつて自分が書いたものをみずからの手で選り分けたということも、十分に考えられる。確かにルイーゼロッテ・エンデルレも一定のケストナー像というものに関心を抱いていたが、おそらく彼をあまりにも尊敬していたからであろう、ケストナーの死から彼女自身が世を去るまでの一七年間に、資料を――それがたとえ自分に関する後世のイメージを左右するものであっても――廃棄したことはないようである。

伝記には対象、すなわち伝記作家が尊敬する人物、にたいする覗き趣味《ヴォワイエリスム》が少なからずこびりついている。対象が偉大な作家ならば、覗き趣味はまたその作家の愛読者にとっても重要なことである。こう考えると、この覗き趣味という言葉に否定的な意味合いがまとわりついていることは、不当だといってもいいのではなかろうか。ある人物にたいして、その人物が――むろん当人の没後でなければならないが――意に介さないかもしれない関心、そういう関心を抱いてどこが悪いというのだろうか。存命中の人間に関してはまったく異なる基準に従うべきだが、すでに世を去った作家の場合は、どんな伝記的で間接的な証拠であっても、その作品の解釈に役立つ可能性があるのだ。ケストナーの場合は特にそうだ。というのも、彼の生涯では長いあいだ、秘密厳守とソフトフォーカスのかかった肖像とのあいだに厳密な基準が設けられていたからである。エンデルレはみずから著したケストナー伝のあとがきに書いている。「ケストナーに女性関係のことも尋ねてみた。するとケストナーは拒絶して、今後もそれについては話さないと言った。自分には秘密を守る義務がある、というのが彼の言い分だった」(4)。秘密をなんとしても守ろうというこの姿勢は、別な方面でも影を落としている。

ところで、今はまだケストナーをめぐる新事実が知られつつある段階であり、生誕一〇〇周年を記念する各種出版物によってさらに新たな事実の発掘が確実ななかで、本書もまたあくまでも差し当たりの決算報告にすぎない。ケストナーの作品についても、その全容がほぼ明らかになってきたところなのだ。ケストナーの作品については、彼自身よりも現代の研究者の方が良く知っているのだが、どうしてそんなことがあり得るのか？　じつは、ケストナーが秘書といっしょに自分の『全著作集』を編んだとき、初期の物語や散文についてはほんの一部分しか見つけられなかったのである。自分自身の作品の編者としても揺らぐことのない名文家《スタイリスト》だった彼は、質の維持を断固として要求し、その要求によってかつての作品の取捨が決定されたのである。ケストナーと取り組む際に最終的に問題となるのは、没後四半世紀を経た今もむろん作品だけであるが、その作品との関連において、新しく突き止められた伝記的な細かい事実がどのような意味を持っているか、まだすべてが解明されたわけではない。

みずからモラリストを標榜していた人物に、モラルという点からその生涯を問い質すことは、正当なことといえよう。しかし、それはほかの研究にゆだねたい。本書の目標は、そのモラリストの様式化した表現と彼の行動とを明らかにすることに限定したい。本書は収集した資料にもとづいて立証するという姿勢で書かれている。当然のことながら、筆者は資料を選び、分類した。そして、距離を保つよう、判断は読者にゆだねるよう、可能なかぎり努力したが、思い通りに成功した場合もそうでない場合もあろう。

トランプの札として使われた子ども

一番の優等生でとびきりの孝行息子

エーリヒ・ケストナーの幼少年時代を語ろうとすると、大きな障害にぶつかる。というのも、それについてはケストナー自身がすでに『ぼくが子どもだったころ』で語ってしまっているからである。これはケストナーのもっとも生彩に富む著作の一つで、著者みずからも、「いくらかはぼく自身のために」(AN)書いたと述べている。ケストナーが幼かったころの社会的な環境は、遠い昔のことになったため、発表当時よりも現代の方がより多くの読者の興味を惹きつけている。「ぼくは話しておきたいと思った、半世紀前の子どもがどんなふうに暮らしていたかを」(Ⅶ・49)。これまでに書かれたケストナーの伝記は、エーリヒ・ケストナーが物語ったことをそのまま受け売りすることで満足せねばならなかった。彼の主観的な回想だけでなく、六〇歳になろうとしていたケストナーがおこなった価値判断や取捨選択をも、そのまま受け入れるほかなかったのである。これにはしかし、何しろ時間的にも空間的にも隔たりが大きいために、利点もある。つまり、ケストナー自身ほど幼いころの彼について詳細に語ることができる人間はいないのだ。そこで本書では、筆者自身は必要な場合にしか口を挟まないことにして、むしろケストナーが何を取り、何を捨てたかという点に注目し、論評することにしたい。

両親の家系について、ケストナーはかなり詳しく知っていた。それというのも、一九三〇年代の半ばに両親ともども、当時は誰もが要求されていた《アーリア人証明》をしなければならなかったからである。そのためにザクセンの教会記録簿に当たって、父エーミール・ケストナーの先祖を調べ、一人ひとりの出生や結婚や死亡の記録を探した。「ぼくの父親の父親、クリスティアン・ゴットリープ・ケストナーは、家具製造のマイスターで、ムルデ川に沿ったザクセンの小都市ペニヒに住み、旧姓をアイダムといった妻ラウラとのあいだに十一人の子を生《な》したが、うち五人は歩くことができないうちに死んだ。息子のうち二人は父親と同じ家具屋となり、別な息子、ぼくの伯父さんのカールは蹄鉄鍛冶になった。そしてぼくの父エーミール・ケストナーは馬具製造と家屋の内装の技術を学んだ」(Ⅶ・16)。先祖にはほかに農民や庭師もいた。エーミール・ケストナーは一八六七年三月五日にペニヒで生まれた。エーリヒは、父親も先祖も「職人の几帳面さ」の持ち主で、「ぼくも同じ几帳面さで自分の仕事に取り組んでいる」と書いている。彼がそれ以外に父方から受け継いだのは、「手のつけようがない正真正銘の旅行嫌い」であったという(Ⅶ・16)。

　先祖の資料という点では、母方のほうがずっと整っていた。エーミール・ラインホルト＝グロースヴァイツェンが著した年代記、『アウグスティン家と上《かみ》の宿屋「ゴルデネ・ゾンネ［黄金の太陽］」の歴史　一五六八―一九二七』を参照することができたからだ。宗教改革の時代にこの宿屋は、デーベルンの町の上《かみ》の市門の脇にあったことから上の宿屋と呼ばれ、下《しも》の宿屋と呼ばれたもう一軒の宿屋と区別されていた。ケストナーはこの年代記を伯父のフランツ・アウグスティンのところで見つけた。ちなみにこの伯父はいずれケストナーの生涯と作品においてかなり重要な役割を果たすことになる。その本には、もともとマイセンの出でデーベルンへ移り住んだパン屋の親方、アウグスティンの一族について、一六世紀から一七世紀にかけてのさまざまな逸話が記されている。たとえば一族には、規定よりも小さなパンを売って市当局から罰金刑を言い渡された者もいた。のちにこのパン屋の一族からは、面倒くさい規定に従うのを拒む者も出た。というのも、四旬節［断食期間］のブレーツェル［8の字型のビスケット］を焼く場合はゼンメルとかバター入りのパンを焼いてはならないだの、四旬節のブレーツェルを焼かないパン屋は、ゼンメルを焼いてもかまわないがツヴィーバック［ラスクの一種］は駄目、またバター入りのパンもケシの実を散らしたゼンメルも駄目、といった決まりがあったからだ。(1)「アウグスティン一族ときたらまことに向こう見ずだった!」(Ⅶ・19)。

　一五六八年に始まるパン屋とビール醸造業者の系図はエーリヒ・ケストナーの曾祖父、ヨーハン・カール・フリードリヒ・アウグスティンの代で終わりとなる。この男は同業者組合の会費を払わず、一八四三年に組合から追放されたからである。それというのも、パン屋から運送業者に転身したからで、(2)このときから「ぼくの母方の先祖は馬と関わりをもつようになった」(Ⅶ・20)。

ケストナーの祖父、カール・フリードリヒ・ルイスはクラインペルゼンで鍛冶屋と馬の売買とを生業《なりわい》にしていた。祖父は一八四〇年にアマーリエ・ロザリー・ベルトルトと結婚、彼女が亡くなってから一年後の一八七六年に、クリスティアーネ・エミーリエ・ラウエンシュタインと再婚した。二人の妻とのあいだに一一人の子どもが生まれた。男の子が七人、女の子が四人である。

ケストナーの母親イーダ・アマーリエ・アウグスティンは一八七一年四月九日、クラインペルゼンで生まれた。やがてイーダは頑固な母親になる——おそらくは五歳で実の母と死に別れたことも、その原因の一端をなしているであろう。ケストナーはこの悲しい経験について、大したことではないと思わせたがっているようだ。つまり、母の義母は「やさしくて品の良い女性」だった、と書いているのである(Ⅶ・25)。ケストナーは実の祖母の名も、やさしかったという義理の祖母の名も記していない。こちらの祖母には「子どものときに会ったことが」あるにもかかわらず、である(Ⅶ・25)。そればかりか、実の母親と死別したときのイーダの年齢にも触れていない。

それにたいして、イーダの子ども時代と成長の過程については牧歌風に詳しく記している。絵本に出てくるような農家で育ち、やがてベルテヴィッツの村の小学校に通ったが、退屈してばかりいた。生徒は一年生から八年生までいたにもかかわらず、クラスは合併で、しかも二つだけ、そのうえ先生はたった一人しかいなかった。「読み書き計算のほかは何も教えてもらえなかった」(Ⅶ・21)。イーダ・アウグスティンの通知票が残っている。一八八五年の復活祭に卒業したとき、席次は八番だった。成績は、のちに息子もそうだが、優がずらりと並んでいる。とはいえ低学年のときは優秀とはいえず、最初の席次は二六番で、しだいに成績が上がっていったのだった。一八八三年の後学期には欠席が五七日あった。理由は、「家族の病気のため」とある。点数が付けられている項目には、「素行」とか「勤勉さ」、「整理整頓」といった二次的な市民の徳目と並んで、「思考力と判断力」とか、「考えを表現する能力」といったものもある。

イーダの兄三人は、真面目に学校へ行く代わりに、まだほんの子どもの身ですでに動物の売り買いに手を染めていた。差し当たり扱ったのはウサギにすぎなかったが。このことから家族の基本状況のようなものができあがり、それがイーダ・アウグスティンの行動の特徴を示すことになる。つまりこういうことだ。父親は秘密の商売のことを知ると、息子たちをさんざんに殴ったが、何も聞き出すことはできなかった。そこで、「小さなイーダを呼んで尋ねた。イーダは知っていることを話した。イーダは何から何まで知っていた。これはローベルトとフランツとパウルにはまったく気に入らないことであった。そこで兄たちはその直後、誰にも知られないよう妹と話し合った。その話し合いのあと、イーダのからだから長いこと青あざが消えなかった」(Ⅶ・23)。

ケストナーは幼い日の母に道徳的な葛藤があったことを認めながらも、誰が正しかったかという断定はしていないように見える。父親は本当のことを知りたがった。イーダは学校でも家でも、本当のことを言うように教えられていた。それにたいして兄たちは、妹がしたことは「告げ口」だ、だから「仲間として許せず、まともな人間ではなく、恥を知らねばならない」と考えたのだった(Ⅶ・23以下)。

イーダは一生のあいだ、自分が本当のことを言ったことで悩んでいたが、兄のフランツは、「もう疾うに馬商人のアウグスティンとして大金持ちになっており、大邸宅も自動車も持ち、運転手を抱えて」(Ⅶ・25)いる身になっていたにもかかわらず、この話をして妹を繰り返しからかった。するとイーダはそのたびに顔を真っ赤にして怒るのだった。彼女は抽象的で硬直したもろもろの道徳観念を教えられて育ち、それを生涯にわたって守り通そうとしたのだった。この点、融通無碍の兄たちとは正反対だった。そうした観念はきわめて一般的なものであり、それを持ち出しても社会生活を営むうえではほとんど役に立たないのだが、イーダはやがて息子にもこの観念を植え付け、当人に自己流の使い方をさせるのである。

その後アウグスティン家の息子たちは肉屋を職業とするようになるが、ずっとこの仕事を続けたのはケストナーの「大好きな伯父さん」だったフーゴーだけである。そのフーゴー伯父さんにしても、初めのうちは、「馬で知られた国へ何度か商売に出かけ、そのたびに大損をした」のであった(Ⅶ・28)。同じ兄弟でも、子どものころからウサギを商っていた三人はもっと運がよかった。肉屋を営むかたわら、馬小屋をどんどん大きくして、やがてはヨーロッパでも有数の馬市場へ買い付けに出かけるまでになった。

やがて学校を終えたイーダ・アウグスティンは、姉たちと同じように女中になった。最初は貴族の館で働きはじめたが、これは短期間で終わりとなった。ケストナーが書いているところでは、館の主が「特別にやさしい気持ちを」示そうとしたので、夜中に家へ駆け戻ったのだった（Ⅶ・30）。これまた、子ども向けの本というジャンルゆえの配慮かもしれないが、さまざまな受け止め方を可能にする表現である。

やがてイーダは、女中のまま年を取っていくか結婚するかという岐路に立たされたとき、姉たちに婿探しをしてもらうことにした。候補に挙がったのは、「エーミール・ケストナーという名の青年で、デーベルンの馬具屋で働いていて、近所に部屋を借りて住んでいるが、働き者で腕も良く、酒は渇きを癒す程度、自立するつもりなので一グロッシェンたりとも無駄遣いはしていない。ムルデ川沿いのペニヒの出で、このときは作業場と店舗と花嫁を探しているところだった」（Ⅶ・32）。イーダはその青年に愛情を抱くことはできなかったが、ほかにもっと良い生き方の見つかる当てはなかったので、結婚することにした。結婚式は一八九二年七月三一日にベルテヴィッツの村の教会でおこなわれた。

夫婦は何年も子宝に恵まれなかっただけでなく、経済的にも恵まれなかった。デーベルンで開いた馬具屋は、ほんの三年後に買ったときよりも安い値段で手放さなければならなかった。ケストナーは書いている。ぼくの父は「皮革の芸術家」だった、「がしかし、商売の才能は乏しかった」（Ⅶ・34）。彼が作った財布やランドセル、犬につける紐、馬勒や鞍はとても丈夫だったので、よその製品よりも値段が高かった。「ちっとも壊れないランドセルを作った人間は確かに無条件で褒められるが、当人も同業者も商売はあがったりだ」（Ⅶ・35）。

ケストナーは回想録のなかでつぎのように続けているが、この背景には両親が意地を張り合っていたという事情がひそんでいる。母親から聞いた話では、父はあるときひときわみごとな鞍を作った。ところが、軽騎兵の大尉が買うというのを断ってしまった、というのだ。「作った当人がその鞍をあまりにも気に入ってしまったのだった！　とはいえ父は馬を持ってはおらず、乗ることもできなかったのである。まさしく画家が、自分の一番の作品を金と引き換えに人手に渡すくらいなら、飢えたほうがましだというのと同じ気持ちであった」（Ⅶ・35）。父親自身はこの話を聞いたとき、最初から最後まで嘘っぱちだ、と言ったとのことである。エーリヒ・ケストナーは、「しかしそれでもぼくは、この話のとおりだったと請け合いたい」、という結論を出している。つまりケストナーは、このときだけではないが、母親の肩を持ったのである。

『ぼくが子どもだったころ』には、「サン・モリッツ、一九五五年の暮れに」と記された「暫定的な整理のため」の執筆メモがあり、これと完成稿とではいくつかの箇所で明らかな相違がある。出来上がった本では、母親像は一般的にいって好感が持てるように仕上げられており、父親の方はここに見られるように一段低く表現されているのである。帝政時代のドイツは身分階層の境界が厳然として存在する権力主義の国であった。つまり言いたいのは、ケストナーの両親が破産したのは、騎兵隊の将校たち――軽騎兵や槍騎兵――のせいでもあったということだ。彼らは代金の支払い請求に、「時に応じないことも」（AN）あった。この箇所が正しく理解されるためには言葉を補って、そんなとき借金の取り立てはほとんど不可能であった、と書いておく必要があるだろう。

エーミール・ケストナーの伯父の一人に勧められたこともあって、夫婦は一八九五年にドレスデンに引っ越した。住んだのはケーニヒスブリュッカー通りであった。夫は最初、リッポルトという旅行用トランクを作る工場に勤めた。やがて第一次世界大戦が始まると、ドレスデンの兵器庫を振り出しにあちこちの軍の工場で働き、戦後は同じドレスデン市内のさまざまな工場に雇われ、おしまいには年金生活に入るまで家で仕事をしていた。そのかたわら知人の皮革製品の修理を引き受けた。二度と独立を試みることはなく、どうやら独立しようという気持ちも持たなかったようである。妻はこのような夫とは正反対であった。ケストナーはメモにこう書いている。「母親の方がはるかに活力があり、憧れが強く、野心的で、上昇志向の持ち主だった。やがて、このぼくについても上昇を願い、それも思い立ったら即実行であった。そして心情のエネルギーを余すところなく息子に注いだのである。その結果ほかの人間にたいしては、パパも含めて、注ぐべきエネルギーはまったく残っていなかった。彼女にあるのはただ厳しさ、エゴイズム（ぼくのためによかれと思っての）、そして倹約だけであった」（AN）。

母親はがむしゃらに上昇を実現しようとした。ミシンの内職を始めて、わずかな手間賃で太ったご婦人のからだを締め上げる帯を縫った。やがて縫うものはおしめに変わったが、それは自分で使うためであった。一八九九年二月二三日にエーリヒ・ケストナーが生まれたからである。結婚から七年目のことで、生まれた家はケーニヒスブリュッカー通り六六番地であった。ケストナーが没してから何年かのちに、実の父親はエーミール・ケストナーではなく、一家のかかりつけの医師ツィンマーマン博士であった、という主張が公然となされたが、これについてはあとで一章を立てて扱うことにする。

ケストナー一家は、ドレスデンのアントンシュタット地区にあるケーニヒスブリュッカー通りのなかで引っ越しを二度している。ケストナーによれば、それは一家の経済状態が改善されたことを物語っている。「この街区にはぼくが子どものころに住んだ家が三つある。家屋番号六六と四八と三八である。生まれたのは五階だった。四八番の建物では四階に住み、三八番では三階になった。暮らしが上向きになったので、下の階に住むようになったのである」(Ⅶ・46)。

引っ越しのたびに、一家は裕福なブルジョワ層が住むアルベルト広場に近づいた。ケストナー一家は完全な貧困層に属したことは一度もない。三つの住まいはどれも、その建物のなかでは上等な方であった。奥まった中庭ではなく前の方に、つまり表通りに面していたからである。ケストナーが生まれた建物はそのころ建てられたばかりで、近年になって改修工事がおこなわれたが、正面のたたずまいは今も当時とほとんど変わっていないものと思われる。引っ越しは、衛生設備も広さも改善されることを意味していた。家賃がとても高かったので、生活費はぎりぎりだった。それでもこの一家は、安い住まいにとどまって、たとえば食事にもっと金をかけるということはしなかった。おそらく外面的な印象の方が大事だと考えていたのであろう。

一九二〇年五月、ケストナーの奨学金を申請するために、両親は経済状態を正直に申告する必要に見舞われた。金額については下宿人のシューリヒとパン屋のマイスター、ヘルマン・ツィシェに証人になってもらっているが、その申請書類によれば、第一次世界大戦後の超インフレのまっただ中で一家は五千マルクの貯金を持ち、年に六千マルクの収入を得ていた。この資産と収入は、インフレが頂点に達する一九二三年に向かってしだいに価値を失っていった。

ケストナーはドレスデンについて、「素晴らしい都市」で、「芸術と自然に包まれていた」と、ひたすらその美しさを褒め讃えている(Ⅶ・38)。美しさというものを、ぼくは本から学ぶ必要はなく、「山番の子が森の空気を吸い込むように、知らないうちに身体の中へ取り込んで」いた(Ⅶ・39)。ドレスデンの歴史的な建造物が奏でる「無言の音楽」

を言葉で説明するのは不可能だ、そこで「挿絵を担当する画家の方に、たっぷりとスケッチを」してくださるようにお願いしたい、と(Ⅶ・39)。

ケストナーは、生まれた都市の影像《シルエット》に感激している点で、ヘルダーからトーマス・ローゼンレッヒャー［一九四七生。ドレスデン生まれの現代詩人］にいたる詩人たちの列に加わっているのである。ドレスデンを「エルベ河畔のフィレンツェ」と呼んだのはヘルダーで、旅行ガイドブックによれば、ドレスデンはなるほど火薬が発明されたような都市ではないが、ここではティーバッグ、ビールジョッキのためのコースターやドミノの駒といった美しくて忘れ難い品々が作られており、また田園都市といった考え方がここから世に広まった。ただハインリヒ・フォン・クライストだけは、盆地にあるこの都市を手放しで称讃してはいない。それでもとにかく、「魅力がある」ことは認めている。「この盆地はいささか広すぎる。まわりが見渡すかぎり家また家で、まるで空からばらまかれたみたいだ。都市そのものも、まるで山の上から転がり落ちてきて一つにまとまったみたいに見える。谷がもっと狭かったら、町全体に今よりもっとまとまりがあっただろうが(3)」。

ヴィルヘルム時代［ヴィルヘルム二世がドイツ皇帝であった一八八九—一九一八年を指す］のケーニヒスブリュッカー通りは兵舎の町であったが、擲弾兵や歩兵、狙撃兵、ライフル銃隊員、近衛騎兵だけが住んでいたわけではなかった。民間人もまた、その外観は兵舎とたいして変わりのない家に住んでいたのだ。そして兵隊パン［大型の黒パン］を焼くパン屋も監獄も練兵場も、人をくつろがせるはずはなかった。兵舎のいくつかは今日も同じ場所にある。

ケストナーは、まずは自分が生まれる前の時代を冷静に再構成して描き上げ、そののちに身をもって体験した幼年時代の光景を描写するが、その場所はケーニヒスブリュッカー通り四八番地である。《記憶》とは彼にとって、頭のなかにある倉庫にほかならず、それは個人的な迷いやためらいの影響を受け、変化する。それにくらべて《思い出》はもっと謎めいていた。意志に支配されることはなく、何かの拍子に身体のあちこちの部分によって眠りから呼びさまされることがあるからだ。

「今の私はミュンヒェンに住んでいて、いわゆる中年の男になっているが、その私が今この瞬間でも、眼を閉じればあのときの階段を足の下に感じ、すわっていた階段の角をズボンの尻の下に感じるのである。あれから五〇年以上が過ぎており、今のズボンの尻はあのときとは似ても似つかないのだが。そして、あのとき運び上げた、褐色の革でできたはちきれそうな買い物袋を思い浮かべると、まずは左腕に痛みが走り、それから右腕が痛んでくる。なぜなら、壁にぶつからないように、三階までは左手で袋を持って上って、そのあと右手に持ち替えたからで、左手は手摺りをしっかりと握りしめて階段を上る。ようやくわが家の扉の前にたどり着き、袋を扉の前に下ろし、呼び鈴のボタンを押すことができると、ほっとしてため息をついたものだが、今の私もここまできて、あのときとまったく同じように大きくため息を漏らすのである」(Ⅶ・49)。

ケストナーは「略歴」という詩のなかで小学校のころをこう歌っている。「ぼくは特許認可済みの模範児童だった。／どうしてそうなったかって？　思い出すと今も心が痛むよ」(Ⅰ・136)。じっさい多方面にわたる模範児童であった。ノイ・ウント・アントンシュタット体操協会に六歳で、ということは普通よりも一年早く、入会を認められ、「夢中になって練習し」、「かなり優秀な選手」で、「模範体操が一番の得意」だった(Ⅶ・63)。大好きになった体操の先生パウル・ツァハリアスには、のちに教員養成学校で再会する。そして一九六一年に先生が没するまで、二人のあいだにはゆるやかな関係がつづき、それは東西ドイツ分断時代も途切れることはなかった。また、母親にとってもケストナーは模範児童であり、家に下宿していた教師たちにとっては、食事の世話や勉強の点で模範児童であった。さらに、通っていたティーク街の第四小学校では文句なしの優等生だった。当時、学校といえばどれも外観からして「子どもの兵舎」さながらで、ケストナーの学校も建物ときたら「まことに陰気」だった(4)。

ケストナーは入学から一週間で、母親が校門まで送ってくるのをやめさせることに成功する。「だって七歳にもなれば、もう小さな子どもではなかったからだ！」(Ⅶ・67)。学校は退屈でたまらなかった。そこで授業中は「睫毛を抜いて椅子の上にきれいに揃えてならべ」ていたのだが、「おかげでものもらいというご褒美をたっぷり頂戴することになった」(5)。退屈はしたが、学校を休むようなことはなかった。じっさい、住んでいた建物の階段から転げ落ちて舌を噛み、しゃべることも嚥み込むこともできなかったときですら、休むことなく通った。

最初の二年間はブレムザーという先生で、どちらかといえばおだやかな人柄であった。またそのあとノイマン先生とロイポルト先生に二年間教わるが、この二人についてケストナーは、教員養成学校のシャイネルト先生（一九一二

——三年に教わる）についてと同様に、ほとんど何も語っていない。ところがそのあとの三年間、一九〇九年のミカエル祭［九月二九日＝ドイツでは新学年の始まる日］から一九一二年の復活祭まで担任になったのが、誰もが恐れていたパウル・レーマンという先生であった。この先生は、一年間でほかの先生の二年分よりもっとたくさん教えてくれたが、「来る日も来る日も怒りの発作が予約済みで、けっして忘れることは」なかった。「ビンタを食らわせるので、ぼくたちの頬は腫れ上がった。あるいは籐の鞭をつかんで、手を開いてまっすぐ伸ばせと言い、掌《てのひら》を五回あるいは一〇回も叩くので、全体が真っ赤になって焼く直前のパン生地みたいに腫れ上がり、耐えがたい痛みはいつまでも消えなかった。そのあと、子どもであっても人間だから手は二本あり、もう一方の順番になる。恐ろしがって手を握れば、拳であれ指であれ容赦なく叩かれた。また、六人の生徒に向かって、最前列に並んでいる木の長椅子にうつ伏せになれと命じ、六つの尻をすばやく且つ正しい順番でぶちのめすので、間もなく子どもの声のぞっとする六部合唱が空気を震わせ、残りの生徒は耳をふさがずにはいられなかった」（Ⅶ・127）。

この教師は鞭を何束も使い切ったが、サディストだったからではなく、「絶望のせいだった。先生は自分にわかっていることが生徒にわからないということがわからなかった。先生には、ぼくたちが先生を理解できないことが理解できなかった。そのために我を忘れるのだった。そのために理性を失い、神経が参ってしまい、狂ったように当たり散らすのだった。教室はときどき精神病院のようになった」（Ⅶ・128）。両親は抗議し、損害賠償の要求がなされ、医師の診断書が提出されたが、レーマンを教師の職から追放することはできなかった。しかしレーマンは「教師としてもっとも重要な美徳、忍耐を欠いていた」（Ⅶ・128）。

「この先生は教室を猛獣の檻にしたが、しかし模範児童には猛獣使いによる調教が効果を挙げた」、とケストナーは書いている。つまり、ケストナーは二人の同級生とともに、教員養成学校進学用の準備クラスに入るテストに「きわめて優秀な成績で」合格したからで（Ⅶ・129）、以後は厳しい体罰を課されることはなくなった。さらなるご褒美として、ある日曜日にケストナーはこの先生に、ザクセン・スイス［ドレスデンの南方、チェコとの国境に広がる山地］での危険な岩登りに連れていってもらった。その際にケストナーはこの「二面性をもつレーマン先生」の好ましい方の性格を知ることになった。先生は、「石の言葉を理解することができ」、「小鳥たちの方言を解し」、「それぞれの草の個性を知って」

いた(Ⅶ・131)。それだけではなく、この先生は他の教員よりも政治のことを考えていたらしく、生徒に向かって、「プロイセンとオーストリアの調停不能の覇権争いという災厄の種」について語り、第一次世界大戦の前夜であったこのときに、ヨーロッパは再三にわたって「自殺未遂」をおこなっている、という自分の考えを話して聞かせた。「より優れた知識の持ち主たちは知ったかぶりをしていると罵られている。ヨーロッパはこのように自分の息の根を止めようとしているのだが、その病的な目論見はいつの日かきっと成功するだろう」(Ⅶ・132)。このハイキングのとき、レーマンは自分の失敗に終わった人生についても告白したとされている。「〈家庭教師になっていたらすごく有能だっただろうがな〉と先生は言った。〈三人四人の子どもに家庭で教え、教養旅行の案内役を務めることなら、りっぱにやり遂げただろうよ。だが生徒が三〇人では、私には二五人も多すぎたんだ〉」(Ⅶ・132)。

先生のこんな横顔を描いて公表したとき、ケストナーはその先生がまだ存命であることを知らなかった。先生は昔の教え子に何通かの手紙を書き、そのなかで自分の性格描写の否定されるべき面については同意したが、誤った記述については抗議をしている。じっさい、鞭を振るう狂乱の姿は、その凝縮された描写からいって、様式化された表現なのであろう。おそらくケストナーはこの箇所を書くにあたって、自分の小学校時代だけではなく、ウィリアム・サローヤンの『わが名はアラム』をも下敷きにしているのだ。この作品はケストナーにとって重要な意味を持っていた(6)。レーマン自身は『ぼくが子どもだったころ』を読んでいたが、その点についてケストナーは注釈を付けていない。先生の肖像は、結びでは和解の調子を帯びている。ケストナーはレーマンについて、「何はともあれたいそう多くのことを教わった」と記している(7)。

ケストナーにとって、自分がどのようにして模範的児童になったか、わかり過ぎるほどよくわかっていた。楽しい思い出には事欠かなかったが、それでも彼の子ども時代は悪夢だったのであり、しかも経済的な理由からではなかった。「イーダ・ケストナーは自分の息子の理想的な母親になりたいと思った。そう思ったことから、誰のことも、自分自身でさえ、いっさい顧慮しなくなり、そうして理想的な母親になった。イーダ・ケストナーは愛と空想のすべてを、いっさいの骨折りを、一分一秒という時間であれ、考えるという行為であれ、そのすべてを、その生活の一切合財を、まるで憑かれた賭博者のように狂信的に、たった一枚のカード、すなわちぼくに、賭けたのだった。その掛け金は自分の生命で、しかもありとあらゆるものを残らず賭けたのであった！　そのカードがぼくだった。だからぼくは勝たなければならなかった。だからぼくは母を失望させることは許されなかった。だからぼくは、最優秀の生徒になり、誰よりも孝行な息子になった。もしも母が大一番に負けるようなことがあれば、ぼくには耐えられなかっただろう」(Ⅶ・102)。

じっさいイーダ・ケストナーは信じがたいほど息子を支えたが、そのために帝国時代の一般的な女性の役割を大きくはみ出し、ためらうことなくどんどんと社会へ出ていった。そして美容師の仕事を習得した。「母はぼくの才能に気づくと、三〇歳代も終わりに近づいていたが、シューベルトさんのところで調髪、洗髪、パーマの技術、それにスウェーデン式顔面マッサージを学んだ。建物の入り口の脇に陶器製の看板が掛けられ、客に配る名刺が作られた（ぼくは今でも一枚持っている！）。前もって依頼があると客の家まで行って髪をセットするのだが、朝の六時にと指定されることもあった」(AN)。イーダ・ケストナーは息子に一段上の社会階層に這い上がる可能性、手に入れられる唯一の可能性をあたえてやりたいと思った。教員養成学校に入ることである。しかし父親エーミール・ケストナーの稼ぎは微々たるものだった。そこで自分の店を持とうとしたが、資金が足りなかったために、「寝室の玄関に近い四分の一のスペース」(Ⅶ・84)を、商売のためのコーナーとして設備を整えた。後年、ケストナー自身も「美容サロンの体験」をいくつか語ることができた。近所の働く女性たちのおかげで、イーダの試みは図に当たったからである。ケストナーはお湯を沸かして桶に入れ、寝室に運んだり、昼食を自分でこしらえたりしたが、母親が客の家に出張するときはお供をすることもあった。母親のこうした仕事は、『エーミールと探偵たち』の第一章に描かれている。

結婚式となると儲けが大きかった。「その日は花嫁の両親の家で一〇人から一二人、ときには一五人もの女の人が、髪のセットを待っていた」(Ⅶ・87)。二つの結婚式のことがとくにケストナーの記憶に焼きついていた。一度目は真冬のひどく寒いときに「町から遠く離れたエルベ川の谷」(Ⅶ・93)にある「ヴァハヴィッツとかニーダーポイリッツといった集落よりもさらに奥の方」でおこなわれた(AN)。仕事に何時間もかかったあと、すっかり疲労困憊した母と息子は路面電車に乗り遅れ、厳寒のなかで二〇分も次の電車を待つ羽目になったが、やってきた電車には暖房が入っていなかった。このときの過労がたたって、イーダ・ケストナーは二カ月も患った。ケストナーは執筆メモに、母はじっさい「たびたび病気に」なったと記している。そんなときケストナーは、「慈善施設の《困窮者のための給食》」(AN)で済ませるか、自分で料理をするほかなかった。父親は家にはいなかった――工場は遠く離れたヨーハンシュタットにあり、当時はまだ八時間労働の日など一日もなかったからだ。また、帰宅後は地下室で知人から頼まれた皮革製品の修理などの仕事をしており、夕食と夜食はそこでとっていた。

ケストナーが語っているもう一つの結婚式は「いかさま」だった(AN)。あまり若いとはいえない未婚の女性がやってきて、オッペル通りで一〇人の女性の髪をセットしてほしい、と予約した。イーダは息子を連れて出かけて行ったが、そこに客の姿はなかった。「ここにはシュトレンペルさんなんていう女性は住んでいませんし、正午に聖パウリ教会で結婚式があるなんて、誰も聞いていませんよ!」(Ⅶ・89)。二人は一杯食わされたのだった。

それから何週間かあと、ケストナーは学校からの帰り道で例の女性を見かけ、あとをつけた。模範生徒が探偵になる話はのちに『エーミールと探偵たち』で巧みに描かれるが、ケストナー自身が自分の描いた人物と同じような成功を収めていたのである。女性はケストナーに気づかなかった。したがって難なくあとをつけることができた。女性は町の反対側にあるアルトシュタット[旧市街]まで行くと、「シュレジンガー商会、最高級女性服」(Ⅶ・90)、と書かれた店のガラス戸を開け、なかに入っていった(執筆メモではメッソウ&ヴァルトシュミットという店になっている)。女性はその店で、予約に来たときとは別な名前で店員として働いていた。少年はすぐさま店長に一部始終を告げた。店長は女性をクビにはしなかったが、この少年といっしょにケストナー夫人のところへ行き、損害賠償の方法を話し合うようにと命じた。「女性は顔色一つ変えなかった。損害は弁済すればそれで忘れられた。にもかかわらず女性を待っていたのは破局だった。時が経つにつれてさまざまな話がぼくたちの耳に入ってきた。損害を受けた人たちが四方八方からあらわれたとのことであった。ホテル、ワイン業者、結婚式の馬車を請け負った業者、花屋、ランジェリー専門店、誰もが損害を受けたと考えており、分割でいいから一部なりと支払うよう要求した。女性はニッチェという姓だったが、それを支払った。何か月もかかった」(Ⅶ・92以下)。

年齢を重ねていく未婚女性のこっけいな肖像は、当時の女性に起こりえた事柄を示す一つの例であった。おそらく若いときに男性と関係をもったが、結婚には至らなかった――その後は誰にも相手にされず、夢の結婚式は実現しない。そこで件《くだん》の女性は夢を代償行為によって実現させようとした。「高価な夢であった。空しい夢であった。その夢から目覚めたとき、女性は夢の代価を分割で払っていて、一か月分の払いをするたびに一年分老いていった。ぼくとその女性とはときどき路上で会った。互いに目を見交わすことはなかった。ぼくらにはたがいにもっともな言い分とそうでない言い分があった。だが、この件ではぼくの方が恵まれた立場にあった。なぜなら、女性は見終えてしまった夢の代価を支払っていたのだが、ぼくはまだ小さな子どもだったからだ」(Ⅶ・93)。

一九一〇年前後のこのころを、ケストナーはノートに、「良き時代」と記している。母親はひたすら息子に目を注ぎ、息子もそれを知って母親をじっと見つめて、毎日を過ごしていたにもかかわらず、である。息子以外の人間から見れば、イーダ・ケストナーは「冷淡で厳しく、高慢で身勝手で、寛容さを欠き、エゴイスティックな人間」であった(Ⅶ・103)。つまり、ケストナーの作品に頻出する完璧な母親とか理想の母親像とかには程遠いことになる。イーダ・ケストナーの期待ゆえの圧力と支配欲は、その情緒不安定によってさらに強められていた。鬱状態のときには自殺をこころみたことも一度ならずあった。

まだ小学生だったケストナーは、台所のテーブルに「なぐり書きのある紙きれ」を見つけた。「もうだめ!」「私を捜さないで!」子どもは、「激しい不安にまるで鞭で打たれるように追い立てられ、大声を上げて泣きながら、涙でほとんど何も見えないまま通りをつぎつぎと駈け抜け、エルベ川に、石造りの橋に、向かって走った」(Ⅶ・103)。こうしたときに心当たりの場所といえば、マリーア、アウグストゥス、王妃カロタ、アルベルトといった名前のつけられていた橋だったからで、これらをひと回りすれば優に五キロメートルはある。八歳の少年だったら一時間半はかかっただろう。母親はたいていはどれかの橋の上で見つかった。身動きもせず、じっと川の流れを覗き込んでいた。幼い息子は無感覚な状態におちいっている母親をゆさぶり、意識が戻るのを待って、家に連れ帰らなければならなかった。どんなに捜しても見つからないことさえあった。そんなとき、幼いケストナーは疲れ果ててやむなく家に帰り、眠ってしまったが、ふと目覚めると、ベッドの端に、いつの間にか帰宅した母親がすわっていた。『ぼくが子どもだったころ』の執筆ノートでは、この挿話はごく小さな意味しかあたえられていない。つまり、ケストナーはたった一つの文章しか記しておらず、それはほとんどお決まりの夫婦喧嘩の結末か、強いていえば遊びのような印象をあたえる。

「ママの（つぎの一語判読できず）《私は出ていきます》。そこで（つぎの一語判読できず）ぼくは捜す！」（ＡＮ）。

　ぶたれるのは学校でだけではなかった。「ママはぼくをぶつたびに、ぼくよりも痛い思いをしていた」（ＡＮ）。ケストナーもまた、当時は普通だった方法でしつけを叩きこまれたのであり、歩くときも「姿勢を良く」しなければならなかった。（「出て行きなさい！　背筋を伸ばして！」ＡＮ）。冬に冷水でからだを鍛え、塩水でうがいをしなければならなかった――これはおそらく歯磨きの安上がりな代用方法だったのであろう。ケストナーが、作品においても、最終的には自分自身の息子にたいしても、一生にわたって提唱した確かな教育方法は――教師レーマンや母親にぶたれたにもかかわらず――自己の成長期に受けたのと同じく、平手打ちであった。この件で、ケストナーの父親は存在感がきわめて薄い。仕事で使う膠《にかわ》の悪臭のために台所から地下室へと追放された、父親とはいえぬ父親であり、母親と違って、仕事に息子を連れていくことはできないというハンディを負っていた。しかしこのエーミール・ケストナーは、「ぼくがかつて知っていたもっとも立派なひと」で、「たまに激しく怒る」だけであったが、彼にもまた独自の領域があった。『ぼくが子どもだったころ』の最終稿では削除されたが、それ以前の稿には、「シュトレーレン通りにあった〈ヴァリエテ・ケーニヒスホーフ〉、パパはぼくをそこへ連れていってくれた、そこは父の世界だった」と書かれている（ＡＮ）。また、週末にドレスデン周辺への散歩やハイキングに出かけるとき、そしてあちこちの店に立ち寄って飲んだり食べたりするとき、家族三人いっしょであった。

　両親が息子の気持ちを惹くために競争心をむき出しにしたのが、クリスマスであった。クリスマスのお祝いをぶちこわさないためには、この子は大人たちよりも大人でなければならなかった。「ぼくは不安だった。クリスマスの贈り物をもらうのが怖かった。怖かったが、怖がっていることを気取られてはならなかった」（Ⅶ・97）。父親は何週間も前から地下室で仕事にかかり、「木を切り、釘で打ちつけ、膠でくっつけ、塗料を塗って」（Ⅶ・97）、息子のために厩とかビール樽を運ぶ馬車とかを、たくさんの細かな付属の部分も省くことなく作り上げるのだった。「それを見たら王子様だってびっくりするような贈り物だった」（Ⅶ・98）。母親も同様で、何週間も駆けずりまわって贈り物を買い集め、見つからないようにそれを無理やり押し込むので、箪笥がゆがんでしまった（Ⅶ・98）。

　エーリヒ・ケストナーは二人の目の前で幸せな子どもの役を演じてみせなければならなかった。そこで、贈り物が載ったテーブルの半分半分にまったく等しく喜びをあらわした。まるで折り返し運転であった。「ぼくは、母親を喜ばせるために右側に向かって嬉しがってみせ、それからテーブルの左半分を占めている厩の模型にたいして、すっかり有頂天になっていることを示した。それからもう一度右側を見て、今度は橇のプレゼントにどれほど喜んでいるかを、それからまた左側を見て、特に革で作られた贈り物をどんなに素晴らしいと思っているかを、わかってもらおうとした。それからもう一度右側、つづいてもう一度左側、どちらも、喜びをあらわす時間は長すぎても短すぎてもいけなかった。ぼくは真面目に喜び、したがって喜びを二つに分けねばならず、嘘も二つに分けてつかなければならなかった」（Ⅶ・100）。

　この文章をケストナーが書いたとき、母親の死後六年が経過していた。文学的なテキストという形式をとった自分の情緒の記録簿を、ケストナーは隅から隅まで知りつくし、使いこなしていた。まだ母親が存命であった一九四五年には、旅行が禁じられていたために生まれて初めて両親とは別にクリスマスを祝ったのであるが、そのときケストナーはかつてのクリスマスの晩を、なつかしさで心も張り裂けんばかりの美しい思い出として描いている。そしてケストナーはどちらのテキストでも、かつて自分が母親に贈った「七つ道具」を数え上げている。「黒い撚り糸一巻き、白い撚り糸一巻き、絹の黒い縫い糸一リール、安全ピン一箱、縫い針一セット、スナップ・ボタン一ダース付きのカード一枚」。ケストナーではかなり後期に属するコラム記事《フユトン》、「四六回の聖なる夜」にはこんなふうに記されている〔フユトンとは各新聞が趣を競いあった独特の読み物で、特定の場所に掲載され、形式も内容も多種多様であった。なお、学芸欄を意味する場合もある〕。母はたいそう喜んだので、「ぼくは安南《アンナン》の国王のように大威張りだった」（Ⅱ・20）。ところが『ぼくが子どもだったころ』では、こうなっている。「あんなに怖がっていなかったら、ぼくは誇らしさを覚えたことだろうに」（Ⅶ・99）。自分の幸も不幸もすべてが両親の仲しだいだということを、幼いケストナーはこうしたクリスマスの晩にもっとも強烈に思い知らされた。執筆ノートにはこう書かれている――どうか書かれている順番に注意していただきたい――「バルコニーのない子ども時代、ペットのいない子ども時代。ママが犬を飼うことを許そうとしたそのとき、どこかで犬が乗り物に轢かれたという話が耳に入る。それですべてがおしまいだ！　兄弟姉妹のいない子ども時代」（ＡＮ）。

　このような家庭の状況では、家の外でおこなわれるさまざまな気晴らしは、けっして単なる対照的でうれしい出来事ではなく、それをはるかに超えるものであったに違いない。ケストナーにとってこうした出来事は、それだけですでに別な人生、より良い人生が実現されているユートピア的な空間であり場所であるという響きを、多少なりと持っている。そうした場所の一つが、アントン通り一番地、つまりこの通りと一九一〇年にアルベルト広場と改名された旧バウツナー広場との角にあった、フランツ伯父さんの豪邸だった。晩に両親とそこを訪れれば、伯母のリーナ、従姉のドーラ、そして女中頭のフリーダから、キッチンでたっぷりともてなされた。時には一家の主人、つまり伯父さんがあらわれて、それが中断されることもあった。伯父さんは、たまたまちょっと帰宅してそんな場面を目にすると、親戚なんだから使用人みたいにキッチンで食事を出すなんてけしからん、と妻を叱り、ケストナーの一家を無理やり居間に案内するのだった。

学校が終わったあと、ケストナー一人でそこを訪れることもあった。そんなときは一家の主人のような気分を味わい、出されたソーセージとパンを好きなだけ平らげ、庭のあずまやでコーヒーを飲み、庭の塀越しにアルベルト広場で繰り広げられる人々の営みを眺め、庭でクルミを拾ったりスグリの実を摘んだりした。また、フリーダのために買い物をするとか、伯母さんのために用足しに出かけるといったこともあった。裕福な親戚はクリスマスにも善行を施してくれた。というのも、ケーニヒスブリュッカー通りの自宅で贈り物を交換したあと、ケストナー一家が伯父さんの豪邸に行くと、子どもたちは勝手にピアノを弾いてクリスマスの歌をうたい、フリーダは「シュトレンや胡椒入りケーキ、ライン産ワイン、あるいは特に寒い冬だったら熱々のポンチを、運んできてくれて、みんなでテーブルを囲むのだった」(Ⅶ・101)。フランツ・アウグスティンはウサギのことで妹のイーダをからかい、エーミール・ケストナーは、「ぼくの母がこのときばかりは最終的な決定権を持つわけにいかないことを、心の底から楽しんでいた。これが父にとっては何よりのクリスマス・プレゼントなのであった!」(Ⅶ・101)。フランツ・アウグスティンの豪邸は今もアルベルト広場に面して建っている。ただし、すでに廃墟と化している。

ケストナーは、自分の出自には「伝統がない」(AN)、と書いたことがある。つまり、先祖には「教養人」がいないというのだ。この発言からは、自分が初めてその殻を破ったという誇らしさが感じられる——職人や肉屋、馬商人からなる一族にあって、「小さなイーダの一人っ子、小さなエーリヒ……」が、「彼ら全員のなかでたった一人」、著述家になった、という誇りである。ところが、選りにも選ってエーリヒが、つねに大声でわめき立てる粗野な人間だと述べた伯父のフランツが、『憧憬と成就と挫折と』という、小篇とはいえ一巻の思想詩を書いたのだった。たしかに印刷されるには至らなかった。ケストナーはこうコメントしている。「ライプツィヒの出版業者が印刷費として五〇〇マルク要求した。F伯父さんは即座に拒否した。（なんという幸運だろうか！）」（AN）。

ケストナーの母親は息子のためならどんな教養も身につけさせようとした。自分にはその機会があたえられなかったからである。息子を連れて、ドレスデン絵画館に行った。印象に残った作品として、ジョルジオーネの「眠れるヴィーナス」がケストナーのメモに記されている。宮廷教会で息子はミサを聴いた。また、母親と息子は何よりもドレスデンの劇場や音楽堂を定期的に訪れた。アルベルト劇場（のちの国民劇場）、シャウシュピールハウス〔劇場の意味だが、ここでは固有名詞〕、オペラ座などであるが、たいていは安価な立見席であった。「かつて『ファウスト』やリヒャルト・ヴァーグナーのオペラのどれかを、文字通り立ち通した人なら、かならずや私たちにたいして、りっぱなものです、と言ってくれるであろう」（Ⅶ・80）。ぼくの舞台にたいする愛は一目ぼれだった。ぼくの劇評家や劇作家としてのもろもろの試みについては評価が分かれることもあろう。がしかし、観客としては、「ぼくは誰にも引けをとらない」であろう。このようにケストナーは書いている（Ⅶ・80）。

母と子の関係は、『ぼくが子どもだったころ』を読むかぎりでは、母親が抑鬱的な症状を露わにしたとき、それは二度や三度ではなかったが、それとクリスマスの晩とを除けば、理想的であった。この点は作品の全体を通して同じで、思春期のささいな葛藤も触れられてはおらず、ごく小さな行き違いすら書かれてはいない。しかし、実際にはそんな行き違いが観劇の際に、詳しく言えばアルベルト劇場に行ったときに、起こったのではないかと思われる。「イプセンとストリンドベリ。ぼくは理解しないママにたいしてほとんど口をきかず、苛立ちを覚えた」（AN）。母親は、典型的なストリンドベリ流の夫婦生活を送っていたにもかかわらず、その作品を理解しなかったことから、ケストナーはこう書いたのである。

小さな子どもだったときから、ケストナーにとって幸せな場所といえば、カフェとか食堂、ハイキングの道すがら立ち寄る軽食堂といった、おおやけの場所であった。手記のなかでケストナーは数え上げている。「デア・ヴァイセ・ヒルシュ［白鹿亭］、ルイーゼンホーフ［ルイーゼの店］、シラーホイスヒェン［シラーの家］、アントンス［アントン一家の店］、ディー・ザロッペ［ザロッペの店］、レーマンス・ウント・ディー・フレムデン［レーマン・ウント・ディー・フレムデンの店］、カフェ・ヴァッヘンドルフ［固有名詞］、ヴァルトシュレスヒェン［森の小さな館］」（ＡＮ）。

自宅にいないという幸福はじつにさまざまなかたちを取ってあらわれた。ただ買い物に行くこともその一つであったし、友だちとか仕立て屋のグロースヘニングさんの娘と遊ぶことも同様だった。デア・グローセ・ガルテン［大庭園］で開催される花の展示会に行くことや、定期入場券を持っていた動物園に行くこと、またクロッツェ地区にあったケーニヒ［国王］・フリードリヒ・アウグスト水浴場に泳ぎに行くことが、こうした幸福をもたらした。ケストナーの回想では、この水浴場にはザクセン国王の王冠がついた着替え室があり、そこでおこなわれていた一種のボディービルディングの初期形式、《ミュラー式室内体操》に参加し、泳ぎは一人で体得した。そこには「女性用のプール、家族用のプールもあった。付属食堂の屋外の席での昼食、焼きソーセージ。蝶を追いかける」（ＡＮ）。

学校の長期の休みもまた、押しつぶされそうな家庭状況にたいして換気の役割を果たした。下宿人のシューリヒと二人だけで旅行に出かけたこともある。また母親と二人だけのことも多く、従姉妹のドーラを加えた三人のこともあった。母親は水泳を覚え、自転車にもどうにか乗れるようになり、息子はそんな母親と一緒に徒歩で旅行をして、ドレスデンの周辺や「テューリンゲンの森、ラウジッツ山地、ザクセン・スイス、ボヘミアのミッテルゲビルゲ、エルツ山脈、イーザー山脈」をじっさいに訪れて知った（Ⅶ・135）。

少年ケストナーの毎朝のお使いから、当時は現在と違う食事をしていたことがわかる。買った品物のうち代表的なものを書きとめているからである。「朝、登校の前に。ブルートヴルスト［血の入ったソーセージ］とレーバーヴルスト［ソーセージ状で中身はレバーペースト］、あるいはメットヴルスト［豚肉に香辛料を加えたソーセージ］を四分の一ポンド、牛バラ肉と挽き肉を二分の一ポンド、豚の腎臓を少々。／包み紙を丹念に読む。消費組合の店に行って香辛料一二種《ツヴェルファーライ》サラダ［クリスマスの魚料理に添えるポテト・サラダの一種］。さらに温かいパンを四分の一ポンド、切ってあるのではなく手でちぎってあると嬉しくなる。灯油」（ＡＮ）。

この明快なリストからは、買った品物だけでなく、ケストナーにとっておそらくもっとも重要な避難先を知ることができる。読むこと、彼の「読書狂」(AN)がそれだ。「文字の王国」、「読むことの世界」、この「秘密がいっぱいで果てしない大陸」の最初の体験がどのようなものであったか、書き手は伝えていない。『ハックルベリー・フィン』とギリシャ神話が言及されている。また同じドレスデン出身のカール・マイには、子どものときすでにうんざりした、とある。(8)

幼いケストナーは目についたものすべてを読んだ。「ぼくは読んで読んで読みまくった。文字であればけっして見逃すことはなかった。本を読み、ノートを読み、ポスターや会社の看板や表札、宣伝用パンフレットに使用説明書、墓碑銘、動物愛護協会のカレンダー、食堂の献立表、ママの料理の本、絵葉書の挨拶文、パウル・シューリヒが持っていた教育雑誌や《ザクセン王国名所図会》、三個のサラダ菜が包んであったびしょびしょの新聞の切れ端にいたるまでだ。ぼくは、まるで息を吸い込むように読んだ。まるで読まなければ窒息してしまうかのように」(Ⅶ・69以下)。そしてケストナーはヴィルヘルム・シャレルマンとグスタフ・ニーリッツに出会った。

シャレルマンは北ドイツの郷土詩人で、青少年向けの本も書いた。『祖母の家とその他の物語』(一九一三)には、ケストナーがのちに書くのと似たエピソードが含まれている——子どもたちがわが家を思い浮かべる情景を描いた「芝居」と、寄宿学校から抜け出す生徒を扱った「小さな逃亡者」である。しかしながらグスタフ・ニーリッツ(一七九五—一八七六)の書いた本の方がはるかに重要で、この作家はケストナーの本に登場するまでになるのである。ニーリッツはアルベルト広場に面したアウグスティン伯父さんの豪邸から遠くないところに住んでいて、「教員と視学官を務め、子どもの本を次から次へと書いた人で、ぼくはそれを残さず読んだ」(Ⅶ・117)。

ニーリッツの住んでいた小さな家は記念館となり、ドレスデン市には大理石の胸像が設置されている。途方もなく人気のある民衆作家だったニーリッツは、一一〇冊以上の本を書き、出版部数は累計何百万部にもおよんだ。ニーリッツはドレスデン新市街の下層階級の家庭に生まれ、そのために苦しみ、次々と本を書いたのは大家族を養う必要に迫られたからだったと言われている。彼の感傷的な物語で褒めたたえられている主人公も、大半は貧しい。ニーリッツは足るを知るということを、「下層階級のためのもっとも間違いの少ない人生訓」として推奨している。フリードリヒ・シュノル・フォン・カロルスフェルトは、ニーリッツの死から一〇年後に、この作家は才能があり愛すべき個性の持ち主であったが、「下層階級の世界を完全に抜け出ることはなかった」、と評している。またのちの百科事典では、ニーリッツは「亜流文学を代表する人気抜群の作家」で、教育的な傾向をもち、干からびた後期ドイツ啓蒙主義を継承しており、「実証主義を特徴とする合理主義者」で、つねに「平凡な表現を厭わず、わかりやすいことを」を心がけていた、とされている。(9)

ニーリッツの型にはまった著作をほんの数冊読めば、いくつか驚かされることがある――エーリヒ・ケストナーの子どものころの世界に、それも異なった時代の衣をまとっている世界に、いつしか引き込まれてしまったように感じるのだ。ニーリッツの物語には千編一律のセンチメンタルな傾向が認められ、どの作品でも世間から認められない「取るに足りない」人物が登場し、やがて自分たちのなかに「本当は」どんなにすぐれた特性がひそんでいるかを示すのである。彼らは耐え難いほど善良な人々で、母親と特別に濃密な関係のうちに生きている。この人々には父親がいないか、いても家族を養うことのできない父親である。そうした父親は、模範的な息子の孝行ぶりを浮かび上がらせるために必要な人物、息子と対照的な人物として登場する。

『ゼーベルクの聖歌隊指揮者』は、パウル・グルントマンという生徒が自分の担任で尊敬する聖歌隊指揮者の生命を救う話である。町がナポレオン軍によって占領されていた時代の話で、友だちといっしょにナポレオン軍の兵士たちを取り囲み、何もできなくしてしまうのだ。「それからすぐ、ゼーベルクの住民たちがあっけにとられているうちに、何百人という生徒たちが一二人のフランス軍兵士を取り囲み、その腕といわず脚といわず武者ぶりついて、兵士たちがどんなに振りほどこうとしてもけっして放さなかった」(10)。子どもたちの何人かが敵の武器を奪い、聖歌隊指揮者を救い出す一方、ほかの子たちは兵士の追跡を食い止める。おおぜいの子どもが力を合わせて大人を圧倒するのだが、これとまったく同じ場面がケストナーの『エーミールと探偵たち』に描かれている。

ニーリッツの『報いられた堅忍不抜』は、カール・シュヴァルツという首席の生徒を主人公とする作品であるが、ケストナーのいくつかの物語との類似は明白である。シュヴァルツは「神童」で、「教師たちにとっては喜びであり、小さな同級生には羨望の的で、大人には驚きであった」。とはいえこの生徒も、エーミールと同じく「正真正銘の」少年で、いたずらもやってのける。記念碑に絵の具を塗りつける〔『エーミールと探偵たち』で主人公がやってのけるいたずらを指す」ことはしないが、なかにネズミを閉じ込めるのである。カールの父親は家族を食べさせることができない。軽薄で役立たずな人間だからだ。母親が「女の手仕事で、むろんごくわずかであるが、自分と子どもたちが暮らしていける金をかせごうと」しており、「そのために朝から晩まで縫物にかかりっきりである」。その乏しい稼ぎの半分を、亭主は取り上げてしまう。わが家では言い争いが絶えないため、少年カールにとっては学校に行くのが「唯一の喜びで、そこにいるときが一番うれしい」。カールの一日は子どものころのケストナーと同じで、「会社の社長の予定表のように、することがぎっしり詰まっている」(Ⅶ・71)。「教会の小童」を務めるかたわら、「教会の座席の名票や楽譜や挨拶状」を書き、「使い走りをし、どんな仕事でも引き受ける」のである。カールは教員になることで社会的上昇のチャンスをつかむ。学費を免除されて教員養成所を受験するための学校に通うのだ。また、教員に不可欠のピアノを買う場面も描かれている。(11)さらに、少年カールもまた教員として生きることに満足せず、飛躍を果たす――作家にはならないが、ともかく絹織物工場の経営者として成功し、愛する母親にお金を渡すことができるようになる。

とはいえ、ケストナーはニーリッツを剽窃したとか、ましてや『ぼくが子どもだったころ』を書くために、作り話をでっち上げたなどと考えるべきではない。しかし、少年ケストナーがこうした作品の詰まった本箱で自分の内面世界を形成したこと、やがてそうした世界をもとに彼の本が書かれたことは、疑う余地がないのである。ニーリッツの不安や願望は、通俗文学の常として、誰の目にも露わになっている。ケストナーは不安や願望をずっと巧みに隠すことができた――にもかかわらず、ニーリッツのモチーフはケストナーの基礎になったのであり、本人の意志とはまったく無関係に、ケストナーの文体確立にひと役買っていたのである。

ケストナーの子ども時代の回想録は第一次世界大戦の勃発とともに閉じられている。しかし、執筆のためのノートの方は、出来上がった本よりも少し先まで書きつづけられた。そしてその部分には「強烈な印象を受けた三つの出来事」が記されているが、それらはいずれも政治に関わる出来事である。一九〇三年から〇九年までのあいだに、ドレスデンではストライキが一八五回おこなわれ、たびたび街頭での騒乱に発展した。(12)ストライキの参加者が騎馬警官によって容赦なく蹴散らされるのを、幼いケストナーは目の当たりにしている。「散乱するガス灯の残骸。投げつけられる石。引き抜かれたサーベル」(AN)。このエピソードをケストナーは「万里の長城」と題したコラムの中で詳細に報告している。警官隊はサーベルを振りかざして群衆に襲いかかった。「ぼくは窓辺に立っていた。すると母親が泣きながらぼくを部屋の奥に引っ張っていった（II・57）。

第二は、戦争の初期のことで、父エーミール・ケストナーがまさしくそこで働いているときに、軍の武器庫が爆発した事件である。「炎と黒煙が空をおおった。ドレスデン市だけでなく周辺からも駆けつけた消防車、警察の自動車、それに救急車が列をなして炎と煙に向かって進み、そのうしろを母とぼくは息を切らせて追いかけた。炎は拡がるばかりであったが、間もなくなおも別な弾薬の保管庫と運搬列車が轟音とともに爆発した。事故があったあたり一帯は封鎖されていた。ぼくたちはもう先へは進めなかった。やがて日が暮れるころ、父は煤で真っ黒になって、でも無傷で、帰って来た」（VII・46以下）。

三番目はすでに戦争が終わったあと、一九一八年の暮れに遭遇した出来事である。革命の混乱が続いているあいだ、誰も主要な道路に出ようとはしなかった。生まれ育った都市に戻ってきた青年は、旧市街を通り抜けながらけげんに思った。「ヨーハン通りを歩いているあいだ、一人の人間にも会わなかったからである。デア・ピルナイシェ広場《プラッツ》から旧市街《アルトマルクト》まで、まったく人気がなかった。裏通りには足止めをくらった膨大な数の人びと。据え付けられた機関銃」（AN）。

EかZか？

本当の父親は誰も知らず…

一九八二年にヴェルナー・シュナイダーによるケストナーの研究書が刊行されたが、そのなかで著者は、ケストナーの息子のトーマスとその母親フリーデル・ジーベルトから聞いた話としてこう伝えている。エーリヒ・ケストナーはかつて二人に向かって、自分は母親から、おまえの父親はエーミール・ケストナーではなくて、顎髭を生やした「親切な家庭医」(Ⅶ・73)、衛生顧問官のツィンマーマン博士なのだよと聞かされた、と語った。要するに又聞きの又聞きの《お話《エアツエールング》》なのだが、それ以来この物語が独り歩きを始め、明白な証拠もなしに、また誰からも疑問を突き付けられることなく、つぎつぎと引用されてきた。

シュナイダーは二つのエピソードを伝えている。ジーベルトは一九五七年、「難産のあとで生まれた[……]子どもといっしょに退院し、最初の晩」を過ごしていた。「エーリヒ・ケストナーが彼女に付き添っていた。ケストナーが彼女に話した、この子は四分の一ユダヤ人かもしれない[!]、つまり自分は二分の一ユダヤ人かもしれないんだ、と。この情報をエーリヒ・ケストナーは母親から得たのであった」。ここで使われている言葉は奇異の念を抱かせる。《四分の一ユダヤ人》とか《二分の一ユダヤ人》という言葉はナチの概念であって、ケストナー家で使われた言葉だとはとうてい信じられないのだ。また、誰もが知りたいと思うだろうが、イーダ・ケストナーがそのような過ちを犯したとして、それをいつ息子に告白したのだろうか。

もう一つのエピソードによれば、トーマス・ケストナーは「あるカフェにいたとき、ツィンマーマン家の一人によって、血のつながりを示す顔かたちをしていたところから、孫だと認められて話しかけ」られた。[1] こちらは完全にばかばかしい作り話といった趣である。話をもう少し詳しく紹介すると、トーマス・ケストナーはカフェで偶然にエーディット・アルンホルトという女性と知り合った。彼女の夫はツィンマーマンの孫であった。たがいに名前を名乗り合ったあと、女性はトーマスに、エーリヒ・ケストナーと親戚ですか、と尋ねた。トーマスがそうですと答えると、会話がつづくあいだにエーディットは、ツィンマーマンがエーリヒ・ケストナーの父親だという噂をご存知ですか、と訊いた。それから彼女は、あなたは夫の祖父とどこかしら似ていると言えると思います、と言った。なんとも不確かな言い方である。[2] それはさておくとしても、どうしてある人物が、必要に迫られたわけでもなく、ケストナーには別に本当の父親がいると言わなければならないのか。あるいはそのような話を創造しなければならないのか。もしも本当にそのような人物が父親であったなら、話はさまざまな方面に波及するはずである。

エーミール・ツィンマーマン博士は一八六四年にオーバーシュレージエンのヒンデンブルク（現ポーランド領ザブジェ）で生まれ、[3] 一八九三年から一九三八年までドレスデンに住んでいた。物理療法ならびに食餌療法を専門とする衛生顧問官で、同時に外科と産科の開業医であった。ツィンマーマンは結婚していて、エルゼとハンスという二人の子どもがあった。しかし息子ハンスにはすでに一九二五年に先立たれている。エーミール・ツィンマーマンはラーデベルガー通り二五番地に居宅兼診療所を持っていた。このあたりはドレスデンの《プロイセン地区》いう別名があったほど、住民には特に軍の将校が多かった。ツィンマーマンはかなり裕福であったと見て間違いないであろう。家はみずから購入したもので、診療所には患者が絶えず、自動車を持ち、運転手を雇っていた。一九三八年にツィンマーマンは家族とともに亡命する。最初はイングランドに行き、四〇年にはブラジルへ渡った。そして五三年にサン・パウロで没している。八七歳であった。「最後までたぐい稀なほど溌溂としており、精神的にも最高の水準を保ち、あらゆることに関心を抱いていた」と、彼の娘エルゼ・アルンホルトはケストナー宛ての手紙に記している。ツィンマーマンの妻もほんの数週間後に夫の後を追った。[4]

エルゼ・アルンホルトはケストナーにたいして、『ぼくが子どもだったころ』に自分の父について好意的な思い出

アゴラでのエーリヒ・ケストナー。60 年代初め

が記されていることに礼を述べ、父がこの本を読むことができなかったのは残念です、と書いている。父は「しばしばあなた様のことを」話題にし、「あなた様の著書をいつでも興味深く読んでいました(5)」。エルゼ・アルンホルトは、時期は一九六〇年代の始めと推定されるが、ミュンヒェンに住むケストナーを訪ねた。彼女の息子によれば、この訪問の際にはケストナーと予期したとおり理解し合うことができた。しかしケストナーの伴侶、ルイーゼロッテ・エンデルレには好感がもてず、そのためもう二度とケストナーを訪問しないことにした。エルゼ・アルンホルトは、ドレスデン＝ノイシュタットで噂になっていた、ツィンマーマンがケストナーの父親だという話は知っていた。しかし、ヴェルナー・アルンホルトが伝えるところによれば、家族のなかでそれが話題になったことはなく——ケストナー一家とは家庭医として親しく行き来していたというだけで、それ以上のことが語られたことはなかった。

ツィンマーマンがケストナーの父親だという説にはどんな根拠があるのだろうか？　言うまでもなく、まず第一に、ケストナーの全作品で登場人物の実の父親が演じている役割が挙げられよう——けっして家のなかで一番の地位は認めてもらえず、冷ややかな目で見られる余計者という役割である。他を圧倒する母親、子ども第一の母親が、たとえば『エーミールと探偵たち』の場合のように、最初からすでに未亡人として登場する場合を除けば、父親は生彩を欠く人物であり、知能にいくらか問題がありそうな姿で後景にしりぞいている。『ファビアン』の場合がこれにあたる。ほかにごくわずかな例外的ケースでは、彼らは最初から会社の社長である。点子ちゃんの父親がそうで、また『雪の中の三人の男』では《枢密顧問官》でもある。母方アウグスティン家の肉屋や馬商人は、確かに少なくとも風変わりな職業ではあるが、彼らはケストナーの作品の中をつねに妖怪のようにさまよっている。しかしながら何の変哲もない工場労働者については、作家ケストナーは作品に登場させることなど考えもしなかった。

母親と息子が密接に結ばれていたのにたいして、エーミール・ケストナーはいつでも一人だけ仲間外れにされていた。それは、一九二〇年代、三〇年代の『母さん通信』からはっきりと読み取ることができる。エーミール・ケストナーは《破産》から立ち直ることができなかった。確かに損害を取り戻すためにできるだけのことをした。しかし彼の仕事では大したことはできなかった――朝から晩までトランクを製造する工場で働き、帰宅後も地下室で仕事に励んだが、妻にとってはつねに稼ぎが少なすぎた。彼には、こうした暮らしから当然のことながら、息子エーリヒといっしょに過ごす時間があまりにも少なかった。ケストナー夫婦の結婚生活は何十年にもわたって、しかも双方にとって、苦労の連続であった。妻のイーダにとって夫はあまりにも穏和な人間であった。つまり活気と野心に欠けていた。そしてエーミール・ケストナーは間違いなく完全に妻によって支配された夫、そればかりか虐げられた夫であった。

こうした状況に呼応して、エーリヒ・ケストナーの母親に宛てた手紙では、エーミールは不当に低い扱いを受けている。「パパによろしく」とあればきわめて詳細な言及といってよく、完全に無視されることもしばしばだった。たいていは「Eによろしく」で、こうあればよしとしなければならなかった。あるときエーミールは珍しくこの点について怒りを爆発させた。すると息子は叱りつけた。「子どもみたいじゃないですか、略してEって書いたことを悪く受け取るなんて。おたがいにプフェッファークーヘン［胡椒入りケーキ］って呼び合うみたいなもので、愛称なんです。だったらプフェッファークーヘンと呼ぶことも駄目だって言いますか？　お願いします、こんなこと気にしないでください。こんなことで腹を立てたって何の役にも立ちません」（三一年三月三〇日付、MB）。

当てこすりの機会があれば、それを母親っ子が利用したことは疑問の余地がない。「ところで、E・Kは一日中働いていますか？　それで受け取るのはたったの一八マルクなんですか？　まったくぞっとしますね。先週ぼくは三三時間半働いて、一九マルク稼ぎましたよ！」これは、新聞に原稿が採用されて初めて金を稼いだとき、すっかり鼻を高くした大学生がライプツィヒから書き送った手紙の一節である（二三年二月、MB）。つぎに、もっとも手厳しく、もっとも痛烈な罵りの言葉、同時にエーミール・ケストナーが家庭内で夫とか父親とか見なされていなかったことの傍証も、隠すことなく紹介しておくことにしよう。「フリッツ・ケストナー［父親の親戚の一人］ってひとは阿呆ですね。あの一族の人間は多かれ少なかれみんなそういったところがあります。そうでしょう?」(二七年一月三日付、MB)。

旅行となると、母と子は連れ立って出かけ、エーミールは留守番で、ずっと仕事をしていた。埋め合わせに受け取ったのは、葉巻を一箱、あるいは旅行の途中からの絵葉書を何枚かであった。お祝いの日でも違いはなかった。父親あるいは父親代わりは、毎度ついでにしか「おめでとう」と言ってもらえなかった。「一体全体EKは元気ですか?ただこう伝えてください。ママを通して新年おめでとうを申し上げます、ってね。わざわざ別にカードを送るより、この方がいいのです」(二六年一二月三〇日付、MB)。

エーリヒ・ケストナーの最初の恋人イルゼ・ユーリウスは、二四年にクリスマスの準備の様子をこう書いている。「あなたのお母様はなにもかも素敵に手配なさったのよ。E・Kも厄介払いしましたしね。けっして簡単ではありませんでしたが」(二四年一二月二二日、JB)。父親が手紙を書いても、直接返事がもらえるとは限らなかった。たとえばつぎの例のように、挨拶の言葉が間接的に伝えられることもあったのだ。「パパによろしく。手紙をありがとうってね。その手紙は今朝着きました。ママを出迎えるつもりっていうことと、点子ちゃんの成功おめでとう、って書いてありました」(三二年一二月二二日、MB)。

ケストナーは父親の誕生日ですら、母親を経由してという方法をやめようとはしなかった。一九三二年、息子は母親に、循環器系の病気に効くからと発泡性ワインを二ダース、それも辛口と半甘口を一ダースずつ送ったが、《誕生日を迎えた当人》である父親には二〇マルク紙幣を一枚送っただけであった。「ポレンダーの店にはアスパラガスと卵といった料理があるはずです。あそこが気に入っているのですから、Eは食事に行けばいいと思います。誕生日を忘れてはいませんでしたよ。ですから葉巻用にと二〇マルク紙幣を同封します」(三二年三月五日、MB)。

ケストナーの著作では二編だけ、著者の《二人の父親》の件と明らかに関わっているように見えるものがある。一編は一九三九年に友人のエーバーハルト・カインドルフと共同で書いた喜劇、『黄金の屋根』である。この作品は上演用台本としてのみ、当時はまだベルリンに本社があったズーアカンプ社から出版された。この戯曲では、薬剤師コンラート・クヴァントの経営する薬局が「黄金の屋根」という名前で、彼は、先祖代々そうであったように、自分の後継者も同じコンラート・クヴァントという名前でなければだめだと思っている。しかし、妻とのあいだに生まれた

50 年代のエーミール・ケストナー

四人の子は、長女ウルリーケを始めとしてみな娘で、そのために同姓同名の甥が希望を抱く。だが、長女のウルリーケが薬剤師になり、未婚のまま男の子を産む――当然コンラートと名付けられ、姓はクヴァントなので、いずれはこの子どもが店を継ぐことが予測される。ところで当主のコンラートには別に隠し子があり、フリッツ・シュティーゲマンという名前で育てられている。このことで当主は、フリッツの養い親で植民地特産品を扱う商人から、ずっと強請《ゆす》られている。終わり近くの会話のなかで、クヴァントの妻は最初から事情を知っていたことが明らかになる。そしてフリッツもずっと前から実の父親が誰かを知っていたのだった。「もう一〇年も前のことだけど、小学校のときに同級生が教えてくれたよ」。そしてクヴァントに、もう育て親の商人に金を払うのはやめるよう求める。「父はぼくをダシに使ってもう十分に稼ぎました[6]」。

作品の素材にはケストナー誕生をめぐる小劇《ミニドラマ》の重要な部分のいくつかが、またドレスデンのノイシュタット地区の噂まで、含まれている。だが《証拠》となると、何も提示されているとは言えないであろう[7]――この作品は、ストーリーが場当たり的なら、主人公たちも描かれるほどの意味はない人間たちである。

二人の父親に関係するように見えるもう一編は、エーリヒ・ケストナーとしてはかなり異色の評論で、間接的ながら《父親》というテーマについていくつかの考えを述べている。表題は、「芸術作品のなかの母と子」である。テクストは「新ライプツィヒ新聞《ノイエ・ライプツィガー・ツァイトゥング》」の一九二八年クリスマス号のために書かれたものであるが、同時期の他の著作とくらべて文体が奇妙なぎこちなさを見せており、長さの点だけでも目を惹く。ケストナーはこの評論で、モチーフ史の研究にかこつけて、キリスト教は「なぜ〈父親〉という事実が根を張るための空間」をもっていないのかと問い、まずは、イエス・キリストは「目には見えない父親」の子どもであったと述べる。そして次のように論を展開する。「原則的にいって、つまりモチーフとして、この家族は父親を失ったのだ」（GG・I・83）。たしかに聖家族を「滑稽な不調和のうちに」三者で表現しようという試みはあった。「しかし、聖処女の母親と幼子イエスの後ろから身を乗り出している［……］白い髭面の老大工《ツィンマーマン》［ツィンマーマンは普通名詞では大工の意。聖母マリアの夫ヨセフは大工だった］が、その場にふさわしくないと感じない人間がいただろうか！　それどころか、誰もがこの老人にたいしてときおり同情を禁じ得なかったのではないだろうか、家族という理念を危険にさらさないために、教会が伝統的に父親の代理として導入したこの老人にたいしては」（GG・I・84）。老大工の顎髭が問題なのではない。老いた父親自体がその場にふさわしくなかった、というのであるから当然だろう。というわけで、画家たちはむしろ父親を除外する方を好んだのであり、父親は「最初から、そしてほとんどいつでも、信頼されてはいなかったのだ。そのためキリスト教では母親の形姿が、それだけいっそう清らかにまた美しく、思い描かれるようになっていったのである」（GG・I・85）。

　この評論でケストナーは、母親の形姿をこのように神聖なものとして語り、じつに完璧な存在として叙述しているので、その背景として、彼自身の母親には過ちがあったのだと推測したくなるほどである。まるで、著者はショックを受けているかのようであり、まるで、あとになってから本当の父親は別にいると打ち明けられて混乱と苦痛を味わうくらいなら、いっそのこと父親などいないほうがましだ、とでも言いたがっているようである。しかしながら、こうした関連において眺めたとき、「芸術作品のなかの母と子」における個々の表現がたとえどんなに唖然とさせるものであろうとも、その解釈は証拠ではない。あくまでも推測にすぎないのである。

エーミール・ツィンマーマン、サンパウロのテラスで。50 年代初め

　なぜなら、エーミール・ツィンマーマンが父親ということはあり得ないという主張にも、十分な根拠があるからだ。ツィンマーマンは敬虔なユダヤ教徒であり、そればかりか二五年間にわたって市会議員を務めていた人物なのである[8]。一九三三年以前のことであるが、エーリヒが教会から脱退しようとしたとき、「それを聞いて絶望した母は、そんなことをしたら窓から飛び降りて自殺しますからね、これは約束よ、と言った[9]」。ツィン

マーマンとイーダ・ケストナーは敬虔な人間で、それぞれ結婚しており、二人にとって不倫はきびしく禁じられている行為であって、しかも一八九八年にはこの禁止は今日よりも大きな力をもっていたのである。

ケストナーの遺稿を残らず精査して、実の父親が戸籍上の父親とは違う傍証を探しても、信憑性のきわめて乏しいものしか見つからない。エーミール・ケストナーは、いかに疎遠であったにしても、つねに《パパ》だったのであり、息子への手紙にいつでも「おまえの父より」と書いていたのだ。病気になれば、見舞いの言葉が寄せられた。エーミール・ケストナーは、母親の日々の記録のような冗長な手紙を、息子はそもそも読んでいるのだろうかと疑っているが、この疑念は、妻と息子の常軌を逸したほど密接でたがいに世話を焼き合う関係にたいする批判にほかならない。「Eは、ぼくがママの手紙をまるっきり読んでいないと言っていますが――ご存知ですよね、そんなのは馬鹿げた言葉です。もちろんぼくは読んでいますよ。何度も繰り返して読むこともしばしばです。それなのに時には一つ二つ質問にお答えするのを忘れることがあるかもしれませんが、どうか気を悪くしないでください」(二九年一〇月一五日、MB)。

これを読むに、どうやら父親の推測はまったくの見当外れというわけでもなかったようである。『母さん通信』に収録されている多くの手紙は、距離をおいて読めば、むしろ母親に仕事をあたえる作業療法のような印象をあたえる。たとえば、下着をもっと頻繁に替えなくてはだめよという母親の小言にたいして――洗濯を一手に引き受けていたので、母親には様子がわかっていたのだ――、ケストナーは、「お母さんがここにいたら、着替えの計画を立てていただけるでしょうにね」(二九年一〇月二二日)と答えているが、これを重大視する必要はないであろう。

ケストナー夫婦の結婚から息子の誕生までに長い間があるが、そのことから何らかの結論を得るのは不可能である。その間《かん》にイーダが必然的に浮気をした、などとはいえないからだ。夫が自分で始めた商売に失敗したあと、夫婦には金がなかったのである。結婚した直後に性的な交渉があったことは確かであろう。のちに夫はもう一度そうした関係を築こうと試みている。「E・Kが愚かしい接近の試みをふたたび行おうとしたのは、あまりにもいたたまれないことです。でも、またすぐに理性を取り戻したと聞いて、少し安心しました。夜は鍵をしっかりかけていますか?」(二七年一月六日、MB)。もっと前の時期におこなわれた接近の試みによって、息子が生まれることになったと考えて、どうして不都合なことがあろうか?

ツィンマーマンが実の父親だという説を否定する根拠として、さらに、イーダもエーミールも世を去ったあと、ケストナーがこの件について何も語っていないことが挙げられる。第二次世界大戦後のケストナーには、アメリカ占領軍当局にたいして、父親がユダヤ人だということを黙りとおす理由はもはやなかったはずである。もしもあり得たかもしれない《秘密》を洩らすのが問題だったのなら、ありのままを遺言状に書くこともできたはずだ。しかしそうはしなかった。そのために噂の製造元はせっせと活動を続けることができたのである。

リーゼロッテ・エンデルレは、短い中断をはさんで三五年以上にわたりケストナーの人生の伴侶であったが、実の父親がツィンマーマンだったという話は何も聞いていなかったようである。みずからケストナーの代弁者を名乗り、誰よりも深く信頼し合っていたと自負する彼女は、そのような話を本当だなどと認めることはできなかった。そのため、ケストナー研究者シュナイダーに質問されたとき、自分の考えを述べる気持ちになれず、やがて当惑の果てに何らかの返事をするよう追い込まれた(10)。そこでエンデルレは、ケストナーの父エーミールの介護に当たっていたマリア・フルティヒという女性にたいして、ケストナー伝を書くための問い合わせのあと、エーミールの性生活について尋ねた。その際には、秘密は守ること、情報を利用する意思はないこと——この問題が何年も脳裏を離れないために、はっきりさせたいだけであること——を固く約束した。

エンデルレはフルティヒに、一九五六年にエーミール・ケストナーがミュンヒェンに息子を訪ねてきたときのこと〔本書四六五ページ以下を参照〕を思い出させ、あのとき私たちはエーミールについて話しましたね、と書いている。「それから、エーミールはもともと、結婚直後の短いあいだが過ぎたあとは、妻と夫婦生活を送っていなかった、と言いました。エーリヒが生まれた当時はいったいどうだったのでしょうか。彼はそれについて何と言っていましたか。ケストナー夫人はエゴイストで、自己中心で、支配欲の強い人でしたね。ケストナーの父親はそうではありませんでした。素朴な人柄で、要求も穏やかで正常なものだったといえるでしょう(11)」。マリア・フルティヒの答えは遺された資料のなかには見いだされない。

エンデルレの著した評伝ケストナーが新たにポケット版として刊行された際、年譜の一九八一年の項につぎのような補足の注が付けられた。一読すれば明らかなように、真実は確認済みですでに周知のこと、という書き方がなされている。「夏、エーリヒ・ケストナーの息子はオーストリアの風刺作家とのインタヴューにおいて、自分の父親はエーミール・ケストナーの子どもではなく、一家の家庭医で衛生顧問官のツィンマーマン博士の子どもでした、と語った。一家の秘密はそのときまで、エーリヒ・ケストナーの願いにより、すでに知らされていた人々によっても尊重されていたのである(12)」。この時点でエンデルレは確かにまだ存命であったが、彼女のケストナー伝に加えられたこの補足には決定的な弱点がある。すなわち、出版元ローヴォルト社の資料室は、著者自身がこの補足を行なったということを立証できないのである。つまり、熱心すぎる編集者がシュナイダーの研究書を読んで勝手に書き加えた可能性があるのだ(13)。

エンデルレは、一九八一年にケストナーの『母さん通信』をみずから編纂した際に、ときおり手紙の封筒に注やメモを書いているが、一度はツィンマーマンについても触れている。つまり、ケストナーの一九三一年二月二七日付手紙の封筒に、こんなささやかなメモが見られるのだ。「ツィンマーマン、ドレスデンの母親の医師」。つぎの文章はエンデルレが書いたケストナー伝のなかにあって、初版から変わることなく受け継がれているが、もう一つの状況証拠などと呼べるものではなく、奇妙で理解困難な一節と見なすことしかできない。「医師の息子として育てられるのと、馬具職人の息子として育てられるのとでは、違いがある(14)」。

ユダヤ人医師が慈善活動をすることは、別に珍しくはなかった。ケストナーがツィンマーマンから援助を受けたことは間違いないが、それはツィンマーマンが彼の父親だということを意味するものではない。産科医がある子どもを生まれたときから知っており、その才能に気づき、必要とあらば援助を惜しまなかった——、こう考えるだけで、説明として十分に成り立つのである。エーミール・ツィンマーマンは母と子の往復書簡にも何度か登場する。そのうちたった一度、関連が不明確な書き方がなされている。イーダ・ケストナーがこう書いているのだ。「今日ツィンマー先生に、うちの子は自分の神経のために何をしたらいいのでしょうか、と尋ねてみました。先生は、結婚するんだね、とおっしゃいました。そこで、息子はまだ若すぎて、そんな気はありませんよ、と言いました。それに、うちの子はいつだって女の人にちょっぴり嫌悪感をもっているんです。だんだんと誰かに似てきたみたいです。するとあの先生はね、ふざけて人をぶつ真似をして笑いだしたのよ。そうして、だけど早く結婚するのが一番いいんだよ、って言っていました」(日付なし、MB)。一番はっきりしている証拠といってもこの程度なのである。そしてこの証拠もけっして明白とはいえない。

イーダ・ケストナーは一九二〇年代に入ると病気がちになった。そこで息子は母親を定期的に《Z》――むろん彼女の医者――のところへ行かせた。Zとの関連で述べられるのは、イーダ・ケストナーの健康のことだけである。「Zのところには行きましたか? あのひとは何と言っているの?」(二一年七月八日、MB)。「ぼくからよろしくって言ってね。そして徹底的に調べてもらうんだよ」(二七年九月二九日、MB)。ケストナーとツィンマーマンはおたがいに気が合ったようである。つまり、ぼくからよろしくと書いたとき、心がこもっていて、けっしてあいまいな挨拶ではないのだ。

両方の《父親》が、つまりエーミール・ケストナーも、《息子》の書いた本を読んでいた。「『エーミールと探偵たち』がEの気に入ったのはすばらしいことで、ぼくは嬉しく思っています」(二九年一一月二一日、MB)。ツィンマーマンもあの最初の子ども向け小説を受け取っている。ケストナーがクリスマスに贈ったのだ(二九年一二月二一日、MB)。「でも、今後はもうあの方に本をお送りするつもりはありません。きっと興味を持ってはいないでしょう。それに必要ないでしょうからね」(三〇年一月一〇日、MB)。しかしツィンマーマンは一月下旬になって礼状を出し、ケストナーに健康に注意するようにと書き添えている(三〇年一月二二日、MB)。母親から尋ねられたケストナーは、手紙は「とても丁重で、あの本を気に入ってくれたそうです」、と答えている(三〇年一月三〇日)。

『ぼくが子どもだったころ』(一九五七)にはエーミール・ツィンマーマンを称える言葉が記されているが、そこには母と子と医師のあいだのたいそう親しい感情がうかがわれる。幼いとき舌の縁を噛み切ってしまったことに触れ、ケストナーはこう書いている。「先生はぼくが生まれたときから知っているので、針と糸でぼくの舌を縫いながら、おそらく自分の舌が縫われるほうがましだと思っておいでだった」(Ⅶ・73)。ケストナー家が下宿人をおくことは、この医師に相談したうえで決められた(Ⅶ・53)。そして、この医師との関係でもっとも詳しく述べられているのが、少年ケストナーが抑鬱症の母親について相談する場面である。「ある日の午後、遊ぶのをあきらめて、ぼくは衛生顧問官ツィンマーマン先生の診察時間に行き、心のなかにあることを残らず話した」。医師は少年を安心させた。「先生はいっしょに戸口まで来てくださったが、その間《かん》にぼくの肩をたたき、こうおっしゃった。〈自分のせいだなんて考えるんじゃないよ！　君がいなかったら、お母さんの具合はもっとひどくなっていただろうからね。〉［……］〈それでは先生は思っていないんですか、母はある日……本当に橋から……〉。〈ああ、そんなふうには思っていないよ。たとえ身のまわりのことを残らず忘れたとしても、お母さんはきっと心のなかで君のことを考えているからね〉。先生はにっこりした。〈君はお母さんの守護天使なんだよ〉」（Ⅶ・104）。

一九三二年以降、『母さん通信』にツィンマーマンはもう登場しない。イーダ・ケストナーが医師を変えたためである。とはいっても衛生顧問官は引退したわけではなかった。もしもこの医師がケストナーの実の父であったなら、この時点からもはや《息子》のことなど気に掛けなくなった、といわざるを得ない――彼の人生はそれからまだ二〇年つづいたが、手紙にも会話の記録にもケストナーのことはまったく出てこないのである。

イーダ・ケストナーの精神は、病んでいたとはいえないまでも不安定であった。彼女の精神的な諸問題の全体像に、あの妄想もまたぴたりと収まるかもしれない。エーミール・ツィンマーマンが息子の父親だという妄想がそれである。(15)こう考えれば、先に引用した手紙の文章も説明がつくであろう――二人で共有するウィットだと考えるのだ。

アメリカの家族心理臨床医ダン・カイリーは、特に青年にあらわれる一連の症候群――孤独、他人との関係を築く能力の欠如、女性にたいする盲目的な排外主義、ナルシシズム、社会的行動にたいする無能力といった症候群――を《ピーター・パン・シンドローム》という概念のもとにまとめる考え方を示している。エーリヒ・ケストナーはJ・M・バリーの上演用台本『ピーター・パン』を翻訳したが、自分でもこの翻訳を重視していたらしく、のちに『大人のための全著作集』に収録している。カイリーの「けっして大人にならない男たち」を論じた著書は、広い範囲にわたって、またいささか本論から逸脱した細部にいたるまで、まるでエーリヒ・ケストナーを分析した書物のように読むことができる。このシンドロームに冒されるのは、同居生活がしかるべき機能を果たしていないにもかかわらず同居をつづけている両親をもち、しかも長男など上の子どもである。息子たちは、家族のなかで何かがうまくいっていない、しかもその責任は自分にあるという信号、それも閾下に働きかける信号を受け止める。父親は子どもたちに、けっして母親を傷つけてはいけないと伝え、母親は息子たちに、父親から離れていなければいけないと伝える。

イーダ・ケストナーはまさしくこれをやってのけたのであろう。エーミール・ケストナーとエーリヒとのあいだに、二人は父親と息子ではないと言い張ることによって、これ以上に大きな楔を打ち込んだのだ。

ケストナーは母親が精神的に不安定なことをはっきりと承知していた。ひょっとするとケストナーの遺稿に何のメモも残っていないのは、ツィンマーマンの一件全体を信じてはおらず、しかし、ツィンマーマンが父親だったらいいのにという空想と戯れていたからかもしれない。同時代人の何人かは、ケストナーが生まれの《低さ》を苦にしていた、と伝えている。父親はユダヤ人なんだと話し、そのうえ大学で学んだ人間だと付け加え、しかしわざと相手の気を引くように、これは噂でね、ぼくも人に話すのは好まないんだ、と言ったという[16]。ケストナーと親交のあった女性の何人かは言っている、私は今までそんな噂を聞いたことはありませんし、彼自身もそれについて私に話したことはありません[17]。

ケストナー夫婦、つまりイーダとエーミールは、不和のうちに何十年かを過ごしたのち、穏やかな日々を過ごすようになった。一九三〇年には、ケストナーが講演旅行に出かけているあいだ、二人して、つまり旅行嫌いのエーミールもいっしょに、ベルリンの息子のアパートを訪れ、留守番をしている(三〇年一二月一二日、MB)。しかし、三二年にはかなり激しい諍いがあったらしい。のちの『母さん通信』の編纂者エンデルレは、息子が母親に送った封筒に、手紙の内容とはいっさい関係なしに、こんな謎のメモを書きつけている。「ユダヤ的なかずかずの難問」(三二年一月一六日、MB)。たび重なる争いは同じ年の四月まで、エーリヒ・ケストナーの母親に宛てた手紙に影を落としている。「Eを相手にそんな苛立たしい事柄についてずっとやり合うなんて、あまりにも愚かしいですよ。もうおたがいに部屋の鍵をしっかりと掛けるんですね。いいでしょう、来週そちらに行ってとくと拝見し、いらぬお節介を焼かせていただきます」(三二年四月二日)。

このときを境に、ケストナーの手紙には父親についての批判的な言葉は見られなくなる。それどころか、エーミールは妻の面倒をみるようになる。イーダ・ケストナーがますます病気がちになっていったからである。ことに戦争の終わる年には、生活の苦労はその大半を七八歳の夫が担うようになっていた。ドイツが分断されたのちは、息子からの援助はほとんどないまま、夫が妻の世話をしている。エーリヒの影響力は、東西の境界線の反対側にたいしては無にひとしく、援助は定期的に小包を送ることに限られていたのだ。エーミールは、もしも自分が実の父親でなかったら、それを察知していたはずである。先に引用したエンデルレのマリア・フルティヒに宛てた手紙は暗にこの点をほのめかしている。噂がドレスデン・ノイシュタットで本当にそれほど広まっていたなら、エーミール・ケストナーの耳に入らなかったはずはない。また、最晩年に何年も頭が混乱しまま生きていたイーダが、夫に一度も《しゃべらなかった》とは、考えにくい。

　イーダは自分と夫についてこう書いたことがあった。「なぜなら私たちのあいだには子どもがたった一人生まれただけで、その子は三歳にしてすでにたいそう賢いことが見てとれたので、親の私たちはたがいに言い合ったものだ、この子にはいつか立派なことを学ばせましょうと。そしてその通りになった[18]」。それだけではなく、《第三帝国》のあいだ、ケストナーを密告し、ただでさえ社会的な制裁が加えられていた作家に、最後の一撃を加えようという人間がノイシュタットのどこにもいなかったとは、とうてい信じられないのである。

　イーダ・ケストナーは一九四七年に療養所《サナトリウム》に収容される。そのときからはもう息子に手紙を書くことはできなかった。そのため父親のエーミール・ケストナーがその役目を引き受けた。それから数年間、またイーダが五一年に亡くなったのちも、父親と息子のあいだで、かつての母親と息子とのあいだにも劣らぬほど頻繁に、手紙の遣り取りがなされた。頭が単純で文字の世界とは無縁ということになっていたエーミール・ケストナーであるが、五七年の大晦日に世を去る一週間前まで、読む者を感動させる、心遣いに満ちた長い手紙を、つぎつぎと息子に書き送っている。そうした手紙は、文体からいっても考えの筋道の明快さからいっても、明らかにイーダをしのいでいた。エーミール・ケストナーは、行きつけの書店で勧められて、エーリヒにドレスデン関連の本を何冊か、そしてヴィクトーア・クレンペラーの『一八世紀フランス文学史』(一九五四)をプレゼントしたことがある。このころケストナーは子ども時代の回想を書く構想をもっており、知りたいことがあるたびにエーミールに長文の手紙を書き、細かな点について教えてもらっていた。エーミール・ケストナーがそれに応じて書き送った返信は、エーリヒの遺稿には見当たらない。意図的に排除されたのである。おそらくはエーリヒ自身の手で。

エーリヒは『ぼくが子どもだったころ』のなかで、戸籍上の父親から自分が遺伝として受け継いだと主張するいくつかの特徴について叙述している。たとえば、誰もが知っている旅行嫌いがその一つである、と書いている。「私たちは家族として、残念ながら習慣と快適さを第一とする点で共通しているようだ。また私たちは、こうした立派とはいえない特徴とならんで、一つの美点を持っている。つまり、退屈するという能力を欠いているのだ。窓ガラスにテントウムシが一匹とまっていれば、それを見つめているだけで飽きることがない。何も荒野のライオンでなくったっていいのである」(Ⅶ・17)。そればかりかエーリヒは、馬具作りのマイスターであったエーミール・ケストナーを、伝統的な様式にのっとって、芸術家として表現する。つまり、自分の手になるもっともみごとな馬具を売ることを拒んだ、と書くのである――「職人と芸術家とはどうやら親戚同士らしい」(Ⅶ・35)。

エーミールの畢生の傑作は、七〇歳のとき地下室で作り上げた実物大の馬であったらしい。「栗毛で、本物のたてがみと長い尾を持ち、巨匠の手になる轡《くつわ》も鞍もついており、中間の部分は背峰から腰まで地面に届きそうな馬衣［鞍の下に敷く織物］で覆われていた(Ⅱ・213以下)。馬衣の下には「複雑に組み合わされた棒が隠されていて、二組のゴムの輪がついていた。前の方の一組は動かせるようになっており、動かすための棒は褐色に塗られ、栗色のたてがみのなかにほとんど見えないように組み込まれていた」(Ⅱ・214)。隣人たちはエーミール・ケストナーを褒めそやした。「ママは唖然として大きな馬を見つめ、それから小柄な男を見つめた。四〇年間連れ添ってきた男、そしてついぞ知ることのなかった男を」(Ⅱ・214)。手造りの馬の逸話は、父親であるにせよないにせよ、ケストナーがこの男に寄せる愛情の表明である。それは、「今日八〇歳かそれ以上になる、あの昔の偉大な男たち、彼らは陽気で、ふざけるのが好きで、活気があり、享楽を好み、靴底の革のように強靭で、自分の仕事とか趣味とかなると何一つとして知らないことはないというところは、思わず羨ましくなる、そういう男たち」の一人なのである(Ⅱ・215)。

いずれにせよエーミール・ケストナーは《現実の》父親であった。いつでも同じ住まいにいて、どんなに隔たりを感じていたにせよ、いっしょに暮らし、息子がその傍で成長した父親だったのである。したがって本書ではエーミール・ケストナーを、いちいち面倒なことには触れずに、父親と呼ぶことにする。遺伝上の問題は生物学主義の一つであり、かなり副次的なことである。《似ている》という点では――体格、耳や鼻のかたち、若いころにあった顎のえくぼからいって——馬具製造マイスターの方に軍配が上がる。このテーマについてのケストナー自身のかかわり方には真率さがまったく認められない。いずれにせよ彼は、『黄金の屋根』という作品でこのテーマから茶番劇を作り出している。この問題についての結論は、著者がザクセン中央文書館に、エーリヒ・ケストナーの実の父親はエーミール・ツィンマーマンだという説があるが、と問い合わせたときのこんな簡潔なコメントにあるだろう。「現存する記録によって証明することは不可能です」。

それともう一つ、トスカーナ地方に残るわらべうたの一節を、最終的な結論と見なすことができよう。「ちょっぴり犬で／ちょっぴり猫で／だれにもわからない、どっちが父親か」。

食べ物はいつも同じ

教員養成学校と兵隊の時代

エーリヒ・ケストナーの生涯を知るうえでもっとも重要な資料、それが母親との往復書簡である。母親に宛てて、ケストナーは何十年にもわたって毎日のように手紙を書いた。仕事や恋愛の進展具合を報告し、誰といつどこで会ったか、それぞれの友人についてどう思っているか、逐一知らせているのだ。そして記述はあくまでも詳細なために、まさしく彼の生活記録として読むことができるのである。手紙の遣り取りは一九四〇年代の終わりまで続けられており、ナチス時代については貴重な切り口ともなっている。

母親はいつでも感謝しながら耳を傾ける方であり、（ときには歓迎されざる）助言者で、その文面からは、有益無益を第一に考えるどちらかといえば素朴な女性、しかし心身の状態はきわめて不安定な女性の姿が浮かび上がる。この母親は息子を偶像視しており、息子に関係するものは何一つ捨てなかった。歩き始めて最初に履いた靴から、親ならば義務とされている産毛のひと房、また息子が書いた文章や息子について書かれた文章、これらをすべて手元に残しておいたのである。

息子の方は同じことをしてはいない。もっとも、ケストナーの所有物は何もかも一九四四年に、住居ともども空襲で灰になってしまった。したがって、イーダ・ケストナーが書いた手紙から引用することはほとんど不可能である——つまり、ケストナーが若いころに受け取った手紙はほとんど残っておらず、第二次世界大戦以降のものは、彼女なりの言葉遣いは認められるにせよ、取り上げるほどの意味はほとんど認められないからである。そのころイーダ・ケストナーはすでに老境に入っており、たえず同じことを繰り返して言い、しだいに意識の混濁が認められるようになった。最後の四年間はサナトリウムで過ごし、間もなく意識は時折、それもほんの一瞬、正常に戻るだけとなった。

　ケストナーの手で書かれた最初の資料は一〇歳のときのもので、下宿人のパウル・シューリヒといっしょにヴルツエン近くのファルケンハインに出かけたとき、母に送った葉書である。「感謝の念でいっぱいのあなたの息子」は、母親を安心させようと、危険があるとしても「こちらではせいぜい堆肥を運ぶ馬車に轢かれるくらいです」と書き、田舎ならではの楽しみを報告する。「今日はシューリヒ先生と聖歌隊指揮者《カントール》の家の男の子といっしょに魚釣りに行きます。午後はやはりこの二人といっしょにキノコ狩りに行きます。昨日は梨を収穫しました」（〇九年九月二九日、ＭＢ）。

　このあとに一四歳のとき両親に宛てた二枚の葉書がある。おそらく教員養成学校時代に数日間の旅行に行ったときのもので、一通は「ノレンドルフの丘の上から」両親に挨拶を送り、ごく簡単に用件だけを書いている。「この葉書よりも先に家に帰るでしょう！　時間があ、り、ま、せ、ん！　エーリヒ！」（一三年六月二日、ＭＢ）。エーリヒ・ケストナーは小さいころから学校の先生になりたがっていた。成績優秀な生徒であったことはすでに触れたが、先生になりたがった最大の理由は、両親の家の下宿人にあった。『ぼくが子どもだったころ』で、囲いのある子ども用ベッドで寝ていたころのぼくは、いつも夜中に母親のミシンのカタカタという音で目を覚ました、と記している。「ぼくはそれがとても気に入っていた。でも母にはまったく気に入らなかった。それというのも、両親の考えでは、小さな子どもの大切な仕事はできるだけ長く眠ることだったからである」（Ⅶ・53）。母親はツィンマーマン博士に相談する。博士も同じ考えであった。しかし副収入なしではやっていけなかったので、小さな住まいではあったが、母親はそのうちの一部屋を貸すことにした。「パパは、ほとんどいつでもそうだったが、何も言わずに了解した」（Ⅶ・53）。

　最初の下宿人は小学校教員のフランケで、その後の下宿人もみんな学校の先生だった。ケストナーはいっしょに過ごした晩のことを記している。場所は両親の家の台所であったが、まるでそこが、自分にとっては生まれて初めて入ったカフェであったかのような書き方である。フランケは「陽気な青年だった。部屋は気に入ったといい、食事はおいしいと言った。とってもよく笑い、また小さなエーリヒのことを面白がった。晩にはキッチンにいるぼくたちのところへやってきた。自分の勤めている学校の話をした。生徒のノートの誤りを直したり点をつけたりした。ほかの若い先生たちが訪ねてきた。みんな生き生きとしゃべった。父は温かい竈のところに立ってにこにこしていた。母は言った、〈あなたは竈を支えているのね〉。誰もがすっかりくつろいで好い気分になっていた」(Ⅶ・54)。

フランケのあとで下宿人となった一人、パウル・シューリヒは、ケストナーから「一種のおじさん」と見なされるまでになった(Ⅶ・55)。よそに移ったのは、ケストナーが大学入学資格を取ってしばらくしてからで、ケストナー一家がケーニヒスブリュッカー通りの四八番地から三八番地へ引っ越したときもいっしょだった。大家の物質的な困窮にも理解を示し、一時は三部屋のうちの二部屋を借りて、ときおり居間をケストナー一家に使わせたこともある。少年ケストナーはその居間でピアノの練習をさせてもらい、宿題をした。また、最初の旅行に連れていってくれたのもシューリヒだった。こうして親戚同然の付き合いが生まれた。シューリヒはエーリヒ・ケストナーの従姉妹ドーラ・アウグスティンとの結婚を望んだが、ドーラの父親フランツの反対で実現しなかった。

イーダ・ケストナー(後列中央)とドーラ・アウグスティン(前列)。ハイク仲間とともに、1910年頃

これでわかるように、ケストナーはいわば教員といっしょに成長したのであり、普通の子どもなら、学校に行くようになったときに先生と接することに不安を覚えるものであるが、そうしたことを知らずに過ごすことができた。今日でも同じであろうが、親類の人たちは教員の生活がどんなに恵まれているかをしきりと話題にした。長い休みがあり、年金資格が有利で、授業はほんの数時間のうえに、「いつだって同じことを教えていればいいんだ」と(Ⅶ・61)。まだ学校に入る前から、ケストナーは先生になりたいと思っていたが、このときはいわば「大食漢」(AM)のシューリヒを羨ましく思ってのことだった。「母を手伝って、シューリヒ先生の夕食のためにテーブルの準備をし、ソーセージャやハムの上に玉子を三つ使った目玉焼きを乗せ、バランスをとりながら先生の部屋に運んだが、そのたびにぼくは考えた。〈これなら先生ってちっとも悪くないな〉。金髪で大男だったシューリヒの方は、ぼくが自分の夕食と取り替えられたらどんなにすてきだろうと思っていることなど、まったく気づいていなかった」(Ⅶ・61)。

教員養成学校に進むことは、理性的に考えても一番よい道であった――能力はあるが、両親が実科高等学校やギムナジウムの学費を払えない子どもにとって、社会的上昇を果たそうとすれば、面倒な条件のない唯一の方法だったからである。教員養成学校は国費で勉強することができたのだ。「少年は堅信礼まで小学校に通い、それから入学試験を受ける。不合格なら父親と同じように勤め人とか帳簿係になる。合格すれば、六年後には助教諭となって月給がもらえるようになる。つまり、両親を支えることができて、《年金受給資格付き終身雇用のポスト》も手に入るのである」(Ⅶ・59以下)。ケストナーは入学試験に合格し、一年間、教員養成学校に進むための準備クラスに通った(こうした生徒はプレパランデ〔教員養成学校の予科生徒〕と呼ばれた)。そして一九一三年、「フォン・フレッチャー男爵記念ドレスデン・ノイシュタット教員養成学校」に進学することができた。これは寄宿学校であったが、ケストナー一家の住まいから通りをほんの二、三本隔てたところにあった。

こうしてケストナーは新しい学校に変わったが、言ってみれば一つの子ども用兵舎から別な子ども用兵舎に変わっただけであった。この寄宿学校では五年間学び、そのあと兵役の義務を果たすべく応召した。『ぼくが子どもだったころ』の執筆ノートには、先生たちの名前がいくつか挙げられている。思い出してみても、「サディズム」という言葉以外には何も思い浮かばない先生たちであった(AN)。フレッチャー教員養成学校は軍隊を手本にした組織になっていた。のちにケストナーは「教員の発生史」(一九四六)という評論で、この学校を「教員の兵舎」と呼び、授業ぶりはといえば——その素材［生徒を指す］の水準はギムナジウム並みであるにもかかわらず——下士官の養成学校と似たり寄ったりだったとしている。ギムナジウムなどと違うところは、生徒たちが貧しい家庭の子どもで、国家の金で勉強をしていたことだった。「したがって、廊下で先生と会うたびに、生徒がまるでショックを受けたようにぴたりと立ち止り、気を付けの姿勢を取らねばならないのは、理の当然なのであった。また、教室に先生が入ってきたときには、級長の鋭い掛け声に応じて、すぐさま椅子から立ち上がらなければならないのも、当然なのであった。また、一時間の外出が週に二度しか認められていないのも、当然なのであった。また、ほとんどすべての事柄が禁止されており、違反すれば途方もなく厳しい懲罰が待っていることも、当然なのであった。このようにして、すぐれた個性はことごとく切り詰められた。こうして背骨がよく曲がるようにされ、もしも曲がらなければへし折られた」(Ⅱ・77)。ケストナーは《第三帝国》において教員が無力だったのは、このような学校に責任があるとし、子どものための本——『ぼくが小さな子どもだったころ』——のなかで、誤った教育を主題の一つとしたのである。「子どもの教育は、厳しい教練や強制によるのではなく、納得させることによってなされねばならない」(AN)。

教員養成学校の唯一の肯定できる思い出として、ケストナーは初めて体験したさまざまな舞踏会を挙げている。まずは教員養成学校の生徒が全員参加する舞踏会、それから「肉屋組合の舞踏会」、「ドイツ工房の舞踏会」、そして「黄金の錨」という店で開かれた舞踏会。こうした舞踏会は「空想力と洗練されたセンス」が感じられて、「本当にすばらしかった」、と書いている(AN)。そうした謝肉祭の舞踏会のために、あるときケストナーは従姉妹のドーラに手伝ってもらって、女の子に変装した——「祝祭の飾りつけをしたフォン・フレッチャー男爵記念教員養成学校の体育館で、生意気な小娘に扮したあのときほど」持てはやされたことは一度もない、と当人は回想している(Ⅶ・143)。

戦争の勃発時にも、ケストナーはドーラといっしょにいた。ドーラの母親リーナ・アウグスティンが二人を、ケストナーの母親といっしょに、バルト海のミューリッツに避暑に行かせたのだった。ケストナーにとって「最初の大旅行」(Ⅶ・145)で、途中、初めてロストックとベルリンを通った。ベルリンでは乗り換えのためにアンハルター駅からシュテッティン駅まで、街のなかを通り抜ける必要があった。初めて見た海は大きな印象をあたえたようで、「ガラス瓶の緑とさまざまな青と輝く銀からなる、息を呑むほど果てしなく広がる海面」と書いている（Ⅶ・146）。そして、沈没船と死んだ船乗り、水の精、海底に沈んだ伝説の都市ヴィネタについて、空想にふけっている。

それに比べれば現実の海岸線はちっとも気に入らなかった、と書いている。そこは大都市よりもっと押し合いへしあいの状態で、夏休み中は安アパートが海岸に引っ越してきている。ヴァルネミュンデの海岸となると、もっと辛辣にこき下ろされている。そこはミューリッツの避暑客が自転車で訪れる定番の目的地であったが、「何とそこでは何千人もが太陽の下でからだを焼いているのだ。まるで大群衆がすでに屠られ、巨大なフライパンの上に並べられているような光景だ。彼らはときどき寝返りを打つ。あたかも自由な意思をもつカツレツのように。二キロメートルにもわたって人間焼肉の悪臭が立ち込めている。そこでぼくたちは自転車の向きを変え、人気《ひとけ》のない原野へと戻っていった」（Ⅶ・147）。一九一四年八月一日、ドイツ帝国はロシアに宣戦を布告、休暇中の人々はパニックに襲われ、ただちに滞在を切り上げて帰途についた。

「まるで地震によって追いたてられたように、ぼくたちは逃げた。そのため森は、まるで何千人もの人間が押し合いへしあいしている緑のプラットフォームみたいになった。とにかくここを発つんだ！　列車は超満員だった。列車という列車が超満員だった。ベルリンはこれが魔女の大釜かといった有様だった。予備役兵の最初のグループが、花束と厚紙製の箱をかかえ、兵舎に向かっていた。〔……〕号外売りの声がかまびすしい。建物の角にはいたるところ動員令と最新のニュースが貼り出され、見ず知らず同士が語り合っていた。蟻塚がひっくりかえされたような大騒ぎで、警官が規制していた」（Ⅶ・148）。ドーラは簡潔にこうコメントしている。「これから父はいよいよたくさんの馬を売ることでしょう」（Ⅶ・148）。パウル・シューリヒとその友人や同僚たちは予備役の将校になった。

教員養成学校の生徒ケストナーは、どちらかといえば貧しかったにもかかわらず、「赤十字戦時志願看護人協会」にたいして、一九一四年八月と九月に五マルクと七マルクを寄付している。そればかりか一六年には戦時国債までも購入している。額面一〇マルクで、払い込んだのは九マルク五八プフェニヒであった(1)。

イーダ・ケストナーの遺品には息子の学校時代のノートも大量に含まれている。それらはケストナーの伝記にとって重要であるが、それ以上に、しだいに変化していくひとつの心性の記録として、いっそう興味深いものである。誤解が生じないように書いておけば、一六歳のときに書いた作文を取り上げて、ケストナーを批判しようなどという意図はまったくない。肝心なことは、当時のケストナーが何を教えられていたのか、卒業したのはどんなに過酷な学校だったか、私たちが知っている作家ケストナーになるために、どんな束縛を脱する必要があったのか、こういった点を明らかにすることなのである。

遺稿には教員養成学校の二年か三年のとき、つまり一九一五年ころの「ドイツ語の課題」というノートがあって、そのなかには宿題で「眼という語のドイツ語における用法」について書いた作文と、ゲーテの「汝が父祖から受け継いだもの／それを所有するためには、みずからそれを手に入れよ」（『ファウスト第一部』682以下）という文章についての作文が、それぞれ記されている。たとえばゲーテについての作文で模範生ケストナーは、語間もあまり空けずに二四ページにわたって、「ゲーテの言葉は何ゆえにぼくたちの民族にとってかくも深い真理を含んでいるか」とか、「ゲーテの言葉はどの程度まであまりにも多く」、または「あまりにも少なく語っているか」といったもろもろの局面について、詳細に論述している。参考文献としては、「マイアー教授著『ドイツ人の民族性』」が挙げられ、書かれている内容は、しばしば参考文献の紹介といった趣を見せており、民族心理学やドイツ民族主義の常套句が目白押しで、「ドイツ人の心情にみられる深遠さ」とか「ドイツ人の民族的性格」、「ドイツの全男女が要求する時代」等々について、たっぷりと論じられている。またケストナーは、「われわれにはどうして、どこに目を向けようとも、敵しか認められないのか？」という問いが、「民族共同体の構成員として」個々人のうえに重くのしかかってくるが、これはいったいどうしてなのかと書き、みずからつぎのように答えている。「ドイツ人はそ

母イーダとケストナー。
教員養成学校時代、1916 年頃

のありようからして」いまだかつて友人を持ったためしがないのであり、「われわれは父祖の遺した尊い富を継承したのである」。そしてケストナーは、先に挙げたゲーテの引用文につづく詩句を用いている。「役立てられぬものは、厄介な重荷である」。

ドイツ人に備わっている有用な美徳の一つとして、教員養成学校のこの生徒が称えるのは、感傷性《ゼンティメンタリテート》である。「われわれは自分たちを幸福だと言うことにしよう。何となれば、今なお感傷性を自分たちの財産と呼び得るからである。何となれば感傷性は、われわれの民族を若く清らかに保ってくれるからであり、嫌悪感を覚えて世界に背を向けることからわれわれを守り、あるいは他の人のドイツ人らしい深い感情をシニカルに笑いものにしたり、そうすることで彼らのもっとも深い真情やわれわれ自身の神聖さを汚すこと、みずからを辱めることから守ってくれるからだ。ドイツ人はいまだ堕落を知らぬ子どものような民族で、おのれの感情の純粋さと深さをけっして隠そうとしないのである」。受け継がれるべき祖先の特性として、ケストナーは「子どものような純粋さ、誠実さ、憐憫の情、公明正大さ、善意」を挙げ、また「ドイツ人の徹底性」も落としてはならない、としている。

同じ作文の先の方では、「恐れを知らぬ勇敢さ、魂を揺さぶること他に例を見ない祖国愛と僚友愛」の証明が、「世界において前代未聞のこの恐ろしい戦いを惹き起こした、まさしく今のこの時代における」証明が、取り上げられる。そして、「たとえばイギリス人は醒めていて冷徹で、意志をほとんどつねに悟性の導くのに任せるのに比べて、ドイツ人は一般に理想主義者であること」もまた「理解できる」、とされる。つづいて、ドイツ人にとっては宗教もまた、「心の問題」なのだという。もしもこの作文から、ケストナーが時代にたいして距離をおこうとしている姿勢が読み取られるとして、その唯一のかすかな徴候は、戦争のさなかに、「内面性を、先祖から伝えられたかけがえのない遺産、最高の遺産として」称え、それが文学や音楽、そして文化活動にも窺われる、としているところであろう。当然のことながらこの種の逃避の動きも、時代に特有で許容されたものであった[2]。

ケストナーは、「一年自由志願兵として兵役に服するための学問的能力に関する」修了証明書を受け取って、教員養成学校を卒業したが、その日付は一九一七年六月二〇日となっている。つまり、戦争による繰上げ卒業で、本来ならあと一年在学して教育を受けるはずであった。一年自由志願兵というのは、けっして自由に志願して兵役に就くわけではなかった。実際は、諸経費や装備をみずから負担する義務を負わされており、その代わりに兵役期間は一年でよいとされていたのである。

召集が差し迫ったものであることは、教員養成学校のすべての生徒にとって明白な事実であった。戦争は一九一四年に始まったが、その年のうちに「教員養成学校の生徒から戦死者が出ており、まもなく同じクラスからも出た」(AN)。これについて、ケストナーは一九二九年に詩「軍服を着た最上級生」を発表したが、そのなかに登場するかつての学校の人々は、どうやら本名が使われているようである。少なくとも校長ヨープストは、名前のほか、「神と祖国に仕える/神学者」である点も事実に即しており、戦死したとされているロホリッツ、ブラウン、ケルンも、おそらく実名であろう。

校長先生は勝利の報を聞くたび神様への感謝を口にし、
先生たちはラテン語で何やら唱えてた。
ぼくらはあの戦争を怖がっていた。
やがてぼくらに通知が来た、軍隊に入れと。

ぼくらは怖かった。だから願わずにはいられなかった、
誰かがストップ、戦争終わり、と言ってくれることを!
あのときぼくらは一八歳だった、ということは、
まだまだそんなに年寄りじゃなかった。

ぼくらは思った、ロホリッツ、ブラウン、ケルンのことを。
校長先生はぼくらにおっしゃった、幸運を、と。
そして神様とほかのお偉方といっしょに、

怖がることなんかなく、故郷にお残りになった。（Ⅰ・140）

ケストナーは幸運だった。彼もまた故郷に残ることを許されたからだ。入った部隊はドレスデンにとどまり、それから移動になったが、行き先はケルンで、そこに数週間駐留した。とはいえ、先生たちとは比べものにならない厳しい条件下で生きていかなければならなかった。新兵のケストナーは、少なくとも最初のうちは徹底的にしごかれた。朝寝坊が習慣となっていた彼が、街全体がまだ眠っているうちにたたき起こされた。「乗馬と厩勤務。朝の四時に兵舎へ。乗馬靴を肩にかついで。静まり返った街路を行く、目覚まし時計よろしく」（AN）。彼は訓練の目標を、「使い物になる教員や将校を製造するために、邪魔な誇りを打ち砕こうとする」試みだ、と見ていた。「国家目標としての服従。幼年学校。教員養成学校」（AN）。

もっとも骨身にこたえた体験は、ヴァウリヒ軍曹という訓練担当教官によるもので、この名前を題名とする詩をケストナーは書いている。

「膝の屈伸、始め！」、これが一番お気に入りのせりふ。
立てつづけに二〇〇回も怒鳴りおった。
するとおれたちは、うらさびれた運動場で
膝の屈伸をやったもんさ、さながらゴリアテみたいにな、
そして憎しみってものを学んだよ、十把ひとからげで。

［……］

やつは面白がってぼくを追いまわした、砂場のなかで、
そして後ろから隙を窺いながら、こう訊いた。

「今、おれのピストルを持っていたら、
おれを撃ち殺すか、今すぐ、ここで?」
そこでぼくは言った、「はい!」と。

一度やつと会ったら、けっして忘れはしない。
記憶のなかでノックアウトして、氷の上に這わしてやる!
あれはけだものだ。つばを吐き、吠えていた。
そして名前はヴァウリヒ軍曹、
これでもう知らない人間はいまい。

あの男はぼくの心臓を使い物にならなくした。
これはけっして許せぬやつのしわざ。
刺すように心臓は痛み、鼓動は早鐘のよう。
夜中に眠るのが怖いとき、
ぼくは考える、やつのことを。(I・65以下)

ケストナーの軍籍証明書に当たってみても、訓練にたいして、特別にヴァウリヒ軍曹にたいして反抗した気配は読み取れない。それはしかし、証明書という記録の形式に原因があるのかもしれない。公刊されていない回想録によれば、ケストナーはごくわずかな可能性を見逃すことなく利用した。それもこの軍曹のときが最初というわけではなかった。こうしたノートをケストナーは、もう少しで推敲も発表もしないで放置するところだった。理由は、自分でも自慢の臭いが鼻につくと思ったからで、その点について、みずからこう記している。「正義を可とし強制を不可とする、ぼくの感覚。小学校のとき、ほかの子と遊ぶとき、教員養成学校で、軍隊で。一度だって自分のためだったことはない。せっせと勉強し、頭も悪くはなく、体操も上手、それがぼくだったのだ。これではすごく自慢しているみたいだ。特性を明らかにするにとどめなければ。ぼくの〈政治参加した〉詩の原動力でもあったのだから」(AN)。

ケストナーは一年自由志願兵として歩兵隊所属の砲兵部隊に配属され、一九一七年六月二一日に入隊、一か月後に宣誓をさせられた。最初は「第一九歩兵砲兵連隊、第三新兵補充大隊」に所属した。その後、連隊のなかで何回か所属が変更になっている。入隊後はカービン銃九八の取り扱いをたたき込まれ、大砲照準手や砲兵隊長となるための訓練を受けた。また、天然痘、チフス、コレラの予防注射をされている。一八年七月六日、昇進して「定数外一等兵」という階級になった。ケストナーの軍籍証明書には幾度か、態度良好、と記されており、処罰を受けたという記録はない。

一九一八年九月、入隊後にかかった心臓障害が耐えられる程度まで良くなってから、ケルン市のヴァーン地区にあった砲兵隊＝照準学校に転属となった。そして「目測訓練課程に入れられ、その修了後は、推挙されて音源測定のための状況判断訓練課程」に参加した(3)。この軍隊時代に母親に宛てた手紙の小さな束が現存するが、その手紙はすべてケルン市のヴァーン地区で書かれたもので、日付は全部一九一八年一〇月となっている。そこに見られるケストナーは、もはや軍隊の不当な要求に応じるために汲々としているといった気配はなく、文面は緊張が解けた印象をあたえ、中にはほとんど他愛ないことを記した手紙すらある。今は新兵の苦しい段階を生き延びた兵として、ケルンの中心部に何度か出かけた際の体験を書き送っているが、当然のことながら話題は食べることが中心になっている。

母親が定期的に、靴下やマフィティー〔手首用の防寒具〕、食料品を詰めた小包を送ってくれたのにたいして、ある手紙では、「おかげさまで贅沢三昧の暮らしをしています」と書いているが、同時に、ご自分のことはすっかり忘れ、こんなに献身的な贈物をなさってはいけません、と母親をたしなめてもいる。「いいですか、このような卵を一個食べるたび、お母さん自身がこれを食べることがどんなに大事か、考えています。卵一個でもそうなんですよ！」。しかし、手紙はたいてい母親を褒める言葉であふれている。「要するにケーキは文字通り舌がとろけそうでしたよ。何人かにほんの一口ずつ分けてやりました。みんなうれしくてニコニコでした。でも、すぐにもう一度しっかりと包みました。ですからもう誰も手出しはできません。これでもう何年も大丈夫なほどの貯えがあります。――心から御礼を申し上げます。ブルートヴルストは少しカビが生えていました。でもその部分をきれいに取り除き、今は戸棚に大事にしまってあります」(一八年一〇月二二日、MB)。外出時のことを書き送ったときも、配給される食糧とか、給食を何度も受け取ろうとしたことなどが記されている。ケストナーのグループ――教員がもう一人、「建築家一人、機械組立工一人」からなっていた――では、くじ引きでほかの者のために列に並ぶ人間を決めていた。「頭のなかには食うことのほか何もありません。[……]ラインラントでは食べる物は白いキャベツしかないようです。ちなみに、こちらではそれを〈カッペス〉と言っています。そちらでも同じようにひどい有様ですか? 食べ物はいつも同じなんですか?」(一八年一〇月二七日、MB)。

あるときは、日付のない手紙で母親にこう伝えている。「一週間前からうまく立ち回っています。つまり、今日決まったのですが、明日から始まる距離測定課程に参加することになったのです」。このときケストナーは戦術的な能力を発揮したのだった。この課程が参加者を募集するのはかなり稀で、少数の兵――ケストナーのときは一二名――だけが参加できた。ケストナーはもともと視認測定課程に入ることになっていたが、こちらの課程は講習期間がたったの一週間であった。「終われば前戦に行くのです」。ケストナーの中隊から毎週一〇〇〇名が前線へ送り出されていた。一九一八年九月には一等兵ケストナーにも戦闘停止が予想されたのだが、まだ実現していなかったのである。ところで距離測定課程の講習は「最低でも四週間」は続いた。利点はほかにもあった。距離測定兵は「部隊の中枢部に所属します。つまり、前線から遠く離れているのです。それにたいして視認測定兵は硝煙の立ち込めているところに行かされる可能性があります。部隊の中枢部はずっと後方の地下壕のなかに置かれていて、前線とは長い電話線で結ばれているのです」。ケストナーは母親に、今度の課程の勉強に必要だから、このときまだ下宿していた教員の三角法の教科書を借りて送ってくれるよう、依頼している。――やるとなったからには十分に且つ徹底的にやろう、と考えたのだ。

これまでのケストナーの伝記はどれを見ても、生涯にわたって心臓病を患っていたと書いているが、確かに心臓病は数か月にわたって彼を苦しめた。「両親は、一九歳の息子が呼吸困難のために一人では階段を上れないので、下から押してやらねばならなかった」(II・57)。一九一八年一一月とある手書きの履歴書に、ケストナーは病気についてこう記している。「軍隊における厳しい訓練により著しく悪化した心臓障害（心臓拡張症、心臓弁膜症、心臓神経症）のため、ドレスデン・ロシュヴィッツベルク駐屯地の兵舎内病院に六週間入院」。後遺症として残った「神経症の心臓」を、彼は戦術的に利用している。訓練課程に属していたとき、兵舎の歩哨に立たされることもあったが、母イーダ・ケストナーへの手紙にこんなくだりがあるのだ。「いいかげん頭のにぶい軍曹をちょっといたぶってやりました。彼はぼくを追い立てて走らせようとしました。ぼくは心臓が悪いことを話しました。でも聞き入れません。そこでぼくはゆっくり走り出し、少し行ったところで倒れ込み、そのまま地面に長々と寝そべってしまったのです。おお、たいへんだ、と、軍曹はおびえきっていました。――これからはぼくをそっとしておいてくれることでしょう。こうして連中は、ぼくを相手の戦争でも勝てないことに気づくのです」（一八年一〇月二二日、ＭＢ）。

距離測定班の講習が終わったとき、ドレスデンに帰りたいのはやまやまであったが、申請しなかった。理由は、ドレスデンでは適性度が何級の兵までが前線送りとなるのか、両親からの手紙では知ることができなかったからである。それならもう少しケルンにいる方がましだ、と考えたのだった。「自分の神経質な心臓を理由に、ひいひい泣いていれば大丈夫です。ストップウォッチで測るときには（砲撃から着弾までをオスラムという器械で測るのです）、しっかりと視ていなくてはなりません。でも、すでに申し上げましたが、ここにいれば安全だと思われるのです」（日付なし、ＭＢ）。

ケストナーはこの心臓疾患を一九二〇年代に湯治場ナウハイムで全治させるが、その後に生まれた詩「心臓病湯治場からの手紙」を、詩集『椅子のあいだで歌う』（一九三二）に収録している。詩のなかでは、湯治の食餌療法上のさまざまな制限を叙述したのちに、こういう結論を下している。「ここで病気にならない人間は、反抗的だと見なされるかも」（Ｉ・207）。これを読んだ湯治場の管理者が、あの詩は本当にナウハイムのことをうたったものか、と問い合わせたのにたいして、ケストナーは終始ご機嫌で、明らかに当時の出来事をまざまざと思い出しながら、こう答えている。

「わたしにとって三つの要素がたいそう重要です。一、グレーデル教授が治療に当たってくださったこと。あの方はナウハイムにとって、また患者たちにとっても、じつに重要な方ですからね。それから、教授の湯治規定を守らず、その代わりに、湯治棟の裏側にあったテニス場でテニスを覚えたこと。そして三番目は、夜も更けるころにダンス・バーをほとんど欠かさずに訪れたこと。以上のいくらか型破りな治療法の組み合わせが効果を発揮して、わたしの損なわれていた健康はふたたび元通りになったのです」。これはわたしにとって「もっとも適切な心臓治療法」でした。あれ以来、わたしは二度と「心臓治療のために湯治場を訪れてはおりません」、がしかし、「テニスはしょっちゅうやっている」からです。(4)

ケストナーの場合にかぎらず、第一次世界大戦によって惹き起こされた心臓疾患は文学の一つのトポスとなっている。それがもっとも詳細に語られているのは、ゲオルク・フォン・デア・フリング〔つぎに紹介される『兵士ズーレン』はドイツ最初の反戦小説とされる〕の小説、『兵士ズーレン』(一九二七)であろう。表題ともなっている主人公ズーレンは、ある章の最初から最後まで仮病を使おうとしている。「衰弱しきった人間の歩き方を身につけ、瞼を垂れ下がらせ、アンチピリンの薬を使って脈拍数をとんでもなく多くした。そのあとで、ある朝、病気だと申し出るのだ」。酒場でズーレンは尋ねられる、心臓病だとどうなるか知っているかと。彼の友人は本当に心臓疾患にかかっていて、次回の医師による診察に備えて、ズーレンのために準備をしてくれる。友人はズーレンのワイングラスに粉薬を入れ、ビールにコーヒーを混ぜる。どちらも飲み干したところ、ズーレンは意識を失ってしまう。翌日の夜、彼は毛布の上にもどしてしまい、屋外に飛び出して、雪の上に胆汁まで吐き出す。このようにおそろしく苦しい思いをしたので、もう二度と仮病は使うまいと決心する。(5)

ちなみに『兵士ズーレン』にもヴァウリヒ軍曹が登場する――こちらの方が、ケストナーの詩が『鏡の中の騒音』に収録されて世に出るよりも二年前に出版されている。この小説ではツチュキーという名前になっていて、訓練担当の下士官で、何年も前から悪評高いいじめ屋であり、新兵みんなの殺してやりたいという欲望の対象になっている。(6) ケストナーはゲオルク・フォン・デア・フリングのこの小説を知っており、のちに、「この小説はドイツ文学が犯した罪過を取り除いてくれた」作品である、と称えている(GG、I・326)。

一九一八年の終わりか一九一九年の初め、ケストナーはドレスデンの部隊にもどされ、一月八日に除隊となった。彼は古い数学のノートに「いくつかの重大な問題」(NL)を書き留めている。このノートにより、彼がこの時期にもはや教員になる気持ちはなく、大学で学びたいと考えていたことが、明らかになっている。ただし、そのためにはどうしたらいいのかという点については、まだわかっていなかった。教員という職業にたいする疑念は、まだフレッチャー教員養成学校の生徒で、教育実習をおこなったとき、頭をもたげていた。のちに、「自分がはやばやと将来の職業を決めてしまった」ことは、「人生で最大の過ち」だったと語っている。自分は教室で生徒たちの前に立ったとき、それを悟ったが、並んですわっている生徒も同時にそれを悟っていた、とケストナーは書く。何も気づいていないのは、教員養成学校の教授たちだけ、教育に目を光らせているべき人たちだけであった。子どもたちは「ぼくを怪訝そうに見つめていた。子どもたちは感心な答えをした。手を挙げた。立ち上がった。腰を下ろした。教授たちは満足げにうなずいていた。にもかかわらず、すべては根本から間違っていた」(Ⅶ・57)。

教員になろうとしたのは、自分ができるだけ長いあいだ生徒でいたかったからにほかならない、と彼は書いている。そして、教育者になるには、あまりにも忍耐力に欠け落ち着きに欠けていた、と。母親が自分を理解してくれたことについて、ケストナーは母親を終生尊敬してやまなかったが、シューリヒの部屋で演じられたその場面は『ぼくが子どもだったころ』に記されている。彼は、まだ軍服を着たまま、母親の前に進み出て、「重苦しい気分で、申し訳ないと思いながら、〈教員にはなれません!〉」と言った。「母親はもうすぐ五〇歳という年齢になっており、ぼくが教員になれるようにとあくせく働き、切り詰めてきたのだ。今はもう一歩というところまできていた。あと必要なのは試験を一回受けることだけで、数週間後に遊び半分で受ければ、優秀な成績で合格することは間違いなかった。そうすれば母親はやっと安堵のため息をつくことができる。そうなれば母親は働かなくてもよくなる。そうなればぼくは自分で生活できる。それなのに、ここまできてぼくは言ったのだ。〈ぼくは教員にはなれません!〉と。[……]パウル・シューリヒは黙ったまま緑のソファーにすわっていた。父は黙ったままタイルを貼った暖炉に寄りかかっていた。母は電燈の下に立っていて、その電燈には緑色をした絹地の笠がかけてあり、縁にガラス玉のついた房飾りがあった。母は尋ねた。〈いったい何がしたいんだい?〉〈ギムナジウムに行って、大学入学資格を取り、大学で勉強したいんだ〉、とぼくは言った。母はほんの一瞬考え込んだ。それからにっこりして、うなずき、言った。〈わかったよ。大学に行きなさい!〉」(Ⅶ・58以下)。

数学のノートに記された「いくつかの重大な問題」のページでは、この話し合いに先立って、大学に進むための手立てについて、自分なりにあれこれ考えていたことが記されている。教員養成学校に戻れば、一九一九年には卒業、それから四年間を助教諭として働き、二度目の試験を受けて合格すれば、一九二七年には大学を卒業できる。もしも教員養成学校ではなくグラウハウにある実科高等学校に進めば、一九二〇年に大学入学資格を取ることができて、二四年には大学を終えられるのではないか。でも助教諭になって何年かお金を稼げば、大学で勉強するあいだ、それでまかなえるのではないだろうか。ギムナジウムという道をたどれば、三年早く大学を終えることができ、入学以前に「よりすぐれた準備教育」が受けられ、「完全な意味で大学教育を受けた人間」になれる。

そのページには三人の名前が書かれている。明らかに助言を求めようと思った相手である。かつて通ったフレッチャー教員養成学校の校長ヨープスト――これにより、「軍服を着た最上級生」の批判的な言葉はもっとあとになって書かれたことが判明する――、二番目はツィンマーマン博士であるが、三番目は判読できない(7)。

そのあとには、自分の置かれた状況について、いささか大仰な表現が見られる。「ぼくには正確にわかっている。今ぼくは岐路に立っているのだ。ところで、ひとつの転換点、おそらく重要な転換点にあっては、最高に明断な思考と最高に強固な意志の力が必要であろう。ところがぼくときたら、それらの代わりに無気力に捉えられてしまっている。人格の価値を、ぼくの人格の価値を窒息させてしまう無気力に。今のぼくは、がむしゃらに前に進むエゴイストでありたいと自分で思いながら、宿命論者に、汎神論者になってしまっている。いまいましいことに、ぼくのなかに奥方様のようにのさばっている奴のせいだ。[改行] しかし、結局のところそれは正当で基準に忠実な自己評価の感情に過ぎない。いったい個々の人間にはどんな意味があるのか。何もない。まったく何もありはしないのだ。高い目標に向かってといっても見掛けだけなのに、そんなもののためにこの追い立てられ、駆けずりまわっているという感覚、いつだって足りないものばかりだという感覚は、いったい何の役に立つのだ！　さあ食べよう、さあ飲もう、といこうじゃないか！　趣味や道楽にふけって生きていけばいいじゃないか！　蝶の蒐集だって、絹の靴下の蒐集だっていいだろう！――なぜなら、われわれは無にも等しいのだから――明日にはもう存在していないかもしれないのだ。あとは野となれ山となれさ！」

きわめて具体的な問題は懇願の大仰な表現に似合わない。そして自分でもそれを意識していたことを、このメモとそのコケットな調子が物語っている。ニーチェの超人という理想像はすでによく知っていた、がしかし、彼はそれをみずからの生き方とすることはできず、奥方様という滑稽で絶望した呼びかけによって、自分の理想を皮肉に打ち壊してしまっている。あとに残るのは、崇高とは言いがたいディオニュソス的な――というよりはむしろ快楽主義的な――目標であり、食べるとか飲むとか「趣味」とかなのである。

じっさいケストナーはその後、短期間だが、グラウハウにあった実科高等学校に通っている。また、まだ軍隊に勤務中に、一段高い資格のための特別教育課程と編入試験を終えていた。しかしそのあと、一九一九年一月一五日に、一種の「改革ギムナジウム」だった、ドレスデン市内ヨーハンシュタット区のケーニヒ・ゲオルク・ギムナジウムの聴講生になることができた。そして、同年の復活祭までは第八学年のクラスで学び、九月二〇日までは第九学年［最終学年］のクラスに通い、筆記試験と口述試験に合格し、戦時ギムナジウム卒業証明書を受け取ったが、そのなかには、成績は「きわめて優秀」で、品行は「方正で申し分なし」と記入してあった。「当人は卒業にあたって、大学でゲルマニスティーク［ドイツ語学・文学］、歴史、そしてフランス語を学ぶ、という意思を明らかにしている」。成績では、《秀》がずらりと並んでいるなかで、英語が《優》であるが、これはしかし特筆に値する。というのも、ケストナーはわずか九か月勉強しただけでみんなに追いつき、この成績を挙げたからである。

のちにケストナーは、自分が学んだギムナジウムを口を極めて誉めそやしている。それは、彼がそこで初めて権威主義的ではない組織に出会ったからである。時間が経つとともに、しだいに兵舎の悪夢から逃れ、自分の幸運を正当に評価できるようになっていったのだった。授業に出るようになった最初の何日かほど、「あっけにとられたことはその後二度とない。あのときぼくはまったく唐突に、生徒たちのあいだに腰を下ろし、この世でこれ以上はあるまいと思われる自然な態度で、生徒たちを自分たちと同様にあつかう教授たちに出会ったのだ。ぼくは圧倒された。初めてぼくは身をもって知ったのだ、学校における自由とは何か、それはどの程度まで、秩序を危険にさらすことなく許され得るのかを。それにたいして、ふたたび教員養成学校にもどるほかなかったかつての同級生たちは、またしても有無を言わさずしごかれて、服従する自動機械に仕立て上げられていた」(Ⅱ・77)。

ケストナーはこのときのドイツ語の先生、ヴァルター・ホーフシュテッターと、一九六〇年代にいたるまで手紙のやり取りをつづけることになるのだが、自分が受けた帰還兵用の特別ギムナジウム卒業試験のことを好んで思い出し、「そのたびに胸が熱く」なった。なぜならホーフシュテッター先生はケストナーに、「若いゲーテと私たち」という個別のテーマをあたえてくれたからである。「ぼくは今でも覚えています。先生はぼくに、もしよかったら試験室を出て校門の前にある公園のベンチにすわり、タバコを吸いながらメモをとってもいいんだよ、と言ってくださいました」(8)。このケーニヒ・ゲオルク・ギムナジウムで、ケストナーはラルフ・ツッカーと、また、生まれ年は一九〇一年だが、誕生日が同じ二月二三日のヴェルナー・ブーレと出会い、ともに親しい友人となった。

現在まで残っているケストナーのもっとも古い詩は、このころ書かれたものである。それらは、まだまだ読んだ作品の影響があまりにも露骨で、当時流行していた「世界観」なるものとぴったり重なっている。ギムナジウムの授業用ノートに、若者の「誇張された自我礼賛」を弁護する書き込みがある。この礼賛が源となって、「自我が野生のヤギに似ているかもしれないわずか数年を過ぎれば、分別を備えた滔々たる大河が形成され、そのほとりにはいくつもの水車を建てることができるのだ」。この自我礼賛を具体的に説明しようと、少年ケストナーは何ページにもわたる長い詩を書いているが、つぎに見るように、そこでは自我が最初はまだかなり慎ましくうたわれる。

自我！

それはささやかな小鳥のさえずり
　かつて
緑の牧場《まきば》に響いた、あのさえずり、
　それは青い春のそよかぜ
　　かつて
五月の昼に吹いた、あのそよかぜ

この自我はしかし、たちまち膨れ上がって巨大になり、「もはや抹消することなど不可能」で、年長の世代はと見ればば青ざめており、全世界が「非＝自我」として敵となる。それにたいしては「剣を抜く」ことだけが有効で、抒情的な自我はその剣を振ってみずからを証明し、自己の「発酵しつつある力」を感じ取ろうとする。

白兵戦、雄叫び、そして血！
ぼくは血を流しているか？——世界は血を流しているか？
斃れる者は斃れるまでのこと！
山のような
引き攣る死体。
ぼくはそこに行き着かねばならない
悪から
怠惰から、劣等から
世界を救ってやる。
それゆえぼくは高みへ、い、い、登って、い、い、いかねばならない、い、い！
雲のなかにまで！
今のぼくはトール神だ！

自我が大きく伸び広がって到達したゲルマンの神は、神話にあるとおり雷霆《らいてい》を投げつけ、雷鳴をとどろかせ、人間の罪を追及する。人間たちが臆病にも「無気力や不安に包まれて」いるからだ。「目覚めよ！」と命じる声がする、「汝らの胸」にもこの「無限なる自我」を宿らせよ。そして万人がそれを意識するようになれば、自我はみずからを犠牲にし、「引き裂かれた胸の中から」心臓をつかみ出し、古いものを破壊せんとする。

汝らのために流され
汝らのために注がれたのだ！
汝らのために、人間たちよ、
　一個の自我が流す、
火と燃えるがごときその血！
ところが汝らは憩うており、
　まどろみ、あくびをし、
欲情を満たそうと臥し床に横たわっている。
［……］人間たちよ！　立ち上がれ！　大きくなれ！
　すするがいい
汝らのために大河のごとく流れるぼくの血を！
人間たちよ！　抱き合え！　そして善良になれ！

この詩はいわば即興の作品で、おそらく授業中に課されたテストの回答として書かれたものだろう。したがってあまりに詳しく分析するべきではないし、時に愚かしい韻律があっても、黙って見逃すべきである。むしろ二〇歳そこそこのケストナーが披歴している、自在で軽やかな筆遣いをこそ記憶にとどめておくべきだろう。じっさい彼の作品には教員による添削の跡がある。当然ながら、教員は感想をこう記すにとどめている。「冒頭と結びでのテーマの重複を整理し、構成を引き締めること」。この詩はニーチェの奥義を極めた素朴な人間をしめしている、がしかし、そのツァラトゥストラ以降の支離滅裂な飛躍を自分のものとして受け取ることはよしとしない。人類を偉大に、そして善良にしようという目標はいくらか鮮明さを欠くように思われるが、それにくらべて目標へといたる道はかなり具体的に描かれているようだ。というのも、終わったばかりの戦争は隠喩《メタファー》などとはまったく無関係に、むろん望まれた結果をもたらすようなことはなしに、多くの家族を直撃したのであったから。

ギムナジウム卒業試験の日に

ケストナーの遺した資料のなかに、友人ラルフ・ツッカーから受け取った一通の長い手紙が見いだされる。その手紙でもまた、戦後の青年たちを包んでいた崇高な「生の表象」が追究されているのだが、そこには全編にわたってニーチェ、ショーペンハウアー、ドストエフスキーの『悪霊』、とりわけオスヴァルト・シュペングラーからの引用がちりばめられている。シュペングラーを援用しながら「祖国愛」を宣言しようとしているのである。この時期にツッカーとケストナーの思想がどこまで一致していたか、厳密に判断することはできない。ケストナーの返事が見当たらないからである。いずれにせよケストナーは後年、伴侶のルイーゼロッテ・エンデルレに向かって、ツッカーは「早熟の天才」であり、「誰よりも頭がよかった[9]」と断言している。ツッカーはのちに、『ファビアン』に登場する人物ラブーデのモデルとなった。

ツッカーの手紙では諸民族が人格化され、それぞれの民族が独自の神をもち、「人種共同体《ラッセ》」ではなく「運命共同体」であって、独自の課題をもち、その解決ののちに各民族は消滅するかもしれないとされている。そして、ユダヤ人もそうした運命共同体なのだという。ツッカーはバイエルンの裕福なユダヤ人一家の出であった。個々の民族は買収されることがなく、自己本位でもない「指導者《フューラー》」を持ち、この指導者は信頼をかち得ていて、個別のときは誤る可能性もあるが、全体としては民族を助けて、成るべき姿に成るようにし、実現すべきことを実現し、幸福へと導く」。しかしツッカーは、自分で書いたこのオプティミスティックなテキストをみずから疑い、むしろシュペングラーの説く「西欧の没落」を信じる気持ちへと傾いていた。「主要な流れ、一般的な災害保険としての社会主義、〈わたしは汝が与えるために与えた《ドー・ウト・デス》〉を基盤とする、生贄なしの隣人愛、国家のかじ取りという責任を引き受ける、名前をもたない多数《マジョリティー》」。個人としての「人間」もまた、「超人的なるものへと至る手段」に過ぎない、がしかし、「超人的なるもの」は「自己目的」である。この「思考世界」には「生の途方もない肯定の力が、それと同時に死の途方もない否定の力が」ひそんでいる。こうした考えの当然の帰結として、ツッカーは大学で医学を学び、解剖学の教授によって、すべての「精神的ならびに肉体的な活動は神経性の本性をもつ」ことが証明されたと感じていた(10)。

この時期にケストナーが書いたもう一つの詩「若者は叫ぶ！」は、ケーニヒ・ゲオルク・ギムナジウムの一九一九年六月一日付の学校新聞に掲載された(11)。こちらの作品では、あらゆる世界救済のパトスは姿を消し、作者は終わったばかりの戦争によって空しく失われた生を嘆いている。この詩には表現主義風の強勢表現の影響が顕著である。前の詩と同様に、たたみかけるたくさんの叫びが、行の中央に配されて、過去の恐怖を無力化しようとしている。冒頭の部分を掲げてみよう。

　　　　　血まみれの太陽が
　　　　血を流す月によって
　　　　みずからを苛む！
ぼくらは毒を含む昼を呼吸する。
　　　死をもたらす霧が
　　もくもくと湧き上がり
　　　　ふくらみ
　　　　よろめき
　　　　ふやけて
無数のいとわしい顔、引きつりくずれる顔となる——
　　　ぼくらにかまうな——
　　爪を立てて、つかみかかる指が
ぼくらの喉をねらってぐるぐるとまわっている。
ぼくらは——息が詰まる！——息が詰まる！

ぼくらにかまうな――
　息をさせろ！
なぜならぼくらは――
　　明日で
あるべきだから！
明日でありたいのだ！
彼方へ――去れ、
　　消えろ！
隙をうかがい、踊りまわる、悪魔たちめ！
　押しひしぐ灰色の形無き山が、
　ぼくらの上へと転がってくる、
近くへ――もっと――もっと近くへ――灰色だ！
　　母たちよ！
ぼくらが苦しみながら生まれてきたのは、ただただ
　欺かれるためだったのか、
　生きることをめぐって？

短く切りつめた詩句、そして必要な部分までも省いた文章構造は、一九一五年に戦死したアウグスト・シュトラムの作品を思わせる。戦場で書かれたシュトラムの詩「したたる血」は、一九一五年に当初ヘルヴァルト・ヴァルデン編の雑誌『デア・シュトゥルム［嵐］』に収録されて世に出た。シュトラムの作品はケストナーの作品よりもっと硬質で、句読点なしで連ねられていて、語りがときとして言葉そのものをも破壊していることがある。若いケストナーにあっては「若者」はまだ正確な文章のかたちで叫んでいるが、唯一「引きつりくずれる」という新造語が伝統の枠を

やぶっている。ケストナーはここで、自分が間接的にしか体験していないことを書いており、このころの詩作品で語られている世界像はまだ不明確で、矛盾したところも認められる――要するに詩というよりも指の練習の成果なのである。

ケストナーはたいそう優秀な成績でギムナジウムを修了したことから、ドレスデン市の「金賞奨学金《ゴルデネ・シュティペンディウム》」を授与された。本人は詳しい説明なしで、「月ごとに支給される奨学金」を得たが、間もなくやってきたインフレーションのために「やっとタバコが一箱買える」程度になってしまった、と書いている（Ⅱ・五七以下）。遺品のなかに見いだされる一九二〇年五月五日付の奨学金申請書に、「申請者は、すでに奨学金を得ているか否か、もしくは授与が決定しているか否か、後者の場合は金額を書くこと」という欄があるが、そこには、該当せずの意味で、線が引かれている。したがって、ケストナーがこの奨学金のために、つまりザクセン内で学ぶことを義務づけていた奨学金を得たことから、ザクセンで唯一のライプツィヒ大学で学ぶことにしたかどうかは、明らかではない。いずれにしても、ケストナーは生まれ故郷のドレスデンをあとにして、ライプツィヒに移る。

ケストナー、ケストナーになる

ライプツィヒの大学生と新進気鋭のジャーナリストの時代

ケストナーは一九一九年の冬学期からライプツィヒ大学の学生になった。受講した科目はドイツ語学・文学《ゲルマニスティーク》、歴史、哲学、新聞学、そして演劇学であった。むろん、最初からこれらに属する科目を勉強したいと思っていたからであったが、数冊分の本代のほかに費用がかからないことも理由の一つであった。最初の下宿を母親といっしょに見つけると、母親はすぐさま次の列車でドレスデンに帰らせた。学校の遠足でエルプダンプフェルンに行ったときも、母親が持たせた小遣いは使わずにそのまま持ち帰ったが、大学生になった最初のころも、お金についてはまったく同じで、できるかぎり節約した。「ライプツィヒでの最初の学期も同様だった。再会したとき、ママはぼくの姿に驚いて、もうちょっとで卒倒するところだった」(AN)。

ライプツィヒは大学生にとって刺激に満ちた都市だった――当時はドイツで最大の出版都市であり、日刊新聞も数紙が競い合っていた。ハンス・バウアーが一九一九年に、ミュンヒェンの『ジンプリツィスムス』を手本にして、風刺的な週刊誌『丸薬《ディー・ピレ》』を創刊した。しかし三か月後には、「毎週一錠」飲もうという「読者が」あまりにも少なかったことから、あえなく廃刊となった。ハンス・ライマンの『龍《デア・ドラッヘ》』はもっと幸運だった。第一号の刊行はケストナーの大学入学とぴったり同じ一〇月一日で、発行人の挨拶にはこうあった。「こんにち、この都市へ流れ込んできた愚か者は誰もが自分の雑誌を興す。どこの都市へ行っても、まるで地面から酢漬けのキュウリがにょきにょき生えてくるような趣きだ。どうして選りにも選って君が雑誌を創刊していけないことがあろう?[1]」。ライマンの後ろ盾になった出版業者はスポーツ用品店の経営者だった。ケストナーよりもちょうど一〇歳年長だったライマンは、すでに『ジンプリツィスムス』や『ユーゲント』といった雑誌に文章を発表していた人物で、やがて世に問うた散文集『ザクセン細密画《ゼクシッシエ・ミニアトゥーレン》』［一九二一〜三一。全五巻］により、風刺作家として成功を収めたドイツ最初の一人となる。ライマンの「なごやかさとは正反対の雑誌」『龍』は、のちに「共和主義と風刺の雑誌」と名乗るが、左寄りで進歩的と標榜しながらも政党とは無関係で、明確な政治思想とすら結びついてはいなかった。協力者としては編集長代理を務めたハンス・ナトネク、一九二一年から雑誌が空中分解する二五年まで発行人を引き受けたライマンの友人ハンス・バウアーがいた。フリッツ・ハンペル（『スラング』）やブルーノ・アピッツはこの雑誌を最初の発表の場としたのであり、ヨーゼフ・ロートがルポルタージュを書き、ヴァルター・メーリングが大都会詩、ヨアヒム・リンゲルナッツが小散文と詩を寄稿した。この『龍』にケストナーの文章も掲載された。ライプツィヒ時代の終わりごろのことで、知人のエーリヒ・ゴットゲトロイやオシプ・カレンターの作品といっしょだった。ライマンを除けば、『龍』時代には全員が無名か無名同然であった。

ライプツィヒのカバレット［文学寄席］もまた、第一次世界大戦後のこの時期にまさしく草創期の至福感を体験していた。この都市には、見本市にやってきて無聊をかこつ客に一晩の気晴らしを提供する、ありふれたいかがわしいキャバレーのほかに、ドイツ全土にその名を知られる文学カバレットも登場し、これについてもハンス・ライマンが中心的な役割を演じていた。一九二一年、ライマンは演出家ハンス・ペーター・シュミーデル、俳優ハンス・ツァイゼ＝ゲットとともに、毛皮取引業者のヴァルター・フランケをスポンサーとして、「レトルテ」という名の文学カバレットを創立した。その舞台には、創立メンバーはいうまでもなく、ライプツィヒで名を知られた俳優たちが一人残らず登場した。そのなかにはリナ・カルステンス、フリッツ・ライフ、アグネス・デル・サルトがいて、最初の出し物にはヴァルター・メーリングのテクストが使われ、ついでシュヴィッタース、クラブント、ヴァイネルトの作品が上演された。ヨアヒム・リンゲルナッツも、ドイツ全土の酒場をめぐり歩いた巡業の途中で、このカバレットにもたびたび客演した。

ケストナーが大学での勉強にどのような関心をもっていたか、はっきりと示す資料はないが、おおよそのイメージを持つことはできる――まずはドイツ文学について、研究の全体像を把握しようとして、《中世の文芸》から現代までの学術的な著作を読んだ。主眼としたのは、ドイツ語および英語の劇文学をあつかう学術的な著作であったように思われるが、ドイツにおける『ハムレット』の脚色についてはとくに熱心に研究している。

ヘルガ・ベンマンの著したケストナー伝には、一九二四年一〇月二四日にさしあたって大学を離れるまでの後半の四学期について、ライプツィヒ大学講義要項のケストナーに関係する部分が収録されている。それによれば、博士論文の指導教授となるはずだったアルベルト・ケスターは、この時期にゲーテに関する講義と一六世紀・一七世紀のドイツ文学についての講義をおこなっており、実質的な指導教授となるゲオルク・ヴィトコフスキは、同時代のドイツ文学のほか、文学社会学的なテーマ、つまり文学史から読み取られる社会というテーマの講義をおこなっていた。また、やがて副査となるフリードリヒ・ノイマンは中世が専門で、中世高地ドイツ語の叙事詩を取り上げていた。(2)

このようにライプツィヒではさまざまな分野で刺激があったにもかかわらず、ケストナーはドレスデンに強い結びつきを感じており、両者のあいだに距離が生じるのは何年も過ぎてからで、しかも決定的になるまでにはずいぶんと時間がかかった。ドレスデンには母親が住んでいたが、母親のつぎに知った女性であり人生で最初の重要な女性イルゼ・ユーリウスも、そこで暮らし、そこの大学で学んでいた。ケストナーがイルゼといつ、どこで知り合ったか、未詳である。一般にはロストックとされているが、それは誤りである。ケストナーがロストック大学で夏学期を過ごすのは一九二一年で、ケストナーの遺稿にはすでにその二年前にイルゼから受け取った手紙が見いだされるからである。ともあれ、ケストナーには学期間の休みをドレスデンで過ごす理由は十分にあった。二一年のロストックで過ごした学期と、それにつづくベルリンでの冬学期については、ほとんど記録がない。わかっていることは、イルゼが彼にとって「愛そのもの」(二一年七月八日、MB)であったことと、母親が――いつものことであるが――十二分に気遣い、クッキーや香辛料、タバコやお金を入れた小包を送ったことくらいである。

将来の仕事となると、このころのケストナーはまだ考えを決めることができず、希望はつぎつぎと変わっていた。「ぼくは――もしも出来ればの話だが――作家になるべきだろうか。それともジャーナリストか。あるいは――いやいやこれはまた別問題だ［……］――一体全体このぼくは演出家にはなれなかったのだろうか？」[3]。ドレスデンにいたころのケストナーは頻繁に劇場に行き、学期休みには端役で舞台に出たこともあった。つまり、ザクセン国立劇場でシラーの作品『ヴィルヘルム・テル』とか『メッシーナの花嫁』に、あるいはゼンパーオーパー［設計した建築家ゴットフリート・ゼンパー（一八〇三―七九）にちなんでの通称で、正式には「ドレスデン宮廷歌劇場」］で、合唱隊の一人としてオペラに出たこともあった。また、「髭をくっつけてもらってブラバント兵に」扮したこともある。

ケストナーはベルトルト・フィアテルを自分のお手本と考えていた。フィアテルはカール・クラウスの雑誌『炬火』のかつての協力者で、クラウスを初めて支援した人物でもあり、劇場エッセイと称した『カール・クラウス。一つの性格と時代』は、一九一七年に一二回のシリーズで上演された。最初はウィーンの国民劇場で脚本家兼演出家となり、一八年から二二年までザクセン国立劇場で演出家をつとめた。彼は表現主義のドラマをたびたび上演しているが、そのもっとも重要な成果を挙げたのがこの劇場であった。ケストナーはフィアテルという人物の肖像をこんな風に描いている。「小柄なからだつきながら外観からして激情家であり、とても背が低いのに圧倒的な印象をあたえる人物だった。芸術にたいする真摯な思いがまるで鋼鉄のような彼の肉体を包んでいた」。

ケストナーは、この演出家と知り合いになりたい、「できるだけ目立たないように」リハーサルを見学して、学べるかぎりのものを学びたい、と思った。そんなとき新聞に、ヴァルター・ハーゼンクレーヴァーの『彼方』をフィアテルが演出する、作者も立会いリハーサルがおこなわれる、という記事が載った。内容からして一九二〇年のことに違いないが、ケストナーは端役として舞台に立った経験から、楽屋の入り口は知っており、リハーサルの日程はそこの黒板に書いてあった。翌朝、フィアテルをつかまえようと、楽屋口で待ち構えていた。フィエテルがやってきた、が、向いの床屋に入っていった。そこで髭を剃らせることにしていたのだ。やがて出てくると、待っていた学生の横を通り、楽屋口から劇場に入っていった――ケストナーは話しかけることができなかった。

「ぼくは［……］才能豊かな人の前では完全に気後れしてしまい、その人にとって不都合なときに迷惑をかけるようなことはできなかった」。翌朝も尊敬する人物に不躾なことはできなかった。そこで新しい作戦を考えた。自分も同じ時間に髭を剃ってもらいに行こう。ケストナーはその喜劇的な場面を俳優のガルト・フリッケに語っている。「彼は右の椅子に、ぼくは左の椅子に、腰を下ろした。親方が彼の髭を剃り、助手がぼくの髭を剃った。〔……〕あなたはこれまでに、自分も髭を剃ってもらいながら、自分の右側で剃ってもらっている人に話しかけようとしたことがありますか？　会話を始めるのはとんでもなく難しいですよ。最初、私たちは両方ともまっすぐ前を向いたまま、石鹸の泡をたっぷりと塗りたくられ、したがってその状況では話しかけることはできませんでした。それから、ほぼ同時に私たちの顔は左側に向けられ、右側のこめかみと頬に剃刀が当てられました。このときフィアテルは要するにわたしの背後にいて、わたしの後頭部を見ていたのであり、わたしは通りの方を向いていました。ですからまたしても彼に話しかけるチャンスは訪れなかったのです」。しばらくはこんな風に時が過ぎていく。「しかし、自然は救いの手を差し伸べてくれるものです。フィアテルの髭はわたしよりも濃く、まだ右側を剃っているあいだに、ぼくの方は顔の向きを変えるように促されました。こうしてわたしはベルトルト・フィアテルと真正面から向き合ったのです！　あちらはもちろんぼくなんか見てはおらず〔……〕、眼をつぶって椅子に体をまかせ、どうやらリハーサルの続きを考えているようでした。その瞬間にわたしは意を決して、剃刀が肌に当たるのを感じながら、話しかけました。〈フィアテルさん〉——すっかりうろたえていましたので、もう抑制なんかききません——、〈『彼方』のリハーサルを見せていただきたいのです〉。するとフィアテルはこう言ったんです。〈話はあとで聞こう〉」。フィアテルはケストナーの希望をくわしく聞くと、何とすんなり一階席へ連れていって、厳しい口調でこう命じた。「真ん中の席にすわり、いっさい音を立てないこと、リハーサルが終わったら、いま来た通路を通って劇場の外へ出るんだよ。明朝、もう一度会おう。今日のように髭を剃るならば床屋で、さもなければ九時少し前に楽屋の入り口でな」。ケストナーは髭をそってもらいには行かなかったが、つぎのリハーサルをも見せてもらい、作者と演出家の侃々諤々と「火山の爆発」に、すなわちリハーサルの中断とに立ち会って、「たいそう興味深くて勉強になる」と思った。

ケストナーは同時代のドレスデンの表現主義から強烈な感銘を受けた。ココシュカ、ディクス、ゼーガル、ヘッケル、シュミット＝ロットルッフ、こうした芸術家たちが第一次世界大戦後のドレスデンに住んでいたのだ。また、美術商エーミール・リヒターの店では展覧会や朗読会や講演がおこなわれていた。一九五〇年代にケストナーはそれらの催しを思い出して、「良きお手本となるもの」であり、「並外れて興味深いもの」であったと語っている。自分は、

「まだ生徒であったときから、兵隊のとき、また大学生になってからも」そこへ行き、初めてカンディンスキーやクレー、ベックマン、シャガール、フェーリクスミュラー、マッケやマルクを見た。あるときはなんと、フーゴー・フォン・ホフマンスタールが朗読するのを聴いたことさえある。この芸術サロンでは「エリートたちがつどっていた。ぼくは彼らを観察し、賞賛し、あるいは心のなかでこっそりと批判していた」(8・206)。

ヴァルター・ハーゼンクレーヴァーも芸術サロン・リヒターで朗読会を開いていた。一九一六年以降ドレスデンに住み、ケストナーや多くの元兵隊たちと同じく、着ていたのはいくらか仕立て直しをした古い軍服であった。ケストナーの回想によれば、ハーゼンクレーヴァーは「世界大戦で神経性のショックを受けたまま帰還したが、彼の戯曲の処女作『息子』も戦場から持ち帰ったもので――エルンスト・ドイッチュと協力して初演にこぎつけ――、時代を画する成功を収めた。当時の演劇界と劇作家はこの作品から影響を受けている」。『息子』は確かにハーゼンクレーヴァーが大きな成功を収めた最初の戯曲であるが、じつはすでに一九一四年に書かれている。ケストナーはのちに振り返って、『彼方』をも賞讃してつぎのように述べている。心理的にも言語的にも興味深く、二人の「卓越した俳優」、アリス・フェルデン［一八八五―一九五六。若いころはケストナーも述べているように将来を嘱望されたが、のちには平凡な映画女優となった］とヴァルター・イルツ［一八八六―一九六五。一九一三年から二一年までドレスデンで俳優、以後は演出家として活躍］によって演じられていた現代の作品を見るのは、一つのチャンスだった。二人芝居の劇であったが、「異常というわけではない三角関係の物語を異常だと思われるように上演しよう」と努めていた。ハーゼンクレーヴァーは『彼方』にオカルト的な要素を持ち込んでいる。結婚から間のないジャンヌのもとに、夫が鉱山の事故で死んだという知らせが届く。たまたまそこには夫の友人パウルが、魔術的な力に導かれてやってきていた。ジャンヌはパウルをベッドへいざなう。死んだ夫だと思い込んでいたからである。夫の子どもを宿しているということを聞いたパウルは、「ジャンヌを殺し、そうすることで死んだ男の霊から自分を解き放ち、同時にジャンヌの魂をも解き放つ。その魂は彼方で夫の魂と一つに結ばれているからである」(4)。シュテファン・グロスマンは『ダス・ターゲ＝ブーフ［日＝記］』誌で、フィアテル演出のこの作品を称えて、「おのれの自我の内に閉じ込められている存在が、これほど空想力豊かにまた象徴的に描かれたことはない」と書いている。しかしながら『世界舞台《ディー・ヴェルトビューネ》』誌のジークフリート・ヤーコプゾンは、『彼方』を推奨する者は「予告なしに解雇」をされても当然だ、この作品でハーゼンクレーヴァーの「残って

いたわずかな才能が漏れて空になってしまった」、という評価を下している。(5)

ケストナーがひそかに見学するようになって三度目のリハーサルのとき、思いがけないことが起こった。見つかってしまったのだ。アリス・フェルデンが不意に大声を上げ、「王女メデアのような身振りで腕をまっすぐ伸ばして一階席を指さし、〈あそこに誰かいるわ！　幕を下ろして！〉と叫んだ。幕が下ろされ、その向こうから大きな声やつぶやき声が聞こえてきた。言い争いになっていた」。ケストナーは結末を待たず、こっそり劇場を後にした、「もうすっかり慣れっこになっていたように、いつまでもつま先で歩いて」。こうして演出家修業は思いがけず早く終わってしまい、もはや、「並々ならぬ友情と志を同じくする者同士の心遣いとについて、フィアテルに礼を言う」ことさえままならなかった。一九四八年にフィアテルがアメリカ亡命から帰ったとき、チューリヒで会ったケストナーはこのエピソードを持ち出した。フィアテルにとってはさほど意味のある出来事ではなかったことが判明する。その昔ケストナーに——一九二一年のケストナーにはまだ一つ二つの秘教的な作品しかなかった——出会ったこともすっかり忘れていたのである。

何度目かのリハーサルの前に、フィアテルはケストナーに、アカデミックな演出家になるのはやめた方がいい、と注意した。そして、まずは俳優の道を試してみてはどうか、と勧めた。「恐ろしい打撃だった」、とケストナーは書いている。俳優に向いていないことは、自分でもはっきりわかっていたからだ。それでもしばらくは、「ひそかに〔……〕ハムレットのモノローグやらホフマンスタールの『痴人と死』のいくつかのせりふやらを」暗唱して、「他人を表現する人間とはどんなものか体感してみよう」と試みた。だがすぐに断念した。

作家としてはもっと粘り強かった。一九二〇年に最初の作品が印刷された。「ライプツィヒ学術通信ならびに学生新聞」の出版部が同年のクリスマスに、「ライプツィヒ大学の学生による詩」を集めた愛書家向けの小冊子を出版したが、収録されている全二六編のうち冒頭の三編がケストナーの創作であった——作品が掲載されたなかでのちに有名になったのもケストナーただ一人である。しかしそこに掲げられた詩、「薄明の時」、「帰郷」、「君の手」は誰からも注目されなかった。上品な哀愁を湛えた、滑らかで好感をあたえる作品ではあるが、新ロマン派の影響が歴然としていた。もしくは、ケストナーも知っていたであろうドレスデンの表現主義詩人、たとえばA・ルドルフ・ライネルトとかハイナール・シリング、こうした詩人のいっそう滑らかな作品に近いものであった。ケストナーのこれらの詩には、精神分析的な読み方を強要するところがある。たとえば「帰郷」では、抒情的な自我が主題で、その私は「まるで母親を捜す人間」のように都会で立ちつくしており、無関心な人間たちとすれ違いながら通りから通りへと歩きまわって、子どもたちにうなずきかけ、最終節でようやく求めていたものを見つける。(6)

しかし今のぼくはあなたの手が奏でる調べのなかに横たわっている、
果てしなくつづいた無言の時間から解放されて。――
その調べがぼくをふたたび闇のなかへと押しやるとき
ぼくは知っている、いつかは待っているあなたにめぐり会うことを！

短期間ロストックとベルリンの大学で過ごしたのち、ケストナーは一九二二年から博士号取得までふたたびライツィヒ大学で学んでいる。教授で枢密顧問官のアルベルト・ケスターは、わずかとはいえ有給の副手というポストを提供してくれた。これは現代でいえば、助手というよりは研究の手伝いをする臨時職員である。

このころケストナーが住んでいたのは水晶宮殿の近く、チェルマクス・ガルテン七番地の三階で、家主はエルラー夫人といった。ルイーゼロッテ・エンデルレはケストナー逸話集のなかでこんな話を紹介している。未亡人のエルラー夫人は部屋を主として芸人たちに貸しており、自分は台所で眠り、「神経を引き裂かんばかりの音を立ててバイオリンの」練習をする。またこの家主は、間借り人が女性を泊めてもまったく意に介さず、朝食をベッドまで運んで、こんなやさしい言葉を口にするのだった。「さあさ、今日はさぞかしおなかが空いていることでしょう！」(7)。ケストナーはのちに「邪魔の多いパーティー」(一九三二)というコラム記事のなかで、そんな芸人たちの繰り広げるグロテスクなクリスマス・パーティーを――場所はベルリンに移してあるが――鮮やかに描いている。ある男がゴム製の関節をもった女性と知り合い、その仲間の手品師やナイフ投げ師、曲芸師、怪力男などと出会って、いっしょにクリスマスを過ごしたことから、「ただの比喩的な言い方に過ぎないが、そのときから彼の首にはナイフがいつまでも突き刺さった」まま暮らすことになる(GG、I・308―312)。

ケストナーの指導教授アルベルト・ケスターは、手広くワインを商う業者の息子で、演劇学と古文校訂の専門家として名を成した。最初に招聘された大学はマールブルクで、一八九九年以降ライプツィヒ大学で近世ドイツ文学の教授を務めていた。研究では演劇空間、とくに一六世紀の舞台を中心テーマとし、一六世紀から一九世紀までの舞台を再現した。他に類を見ないそのコレクションは没後ミュンヒェン演劇博物館に収蔵された。バロックの重要な抒情詩集、『甲冑をまとったウェヌス』の編著者がカスパール・シュティーラーであることを突き止めたことも、ケスターの功績の一つである。また、ゲーテやシラーの大規模な全集が編まれたときにいくつかの巻を担当、ゲーテの母親の手紙を編纂、テーオドア・シュトルムとゴットフリート・ケラーの往復書簡、ならびにシュトルムの定本全集を編集刊行した。大々的なドイツ文学史の出版計画が持ち上がったとき、啓蒙主義時代を執筆することになったが、書き終えることなく一九二四年に世を去った。未完の原稿は二五年に『啓蒙主義時代のドイツ文学』という表題で出版された。このような生涯のごく簡単な要約からも、教え子ケストナーとの接点は明らかであろう。早くから演劇を好んでいたケストナーがこの教授に惹きつけられたのは、少しも不思議ではない。また、ケストナーはドイツ啓蒙主義にも少なからぬ興味を示しており、ゲーテ(とその母親！)にもたびたび言及している。ただ、シュトルムやケラーといった一九世紀の写実主義作家にたいしては、いささか懐疑的であった。

ゴットシェートを扱う中級ゼミナール(一九二二年夏学期)で、ケストナーはドレスデンのギムナジウムで友人だったパウル・バイアーに再会した。ちなみにバイアーもイルゼ・ユーリウスの親しい知人だった。バイアーはケストナーよりも少し年下であったが、先に学位を取ってケストナーを悔しがらせた。

ケストナーが指導を受けた講師の一人、北欧文学研究者で演劇批評家だったグスタフ・モルゲンシュテルンは、あるとき学生たちに、現在初演がおこなわれている演劇について、一晩で批評を書いてくるようにという課題を出した。わずかながら現存するケストナーのこの時代の批評を読めば、彼がこの講師のお気に入りの学生だという噂があったことも十分に納得できる。そこに姿を見せるのは、次代をになう無遠慮で才気煥発な批評家である。自分なりにヤマ場を設定する業《わざ》を心得ており、その一方で文化の規範――たとえばゲルハルト・ハウプトマン――にたいする敬意など、最初からこれっぽっちも持ち合わせてはいない。

　このころハウプトマンの六〇歳の誕生日を祝って、ドイツのいたるところでその戯曲が、玉石とりまぜて上演されていた。このときケストナーは『寂しき人々』を論評した。これは書かれてからすでに三〇年を経ていたが、ハウプトマン自身がもっとも気に入っていると述べていた作品である。しかし初演の際にすでに、主題となっている葛藤はもはや時代にそぐわないと批判されており、一九二二年の時点では、大学生ケストナーにとって嘲笑の対象以外の何物でもなかった。イプセンの『ロスメルスホルム』のなかで白馬がいななくのを聞いた途端に、ハウプトマンは「すっかり興奮したので、〈寂しき人々〉とやらを産み落としてしまったのだった」。ケストナーはこう続けている。

「ストーリーだって？　そんなことは訊かないでくれ！　若い夫婦をロシア人の女子学生が訪ねる。第一段階―女子学生は一週間滞在する予定で、実際それだけ滞在する。第二段階―女子学生は本来それ以上滞在するつもりはないが、しかしさらに一週間とどまる。第三段階―女子学生は、もうこれ以上とどまることはできませんと言って、鉄道の駅まで送ってもらうが、汽車には乗らずにまた戻ってきて、さらに一週間とどまる。第四段階―主人公から、このままずっととどまるようにといわれる。だが、もうそれ以上はとどまらない（なぜなら、戯曲がその直後におしまいになるからだ）。第五段階―それゆえに若い夫は投身自殺をする。

　登場人物の性格だって？　屋敷ではたらく人々はつらい仕事を強いられている。主人公の若い夫は精神的に優れた個性的な人物だ（この点は何も言わずにハウプトマンを信じなければならない。というのも、この作品のどこを探したってそんなことは読みとれないのだから）。そして気骨を持たない女性的な男だ。この男の若い妻はイプセンの《ノラ》のごく近い親戚で、女子学生のアンナ・マールは〈レベッカ・ヴェスト〉嬢〔『ロスメルスホルム』に登場する新しい時代の女性〕の道徳的な検閲を受けた改訂版といったところである。両親のフォッケラート夫婦はヘルンフート派〔福音派敬虔主義の一派〕を思わせる人物で、ヘッベルを引用しながら、わたしたちにはもう世界が理解できないと言うが、これはもっとも至極な発言であろう。〔……〕礼儀を欠いた言葉遣いはお許しを願いたいが、これ以外に言い方はないのだ。

　第四幕は精神病理学それ自体を問題とする精神病理学であり、最終幕は探偵映画だ。これではいかなる人間だって耐えられっこない！　また耐えようとも思わない。なぜなら、今日ではだれも信じないからだ、会話体で書かれた心理学と戯曲《ドラマ》とが同一だなどとは。なぜなら、もしもそうだったら劇場は潰れてしまい、憲法裁判所が結構な芸術鑑賞の場になることであろう。

　主人公は学問を修めながら何の職業にもつかず、一私人として生きる学者で、妻にも世のあらゆる愚かなことにも腹を立てており、ミュッゲルゼーという湖に浮かべた船の上で一女子学生に向かって、自分の書いた哲学書の第三章と第四章を朗読する（フォッケラートは作者ハウプトマンに勝るとも劣らぬ哲学者なのであり、途方もなく高い精神性の持ち主で、この精神性のゆえに孤独を運命づけられているのだが、金属労働者だったらそんな精神性がこの男に備わっているなんて思いもしない）、――要するにひとり引きこもって暮らす学者で、憤懣に耐えかねており、原稿を朗読し、やがて自分の朗読を聴いてくれる人間がもはやいなくなったとき、投身自殺をするのだ――蓼食う虫も好き好きという格言は言うまでもなく正しい。がしかし筆者は、舞台に駆け上り、息子の方のフォッケラート博士を殴り倒したいという激しい欲求を、いかんともしがたい。心底そう思っている！　なぜなら、頭が悪いうえに心身虚弱ときては、そんな身で五つの幕を隙間なく埋めようとしているんだという量的な意図はわかっても、効果など覚束ないからである。深い意味なしに筆者を苦しめる人間なら誰でも芸術家だというなら、筆者の歯医者は第二のシェイクスピアだ！　だが、これこそ筆者が否定していることなのである！」

　ケストナーは凶暴な怒りに身を任せてハウプトマンの作品を一蹴したあと、文学研究の認知方法に立ち向かう。とにかく彼は文学および演劇学の授業の一環としてレポートを書いているので、若さにまかせてこの厄介な問題に無謀な戦いを挑むのである。「歴史のトレーニングばかり積まされるおかげで、私たちは〈それは違う〉と言うことができないようにされてしまった。審美的相対性理論とか感情移入とかばかり教え込まれたせいだ！　歴史的理解なんぞ、もしも性格を奪ってしまうなら呪われるがいい！　もしもマルリット［一八二五―八七。通俗小説で大当たりを取ったドイツの女性作家］について、寛容の説教をおこない、大衆の心理学について無駄口をたたく者がいたら、あの女性作家と同じ墓穴に葬ってしまうがいい！　私たちはもう一度、〈そう、その通り〉とか、〈違う、そうじゃない〉とか言うことを学ぶべきなのである。括弧付きの挿入句を三つも連ねたり、脚注を一〇も付けたりせずにだ[8]」。

モルゲンシュテルン講師の宿題は劇評だけに限定されてはいなかった。ケストナーは、シュニッツラーの『輪舞』上演にたいする抗議集会についても書いている。その集会は《芸術と退廃》と銘打たれ、おこなわれたのは一九二二年と思われる。シュニッツラーは『輪舞』を一八九六年から九七年にかけて書いたが、みずから「完全に印刷不可能」で、「これ以上に上演不可能な作品はいまだかつてなかった」と考えていた。一九〇〇年に私家版二〇〇部を印刷、〇三年には一般読者向けに出版され、一四年までに販売部数は七万部に達していた。出版社主ザムエル・フィッシャーから何度か、上演を許可するよう働きかけがあったあと、シュニッツラーはマックス・ラインハルトによる初演に同意した。二〇年にマックス・ラインハルトはベルリンで所有していた劇場の経営から手を引くが、そのあと初演が、ラインハルトの育てたベルリンのダス・クライネ・シャウシュピールハウスで同年一二月二三日におこなわれた。演出はヨーゼフ・フーベルト・ロイシュ、舞台監督はマクシミリアン・スラーデクとゲルトルート・アイゾルトが務めた。

初演のあと、この三人と出演した俳優たちが告訴された。「わいせつな所作により公衆に著しい不快感をあたえた」というのが理由であった。しかし、わずか二週間の審理ののち、ベルリン第三地方裁判所が下した判決は、被告は無罪、であった。翌二一年一一月一八日には、右翼急進派や反ユダヤ主義者、カトリック系諸団体が中心になって起こした異議申し立ても却下された。『輪舞』は風紀を乱すおそれのない道徳的な作品であり、みだらな興奮を呼び起こす意図は認められない、とされたのである。専門家として、ケストナーの指導教授ゲオルク・ヴィトコフスキとアルベルト・ケスター、またとりわけ「ベルリン演劇批評の大御所たちがこぞって」証言をおこなった。アルフレート・ケル、ヘルベルト・イェーリング、アルトゥーア・エレッサー、ルートヴィヒ・フルダの面々である。また、ゲルハルト・ハウプトマンも、《当代随一の劇作家》として質問に答えた。(9) ヴィクトーア・シュヴァネッケはのちにベルリンで酒場を開き、ケストナーも常連となるのだが、このときは俳優として告訴されており、訴状によれば、「わいせつな所作により公衆に著しい不快感をあたえた〔……〕とするに十分な疑いあり」とされていた。(10)

無罪の判決が下されると、『輪舞』はドイツ中の劇場で相次いで上演された。一方右翼は判決を無視して、引き続き激しいキャンペーンを繰り広げた。ハインツ・ルートヴィヒ・アルノルトがいくつかの団体名を挙げている。「ドイツ民族・防衛・攻撃同盟、ドイツ将校同盟、国家主義兵士団、ドイツ民族交友協会、至誠者同盟」(11)。要するにケストナーは、モルゲンシュテルン・ゼミナールの課題の一環として、その種のキャンペーンにもとづく集会の一つを論じたのである。ケストナーは名前は挙げていないが、集会はいくつかの団体が共同で開いたもので、公開であった。ケストナーは劇場の責任者たちを非難する。「彼らは、りっぱな趣味とはあまり縁のない一般観衆を利用して、喉から手が出るほど欲しがっている金を手に入れようと、あの芸術作品の素材だけを利用しているのだ。その商売はすばらしく繁盛している。なぜなら、観衆は劇場の責任者が夢見た以上に好尚とは無縁だったからだ」。

集会で報告したのは「哲学の若い私講師で（まだまったくの無名だ！　だからこそやってきたのだ！）」、ケストナーはその講演を嘲笑しながら分析する。報告者は、「傾聴する愚かな聴衆に説明する、どこかに《芸術のための芸術《ラール・プール・ラール》》を謳い文句とする芸術観があるのだと。このモットーが外国語の衣をまとっていることがすでに、ドイツの私講師たるものは異なる見解、できるかぎりそれとは反対の見解でなければならないということを、最初から異論を封じ込めつつ示すのに十分である。すなわち、芸術は道徳的であらねばならぬ、という見解だ。さて、『輪舞』の素材はきわめて非道徳的である。したがってその全体は芸術作品ではない。このようなこじつけの、感動させるほどみごとで《学問的な》体系を示したあと、私講師はもっと自然な態度で語りかけようとする」。そのために私講師は古臭い軍隊時代の体験談を披露し、シュニッツラーは医師だがユダヤ人である、だから妻には彼の診察を受けさせない、と告げる。

この一件の痛烈な皮肉は、ケストナーが取り上げた私講師がいつまでも無名だったわけではない、というところにある。彼はハンス・ライゼガングという名で、このとき三二歳、哲学・教育学・心理学の分野で教授資格を取ったばかりであったが、やがて哲学者ならびに宗教学者として名を成すのである。グノーシス派の人々についての著書（一九二四）は、今日にいたるまで版を重ねているスタンダードな本なのである。ほかにもレッシングやゲーテを論じ、そして哲学のさまざまな『思考形式』（一九二八）を取り上げた著作がある。『輪舞』を攻撃する集会に登場したのは誇り得ることではないであろうが、彼の波乱に富んだ生涯に不似合いというわけではない。というのも、三四年には「国民社会主義を侮辱した」廉で数か月間投獄されていたが、イェーナ大学の教授の椅子を追われたのはようやく三七年のことで、四五年には復職している。四八年にまたしても罷免され、逃げるようにして西ベルリンに移り、五一年に死亡するまでその地の大学で哲学の正教授の地位にあったのである。

ケストナーの飛躍の多い報告から判断するかぎり、このときの集会ではライゼガングのテーゼをめぐってかなり多彩な議論が展開されたようである。ある参加者は、クルツ＝マーラー［一八六七―一九五〇。ヘートヴィヒ・～、前出のマルリットを手本にした通俗的な作品で空前の成功をおさめた女性作家］が売り上げの点で大成功を収めたこと、その一方でゲルハルト・ハウプトマン――ベルリンでの裁判で専門的知識の持ち主として証言台に立った！――がいっこうに売れないことは問題だ、と主張した。また、一人の「ユダヤ人の若い学生が軍隊や将校クラブでの道徳の乱れについてべらべらとしゃべり、中年のユダヤ人紳士が私講師の報告について、客観性を欠き学術的とは言えないといって非難した。［……］白髪の目立つ職人たちと下級官吏たちがまるで年端もいかない子どものようにふるまった」。やがて『輪舞』上演に反対する、前もって準備されていた決議が読み上げられ、指示どおりに投票するために来ていた連中が、「猿真似という名前の牧場で飼われているヤギか羊のように、楽しげに跳ねまわった」。ケストナーはゼミナール報告の結びで、報告者について長広舌をふるっている。「おそらくライゼガング氏は賞讃に値する親切な方で、『リチャード三世』を自称道徳家の必読書に書き換え、『デカメロン』は禁書に指定して押収し、『ハムレット』からは毒を盛られた人間や剣で刺されて発狂した人間を排除することであろう。それによって道徳的な読者や観客は、彼にたいして永遠にこのうえない感謝の気持ちを持たずにはいられなくなるであろう。また裸体画というぞっとする分野でも、彼の前には途方もなく肥沃な土地が広がっていることだろう。つまり、彼はイチジクの葉っぱや水泳パンツを描くことはむろんできるだろう。私たちは彼をまだそこまでは信用しているからだ[12]」。この報告では、ケストナー自身の論拠とか立脚点は明らかにされていない。単に、『輪舞』は芸術作品だ、と強調しているだけなのだ。そして、「題材としては非道徳」と書き加えることで、セクシュアリティーは明らかに非道徳であり、シュニッツラーがテーマを「道徳的」に扱ったことはやむを得ないと認める、同時代の弁護者たちと同じ側に立っていた。セクシュアリティーの見方については、したがって敵対する人々と完全に重なり合っていたのである。

副手の給料ではほとんど何もできなかった。そこでケストナーはほかに収入の道を探すアルバイトをすることにした。とくに見本市の時期に狙いを定めた。どのような仕事があったか、ケストナーは初期のユーモラスなコラム記事「見本市・序曲」(一九二三)に描いている。学生は見本市の際にはつぎのような仕事につくことができた。生きている道標(道案内)、からだの前に箱をぶら下げてビスケットを売り歩く、ダンス音楽の楽団員となって演奏する、飲食店のボーイ、からだの前後に広告板をぶら下げて《歩く広告塔》になる。「ひょっとしたらぼくは消防隊員にだってなれるかもしれない。あるいは〈夜の蝶〉という店のドアマンに。あるいはメッセンジャーボーイに――まあ、様子を見ることにしよう」(GG、I・9)。ケストナーは実際には封筒の宛て名書きや会場の整理係をしたとのことである。ともあれ、おしまいには学生でありながら平均以上の生活を送ることができるようになった。そこで、ライプツィヒで行きつけのカフェ、「フェルシェ」で豪華な昼食を取り、それを母親に誇らしげに報告する。――「アスパラガスのスープ&子牛の胸肉、ライプツィヒ風ごった煮添え、これで六六プフェニヒ、消化を助けるコニャック一杯が三三プフェニヒ、チップ一プフェニヒ、しめて金貨で一マルクでした。ぼくが全部でどれくらい食べているか、知ったらびっくりしますよ！　時には晩にも温かい料理を食べています。本来でしたら恥ずべきことですよね？　でもぼくのからだにはとっても良いんです。本当にすごく元気ですよ。思うに、神経もずいぶん良くなりました。ぼくはそれをとても嬉しく思っています」(二三年二月、MB)。

本はまだ分割払いで買っていた。たとえば、二四年に全二五巻のドストエフスキー全集を六五マルクで購入しているが、最初に頭金五マルクを払い、あとは毎週一五マルクずつ払った。それでもついに決定的な社会的――ならびに経済的――上昇が視野に入ってきた。同じ二四年に、まだ学業を終える前であったが、新聞社の編集員になったのである。ケストナーの古い評伝はその経緯をこう説明している。冗談半分でインフレーションについて風刺的なエッセイ「マックスと彼のフロックコート」を書いて、「ライプツィヒ日刊新聞《ライプツィガー・ターゲブラット》」に送ったところ、二日後に「地方版のトップ」に掲載され、当時の社長――ジャーナリストで旅行文学作家リヒャルト・カッツ――がケストナーに編集局員のポストを提供した。しかし、このエッセイが新聞に載ったのは二三年二月七日であるが、母親に「ライプツィヒ日刊新聞」の編集部に就職口があると書き送ったのは、二四年二月四日とみてほぼ間違いない。オリジナルの葉書は遺稿のなかに見つかっていないが、エンデルレ編の『母さん通信』に掲載されたものは、一年前の日付が入れられた（もしくは単に書き誤った）と考えられる。いずれにしても、「マックスと彼のフロックコート」というエッセイが就職を可能にしたわけではなかった。この風刺的なエッセイは語り手の友人の物語という構成になっている。この友人は自分の持っているフロックコートを使い、質屋に手伝ってもらって、一時的に生活費を捻出する。つまり、フロックコートを質屋から請け出し、友人にまた質入れしてもらうのだが、インフレーションのため、わずかなあいだにフロックコートの価値が三五〇〇マルクから一万五〇〇〇マルクに跳ね上がっていた、というのだ。

ともあれ、この原稿がコラム記事を定期的に寄稿する入場券となったことは確かである。イルゼ・ユーリウスはケストナーの誕生日にお祝いの言葉を書き送っている。「コラムが工場よろしく依頼され生産されていることを、あなたのためにとっても喜んでいます。これはおそらく将来の大いなる作品のための手始め、あるいは準備なのでしょう」（二三年二月二二日、JB）。

希望していた編集部員という職に就くために、ケストナーはジャーナリスティックな文章を書くだけで満足してはいなかった。遅くともライプツィヒを離れる前に、彼はナイトライフを発見し、巧みな駆け引きによって自分に注意を向けさせることに成功する。法定閉店時間を過ぎても営業しているワイン酒場で、隣のテーブルに雑誌『生きる』《ダス・レーベン》の編集長プロッホが、「夫人と義理の姉妹、それに知人といっしょにいるのに気づきました。ぼくは自分の連れを残らず紹介し、まことに陽気な雰囲気になりました。発泡性ワインなどなど。ダンスの好きなものはダンスをし、ぼくはプロッホ夫妻とおしゃべりをしました。プロッホはわけてもこんな話をしてくれました。『生きる』誌には自分のほかに編集者がもう一人いるんですよ。〈へー！　ちっとも知りませんでしたよ。いったい誰なんですか、その人は？〉〈オシプ・カレンターという男です！〉ぼくは納得がいかない顔をしました。するとプロッホは、カレンターはしじゅう病気をしていてね、といった話を聞かせてくれました――でも、ぼくは少し酔っていたので、事細かに覚えているわけではありません――。ぼくは冗談にこう言いました。もしも編集者がもう一人お入用でしたら、この私こそうってつけであろうかと存じます。奥様もきっと賛成してくださるのではないでしょうか、って。――母さんはぼくがどんな調子でこういったことをやってのけるか、もうご存知ですよね。もちろん、何もかも冗談だったんです」（二三年二月、ＭＢ）。

もちろんそうだったのだろう、がしかし、翌日ケストナーのもとにプロッホから手紙が届く。編集者にならないか、という内容であった。ケストナーは、申し出を受け入れるにあたって、どうしても譲れない条件を示した。「一、八時間勤務は不可能、さもないと博士論文を書くことができない。二、年に少なくとも四週間の休暇を二回。三、月給は最低で約二〇〇マルク」（二三年二月、ＭＢ）。この就職の話は立ち消えになったようである。雑誌『生きる』はこのころはまだ創刊の準備段階だったのである。ともあれ同年七月の同誌第一号にはケストナーのアフォリズムが掲載されている。その後、二四年一月三一日にプロッホはケストナーに手紙を書き、一度お目にかかってお話したい、と伝えている。「と申しますのも、第二もしくは第三の編集者のポストに貴兄を採用する見込みがあるからです」（ＮＬ）。

このときプロッホはケストナーの提示した条件を受け入れた。つまり、ケストナーは希望した額の給料を受け取ることになったが、しかし、一か月間の試用期間という条件は同意せざるを得なかった。ケストナーにとってプロッホは、その雑誌『生きる』がライプツィヒ出版印刷という出版社から出ていたという意味でも、きわめて重要な人物だった。この出版社は雑誌『デア・ディー・ダス』［ドイツ語の男性・女性・中性の定冠詞単数主格形を並べたもの］を出しており、また何よりも「新ライプツィヒ新聞」と「ライプツィヒ日刊新聞」という二つのリベラルな新聞を発行していたのである。

ヒルデ・デッケの回想によれば、ケストナーは二四年二月半ばには早くも「新ライプツィヒ新聞」の編集者になっていた。「私が採用されたときカッツは、ほかにもう一人、若い男の社員が加わる見込みです、おそらくあなたといっしょに仕事を始めてもらうことになるでしょう、と言いました。それからエーリヒが、私よりも三日か四日遅れて入ってきました。彼の誕生日［二月二三日］には、もう私の向かいの席にすわっていました」[13]。このときからケストナーはもうほとんどコラム記事を書かなくなる。しかしその代わりに評論を、それも文化全般にわたって継続的に書き、機会があれば政治論も手がけるようになった。二四年八月の給与明細書が残っているが、それによれば支給総額は三〇〇マルクで、税金と《共済年金保険》として二九マルク五〇プフェニヒ天引きされている。そして母親は、彼の伯母リーナ・アウグスティンから受け取ったお金で、家での仕事と博士論文のためにと、「エリカ」という銘柄のタイプライターを買いあたえている。

こうしてケストナーは、ほんの少し前までいくらも年齢の違わない人たちが働くのを感嘆して見つめていた、あの世界の一員となった——二四年から、彼はそうした人たちといっしょに、ディットリヒリングにあったカフェ・メルクールに顔を出すことができるようになった。ハンス・バウアー、クレル、メーリング、ナトネク、ライマン、ヴァイネルトといった人たちである。ほかに、エーリヒ・オーザー、エーリヒ・ハム、マックス・シュヴィンマーといった画家たちも同じ世界に属していた。外の世界から客としてやってくる人々もいた。アンデルセン＝ネクセー、ハンス・エゴン・キッシュ、アスタ・ニールセン、ヨーゼフ・ロート、ローザ・ファレッティといった面々である。ヨハンネス・ブルクハルトはとりわけ親しい友人となった。

ブルクハルトは評論家や抒情詩人としてはオシプ・カレンターと名乗り、ケストナーとは、《国内》亡命者と《国外》亡命者とではけっして避けられない小さないざこざはあったものの、生涯の最後まで交わりがつづいた。ケストナーは、一歳年下で若くして成功したドレスデンっ子のブルクハルトに助言を求め、どの新聞とか編集者なら今後もコラム記事を送ってよいかを教えてもらった。カレンターは二四年以降ガルダ湖畔に住んでおり、そこからケストナーにこう書き送った。「ぼくは譲歩なら喜んでするよ。ぼくが思うに、譲歩するのはあらゆる業《わざ》のなかでもっとも魅力あることだ。自分の書きたいことを書くのなら、何でもないことさ。他人が読みたがることを書く、これが業というものだ」[14]。これこそケストナーがやがてみごとに会得する業である——すなわち、新聞社が求めるように書き、購買者が求めるように書くこと。ケストナーはライプツィヒにいるうちに、やがてベルリンで見せる多彩な著作活動の基礎を築くのである。カレンターはケストナーの劇評を褒めるが、こうも述べている。「そこにはまだ博士論文の残響が」認められます。「でも、あなたにはりっぱな教養が身についていますから、生真面目さがにじみ出てくるのでしょう」[15]。

新聞の世界というのはだれもが顔見知り同然の世界で、プロッホはのちに「新ライプツィヒ新聞」〔以下、NLZと略記することもある〕でもケストナーの上司になった——つまりプロッホはこの新聞社に移ってきたのであるが、どうやら新しい職場でのコラム担当者ナトネクに自説を納得させることができたらしい。その結果はかならずしもケストナーを満足させるものではなかったが。ケストナーはこんなふうに書いている。「あのひとは何でも自分でやりたがるようです。まあ、それならそれで結構、おかげでこちらは自分の時間が持てるというわけです」（二四年一一月二七日、ＭＢ）。会社の組織上プロッホに次いで二番目の上司であったマックス・クレルが、ケストナーにこう書き送っている。「ぼくらは〈そこいらじゅうでプロッホの真似を〉やらかしています」[16]。

ハンス・ナトネクは、「血色の良くないモンゴル系のような風貌であった」[17]。一八九二年にプラハで生まれ、ライプツィヒにやってきたのは一九一七年で、ＮＬＺに入社したのは二三年であった。その皮肉や厭味の利いた軽快な文体はケストナーの手本となった。またしばしば大向こうを唸らせたその政治評論は、『行　動《アクツィオーン》』、『舞　台《シャウビューネ》』、『世界舞台』、そして『やまあらし《シュタッヘルシュヴァイン》』といった当代一流の雑誌にも掲載された。ナトネクの結婚生活は三三年に破局を迎えた。妻はヒステリックなナチ信奉者で、ユダヤ人の夫に子どもたちとの接触を禁じた。ナトネクはパリを経てニューヨークに亡命、以後は死体を洗い清める仕事や洗車や雪掻きをして生計を立てた――六三年にアリゾナで世を去るまで、成功を収めた著述家、小説家という過去の経歴とは断ち切られたままであった。そんなナトネクと、ケストナーは五〇年代まで接触を保つことになる[18]。

ドレスデンを恋しく思う気持は、ライプツィヒ暮らしが長くなってしだいに距離感が増すにしたがい、弱まっていったようである。ＮＬＺに載った最初の長めのドレスデンを取り上げたコラム「メールヒェンの都」は、一瞥したところでは全体が晴れやかな都市の肖像となっているが、すでにそこにもやはりイロニーとか隔たりがある種の信号として露わになっている。故郷の詩的な情緒や名所旧跡が、三点記号……をさんざん使って（「青一色のなかに白い羽毛のような雲が浮かび……太陽が傾いて、果てしなき大海原のような森に向かい……」といったふうに）いかにも切なげに叙述されているその真っ最中に、突如として、聖母教会は「巨大なコーヒーポットを覆う保温カバーみたいだ」、と言いだすのだ（ＧＧ、Ｉ・13）。愛すべきドレスデンというのはもう過去の話で、「ライプツィヒは今日――そしてドレスデンは昨日なのだ……ライプツィヒは現実だ。そしてドレスデンは――メールヒェン……」（ＧＧ、Ｉ・16）。ケストナーの第二のドレスデン・コラム、「眠れるドレスデン」は、生まれ故郷を古ぼけた都市と呼んで、完全に用済みにしてしまう。この都市はいつしか訪れる者を憂鬱な気分にするようになってしまった、とケストナーは書く。

「黄昏がつかみどころが無いまま深々と、おまえの上に垂れ込める。それは陰気な天蓋のようだ」。ケストナーは、「まるで美しい少女が不治の病にかかったことを知らされた人間のような」気分になる。そして不意に、ドレスデンは田舎町だということに気づく。自分の確信の正しさは劇場の現状を見れば明白だ。新しい世代の革命的な作品、エルンスト・トラーの『ヒンケマン』がライプツィヒの次にドレスデンで上演された。ところが叩き出されてしまった。「人々は俳優に向かって、撃ち殺すぞ、と脅したのだ」。ところがその一方で、「あの救いようがないほど情けない喜劇」、ハンス・ヨーストの『両替屋と商人』が上演五〇回に達しそうな気配である。「ドレスデンは眠っている。この眠りが死と違うところは、いつまでも続くかどうかだけである。ドレスデンはすでに死んでしまっているのだろうか？　ぼくは期せずして弔辞を読んでしまったのだろうか。もしもそうだとしたら、とてもとても悲しいことだ(19)」。

大学で履修すべき科目のすべてに合格点を得たあと、ケストナーはさらに博士論文を書くことにした。しかしながら指導教授のケスターは一九二四年にみずから命を絶っていた。未亡人は、ケストナーに夫の写真を贈ったあと、自殺の理由を「誰かが裏切ろうとしたからです」、と語った。ケストナーは、「ぼくもすぐにそうだろうと思いました」と書いている(二四年一一月八日、MB)。『新ドイツ伝記事典《ノイエ・ドイッチエ・ビオグラフィー》』には単に、「重度の鬱状態」にあったと書かれているだけである。裏切られるようなどんなことがあったというのだろうか？

こうしてケストナーは、博士論文を書くにあたって、助教授ゲオルク・ヴィトコフスキの指導を受けることになった。ヴィトコフスキとはすでに以前から私的にも行き来があった。イルゼ・ユーリウスは手紙で、一九二五年の謝肉祭の季節に同先生の自宅で開かれた仮面舞踏会のことに触れている(二五年二月一日、JB)。ケスターと同様に、ヴィトコフスキも数多くの古典作家の編集刊行にたずさわっていて、そのなかには『ドイツ演劇名作集』というシリーズがあり、またシラーとレッシングの作品集も刊行している。クリスティアン・ロイター［一六六五―一七一二以降］の戯曲『エーレンフリート伯』の新たな版の刊行にこぎつけたばかりか、晩年は行方も定かでないこの天才的なバロック詩人の全作品集を編纂した。ヴィトコフスキはしばしばみずからの専門の周縁部分でも活躍し、『私たちは何を、どのように、読むべきか？』(一九〇四)という問題に取り組んで、文学の社会史的研究の先駆者となった。著書『ライプツィヒにおける文学的営為』〔一九〇九〕は特筆に値する。ヴィトコフスキの昇進はひどく遅く、三〇年になってようやく正教授に任命されたが、そのときはすでに六七歳になっていた。三三年九月に強制的に引退させられ、その後は図書館の使用を禁じられ、年金も支払われなかった。死の数か月前にようやく出国が許され、アムステルダムに住む夫人の親戚のもとに身を寄せた(20)〔すべてはヴィトコフスキがユダヤ人だったためである〕。

ケストナーは当初、博士論文のテーマにレッシングの『ハンブルク演劇論』を考えていた。この目論見が潰えたのは資料があまりにも膨大だったからで、遺稿にあるわずかな計画や下書きを突き合わせてみると、途方もなく大規模な計画が浮かび上がる。つまり、一八世紀初めの七〇年間の演劇と文学の包括的な史的研究を目指していたのである。イルゼ・ユーリウスは行き詰って苦しむケストナーを気遣い、こんなふうに書き送っている。「相変わらず世界に背を向けて、相変わらず何にたいしても、誰にたいしても、腹を立てていらっしゃるの？」そしてケストナーに、しばらく何もせずにぶらぶらしていること、論文はしばらくそっとしておくこと、場合によっては「もっとすぐれた推論や新しい事柄」を考えることを勧めている。この手紙の日付は一九二五年三月一七日であるが、同じころケストナーはテーマをもっと絞ることにした。そして、編集部の仕事を一時的にほかの人に代わってもらい、新しいテーマに取り組んできわめて短期間で、つまり三か月余りで、博士論文を完成させた。こうしてケストナーの最初の著書が書き上げられたのだが、それはかれにとって生涯で最後に印刷される本となる。つまり、『フリードリヒ大王とドイツの文学』と題されたその博士論文は、ようやく一九七二年に出版されるのである。

論文の内容は、フリードリヒ大王〔在位一七四〇―八六。プロイセン国王フリードリヒ二世〕の著した『ドイツ文学論』にたいして、さまざまな人々がどのように対応したかを調査・検討したものである。フリードリヒ二世は一七八〇年、フランス語でドイツ文学についての感想を綴った右記の小冊子を上梓し、ドイツの文学は産声を上げたばかりの状態で、今はまだ重要な作家も作品も見られない、と主張した。当然のことながら、同時代のドイツの著述家たちはこの判断を黙って受け入れようとはしなかった。論文でケストナーは、彼らの対応を調べ、グループごとにまとめている。この作業はしばしばきわめて簡潔になされている――フランスかぶれのフリードリヒが同時代のドイツ文学をほとんど読んでもいなかったことは、すでに一七八〇年の時点で誰の目にも明らかであり、当時のもっとも優れた作家たち

──ヴィーラントやゲーテ──は、プロイセン国王の小冊子を私的に酷評する価値しか認めず、レッシングにいたってはその価値すら認めなかった。みずから詳細な文章を草して態度を明らかにした作家たちのなかで、今でもゲルマニストやアルノー・シュミットの読者ならばある程度知っていると思われるのは、ユストゥス・メーザー、ヨーハン・カール・ヴェーツェル、ヨハネス・フォン・ミュラーくらいのものである。ヴァルター・ミュラー゠ザイデルは自分が刊行したケストナーの博士論文を、「新旧の世代、啓蒙主義とシュトゥルム・ウント・ドラングとが層をなして重なり合っている様相が、差異を明らかにしつつ叙述されている」と称えている(21)。ケストナーの中間総括はほとんど情緒の歴史といった印象をあたえるが、一つの研究分野としての情緒の歴史は、このときから数十年後にようやく「発明される」のである。たとえばこんな叙述がある。啓蒙主義の時代に属するフリードリヒの批判者は、「単なる知識とは別なものによって旧体制に結びつけられている。それは伝統とか本能、共感といったものである──、そして彼らには新しい事柄に向かう衝動、中核をなす衝動が欠けている。すなわち、生き生きと駆り立てていく感情、愛とか憎しみとか心からの信頼といった感情が見られないのである(22)」。

このほかにケストナーの博士論文を興味深くしているのは、取り上げた問題よりも論証する際の文体である。つまり、確かにまだ自分の文体を見いだしておらず、まだきわめてぎこちないのだが、しかし一八世紀の群小詩人《マイナー》についての判断はじつに明快であり、しばしば鋭い批判精神を垣間見せている。ある詩人にたいしては「粗雑で不見識なこと」(九四頁)を非難し、他の詩人はその述べていることに「全体として意味が認められない」(九三頁)と断定し、第三の詩人は、比喩が狂奔する弁論の滔々たる流れに乗って進んでいくが、その際に読者は、想像力の乏しい作者が立てるぜんそく患者のような雑音を忘れることはできない」(四八頁)と評している。ケストナーはメーザーとその思想上の仲間を称賛し、彼らは「常に変わらぬ革命家だ」(六二頁)と述べている。がしかし同時に、革命とは常に変わらぬ「不合理なるもの」(一四頁)だ、と断定している。論文の中でケストナーは、再三にわたって理性の限界を明確に説き、文学と言語は「純粋に知性をもって近づこうとするものには反抗する」(二四頁)と強調している。彼の結論は、したがって、今日では学術論文に記すことは許されないであろうし、その「非学術的な」概念性はけっして認められないであろう。たとえばケストナーは、新しい時代について、それがどうしてわずかな人々というかたちをとって生じてきたかは、

「秘密であり運命である」と述べているのである（一〇一頁）。「啓蒙主義の時代」は「きわめて微妙なありようにおいて非理性的な世界に接近するにもかかわらず」、引き続き支配的である。「なぜなら［……］もう一つの非理性的で個人的で生き生きとした世界、感情の世界への接近は、人間として理解可能であり、歴史的に必然だからである。がしかし、この接近は世界観としては無益である。そこには意味も成果も希望も存在しない」（一〇一頁）。歴史上の啓蒙主義だけでなく、当時の学問上の認識も、ここにその限界があったのである。こうした箇所を読むと、ケストナーは《学問》という構想のもつ限界を手探りで確認しようとしていたように思われる。何のためか？　みずからが今や決然と、他のいっさいを顧みることなしに、文学へ向かうためである。文学、それは「感情の世界」のためにまったく別な可能性を提供してくれるのであり、確かに「意味も成果も希望もない」が、単にそれだけでなく、確固たる現実でもあるのだ。そのうえケストナーはユストゥス・メーザーから、大きな成功を収めた《国民的作品》――ゲーテの『ゲッツ・フォン・ベルリヒンゲン』を指している――に接するときは、「宮廷人の趣味を無視」せねばならない、ということをも学んだのであった（三五頁）。

　ヘルガ・ベンマンは、ケストナーはこのときもクラスで一番になることに成功した、と述べている。学位授与記録の一九二五年の項には、「文学史ならびに芸術史の分野で、ほかに成績1［秀］での合格者はなし」、と記されている。[23]ライプツィヒ大学哲学部が「たいそう優秀な論文」と「りっぱな成績で合格した口述試験にもとづき」、ケストナーに博士号を授与した証明書には、一九二五年八月四日という日付が記されている。オシプ・カレンターは「カサノヴァ博士ことケストナー博士」にお祝いの言葉を述べ、「貴兄自身」の博士号取得はどうなっているのかという問いには、「名誉博士号」を贈られるまで気長に待つさ、「ルーデンドルフだって名誉博士なんだ。むずかしいことはあるまい」と答えている。[24]

　ケストナーの博士論文の弱点は文章にあるが、おそらく時間に追われて書き上げたせいであろう。というのも、一九二四年の終わり近くにはすでに独自の《語調《トーン》》を見い出していたからである。のちに処女詩集『腰の上の心臓』（一九二八）に収録される最初の詩が何編か、このころに発表されている。それらのうちたとえば「バーの女が語る」は、最初「ペーター・フリント」というペンネームで二四年一一月二五日発行の『龍』誌に掲載された。のちの詩集に収録されたものとは句読法が若干異なるだけである。以前の語調からの脱却がもっとも明瞭に見て取れるのが、「ライプツィヒ・冬の助け合いのための大学生の多彩な祭典」を機に、二四年一一月二七日付で刊行された小冊子『群青《ダス・ブラウエ》』に載った作品である。そこに印刷されているケストナーの詩三編のうちの二編――「夜想曲」と「イ短調の夢想」――は、まだ新ロマン派風、新リルケ風であり、キッチュ特有の不明確さをもった文体で書かれているが、三番目の「時代に寄せる讃歌」はまったく違う響きをもっている。つまり、隠蔽され、口ごもりながら語る性の問題は姿を消し、めまいとともに《感じられたこと》などは一掃されて、風刺的で辛辣なトーンで統一されているのである。この作品でケストナーは諺や慣用句、行儀作法の規則、あるいはマックス・シュネッケンブルガー作の歌「ラインの見張り」のようなドイツ民族主義者の「国民の財産」をもてあそんでいる。三編のうち「時代に寄せる讃歌」だけが、詩集『腰の上の心臓』に収録された。つぎに掲げるのがその第一節である。

神から官職を授かった者は、分別を神に取り上げられる。
霊界に取引は許されぬ。すべて売りつくせ！
自分の頭を手に持って、壁に叩きつけろ！
叩きつける場所がなかったら、もう一度首の上に載せるんだ。（I・15）

博士号を取得したばかりのドイツ文学者は、編集室の椅子にどっしり構え、自分が勤めている「新ライプツィヒ新聞」以外にも原稿を書くようになっていった。ハンス・ナトネクから『龍』誌に紹介されたのにつづいて、オットー・バイアーが出していた家庭雑誌『バイアーの《みんなのために》《バイアース・フュア・アレ》』の編集長ヒルデ・デッケから、同誌の子どものための付録「クラウスとクレーレ」に載せる物語や詩を求められ、同じく『バイアーの《みんなのために》』で働いていたフリードリヒ・ミヒャエルからは書評の依頼を受けた。ケストナーはとくにデッケとミヒャエルのために「まるでコメツキバッタみたいに夜も昼も働かなければ」ならなかったが、それを喜んでもいた。「少年少女のためにと、元気にしていますよ」（二六年一〇月一六日、MB）。ヒルデ・デッケとは仕事以外でも親しくなり、いっしょにハイキングに出かけて、途中母親《ムツトヒエン》に会うためにドレスデンの家に立ち寄ったこともある。

新聞の仕事でケストナーは着実に腕を上げていく。つまり、新聞界で成功者になったのだ。もはや地位はゆるぎないと思われた。二六年にはNLZの政治部に移り、「ウサギが子を産むように、つぎつぎと記事や論説を書いた」。そして編集会議でしばしば褒められた。しかし、あるとき母親にこう告白している。「今は少々いらいらしています。新聞ができあがったあと、ほんの短い時間ですが、いつもこんな具合です。六時半から七時半までです。でもそれが過ぎるとふたたび落ち着いて、穏やかな気分になります。さしあたって仕事はとても面白く、みんなぼくの成長ぶりにそれはそれは満足しているようです。〔……〕一週間後には、おそらくこれまでの誰よりも早く、政治部の編集室に配属になります。〔……〕じつは四月三〇日にどうあってもマールグートに、俸給を七月一日付で五五〇マルクとする、という契約書を交わしてもらうつもりです。あの男、承知しなかったら思い知らせてやります」(二六年四月一日、MB)。このころ新聞社の仕事は気の休まるときがなく、ときには朝の一〇時から深夜の二時までつづいた。「そのめまぐるしいことといったら、自動車でぶっつづけに走っているみたいです」(二六年一二月一四日、MB)。

ゲオルク・マールグートとは絶えずぶつかり合っていた。原因は俸給のこともあれば、ケストナーの遅刻だったこともある。『ファビアン』に登場する編集長ブライトコップフはマールグートを戯画化した人物かもしれない。また、同書の盲腸のエピソード(III・205－210)も実際にあった話だと言われている。マールグートは一九一八年から二〇年まで「ライプツィヒ日刊新聞」の政治部編集員で、二一年に「新ライプツィヒ新聞」の編集長になり、二五年からは同新聞社の重役になっていた。(25) 二六年一二月にケストナーは、さんざんもめたあとでライプツィヒに関する挿絵入り付録の担当をまかされたが、そのとき特別報酬を要求した。マールグートは、政治部の新顔として十分に高い給与をもらっているではないかといって、要求をはねつけようとした(二六年一二月九日、MB)。また同じ序列の社員のあいだにも、とくに夜間勤務の問題をめぐって、不満があった。ケストナーは植字工たちから、「夜間勤務の編集員としては、仕事が速くて確かで、人物も好ましい」(二七年七月五日、MB)と、高く評価されていた。しかし、同僚の一人がケストナーといっしょに夜間勤務に就くように命じられ、他の二人は、記事を書くことを第一の仕事とするように、と言い渡された。これも明らかにケストナーにブレーキをかけようという試みであった。また、ケストナーは上司のマールグートから、きみは急進的すぎると咎められた。「ぼくは笑ってしまいました。政治の世界ではぼくなんてただの小僧っ子なのに、老練な政治家たちにダメージをあたえるようなことは控えろなんて言うんですから！」(二七年一月六日、MB)。何時間にもわたる激しい遣り取りのあと、ケストナーは陰謀を打ち破ってみずからの意思を貫くことに成功する。「ぼくは上司に、新しい措置はとんでもなく愚かで、不当で、危険だということを納得させました。こう言ってやったんです。ハイルゲマイアはほかのところで好きなだけ原稿を書くことができるじゃありませんか。でもそうはしません。怠け者で、同僚を大切にせず、陰険だからです、ってね。ぼくの言ったことを、上司がハイルゲマイアにしゃべったって、こっちは一向に構いません。ただし、ローレンツとぼくは辛い思いをさせられるでしょうね。そして相手側の二人の同僚にたいしては、上司はそんなふうにしゃべることによって、その性格の悪い面をさらに助長するだけでしょう」。上司は交渉の終わりには「まるで脳味噌の足りない男の子みたいに小さく」なっていて、新しい指示を事実上撤回したのです。社長の顔をつぶさずにすむように、三か月だけ新しい指示にしたがってくれと言われ、ぼくは了解しました。「さて、このようにしてぼくは、重役を含む編集局の全員に反対して、ローレンツとぼくの意見を通し、勝利を収めたのです」。これによってケストナーは、上司と言及されている二人の同僚、「危険な腰抜けたち」から好かれるようになったわけではなかったが、自負心は完全に癒された。「今日はわれながらじつにエネルギッシュに、そして本当は誠実そのものの人間であるにもかかわらず、狡猾に振舞いましたが、話がつくとすぐに、自分の外見が立派になっているのに気づきました。まさしく一人前の男のようにね。すぐに若い女の子たちがみんなぼくを見つめてにっこりしました。滑稽ですね」(二七年一月六日、MB)。

ケストナーは《敵》のハイルゲマイアに復讐を誓った。「あの男はマールグートにたいしてわけもなくぼくの悪口を言ったわけではありません。これからお返しをしてやります。——もともとぼくは執念深い人間ではありません。でも、邪悪な人間は処罰せずにはいられないのです」(二七年一月一四日、MB)。

ケストナーはまた、上司に約束したにもかかわらず、自分の「急進的な考え方」を押さえつけようとはしなかった。たとえば、市長のカール・ローテがおこなった演説を攻撃する論説を書いている。当時、市長は市会議員によって選ばれ、ひとたび選出されれば任期は終身という市の公僕であった。ケストナーの考えでは、ローテはライプツィヒの教員を不当にも叱責した。「市長は反動的なグループの伝声管だ」という推測は、その論説のなかに記されているが、十分な説明はなされていない。しかし、とにかく市長の演説は「早急な訂正」が必要である、とケストナーは主張する。どうやら市長が口にした非難の一つは、戦争前の世代は十分な教育が受けられたので、一〇歳で九九が眠っていても一七の段まですらすら言えたものだ〔ドイツの九九には二〇×二〇＝四〇〇まである〕といった内容だったらしい。

ケストナーは帝国時代の教育方法を可とする考え方を退け、一九二〇年代の新しい方法を弁護する。確かに戦争世代の記憶力は——まさしく戦争に原因があるのだが——十分とはいえないかもしれない。しかし、教員には感謝しなければならない。「教員は教育方法を変えて——十分な栄養をあたえられていない記憶力を苦しめる代わりに——子どもたちの思考力、知、想像力、そして感情をつちかってきたからであり、今もつちかっているからである。なぜなら、こうした能力を伸ばし、自立して判断し行動する人間を育てることの方が、無用の長物を詰め込んだランドセルを背負わせ、幼い子どもを無意味に苦しめるよりも重要だと、私たちには思われるからである。なぜなら、かつてあのランドセルに入れられていたのは、パンよりも石の方が多かったからだ！」(26)。

二番目の論説、「正書法と政治」でケストナーは前の主張の補足をする。「小学校をめぐる闘い」は「小学校教員をめぐる闘い」であり、「反動という名の大隊」によって遂行されている。親たちはというと、残念ながら大半が反動の側についている。なぜなら親は、「《国民の教養の財宝》と九九とドゥーデン〔正書法辞典〕とは同一だと信じているからだ。彼らはこれまで、文化とそれらとは違うものだ、文化はより高いものだということを、誰からもはっきりと教えてもらえなかったのだ。また、ゲーテ顧問官夫人の手紙を彼らは読んだことがないのだ。読んでいたら、たとえ正書法なんてまったく知らなくても《教養ある人間》となれることを知っているはずだから」。肝心なことは「戦争世代が全体として十分な教育を受けていないことを明示すること」であり、しかも同時に、ギムナジウムや大学にも欠けたところのあることが、おおやけに議論されねばならないのである——小学校が問題ではないのだ(27)。

論説「口実にされた青少年」のなかでケストナーは、退社する直前のことであったが、青少年保護法を攻撃する。「猥褻な書物から青少年を保護するための法律」は、「将来の出版物にたいする検閲の基盤をなすもの」であり、「娯楽の分野における青少年保護に関する法律」は、将来の劇場検閲と集会禁止令の先取りであり、新しい国家学校法は

「教会と国家の分離を間接的ながら廃棄しようとするものである」。ケストナーは、反動側の諸勢力が取り組んでいるのは組織だった「動員計画」だ、立案したのは「外交官、軍人、宗教界の経験豊かな実務家」で、目標は「ホーエンツォレルン文化の再建」である、と見ていた。「青少年にたいするこの攻撃は、私たちの立場からするなら良心に反するものであるといわざるを得ない。昨日の人々の立場からすれば、この攻撃は賢明かつ効果的に開始されている。なぜなら、これ以上に共和国の安定化を遅らせることのできる計画はないからであり、反革命の可能性を現実の世界にたいしてはっきりと納得させるのに、帝国時代の様式における青少年教育に勝るものはないからである」。ケストナー自身がかつて、権威を信奉するこの様式で教育されたのであった。その復活を阻止するために、ケストナーは両親と教員が、「自由で平和で嘘偽りのない未来に向かって」手を結ぶよう呼びかける。「青少年を政治的な誘惑者たちから守るのです！　準備されている反動的な法律から、青少年を守るのです！」[28]。

ケストナーの純粋に政治的なこの種の関与は、これまで知られていなかった。しかし、明らかになったからといって、若い著述家ケストナーのイメージは最終的にほとんど変わらない。彼がそもそも政治参加していたことは、これまで知られていなかった。それでも、政治参加していれば《左翼的》であることは予測されていた。ケストナーが介入したのは、みずからの人生経験と関わりのある議論であった——ケストナーは若い著述家であり、そのかぎりにおいて検閲の動きは他人事ではなかった。また、学校教育を受けていたとき、とくに教員養成学校で、苦しい思いをさせられており、またもう少しで教員になっていた身であったことから、教員という職業についている人々を少なくともジャーナリストとして支援したのである。ケストナーの《急進的》と言われた分析は、しかし、問題の核心をずばりと指摘することはないに等しく、一般的なカテゴリー（教会と国家、進歩に反対する反動、昨日に反対する今日等々）における一般的なアピールの枠を出ることはなかった。そのかぎりではむしろ《文学的な》介入だった。しかし、この関与は当時の言葉遣いとしては多分にあからさまで、あちこちで——「ライプツィヒ最新報知《ライプツィガー・ノイエステ・ナハリヒテン》」といった民族主義的・保守的なライバル紙や、生き残るための駆け引きに明け暮れる自社の執行部などのもとで——怒りを買った。ケストナーは母親にたいして、この種の左翼的・民主主義的な活動をいつでも弁護しなければならなかった。母親は政治的に——そもそも政治的な見解というものをもっていたとしてであるが——はるかに右寄りであった。「いいですか、ママ、卑劣なことがこれほどつぎつぎとおこなわれているときには、どうしたって誰かが立ち上がり、実情をはっきりと指摘する必要があるのです！」（二七年一月一四日、ＭＢ）。

このころのケストナーは計画や構想がつぎからつぎへと湧きあふれていたが、実現できたのはごく一部に過ぎなかった。編集部の同僚マックス・クレルから、「デュマやサルドゥーの作品がちょっとした山をなすほど送られてきたが、これは決定的な意味をもつ会話劇が二五年のドイツ演劇界に生まれることを願って、であった」[29]——生み出すのは、言うまでもなくケストナーである。エルンスト・ヨーンといっしょに、ケストナーは数週間にわたって戯曲を書こうと努力してみた。どうやらこのときは何も成果は挙がらなかった。ケストナーはまた誇らしげに、フリードリヒ・ミヒャエル［一八九二—一九八六。大学の一〇年ほど先輩で、小説や戯曲の執筆のほか、出版界でも活躍した］が自分といっしょに劇を書こうとしていると言っているが、この構想もやがて、相互の了解のもとに破棄された。

一方で、ひとりでもさまざまな試みに着手し、最初は戯曲を書こうとし、その後まもなく、「ユーモア溢れる一幕物を何編か」（二六年一〇月二七日、ＭＢ）手がけた。クリスマスのためのメールヒェン劇にも取り組んだ。それは『戸棚のなかのクラウス』という表題になるはずで、のちの『五月三五日』のようなさかさまの世界というモチーフが考えられていた。さらに子どものための物語にも取り組み、これについてはすでに出版社を探すところまでいっていた[30]。レクラム社の懸賞小説に応募するため、すばやく物語を一編「ひねり出した」（二七年六月二九日、ＭＢ）が、賞を獲得するには至らなかった。処女詩集をパウル・リスト出版社から出してもらおうという試みは、けっきょく失敗に終わった。同社の社長の息子がケスター教授のゼミで一緒だったのだが——「当時はまだ父親の方のリストが頑張っていて、息子はにっこりする程度のことしか許されていなかった」[31]。

このときの詩はすべて、雑誌『バイアーの《みんなのために》』にすでに掲載されたもので、ケストナーは出版社主リストとその二世を相手に、天使のような舌をもって説得にあたった。「こうしたグロテスクな詩集を出すには、今こそ」絶好の時です、と（二六年一二月二日、ＭＢ）。二人は異論を唱えたが、それでも、原稿は預からせていただく、と言った。それからというもの、若い著者は美しい希望につつまれて夢見心地であったが、六週間後に「蜜のように甘い言葉で記された」（二七年一月一四日）断わりの手紙とともに、送り返されてきた。ジョルナイ出版社もケストナーの詩を出版しようとはしなかった。

これに比べれば、新聞界での仕事の方が成功を収めていた。その広がりとテーマの多様さは、つぎつぎと新しい発見がなされたことで、近年ようやく明らかになりつつある。この時期にケストナーが新聞に発表した文章には、すでに《ケストナー調》によるコラムも散見されはするが、大半はまだまだ明らかに若書きで、その場かぎりの調子やふらつきが認められる。それでもこのころには、のちにベルリンで取り組むレパートリーはすでに残らず試みられている。楽しくて害のない詩や親しみのもてるコラムを書き、大学に新しい教授が着任すれば就任講義を記事にし、演劇や本や美術を論評した。ケストナーにとっては造形芸術がもっとも関心の薄い分野であった――美術を語るための彼自身の言葉をもっておらず、書いたのは田舎批評家の文章であった。つまり、褒めること叙述することが中心で、あるときは「個性的で美しい海のスケッチ」といった調子であり、またある画家については、「柔らかな曲線を描く丘、色とりどりの花が咲き乱れる、微笑むような牧草地、風のざわめきも控えめな森を[……]他に例を見ないほどの感受性をもって受け止め、かたちをあたえた」、という調子であった（GG、Ⅰ・48）。

エーリヒ・オーザーとライプツィヒで知り合ったのも、インフレーションが「戦後の狂奔する世界の中で、紙でできた最後の仇花を」咲かせていたこのころのことだった（Ⅳ・635）。ケストナーはオーザーのことを、「ぼくよりもさらに何歳か若く、長身で髪は黒っぽく、動作はぎこちなく、どこまでも高慢だった」と描写しているが、同様に、駈け出しの編集者時代も次のように情感たっぷりに描かれることになる。「オーザーはスケッチに、ぼくは文章に、それこそ全力を尽くしたものだ。ぼくらの野心は、そしてぼくら自身も、睡眠をほとんど必要としなかった。真夜中になって、ぼくがヨハンニス通り八番地で《留守番》として、輪転機の轟音を聞きながら遅く届いたニュース原稿に手を入れているときも、ぼくらはいっしょにいたものだ。ときどきオーザーは――カフェ・メルクールから、あるいは自分で仕立てた衣装をまとって謝肉祭の舞踏会から――ほかの若い芸術家や世界改革家をともなってあらわれた。そんなときぼくらはいっしょに、訂正を要する人類の校正作業に取り掛かったものだ」（Ⅵ・636）。

ケストナーは何を書いても器用で、仕事中毒で、ライプツィヒの新聞のために、また「ドレスデン最新報知《ドレスナー・ノイエステ・ナハリヒテン》」紙や「プラウエン国民新聞《プラウエナー・フォルクスツァイトゥング》」のためにも筆を執った――後者にはオーザーの友人、エーリヒ・クナウフが編集員として勤めていた。クナウフはケストナーにとっても友人となり、ほかの二人のエーリヒ、つまりオーザーとケストナーの作品も、自分の勤める新聞に掲載した。ケストナーはまた「ツヴィッカウ国民新聞《ツヴィッカウアー・フォルクスツァイトゥング》」にもペンネームで寄稿し（二六年一〇月一三日、MB）、同紙には『バイアーの《みんなのために》』に掲載された子どものための詩を、オーザーの挿絵をつけて転載してもらった。コネクションができればいつでも利用した。こうしていずれはライプツィヒも、ドレスデンのようにケストナーにとって狭すぎる世界となることが予測されるようになっていく。

ケストナーの文章は「プラハ日刊新聞《プラーガー・タークブラット》」に掲載され、またハンス・ライマンが新たに——当初はフランクフルトで——創刊した雑誌『やまあらし』にも載るようになった。ケストナーはとりわけベルリンに進出するための足がかりを探した。めざしたのは「フォス新聞《フォシッシェ・ツァイトゥング》」と「ベルリン日刊新聞《ベルリーナー・ターゲブラット》」であった。『ダス・ターゲ＝ブーフ』誌の発行人シュテファン・グロスマンは、飛び込みで送られてきたケストナーの詩に魅力を覚え、週刊新聞「モンターク・モルゲン［月曜・朝］」に寄稿するよう契約を結んだ。「この調子がつづき、みんながそこそこの金額を払ってくれれば、独り立ちできる日も遠くないと思います」（二四年一〇月二三日、MB）。『ダス・ターゲ＝ブーフ』誌にケストナーの最初の作品が載ったのは二四年で（「時代に寄せる讃歌」）、「モンターク・モルゲン」に詩を書いたのは、少し遅れて二八年である。独り立ちはまだでも、騒々しい芸人たちの下宿に見切りをつけるには十分であった。ホーエ通りの未亡人ヒューブナー夫人の家に小さな二部屋を借り、引っ越した。

独り立ちへの新しい前進となったのは、フリードリヒ・ミヒャエルといっしょに自分たちのエージェントを開設しようという計画であった。自分たちが執筆した原稿やマックス・クレルとハンス・ナトネクの原稿を売りさばくという、コラム記事サービスが目的であった。これは構想のままに終わったが、ベルリンに移ったのちに大きな成功を収めたときには、自分の「会社」を設立し、秘書のエルフリーデ・メヒニヒを雇って《社員一同》と名乗らせることになる。

ケストナーはすでにライプツィヒ時代に大きな野望を抱いていた。「三〇歳になったら、名前が世に知られていたい。三五歳では世に認められた人間になっているつもり。四〇歳ではさらに少しばかり有名になっているつもりです。有名だっていうことはちっとも重要ではありませんが。ともかくこれはもうぼくのプログラムに載っていることです。

ですからやり遂げねばなりません！　了解していただけますか？」〔二六年一一月二六日、MB〕。

二六年の大晦日をケストナーはベルリンで過ごした。母親への新年の手紙に、率直な言葉が並べられている。もちろん母さんのために願っています、「健康をどっさり、お金も少々、上機嫌は山のように。そしてぼくの母さんはいつだってぼくのことを思い、ぼくのために生きておいでなので、もしも母さんにちゃんと幸せを願うとしたら、とりわけぼく自身のために幸せを願わなければなりません。だって、ぼくの母さんは、ご存知ですよね、ぼくの幸せのほかに幸せというものを知らないからです」〔二六年一二月三〇日、MB〕。こうしてケストナーは、自分自身のためにも幸せと健康と成功とお金を願い、さらに「別なあるひととは違って、ぼくを失望させない、愛らしい若い女性」を願っている――イルゼ・ユーリウス〔次章参照〕との関係は八月に終わっていた〔二六年一二月三〇日、MB〕。

ベルリンは、大学時代に一学期を過ごして知っていたが、あらためて感激した。これこそ「唯一の本物の都市」だと思われ、二日後にライプツィヒへ戻らなければならなくなったときは、ほとんど「恐怖を覚えた」ほどであった。「さて、ベルリンに関してはいつかきっとうまくいくでしょう。いずれにせよここはドイツでただ一つ、何かが起こっている土地です。何日かここで過ごせば、すばらしい活力が湧いてきます」〔二七年一月三日、MB〕。要するに彼はライプツィヒを出たがっていたのであり、この直後に彼が書いた詩、「第九交響曲」をめぐってスキャンダルが起こったことは、格好のきっかけとなったのだ。その際に不当ともいえるひどい目に遭ったこと、また初めのうち物質的な不安が避けられなかったことは、彼には意想外であっただろうが。

私生活においては、ケストナーは陽気な人間で、酒場通いが好きで、パーティーに目がなく、ダンスが得意であった。ライプツィヒで最後の謝肉祭の舞踏会、すなわち新聞協会の舞踏会では、夜中の一時から朝の七時まで、「まことに愉快そのもの」で過ごした。「ぼくがK〔カーリン、次章参照〕と踊りはじめると、全員が動きを止めました。ダンス・フロアにいた社長たちやその奥方たち等々は身じろぎもせず、口をぽかんと開けていましたよ。そればかりか、まるでぼくたちが舞台の上で踊る本職のダンサーであるかのように、拍手の音も何度か響きわたりました」〔二七年一月一九日、MB〕。

ケストナーが自分をどう理解していたか。二六年一二月二九日に亡くなったライナー・マリア・リルケへの追悼文が、それを知る格好の資料となっている。自負心の旺盛な次世代の詩人は、自分がもはや論じるすべを知らない詩人について、死亡記事を書かねばならなくなった。そのうえちょうどこのとき、頭のなかには私的な問題がたっぷり詰まっていた。ケストナーは、自分では尊敬と呼ぶ感情を非個性的な言葉で表現する。そして、自分は故人の業績に正しく向き合うことができない、なぜなら、そのためには「あまりにも力をこめてその職人的な芸術性とその神秘的な信仰心を強調しなければならない」からである、と続ける。リルケは「消滅しつつあるタイプの代表者」であって、その死後に残るのはただ一人、「もっと厳しく、もっと冷ややかで、もっと偉大なシュテファン・ゲオルゲだけである……」。それだけでなく、リルケは一時代を代表していた、「過ぎていった時代、過ぎていかざるを得なかった時代、そして私たちが、とりわけこのような詩人のために畏敬の念のこもった記憶を持ちつづける時代を」。「詩人は」――ゲオルゲを除けば――もはやいっさい存在しない。「神降ろしするごとくに言葉を呼び出し、〔……〕まるで尊敬すべき異邦人のごとく私たちに立ちまじり、歩みゆく詩人は」（Ⅵ・52）。あとに残っているのは著述家だけである。リルケはもはや理想ではあり得ない、「私たちの道は早々と彼から離れていく」。ただ彼の記念像のもとには、「内的な瞑想の数分間とか孤独な平和の数時間、あるいはまた溌溂たる営みが魂の均衡を求める時代など」、「機会があるたびに戻っていく」べきである。ケストナーがリルケの死亡記事で、それが型通りの気取った調子だけのものではないことを垣間見せるのは、「ナショナリストのグループ」にたいして故人を弁護するときだけである。ナショナリストたちは、リルケが「反革命のさなかのミュンヒェンを去って」スイスに行ったこと、二五年にはフランス語で詩を書いたことを理由に、攻撃していたのである。

ルイーゼ・バベッテ・エンデルレは、一九二六年にボランティアとして、のちには編集者として、グラフィック誌『バイアー』で働き、また子ども用の付録「クラウスとクレーレ」も担当した。エンデルレはのちにケストナーの生涯の伴侶となるのだが、自分がどのような人間とかかわっているのか、このころから承知していた。それというのも、上司のヒルデ・デッケが彼女を含めた女性社員たちに、ケストナーは女たらし《オム・ア・ファム》です、ケストナーに気を許しては駄目よ、と注意していたからである。二七年、雑誌『バイアー』の《みんなのために》は予約購読者数が一〇万に達したのを祝うことになり、ケストナーは自分の部屋をその会場に提供した。エンデルレは語っている、ほかの女性編集者といっしょにそこへ行ってみると、「男の子たち」、つまりケストナーとオーザーは、すっかり「しょげ返って頭がおかしくなって」おり、口も開けられない有様だった(32)。理由を尋ねると、ケストナーは、おれたちはNLZ［新ライプツィヒ新聞］をクビになったんだ、と答えた。

この出来事については、ケストナーの遺稿のなかに詳細な記述があり、また、宛て先が「博士様《ドクトーア》」となっている書きかけの（したがって日付なしの）手紙が残されている。この博士は、新聞社の経営陣の一人で、会社の序列ではマールグートよりも高い位置にあり、どうやらプラハに滞在中だったと察せられる。NLZ紙はライプツィヒ出版印刷社で印刷されていたが、この会社の株の半分以上は、ミヒャエル・マイエンの信頼できる推測によれば、二二年以降はチェコスロバキアで最大の発行部数を誇っていたドイツ語新聞「プラハ日刊新聞」の発行所、プラハのメルシー出版社が所有していた(33)。要するに、ケストナーはメルシー出版社の上層部にいた誰かに助言を求めたものと思われる。そして不当な解雇通告は受け入れられないことを伝え、これから進むべき道を知ろうとしていたのである。解雇通知が出されたり引っ込められたりした経緯は、つぎのように叙述されている。「マールグート氏は月曜日の一二時に私に解雇を通告しました。でも一時間後には通告を撤回し、愛想良くこちらの肩を叩きました。そして火曜日の二時に、彼はまたしても解雇を通告しました。そして、理由は挙げる必要がないと言い放ち、四月一日にぼくの方から辞職を申し出るように勧告しました(34)」。理由としてマールグートが明かしたのは、ケストナーとオーザーがおこなった謝肉祭のいたずらで、「室内楽の巨匠の夜の歌」という詩に、オーザーの挿絵を添えて発表したことであった。最初の二節はつぎの通りである。

君、ぼくの第九、最後のシンフォニー！
ピンクのストライブの下着を着ていたら……
おいで、チェロのように、ぼくの膝のあいだに、
そして、君の脇腹をやさしく抱かせておくれ！

君の譜面をめくらせておくれ。
（そこにはヘンデルにグラウン、そしてトレモロが満載だ。）
ぼくは君の声を風という風のなかへ鳴り響かせたい、
君、ぼくの憧れの三点音のオー！　（Ⅰ・33）

［グラウン――カール・ハインリヒ・～、一七〇三―五九。フリードリヒ大王の宮廷楽長で、宗教音楽に優れた作品を遺した。］

この詩はすでに一九二五年に雑誌『やまあらし』に掲載されていた。「当時、原稿の段階でこの詩を読んだクレルが、含蓄をもたせるためには短くした方がいい、と助言してくれた。それで全体を四節にしたんだ。そのかたちでこの詩は、『やまあらし』誌のほかに、四週間前には当市の美術学校の謝肉祭パンフレットに、少しあとには「プラウエン国民新聞」にも載った。「ライプツィヒ最新報知紙」はこの前の日曜日にこの詩を印刷し、〈神殿冒瀆者〉という表題を付け、さらに愚かしい注釈を添えた。なぜか？　理由は、第一行目が〈君、ぼくの第九の、最後のシンフォニー！〉となっているからだ。これは一種の讃歌風の叫び声で、いわばこの比喩と自分との関係を特別に際立たせたいと願う、音楽家によって考え出された叫び声なのだ。「ライプツィヒ最新報知」はそれとは違うことを望んだ。あの新聞社は、ぼくの〈詩〉はベートーベンへのパロディーなんだと読者に思わせたがったのだ。「ライプツィヒ最新報知」の読者がそれほど愚かで、すんなり騙されたかどうか、ぼくは知らない。しかし、マールグート氏は「ライプツィヒ最新報知」の狙いにまんまとひっかかった。つまり、詩句を最初から最後まで誤解し、ぼくが第九交響曲を茶化していると、心の底から信じてしまった。ほかの誰だってそんなことまるで理解できないだろうにさ。そこで解雇を通告したのだ(35)」。

ケストナーはマールグートとじかに会って話し、相手の誤解がどれほど根深いかを知った――新聞社の社長は作曲家ヘンデルとグラウンを《コミュニスト》だと思い込んでいるという始末だった！――そこでケストナーはマールグートに、歌に関連する事柄を正しく説明し、その結果、大笑いとなって解雇通知は撤回された。ところが翌日、マールグートはふたたびケストナーに解雇を通告した。またしても理由は例の詩だとのことであったが、それ以上の説明はなかった。「君のような人間はこの会社で文化政策を担当してもらうわけにはいかない等々」、それに関係部署の同僚たちはもう君と働くのはごめんだと言っている、と言っただけだった。マールグートは同僚の名前を言わなかった。しかし、ケストナーがいっしょに仕事をしていた二人の社員は、ケストナーの後ろ盾になろうとしていた。要するに陰険なやり口であり、このときの状況を出来るかぎり再現させてみれば、間違いなく政治的な陰謀の臭いがする。

ケストナーは一九二七年四月一日に退社を通告、なおも三か月は編集の仕事をつづけたが、もはや「新ライプツィヒ新聞」に自分の名前で記事を書くことはなかった。そして七月一日にベルリンへ引っ越した。彼は著述家としての活動を強めることにした。「あちこちから何でもかき集め、それを組み合わせて、生存のために必要な最低限度のものを手に入れるため」であった。それに加えて、「これまでよりも大がかりな文学作品に挑戦する」つもりだった。差し当たり生活費が心もとないのを見てとると、過去にいさかいはあったが、NLZ紙に引き続き寄稿することを考えた。そこでかつての上司に提案した。「申し上げたいのは、目下のところまだ補充されていない、もしくは今後も二度と補充されることのない分野についてであります。例を挙げるならば、ぼくがベルリンの演劇や映画、造形芸術について——簡潔にかつ読んで楽しいように——レポートをまとめ、時折はいわゆる《ベルリン通信》といったものを書く、といったことは可能であろうと、そのように思われるのです」。ナトネクとクレルがケストナーの希望を支持した。ケストナーは、自分が提案した相手からも同じような支持を得たいと願った。何よりもマールグートを説得することが肝心だった、それというのも、保守的な「ライプツィヒ最新報知」紙が、「すでに片付いた詩の一件」をまたぞろ蒸し返しかねないという危険にマールグートが気づくことは、疑う余地がなかったからである。そこでケストナーは前もって、自分の原稿には《ペーター・フリント》と署名することで、そうした異議を排除する用意があることを明らかにした。「マールグート氏は、もっともな理由を告げずに解雇を通告しなければならなかったこと、その通告が同様の解雇通告とその撤回から二四時間以内におこなったことを、遺憾に思っているように見受けられました。そしてその不満をこの私に向けました。私としましては、この反応がしだいに穏やかになること、過去四年間に私について下されていた好意的な判断を、徐々にであれふたたび思い出していただけることを、心から願うものであります」[36]。

したがってケストナーが、自分はまことに不本意ながらベルリンに移らざるを得ない、などと考えていたことはあり得ない。それが証拠には、母親を何とか説得しようとして、首都に住むことの利点を列挙しているのである。「母さん、どうして悲しいの？　ベルリンへ行けば、ここよりもっと時間ができるんだよ。ということは、もっと頻繁にドレスデンに帰れるってことなんだ。それに母さんにも来てもらえるっていうことなんだよ」（二七年六月二一日、ＭＢ）。

感情教育

イルゼ

「今日の若い女性は、自分たちがどんなに恵まれているか、少しもわかっていない」[1]。一九一〇年前後に生まれたある女性は溜息まじりにこう語ったことがある。現代では学校で女子生徒に性教育がおこなわれている。自分でも、見たり読んだりする目がありさえすれば、毎日の生活の中で知識はいくらでも自由に得られる。ピルもある。一九六〇年代まで、女性のための性教育では、「ベルトから下のことはすべてタブー」とされていた。そして母親があたえる助言は、「夫が望むことをしなくてはいけません」という指示に限られており、そして夫が望むのは、通常、「あれだけ」とされていた。むろん、個人的にも社会的にも程度の差はあった。また、短命に終わったヴァイマール共和国時代の大都市では、性に関してもっとオープンになっていたかもしれない。しかしその場合も、大半の女性にとって重んじるべきものといえば、相変わらず母親世代の理想であった。

「子どものころの袖の幅が広いワンピースを、娘時代にはバラ色のドレスに替え、やがて花嫁衣裳とミルテの花冠を身につけたあと、私たちの人生は、愛する夫のかたわらにあって、別な形姿とより高い意義を獲得する。夫の願望や好みのために、私たちは喜んで自分の願望や好みを犠牲にし、夫がその瞳に感謝のこもった満足感を籠めて私たちを見つめるとき、十二分に報いられるのを感じるのである」。ジャネット・ホルトハウゼンは『女性の聖務日課書』において自分の、つまり女性の、性の指針をこう述べた。「忍耐と従順、寡欲さ、次いで慎み深さも、妻を夫にとっていとおしくする美徳である」(2)。女性は性に関しては受動的でなくてはならず、夫の浮気は寛大に許さなくてはならなかった。「男は女とはまったく違う」のであり、「合間を縫って起こる事柄に、私は寛大に振る舞った」。「ときには別な女性もいたが、夫は信じられないほど立派に見えた」(3)。ところが、もしも女性が一度だって浮気をしようものなら、すぐさま追い出された。

ケストナーの性生活はこのような状況を背景として展開されたのである。ところで、記憶すべきことは、こうしたかたちで記されていたのは、単に女性の果たすべき役柄だけではなく、そこからは補完関係にある男性の役柄も読み取るべきだ、ということである。

イルゼ・ユーリウスはケストナーの最初の恋人であったようだ。最初かどうかはともかく、この関係の破局が――圧倒的な母親との結びつきとならんで――以後のすべての関係の破局をも決定したという意味で、ケストナーにとってもっとも重要な恋人であった。この女性は一九〇二年一月三〇日にエッセンで生まれ、祖母の名をあたえられてイルゼ・ベークス＝ユーリウスと名づけられた。ケストナーと知り合ったとき――おそらく一九年の五月か六月――ドレスデンの母親のもとで暮らしていた。イルゼの家庭状況はケストナーの場合とひじょうによく似ていた。イルゼ・ユーリウスも母親との結びつきがたいそう緊密で、ケストナー家と同様に下宿人を置いていた。ただし、ユーリウス家では失敗した結婚生活について、隠し立てすることなく口にされていた。イルゼの両親は離婚し、母親はそのうち数年のあいだ別な男と暮らした。もっとも、死後は別れた夫と同じ墓に葬られた。

イルゼ・ユーリウスとケストナーとの関係が初めのころどのような経過をたどったのか、ケストナーに宛てた手紙からかなり詳しく知ることができる。ケストナーがイルゼに宛てた手紙は見当たらない。したがってケストナーがどう考えていたのかについては、母親宛ての彼の手紙から窺うだけである。現存するイルゼの最初の手紙は一九一九年六月一一日付で、二人称の代名詞がまだ親しい間柄で使うドゥーではなく、敬称のズィーになっており、残念ですが聖霊降臨祭はいっしょに過ごせませんと書いたあと、「ハイデ［郊外の荒れ地］に散歩に行って埋め合わせをしませんか」と提案している。「とはいっても、ヴァーグナーの作品はどれもこれもたいそう長いので、早々に切り上げねばなりません。五時半から『ヴァルキューレ』なのです」（一九年六月一一日、JB）。

この文面から、すでに二人のあいだの基本テーマを読み取ることができる。二人は文化一般に大きな興味をいだいており、たがいに手紙で、本や演劇、カバレットの出し物、講演会などについて知らせ合っていた。イルゼ・ユーリウスの手紙をたどれば、二〇年代前半のドレスデンにおける音楽や演劇の上演プログラムがかなり正確に再構成できるほどである。このカップルはほかにも同じ好みを共有していた。例えば、二人は愛らしさを表す語形を多数つかっている――イルゼは彼に「手紙ちゃん《ブリーフェル》」を書き、「かわいい詩《ゲディヒテル》が書けましたか」と尋ねる、といった具合である。また、二人とも模範生で、好きなものはカフェ、「音楽、人間、新聞、タバコ」であった（二五年三月五日、ＪＢ）。そればかりか背の高さもいっしょだった。最初のまだおずおずとした手紙から二週間後、二人は恋人同士になったようで、彼女はケストナー宛てに、「五時きっかりに」美術商エーミール・リヒターの店に来てね、と書いている（一九年六月三〇日、ＪＢ）。イルゼ・ユーリウスは、恋人がしだいに文学の領域を専門としていったのにたいして、自分は興味をもっている素人にすぎないという意識を深めていき、おしまいには借りた小説について、読み取るべきメッセージがわからないと白状している。そして、二人の関係がおわったあとも、読み物を推薦してくれるよう頼んでいる。「まったく違う領域を本職としていて、有名な名前や批評を思い出しながら書店に入り、どれを読んだらいいのかと探すのは、とてもむずかしいのです」（二七年二月七日、ＪＢ）。

イルゼ・ユーリウス

関係が始まって間がないころの記録では、セックスの問題がとくに目につく。これがケストナーにとってそうとうな大事件だったことは間違いない。のちにケストナーは小説『ファビアン』の主人公に、一七歳のときバルト海の浜辺で、一〇人の「まずまずといった」女性と寝た、という自慢話（Ⅲ・52）を語らせているが、これは著者自身の体験とは重ならないようである。ケストナーの発表された最初の詩の一つで、『ライプツィヒ大学生詩文集』（一九二〇）に掲載された、「君の手」は、この新しい体験をほとんど隠すことなく語ったものであり、内容がマスターベーションの技術であることは見誤りようがない。詩の最初と最後の二行はつぎの通りである。「ぼくの熱い心臓のまわりに／君の冷たい手を拡げるのだ！」そしてそのあいだには展開が、掴みかかる手をさまざまなイメージのうちに捉え、描かれる。彼女の手は「打ち解けない少女のよう」で、「あこがれに震えつつ」、「軽やかな足取りで」、彼に歩み寄る。あるいはまたその手は、「金髪の母親だ」。その手は、いわば頂点に達する直前に、「むせ返るような壮麗さのなか」、「丸い果実」を待っている。冒頭では、「青ざめた母親が」声を立てずに泣くとあるが、結びでは、涙ではなく別な液体が語られる。手が、「約束しつつ深みから」── 言うまでもなく魂の深みから ──「銀の言葉のように」滴《しずく》となってしたたるのだ。(4)この時期のほかの詩でも、「君の両手の中のシャフト」という表現がある。何度も同じモチーフが繰り返されているのは ── このモチーフはほどなく姿を見せなくなるのだが ── 偶然ではあり得ない。(5)

イルゼ・ユーリウスは終始、「イングランド人たち」が来ないのでは、と不安を抱いている。「でも、お母さんには言わないでね。誰にも言わないで」(日付なし、二四年か、JB)。ところで、周期をほぼ規則正しくするピルが発明されるまで、イングランド人たちは大半の女性たちのもとをカレンダー通りに訪れはしなかった。

自分が何を恐れているか、ユーリウスは承知していた。一九二〇年、ケストナーがライプツィヒにいるとき、従姉妹のドーラ・アウグスティンが初産の床で亡くなった。イルゼ・ユーリウスは頻繁にイーダ・ケストナーを訪れていた。イーダは不幸な出来事について、すっかり動転した手紙をケストナーに書いた。まずは自分の心臓が弱っていることに触れ、ついでイルゼには別に手紙を書きますといい、それからツィンマーマン先生と話したことを知らせている。ツィンマーマン先生は確かなこととしてこうおっしゃいました、「自動車に乗ったことは原因ではありません」、「原因はもっぱらお産です」。「進行があまりにも速かったのです。共圧陣痛が起こり、腸が絡み合ってしまったのです。姪御さんは亡くなられたのでして、この事実を受け入れるほかはありません」。ドーラの父親は「知っています、電話で問い合わせたのです。これから何もかもどうなっていくのでしょう。私はここで横になっています」。ドーラはすでに葬られました、と母親は書いている。(6)

イルゼ・ユーリウスは、毎年何週間か父親といっしょに過ごしていたゼンフテンベルク［ドレスデンの北北東六〇キロメートルほどの小都市」からケストナーに、別なある不幸な女性について、軽蔑の口調で書き送ったことがある。「ブリギッタは六番目の女の子を授かりました。哀れなひと。馬鹿よね」（二一年八月五日、ＪＢ）。

　当初はまだおどおどしていた女生徒が、間もなく自覚した若い女性、独り立ちして自分の人生に取り組む女性へと成長を遂げていった。愛するようになって数か月間は、まだ完全に「女性の聖務日課書」のスタイルで、フィヒテを引き合いに出してこんなふうに述べている。「女は――ここに男の人とのとてつもない相違点があるのですが――衝動だけで」身をゆだねることはけっしてできません。「結婚生活のなかで、女は自分の人格を放棄するのではなく、より高い段階へと引き上げるのです」（二〇年六月二七日、ＪＢ）。のちには自分の性的な願望をはっきりと表現するようになり、一度などケストナーが詩「室内楽の巨匠の夜の歌」で言及している「バラ色の下着」まで話題にしている。

　一九二〇年の冬学期、イルゼは大学に進み、化学を学び始める。そして、インフレーションが最悪の段階にあった二三年から、彼女は商才を発揮して――まだ大学生の身で！――活発に手数料やら利ザヤを稼ぐ仕事を始めた。家屋の仲介をしたり、外国為替の売り買いをおこなって儲けを手にしたのである。まさしく恋人が書いたコラム「マックスと彼のフロックコート」を地でいっていたのだ。「私が話したことを、あなたはちゃんと黙っていられるかしら。とにかくどんなことがあっても母には言わないでね（母ったら、こんなひどいご時世には、必要とあらば最愛のひとだって武器として利用すればいい、なんて言ってるのよ）、私がどんなふうにやっているか、教えてあげるわね。要するに二人の商人が私にお金を渡して、私はそれで買い、一日の終わりに二人はもう外貨なり何なりを手にし、私は儲けを手に入れているってわけ。面白いのは、仕事があっという間に片付くことね」（二三年七月二七日、ＪＢ）。この方法でイルゼは、年がら年中お金に困っていた母親をも支えた。あるとき彼女はケストナーにフロベールの六巻本の豪華版全集をプレゼントしようと思った。午前中には店頭にあったのだが、午後に儲けを手にして行ってみたら、もう売れてしまっていた（二三年七月二二日、ＪＢ）。またケストナーに、誕生日のコーヒーを買うための「お札ちゃん」を封筒に入れ、「これでコーヒーを飲んで元気でいてね」と書き添えて送ったこともある（二三年二月二二日、ＪＢ）。この台詞は、ケストナー自身もやがて懐の温かいときに使うことになる。イルゼ・ユーリウスは、処女詩集を出すためにケストナーがヴェラー出版社と交渉をしていたとき、話がまとまるようにと励まし、「経済的にもうまくいきますように」と

イルゼ・ユーリウス、1934年夏

付け加え、「だって、最終的にはそれが大事なことなんですから」と書いている（日付なし、ＪＢ）。また、仕事に打ち込むケストナーを批判することもあった。特に、彼が彼女に会いにドレスデンに行く予定を、土壇場になってキャンセルしたときは手厳しかった。「あなたは仕事熱心だわ。今日私が涙ちゃんといっしょに気づいたように、熱心すぎます。しかもそれは経済的な利益とはちっとも結びついていないではありませんか」（一九二四年一一月二八日、ＪＢ）。

イルゼはケストナーにたいして、ご機嫌を取るようなことは一切せず、私的にも職業についても、批判を控えることはなかった。「乗馬についてのコラムはちっとも面白いとは思いませんでした。でも、あなたのようにたくさん書いていれば、いつも良いものを書くというわけにはいきませんよね」（一九二四年五月六日、ＪＢ）。イルゼがこうした感想を述べることができたのは、関係が緊密で、その時点で二人が一般には稀なほど同等の立場に立っていたからこそであった。二人の仲が互いの嫉妬のためにしばし中断することもあったが、相手をそっくり誰かの手にゆだねようとはどちらも思わなかった。あるときイルゼはダンスの夕べについて書き、すぐさまケストナーをなだめにかかっている。「あなたといっしょでなければ、どこに行っても楽しいことなんてありません。でもあなたはいつか、有能な人間に、完全に自立した人間になるために、自分を磨いているんだって、話してくれたことがありますよね。私もそういう人間になりたいのです」（一九二三年六月二日、ＪＢ）。にもかかわらずイルゼは、編集者ケストナーが同僚の陰謀に苦しんだり、あるいは食欲の減退を訴えたりすると、そのたびに、母親のように心をこめて彼のことを心配し、なぐさめ、「ただ二人きりで、お互いのためにのみ」過ごした日々のことを思い出させて、勇気づけるのだった（一九二三年一二月一八日、ＪＢ）。特に一九二五年にケストナーが、レッシングについての博士論文を書くことを断念し、もっと小さなテーマに変更する決心をしたとき、イルゼは母親のような気遣いをみせ、長い手紙を何度も書いている。とにかく散歩には行くのよ。栄養のあるパン、それに果物を食べなくては駄目よ。「頻っぺたの赤い、見るからに健康そうな顔になってね」（二五年三月二五日、ＪＢ）。

ケストナーの生涯でイルゼはただ一人、共生する母親と息子のあいだに入り込み、しかも――彼女自身もまた引けを取らないほど自分の母親と緊密な関係にあったからであろうか――母親イーダ・ケストナーとたいそう良好な関係を築くことのできた唯一の女性である。二人の女性はたびたび互いに訪ね合い、そこにいないケストナーを褒め、息子あるいは恋人の使いの役を果たすのだった。イルゼは洗濯物を持ってドレスデンとライプツィヒのあいだを往復し、ケストナーの母親は息子の頼みでスズランの花束をイルゼに届け（二三年二月、ＪＢ）、息子に向かって、あの女子学生はめったに訪ねてきてくれません、と不平を漏らすのだった。すると息子はこう書き送って、母親をなだめた。「考えてみてください。あのひとは毎日、日が暮れるまで実験室に籠っていなければならないのですよ。先だっても、一週間以上ほとんど何の連絡もなかったんです」（二四年一一月二七日、ＭＢ）。

イルゼ・ユーリウスは野心的な大学生だった。そもそも大学にいくということが、しかも《厳しい》自然科学を学ぶというのは、この時代の女性には稀有なことだったが、彼女はそれだけでは満足しなかった。つまり、ケストナーと同じように抜群の成績で卒業したがっていた。大学の課程を修了しないで結婚することなど、問題外だった。しかし、「出来るだけ早く」終わらせたいと考えてはいた。「永久に卒業しないままだったら後悔するわ」（二四年九月一九日、ＪＢ）。ケストナーの方も同じことをしたのであろうが、イルゼは自分の勉強のことを書き送った。しかしながら相手は十分な理解力を示さなかったようである。彼女とすれば誰にでもわかりやすい表現を心がけたつもりだったのだが。たとえば、「新しい原子理論に関する薄い本」を通読し、「全体としてたいそうわかりやすく書かれている」と思った、と書いている（二四年九月一九日、ＪＢ）。また、再三ケストナーに化学と電気の本を入手してくれるよう依頼している。手紙では、自分の化学分析が成功したかどうかについても触れている。「今週の成果は、最後に少なくとも自分がふたたび出発点に立っていることがわかったこと、すべての反応が起こったこと、次には別な方法で試みるということ、以上です」（二四年一一月二二日、ＪＢ）。イルゼが卒業論文《ディプロームアルバイト》の指導を希望していた教授、ローラント・ショルは、最初イルゼにたいして冷淡な態度をとり、負担過重を理由に卒業論文の指導を断ろうとして、大学当局に状況を問い合わせた。そのとき彼は、イルゼ・ユーリウスは「この大学でモノになりそうな才能を持つただ一人の女性」（二五年二月一日、JB）だとの回答を得たといわれている。じっさい他の学生は断られたのであるが、イルゼはショル教授に受け入れられた。このころ彼女はケストナーに、自分の卒業論文の内容を説明しようとしている。「明日から実験が始まります。今晩、すべてきちんと準備を終えました。私の研究はデルタンスレンと呼ばれる物質の合成で、この物質はインダンスレンと近縁なのですが、合成はけっして簡単とはいえません。じつは今の段階で物質の名前を挙げてしまうのは、いささか性急過ぎることなのです。［……］インダンスレンではベンゼン核がいわば鎖状をなしているのですが、デルタンスレンでは対照的にベンゼンがぴったりとくっついていて、問題はそのようなコンパクトな合成物が存在可能かどうかということです。いずれにしても紙の上ではこの合成物は、それほどぴったりとくっついているものと信じてよいならば、ギリシャ文字のデルタのかたちをしており、したがってアントラセン誘導体としてデルタンスレンと命名されたのです。この合成物質の意義について、私にはいまのところ何もわかっていませんが、何らかの予測を立てなくてはなりません」（二五年三月九日、JB）。

ドレスデンのザクセン工科大学は二六年三月一九日付でイルゼに「工学士」の学位を授与した。証明書では印刷されていたすべての男性形の用語がタイプライターで消されて、女性形に変えられている。イルゼの研究は、「アントラキノン系ケトンの識別と新しい色素の分離に関する研究」で、卒業試験の成績は「優」であった。このときのイルゼは、同様の状況に立たされたときにケストナーが見せたのと同じ反応を示している。つまり、この種の優秀な成績は、「当然のことで、触れる価値はない」と見なしているのだ。たしかにちょっとした休みは取るつもりで、ケストナーの母親を休日のコーヒーに招待し、ケストナーが薦めたヤーコプ・ヴァッサーマンの『カスパール・ハウザー』を読む計画を立てた。がしかし、彼女が何よりも楽しみにしたのは、「新しい目標」に取り組むこと、つまり、「ふたたび実験室で研究に従事し、遠からず博士号を取り、それからあなたといっしょに世界へと飛び出すこと」であった。なるべく早く結婚することは彼女にとって自明の目標であったが、さらに高い段階の成功を収めるために、それを先送りしたのである。相手のケストナーも、早く結婚するのが目標だと言ってはいたが、それを実現しようという気配が見られないことも、この行動を後押しした。

一九二四年の夏、エーリヒ・ケストナーとイルゼ・ユーリウスはイタリア旅行に出かけた。出発に先立ち、母のイーダを連れて行くかどうかをめぐって、二人は長いことやりあった。ケストナーは残していくと主張し、恋人は彼の母親の側に立った。イルゼは、「当然でしょ」、「あなたのお母さんをがっかりさせないで」、「三人でイタリアに行きましょう」、と書いている。お母さんは何週間も大喜びしていて、「旅行のことばかり考えて暮らしてきたのよ」。連れて行けないなんて言ったら、ことによると病気になってしまうかもしれません。私と二人だけで行くつもりだったのなら、あなたは最初からお母さんに、お金はぼく一人分しかないんだって、そう言わなければいけなかったのよ。もちろん私はあなたと二人だけで行きたいわ。でもそれは来年に延期すればいいことです。「ですから、三人で行くことにしましょう」(二四年八月六日、JB)。けっきょく妥協が成立した。イーダはほんの二、三日だけ同行し、そのあとは一人でチロル地方を旅行する、ケストナーとイルゼは二人だけで三週間、ガルダ湖畔に滞在する、ということになったのである。このときの休暇旅行から帰ったあと、イルゼはケストナーに宛てて書いている、あなたは「私がこれまでまったく知らなかったすばらしい人生を見せてくれました、私はこの人生を手放したくありません」と。この数週間は私にとって、「できるだけ早く大学を終えよう、いつもあなたといっしょにいるという将来の希望を早く現実のものにしよう、という励ましになりました」(二四年九月一九日、JB)。

ケストナーは、一九二五年には途中でテーマを変えた博士論文のために忙しく、翌一九二六年には、まず母親とイタリア旅行をし、つづいてイルゼ・ユーリウスとデンマークへ行ったが、このときも出発前に長い遣り取りがあった。今回、問題を持ち出したのはイルゼの方だった。私には必要なお金を用意できるかどうかわかりません。というのも、私も母親と旅行することになっているからです。それに博士論文の最初の部分に不満です。それでもとにかく二人は出発し、イルゼはケストナーの母親に毎日絵葉書を書いている。フェリーの発着所があるヴァルネミュンデから、コペンハーゲンから、二人が海浜ホテルに一週間滞在したギレラーイェから、そして帰途の経由地ベルリンから。ケストナーの父親エーミールも一度、「どこよりも大きな雄牛がいて、世界中に輸出している国、フランツ[ケストナーの伯父フランツ・アウグスティンを指す]が馬を買い付けている国」(二六年八月一〇日、JB)からの絵葉書を受け取っている。八月一八日、ケストナーは一人でライプツィヒに帰着、その翌日にイルゼは礼状を書いている。「旅行中の体験はすべてがまだそのままのかたちで眼の前に」ありますので、「あらためてもう一度」、自分の胸に抱きしめていることを、ケストナーに知らせるためであった（二六年八月一九日、ＪＢ）。

しかし、彼を褒めそやす言葉には、もはや二四年のイタリア旅行後のような感激は見られない。そのきっかけは、旅行の終わり近くにギレラーイェで二人が本音をぶつけ合ったことにあるらしい、がしかし、別れることになる原因は明らかになっておらず、いくつかの憶測がなされているだけである。たしかにイルゼ・ユーリウスは《女性の義務》を拒絶し、ケストナーが求めた際に応じようとしなかった。しかしながら、もはやそれが争いを惹き起こす原因となるような状況ではなかったようである。というのも、どんなにお互いを身近に感じていたにせよ、このときまで二人が空間的に近くにいたことはむしろ例外的だったのだ。つまり、恋愛関係が始まって半年と経たずに、ケストナーはライプツィヒへ移り、短期間だがロストックとベルリンでも暮らし、ドレスデンで過ごすのはいつもほんの数週間だった。しかもそんなとき、イルゼがいつもドレスデンにいるとは限らなかった。年に数週間は父親とゼンフテンベルクで過ごす約束になっていたからである。

イルゼはすでに一九二四年に、「お互いに際限がないほど長い手紙を書くけど、ほとんど役に立たちません」と嘆き、私は「本当にあなたに会いたいのです」と打ち明けている（二四年八月六日、ＪＢ）。そして数か月後には、「私たち、もうすぐ結婚しなくては。そうすれば当然こうしたことは終わりになりますから」と書き送っている。ところが一方ではかなりの野心家だったので、自分が彼とくらべて見劣りがするようなことは許せなかった。「でも来年はまだ無理です。ひらすら勉強に励んで、学業を終える目途をつけなくてはならないから。たぶん再来年にはね。あなたはどう思いますか？　一九二七年になるかしら？　それとも結婚しないままいっしょに暮らしますか？　いずれにしても、もうあなたをそんなに長いこと独りにしておくつもりはありません」（二四年一二月一三日、ＪＢ）。

長いこと会うのもままならない状態がつづき、少なくとも彼女の方は苛立つようになっていく。「要するにこうしてふたたびドレスデンに追いやられ、三週間にわたって待たされ、そのあと素敵だけどあっという間の数時間をあなたとライプツィヒで過ごすというわけですね。これが人生なのですか？　まるっきり違うというわけではないけど、人生だなんてほとんどいえません」（一九二五年一月七日、ＪＢ）。

ケストナーの母親イーダとイルゼとが互いにたいそう好感を抱いていたことは間違いない。しかしながら女子学生の方は折に触れて、恋人の心という大聖堂で、自分は婢女《はしため》にすぎず、大司祭はいつだって母親の方だと感じていた。こんな不平を洩らしたこともある。「ほんの小さなことまで、どうしてあなたは私と話し合う前にお母さんに話すの?」(二六年二月一八日、JB)。

二人の関係が危うくなったとき、母親はどうやら最初の数か月間は息子の肩を持とうとしなかったようである――ケストナーの特異なありようからして、これはすでにたいそう重要なことである。前々からライプツィヒに息子を訪ねる約束をしていたにもかかわらず、直前になって電報で取り止めると言い、そのためケストナーは、自分がドレスデンに行くことにした。――「I〔イルゼ〕が考えを変えないかぎり、この先どうなるか、ぼくにはわかりません! 今朝、彼女に長い手紙を書きました。しかし、こんなときに手紙を書くのは耐え難いことです。何を書いても誤解されかねませんからね。――こうは言いながら、ぼくは自分よりも彼女のためによかれと思っているんですよ」(二六年八月二一日、MB)。

ケストナーとイルゼが完全に別れたあとも、ケストナーの母親とイルゼとのあいだにはゆるやかな関係がつづいた。イルゼの方は、「お母様が私に腹を立てておいでではないか、きっと私の思い出はすでに残らず払いのけてしまわれたことでしょう、と恐れて」いた。「と申しますのも、お母様とエーリヒにとても辛い思いをさせてしまいましたから。でもエーリヒはそう思っていないと伺い、嬉しく思うと同時に、自分には過ぎたることと思っております。お母様は、これまでの人生で耐えてこなければならなかったすべてのことに加えて、エーリヒと私の苦しみをもご一緒に味わう羽目になってしまわれました(7)」。

イーダは、息子がライプツィヒのある女性と浮気をしたことを咎め、それがイルゼと仲違いする原因になったと考えて、こう書き送った。「すべてはその女のせいです。おまえの心のなかからイルゼを追い出そうともくろみ、まんまと成功したのです。〔……〕いったん夢中になれば歯止めが利かない女なんでしょう。イルゼとは正反対の女です」(日付なし、MB)。ケストナーは母親をなだめようとして、返事にこう書いている。イルゼは話し合いを避けました。でもその一方で、すでに一年前からぼくに反感を覚えていたことを認めました。つまり、ぼくが浮気をしたのが始まりではなかったんです。「そして彼女がぼくに反感をもつのなら、それなりの理由があるはずなんですが、こうしたことについては何も言わないのです。この何年ものあいだに、誰かもっと好きな男ができたのかもしれません。それを認めないのは、男が既婚者であるとか、何かいっしょになれない理由があるからなのでしょう。きっとそのために心に誓ったんです、エーリヒには何も話さないと。でも、もう一人の男といっしょになることはできない。エーリヒなら、気のいいひとだから、ひょっとしたらまた親しい関係になることができるかもしれない。こんな考えなんて、恐ろしいですよね！　だって、ぼくは施し物をあたえられる人間じゃないんですから！」(二六年八月二八日、MB)。

この別れがどういう結果をもたらすか、ケストナーは十分に意識していた。「もしもイルゼとの関係が、彼女の冷淡さが原因となって完全に終わるようなことになれば、何年も辛い思いを味わうことでしょう。そして、彼女に引けを取らないと思われる女性は、もう二度と見つけられないでしょう。これは、ぼくはけっして結婚しないでしょう、というのと同じです」(二六年八月二八日、MB)。母親はこれを読んでも納得しなかったらしく、これからはあまり手紙を書かない、と告げる。おまえも便りを寄越すには及びません。息子は断言する、「辛い思いに耐えているぼくを、変わることなくしっかりと支えてくれるのは、母さんの手紙だけなのです」。そして、自分には新聞社の仕事が多くて、もうこれ以上は書けません。でも、どうでもいいと思っているからではありません。イルゼには手紙を書きませんでしたし、「これからも書くつもりはありません。書くにしても、最後にもう一度だけです」(二六年一〇月四日、MB)。二人の関係はそれからなお数か月は細々とつづき、ケストナーが母親宛ての手紙でイルゼについて触れるのはもっと長くつづいた。ケストナーは、自分の身を守るためにも、彼女をどんどんと低く評価するようになる。そして、あんな「はねっ返りとの文通」は、いつかお仕舞いにしなければならなかったんです、と書いている。イルゼは、「ダンスやその他つまらぬことにあまりにもかかわり合って」いました。もしも「また不意に訪ねてきて泣きだしたりすれば、みっともないでしょう。でも、何があっても決めたとおりにするほかないでしょう。なぜなら彼女とぼくは、知り合ってから八年という歳月にたいして、りっぱな人間らしく義務を感じ、誠実に、また率直に、別々の道を進むべきなのですから。つまらぬ婢女のように振舞ってはならないのです。婢女ならば、現代では女性も男性と同等だなどと、大きな口をきくこともあるでしょうが。イルゼの振る舞いは、彼女がどこにでもいる愚かな女であることを明らかにしました」(二六年一〇月五日、MB)。ケストナーの罵り言葉は納得させる体のものではない。むしろ相手がいないところで強がっているような印象をあたえる。母親に宛てたたった一通の手紙で、いくつもの事柄を請け合っている。自分は「落ち着いてきました」。「起きたことを甘んじて受け止めており」、「すでに峠を越え」ました。「きっと髪の毛が真っ白になると思いましたが、ゴマ塩にもなっていません」。人間って「いやになるほど我慢強いんですね」。今は、「ありがたいことにあの件は終わりました」。「すべてが収まるところへ収まります」。そして仕事に打ち込むのが「今のぼくにはいちばん賢明なことです」(二六年一〇月九日、MB)。

しかし、ケストナーはまだ成り行きにまかせることはできなかった。ユーリウスに「もう一度自分の考えを徹底的に伝えたかった」からだ。再会は考えるだけで苦痛であったが。「今はごくゆっくりと傷が癒えつつある最中です」(二六年一〇月一三日、MB)。感情はどんなに苦痛を覚えていようが、またどんなにつまらない悩みに苛まれていようが、まだ完全に別れてしまっていたわけではないこの時期に、ケストナーは性的に少しも怠惰ではなかった。母親宛ての手紙で彼はしばしば「カーリン」という女性に言及して、歯科医の助手や実験助手をしていた女性で、イルゼのことは承知していますが、別れ話が持ち上がっていることは何も知りません、と書いている。あるときはこんな話を記している。ぼくは二人の「ダンス場で知り合った女性」と約束しましたが、待ちぼうけを食わされてしまいました。「何て恥知らずな連中なんでしょう！　どんなバカだって、あんなはねっ返りたちの相手はご免だと言うでしょう」(二六年一〇月一三日、MB)。

ケストナーはイルゼ・ユーリウスに宛てて《思いをぶちまける》手紙を書いたらしい。しかし、予想に反してちゃんと返事があった。あなたのほかに男性はいません、自分は「旅行の最後のころ嬉しくて陽気になって」いましたが、それは解放されたと感じていたからです。これを読んでケストナーはひどく腹を立て、母親に、「彼女は、もう言いつけを聞かなくていい、妻になる必要がないというので、喜んでいたのです」と報告している。「あの女性は愛とベッドとを分けています。ぼくはこの二つを分けることなんかできません」。そして何とも立派な言葉を遣ってこう述べる。ぼくは「こうした点について、自分にたいそう誇りを」覚えています。――しかしながら、ケストナーのその誇りが手痛く傷つけられていたのである。そして母親宛ての手紙に、今は例のカーリンと週に一、二度会い、「最悪の苦しみを乗り越え」、この時点でイルゼ・ユーリウスよりも自分の方が決定的に、二人の関係に終止符を打ちました、と書き、こう続けている。「それなのに母さんは、引き続きイルゼを待つべきだというのですね。イルゼの方は《性的な受け入れ態勢》(彼女は学術的な言葉を使ってこう呼んでいました)を整えるのは不愉快であると認めているのに。彼女はまた、ぼくが彼女の献身を要求し期待していることを知っていた、そしてそのあいだはずっと、いわば無理強いされている気持ちだった、と言っているのです。女性のなかには、誰かを愛しているが相手のことをいっさい理解しようとしない、という人も少なくないかもしれません。でも、ぼくにとってそんなのは厄介すぎます！そんな女性と結婚するのは、考えられる限りでもっとも厭わしいことです」(二六年一〇月一九日、MB)。

ケストナーとイルゼはもう一度ライプツィヒで会う約束をした。ケストナーとすれば、物事をはっきりさせ、最終的に別れるためであったが、イルゼの意図については明らかになっていない。「死者慰霊日の一週間前」、一九二六年一一月一四日に、二人は会って話し合った。ケストナーは「二人のあいだの垣根がすぐさま取り払われた」と感じた。結論を彼はその晩のうちに母親に報告している。予期したとおりでした、「イルゼとエーリヒの関係はお仕舞いになりました」(二六年一一月一四日、MB)。「ささやかな悲劇の最終場面が続いているあいだに、幕が下りたのです」(二六年一一月一六日、MB)。ぼくはイルゼに言いました、「本当のところはどうだったかを」(二六年一一月一四日、MB)。「君はけっしてぼくのことを愛してなんかいなかった。最初のころは一八歳の女の子の性への好奇心だった。そしてこの六年間、自分がぼくを愛してはいないことを、また愛したことなんてなかったことを、君は知っていた。それなのに、いつも自分に嘘をついて、私はあのひとを愛している、と言い聞かせてきた。じっさいには、ぼくがきちんとした人間で、信頼でき、誠実で頭も悪くないので、気に入っていただけなんだ――こう考えて初めて説明がつく、きみがほかに愛している人間はいないのに、ギレラーイェ以来あっさりもういやだと言い出したわけが。だからきみも、涙はいっぱい出てくるけど、終わったことを喜んでいるんだ」(二六年一一月一四日、MB)。イルゼは彼の言うことを認めようとはせず、反論し、それから駅へ行く途中で泣きながら、「あなたの将来の恋人あるいは奥さんが妬ましい」と言った。ケストナーはどうやら、このときすでに恋人がいたことは、「物事を明らかにする話し合い」には持ち出さなかったようである。しかし、そのカーリンとも、ケストナーはこのときうまくいっておらず、同じ手紙で母親にカーリンへの不満を述べている。ケストナーはこのころ、今はもう心が落ち着いていますと書いているが、その落ち着きは本物ではなかった。ほんの数日後、イルゼはぼくの出した手紙に返事を書かないで、どうやら新しい知人たちと会っていたらしいのですと、憶測を母親宛てにしたためているのである（二六年一一月二四日、MB）。

要するに、ライプツィヒで会ったあの日、ケストナーとイルゼとは、これからも友だちでいましょうと約束した。それから「汽車に乗る時刻がきました。イルゼは泣き、手を振りました。ぼくも手を振り、もう少しで泣くところでした」。ケストナーの総まとめは苦いものであった。「ぼくは八年間を無駄にしました。そしてイルゼはそれを知っていました。でも彼女も八年間を失ったのです。そして彼女の方がもっと深刻です」（二六年一一月一四日、MB）。じっさい彼女の方が深刻だった。それというのも、彼女のような状況の女性は、何年も結婚しないまま男性と関係を持ったあとでは、ふたたび《真っ当な身に》なるチャンス、つまり結婚を申し込まれるチャンスは、ほとんどなかったからである。そうした女性は、自分の過去が忘れられるのを期待することはできた。あるいは、もっと確実な道は、別な都市へ移ることだった。ヴァイマール共和国の時代、ベルリンは最大の都市で、ほかのどこよりも早く忘れられることが期待できた。一九二〇年代のイルムガルト・コイン〔一九〇九―八二。ベルリン生まれの女性作家〕やハインリヒ・マンの小説には、あるいはエーリヒ・ケストナーの抒情詩でも、独り暮らしの若い女性やもうそれほど若くない女性があふれている。オールドミスという今日でも普通に使われる皮肉な言葉は、こうした状況から生まれた。

30年代のイルゼ

ケストナーの側では、イルゼとの関係はきわめてユートピア的な思いに彩られていた。たとえば、彼女もまた自分が彼女を愛するのと同じほど愛してくれたなら、「この世はどんなにすばらしかっただろう」、いっしょに過ごす歳月は「美しい夢」であっただろうに、「ただ、あまりにも長く続きすぎ、目覚めは醜悪であった」、と嘆いている（二六年一一月一四日、MB）。その後も彼は引きつづき「いささか困憊を」覚えており、母親への手紙には何週間にもわたって「幸福なる独り者」とサインした。これは願望の表現である。それでも、自分の方が別れた恋人よりもはるかに優れているると感じていて、彼女はライプツィヒから帰る最後の列車のなかでは上機嫌で喜んでいた、と固く信じていた――彼女の苦悩を彼は、「小さな子どもの苦痛」と呼び、「うわべだけなので軽蔑しよう」と心に決めていた(二六年一一月一六日、MB)。イーダ・ケストナーはそんな息子の性急さと心の冷たさを咎め、イルゼ・ユーリウスがかわいそうだと言った。すると息子は、そんな風に言われるのはじつに心外だと答えた。そして母親に、自分の方がイルゼよりもはるかに苦しんだことを納得させようとした。同時に、すでにイルゼの後釜という関係になっていたカーリンには、「彼女は妻としては問題になりません」「ぼくに煩わしい思いをさせて」はならない、と言ってあることを説明した。「永年にわたって自分自身を相手に愚行を繰り返してきたために」、感じ方も鈍くなっています。そもそも思うに、「情熱的な娘はもういません。みんな破滅するほど自慰行為にふけったので、もう男を必要とすることなどできなくなったのです(二六年一一月一八日、MB)。ぼくに言わせればカーリンには情熱が足りず、(二六年一一月一八日、MB)。彼女との「件」はなお数週間つづいたが、「危険ではなくなる」ばかりであった(二七年二月一六日、MB)。

ケストナーはそれからなおも数週間、程度の差こそあれ苦痛を覚えながら過ごした。その間、イルゼを忘れるために仕事に没頭し、母親との共生関係をふたたび緊密にした。「ぼくたちは彼女を恨みには思っていませんよね。だって彼女は、無頓着にではなく、苦痛を味わいながら、ぼくと別れたのですから」(二六年一一月二四日、MB)。そうかと思えば、憎いという感情が湧いてきて、「ぼくに加えられた侮辱にたいする復讐」を夢見ている(二六年一一月二六日、MB)。また、「今年の初めの彼女の《病気》が、ぼくと母さんにとって半分しか明らかになっていない物語の一章ではないかという考え、心をさいなむ邪悪な考えが時とともに重く」、心にのしかかった。「この点についてぼくは、気持ちよく別れるために、自分の疑念を彼女に話さずにおこうとして、ひどく苦しみました。でも――これからでもいつか彼女に言ってやります！　さもないと彼女は思い出のなかでぼくのことを、馬鹿にしてからかうことのできる道化だなどと考えかねませんからね。彼女が元通り元気になるようにと、苦労して貯めた金を差し出したのですが、一方でひょっとすると別な男が――」(二六年一一月二六日、MB)。ここで何が語られているのかは明らかではない。しかし、堕胎について考えることは、少なくともまったく不適当だとは言えない。《病気》だと言い、別の男の関与をほのめかし、治癒にお金が必要だと言っているからである。堕胎はヴァイマール共和国において、帝国時代に制定された刑法第二一八条により、厳しく禁じられていた。しかし、当時の推定によれば、年に八〇万件から百万件がおこなわれていた。医師が避妊具を処方することは稀で、未婚の女性にたいしてはほとんど問題外であった。もっとも一般的だった避妊方法は膣外射精で、コンドームも使われていた(8)。

一九二六年から二七年にかけての大晦日に、ケストナーは二人の関係に気持ちのうえで終止符を打つことができた。彼はイルゼにシーグリ・ウンセットの小説『イェンニー』を贈った〔シーグリ・ウンセットはノルウェーの女性作家で一九二八年にノーベル文学賞受賞。『イェンニー』は一九一一年発表〕。この小説には自分とイルゼの愛の物語が的確かつ劇的に描かれていると思ったからだったが、初め彼女はまったく返事を書かず、やがて書くには書いたが、通り一遍の礼状にすぎなかった。それを読んで、ケストナーはわれを忘れるほど激怒した。「馬鹿女のみごとな記録文書を同封します。チェッ、こんちくしょう！　女はそう書いています、これが、八年間ぼくを愛していると言っていた女なんです。まるで何度かベッドをともにしただけの仮初めの知り合いに、手遅れにはなったが嫌でも書かざるを得ない挨拶状をしたためた、そんな感じです。ところが彼女が触れている本には、イルゼとぼくの体験したことといっそう似通ったことが書かれているので、読めば一週間は泣かずにいられないはずなんです」(二七年一月三日、MB)。この《記録文書》は残ってはいないが、イルゼは本を読んだあとで、あらためてケストナーに便りをしたためている。「まことにすばらしい本で、『カルタの家』のあと私が読んだ最良の本です。両方ともさまざまな点で私たちと関連がありますね。ウンセットの小説ではその関連がまことに明瞭ですから、全ページを引用できるほどです。あなたにもこの小説は気に入ったのですね。この小説はまた、私のいくつかの点を、それも私にはけっして言葉にできない点を、説明するのに役立ってくれると思います」(二七年二月七日、JB)。『イェンニー』とM・C・アンドレ作の『カルタの家』(一九一三)とは、後者は「日常の喜劇」と銘打たれているが、共通するところがある。どちらにも常軌を逸した母親が登場し、無視できない役割を演じ、夫婦関係を崩壊させるのである。

残された手紙を読めば、随所でユーリウスとケストナーの二人がどれほど結婚直前の状態にあったかが明らかになる。結婚は不変のテーマであった。ユーリウスは「私たちって最善の道を進んでいますよね」(二三年二月二二日、JB)と書き、「待つこと、待つこと」(二三年四月三〇日、JB)と自分に言い聞かせ、ケストナーがライプツィヒで最後の引っ越しょの暮らしの始まりで」ありますように、と願望を記している（二四年八月一日）。結婚生活に関して、彼女は冗談にケストナーをおどしている、「最愛の女性」は、「家の女神にして家庭的な妻として、あなたの人生の楽しみを何倍にも増やし、すばらしくすることができるのですよ。〔……〕待てしばし、もう間もなく、よ」〔この最後の言葉はゲーテの詩「旅人の夜の歌Ⅱ」からの引用〕（二三年七月二二日、ＪＢ）。

一九二四年にイルゼは以前にも増して結婚というテーマについて彼に書き送ったので、それを読んだケストナーの方はしだいに薄気味悪くなったように思われる。つまり、直接的な対応は避け、これを読んでごらんと言って、オットー・フラーケの小説を送ったのである。この小説は彼女に確信を失わせ、憂鬱な手紙を書かせる。とはいっても、その手紙には女性解放をめざす側面もなきにしもあらずである。「ゲオルクは文句なしにもっとも共感できる登場人物ですが、私の最愛の人に寄せる思いについて、不安を覚えさせました。特に性的な体験においてまさっているという箇所のためです。それは男の人にとってそんなに大事なことなんですか？　もしもそうなら女性にとっても大事なことですね。全員ではありませんが、少なからぬ人々がそこに得るものを見いだし、豊かになるからです。それから女性にとって最愛の人である彼の、結婚にたいする心配はどういうことなんでしょう？　逃げ出してアルゼンチンへ行くんですって？　あなたがそのようなことをしたら！　そのときは警察にお願いして、連れ戻してもらいますからね！　私たちはお互いに最大限の自由を約束しました。そしてわかっていますよね、もしも一方に何かあったら、もう一方はほとんど破滅することを。たとえそうでも、二人とも破滅するよりはましです。この点は今後もそうしておきましょう。でも、この話はもうおしまいにします。さもないと、私たち二人とも憂鬱な気持ちになってしまいますから」（二五年一月一二日、ＪＢ）。ここで取り上げられているのはオットー・フラーケの小説、『善なる道』（一九二四）で、主人公の男は、「スラヴの女性」から「心をそそるふくらはぎを持ったアマゾネスのような女性」へといったように、次々と《若くてピチピチした》女性を頼って生きている。そのなかでかなり重要な女性がゲオルクの支配者然としていることに不満をいだき、その《ケートヒェン崇拝》を分析している。「世の人は命令する者にいかなる決断を下したかを尋ね、その決断を掟として受け入れるものだ(9)」。小説の結びで、主人公の男はメキシコで消息を絶つ。

ユーリウスとケストナーの関係は、交際が八年に及んだことから、さほど親しくない知人たちにもよく知られていた。したがって、別れる段階に入っているのに、「あらゆる連中がつぎつぎと、お相手は元気かとか、いつ結婚するんだとか、そういった馬鹿げた質問を次々と浴びせ」、元花婿候補は不愉快に思いながらもそれに耐えねばならなかった。そして、「いっさいはもう終わったんだと、納得させようとしてもうまく伝えられなかった」(二六年一一月六日、MB)。ケストナーのこの言葉は、むしろこんな印象をあたえる。つまり、最初のうちは彼がうち解けず、あとになると彼女が拒んだかのような、また、彼女は必要な感情をもはや示すことができず――そして彼にそれをあからさまに言って深く傷つけたかのような、そんな印象をあたえるのである。これまで繰り返し主張されてきたところに従えば、ケストナーはこのとき受けた傷を詩「即物的なロマンツェ」にうたったことになっている。この詩は最初一九二八年に「フォス新聞」に掲載され、第二詩集『鏡の中の騒音』(一九二九)の冒頭に据えられた。

付き合って八年が経ったとき、
(深く理解し合っていたといえるだろうよ)
二人の愛は不意に消えてしまった。
ほかのひとにとっては、杖や帽子が消えるみたいに。

二人は悲しんで、陽気に振る舞った、
何もないかのように、キスしようとした、
相手の眼を覗き込み、どうしていいかわからなかった。
とうとう女は泣き、男はその横に立っていた。

窓からは船に手を振ることができた。
男が言った、もう四時一五分だよ、

どこかでコーヒーを飲む頃合いだ、と。
隣の部屋では誰かがピアノの練習をしていた。

二人はその街で一番小さなカフェに行った、
そしてカップを掻きまわしていた。
日が暮れても二人は相変わらずそこにいた。
店には二人だけ、ひと言も話さず、二人は
何がどうなったのか、まるでわからずにいた。

たしかにケストナーのイルゼ・ユーリウス体験がここに余韻を残していることは明らかで、《確かな拠りどころをもつ》ドラマはこの「即物的なロマンツェ」にとっては決定的ではなかったというのは、当たっていないように思われる。しかし、この詩は自分の体験をフィクションにしたもので、形式を整えられており、そっけない言い方をすれば、変形されているのである。詩のなかの男性が割り振られている役どころは、みずからの《感情教育《エデュカシオン・サンチメンタール》》においてケストナーが演じた役割よりも、いくらか恵まれている。愛さなくなるのは女性だけではなく、状況が変わることを期待しているのも、それを相手に黙っているのも、女性だけではない。詩ではこれらが双方に同時に起こっていることになっているのであり、双方にとって愛は消え失せていくのである。それを隠そうとする試みも、じっさいには当初はおそらく一方だけがおこなっていたのであろうが、詩では双方がおこなうことになっている。「即物的なロマンツェ」は昔からの性の役割を忠実に反映している。つまり、泣くのは女性だけで、男性は「その横に立っている」のだ。また、沈黙を破り、代償行動としてコーヒーを飲みに行こうと提案するのも、男性となっている。最終節で性の役割はもう一度相殺される。また、おそらくはフィクションの別れとじっさいの別れも、差し引きゼロにされている── 結びには双方の沈黙が述べられているからである。

イルゼ・ユーリウスの現存する最後の手紙は一九二七年四月四日付で、そこにはドレスデンでもう一度会いましょ

う と記されている。イーダ・ケストナーから、私の誕生日のために息子が四月九日に来ます、と知らされたのだった。このとき二人が再会したかどうか、わかってはいない。しかし、一〇月にはイルゼはベルリンのケストナーを訪れている。ケストナーは、「その際にはちょっとした腹痛を覚えるだろう」が、それは、「良き教育」（二七年一〇月一日、MB）であると考えており、「身についた習癖をやめる最良の方法」（二九年一〇月七日、MB）だとしている。一九二九年、二人はじつに久しぶりにベルリンで再会し、いっしょに劇場に行き、「小一時間いっしょに踊りました」。「それから送っていったのですが、彼女はたいそう喜んでいました。ときどきは連れて行こうと思います。彼女は日曜日にはドレスデンに帰ります。〔……〕彼女はぼくの心のなかではすっかり遠い存在になってしまいました。でも、彼女はそのこともまたとても気に入っているようです。大晦日にはドレスデンからの訪問客があった、と言っていました。きっと恋人なのでしょう。でも、それについてぼくたちはひと言も話しませんでした」。この出会いはケストナーにとって、簡単には収まりのつかない反省のきっかけとなる。「イルゼ体験」は、「ひとりの女性を真っ当に愛する能力を完全に消滅させた」のではないだろうかと自問したのである（二九年一月一〇日、MB）。再会の直接の反射行動として、ケストナーは詩「感情の復習」[10]（『世界劇場』誌、二九年一月二九日号）を書いた。この題名はもともと第二詩集の表題にと考えていたものであった。——じじつ彼自身、山岳地方への休暇旅行の準備の真っ最中だった。

ある日、彼女はふたたびやってきた……
そして、彼ってひどく顔色が悪い、と思った。
彼女は、彼が自分の方を見たとき、
私の具合だって良くないわね、と思った。
明日の晩には私、と彼女は言った、ここを発つわ。
行き先はアルゴイだったか、チロルだったか。
初め彼女は絶えず陽気だった。

しばらくたってから言った、私、具合が良くないの。
彼は力ない手で彼女の髪をなでた。
やがて控え目に尋ねた、「泣いているの？」
そして二人は考えた、過ぎ去った日々を。
そしてお仕舞いには昔のようになった。

翌朝、目を覚ましたとき、
二人はお互いを限りなく遠く感じた。
そして、話すたび、笑うたび、
二人は嘘をついていた。

日が暮れるころ、彼女の発つ時がきた。
二人は手を振った。でも、手を振っただけだった。
だって心はレールに向けられていたから、
列車がアルゴイに向かうレールに。（I・92以下）

このように距離を置いた新しい条件のもとで、二人はその後も数年のあいだに何度か会った。それはわかっているだけで一九三二年まで続いている。そればかりか、一九二九年五月中旬には連れ立ってパリに旅行している（二九年五月一九日—二四日、MB）。このころイルゼ・ユーリウスは短期間エジプト人の男性と交際していた。それを聞いた彼女のかつての恋人は、「滑稽な話です」（二九年一〇月一二日、MB）と記している。彼女がベルリンに彼を訪ねたあとでケストナーが書いた手紙の一節は、その厳しい調子のために無視することができない。「やれやれ、彼女は馬鹿になってしまいました。もう会話もできないようなありさまです。したがってケストナー家の人間はあのとき本当に運が良かったんですね」(三〇年三月一五日、MB)。

イルゼ・ユーリウスは、ケストナーと別れたあと研究に没頭し、時代に先駆けて《キャリア・ウーマン》になり、馬鹿だなどという徴候はまったく認められない。一九二九年、『複素環式ポリメチンのα及びγメチル＝シクロアンモニウム塩からの合成』に関する研究により博士号を取得している。しかし、その後はどうやらさほど幸福とはいえない一生を送ったようで、ケストナー以後は長続きした男性はおらず、仕事のための中断期間を除けば、母親といっしょに暮らした。三〇年からはベルリンで仕事につき、ケストナーは彼女のために新聞広告を出して部屋探しをしている(三〇年三月二〇日、MB)。簡単な手紙の遣り取りは五〇年代まで続いた(11)。イルゼ・ユーリウスは児童の地方疎開を担当する省庁で働き、これは《第三帝国》の時代にも続けられた。当時は国の方針として、都市の児童を健康のために組織的に地方に送ることが強力に推し進められたのである。イルゼの従姉妹は思い出で、家族のなかにはそのころ、イルゼが一時ナチの郵政大臣ヴィルヘルム・オーネゾルゲと関係していたという噂があった、と語っている。四五年、ソヴィエト占領軍はイルゼ・ユーリウスを、化学工場の課長という肩書きを理由に、デッサウ近傍のヴォルフェンにあった収容所に送った。それまで彼女は一度も化学者として仕事についたことはなかったのであるが。彼女はドレスデンで一九六二年五月三日、腸癌のため世を去った。六二歳で、母親に先立つこと四年であった。

「あの小さなエーリヒがどんどん有名に」

ベルリン時代の最初の数年間

ケストナーにとってベルリンは初めての土地ではなかった。いずれも短期間ながら、何度か滞在したことがあったからだ。したがって、まずは方向感覚を身に着ける、といった必要はなかった。シャルロッテンベルク区のプラーガー通りに住む未亡人ラトコフスキのアパートの一室を借りることにして、二か月分の家賃を先払いし、母親には安心してもらおうと、大家さんは、母さんによろしくお伝えください、そして、「よかったら卵焼きなど作ってあげますよ」、と言ってくださっています、と書き送った（一九二七年八月五日、MB）。

ケストナーはすぐさま猛烈な勢いで行動を開始した。まずは到着の挨拶をと、これまで原稿を送って掲載してもらうだけで、会ったことはなかった編集者を片っ端から訪ねてまわった。また、初めて映画の世界と関わりを持とうとして、このころすでに有名な俳優で製作者でもあったラインホルト・シュンツェルと会う約束を取りつけた。シュンツェルといえば、ヴァイマール共和国時代に最初のリアリズム映画、『アッカー通りの少女』（一九二〇）を製作した人物である。ケストナーはそのほかにも、エーリヒ・オーザーの友人たちとその広告映画のために彼らのアトリエで働きたいと申し出て、宣伝文句を考え出した。その一方で、「新ライプツィヒ新聞」にも引きつづき演劇批評の記事を書いて、少額ながら定期的に原稿料を受け取った(1)。もっとも、やがて三〇年代に入ると、その間《かん》に有名になっていたケストナーはふたたび——それも一度ならず——契約解除を告げられた。そのたびに撤回させることに成功したのだが、そのうち何度かはウルシュタイン・コンツェルンの若い当主ヘルマンとじかに話し合ってのことであった(三二年一月九日、MB)。けっきょく、定期寄稿者としてのこの新聞との関係は三三年まで続くことになる。

以前書いたクリスマスのための作品「戸棚のなかのクラウス」が、持ち込んだ劇場から突き返されたことで、ケストナーはいくらか挫折感を味わった。しかし、いくつかの売り込みについては当初からさしたる苦労もせずに成功し、母親にも、「ベルリンはぼくにとってふさわしい場所だと思いますし、母さんにもきっとそう思っていただけることでしょう」(二七年八月一五日、MB)と書き送っている。ケストナーがシュンツェルに検討を依頼したのは短い物語で、それはずっとのちになって、『エーミールと探偵たち』と並ぶ成功を収めることになる。差し当たりその作品は、『ホテルという地獄』という表題で「ベルリン日刊新聞」に掲載された。同じ素材がのちに書き直されて、『雪の中の三人の男』という題名を持つことになるのだが、これについては別に章を立てて取り上げることにしたい。

ともあれ母親には間もなく、最初の一カ月足らずの収入が将来も続けば、「ライプツィヒにいたころよりも良い暮らしができます」(二七年八月二〇日、MB)、と報告している。自分がうってつけの場所にやって来たという確信を得たケストナーは、さっそくライプツィヒの恋人カーリンを呼び寄せ、休暇を取ることにして、いっしょにバルト海――ヴァルネミュンデ、グラール、シュトラールズント、リューゲン島――に出かけた(二七年八月一九日、二〇日、MB)。カーリンがケストナーの母親に宛てた手紙(二七年八月一九日)から、彼女がケストナーに夢中になっていたのは明らかだが、ケストナーにとっては楽しい気晴らしの相手でしかなかったようである。こんなふうに書いているからだ。「近いうちにふさわしい相手を見つけることは本当に必要であろうとは思いますが、じっくりと時間をかけて探そうと」決心しました(二七年一〇月一日、MB)。

ベルリンは二〇世紀に入って間もなく、人々を惹きつける魅力ある都市へと変貌し、《ヨーロッパのもっとも寛容な首都》と見なされるまでになっていた。ジョージ・グロスが書いているように、「ベルリンではいつでも〈何かが起こって〉」おり、さまざまな芸術の中心になっていたのである。「すばらしい劇場、巨大なサーカス、カバレットにレヴュー」のほかに、「中央駅と同じくらい巨大なビヤホール、建物の一階から四階まで全部を占めるワイン酒場」もあった。そうかと思えば街角には小さな軽食堂や「立ち飲みビアホール」、それに有名な食堂アシンガーがあった。アシンガーでは二、三グロッシェンでグリーンピースのスープが食べられることから、いつもボヘミアンたちが出入りしていた。スープは「小さな深皿に入って出てきたが、肝心なのは、それを注文すれば黒パンや小型パン《プレートヒェン》が好きなだけ食べられたことだ。テーブルの上のパン籠が空になると、黙っていてもボーイがやって来て補給した。まだ温かくて表面がぱりっとした蒸しパン、キャラウェーの入ったパン、絶品のザルツシュタンゲ。いくつかポケットに押し込んだとしても、あまり大っぴらにやりさえしなければ誰も文句は言わなかった。空腹を抱えた芸術家にとって、アシンガーはまさに慈善施設であった[2]」。

ベルリンでケストナーの経済状態が良くなるのに時間はかからなかった。確かに当初は安い下宿で暮らさねばならなかったが、間もなくもっとましな生活をすることができるようになったのである。つまり、彼の小説『ファビアン』の主人公とは違い、アシンガーに行ってコーヒーを飲む必要は早々になくなったのだ。次に行くようになったのはポツダム広場のカフェ・ヨスティーで、この店では、『エーミールと探偵たち』に登場する泥棒のグルントアイスもゆっくりと休憩することになっている。また、クアフュルステンダム［ベルリン一の目抜き通り］のケーニギン・バーやカフェ・レオンもケストナーの行きつけの店になった。カフェ・レオンは「カバレット・デア・コーミカー［喜劇人たちのカバレット］」と同じ建物にあった。そのカフェ・レオンで仲間たち、つまりエーリヒ・オーザーやローベルト・アドルフ・シュテンムレ、ペーター・フランケ、それに、「気難し屋で、いつでも馬鹿にされたとか誰もわかってくれないと信じ込んでおり、そうかと思うとひとり勝手に威張り散らす[3]」ヴェルナー・ブーレといった面々が集まると、いつでもケストナーが「仕切り役を務めた」。この店でケストナーはマルティン・ケッセルと知り合いになった。こののちケストナーがたびたび支え励ます相手であり、二人の友情は何十年も続くことになる。ケッセルの長編小説『ブレヒャー氏の失敗』（一九三二）は、ケストナーが出版社のドイッチェ・フェアラークス＝アンシュタルト社に口利きをしたことから世に出ることになる。

シュヴァネッケとダス・ロマーニッシェ・カフェ［「ロマーニッシェス・カフェ」とも］という店については、ケストナーはもっぱら嘲笑を浴びせてばかりいた。そのくせ、どちらにも顔を出していた。ヴィクトーア・シュヴァネッケは名の知られた俳優、それも喜劇役者であり、自分の名前をつけたワイン酒場を開くとともに、引きつづきマックス・ラインハルトやその他の演出家の舞台に出ていた――そしてしばしば酒場の主人やナイトクラブの経営者の役をあたえられた。彼はミュンヒェン・レーテ共和国の時代に、総監督をしていた宮廷劇場を国立劇場に変えたという経歴の持ち主であった。このシュヴァネッケのところには、有名人がちょっと立ち寄ってはおしゃべりを楽しんでいった。ケストナーが記しているところでは、話題はたいてい自動車であった。「ここでの自動車の話が元になって小説が書かれ、それが出版されて印税が支払われると、今度はその印税が自動車で、その小説が書かれることになったところへ運ばれてくる」のだった(Ⅵ・141)。

ダス・ロマーニッシェ・カフェについてはヴォルフガング・ケッペンがこう歌い上げている。「この店の夏のテラスを見れば、まるで船のよう。碇を下ろしたのか、大海を進んでいくのか、浮かんでいるのか、漂着したのか」。田舎出の流れ者として自分はそこにたどり着いたが、自分と同じ「流れ者たちは、呼ばれもせぬのにやってきて、神々を崇めたり否定したりしていた。その神々はしかし、すっかり恐れをなしてもう顔を背けていたらしい。そうでなかったら最初からそこにはいなかったのだ(4)」。この「才能ある者たちの待合室」には、シュヴァネッケの店とは異なり、芸術家を目指すまだ無名の新人もいれば、すでに挫折した者たちもいた。ケストナーはどちらの仲間に入ることも金輪際ご免だった。そのためダス・ロマーニッシェ・カフェにたいしては、嘲笑が普段よりも一段と辛辣になっている。このカフェでは、「ひと癖もふた癖もある顔の持ち主とそれにあやかりたがっている者たちとが、入り乱れもつれ合って地獄さながらだ」。「成功には手が届かないことから」、埋め合わせにとばかり、ここでは誰もが「仰々しく、あるいはこれ見よがしに、振る舞っている」。ともあれ、気持ちよく暇をつぶすための「女性たち」もちゃんといて、「しかも呆れたことには、それが結構かわいいのだ」。良家のお嬢様や堕落した娘たちであった(Ⅵ・139)。

ケストナーはいくらも経たずに地歩を固め、その文章は一流の新聞や雑誌につぎつぎと掲載されるようになる。すでに一九二七年の暮れには母親に、雑誌『ジンプリツィスムス』や『ダス・ターゲ＝ブーフ』誌、さらには「ベルリン日刊新聞」にふたたび書くことになりました、と報告することができた。『世界舞台』誌へのデビューを果たしたのは、二七年七月上旬のことであった(二七年七月六日付、掲載された作品は「教会とラジオ」)。そのほかにも『ウーフー［ワシミミズクの意］』誌や「フォス新聞」やその他いくつもの雑誌、新聞に寄稿した。「一週間くらいベッドで眠らなくたって平気ですよ。ひたすら書いていますⅠ（二八年八月一五日、ＭＢ）。とはいっても、仕事の質を落とすまいとすると、自分でブレーキを掛けざるを得なくなり、強いてゆっくり書くようにした。またこのころ、売り込みに成功するには、原稿を送りつける際にどんな作戦を使えば有効かを会得している。「ベルリン日刊新聞」の編集者の場合は、「第一に自分が送った原稿を自分で少しばかり褒め、第二に、相手に少々脅しを掛ける」ことが必要だった。つまり、こんなふうに書き添えたというのだ。「この物語はかならずやお気に召すことでしょう。と申しますのも、われながら実にうまく書けたと確信しているからです」。そして相手の電話番号に下線を引いた。「編集者に思い込ませるためです、おやおや、すぐに読まないと電話をしてくるつもりだな、ってね。おかげで編集者はすぐに原稿を手に取ってくれましたよ」（二七年九月二九日、ＭＢ）。

二八年六月十一日から三〇年四月二一日まで、ケストナーは「モンターク・モルゲン」という週刊新聞に時局を論評する詩を掲載した。取り上げるテーマを決める編集会議が毎週木曜日の正午に開かれ、それに出席したあとで翌週分の詩――まさしくケストナーのいう実用的な抒情詩――を書いた。若い詩人には名誉なことであったが、しだいに負担となっていった。また、時には予定外の仕事も拒むわけにはいかなかった。それというのも、編集者のシュテファン・グロスマン、あるいはその後継者のレオポルト・シュヴァルツシルトから原稿がつき返されることもあったからで、そうなるといっそう限られた時間内に新しい詩を書き上げねばならなかったからだ（二九年一〇月一九日、ＭＢ）。「それに今日はなんといったって大事な木曜日ですよ。だって『モンターク・モルゲン』のために詩を書かなければならないので、一日中うんざりなんです」（三〇年二月二七日、ＭＢ）。

この「月曜日の詩」はケストナーの没後一五年が過ぎたのちにようやくまとめて刊行され、容易に入手できるようになった。もっとも数編は生前すでに、『腰の上の心臓』から『椅子のあいだで歌う』へと至る詩集に収録されていた。珍しいことに、詩集から新聞へ転載された作品も一編ある。それらは文字通りの意味で《新聞の詩》である。つまり、届けられた雑誌や本に丹念に目を通したのち、世のなかで評判になっている奇妙な出来事、スキャンダル、政治上のニュースから、何か一つ取り上げて、あるいは逆に何もかも引っかき回すというグロテスクな手法で、詩にまとめるのである（詩「ささやかな週間展望」を参照。ＭＧ・21以下）。

「モンターク・モルゲン」紙に載ったケストナーの最初の詩「グスタフという名の男たち」は、辻馬車の《鋼鉄の》馭者グスタフによるパリへの旅と、外務大臣シュトレーゼマンとを並行させて描いている［グスタフ・ハルトマン（一八五九―一九三八）は、タクシーに駆逐されつつあった辻馬車を守ろうと「鋼鉄のグスタフ」という看板を自分の馬車に掲げ、二八年にパリまで片道二か月かけて往復し、大評判となった。同じころ、同じグスタフという名のシュトレーゼマン外相がフランスとの協調を主張していた］。また、帝国首相ヘルマン・ミュラーのねばり強い同盟締結の交渉を論じた詩もある。そのほかテーマには、いっこうに改善されない住宅問題、スポーツニュース、さまざまな分野での新記録フィーバー、それに天気までもが選ばれた。ベルリンの各劇場におけるシーズンのたびに起こる動揺や小さなスキャンダルが、またフェルディナント・ブルックナーの作品をめぐるスキャンダルも、たびたび詩に取り込まれた。そればかりか自分の身に起こった事柄を歌うことさえはばからず、又貸しのアパートから独立した借り主となって新しいアパートへ引っ越したときは、その顛末を書いている。

当時新しいメディアであった映画とラジオ放送の分野でも、ケストナーは存分に腕を振るった。ただし映画については、たった一度であるが、手痛い思い違いをしたことがある。トーキー映画が導入されたときのことで、思い違いをしたのは彼一人ではなく、ヘルベルト・イェーリング、アクセル・エッゲブレヒトといった錚々たる映画批評家も同じ考えを述べていた。ルイス・トレンカーにいたっては、トーキー映画に反対する主張を展開し、「ガタガタ音《クラッハ》が出る映画《フィルム》」なんて、「映画《フィルム》がガタガタ《クラッハ》」になるだけだ、と言い放った[5]。ベルリンの映画館主たちも抗議し、ケストナーは彼らを応援してこう書いた。

スクリーンが口を開けてな
そのうち聞こえてくるんだとさ、
撮影された紳士が、それに犬までも、
残らずお国訛りでしゃべるのが。（MG・31）

音声の同時録音という技術について、ケストナーはまだ何も知ることができなかったので、ダグラス・フェアバンクスとコンラート・ファイト、それにドロレス・デル・リオが同時に話す映画なんてと、すっかりバカにしていた。

これに比べれば、バベルの塔の建設なんてちっぽけなことだったさ、と彼は書いた。

この映画はな、笑ったり、甘え声出したり
歯擦音の発音だって、ちゃあんとできるんだ。
英語もできて、わめくこともできて、咳だって、
中国語だって、泣くんだって、お手のものさ。
それにこっぴどく叱ったり、質問したり、
破《わ》れ鐘みたいな声で赦すこともだよ。

ところで訊くが、トーキーについてのその報告に
いったいどんな意味があるのかね？
意味とはだな、トーキーは何だってできるってことさ——、
まあ、できることしかできはせんがな！（MG・32）

こうは言いながらも、そのトーキーの世界でも成功を収めたいというのは、ケストナーにとって当然の欲求であった。自分が提案した粗筋にシュンツェルがすぐさま反応しなかったのを見て、ケストナーは冷たく扱われたと感じた。そのあと、アルフォンス・ドーデの『タラスコンのタルタラン』を映画化するよう持ちかけようかと考えたが、ためらった。「だってこの提案は多額の金を支払って貰う価値があるからです。アイディアは手放してはだめなんです！教えたら最後、連中は言うでしょう、そうそう、ケストナー君、それは私たちがもう長いこと温めていた計画でね！それでこっちには、はい、ご苦労さん、というわけです！」（二七年九月二九日、MB）。ともあれシュンツェルは映画の世界をいくらか垣間見させてくれた。「月曜日には彼に会って、映画について考えていることを話すことになっています。つまり、タダ働きです。この仕事が呑み込めるまでは、たぶん言われた通りにするでしょう。でもそのあとは、

咳一つだって一ターラー払わせるつもりです。親切な人たちですよ、金を出さずに済むうちはね。ユダヤ人顔負けです」(二七年一〇月七日、MB)。

じっさいに映画の製作に関わるよりも前に、ケストナーはラジオ放送で成功を収めた。それを可能にしたのは「現代に生きる」という表題の放送劇で、ブレスラウ[現ポーランド領ブロツラフ]の放送局でディレクターをしていたフリードリヒ・ビショッフに認められ、他のディレクターや放送局からも注目された。たとえばベルリンのディレクターだったフレッシュは、ケストナー自身の作品をトゥホルスキとかメーリングとか、「その他もろもろ」の作品と組み合わせて、カバレットの出し物を何か作ってみないか、と持ちかけた。ケストナーは『エーミール』を放送劇に仕立てることを提案した(二九年一一月五日、MB)。ケストナーによる最初の放送がレコードに録音されたのは一九三〇年であった(三〇年一二月一四日、MB)。

ブレスラウで「現代に生きる」の下相談がおこなわれたとき、ケストナーは作曲家のエトムント・ニックと知り合い、このときから生涯にわたる親しい仕事仲間となった。ニックは五〇編にのぼるケストナーの詩やカバレットの出し物に曲を付けている。《第三帝国》の時代にも、二人の関係は変わらなかった。一九三三年四月にブレスラウ放送局から放り出されたニックは、ベルリンに移り住んでケストナーと頻繁に会い、オーザーたちカフェ・レオンの常連とも親しくなった。それればかりか、「緑の枝《デア・グリユーネ・ツヴアイク》」(6)という店でケストナーを、のちに恋人になる女優ヘルティ・キルヒナーと引き合わせたのも、このニックなのである。

「現代に生きる」の完成に向けて、作曲家ニックと台本作家ケストナーは頻繁に手紙を遣り取りしただけでなく、ニックは何度かベルリンのケストナーを訪ね、ロッシャー通りの新しい住まいで小型ピアノを弾いて、出来上がったばかりの曲を聴かせた。そんなときには、主役を演じることになっていたエルンスト・ブッシュも何度か加わった(二九年一一月三日、MB)。二九年八月末、ケストナーは「放送レヴューを仕上げ」て、「そろそろ新しいことに取り組むことにしたいと書いている(二九年八月二四日、MB)。ビショッフは出来栄えに大喜びで、このレヴューを「特別な作品」として世に送り出したいと言った(二九年九月四日、MB)。二九年一〇月九日、ケストナーは子ども向けラジオ放送のためにブレスラウに行き、最後の話し合いをおこなった(二九年一〇月九日、一〇日、MB)。かくしてブレスラウ放送局が製作したその作品は一二月初旬に初めて放送され、ビショッフが期待したとおりの成功を収めた。ドイツ国内はもとより、外国でも中継放送されたのである（ストックホルム、ザグレブ、プラハ、ヒルヴェルズム［オランダ］）。このような高い評価をあたえられたことから、この作品は新しい配役によって三〇年三月にあらためて放送され、そればかりか舞台でも上演されたが、これは放送劇にとっては一大出世を意味していた。

ケストナーは夜の生活《ナイトライフ》に引き寄せられていった。ジョージ・グロスは自叙伝にこう書いている。若い者ならだれでも引き寄せられた——「ぼくたちのなかには蛾の本能がひそんでいて、きらめき反射する小路のアーク灯に心を奪われるのだ」。フリードリヒシュタット［ベルリンの繁華街］には娼婦たちがたむろしていた。しかし二〇年代にはもう、フロベールやモーパッサンや往時のヨーロッパの首都パリの刺激から生まれた、世紀末の春をひさぐ女たちというロマン主義はあらかた消え失せていた。往時は若い詩人たちが、「街灯の下に立つ娼婦、そのヒモ、そしてあまねく自由な愛を」うたったものであったが(7)、その世界についてはハインリヒ・ツィレが素描を、エードゥアルト・フックスが風俗の記録を、今に残している。

ケストナーは首都の文学レヴューやカバレットを次から次へと訪ね歩き、批評を書いては「新ライプツィヒ新聞」に送り、まずは観客としてもっとも注目すべき女優や司会者や作曲家を残らず頭に入れてから、やがて自分も作詞家へと「のし上がって」いった。帝国時代の検閲が一九一八年に廃止されたあと、カバレットはまったく新しい自由を謳歌していた。ベルリンだけで二〇年代にはおよそ四〇のカバレットがあり、閉店と新規開店は日常茶飯事であった。誰もが認めるこの世界の第一人者はフリードリヒ・ホレンダーで、当時はブランディーネ・エービンガーと結婚しており、初期の彼の広く知られた風刺的な小唄はこの女性歌手のために書かれたのだった。このころカバレットのスターたちは大半が「響きと煙《シャル・ウント・ラウフ》」から育っていった。このカバレットはマックス・ラインハルトが創設したもので、彼はカバレットのために劇場の地階だけでなく、自分のアンサンブルのメンバーをもスタッフとして提供していた。

ホレンダーのレヴュー『これが君さ』をケストナーは絶賛し、批評のなかで各場面の内容を詳しく語り、文学的なレヴューという形式は「きわめて高い価値と娯楽性を併せ持っている」（GG、Ⅱ・10）と記している。ホレンダーのその後のレヴュー作品についてケストナーは、出来の良し悪しはあるが、それは劇場支配人が創作に十分な時間をあたえたかどうかにかかっているとして、つねに十分な理解を示している。「フリードリヒ・ホレンダーは先生だ。ベルリンっ子は彼のもとでいつでも何かを学んでいる。ホレンダーは自分の武器で教育する。それは機知と当意即妙の思いつきだ。ホレンダーが打ってかかれば、相手の頭に一撃を加えるのはしょっちゅうのこと、悪くても横っ面はひっぱたく。彼はその場にぴったりの自作のヒットソングで殴るのだ」(GG、II・59)。

　ケストナーはホレンダーを自分と同じタイプの詩人と見なしていた。つまり、「注文を受けて書く詩人、実用的な詩人」で、しかもそのなかで最良の存在だと評価していた。このころには自分も、定期的に詩を書いては引き渡す辛い仕事に就いていたケストナーは、ホレンダーをある種の批評家から守る論陣を張ったとき、自分が何について書いているか、わかりすぎるほどよくわかっていた。「実用詩人という職業に就いたら、しかも場所がベルリンだったら、仕事にかけては仕立て屋と同じことが要求される。つまり、急ぎのお客には試着は省略ってわけだ。そんなに大急ぎで働かせておいて、この作詞家兼作曲家は芸術的に〈もうおしまい〉だといってあっさり見捨てようだなんて、不当な扱いにもほどがあるというものだ」(GG、II・109)。ケストナーは批評のなかで、『ホレンダー・レヴューのレヴュー』と銘打ってあったら、かならずやベルリンが提供できる最高の一夜、息つく暇もないクライマックスの連続からなる一夜が過ごせること請け合いだ、ホレンダーと彼が率いる俳優たちは「ほかの土地ではけっして味わえない、活きがよくて機知もたっぷりの夜を魔法のように現出させる」、と書いている(GG、II・76)。

　トゥルーデ・ヘスターベルクはケストナーとその他の作家たち、ならびに俳優たち――その中にエルンスト・ブッシュもいた――といっしょに新しいカバレットを創設しようと計画した(二九年一一月一二日、MB)。ケストナーは「無名者たちのカバレット《カバレット・デア・ナーメンローゼン》」――『ファビアン』では「匿名者たちのカバレット《カバレット・デア・アノニユーメン》」いう名前で登場している――を訪れた。「そこでは労働者やら官吏やらが自分たちの問題を歌やドラマにしています」(二七年一〇月一日、MB)。その出演者たちをケストナーは「まるで問題にならない連中」だと酷評し、「才能の無いことは信じられないほどで、主義主張なんてこれっぽっちもない」と言い切っている(VI・145)。このカバレットに所属していたヴェルナー・フィンクは、二九年、俳優でのちに演出家となるハンス・デッペとともに、自分たちのカバレット「カタコンベ〔地下納骨堂〕」を創る道を選ぶ。ケストナーはこのカバレットにも出入りする。こちらには三〇年三月にケーテ・キュールが出演して、ケストナーが書いたブレヒト劇のパロディー「スラバヤ・ジョニーII」を歌うことになる。(8) このカバレットではドリー・ハースが才能を発見され、トゥルーデ・コルマンが歌い、エリック・オーデが突撃レポーターを演じ、ローベルト・A・シュテムレがフィンクとともに口上役として登場した。(9)

「カバレット・デア・コーミカー」（縮めて「カー・デー・コー」と呼ばれた）はクルト・ロビチェク、パウル・モルガン、マックス・アーダルベルト、マックス・ハンゼンによって二四年に創設されたが、二八年にレーニナー広場脇の自前の劇場に移った。そこでは《小芸術家》と呼ばれていた俳優や歌手がこぞって出演し、小芸術家というその通称にもかかわらず、膨大な数の観客をも熱狂させ得ることを実証した。このカバレットにはディー・コメディアン・ハルモニスツ［ベルリンで誕生し一世を風靡した、ピアニスト＋五人の男性ボーカル・アンサンブル］やカール・ファレンティンが客演、ほかにも当時のバラエティーショーの売れっ子たち、そしてトゥルーデ・ヘスターベルクやクレール・ヴァルドフが出演した。またパウル・ニコラウス、ヴィリー・シェファース、同カバレットの支配人でもあったクルト・ロビチェクなど、当時もっとも有名だった司会者もしくは口上役たちが登場した。

　ケストナーはロビチェクと一九二九年に知り合い、それからは定期的に、固定した劇場を持つカバレットの中でも最大だった「カバレット・デア・コーミカー」のために原稿を書いた。「今日はこれからまだロビチェクのためにシャンソンの原案をまとめるつもりです。二五〇マルクはとっても割の良い仕事ですからね」（二九年八月三〇日、ＭＢ）。ケストナーがヴァルター・メーリングと知り合ったのも、カバレットが機縁だったらしい（二九年一一月一四日、ＭＢ）。やがてブランディーネ・エービンガーがケストナーの詩（三〇年九月三〇日、ＭＢ）を「カー・デー・コー」でうたい、ケストナーは舞台稽古に呼ばれた（三一年七月三一日、ＭＢ）。また、オペレッタのテノール歌手でもあったマックス・ハンゼンがケストナーに歌曲《リート》の作詞を依頼した（三〇年一〇月二一日、ＭＢ）。通常ケストナーは自分の作品には稽古の段階で立ち会ったが、上演中も劇場に足を運んだ。楽しむのも目的ではあったが、出演者に目を光らせているためでもあった。「注意を払っていなければなりません。さもないと詩がひどい歌い方をされて、こっちの名前が上がるどころか、傷つけられてしまうのです」（二九年一一月一六日、ＭＢ）。

のちにケストナーは恋人のモーリッツ〔後出〕のために掛け合って、ヴィリー・シェファースの主宰するスタジオに出演できるようにし、午後の小さな舞台でシャンソンを二曲歌うという話をまとめる。そこは「カー・デー・コー」の下部の組織で、入場料はただ同然であった。また会場は、スタジオとはいうもののカフェを改装した程度であった。

ベルリンに移ってからも、ケストナーと母親との心の結びつきは途切れることなくつづいた。ケストナーは何でも見せ、原稿を書けば送って読ませ、清書したものをプレゼントし、ドレスデンに訪ねて行き、ベルリンに呼び寄せた。洗濯物は、郵便が機能しているかぎり——つまり第二次世界大戦の終わり近くまで——定期的にドレスデンとベルリンのあいだを往復した。一九二八年七月、二人はいっしょにスイスのフランス語圏に旅行した。ベルンを経てモントルーまで行き、帰りはボーデン湖畔のリンダウとミュンヒェンを通る経路を取った。フィレンツェ、ローマ、ナポリへという大きな旅行を計画したこともあったが、これは実現しなかった。イーダ・ケストナーの作り出したもの、それは息子であった。そして息子は、母親と同じレベルに達するためには、何かを作り出さなければならなかった。

ジャン＝リュック・ゴダールはマノエル・デ・オリヴェイラとの対話で述べている。何も作り出さない人々が——とくに女性には——いる、「しかし、そうした人々にとっては人生こそが作り出したものなのです。男性は何かを作り出すように強いられています。さもないと無に等しいからです」。芸術の誕生について、正鵠を射たゴダールの言葉がある。「ママ、見て、絵を描いたんだよ」——ケストナーが母親に宛てて毎日のように書いた手紙の意味を仮にひと言で表現しようとするなら、これはぴったりの言葉であろう。

ケストナーは、母親がまたしてもからだの不調を訴えたとき、こう断言している。「ママとぼくが、ぼくたちが知っているどんな母親と息子よりも愛し合っているのは、とてもすばらしいことだよ。そうでしょう？　人生にはもっとも奥深い秘密の価値と、もっとも大きな隠された重さとがあります。〔……〕ママとぼくにとってはお互いがもっとも重要なもので、ほかのどんなことだって遠く及びません」（一九二九年一月一〇日、MB）。どんな些細な点をも見逃さない関心は医学上の忠告にもあらわれている。といっても、この場合は具体的な器官の病気というよりは、むしろ一般的な神経質さを指し示しているのだが。つまり、あるときケストナーは母親に、ツィンマーマン博士のところへ行き、

「サナトゲン」を処方してもらいなさい、と書き送っているが、これは牛乳のタンパク質から作られた強壮剤なのである。

一九二八年早春、ライプツィヒのクルト・ヴェラー出版社からケストナーの最初の本、『腰の上の心臓』が出た。詩集で、エーリヒ・オーザーの手になる飾り模様《ヴィネット》と挿絵が入っていた。しかし、挿絵は第二版では削除された。のちのまえがきでケストナーは説明している。「オーザーの作品は、若い出版社主がやむをえず生贄として差し出したのです。憤激した世論を、とはつまり大きな影響力を持つ保守的な書店主たちを、鎮めるためでした」(I・51)。この本は成功をおさめ、二九年一月末には二〇〇〇部が完売となった[10]。フリードリヒ・ミヒャエルが相談を受けて表題の決定に加わった。ケストナーにはほかにいくつも案があったのだ——ケストナー自身は『感情の復習』が一番気に入っていた。そのほかに候補として、『心臓、実弾装填済み』、『小さな詩の学校』、『海につばを吐く』などが挙がっていた。「『下痢と診察室』、これも気の利いた表題だよね!」[11]。

ミヒャエルは「新ライプツィヒ新聞」でこの詩集を歓迎して、「これこそ現代の抒情詩」と呼んだ。「詩というものが今も意味を持つならば、それはかならずやここに収められたような詩であろう」。ミヒャエルは、「知っているかい、大砲の花咲く国を」〔「君よ知るや、レモンの花咲く国を」のもじり〕を、「メーリングやペーター・パンター〔クルト・トゥホルスキのペンネームの一つ〕の最良の作品」と肩を並べるものだと評価した(二八年五月一一日)。この作品集でケストナーは自分の抒情詩の世界を確立し、以後その境界線の外へ出ることはなく、その調子《トーン》を変えることもなかった。せいぜい完成度を高めただけである。この詩集に収められた詩は、大半がすでに発表されたものであった。掲載されたのは、『ダス・ターゲ=ブーフ』、『バイアーの《みんなのために》』、「フォス新聞」が代表的なところで、そのほかは諷刺的な雑誌『やまあらし』、『龍』などである。

この処女詩集の収録作品には、ケストナーのほとんどすべての作品がそうであるともいえるが、作者の生い立ちにかかわる内容が盛り込まれている。とはいえ、自分の過去を何の制限も加えずにうたった詩は一編もない。名刺代わりの序詩「一八九九年生まれ」にしても、たしかにどの節にもケストナーの人生と合致する表現が見出されるが、そこに描かれているのは一個人ではなく、一世代全体なのである。「少年時代の地を歩く」という作品では、ドレスデンとケストナーの少年時代が取り上げられていることは間違いないものの、具体的な関係は削除されている。教会や肉屋や路面電車や学校はどこの都市にもある一方、アムゼルパルク〔黒ツグミ公園〕はいまだかつてドレスデンにあったことはない。結びの節は、かつて病気になった母親の面倒を見るために教員養成学校をこっそり抜け出した、ケストナー自身の小さな脱走事件を暗示している可能性もある。しかし、記憶はたいそう一般化されているといえるだろう。また、学校と脱走の本能とが互いに不可欠な関係にあることは、およそ学校という制度が生まれたときから、文学的にも社会史的にも証明が可能なのである。

ここが学校だ。誰かさんはここの寮に住んでいたんだ。
寝室には今も明かりがともっている。
今もアムゼルパルクでは水面に月が浮かんでいる。
そして窓にはガラスに押しつけた顔が見える。

格子の柵は昔のままだ。誰かさんはその外に立つ。
なかには新しい子どもの群れが見える。
誰かさんは怖くなる。そこで門扉に顔を押しつける。
(まるでいつの間にかまた半ズボン姿になったみたいだ。)

誰かさんはかつてここから逃げ出した。今もまた逃げるだろう。
勇気が何の役に立つんだ?　ここでは誰も救ってはくれない。
誰かさんは歩きだし、小さな鉄のベッドのことを思い出し、
ふたたびベルリンに戻っていく。だってそれが一番なのさ。(I・24)

「グロースヘニッヒ夫人が息子に手紙を書く」という詩でも、同じ用心深さが示されている。むろんケストナーは自分の母親の口調をまねており、その飛躍する考え方や息子への心配も取り込んでいる。じっさいの「母さん《ムットヒエン》」の場合と同じで、詩のなかでも下宿人がいる。ケストナー家の隣人にグロースヘニッヒという一家がいて、ケストナーの幼友だちだったそこの娘はエルナという名前だった。詩では「肉屋シュテファンのおかみさん」の娘がエルナという名前で、その娘は「おまえのことをずっと愛してるんだよ」となっている（I・20）。エルナ・グロースヘニッヒがケストナーに苦情を言った形跡はない。おそらく自分のことが書かれているとは思わなかったからであろう。ともあれ、詩のなかで呼びかけられている息子はフリッツという名で、エーリヒではない。つまり、ケストナーはここでも距離があることを示す信号を書き入れておこうとしているのだ。言うまでもなく、とくに実生活の方にも洗濯物や「娘たちの話」という逸話があるために、その信号をあっさり受け入れるのは困難である。したがってローベルト・ノイマンが選りにも選ってこの詩を種に、有名なパロディー、「いくらかマセた息子がグロースヘニッヒ夫人に手紙を書く」（一九三二）を仕上げたことは、理由のないことではない。

おお、何ということなの、クラウスの長女に、最近子どもができたんだってさ！
父親がどこのどいつか、誰も知らず、あの娘にもわからんそうだ。
これって本当にギムナジウムの教育が問題なのかい？
ところで洗濯物はすぐに送りなよ。前回のボール箱、ひどく破れてたわよ。
［……］
おまえはまたしても仕事で腹の立つことがあったのかい？
何でもあたしに書いて寄越しな、娘たちには気をつけるんだよ。
おまえのこと、残念だよ。もともと頭はすごく良いのにね。
医者のこと、後見裁判所のこと、騒ぎはあっという間に広がってさ。（I・19以下）

ケストナーの歴史観はこのあと数十年間ほとんど変化しない。『腰の上の心臓』に「世界は丸い」という詩があるが、すべては円を描いており、人類の進歩など存在しない、という捉え方を喧伝するために、毎度新しいイメージを生み出している。その際に問題となっているのは、いわば人類学的ペシミズムである。人間の性格は、また愚昧と悪意へと向かうその傾向は、変わることがなく、人間はいつまでたっても幸福にはならない。それ以外はほとんどすべてが変化する。人間の共同生活だってそうだ。外面的で現象上の変転であれば、ケストナーは是が非でも認識し叙述する。このような歴史的変化との後ろ向きの結びつきは、これまでいつも容易に見過ごされてきた。じっさい見過ごすのは容易なのだ。なぜなら、ケストナーは『腰の上の心臓』でもすでにそうだったが、世界苦と憂愁《メランコリー》という汚泥のなかにどっぷり浸かって転げまわっている詩を、いつも繰り返し書いてきたからである（「センチメンタルな旅」）。この種の憂鬱な抒情詩はすでに何人かの表現主義者に見られたもので、ケストナーの場合もそうだが、当時も読者はそこにうたわれた詩人自身の感情を嘲笑していた。次に紹介する「憂愁」という詩は、（ほとんど）すべての点でケストナーの作でもあり得るだろうが、実はこのときより二〇年も前に書かれたもので、作者はアルフレート・リヒテンシュタインである。

おれは憎しみを、煮えたぎるような憎しみを、覚えている、
ところが、自分でもわからないのだ、何が憎いのか。
おれはひどく惨め、ひどくのろまで不精だ、
こき使われた畑の駄馬のように。
おれの顔には意地悪さが透けて見え、
おかげで友人はおらず、欲しいとも思わない。

全世界に向かって、おれは激しく怒り狂っている。
そのためもはや悪徳すら気に入らない。

そこでこの老いぼれ白痴は罵りかつ呪う、
そうしておいて、われながら悪鬼《デーモン》のようだと思う始末さ。

ここに叙述されている姿勢《ポーズ》に、こうした詩の作者たちは共感をもつのであろう。それればかりか折に触れてこうした姿勢を分かち合うのかもしれない。しかし彼らは、自分の詩を書いてそれを発表するためには、こうした姿勢を毎度、少なくとも合間合間には、中断しなければならない。一九二〇年代、ケストナーの歴史ペシミズムと憂愁とは、いつでも彼自身がくり返し拒絶した意見であり気分であった。そんなことは彼には平気だったようである。このころのケストナーは仮象の世界にあまりにも魅了されていたために、黒い水肥の中へ身を沈めることなど思いもよらなかったのである。

《片隅に生きる人々》、恵まれない境遇の人々が抒情詩の対象とされた。下女、教員、秘書、わずかな給金で雇われている人々に、ケストナーは大いに注意を向けた。彼らが取るに足りない人々と見なされていることを、彼は十分理解していた――経済的な窮状なら幼いころから馴染んでいた。ヴァイマール共和国の時代には日常のことで、一九二三年から二八年にかけていくらか目立たなくなっただけだった。しかしケストナーに注意を向けられたことを、すべての職業の人々が快く思ったわけではなかった。「未婚の女性たちの合唱団」という詩には、「商業事務職・女性被雇用者協会」が抗議し、そればかりか作者に向かって、この詩を「今後は公表を」断念するよう求めた。理解困難な攻撃で、これにたいしてはある同僚が次のように論拠と同時代の女性像を明らかにして、ケストナーを弁護した。ケストナーの詩は「高度な芸術作品で、したがって道徳とは関わりをもっていません」。しかも、彼の詩が高度な芸術作品であるのは、その言葉の形式のゆえだけではなく、「膨大な数の働く女性たちの人生の悲劇性を浮き彫りにしている、真の内容と繊細な感情移入のゆえでもあるのです。こうした女性たちにたいしては、現在の恥ずべき社会状況がその本来の天職、すなわち母になることを、不可能にしているのです。みなさんは見過ごされたのではないかと思われます、まだ過ぎ去って間のないあのいわゆる大いなる時代に、ドイツの女性だけでも百万人を越える男たちが戦争によって奪われたことを。その結果として、またもっぱら自分の手で生活の糧を得ているすべての人々の、経済的に乏しい状況のために、過去のいかなる時代にも例がないほど多くの女性が、結婚できないままであるということを」[12]。「フェルキッシャー・ベオバハター」〔ナチの新聞〕は同じ詩に、またヴォルフガング・フォルトナーによる曲にたいしても、さらなる抗議をおこなった。「文化ボルシェヴィズム」、「ユーモアを欠く大道歌」、「尊ぶべきものを知らぬ俗悪な行為」だと。

多くの教員たちが「怠惰な教員たち」という詩に憤慨して抗議文書を発表したのは、もっともなことであった。教員たちは自分たちの身分階層が全部ひっくるめて侮辱されていると考えたのだった。ケストナーは以後この詩を作品集に収めることはなく、またのちの全集にも収録していない。詩のなかでケストナーは教員が、崇高な理想を掲げてから一〇年を経た現在は、すっかり頭が固くなり、自分の道楽に血道を上げている、と嘆いたのである。

今では誰もが専門家の時代。こんな具合だ。
一人目は自分の登る山を探してる。
二人目は食ってばかりで、やがて頭は空っぽに。
三人目はヴァイオリンをギーコギーコ。
四人目がやっているのは家族史。
五人目はいつも鶏小屋の前に陣取ってる。
ただ学校でだけ、つまり授業中は、
みんな同じことをしてる、つまりあくびを。（「ドイツ自由学校」、三〇年、NL）

詩集『腰の上の心臓』は一九二〇年代が今も称えらるゆえんとなった領域、すなわち性というテーマにも取り組んでいる。ヴァイマール共和国時代の《新しい女性》は、自意識を振りかざす。「人前でタバコを吸い、脛の毛を剃り、真面目な良い子のお下げ髪なんて、ばっさり切って断髪だ」(13)。ケストナーの人気はとりわけ、エロチックな分野でのあからさまな、時として《しゃれた》語り口、ならびにその語り口の二〇年代における変化に由来している。その時代に自分が見たものが、すべてケストナーの気に入ったというのではない。自分が観察したことの道徳性《モラリズム》を提示しているだけのこともしばしばで、その際に理解していない場合(「道徳的な解剖学」)と、理解している場合(「若い女性の嘆き」)とがある。ケストナーの恋愛詩は冷感症で、ひどいケースではセンチメンタルなものまであり、新即物主義というよりはむしろ偽即物主義である。ケストナーがライプツィヒを離れてベルリンに移り住むきっかけとなった詩、「室内楽の巨匠の夜の歌」も『腰の上の心臓』に収録された。ケストナーは娼婦たちの心配事や窮状にも注意を向けた(「バーの女が語る」)。自分の部屋にいるよりもバーやカフェの方を好んだケストナーであってみれば、これは当然ともいえるであろうが。この種の《カフェ文学》やぶらつきまわっての覗き趣味も、表現主義の作品から学んだものであった。たとえばエルンスト・ブラスの「日曜の午後」(一九一一)にはこうある。

白く、キスのように、広がる街路、
そこには愛に憧れるたくさんの人間がいる。
そのお仲間は、カフェにすわり、
ホッペガルテンの結果を待ちわびている。

詩人はいちばん風通しの良いカフェに陣取り、
これからアイスチョコレートを楽しむところ。
女性の胸元に眼をやってすっかり陶然となっている。

[ホッペガルテンはベルリンの東に隣接していた小都市で、有名な競馬場があった。]

違いはといえば、ブラスの歌う詩人は憧憬をいだき、女性の胸元に眼をやりつつ、席にすわりつづけているのだが、ケストナーの詩に登場する男たちはしばしば触覚による陶酔まで進むところである。

ケストナーにとってもっとも重要なことは、終わって間もない戦争の記憶を風化させないこと、そうすることで新たな戦争を阻止することであった。これは「新ライプツィヒ新聞」に載った彼の批評からも、軍国主義と下僕根性とを攻撃するかれの抒情詩からも、読み取ることができる。『腰の上の心臓』に収められた詩では、とりわけ「時代に寄せる讃歌」、「足踏み水車」、「集団埋葬地」が、この点で注目すべき作品であり、また「知っているかい、大砲の花咲く国を」があるが、これがケストナーの作品でもっとも有名になったのは当然である。この詩では、ハインリヒ・マンが風刺的な長編小説『臣下』で描いた内容がグロテスクなまでに突き詰められ、攻撃的に表現されている。

その国では子どもが、小さな拍車を着け、
頭のてっぺんには施条して、生まれてくる。
その国では、誰もが生まれたときから軍人なんだ。
その国では、口髭を生やしている人間が出世する。（I・26）

［「施条」とは命中精度を高めるため条（溝）を刻むことで、普通は砲（銃）身の内部に施す］

ケストナーの第一詩集以来の読者は、この抒情詩との出会いの経験をペーター・リュームコルフ［一九二九―二〇〇八。第二次世界大戦後のドイツで有数の詩人・エッセイスト］と共有してきた。リュームコルフはその経験をこんな風に書いている。「解釈者は［……］自分でも思いがけずに引用を始め、しかもいったん始めたら途中で切り上げることができなくなった。［……］この詩では引用すべきところ、もしくは強調するべきところは、すべて作者自身によって最初から前面に押し出されている。分析とか解明といった試みにたいして、十分な煙幕を張って守られている秘密地帯などというものは、この詩には存在しないようである(14)」。

ケストナーがもともと一番なりたかったのは《偉大な》劇作家で、この願望はこれまで考えられてきたよりもはるかに強かった。そしてかれは成功しなかった。ケストナーには、知られていないものや変名で発表したものなど多数の喜劇があるが、それによっても、また脚色した児童書や『独裁者たちの学校』によっても、偉大な劇作家となることはできなかったのである。しかし演劇への傾倒ぶりは、また劇評家としての判断の確かさは、けっして見逃すことはできない。一九二七年から三三年までのあいだに「新ライプツィヒ新聞」のために書いた劇評の集成は、三〇〇ページに及んでいる。演劇に関するかれの絶対的なセンスは、他人の作品にたいしてのみ妥当性をもったのであり、かれ自身の野望は、自分が賞讃した過去何世紀かの偉大な劇作家によって押しつぶされてしまったように見える。

まだ大した伝統はもっていない《軽い》ジャンルにおいては、また映画やラジオドラマといった新しく登場したメディアにおいても、ケストナーは卓越した才能を発揮した。劇評では、ツックマイアーの鈍重さに文句をつけ、マルティン・ランペルとフリードリヒ・ヴォルフのドキュメント風で政治的な戯曲を、その素材のために高く評価し、ライプツィヒ出身のカール・ファレンティンは積極的に世に出そうとした。また、ホルヴァートの最初期の作品についてはきびしく批判したが、じっさいそのころのホルヴァートはまだ力量不足であった。ホルヴァートは、『イタリアの夜』、『ウィーンの森の物語』、『カージミーアとカロリーネ』にいたって初めて、「ベルト・ブレヒトとならぶ、ぼくたちの世代が生んだもっとも重要な劇作家」(Ⅳ・293)と評価される。

ところで、そのブレヒトについてのケストナーの判断が、必ずしも確信に満ちたものではない。賞讃はしてもどこか冷淡で、妬みともいえそうな響きが混じっているのだ。『男は男だ』における主人公の変身は、「しかるべき意味をもたず、結論に達するのに時間がかかりすぎるウィット」だとされている(GG、Ⅱ・66)。レヴュー『ハッピー・エンド』でのブレヒトは、「パンを焼く代わりに、香りの失せた香料」を売っている(GG、Ⅱ・208)。映画シナリオ『クーレ・ヴァンペ』は、「芸術的にさほど価値はなく、青少年の失業者はスポーツをするべきだというのが」、作者のいわんとするところだ(Ⅳ・289)。『三文オペラ』については、ブレヒトに感謝しなければならない。これは、「およそこれまでに書かれたもっとも興味深い作品の一つ」であり(Ⅵ・148)、そればかりか「一大傑作」である(Ⅵ・163)。しかしこの作品にも、ケストナーは非難すべき点を見つけ出す――ケストナーにとって『三文オペラ』は、どこまでも改作であってブレヒトのオリジナルではない。また、「現代の可能性が認識されているとはいえず、ましてや汲み尽されてはいない」ところが難点である（Ⅵ・148）。作中人物のピーチャムがうたう「人間の努力の不十分さについての歌」は、ケストナー自身が《現代風に》書き改めている。しかしその草稿「ヴェルダーの悩み」は、果樹栽培における欲求不満がテーマで、現代における種々の可能性が「汲み尽されている」とはいえない（MG・92以下）。「スラバヤ・ジョニー」については、ケストナー自身がパロディーを書いて、知的財産権の問題に一石を投じている。

このように、ケストナーはブレヒトの意義を見過ごすことはできなかったが、いやいやながらの是認にすぎなかった――それもこれもブレヒトが、自分が何よりも野心を燃やしている劇作というジャンルで成功していたからなのだ。二人はときおり作家の集まるカフェで顔を合わせた。第二次世界大戦後は、それぞれ西ドイツと東ドイツのペンクラブ会長として、ある程度の交流がつづいた。ブレヒトの早すぎる死の際に、ケストナーはおおやけに哀悼の言葉を述べた。「ブレヒトの死はけっして明るさをもたらすものではありません。私はたしかに彼を好きではありませんでした。彼は自分を愚かしいほど飾り立てていた、というだけで理由は十分でしょう。しかしその一方で、彼は大いなる才能の持ち主でした。しかも私より一歳しか年上ではなかったのです。生きること仕事をすることはこんなにも素晴らしいというのに、あまりにも早すぎます！」(15)。

ケストナーは、エルヴィン・ピスカートアの卓越した才能と潜在能力としての革新性を評価した最初の批評家でもあった。その演出した作品に「ドイツ演劇史の新しいエポック」を認め、「時代にふさわしい総合芸術作品をめざす壮大な試み」と称えている。ピスカートアは、「芸術を根底から揺さぶることで生そのものへの影響力を獲得しようとする」芸術を、力ずくで自分のものとした。「この理由から、当人が寄席芸人の出身だということで懸念を抱く向きもあるが、そのような懸念は口にするだけで不当である」（Ⅵ・80）。ケストナーはライプツィヒの読者のために、エルンスト・トラーの『どっこい、ぼくらは生きている！』、アレクセイ・トルストイの『ラスプーチン』、テーオドア・プリヴィエー〔一八九二―一九五五。貧困と戦争による過酷な生を描いたドイツの小説家〕の『皇帝の苦力《クーリー》たち』〔小説は二九年、三〇年初演〕の批評を書き、ピスカートアの演劇理論を「未来の舞台」と題して詳細に紹介したが（Ⅵ・95―101）、ノレンドルフ広場にあったピスカートアの劇場でのさまざまな客演についても、そして彼の弟子たちや亜流たちにたいしても、批判を浴びせている。演出家ピスカートアがたいていは「役に立たない」戯曲を選んだこと(Ⅵ・98)を、ケストナーはすでに認識していた――ピスカートアが自分の新しい様式のために必要とした戯曲は、二〇年代にはまだ存在していなかったのだ。これらは六〇年代にいたって初めて、ハイナール・キップハルトとペーター・ヴァイスによって書かれるのである。ピスカートアにたいして、一方ではこのように惜しみない賞讃を送りながら、ケストナーは最初からその政治的態度を批判していた。初期の批評にすでに、「ピスカートアの政治的党派性が演出家ピスカートアの最大の敵である」(Ⅵ・94)と書いているのだ。ピスカートアがトロッキーの追放にさえ理解を示し、右記の『ラスプーチン』中に登場するトロッキーの台詞を短縮したときには、信者獲得をめざす宗教文学と遠く隔たってはいない、と指摘した。「したがって、ピスカートアと彼の集団制演劇一座《コレクティーフトロップ》を取り巻く円環はどんどん小さくなっていく一方だと思われる」。

『腰の上の心臓』の成功により、またさまざまな新聞につぎつぎと原稿が掲載されるようになったことから、余裕のできたケストナーは秘書を雇うことにした。そこで採用のための面接をカフェ・カールトンでおこない、一九二八年一〇月一日にエルフリーデ・メヒニヒを採用し、この秘書を《社員一同《ウント・コー》》と呼ぶことにした。給料は《第三帝国》の時代も含めて何十年も変わることなく、一五〇ライヒスマルクであった。ケストナーはつねに秘書思いの雇用主だったようである。エルフリーデ・メヒニヒ自身は回想のなかで、私は「完全に人知れず咲くスミレ」でした、と語っている。最初の数年間、私という秘書がいることをケストナーは誰にも、恋人たちにも、知らせなかったのです[16]。

ライプツィヒ時代の仕事仲間と、ケストナーはゆるやかながら引き続き接触を保っていた。「新ライプツィヒ新聞」の編集者になっていたパウル・バイアーは、文芸欄の主任ハンス・ナトネクとともに友人ケストナーの担当になった。ケストナーの眼には、この二人は仕事ぶりがずさんで注意力も散漫だと映った。そこで原稿は直に編集部長のマールグートに送ることにした(二七年一〇月七日、MB)。しかしマールグートとの関係は容易ではなく、原稿料を引き上げさせようという試みは二八年に失敗に終わった(二八年八月一五日)。他方ナトネクとは親しい付き合いが続き、ベルリンで注目すべき演劇のプレミアがあれば、ナトネクはそのたびにやってきて、いっしょに劇場に行っただけでなく、ケストナーの住まいをも訪れるといった具合で、その後も長いこと重要な仕事の依頼者であった。

ケストナーは、ベルリンという《世界》を知りつくしただけではなく、ヴァイマール共和国時代の著名な作家とはほとんどすべて知り合いになっていたようである。ハインリヒ・マンからは『ファビアン』を賞讃され、「文句なしに惹きつけられました」という言葉を寄せられた(17)。またトーマス・マンには、少なくとも一度は招待されている（三〇年一〇月一八日、MB）。ペーター・ド・メンデルスゾーンとは二八年に知り合い、エルンスト・ヴァイスとは夕食を共にした（三一年一一月一九日、MB）。フリードリヒ・ヴォルフとはたびたび会っている。この当時、『世界舞台』誌の編集者であったルドルフ・アルンハイムとは親しい友人になり、二人で映画のストーリーを考え、連れ立ってカバレットに行った。ケストナーは母親宛ての手紙に、いっしょに聴きにいった「マルセル・ザルツァーの夕べ」について書いている（二九年一〇月五日、MB）。ザルツァーは売り出し中の朗読の名手で、主として娯楽性のある古典的作家やパロディーのほか、自著『愚かしさの花盛り』をも取り上げていた。

ベルリン時代の初めころには、ジャーナリストで児童書の作家、エルンスト・ヨーンともかなり親しく行き来した。一時期はいっしょに仕事をしようとして、毎週一度は会っていた。共同で戯曲を書こうという計画は挫折したが、『ジンプリツィスムス』誌のための評論はいっしょに書き上げた。ヨーンが編集した珍妙な子どもの言葉の本、『恐るべき始まり《アンファングス・テリーブル》』［ドイツ語の「始まり＝アンファング」とフランス語の「恐るべき子ども＝アンファン・テリーブル」をひっかけた言い回し］を、ケストナーは「新ライプツィヒ新聞」で例外的に大きく取り上げて批評した。収集家にして編纂者のヨーンはこの本の構想のうちに、「このうえなく微妙な心理学の知識と豊かな経験、教育者としての天分の持ち主であること」を明らかにしており、彼の「幼児語からなるユーモアの小包はずっしりと重く、何巻にもおよぶ大人向けの分厚い本でこれより中身が軽いものも少なくない」（GG、I・101）。

ケストナーがのちに創造する人物ヤーコプ・ファビアンは、編集者ミュンツァーの車に相乗りするが、それを書いたケストナーは「緑のポスト《ディー・グリューネ・ポスト》」紙の編集者ヨーンの車に、あるいは、やはりベルリンに来ていた子どものころからの友人ヴェルナー・ブーレの車に、乗せてもらっていた。こんな具合に自分でオートバイを持つ金を節約していたのである(18)。ブーレは経済学を学び、キール大学で政治学博士の称号を取得していた（学位論文、『賃金の貨幣価値下落への適合について』、一九二五)。ベルリンでは三一年まで、ゴム製造会社「エクセルシオール」の総代理店に勤め、支店長をしている。

リヒャルト・カッツは、緑色の紙に印刷されて成功を収めていた都市と地方向け日曜新聞、「緑のポスト」紙の子ども向け付録を担当する編集者となっていて、ヨーンをライプツィヒからベルリンへ呼び寄せたのだった。「ヨーンはふたたび作家になれたことで鼻高々です。何と、今では『緑のポスト』紙を馬鹿にして、ぼくと二人で名声を手にすることを夢見ているんですよ。おかしな男です! ヨーンとぼくが書いた話はチャプリンとバスター・キートンのお笑い劇にいくらか似ています」(二七年一〇月一日、MB)。

ケストナーが言っているのは、二七年一〇月三日付の『ジンプリツィスムス』に載ったドタバタ喜劇風のショートストーリー「船乗りの運命」のことで、いい気になっての馬鹿騒ぎといえば、ケストナーが一人で書いて少しあとで掲載された「シカゴの世界没落」(二七年一一月二一日)も似たようなものであった。こちらの話は「アウトサイダーのためのスポーツ大会」という趣向で、種目には「聴覚障害者の平泳ぎ」、「馬に乗ってのボクシング」、「出版業者の障害物競走」、「未成年者のレスリング」といったものがある。私という語り手が旅行中に道連れとなったズーフォールは、婚約者エセルと組んで、耐久ダンス大会に出場し、八三時間三〇分踊り続けて二位になる。男の方はその間に髭が伸びて顔じゅうを覆い、女の方はすっかりがに股になってしまっていた。そこでズーフォールは婚約を解消する。エセルは自分の運転手と結婚し、自分を捨てた元婚約者に《血の復讐》を果たすために旅の一行を追いかけ、毒に浸した画鋲をコンビーフの中に隠して密輸する——こんな具合に、奇想天外な思い付きが次々と展開する話である。

『ジンプリツィスムス』に掲載されたこの二編ほど羽目を外したナンセンスな作品は、ケストナーにはほかにないように思われる。ちなみに、チャプリンとキートンを引き合いに出しているのは、けっして謙遜のジェスチャーではなく、自信のほどを示す言葉である。というのも、ある批評で彼は、二人の映画の喜劇俳優について、「現在このわたしたちの世界で観ることができる、もっとも深みがあり、もっとも人間的な芸術家」と呼んでいるからである(VI・211)。

雑誌『世界劇場』を創刊し発行していたジークフリート・ヤーコプゾンの未亡人に招かれた折に、ケストナーはへルマン・ケステンと知り合う。ケステンはこう書いている。エーディット・ヤーコプゾンは「近くに住む同誌の寄稿者たちを定期的に、薄いお茶と仲間同士を反目させる会話とに招待したが、あの女性の流儀は、冷淡で、ポスト・マルクス主義的で、過激さをさらに先鋭化させる体《てい》のものであり、この流儀は『世界劇場』の寄稿者たちのあいだで、まるでプロイセン特有の大都市型マラリアとでも呼ぶべき熱病さながらに猖獗を極めていた」。その編集者と寄稿者のなかには、ケストナーのほかに、カール・フォン・オシエツキ、クルト・トゥホルスキ、ヴァルター・メーリング、エルンスト・トラー、アルノルト・ツヴァイク、リオン・フォイヒトヴァンガー、アルフレート・ポルガル、ルドルフ・アルンハイムといった人々がいた。このアルンハイムがケステンにケストナーを紹介した。「私はハンサムで感じのよい若い男と握手した。男はいたずらっぽくて愛想の良い微笑を浮かべて挨拶した。私たちはすぐに話し始め、話は、そして友情も、いつまでも続くことになった」、とケステンは回想している（I・48）。

この友情はそれぞれの相手にとって、仕事への促しと正当な評価をも意味していた。ヘルマン・ケステンは一九二九年、自分が原稿審査係を務めていたグスタフ・キーペンホイアー出版社のために、若い作家たちの散文集『二四人の新しいドイツの作家』を編纂して出版する。そのときケストナーは（コラム記事風の小品を除けば）まだ物語作家として頭角を現してはいなかったのだが、ケステンはこのアンソロジーにケストナーの短編「ドレスデン郊外の決闘」を収録した。またケステンは自分の作品も入れている。ほかに作品が採用されたのは、主だったところでは以下の作家たちである。ヨーゼフ・ブライトバッハ、マリールイーゼ・フライサー、エルンスト・グレーザー、エデン・フォン・ホルヴァート、ルートヴィヒ・レン、ヨーゼフ・ロート、アンナ・ゼーガース、エルンスト・トラー、ゲオルク・フォン・デア・フリング、フランツ・カール・ヴァイスコップフ、そして二二歳のヴォルフガング・ヴァイラウフ。ジークフリート・クラカウアーも、まだ「ギンスター」というペンネームで、長編小説のなかの一章を発表している。

これにたいしてケストナーの方では、『放蕩者』〔一九二九〕や『幸せなひとびと』〔一九三一〕、『山師』〔一九三二〕といったケステンの長編小説について、好意的な書評を書いてお返しをしたが、そこでは千篇一律に褒め上げ、つぎのように文章がぎくしゃくするほど最高級を連発している。ケステンは、「現時点で私たちが読むことのできるもっとも男らしく、もっとも聡明な小説家」であり、そのテーマは「二〇世紀における個の確立」で、それこそは「私たちを震撼させる焦眉の急の問題」なのである（GG、I・167）。小説『山師』については、芸術的に「ゆがめられた表現」と呼び、マティーアス・グリューネヴァルトとジョージ・グロスを引き合いに出して検証している。[19] しかしながら演劇批評となると、いかにもケストナーらしく、好意的な書評は書くことができず、ケステンが自作の小説『ヨーゼフ、自由を求める』を脚色した『聖家族』については、慎重に自分の考えを述べている。ケステンは「若い小説家のなかでもっとも独創的な一人である」、がしかし、彼のこの作品は、「当然のことながら戯曲の傑作とはいいがたい」。劇作家に「生まれたときからの巨匠というのはいないのだ」（GG、II・244）。

ヘルマン・ケステンは、批評家フェーリクス・ランガーによってケストナーと取り違えられた一件を事細かに書き記している。ランガーは「ベルリン日刊新聞」紙上でケステンの新しい短編集を批判したが、その際に論拠として、この作品集は「同じ作家の詩集『腰の上の心臓』ほど独自の際立った特色を」もっていない、と述べた。[20]「詩集はじつに独特の響きがあったので、［……］読者は残らず耳を傾け、作者の名前を心に刻み付けたのであった」。ケステンの本を出した出版社は訂正を求めた。訂正記事が新聞に載った。ところが、「今度はケストナーをぼくの短編集と彼の詩集の著者だとしていた」。ケステンとケストナーが連れ立って編集長を訪ね、二人の人間が存在していることを納得させようとしたとき、混乱は完璧なものとなった。「哀れなフリッツ・エンゲル老人はますます混乱するばかりで、最初は私をケストナーだと思い、それからケストナーを私の出版社主キーペンホイアーだと思い、それからケストナーをかれの出版社主ヴェラーだと思い、おしまいには私たち二人を高等詐欺師だと決めつける始末だった」（I・47）。

ケストナーは腹を立てて母親に書き送った。「こんなことがあるなんて。これを聞いてベルリン中が笑ったんですよ」（二九年一〇月一九日）。ダス・ロマーニッシェ・カフェでは誰もが競い合ってケステン＝ケストナー・ジョークを口にした。「ケステンの前にてケストナーを褒めるなかれ」――「そのときケストナーにやりと笑い、ケステンはといえばあっけにとられ」――「あっちは創造主の名を覚え込み／こっちはよじれぬように腹の皮を鍛え」[21]。やがて「ベルリン日刊新聞」は二人に償いをした。二九年一〇月三〇日、いっしょにオーバーハウゼン市に招待し、ケストナーにはそこでケステンの戯曲『アドメト』の初演を観て批評を書いてもらうことにし、ケステンにはケストナーの『鏡の中の騒音』の書評を依頼したのであった。「ぼくたちはおたがいに相手をちょっぴり褒めることになるでしょう。それで万事めでたしめでたしというわけです」(一九二九年一〇月二二日、MB)。

トゥホルスキとの関係に触れるならば、ケストナーにとってトゥホルスキは尊敬する兄といったところで、その判断を大いに重視していたが、じっさいに会うことはごく稀であった。トゥホルスキは一九二七年に『世界舞台』誌の編集長ポストをカール・オシエツキに譲り、以後ベルリンにはほとんど姿を見せなくなっていたからである。それでもケストナーは、三〇年に数日間トゥホルスキといっしょに過ごしている。というのも、休暇で出かけたホテルにたまたまトゥホルスキも滞在していたためである。

ケストナーは、トゥホルスキの存命中は彼について書いた文章を何一つ発表しなかった。しかしトゥホルスキの方は年少の作家を高く評価していた。自分が書いた完全に創作のショートストーリーに、ケストナーを実名で登場させたこともある。レヴューの台本を注文にきたエージェントとの打ち合わせという設定で、ペーター・パンターとヴァルター・メーリングと同席していた「ケストナーおじさん」は、エージェントから厳しい注文を付けられる。「ケストナーさん、あなたが仕上げたお話、あれじゃあ上品すぎますよ――あんなんじゃあ誰もわかっちゃあくれませんよ……だめだめ、レヴューってのはもちろん上等でなくっちゃあ話になりません、でもね、過ぎたるはってやつですよ、上等すぎてもこれまたダメなんですな!」(22)。

ケストナーにたいして下されたもっとも鋭い批判も、トゥホルスキの筆になるものであった。エーリヒ・ジンガーの『大道歌の本』(一九二八)の書評のなかで、トゥホルスキはケストナーの作品にコメントを加えてこう書いている。「K、すなわちケストナー。才気煥発だ。〈一八九九年生まれ〉というささやかな詩がある。その詩にはここでのケースに関するすべてが言い尽くされている――つけ加えることは何もない[……]。この男の全体像については、筆者にはどうもうまく摑めない。詩句はいわば手縫いのすばらしい仕事ぶりで、その点は間違いない――、がしかし、何かしっくりこないところがある。筆者にいわせれば、あまりにもすらすらと筆が進んでいるのだ。しかし、ドイツの物書きに向かって、形式に関するこの才能は稀有なものです、などと言ってはならない。そこでむしろこう言うことにしよう。勘定があまりにもぴったりと合っている、と。三六割る六は六だろ。そうだよ、それがどうかしたか? といったところなのだ。個々の詩で、文句をつけたい作品は見当たらない……。これは若さなのだろうか？　しかし、筆者に奇異感を抱かせたこと、それはけっして若さの兆候ではない。それは、あってしかるべき力がない、といった感じなのだ。そしてその向こうに立っている男、その男がときどきほかならぬ〈一八九九年生まれ〉なのだ」。トゥホルスキがここで言っているのは、つぎの詩句である。「おれたちのからだは、そしておれたちの精神は／あたえられた力がちょっぴり足りなかった」(I・54)。トゥホルスキはしかし、こう言葉をつづけている。「筆者の思い違いだと考えたい。そういう男は励ますことが肝心なのだ。さあさあ、その調子でしっかりやりなさい、と[23]」。

一九二九年の『母さん通信』に、初めてマルゴット・シェーンランクという名前が登場する。「新しい、かわいい恋人」として。シェーンランクは「途方もなくかわいい娘《こ》でね。またしてもすっかり惚れちゃっただけです。いつまでも続くような相手ではありません。［……］女の子たちにやさしい眼で見つめられると、自分がまるで泥だらけの子どものような気持ちになってしまうのです」(二九年一月一〇日、MB)。しかし、「これからまだ、ぼくにぴったりの女性が」あらわれるのではないかと期待している。シェーンランクはケストナーよりも八歳年下で、シャルロッテッテンブルク地区の両親のもとで暮らしており、ライマン美術工芸学校に通っていた。ケストナーがこの女性を知ったのは、共通の友人ゲオルク・フォン・イェーリングを介してだったと思われる。イェーリングは翻訳家で、マルゴットの姉と恋愛関係にあった。女性がおかれていた状況についての無理解、望まない妊娠にたいする女性の不安にたいする無理解は、このときにいたってもまったく変化していなかった。「ポニーはちゃんと注意していますよ。昨日はまた泣きました。女の子がいつでも結末を考えるのはぞっとします」(二九年八月二六日、MB)。ケストナーにはいつでも「特定のお気に入り」がいたのに、この点ではブレヒトと似ていて、「誰にでも誠実」であった。したがって機会があれば引きつづきイルゼ・ユーリウスともカーリンとも会い、さらには《ヘルタ》という女性も顔を出している(二九年一月一〇日、MB)。ヘルタとはヘルタ・ライスマンという女性で、束の間の親密な関係について、第二次世界大戦後にロンドンからケストナーに思い出を語った手紙を寄せている。あの関係は「ほとんど無邪気ともいえる」ものでしたが、「そもそもあなたがユダヤ人の小娘のために時間を割いたということ！　それが今日では理解できません[24]」。

一九二八年の夏、ケストナーは母親に、そろそろ第二詩集の準備を進めています、と書き送っていた。「三五ページはすでに既発表の切り抜きを貼り付けました。したがって足りないのは六五ページです。五〇ページまでは手元に持っている材料で間に合わせられます。残りはこれから印刷してもらわなければなりません」(二八年八月一五日、MB)。つまり、収録予定の詩の半分はすでに新聞や雑誌に掲載されたものだ、というのである。二九年一月、冬の休暇中に、仮に『感情の復習』という表題をつけていた第二詩集を仕上げてしまおうと考えた。(25) やがて表題は『鏡の中の騒音』に変えられ、『腰の上の心臓』からほぼ一年後に、同じクルト・ヴェラー社から刊行された。

ケストナーは第二の著書が出た《ご褒美》に、一〇日間のパリ旅行に出かけた。二九年五月一九日から二八日までで、エーリヒ・オーザーといっしょで、しかし、のちの小文「エーリヒ・オーザーとパリに」(一九六三)では隠しているが、イルゼ・ユーリウスも同行していた。この小文では旅行の日付が二八年夏となっているが、これは正しくない――二八年にはオーザーはリトアニアに行っているからである。また期間も「二、三週間」となっていて、実際とは違う。しかしそこには、まるで美しい絵のようないくつかの体験が記されている。旅行者は「サン・ラザール駅の近くの小さな安ホテルに」泊まり、そこに、「固いサラミとセルヴォラート・ソーセージを預かってもらって」いた。旅行を安くあげるために、ベルリンから持っていった食糧である。「ぼくたちは遍歴職人のような暮らしをしていた。そう、じっさい旅の職人だったのだ！　朝から夜中まで、ぼくたちはあのすばらしい都市をあっちへこっちへとひたすら歩きまわった、ブールヴァールをいくつも横切ってボアまで、プラス・デュ・テルトルからカフェ・デュ・ドームへ、そしてクポールへ、あるいはマドレーヌからプラス・ド・ラ・バスティーユへと。街のどんな片隅もぼくたちの前で身を隠していることはできなかった」(8・324)。

オーザーのスケッチを集めたファイルのためのこのまえがきのほか、ケストナーはパリ滞在について、「モンタ－ク・モルゲン」紙に発表した「パリからの手紙」という詩と、もっとよく知られた詩「リュクサンブール公園」を書いている。「リュクサンブール公園」は『腰の上の心臓』第二版で、削除されたオーザーの絵の埋め合わせに使われている――つまり第一詩集の改訂版を二九年夏以前に出版することは不可能だったことになる。「パリからの手紙」

は紀行文ならぬ紀行詩で、その中にはっきりと、「この都市を目にしたのは初めてであった」と記されている。つまり、今回は記述が事実と合致しているというわけである。

パリは美しい。そして騒々しい。そして派手だ。
バスのなかで、地下鉄のなかで、
すわれば骨が曲がってしまう。
ヴェルサイユ、ルーヴル、リュクザンブール……
かくして文化のなかをよろめき歩く。

ここでは子どもたちが何より美しい。
大人はぼくらとまったく同じ。
ナインの代わりにノンと言う。
戦争は最大のくだらぬもの。
戦争を欲し、促すやつは
ブタ。（MG・96以下）

ほかにも「モンターク・モルゲン」紙に掲載された詩が何編かあって、それらには伝記を語るうえで興味深い点が見え隠れしている。それらの詩は、詩集のために ケストナーが選び集めた作品と違い、修正することなく、手早く書かれてそのまま残ったものだからである。若いころのケストナーはまだ旅行好きであった。パリ旅行の一か月後、こんどはヴァルネミュンデに出かけている。(26)『エーミールと探偵たち』の構想を固めるためではなかったかと思われる。当初は母親といっしょにイタリアへ旅行するつもりだったのだが、ケストナーにはその余裕がなくなった。そこで母親と息子は八月の前半をバルト海沿岸とコペンハーゲンで過ごしたのだった。デンマークでケストナーは、みんながどれほど大量に「むさぼり食う」かということを、注目に値すると見なしている。

ああ、ぼくらはテーブルの前に立っていた、
そして、呑み込む穴に驚き呆れていた。
山のようなカニ、新鮮な
ハム、ビール、ソーセージ、サカナ！
そして、ロブスターはまだ生きていた。

他国の人を不愉快にしないために、
ドイツ人はできるかぎり努力する。
そのため食べ物飲み物で喉までいっぱいになって
ぼくらは椅子からズルズルとおっこちた。
するとデンマークの人たちはぼくらを見つめていた……。（MG・122）

ほかの点でも、どうやらこのときの休暇旅行は快適ではなかったらしい。「モンターク・モルゲン」紙に寄せた詩の一つ、「出発」では、バルト海沿岸での滞在の終わりを喜んでいる。「休暇で唯一のうれしい眺め／それは荷造りする母の姿」（MG・121）。

一九二九年の初夏、ケストナーは『エーミールと探偵たち』を書く。『雪の中の三人の男』とならんで、彼の生涯で最大の成功を収める作品である。伝えられるところでは、エーディット・ヤーコプゾンが『世界舞台』誌の執筆者を招待したパーティーで、ケストナーに向かって、子ども向けの本を書く気はないの、と尋ねたことになっている。

「あのご婦人はどうしてこんな突拍子もないことを思いついたのだろうか。じつはヤーコプゾン夫人は、雑誌『世界舞台』の発行人であるだけではなく、定評ある児童書のウィリアムス社の社主でもあって、ロフティングやミルンやチャペックの本を出してきたのだった！」(Ⅵ・660)。この勧めは「ぼくの文学上の関心とはまったくかけ離れて」おり、取り組んでみる気になったのはひたすら若かったせいだ、とケストナーは言う。「自分にその才能があるだろうかと、好奇心が頭をもたげたのである。だから、勧められたのが子ども向けの本ではなくてオペラの台本だったら、そっちを試したことだろう。でも、エーディット・ヤーコプゾンが経営していたのは音楽書の出版社ではなく、児童書の出版社だった」(Ⅵ・661)。

なかなか威勢のいい逸話である。がしかし、そのまま受け入れるわけにはいかない。おそらく自分の本を出してくれた出版社主にたいする、よくできた褒め言葉であろう。少なくとも誇張が含まれていることは間違いない。それというのも、ケストナーはそれ以前にもオーザーといっしょに、雑誌『バイアーの《みんなのために》』の子ども用付録「クラウスとクレーレ」に作品を寄せたことがあり、子ども向けのクリスマスの作品「戸棚のなかのクラウス」はお蔵入りになったが、すでに二六年には、内容は不明だが、子ども向けのお話のために出版社を探しているのである（二六年一〇月一六日、MB）。

これより少し前、ヴォルフ・ドゥリアン〔一八九二—一九六九。高校卒業後にアメリカを放浪、その後大学で文学を学び、創作の道に入る〕が長編小説『木箱から出てきた少年カイ』を発表して、大都市ベルリンが児童文学の格好の舞台となることを証明した。この作品は一九二四／二五年にウルシュタイン社の児童雑誌『陽気なフリドリン《デア・ハイテレ・フリドリン》』に連載され、二六年に単行本として出版された。ケストナーはドゥリアンの作品から借りられるものは借り、学べるところは学んでいる。

ケストナーの「ラッパを持ったグスタフ」はカイと瓜二つといってよく、「エーミールという合い言葉」はドゥリアンでは「黒い手」であり、カイもグスタフもともにホテルのボーイと服を交換しているほか、「太っちょゴットリープ」の記念碑には「黒い手」の跡が付けられる。一方、カイの率いる一団の方がいささか危険な印象をあたえる。確かにドゥリアンの作品ではチョコレートの宣伝アイデアで都市ベルリンをすっかり手中に収めてしまうからである。確かにドゥリアンの作品ではエーミールという登場人物は「ホテル・インペラートア」の下働きの男に過ぎない。またドゥリアンの作品では、アメリカの「チョコレート王」、ミスター・ジョー・アランのもとで、「大学卒の広告代理業者」クバルスキとカイが宣伝部長のポストをめぐって競い合うストーリーになっていて、それがまことにみごとなテンポで表現されているが、これはケストナーの『エーミール』とはまったく関係がない。それにたいして美容師ティッシュバインの息子の話は、とりわけ母と息子の関係では、見誤りようなくケストナー自身の生い立ちを下敷きにしている。

優等生のエーミールがノイシュタットからベルリンの祖母と従姉妹のポニー・ヒュートヒェンを訪ねていく。これがケストナーの物語の発端である――ポニーというのは、このころケストナーの恋人だったマルゴット・シェーンランクの愛称にほかならない。エーミールは一四〇マルクのお金を封筒に入れて持っている。そのうち一二〇マルクはお祖母さんに渡すことになっている。列車の車室で眠ってしまったエーミールは、山高帽をかぶった紳士に封筒ごと盗まれてしまう。ベルリンで列車を降りたあと、エーミールは男を追跡してカフェ・ヨスティに行き着き、そこで「ラッパを持ったグスタフ」と知り合う。グスタフはすぐさま自分のグループのメンバー全員を招集する。エーミールはグスタフのグループと手を携えて、軍隊の参謀本部をお手本に役割を決め、泥棒の追跡を開始する。待機という任務があり、「小さなディーンスターク」が中央電話局を担当、グスタフにエーミール、「教授」、ミッテンツヴァイ、クルムビーゲルの五人がタクシーに乗って泥棒をホテルまで追跡する。翌朝、少年団のメンバー全員であとをつけていくと、泥棒は銀行で盗んだ金を両替しようとする。そのときエーミールはお金が自分のものだということを証明することができた――封筒を針で上着の裏に留めておいたので、札に穴が開いていたのだ。泥棒はじつは指名手配中の銀行強盗であったことが明らかになり、エーミールには賞金の一〇〇〇マルクが贈られ、家族と新聞記者たちから、ちなみにそのうちの一人はケストナーという名前になっているが、お祝いの言葉を浴びせられる。

ドゥリアンの作中人物と異なり、ケストナーの描く子どもたちは個人としての性格付けがなされている。エーミールは模範生であり、彼を助ける子どもたちはそれぞれ、目印となり見分ける手立てとなる物――ラッパとか電話、自転車など――と結び付けられている。ケストナーはまた『エーミールと探偵たち』で、道徳の問題を子どもたちなりに議論させるように試みている。少年たちは泥棒からお金をあっさりと盗むことは正当かどうか、意見が一致するまで話し合い、またエーミールと彼の母親にとっての一四〇マルクの意味が、裕福な一家の少年である「教授」とエーミールの会話のなかで浮き彫りにされる。つまり、『エーミールと探偵たち』は尊いことの数々を宣伝《プロパギーレン》しているのであり、事実そのために教育者から評価された。それにたいして『木箱から出てきたカイ』は、せいぜい迅速さを宣伝しているにすぎない、がしかし（おそらくはまさにそれゆえに）、時間が過ぎても新鮮さを失ってはいない。ところで、ケストナーの創作した人物は何よりもまず、「新即物主義」とはまったく異なっている――子どもたちは「クール」とは正反対で、きわめて情緒的であり、自分の好き嫌いを断固として主張する。まさに子どもとはこういうものだといわれているとおりの姿で、行儀作法などお構いなしに描かれている。「善良」である者たちがしかるべく報いられる長い結びの部分で、子どもたちは読者を知らず知らずのうちに苦しみの共有とともに喜びの共有へと導く。子どもらしいこの夾雑物を含まない直接さを、他のどんなドイツの作家よりもやすやすと捉えることができた作家、それがケストナーであった。

一九二九年八月二三日、ケストナーは最初の校正用ゲラ刷りを「ヤーコプゾン夫人から」手渡された（二九年八月二四日、MB）。作家はこう言って喜んでいる。「これは毎度まことに楽しい付け足しの仕事です。きっとすばらしい本が生まれることでしょう」（二九年八月二六日、MB）。出来上がった本は二九年一〇月一五日に出版社主が、通りかかったものですからと、みずからケストナーのもとへ持ってきた（MB）。したがって、しばしば出版年は一九三〇年とされているが、それは誤りである。

『エーミールと探偵たち』は、ヴァルター・トリーアが挿絵を描いた最初のケストナー作品で、二人の共同作業は、さまざまな政治的事件に妨げられたにもかかわらず、トリーアが亡命先のカナダで世を去るまでつづく。「ウィットの挿絵画家」(27)と呼ばれたトリーアは、一八九〇年にプラハで生まれ、ミュンヒェンのフランツ・フォン・シュトゥックのもとで学び、一九一〇年に出版業者ヘルマン・ウルシュタインによって『ジンプリツィスムス』から引き抜かれ、『痛快画報《ルスティゲ・ブレッター》』に移った。「物静かで長身痩躯、眼は子どものようであった」(28)。ケストナーは最初トリーアの作品を観客として知った。というのも、トリーアは舞台美術をも手がけ、あちこちのカバレットや劇場で仕事をしていたからである。カバレット「響きと煙」の開店のとき、トリーアは時の大統領フリードリヒ・エーベルトを風刺するアニメーション映画の原画を描いた。二七年、ケストナーはトリーアが制作した「カバレット・デア・コーミカー」の舞台美術を「凌駕しがたい出来栄えである」と絶賛した（GG、Ⅱ・28）。また、「カバレット・デア・コーミカー」のロビーを飾る「愉快なヴァリエテ＝フレスコ画」もトリーアの手になるものだった（Ⅵ・652）。ケストナーのエーディット・ヤーコプゾンを偲ぶ文章（Ⅵ・650）から判断するに、このころすでに二人は親しくなっていたものと考えられる。

『エーミールと探偵たち』は広くたいそう好意的に迎えられ、初版の四〇〇〇部は一か月少々で売り切れた（二九年一一月二五日、MB）。先の二冊の詩集とは異なり、この子ども向け小説は政治的に左から右までほぼすべての新聞で賞讃された。何と「まったく右寄りの『ロストック新聞《ロストッカー・ツァイトゥング》』まで褒めそやしたのです。今やぼくはこのような新聞でも人気者になり始めました。これ以上は何も望めません」（二九年一一月二二日、MB）。「帝国旗《ダス・ライヒスバンナー》」紙は大人向けケストナーを攻撃し、子ども向けケストナーは賞讃して、こう書いている。彼の小説は「八歳から八〇歳までの若々しい人間を感激させる作品」であり、それは「われわれにとって仰々しく薬味を利かせすぎたどんなイロニーの詩よりも好ましい」(29)。アニー・ヤッカーは「フォス新聞」で、『エーミールと探偵たち』は「清潔でおこない正しい小市民性を讃える歌とも呼ぶべきところがあり、その小市民性がいくつかの場面において大市民のありようと対置されている」（二九年一一月二四日付）と評している。共産主義の新聞は、この作品は毒にも薬にもならないとして非難したが、ケストナーは的外れとしか思わなかった。「あのくそったれども。ぼくに子どもたちをけしかけろとでも言うつもりなんでしょうか？ 馬鹿げた連中です！」（三〇年一月一七日、MB）。書評者のなかには、エーリヒ・クナウフ、フリードリヒ・ミヒャエル、ヘルマン・ケステンといったケストナーの友人や知人もいた。さらには『世界舞台』誌にも書評が載った（二九年一二月二六日付）。

ケストナーはこのとき初めて、新しい読者からの異例の反応、彼にとってはじつに気持ちの良い反応を体験した。子どもたちが、ときには一人ずつ、またときにはクラス全体がまとまって、手紙をくれたのだ。ある少年は、物語に描かれた場所を自分の目で見ようと、ベルリンを歩きまわりました、と書いてよこした。「なんていじらしいんでしょう！ こうした作品を書くことは楽しいですね！」（二九年一一月二五日、MB）。

『エーミールと探偵たち』を出してからというもの、ケストナーは定期的に子どもの本や青少年向けの本を書くようになった。そして結局は、手がけた他のたくさんのジャンルのどれよりもコンスタントに書くことになった。この分野でも、ひょっとすると彼のたくさんのテクストが未発掘ないし散逸しているのではないかと推測される。特に他人との共作にそのおそれが強い。たとえば、『エーミールと探偵たち』と同じ年には、今日でもまだ映画史研究者として知られているベラ・バラスが書いた子ども用の劇、『ハンス・ウリアンはパン屋へおつかいに』のために歌詞を書いている。ケストナーは自分の分担部分に満足できなかったが、それ以前にバラスの作品に不満だらけであった――「この男にはたいそう才能があります」。でも、「気まぐれでコミュニズムにイカレているのです」(二九年一一月一九日、MB)。

一九二九年八月の後半、母親といっしょに休暇を過ごしてベルリンに帰ったとき、家主が不在で、ケストナーは快適な気分を味わった。「本当にすばらしいですよ！《自分一人の》住まいをもつというのはなんて気持ちがいいんでしょうね！」(二九年八月二六日、MB)。このときケストナーは、自分には今や独立したアパートメントを借りる経済力があると考え、ポニーといっしょに不動産屋に出かけた。そして、手付金として五〇マルク預けて、自分は本気でアパートを借りようとしていることを示した。「ポニーにはこれからしばらく駆けまわってもらわなければならないでしょう。でも、かわいいあの娘《こ》は喜んでやってくれますよ」(二九年八月三〇日、MB)。

マルゴット・シェーンランクが見に行った最初のいくつかのなかに、早くもうってつけの物件が見つかった。同じシャルロッテンブルク地区にあり、「すごく快適です。〈カバレット・デア・コーミカー〉も眼と鼻の先です。三部屋あって、月額一七〇マルク、バスルーム、ベランダ、そのほか何でもあります。建物は庭の真ん中にあり、窓から見下ろせば一面緑です」(二九年九月七日、MB)。ケストナーはハンス・ナトネクを伴って自分の目で確かめに行き、すっかり気に入って、一〇月一日から住むことに決めた。この住まいは町の真ん中といってよいロッシャー通り一六番地にあり、周囲は庭園で、部屋は五階の左側であった。「バスも路面電車もきわめて便利で、近郊電車のシャルロッテンブルク駅までは徒歩二分」で、新築であった。住居には床が寄木細工の三室――書斎と寝室と食事室――のほか、狭い「お手伝いさん用の部屋」と、一回り小さな食事室がもう一つあった[30]。「値段の問題」は、ケストナーにとって「あまりうれしいとは」言えなかった――家賃は、暖房費、水道代、エレベーターの経費を含めて一七〇マルクで、ベルリンとしてはけっして高くなかったが、保証金として二五〇〇ライヒスマルクを支払う必要があったからである。

これまで家具付き下宿で過ごしてきたケストナーにとって、それから数週間は自分の住まいを好みどおりに調える楽しさに心を奪われて過ごした。さらにはそれをテーマとする詩まで書いて、「モンターク・モルゲン」紙に発表している。

ここにはペンキ屋が三日間やってきて、
三〇本のビールを飲んだ。
そうして時は過ぎていった。
家具はいずれ手に入れるさ、
いっぺんに何でももってわけにはいかないからな。
それこそ「即物主義」ってヤツだろ。

あとは自分の手でペタペタ塗るさ、
隣との壁のどうしても省けないところだけはね。
ひとり口のなかで、「男爵様」などとつぶやきながら。
鉢植えの観葉植物は値引き品を買おう。
とにかく初めて自分の住まいを持ったんだ！
そのほかはいずれ揃うだろうさ。（MG・130）

家具はベルリンの家具屋街で、母親とエーリヒ・オーザー、それにむろんマルゴット・シェーンランクの注意を聞きながら購入、壁の塗装や絨毯の敷き込みにあたっては、自分もしくはオーザーが立ち会った。引っ越しのときはイーダ・ケストナーがベルリンにやってきて、新居に入るお祝いだといってクッションとスプーンをプレゼントした（二九年一〇月一〇日、MB)。二九年一〇月一日からケストナーは《一家の主人》であり、自分のアパートの主《あるじ》という喜びを満喫し、自分の新しいベッドを褒め、電話を引き、秘書と掃除婦に仕事を依頼した(二九年一〇月一日、MB)。マルゴット・シェーンランクは、独身男が新居で問題なく暮らせることに多少の責任を感じ、果物皿をプレゼントし、両親のもとから皿を運んで貸し、「ごみバケツやら給仕用のトレーやら」を買い、そのお返しにケストナーから、母親宛ての手紙で優しくはあるが見下した調子で言及された。あの娘は「自分を役に立つと感じ、喜んでいました」(二九年一〇月八日および一九日、MB)。

マルゴット・シェーンランクはときどき主婦の役を演じ、ケストナーのためにコーヒーと卵の軽食を用意し(二九年一〇月三日)、ケストナーがガチョウを鍍であてたときはそれを焼き(二九年一二月一〇日、MB)、夕食を作り、押し掛けてくる客たち、ルドルフ・アルンハイムやエーリヒ・ハム、オーザー、ブーレをもてなした(二九年一〇月五日、MB)。特にブーレはしょっちゅう訪れ、時にはあまりにも頻繁だとさえ思われたようである。「今晩、ブーレがまたしても夕食にやってくると言っています。そのあと映画に行きます」(二九年一〇月一九日、MB)。ケストナーの恋人は主人気取りの彼のためにベッドのシーツを取り換えた。「明日はポニーが新しいシーツを掛けてくれるでしょう」(二九年一一月一九日、MB)。

二九年一〇月に『世界舞台』誌に掲載されたケストナーの詩、「やさしい娘が夢を見る」は、ケストナーにもマルゴット・シェーンランクとの関係にも、けっして好ましい光を投げかけるものではない。「ポニーの夢について書いた詩を同封します」と母親への手紙に記している。

娘は夢を見た、彼とカフェで会うところを。
彼は読んでいた。それから食事が運ばれてきた。
そして娘を見つめた。そして娘に向かって言った。
「君は本を忘れたよ!」

これを聞いて娘はうなずいた。そして向きを変えた。
そしてこっそりほほ笑んだ。
そして夜の通りに出て、
考えた、あの本を取ってこよう。

［……］

娘はすっかり疲れていた。そして行った。そして来た。
できれば腰を下ろしたかった。
彼は顔も上げなかった。そしてただこう言った：
「君は本を忘れたよ！」

娘は取って返した。そして来た。行った。
忍び足で階段を上り、下りた。
そして彼は何度も繰り返し尋ねた。
そして娘はそのたびに行った。

まるで永遠かと思われるほど、娘は走った。
娘は泣いた。すると彼は笑った。
涙が頬をつたって口の中へ落ちた。
目を覚ましたときも、まだ落ちていた。

クルト・トゥホルスキはこの「やさしい娘が夢を見る」をお気に入りの一編と明言した。「いかにもケストナーらしいが、夢を見ている娘のためにはひと言も語っていない。〔……〕筆者の思うに、ケストナーは感情に不安を抱いているのだ。感情がないわけではない。この上なくべたべたしたセンチメンタリティーという形式をとった感情を嫌というほど見てきたために、感情に不安を抱いているのである。それにしても、手回しオルガンの響きに乗せて告白される〈愛しています〉だってあるのだ――しかし、このような言葉を書き加えるためには、途方もない力が必要である」[31]。この力をケストナーが発揮できるのは、母親の肖像を描くときや母親を詩にうたうときだけ、またじかに母親に向かって語るときだけであった。

一九二九年一〇月、若いケストナーは――三冊目の著書の刊行後に――初めて顕彰された。一九二九年度クライスト賞に「名誉ある言及《ノミネート》」がなされたのである。この賞はクライスト財団が依頼した人物――たいていは文芸批評家、ときには作家のこともあった――が受賞者を決定するという形式をとっていて、二九年は劇作家ヴィルヘルム・フォン・ショルツがその任にあたっていた。彼が賞を授けた人々ともども、忘れられて久しい作家である。この二九年にはエードゥアルト・ライマッハーとアルフレート・ブルストが賞を獲得し、ペーター・フラムとオスカール・ヴァルター・ツィゼクがケストナーと同じくノミネートされた。ケストナーは母親に宛てて書いている。受賞した方が「もちろんぼくにはずっと嬉しかったことでしょう」。でも、「何もないよりはまし」で、「とてもよい宣伝になります」。「きっと誰もがそろそろ気づいているということでしょう、ぼくが頭角を現しはじめたことに。そう思いませんか?」(二九年一〇月二三日、MB)。ポーランドのジャーナリストから詩を翻訳したいという申し出を受けたとき、ケストナーはこう述べている。「いずれにしても、あの小さなエーリヒがどんどんと有名になっていきます。これはもう誰にも止められません」(二九年一〇月二五日、MB)。

このころケストナーはすでにユーモア作家として名を知られ、心に訴える作家と見なされていた。そのためクリスマスから正月にかけての時期になると、それに関連した依頼が舞い込んだ。ベルリン・ラジオ放送局は一五〇〇マルクで大晦日用のカバレット・レヴューを希望し、レヴューは三時間の予定が一時間に短縮されたが、この金額はじっさいケストナーに支払われた。「ヒルデ・デッケと『ユーゲント』誌のためには、〔……〕連作風の小さな詩、子ども向けのクリスマス劇、その他です。これを書けばいくらかお金になります」（二九年一一月一九日、MB）。またヨーンが勧める「緑のポスト」紙の大晦日号のために一面分を書くことを引き受けた。クリスマス用の劇は幸運に恵まれなかった。すでにあの不吉な『戸棚のなかのクラウス』がそうだったが、このとき書いた作品は日の目を見ることなく終わった――ヒルデガルト・デッケが適切な作品とは見なさなかったのだ。「こっちは明け方の五時まで取り組んだのに！」（二九年一二月二二日、MB）。

ラジオ放送のレヴューについては、謝礼はよかったが、出演者がディレッタントの域を出なかったことから、やはり成功とはほど遠かった。新聞の批評は慈悲深かったが、ケストナーは「単に金儲けのためには」もう書くまいと決心した（三〇年一月二日、MB）。この放送用レヴューの稽古が始まったのは本番の前日で、音楽はその時点でまだでき上がっていない部分さえあった。「スキャンダラスな状態です」（二九年一二月三〇日、MB）。ケストナーはマルゴット・シエーンランクとヴェルナー・ブーレといっしょに上演を見にいき、そのまま二人といっしょにヴィリー・シェファースの催した舞踏会で年を越し、元日の早朝にはシュヴァネッケの店にいた（三〇年一月二日、MB）。

年越しのころ、朗読会のための小規模の旅行が、放送局や出版社の訪問を兼ねておこなわれた。たとえばミュンヒエンでは『ジンプリツィスムス』と『ユーゲント』の出版元を訪れている。三〇年にケストナーが朗読会を開くために訪れた都市を順に上げれば、ハンブルク、ブレスラウ、ケルン、ミュンヒェン、プラハ、ブラウンシュヴァイク、ブレスラウ、ケーニヒスブルク、ダンツィヒ、ライプツィヒ、となる。こうしたツアーはさほど収入とは結びつかず、ケストナーの旅行熱に火が付くこともなかった。しかし収穫もあった。このようにして、自分（あるいは出版社）が費用を負担することなしに読者を獲得することを、ぜひとも必要だと感じるようになったことである。ケルンは第一次世界大戦中の一九一八年に兵隊として過ごして以来で、今回の滞在では「モンターク・モルゲン」紙のために詩「ケルンからの手紙！」を書いた（MG・106以下）。

ケストナーが参加した朗読会は、ヴァイマール共和国の時代になって始まった新しい形式であった。詩人が書斎を出ておおやけの場に姿を見せるようになったのである。三〇年二月、ベルリン市立図書館のホールで、他の二人の詩人といっしょに「労働者の前で」朗読し、三月下旬には、「カルシュタットという大きなデパートで、午後の三〇分間」（三〇年三月二二日、MB）朗読した。カルシュタットには、ケストナーのほかにハインリヒ・マン、ルドルフ・レオンハルトも呼ばれていた。営業上の効果はむしろ低く、経済危機が激化する中で、ケストナーのような流行作家が書店でのサイン会に出向いて何時間もすわりつづけても、売り上げを伸ばすことはできなかった。「ほとんど誰もやって来ないのです。ぼくたちはまるで動物園の猿みたいにすわっていました。昨日は二時間で売れたのはたった一冊でした！」（三一年一一月五日、MB）。

しかしケストナーにとっては、このような不景気は例外で、普段は経済的な悩みとは無縁だった。現金書留で一〇〇〇マルク紙幣が何枚も自宅に送られてきた（二九年一二月二八日、MB）。また、三〇年初めには『エーミールと探偵たち』が八〇〇〇部完売した（三〇年二月一八日、MB）。そのうえこの作品については、アメリカも含めていくつもの国で翻訳が進められており、もう何もしなくても金が入ってきた。「あれは感心な本です！」（三〇年三月一八日、MB）。エーディット・ヤーコプゾンは二冊目の子どもの本を三〇年八月一日には出したいと希望していた。ケストナーは貯金通帳を作り、三〇年二月には残額が五〇〇〇マルクに達し、アパートの家具調度その他の出費にもかかわらず、借金はゼロであった。そればかりか第二の女性《モーリッツ》にもときどきお金を渡していた（三〇年一月三日、MB）。

みずからの成功により、また新しい仕事の依頼によって支えられて、ベルリンでのこの何年間かはケストナーにとってあまりにも活動的であった。この五年半のあいだに、彼の人生における他の七〇年分を合算したよりもたくさん書いているのである。ハーレムを拡大し、喫煙量があまりにも増えたので、一時ニコチンを抜いたタバコにしなければならなかった。「そんなタバコはおいしくはありませんが、危険はなくなります」（三〇年三月八日、MB）。この時期の彼に特徴的な言葉が残っている。「やったぞ！　またしてもするべきことがたっぷりできました。それにしても働くのは楽しいですね」（三〇年二月一五日、MB）。

有名になるにつれてケストナーは、出版社主ヴェラーに満足できなくなって、別な可能性を探った。ウィリアムス社から出した『エーミール』の売れ方から、最初の二冊の詩集の場合とは比べものにならない売上高になることも可能だと悟ったのである。グスタフ・キーペンホイアーとエノッホ兄弟社は喜んで契約を結び、彼を迎え入れるだろう、とケストナーは考えた。そればかりかエノッホは新しい本についてすでにケストナーと交渉を始め、トゥホルスキの『ドイツ、ドイツ、すべての上に』と同じスタイルの、図版をたくさん入れた本にしようと申し出ていた（二九年一一月三〇日、MB）。この交渉のことを耳にしたヴェラーは、自社の著者ケストナーに「腹立たしい日々」を過ごさせた。つまり、契約上の義務は三〇年末で切れることになっており、ヴェラーは『鏡の中の騒音』の第二版を三〇年一月に出す、月々固定給も払うといって、ケストナーを説得にかかったのである。しかしケストナーは拒否した。「要するにこういうやり方で出版業者から恩を着せられ、手を切ることがむずかしくなるのです」（二九年一一月三〇日、MB）。

この年の暮れにヴェラーの出版社は破産し、ヴェラーは原稿審査係兼営業部長という肩書でシュトゥットガルトのドイッチェ・フェアラークス＝アンシュタルト社（DVA）に採用された。その際にヴェラーは、自分の社で稼ぎ頭の著者を、手土産代わりに新しい勤め先に持っていこうとした。一方、ヘルマン・ケステンはグスタフ・キーペンホイアーのもとで原稿審査係をしており、友人を自分の勤める出版社に迎え入れたいと思った。しかし、キーペンホイアーとヴェラーは移籍の条件で折り合いがつかず、ケストナーは『鏡の中の騒音』が、需要はあるのにその移行期間は販売できない、と不平を述べている。交渉は何週間も続いた。

そんな折に休暇旅行でアルゴイに向かったケストナーは、シュトゥットガルトで途中下車して、DVAの社長グスタフ・キルパーと会い、結論を出した。ヴェラーとの関係を維持し、キーペンホイアー社は断ることにしたのである。同時に報酬について交渉し、長期にわたってDVAに拘束される約束はせずに、印税を二〇パーセントという破格に近い額まで引き上げさせることに成功した。一方DVA側は『鏡の中の騒音』の再版を出す義務を負い、第二版は三〇年中に刊行された。ケストナーが負った義務は、次の詩集『ある男が通知する』と、最初のオリジナルの戯曲をDVAに提供する、というものであった。この戯曲の方は三三年までには書かれなかった。というのも、その間《かん》にケストナーは『エーミールと探偵たち』と『点子ちゃんとアントン』を戯曲化しただけだったからである。DVAは短命だったクルト・ヴェラー出版社よりもはるかに大きく、「書店に影響力をもっており、きっとケストナーの著書を大いに売りさばいてくれることでしょう」（三〇年二月六日、MB）。ケストナーはまた、次に書いた本では、エーディット・

ヤーコプゾンからもこれまで以上に儲けを吐き出させるつもりであった。

以前から予定していたとおり、ケストナーは三〇年一月下旬から二月中旬までの冬の休暇をオーバースドルフ［ミュンヒェンの南西、アルゴイ地方にある保養地］で過ごすが、そのあいだ住まいの鍵をマルゴット・シェーンランクに預けた。そして母親にも、ベルリンを訪れてポニーと観劇などしてはどうですか、と勧めた。このときの休暇を、ケストナーは例外的に一人で過ごすつもりで、ゆっくり朝寝をし、散歩を少々、毎日詩を一編書く、という計画を立てていた。「仕事をしないで、というわけにはいきません。まったくいまいましいことです！」（三〇年二月一日、ＭＢ）。しかし、実は、女性なしでというわけにもいかなかった。「今日、友人［男性形］が来ました。こうしてぼくはふたたび落ち着けたというわけです。こんなこと、ちっとも望んではいませんでした。まあ、済んだことは仕方ありません！」（三〇年二月八日、ＭＢ）。

イーダ・ケストナーはこの年の二月にドレスデン市内で、イルゼ・ユーリウスとその母親のもとを訪ねた。二人は『エーミールと探偵たち』を読んでおり、「すっかり感激して」いた。「あのひとがケストナー夫人になっていたらと考えると――そのたびに私はベランダに出て、新鮮な空気を胸いっぱい吸い込まずにはいられません。あの方たちが、私との縁を切ったことで、自分自身を責めているのは間違いありません」（三〇年二月二八日、ＭＢ）。

これにたいして息子の方はまたしても恋人と、今回はマルゴット・シェーンランクと、縁を切ってしまう。それもごく一時的な相手、彼がいわば医学的にまた衛生上好ましいと考えたベッドの相手のためであった。シュテッファ・ベルンハルトというその女性は「健康上まことに優れて」おり、友人たちはすでに四方八方からぼくをけしかけています。「クレルもすでに羨ましがっています。ところが、ぼくたちがいっしょにいるところを見た人間はいないのです。滑稽な連中です。連中は心配していればいいのです！」（三〇年三月五日、ＭＢ）。ケストナーの新しい恋人は本名をシュテファニー・ルート・ベルンハルトといい、このとき二九歳で、ベルリン国立劇場《ベルリーナー・シュターツテアーター》の女優であった。その父親、ゲオルク・ベルンハルトは「フォス新聞」の編集長で、民主党に所属する国会議員であり、経済政策の著作を何冊も出していた。といっても、証券銀行についてだけではなく、『性病を撲滅するための刑法と手段』（一九〇五）という著作もあった。

ケストナーとこの新しい恋人との関係は短期間しか続かなかったようだが、とにかくその関係のために、マルゴット・シェーンランクに向かって、これからは友だちになってほしいと告げたのだった。納得させるためには「長時間の、悲しい話し合い」が必要だった。「彼女はおそろしく泣きました。ぼくもいっしょになって泣きわめきました。あの可哀そうな娘はそんなにも絶望していたのです」(一九三〇年三月五日、MB)。こうしてケストナーはまたしても恋人から友人へと関係を変化させることに成功する。マルゴット・シェーンランクとの友人という関係は、ケストナーの死の直前まで続くのである。引き続きいっしょに劇場に出かけ、ブーレと三人で食事に行き、良心の痛みから休暇の費用を手渡すこともあった(三〇年四月二四日、MB)。またその後も、《第三帝国》が成立して彼女がフランスに亡命するまで、折があれば会っている。たしかに最初のうちは、相手がつぎつぎと違う仕方で非難するために、どう対処していいかわからず苦労した——「言葉よりも沈黙によって」非難するために、彼女には「我慢できません」。がしかし、とにかくケストナーには相手の気まぐれを理解することはできた。「彼女の気持ちを考慮することが是非とも必要です」(三〇年三月一五日、MB)。

マルゴット・シェーンランクとの別れ話に決着がついたあとも、かつての第二の女性《モーリッツ》の存在が、それとなくほのめかされている。ともあれこの女性については詳細がいっさい不明で、もっぱらこの名前で三年ほど登場しているだけなのである。この女性にたいしても、ケストナーはまったく義務を感じることはなく、自分は「自由を満喫しており、嘘つきの愚かな女なんかにはいっさい束縛されていない」(三〇年三月一〇日、MB)と考えていた。ケストナーは自分のせいで惹き起こされた女性の苦しみを、まるで子どものように、自分とは関係ないとして、距離を置いて眺めていた。なるほど母親に宛ててこう書いてはいる。「男女間で男にかかわる事柄はすべて切り捨てねばなりません。さもないとこの厄介事はいつになっても終わりません」(三〇年三月一〇日、MB)。しかしながらこの言葉は、ケストナーの確信というよりは強烈なジョークのように聞こえる。じっさい、ケストナーの生涯で厄介事がきれいに片付くということはないのである。

このころ西欧の多くの知識人がソヴィエト連邦共和国を訪れた。ケストナーが尊敬していたハーバート・ジョージ・ウェルズもその一人であった。彼らは、出発前には全員が新しい政治上の実験に熱狂していた。そして帰国後も大半の人々が、その熱狂をそのまま持ちつづけた。少なくともそう主張した。たとえばヴァルター・ベンヤミンは、すべてにあまりにも批判的であったが、一九二六年から二七年にかけて二か月におよんだモスクワ訪問は、彼にとって成功とはほど遠かったにもかかわらず、賞讃する印象主義な評論を発表することを選んだ。ジョージ・グロスは二二年にマルティン・アンデルセン=ネクセーといっしょにソヴィエトを訪れている。二人はその旅行について共同で本を書くはずであったが、けっきょく実現しなかった。グロスは、「ロシアで肯定できる事柄を発見すること」は困難だったと述べている。経済は破局の瀬戸際で、二一年の壊滅的な干ばつのあと、何百万人という人々が死んだ。あの国は「西欧的な考え方にとっては恐るべき崩壊状態」にあった(32)。

こうした旅行のあとで初めておおやけにソヴィエト連邦を批判したのは、パナイト・イストラティで、彼は二七年から二九年にかけて、二度にわたって合計一六か月に及ぶ旅行をしたのち、ルポルタージュ、『誤った軌道の上を』を発表した。イストラティはみずからを「ボルシェヴィキのシンパ」と見なしていて、レーニンとトロツキーのボルシェヴィズムに引き続き心酔し、「そして一〇月革命の英雄たちで、自分の作り上げた作品の殺人者とならなかったすべての人々」に心酔していた人物である(33)。イストラティはその著書により、フランスの知識人たちからボイコットされるという事態を招いた。その知識人たちが目を覚ますのは一〇年後、モスクワ裁判が起こったあとで、そのときイストラティはすでに世を去っていた。

『誤った軌道の上を』のドイツ語訳は一九三〇年に出版された。その年にケストナーは、ソヴィエト連邦へのツアー旅行に参加した。三〇年四月二六日、一週間の予定で、エーリヒ・オーザーおよびヴァルター・メーリングといっしょに出発するが、「ドイツの詩人がこぞって」参加することを期待していた(三〇年四月二六日、MB)。彼は諸経費も一括払込みの旅行を喜び、その一方で、この旅行について語っても説得力が限定されることは、明確に意識していた。「旅行社が催行する安価な旅行です。ケステンはすでに出かけていて、ぼくたちよりも長く滞在します。モスクワで出会ってこんにちはを言うでしょう。とっても滑稽です。ロシア旅行は一週間ではあまりにも短すぎます。でもとにかく、あの国を知ることに取り掛からなければならないでしょう。何といっても今ではもっとも興味深い国ですからね」(三〇年三月二二日、MB)。

グロスのロシア旅行以降、少なくとも芸術家と知識人にとっては、いくらか変化が見られるようになっていた。二五年に中央委員会が諸芸術に自由競争を容認して以来、ソヴィエト連邦はアヴァンギャルドの国となり、それはとくに映画にはっきりとあらわれていた。セルゲイ・エイゼンシュテインが『戦艦ポチョムキン』と『十月』を撮り、フセヴォロド・プドフキンが『母』と『サンクト・ペテルブルクの終焉』を発表していた。経済はたったの六年間(一九二一―二六)で戦前の水準にまで回復し、一九二九年からはスターリンの《上からの革命》が動き出していた。すなわち、あの国はごく短期間で、五か年計画の期間内に、重工業の振興により農業国から工業国へと変貌していた。ただしそれは、国民にぎりぎりの耐乏生活を強いることによって可能になったのだった。スターリンの地位は、ブハーリンが政治局から追放されたことで最後の敵対者が無力化され、揺るぎないものとなった。そのスターリンの五〇歳の誕生日が宗教儀式を思わせるほど豪華に祝われたのは、ケストナーが訪れる三か月前のことであった。

ベルリンからモスクワまで、汽車の旅は四〇時間を要した。六〇人から成る旅行団は四月二八日から四日間、モスクワのホテル・メトロポールに滞在し、五月二日から三日間はレニングラードのホテル・ヨーロッパに宿泊した。ケストナーは、ソヴィエト連邦の宣伝を目的とする雑誌『新生ロシア《ダス・ノイエ・ルスラント》』のために、讃歌のような旅行記を書いた。とはいっても、その歌声《テノール》はむろん発表の場だけによって決定されていたわけではない。「ほんのしばしロシアへ」と題されたその文章には、十分なイメージを伝えるには旅行期間が短すぎた、と書かれている。しかし、「これから何年にもわたる熟考のきっかけとしては十分な長さであった。世界像を揺るがせた一〇日間……」。もしも五か年計画が成功すれば、ロシアは「世界で唯一の独立国」となるであろうし、「世界史に新しい時代が」記されるであろう。

ケストナーは確かにいたるところで信じられないほどの貧困に気づき、大都市は「一〇〇パーセント、プロレタリア化されている」と見なしていたが、それでも達成された進歩を讃えた。「全体の水準は、私たちの理解では確かに低い。しかしロシアの理解では、戦争前と比較したとき、全体の水準は途方もなく高く引き上げられたのだ」。私有制廃止と五か年計画とによって、ロシアのプロレタリアートは「私たちの国の労働者階級よりも高い生活水準へと」導かれた。「この発展は今も続いている。さらにとてつもない状況が加わっている。というのも、ロシアの労働者は地表の六分の一の部分を占める自分たちの国の支配者なのだ！　彼らが手にしているのはわずかなことだ！　この国で壮大な目的への確信と計画性をもって、一歩一歩実現されつつある理念、それを支え、それから利益を引き出しているのが、ロシアの労働者なのである！」。したがって当然のことながら、ケストナーは富農《クラク》たちの私有地収用を支持する。そして、富農階級は「今も集団化に抵抗している」と書いている――しかしながらこれはひどく婉曲な表現といわざるを得ない。というのも、一九三〇年には富農層の解体はほぼ終了していたからである。

ケストナーが強い印象を受けたことを示しているのは、労働者クラブと著作家クラブ、国営のデパート、それに文化公園で、「この公園は私たちのルナパークに似ているが、もっと大きくて変化に富んでいる」と記している。モスクワでオーザーといっしょに五月一日のパレードを観たはずなのだが、言及はない。一方でオーザーは注意を惹かれた点について述べている。「目の前を分列行進する兵士たちがいかにも栄養がいきわたっていること――それとは対照的なのがその他の住民たちであり、〔……〕革命戦争の何年かのうちに両親と両親の家とを失い、あたりをうろつきまわっている、半ば飢えた子どもや青少年のたくさんの群れであった」[34]。

ともあれ、モスクワの旅行社は「問題なく」機能していたし、この「別世界」からベルリンに戻ったとき、ケストナーは、「昔から見慣れていたきれいな通りやエレガントな女性たち、贅沢な店が、まったく馴染みのないものに見えた。私たちはまるで異国に、禁じられた世界にやってきたかのように思いつつ、家路についたのだった」[35]。後年、ケストナーは第一印象の至福感とは距離を置いた発言を繰り返す。一九五〇年代の彼は、ロシア旅行について、「ベルリンの自由、自己責任に基づく生活、これらの方が私たちには好ましかった」と書くのである（Ⅵ・637）。

エーミール、映画に行く

ケストナーの天才時代

ケストナーの生涯で、ケストナー自身による記録がもっとも多く残されているのが、一九三〇年と三一年である。またこの二年間に、彼のもっとも重要な作品のいくつかが生まれている。つまり、この時期のケストナーは女性との関係でも文学創造の点でも、平均的な同時代人のライフスタイルからは遠く隔たった、信じがたいほど活動的な生活を送っていたのである。

一九三〇年代初めの政治状況はケストナーの『ファビアン』に叙述されている。そこでここでは念のために、大統領の緊急命令に頼ったヴァイマール共和国末期の政治は、第一次世界大戦後の西ヨーロッパ諸国でおこなわれていた民主主義とは比べるべくもないものだった、とだけ書き添えておくことにする。ヴィリー・ブラントは回想録のなかで、ヴァイマール共和国を批判し、亡命先に選んだノルウェーを讃えてこう述べている。「私は賞讃すべき開かれた世界を知った――私たちの国では、ヴァイマール共和国の時代も、すべてがきわめて閉鎖的だったからである。つまり、社会の階層、グループ、階級、どんなふうに呼んでも構わないが、それらがたがいに、また国家にたいして、殻に閉じこもっていたのである。私はノルウェーで、国家体制の民主化が現実にどのようにして達成されるのか、この眼で見て知ることができた」(1)。ドイツでは誰もが議論するのではなく憎んでいた、「ユダヤ人を、資本家を、ユンカー、コミュニスト、軍部、家主、労働者、失業者、黒い国防軍《ダス・シユヴァルツエ・ライヒスヴエーア》[戦力保持のために戦勝国には秘密で設けられていた軍事組織]、各種の監査委員会、政治家、デパート、そしてもう一度ユダヤ人を。そこでは煽動が狂宴のように繰り広げられ、共和国は弱体で、その存在すらほとんど感じられなかった」(2)。共和国は政治的殺人とともに幕を開けた――犠牲となったのはクルト・アイスナー、カール・リープクネヒト、ローザ・ルクセンブルク、のちにはマティーアス・エールツベルガー、ヴァルター・ラーテナウ――、そして一九三三年の一連の殺人とともに最終的に幕を閉じた。有名な「黄金の一九二〇年代」にしても、ジョージ・グロスはのちに振り返って、まさに通俗映画で有名となったベルリンのナイトライフの世界であり、「きらびやかな泡に覆われた、完全に否定されるべき世界」と呼んでいる。「うわべは何の心配もなく、陽気にぐるぐると旋回する生」は、文字通りまやかしであり、「造花」であった(3)。

膨大な数の失業者は、不満をいだく人々が膨大な潜勢力として存在していることを意味した。破産と和解手続きは一九三一年に最高値を記録し、三二年には失業者が六〇〇万人以上に達していたのである。一方で、新しい民主主義がもたらした自由は国民の大半がまだ理解しておらず、結果論であるが、ヴァイマール共和国の一五年間では、それを学び会得するには明らかに不十分であった。「今は誰もが何でも思いのままにしゃべることを許されており、誰もが暴動やストライキや戒厳令を口にし、クーデターが目前に迫っていると言っている」(4)。ヴァイマール共和国の肯定されるべき代表的な人物たちにしても、必ずしも感銘をあたえるような姿をしてはいなかった――たとえば、一九一三年からSPD〔ドイツ社会民主党〕の党首であったフリードリヒ・エーベルトは、要職に就くや伸ばしていた髭を刈り込み、「今では会社の社長のように見えた。民主主義者風のソフト帽をシルクハットと取り換えた」のだった(5)。エーベルトといえば、第一次世界大戦後に、スパルタクス団の蜂起やカップならびにヒトラーといった極右の一揆の試みが続発するなかで、ヴァイマール民主主義を擁護し、ドイツが存続するためにかけがえのない功績をあげた人物であるが、同時に大統領としてのみずからの地位を強化し、憲法を改正して任期を一九二五年まで延長した。この一九二五年に彼は世を去るが、大統領にあまりにも職務権限を集中したことがまさに職権の濫用を招き、ナチスによってヴァイマール共和国にとどめが刺される一因となった。

リベラルな民族派に属し、ドイツ国民党を創建したグスタフ・シュトレーゼマンは、一九二九年に世を去ったときにはドイツの外務大臣で、一九二三年には数か月だがドイツ首相を務めたこともある。彼はドイツと周辺国との隔たりを少しずつ縮めることに成功し、政治状況の安定化とベルサイユ条約の条件の緩和に成功した。つまり、彼の努力によって賠償金は引き下げられ、ドイツの国際連盟への加入が認められ、ルール地方とラインラントからの占領軍の撤退が実現したのである。シュトレーゼマンは、第一次世界大戦以前にすでにカリカチュアやハインリヒ・マンの風刺的小説によって広まっていた、「ドイツ人の原型」といった風貌の持ち主であった。「学生時代に学友会に所属していたことを如実に物語る青くむくんだ顔、それがさらに膨れ上がってドイツの社長、それもおそらくは重工業の社長の顔になっており、色は赤くなり、血管が浮き上がっていかにも高血圧症で、小さくて腫れぼったい眼は充血している。並はずれてドイツ的な印象をあたえる男、それが外務大臣のシュトレーゼマンであった(6)」。

ケストナーは、むろんヴァイマール共和国の政治上の出来事を見守ってはいたが、どんなグループであれ、その行動に参加することはなかった。共和国初期の代表的な政治家たちに期待していたようで、シュトレーゼマンの死をあまりにも早すぎたと慨嘆し、母親に宛てて書いている。「完全に彼の代役が務められる人物を見つけることは、きわめて困難でしょう。どうやらまったく不可能だといった方が正しいようです。今日の雨もまた慰めにはなりません」(一九二九年一〇月三日、MB)。

ケストナーはまた選挙についても、折にふれて考えを述べている。一九三〇年の国会議員選挙でNSDAP〔国民社会主義ドイツ労働者党＝ナチ党〕とKPD〔ドイツ共産党〕が得票数を伸ばしたことは、予測したとおりであった。「選挙はぼくが考えていた通りの結果になりました。きっとてんやわんやの騒ぎになることでしょう」(三〇年九月一五日、MB)。『ファビアン』を書いたときのケストナーは、まだ極右と極左の政党の違いを明確にする準備ができていなかった。ナチが騒動を起こすことが日増しに多くなってきたときも、まるで自分には関係ないかのように冷笑的な態度をとっている。「ナチにたいしてはどう思いますか？　石を投げては窓ガラスを割っていますね。勇ましいことです。それとも？　いえいえ、ぼくはその場へ行くようなことはしませんよ。ご心配なく！」(三〇年八月一四日、MB)。

一九三〇年の夏にケストナーは、母親と湯治場のハルツバートに出かけ、また《モーリッツ》とマッジョーレ湖畔でささやかな休暇を過ごしたが、その間にも新しい本が相次いで刊行された。三冊目の詩集である『ある男が通知する』、『エーミールと探偵たち』の台本、絵本の『長い腕のアルトゥーア』と『魔法をかけられた電話機』である。

『エーミールと探偵たち』の台本は一九三〇年八月初めに原稿を渡し、ひどい印刷の演出用脚本を出版社から受け取ったのは八月一四日であった。最初の採用通知が早くも八月と九月に、ベルリンのアム・シッフバウアーダム劇場のほか、フランクフルトのシャウシュピールハウス、ブレスラウおよびシュトゥットガルトの劇場から届いた。

詩集については、表題は一九三〇年三月にはすでに決定されていた（三〇年三月二五日、ＭＢ）。そして九月中旬にケストナーは初版の著者分を受け取っている（三〇年九月一三日、ＭＢ）。この詩集は、それまでの詩集にくらべて収録作品の数が多く、また自伝的な要素のいっそう濃い作品が目立つ。それだけでなく、詩人が読者たちから話しかけられるという形式の作品まで入っている（「それでケストナーさん、肯定できることはどこにあるんですか？」）。この詩集には、マルゴット・シェーンランクの夢の記録「やさしい娘が夢を見る」、母親をうたった詩「物言わぬ訪問」が含まれている。また、「軍服を着た最上級生」では少なくとも校長の名前が事実と合致しており、「略歴」という作品では明らかに自分について語っている。この「略歴」という詩には、「小さな詩の工場」だの、また「ぼくはこの世に生まれたが、それでもまだ生きている」といった、これまでにうんざりするほど引用されてきたケストナーの詩句が含まれている（Ｉ・136）。新しい詩集に収録するに際して、ケストナーは初出のテクストにわずかながら手を加え、母親にこう書き送っている。「そればかりか、母さんのお望みどおりに変更もしましたよ」（三〇年九月一五日、ＭＢ）。つまり、イーダ・ケストナーは、息子がいつ生まれたかについては当人よりもよく知っていたのである。「新ライプツィヒ新聞」（三〇年八月三一日付）に掲載されたときは、「当時ぼくは子どもとして生まれた／ランプがともっていた。真夜中だった」となっていたが、『ある男が通知する』ではこうなっているのだ。「当時ぼくは子どもとして生まれた／自分で考えていたよりも早く」（Ｉ・136）。

この詩集には「性に関連して《イン・セクスアリブス》」という注釈も収められており、そのなかでケストナーはいくつかの対象について不快感を表明している。それは、からだにぴったりの服について（「胸が行進する」）であったり、同性愛者の集まる酒場（「ごった煮《ラグー》としての世紀末」）とか、流行を追い求める女性たち（「いわゆる魅惑的な女性たち」）であったりする。そして自分の憂鬱な女嫌いや、時によって襲ってくる人間嫌いの感情を隠そうとしない（「人間嫌い人間学《ミザントロポロギー》」）。要するに抒情詩もまたファビアンと同じアンビヴァレントな姿勢を打ち出しているのだ――抒情詩のなかの「私」はカバレットや歓楽街に引き寄せられる、が、「私」は多くの点でそれらに有罪を宣告する。したがって「女性シャンソン歌手」が賞讃され、「様式化された黒人の運命」にたいして、まぎれもなく陽気な調子で嘆きの言葉が寄せられる。

ケストナーが自分の生まれ育った階層を引きつづき十分に理解していたことは、「片隅の人々」をテーマとする詩や、雇われ人とか大都市で埋没する小市民をうたった詩によって、証明されている。中流階級の上層部や上流階級にたいしては、やさしい気持ちなど持ち合わせてはいない。「高山の仮面舞踏会」という詩では、雪崩が起こって「愚かな連中なんぞそっくり」埋まってしまえばいい、と書いている(I・133)。

ケストナーは実生活において複雑な愛の生活を送っていただけではなく、ほかならぬこの詩集で、女性との関係における アンビヴァレントな感情を大胆に踏み込んで表現することに再三にわたって成功している――とりわけ、「家族のスタンザ[定型八行詩]」とか、「彼女を愛しているかどうかを知らず」、「ある女が寝言で言う」、「夫婦たち」、「ベッドの脇での会議」といった詩において。そして詩集全体の表題となっている「ある男が通知する」、という詩で。

あの年はすばらしかった、けっして戻っては来ないだろう。
君はぼくの欲求を知っていた、どんなときも、そして今は去っていく。
たしかにぼくは願っていた、君に説明できればと、
でもその一方で願っていた、君がぼくを理解しないことを。

君にときどき勧めたよね、ぼくと別れることを、
そして今は感謝してる、これまでそばにいてくれたことを。
君はぼくを知っていた、だからぼくと知り合いになることはなかった。
ぼくは君が怖かった、だって君は今もぼくを愛しているから。(I・131)

詩集『ある男が通知する』に収められた作品のなかで、この例のような情感を褒めたり貶したりという詩にくらべ

れば、政治詩の方はほとんどすべてが、経験を書いたというよりは、書くように強いられたことを書いた、という印象をあたえる。つまり、自分ではもはやときどきしか実現できない要求を、断固として掲げているように見えるのである。「革命家イエスの誕生日に」という作品では、誕生日を迎えた相手にたいして、その営為の無益さを宿命論的に、また無遠慮な口調で、説いている。「戸外のクリスマス・パーティー」と「最終章」は、グロテスクで陰鬱な未来の幻想を描いていて、「危険な酒場」といった作品と同様に、具体的に政治をうたった詩というよりはグロテスクな表現主義の余震と呼ぶべき作品である。ところで、この詩集には「もう一つの可能性」という詩も収められている。これは、ケストナーが他のどんな詩にも増して多くの敵を作った作品であり、同時に、アルフレート・アンデルシュが書いているように、軍国主義にたいして、権威あるお歴々のヒューマニスティックなエッセイが束になっても成し遂げられなかったほど、痛撃を喰らわせた一編である。(7) 「もしもわが国が戦争に勝っていたなら」、軍国主義の国がどんな様相を呈していたかを、ケストナーは鮮やかに描き切ったのだ。一部分を引用してみよう。

女性は子どもを産まねばならなかったことだろう、
毎年一人。さもなきゃ逮捕だ。
国家には子どもが必要なのだ、予備のために。
そして血は国家にとって木苺の味がする。

もしもわが国が戦争に勝っていたなら、
天国は民族主義になっていたことだろう。
僧侶は将校の軍服を着て、
神はドイツの将軍となっていたことだろう。

塹壕が隣国との境界となっていただろう。

月は上等兵のボタンで、
私たちには皇帝がいて、
体の上には頭の代わりに鉄兜が乗っていたことだろう。（I・121以下）

ケストナーがくだした有名な結論は、「幸いにもわが国は戦争に勝たなかった！」で、すべての民族主義者がこれを読んで激しく憤った。第二次世界大戦後にケストナーは、この結論となっている結びの一行についてささやかなコメントを書き、これは「一種の歓呼の声と誤解された」が、「ともあれきわめて辛辣な言葉であった」と述べている（I・122）。

詩集『ある男が通知する』は大成功を収めたが、このころケストナーにはすでに固定した愛読者ができていた。発売から一か月で第二版が出て、一九三一年一月には第三版が刊行された（三〇年一二月二〇日、MB）。クルト・トゥホルスキは『世界舞台』誌でこの詩集を論評し、ケストナーはドレスデンの出身だと述べて、次のようにつづけている。「さて、ケストナーはカップの底が見える薄いコーヒーとは無関係だ、がしかし、誰かが自分の生まれた環境に逆らうとき、それはニューヨークとドレスデンでは違う結果となる。というのも、環境が違うからだ。筆者はこれまで何となく、ケストナーにはザクセンの気配が感じられる、と思ってきた――反対を唱える際のある種の偏狭さ、ほとんど気づかないがそれでも耳に残るスケールの小さいところ、一種の吝嗇……。彼はオリュムポスをじつに巧みに避ける――彼の天がどのようなものか、筆者にはつまびらかではない。ひょっとすると彼にとって天は存在しないのかもしれない、天をもったら自分がザクセンのベックリーンになってしまうと思ったのだろうか。あるいはクリンガーにか。ケストナーは正直で清潔だ、がしかし、筆者はときどき、彼の物差しの目盛りはさほど大きくないという気がする。また、彼は手軽に片付けはしない。だがその気になれば難しいことではない。この点では「革命家イエスの誕生日に」という詩を参照していただきたい……。述べられていることは純粋で善意に満ちている、が十分ではない。この詩では嵐のなかで、風力は前代未聞の一歩手前という物凄さなのだが、誰かが口笛で愛らしい曲を吹いている。［……］形式の点では一作ごとによくなっている。ただ、ときどきは形式にもう少し変化があってもいいのではないか。

今やケストナーには多くの模倣者がいる。彼を模倣しても大して意味はない。ケストナーに筆者は、軽やかな生と重い芸術を望むものである」(8)。

一九二〇年代の文学はまだ単なる娯楽を超えた重みを持っていた。トゥホルスキの書評では、「クルト・シュミット、物語詩の代わりに」という作品にたいする読者の反応、一九二〇年代から三〇年代初めにかけてケストナーの作品にたいしていつでも見られた反応、が触れられている。つまり、オフィス勤めの未婚の女性であれ、取るに足りない勤め人であれ、いつでも不平をこぼす人間が誰かしらいるもので、そういう人々の反応が指摘されているのである。ケストナーが今も読まれているのは、ひょっとすると彼が、《重さ》と《深さ》ばかりでなく、娯楽を求める現代人の気持ちにもサービスしているためかもしれない。

『長い腕のアルトゥーア』と『魔法をかけられた電話機』の二冊は、ケストナーが書いた子どもの詩を集めている。ヴァルター・トリーアの挿絵がたっぷり使われ、ナンセンス詩も入ってはいるが、大半は子どもの悪戯《いたずら》にたいする道徳的なコメントで、それはしばしば、「思い上がりは破滅への第一歩」とか、「不正が栄えたためしなし」、あるいは「おもしろがって動物をいじめてはならない」といった格言にまとめてもよさそうな類いのものである。ケストナーはまずはエーディット・ヤーコプゾンを説得して、これらの詩を一冊にまとめるのではなく、二冊に分けて出版することを認めさせた(9)。『エーミールと探偵たち』の成功によって、贅沢な望みを口にしてよいと思うようになっていたのだ。このとき、発売から二週間が過ぎた時点で、売り上げ部数が少ないと不平を述べている。売れたのが二冊それぞれ三〇〇〇部という数字に不満だったのである(三〇年一二月二日、MB)。一方で、確かに『エーミール』の売れ行きは衰えず、この年の暮れには二万部に達しようとしていた。ケストナーが初めて書いた子ども向けの小説は、このように成功の階段をどんどんと高く上っていった。

友人のヴェルナー・ブーレがこのころにはウーファ〔ウニヴェルズム・フィルム・アクツィエンゲゼルシャフト(世界映画株式会社)、一九一七年創立のドイツ最大の映画会社〕と関係ができていて、『エーミール』の映画化の話を持ちかけていた。最初はケストナーも出演するという話になっていた。「新聞記者の役なんだよ。とっても面白いでしょう?」(三〇年八月一四日、MB)。ブーレは一九三一年一月にゴム会社を完全に辞め、映画界で、主としてウーファで、働きはじめた。最初は端役として出演していたが、その後はローベルト・ジーオトマク監督のもとで演出助手となり、それから台本作者やカットの主任を経て、ついには監督として何本かの《文化映画》を撮るまでになる(NLB)。

ブーレがベルリンで引き続き友人のために交渉をしているあいだに、ケストナーは、「すごく可愛くて、ぼくにとってもやさしい」(三〇年八月五日、MB)「モーリッツ」といっしょに、スイスのテシーン〔イタリア名ティチノ〕州にあるマッジョーレ湖畔のブリッサーゴへ出かけた。「最初モーリッツは行きたがらなかったんです。私はあなたを愛しているけど、あなたは私を愛していないからよ、と言っていました。そうかい、じゃあぼくは一人で行くよ、と言いますと、それも彼女にとっては好ましいことではありませんでした。こうしていっしょに行くことになったのです。とっても素直に言うことを聞いています。聞くほかないのです。さもないと、こっちはすぐに彼女の眼の届かないところへ行ってしまいますからね」(三〇年八月一四日、MB)。

二人はロカルノまで列車で行ったあと、船でマッジョーレ湖を渡ってブリッサーゴにたどり着き、そこに二週間滞在した(三〇年八月一六—三〇日)。ホテルの様子をケストナーは母親に感激しきった口調で説明している。「建物は巨大で、ベランダがあり、湖畔に独自の水浴場をもち、さまざまな樹木の生い茂る広大な庭園があります。部屋の窓からはベランダが、そして湖が見下ろせます。すばらしい眺めです。朝食はすでに水着姿で、戸外でとります。午後には違うベランダで寝椅子に横になります。太陽が建物の反対側にまわるからです」(三〇年八月一七日、MB)。

ケストナーの予期していなかったことが起こった。かつてベルリンで活躍していた同業者と出会ったのだ。それがクルト・トゥホルスキで、このときはすでにドイツを離れ——あいだにパリ滞在をはさんで——一九三〇年一月には最終的にスウェーデンのイェーテボリから遠くないヒンダースに移り住んでいた。トゥホルスキも二週間の休暇を過ごすために来ていた。とはいえケストナーの休暇の過ごし方とはずいぶん違っていた。「トゥホルスキもここに来ています。とっても愉快なひとです。しょっちゅう笑い転げています」。アスコーナへ遠出しようと思ったが、モーリッツを連れて行く気にはなれなかった。そこには知り合い——画家や詩人——があまりにもたくさんいたからだ。「ここなら気にしなければならないのはトゥホルスキだけです」(三〇年八月一七日、MB)。

第二次世界大戦後のアンソロジー、『未来への挨拶』(一九四六)に収録されている後年のエッセイ、「トゥホとの出会い」によれば、ブリッサーゴでは新しい本を書き始めるつもりで、メモ帳をかかえて、日差しを浴びるために一日に一度はホテルの反対側に移った、とされている。しかし、当時の手紙は仕事のことにはいっさい触れていない。「ぼくはベランダにすわり、湖を見下ろしています。モーリッツは眠っています。ぼくたちはいつも疲れているのです。トゥホルスキだけは仕事をしています。むろん誰ともいっさいしゃべりません。ぼくの新しい詩集を書評で取り上げると言って、ぼくにたいしてかつてのクレルに勝るとも劣らないほど敬意を払ってくれています。昼食と夕食はいつもいっしょにとります。そのほかの時間には、ぼくの方は一人で怠け放題です」(三〇年八月二一日、MB)。「トゥホとの出会い」ではこう書かれている。昼のあいだはおたがいに邪魔しないようにと約束し、晩にはいつも会っていっしょに食事をした。そしてシャンソンのさわりの部分について専門的な話をした。トゥホルスキは庭園の人目につかない片隅に「打ち捨てられていた古いピアノ」を弾きながら、シャンソンを歌ってくれた。「トゥホルスキ自身がカバレット『響きと煙』のために、あるいはグシー・ホルやトゥルーデ・ヘスターベルクやその他の歌手のために、書いたシャンソンだった。暮れゆく湖畔で、まさしく椰子の木の下で、たった一人の聴衆のためにおこなわれたこの演奏会を、ぼくはけっして忘れない」(Ⅵ・599)。もちろんケストナーは、印刷されたエッセイのなかで、自分がけっして一人でブリッサーゴに行っていたわけではない（したがって「聴衆はたった一人」ではなかった）ことなど、ひと言も漏らしてはいない。

ケストナー自身が台本を書いた『エーミールと探偵たち』の初演は、一九三〇年一一月二〇日にアム・シッフバウアーダム劇場で一六時から行われた。演出はエーリヒ・エンゲルで、この演出家は、間もなく撮る予定の自分の最初の映画でも、ケストナーにシャンソンと会話を担当してもらおうと考えていた。しかし、彼の喜劇『愛を真剣に考えるのは誰？』(一九三一)は、ケストナーの協力なしで制作された。『エーミール』の上演は何度か延期になったあとで実現した――十分な能力をもった少年少女を集めるのが容易ではなかったからである(三〇年一一月一六日、MB)。「ベルリン朝刊《ベルリン・アム・モルゲン》」紙(三〇年一一月七日付)は、戯曲化された『エーミール』の最初の上演はアム・シッフバウアーダム劇場のほかに、以下の都市でおこなわれる予定と伝えている。シュトゥットガルト、ブロッツラフ、フランクフルト・アム・マイン、ドレスデン、マクデブルク、マンハイム、デュッセルドルフ、ロストック。これらの上演のおかげで、戯曲版『エーミール』はドイツ全土でまるで凱旋行進のようにもてはやされた。『母さん通信』では成功の知らせが矢継ぎ早に伝えられているが、ケストナーの劇場デビュー作は中小の都市でも上演されたのだった。ベルリンでは一二月三日以降、つまりアム・シッフバウアーダム劇場でたった二週間上演されただけで、『エーミール』の上演はドイツ芸術家劇場《ドイツチエ・キユンストラーテアーター》に引き継がれることになった。この劇場の責任者クラインはアム・シッファーバウダム劇場の主宰者エルンスト・ヨーゼフ・アウフリヒトにたいして、少なくとも二〇回の上演を保証し、保証金を支払った。「これであの作品は、破産寸前の劇場でよりもましな扱いをうけられる、とぼくは思っています」（三〇年一一月二九日、MB）。アウフリヒトは回想録で説明している。自分はこの作品がとても気に入っていて、最高の役者をそろえ（テオ・リンゲンがグルントアイスを演じた）、大人も子どもも批評家も夢中になった、がしかし、利益は上がらなかった。「私は入場券の販売元に尋ね、多くの父兄に尋ねた。〈あの劇を見せたら親の言うことを聞かなくなるばかりだ〉というのが父兄の答えだった。また、こう言う親もいた。〈劇を観に行かせるならノレンドルフ劇場で上演されている『ペーターヒェンの月旅行』［ゲルト・フォン・バセヴィッツ作。現在も児童文学の傑作と見なされている］にしますよ〉[10]。ほかのいくつかの都市――ブレスラウとライプツィヒ――では、アウフリヒトの劇場とは違って大成功を収めたので、夜の部に採用された。つまり、子ども用の午後の部で上演されるだけではなくなったのだ。しかし、ベルリンのドイツ芸術家劇場で客席が埋まるのは休日に限られていた。ケストナーが一月にもう一度、ウーファの関係者といっしょに観にいったとき、劇場はほとんど空っぽだった。「客足はなぜか突如ぷっつりと途絶えました」（三一年一月一〇日、MB）。ケストナーは、年末年始に各地で開く朗読会の数が増えていることからも、自分は成功を収めたといっても、一定の季節にだけ売り上げが伸びる作家であることを、認めないわけにはいかなかった。

しかし、『エーミール』の成功譚はその後もつづく。ウーファによる映画化が決定したのである。長い交渉ののちにようやく条件について合意に達したのは、一九三〇年一二月一七日のことであった。ケストナーは交渉術を心得ていた――もともと、彼の言い分ではたったの一万ライヒスマルク要求したにすぎなかったが、しかし、さらに上積みさせることに成功したのである。「月曜日には契約書にサインできるようになっているでしょう。たぶんクリスマス前にお金が入ります。見込みでは、一二月に六、一月に四、そして台本が完成後に二となるはずです［総額一万二〇〇〇ライヒスマルクだったのであろう」」(三〇年一二月一八日、MB)。しかしながらウーファ側の最終確認は年末年始の時期までずれ込んだ(三〇年一二月三一日、MB)。そして映画台本は二月上旬までに完成させるということになった。母親への手紙では、ある「男」が出てきて、「おそらくその男といっしょにキッツビューエルへ行き、あそこで二人して台本を書く」ことになるでしょう、となっている(三一年一月九日、MB)。ケストナーは朗読会のためにウィーンへ行き、ラジオで「この時代に生きる」を放送し、ひきつづき休暇を過ごすためにキッツビューエルに向かった。先の手紙にあった「男」は、名前をエメリヒ・プレスブルガーといい、ケストナーよりも三歳年下で、映画の仕事はやはり始めてまだ間がなかった。それまでにイルマ・フォン・クーバといっしょにローベルト・ジーオトマク監督の『別れ』(一九三〇)という作品のために台本を書いたことがある程度だった。この映画は成功を収めたとはいえないが、批評家の受けはよく、おかげでプレスブルガーはウーファに台本作家兼原稿審査係の正社員として採用された。彼は、三三年に亡命するまで一人で台本を書くほかに、引きつづきイルマ・フォン・クーバと共同で働き、ラインホルト・シュンツェルといっしょに何本かの映画の台本を書き、ケストナーの共同執筆者として『嘔吐』、『それなら肝油の方がまだましだ』、そしてこの『エーミール』を完成させた。ケストナーとプレスブルガーは三一年一月二〇日にキッツビューエルに着き、翌日から仕事にかかり、二週間で台本を完成させた。二月中旬、ケストナーはベルリンに戻り、台本はウーファによって最終的に検討されることになった。

一九三〇年の末に、モーリッツという女性との関係に危機が訪れた。確かにケストナーは、彼女のために「カバレット・デア・コーミカー」の下部組織である小劇場で小さな役を見つけたり、ラジオに出演できるよう働きかけていたが、一方で、「彼女はひどい鬱状態で、たびたび泣きわめく」と不満を述べ、また、あなたが愛してくれないから、遠くへ行ってしまうといって脅す、と書いている。「まあね、もしも本当にそうしたら、まったくのバカではないということでしょう」(三〇年一一月二九日、MB)。諍いはエスカレートして、あからさまに言い争うまでになった。「彼女とかなりひどくやり合いました。でも、彼女はまた自分を取り戻すと思います。取り戻した状態がつづいてくれればいいのですが。このように神経が苛立っているのは、ぼくには耐えられません。ぼくが接触する相手に残らずやきもちを焼くのです。それに、壁が揺れるほど大声を張り上げるのです」(三〇年一二月二日、MB)。「モーリッツは一月末にパリに行くと言っています。ぼくが愛していないからだそうです。実際に行けば、よい解決法でしょう。ぼくにとってはそれが一番理性的なことです。そうなったらぼくは、あっちこっちに気を遣うことなくふたたび仕事に向かうでしょう。両方にとって、です。そうしたからって誰も痛い目に遭わせるわけではありませんからね。こっちはあの女のことで再三痛い目に遭わされましたが」(三〇年一二月三一日、MB)。彼女が旅行に出かけるのがよい解決法だ、とケストナーは思った。理由なしに彼女と手を切る気持ちにはなれなかったからだ。それは「ぼくとしてはとっても見苦しいことだと思います」と彼は書いている。「そのようなことは、ぼくはしません。そんな見苦しいことをすれば、現在よりもさらに苛立つことでしょう。彼女と結婚する気持ちは、これまでもそうでしたが、ぼくにはまったくありません。これは彼女も知っており、いつだって、自分もそんな気はないと、そう言っていました。時間が経てばすべて落ち着くところに落ち着くでしょう」(三一年一月二日、MB)。

ケストナーには自分について多かれ少なかれ気がかりな悩みがあって、繰り返し自分に問いかけている。果たして自分は女性を愛することができるだろうか、そもそもこれからまだ女性と結ばれることは可能だろうか。それだけに彼にとっては、母親に向かってほとんど哀願するばかりに、しかも毎度新たに、愛を誓うことがいっそう重要になった。「母さんのためなら、時間はいつだってあります。だって母さんは、ぼくが好きなただ一人のひとなんですから」(三〇年八月一四日、MB)。ケストナーは自分の愛を物質的にも表明したいと思った。これまではいつも、散歩や食事のときに使うようにと《小さなお札》を手紙に同封する程度だったのだが、一九三一年の初め、ドレスデンのアルベルト広場にあるドイツ銀行の支店に、母親のための口座を設けたのである。「これからは毎月いくらか振り込みますからね。いいですか、ぼくはもう今からとっても楽しみにしているんですよ!」(三一年一月六日、MB)。サインが通用するのは母親とケストナーだけで、口座開設にしてもそうだが、父親エーミール・ケストナーには、息子が母親にいくら送金するか、はっきりは知らせないことにした(三一年一月一五日、MB)。母親の習い性となっていた倹約にたいして、ケストナーは自分の意志を押し通す必要があった。母親はけっして疎遠なひとではないのだから、ときどき「良かれと思うことをちょっぴり」しても、理解してくれるよう求めたのである——そして、イーダ・ケストナーこそ誰よりも疎遠ではないひとだった。「誰かのために良かれと思うことをするのは、キリスト教徒のもっともうるわしい美徳ではないですか！　それに反対するいわれがあるんですか？　こういうことをしたからといって、ぼくはこれっぽっちも困るわけではないんです」。そして、もしも母さんが送ったお金を使いたくないと言うなら、「お金を稼ぐことがぼくにはちっとも嬉しくなくなってしまいます。母さんといっしょに旅行をすること、母さんのためにドレスデンに口座を設けること、ときどきわずかなお金を送ること、これはぼくの人生でなにより大事なことなんです。それなのに母さんは急におかしなことを言い出して。母さん、お願いですから、だめだなんて言わないでください」（三一年二月二八日、ＭＢ）。自分が今はどんなに羽振りがいいか、母親に理解させるのはけっして容易ではなかった。今は息子の方が母親よりも大きな資産を持っていたのだ。ケストナーは貯金を二つの銀行に分けて預けていたが、その額は――ウーファから受け取ることになっていた『エーミール』の台本の報酬を計算に入れないで！――すでに約二万マルクに達していた（三一年三月七日、ＭＢ）。

ケストナーの政治参加に重要な役割を果たした人物がいる。医師で劇作家で生活改革家のフリードリヒ・ヴォルフである。どうやらケストナーはヴォルフの『これが君だ』を、ドレスデンのシャウシュピールハウスでフィアテルの演出によって観たらしいのだが（一九一九）、ヴォルフの刑法二一八条をあつかった戯曲『青酸カリ』を一〇年後に「新ライプツィヒ新聞」紙上で褒めちぎった。ケストナーは確かにヴォルフとランペルの戯曲を芸術性が乏しいと見なし、両者の美学もヴォルフのコミュニズムも受け入れがたいと考えていて、そのコミュニズムには言及すらしていない。しかし、「社会的な感覚の真正さ、素材に即した表現の真正さ」を讃えたのである（Ⅵ・211）。ケストナーは、ヴォルフの戯曲によって堕胎条項をめぐるおおやけの議論が起こることを期待しており、そうなれば途方もなく勇気づけられると感じていた。「すなわち、劇場が立法と国内政治に影響をおよぼすことができるのだ！　すなわち、文学が生活と国家によるその制度化に介入して改善に向かわしめる、その手本となるのである！　作家は、娯楽を提供するとか、真面目に考えるべきものではないとか、そうしたもっぱら否定的な評価を受けるよう決められてはいないのだ！　この認識は、勇気を失った文学者を励まし、深い衝撃をあたえるのに役立つ。つまり、文学者の営みはふたたび意味を獲得できるのではないだろうか？」(Ⅵ・211)。ケストナーは観客の反応もまた勇気をあたえるものだと思った。彼が観た上演では「若い女性たち男性たちからなる暴動を思わせる合唱」(Ⅵ・212)が、例の条項の廃止を要求していた。ヴォルフの戯曲『青酸カリ』は成功を収め、ベルリンのレッシング劇場でおこなわれた「若い俳優グループ」による初演ならびに演出は、一〇〇回以上も上演されるほど観客に支持され、一九三〇年には映画化された。翌三一年にヴォルフはさらに、闘争を呼びかける文書、『刑法二一八条に向かって突撃』を刊行した。

　フリードリヒ・ヴォルフは一九三一年二月に逮捕された。同僚の女性医師エルゼ・キーンレとともに、「永続的な収入を確保しようとしてくりかえし犯罪行為に手を染めた」、というのが理由だった。[11] しかし、ヴォルフは早くも一〇日後には釈放された。ところがキーンレは四〇日間拘留され、最後の数日間はハンガーストライキをおこなった。二人が釈放されたのは世論の大きな圧力によるものであった。逮捕にたいして、国内のいたるところで抗議行動が繰り広げられたのである。ある当局のスパイは、ベルリンのシュポルツパラスト［一九一〇年完成の一万人以上収容という巨大な多目的ホールで、のちにヒトラーやゲッベルスも演説会場として利用する］でおこなわれた集会にもぐり込み、《闘争委員会》の代表が語ったところでは、ドイツ全土に八〇〇の委員会が存在し、一五〇〇の集会がおこなわれている、と報告している。また、その代表は大学に学んだ経験がありながら抗議行動に参加しない人々をきびしく非難した、と書き添えている。ケストナーはそうした集会には参加しなかったが、自分はどこまでもヴォルフの支持者だと考えていた。ヴォルフが釈放されて間もなく、昼食のときに、ケストナーは訪ねていった――彼は「とても青白い顔をしていました」(三一年三月三日、MB)。数日後、やはり食事のときに訪ねていったが、このときを境に、共感は眼に見えて冷めていく。ヴォルフが「ベジタリアン」だったからである。「何もかも蒸してあるだけなんだよ。肉は食べないんです。ウヘーだよ！　気持ちが悪い！」ケストナーは、大衆行動に参加するよりも、比較的小さな規模の集まりでヴォルフの考えを広めようとした。「彼は今日ベルリンで話します。きっとびっくりするような出来事になるでしょう。ぼくは講演のなかでそれについても触れておきました。あとで彼の奥さんから礼を言われました」(三一年三月七日、MB)。

　ケストナーとウーファとの関係は緊密になっていった。『エーミール』の台本を書いたことで、当時ヨーロッパで最先端にあった映画スタジオといっしょに仕事をすることが決定的になったのである。『エーミール』の台本を引き渡したあと、ケストナーとプレスブルガーは他人の台本を一週間以内にそっくり書き直すよう求められた。その台本について、ケストナーは確信が持てなかった——「手っ取り早くお金を稼ぐためです！」。そして、クレジット・タイトルに自分の名前を入れることを断った。「だって、あれはすばらしい映画にならないからです。すでに二人の人間が二度手を入れています。プレスブルガーとぼくで六人が関わったのです。原作はライマンの『嘔吐』です」(三一年三月二一日、MB)。『嘔吐』とは映画の表題で、原作であるハンス・ライマンとトーニ・イムペコーフェンの喜劇は『ハリネズミ』という表題だった。書き直し作業で参ってしまったケストナーは、週六日労働の途中でまわりを見まわして、「ライマンの『嘔吐』とは違う何かはないかと探しました。ぼくらは何も考えずにひたすら働いたんですよ」(三一年三月一五日、MB)。台本は要求された期日までに仕上げられた。そしてじっさいその台本を使って映画が作られた。フランツ・ヴェンツラーとオイゲン・シュフタンが演出を担当、舞台の喜劇俳優マックス・アーダルベルトが主役を演じた。これはシュフタンが監督した唯一の作品となった。「当時ドイツのカメラマンで巨匠にして総大司教《パトリアルヒ》(12)」と呼ばれた彼は、いわゆる「シュフタン効果」の考案者である。これはトリックの一方法で、撮影するじっさいの対象とモデルとを鏡を使って一つの場面に登場させるのである——フリッツ・ラングの『メトロポリス』と『ニーベルンゲン』が、シュフタンの方法を利用したもっとも有名な映画であろう。やがてフランスに亡命したシュフタンは、同様に国を離れていたドイツの監督たち、ゲオルク・ヴィルヘルム・パープスト、ローベルト・ジーオトマク、マックス・オフュールスのためにカメラマンを務め、またマルセル・カルネとジャック・プレヴェールが組んだ有名な作品、『奇妙なドラマ《ドロール・ド・ドウラム》』(一九三七)と『霧の波止場《ケ・デ・ブリューム》』(一九三八)の撮影も担当した。それにしてもケストナーが、シュフタンにせよプレスブルガーにせよ、あるいはオフュールスその他の人々にせよ、当時の首都ベルリンで、どれほど掛け替えのない人々と出会ったか、どれほど時代の最先端をいく人々、職人技においてもっとも卓越した芸術家たちと、どれほど頻繁に手を携えて仕事をすることができたか、考えるたびに驚かされるばかりである。

『嘔吐』に触れておけば、シュフタンが撮影した最初の作品『日曜日の人々』(一九二九)と同じように、いくつかドキュメント風の場面が挿入されてはいるが、退屈で説得力など感じられない映画であり、広く観客に迎えられるにはいたらなかった。それでものちに二度リメイクされ——一九三九年にはハンス・モーザーが、一九五八年にはハインツ・エアハルトが、主役を演じている。「一家のあるじで石頭の暴君」が「つねに自分が正しいと言い張っていたが、お役所といざこざを起こして監獄に放り込まれたことから、好ましい人物になる」というストーリーである。[13]

プレスブルガーとケストナーは、短編映画のオリジナルの素材として、ケストナーのアイデアにもとづき、『それなら肝油の方がまだましだ』を提案する。ウーファのお偉方は気に入ったと言うが、母親に宛てては、「でも彼らはまだよく呑み込めていません。みんな間抜けなんですよ」(三一年三月一四日、MB)と書いている。しかし、それでも製作することになり、監督をまかされたのはマックス・オフュールスであった。彼の最初の作品であるが、この映画はのちに散逸し、上演時間すらわかってはいない——二〇分から四〇分のあいだといわれている。オフュールスは政治的な舞台演出家として知られていて、ブレスラウで、フリードリヒ・ヴォルフのルポルタージュ劇『カッタロの水夫たち』の初演(一九三〇)をやってのけたのが彼である。ケストナーはこれも(ベルリンでの上演を観て)絶賛している。回想録にオフュールスは、二ページの場面や人物の最初のスケッチを書くのに、「家の屋根ほど高い棚にぎっしり詰まった原稿のなかから」資料を探し出して書いた、と記している。プレスブルガーとオフュールスとケストナーは共同で『カフェの八夜』の台本を書いている。[14]

映画『これなら肝油の方がまだましだ』でも、カメラマンはオイゲン・シュフタンであった。シュフタンは、オフュールスの知らないうちに監督代理としてウーファに採用されていたのだった。オフュールスはのちに書いている。「この私がしくじったときのために、というわけであった」[15]。ケーテ・ハークが母親役で、映画に初出演だった八歳のハンネローレ・シュロートがその娘役を演じた。映画のストーリーは、ケストナーの好んださかさまの世界というモチーフをめぐって展開する。「早く寝かされるのが気に入らず、もう肝油は飲みたくないという二人の子どもが、神様にお願いする、両親にもう一度子どもの役を演じさせて、自分たちを大人にしてください、と。神様はちょうど不在で、代理を務めていた聖ペトロがつぎの日に二人の願いをかなえる。ところが子どもたちは、両親の代わりに行ったオフィスで、執拗な税務署員とストライキ中の社員たちを相手にひどく辛い思いをさせられ、そのため再度の役の取り換えに喜んで同意する。これなら肝油の方がまだましだ！」[16]。

オフュールスはたしかに映画を完成させたが、ウーファの上層部の前でおこなわれた試写会は不評そのものであった――それまでお偉方のあれほど暗く沈んだ顔を見たことはなかった、とオフュールス自身が書いている。自分の横を通り過ぎる彼らは、「まるでたいへんなショックを受けた葬式からの帰り道みたいであった。そんなときエーリヒ・ケストナーだけが私の肩を叩いてくれた。彼は年老いた女性に腕を貸していた。〈ぼくの母は気に入りましたよ〉とケストナーは言った。ケストナーのお母さんは満面に笑みを浮かべて言った。〈あのね、今回わたしは初めて映画を観たんですよ〉」。その後、『これなら肝油の方がまだましだ』はケストナーの母親以外の観客にもまずまずの人気を得た、といわれている。まずはプレミアが、「中心街から遠く離れたヴェディング地区のみすぼらしい劇場」(17)でおこなわれたが、成功を収めた、とオフュールスは記している。オフュールスの記憶が正しいならば、人気は長くはつづかなかったということになる――ケストナーは母親に宛てて書いている。「そこにいた観客はまるで木偶の坊みたいで、何の反応も見せませんでした」(三一年一一月二四日、MB)。

ウーファのために仕事をするうちに、ケストナーは映画にすっかり魅了されてしまう。「ぼくは少しずつ映画の世界へ入って行こうとしています」と書いている。『嘔吐』と『肝油』の製作と並行して、『エーミール』の協議がつづけられていた、がしかし、差し当たりケストナーにとって満足できるものではなかった。ビリー――このころはまだBillyではなくBillieと綴っていた――ワイルダーが台本を書き直した。「ぼくは覗いて見る勇気がありません。不安なんです。あまりにも腹を立てています」(三一年五月一四日、MB)。

じっさいその通りだった、というか、むしろ予想よりももっと悪かった。「台本には吐き気がします。エーミールはノイシュタットで、おばあさんにあげるために花を盗むんですよ。ベルリンでは、路面電車の中で紳士が帽子に挟んでいた切符を盗み、自分の切符として鋏を入れてもらうんです。紳士の方は電車から降ろされてしまいます。このエーミール、とってもかわいい少年となっています。なにしろ《アラスカの雄牛》と呼ばれているんですからね。ポニーは《テキサスのバラ》です。まぎれもないインディアンごっこというわけです。でも、今どき誰もインディアンごっこなんかしません。原作の雰囲気は完全にそこなわれています。来週の初めにシュターペンホルストと会いますが、怒鳴りつけてやるつもりです」(三一年五月一六日、MB)。ワイルダーはインディアンごっこをヴォルフ・ドゥリアンの作品で見つけたのだった――『木箱から出てきた少年カイ』に「忍び寄る手」や「巨大なガラガラヘビ」というあだ名の子どもたちが登場しているのだ。また、大都市ベルリンのテンポやそこにあるさまざまな交通手段も、すでにドリアンの作品に描かれている。ケストナーはまた、プレスブルガーも「まったく同じように激怒した」と書いている（三一年五月一八日、ＭＢ）。

この映画の製作主任ギュンター・シュターペンホルストやその他のスタッフとの議論は退屈で、ケストナーは神経を消耗させた。「昨日は夜の一〇時半までウーファでやりあっていました。議論は激しくなっていくばかりでした。こっちは一人で相手は五人だったんです。でも譲歩はしませんでしたよ。〔……〕今日はプレスブルガーが一緒でした。進展はなし、連中はうすのろです」（三一年五月二二日、ＭＢ）。議論はつづけられ、ケストナーは目的を達する。「映画はかなり原作に近いものになります。でも、ここまで漕ぎつけるのに神経と時間を犠牲にしなければなりませんでした。しかも、これからワイルダーが、これが例の男の名前なんです、三番目の台本をどう扱うか、毎日目が離せません」（三一年五月二三日、ＭＢ）。

一九六八年、ケストナーはシュターペンホルストの業績を讃える文章を書き、事を収める調子で当時の諍いを振り返っている。つまり、不和の原因は自分とプレスブルガーの台本が持っていた唯一の誤りにあったとしているのだ。「ぼくたちは燃えるような熱意から、あまりにも早く台本を引き渡してしまったのである！」ウーファの台本部主任はそのまま受け入れることはできず、「ぼくらの書いた台本を別な若い男に手直しさせた。その男はビリー・ワイルダーという名前だった。彼はストーリーを豊かにし、同時に粗雑にした。」これはシュターペンホルストとその助手エーリヒ・フォン・ノイサーの手柄であるが、二人は「喧嘩っ早い者たちをコーヒーとビールとソーセージでカリカリさせた。いや、落ち着かせた」。あの台本は、今日ではもっとのどかに読むことができる。エメリヒ・プレスブルガー、ビリー・ワイルダー、エーリヒ・ケストナー、この三人はその後、世間で言うようにそれぞれ名を挙げた(18)」。

じっさいワイルダーはケストナーの意図にしたがって書き直し、新しい台本は一九三一年六月中旬に完成した。「これまでよりもよくなりました。でも、まだまだ変えなければならない箇所がたくさんあります」。七月下旬に撮影に入ることができたが、その前にもう一つ諍いを片付ける必要があった。ウーファではポニー・ヒュートヒェン役に野心的な若いスター、ドリー・ハースを起用しようとしたのだが、ケストナーが猛然と反対したのである。「子どもたちにまじって登場する同じような年齢の女の子の役を、二〇代半ばの女優に演じさせるなんて！」。ハースは当時二一歳だったが、年齢の割にとても子どもっぽく見え、元気のいい男の子の役を得意としていたので、配役の案はまったく不適切というわけではなかった。

ケストナーは当時を回想して書いている。ウーファの代表コレルに手紙を書いて書留便で送ったが、その内容は以下のとおりであった。ドリー・ハースの起用は了解するが、「その場合には少年の役も、エーミールにはハンス・アルバースを、ラッパを持ったグスタフにはフリッツ・コルトナーを提案させていただく。子どもたちだけを使うか、子どもの役に大人だけを使うか、どちらかにしていただきたい。受け入れられなければ、著者の権利を守るために、この手紙の文面をドイツの重要な新聞すべてに知らせることもやむなしと考えている」。またしてもバーベルスベルク〔ベルリン郊外の地名で、ここにウーファがあった〕で口角泡を飛ばしての議論が始まった。コレルは裁判に訴えるとまで言った。しかしその後、「著者が自分の考えをこれほどまで断固として守ろうとするのは」すばらしいことだと考えるようになった。裁判の話はなかったことにされ、ドリー・ハースの代わりにインゲ・ラントグートがエーミールの従姉妹を演じることになった。「小柄で感じのよい女の子だった(19)」。

こうした議論を振り返ってみると、ワイルダーの伝記でも映画のクレジット・タイトルでも、彼がただ一人の台本作家として扱われていることが奇異に思えてくる。そしてこの台本作家は「原作の子ども向けの本にたいしてずいぶんと自由に」振る舞った、とされている(20)。どのように自由に振る舞ったのだろうか。映画化にあたって、原作のさして重要でない部分はカットされたり短縮されている。たとえば、「ケストナー」という名の新聞記者だとか、ホテル・ビーダーマンのドア・ボーイとその父親とかである。また映画では、グスタフではなくてエーミール自身が、ドア・ボーイの少年の制服を借りて着込み、夜中になんとグルントアイスの部屋に忍び込んで、ベッドの下に隠れる。そしてグルントアイスの財布を枕の下から取ろうとすると、相手はすぐさまそちら側へ寝返りを打つ。エーミールがそれでも――財布を手に――いびきをかいているグルントアイスを残して、部屋の外に出たとき、財布が空っぽであることがわかる――グルントアイスはお金を山高帽のなかに隠しておいたのだ。ワイルダーが考えたインディアンごっこのうち、「空飛ぶ鹿」という登場人物だけが残された。《インディアン言葉》だけをしゃべり、片足スケートで走り回って使いの役割を果たす少年である。冒頭の一続き《シークエンス》のシーンはたいそう長く、原書の弱点の一つを解消している。つまり、エーミールが列車のなかでお金を盗まれたあと、ベルリンに着いたときにどうしてすぐ駅の警察に駆け込まなかったか、原作では動機付けが弱すぎた。また、エーミールの悪夢と列車内での熟睡も、理由が明確に説明されている。山高帽の男が用意していたボンボンをもらって食べたせいなのだ。映画ではおまわりさんがエーミールの母親に向かって、記念碑を損傷したら一〇年間の懲役だぞと脅す。冗談なのだが、エーミールは本気にしてしまう。エーミールが歓迎される結びの場面はもっと大げさになっていて、飛行機でノイシュタットに到着し、ぞっとするブラスバンドの音楽が出迎えるのだ。

つまりワイルダーは本当と思えない場面を抹消しようとしたのである。そして模範生エーミールを、映画では機会さえあればグスタフと殴り合いをさせて、いくらか打ち解けない少年として描くことにしている。

またこの映画では、撮影の際に必然的に入り込んだ部分も無視できない。つまり、『エーミールと探偵たち』ではたくさんの屋外撮影がおこなわれており、長いことカメラを移動させながら撮影されているので、ちょうどヴァルター・ルットマンの『ベルリン、ある大都市のシンフォニー』〔一九二七年制作のモンタージュ映画〕と同じように、第二次世界大戦前のベルリンの街並みを観ることができるのである。

それにしても、この映画が今日にいたるまで子ども向け小説を映画化したもののなかで最高の地位を占めているのは、結局のところ一人のすばらしい俳優のおかげである。つまり、山高帽の男を演じたフリッツ・ラスプの功績なのだ。たしかにこの人物には時代の型にはまった性格付けがなされている――列車の客室では、気楽な小市民たちからなる乗客のなかで、この男だけがただ一人のインテリで、本を読み、大都市の偽りの物語を話すことで空想力の持ち主であることを明らかにする。最終的に彼は、額の傷が証拠となって、「ハンブルクで銀行強盗をはたらいたメドリンスキ」であることが判明する。しかし、映画のなかのこの人物は、今日の観客にとっては、特に危険だという気はしない――ラスプの演じる重罪犯人はしかめっ面をした、共感のもてる喜劇役者であり、これはおそらく映画の意図に反している。というのも、少年たちは原作よりもずいぶんと緊張して「行進している」からである。

ケストナーの子ども向け小説は、軍隊から借用した箇所や表現が多すぎるとして、たびたび非難されてきた――そのミリタリズムのおかげで、この本はケストナーの他の作品と違い、一九三三年に即発売禁止とはならなかったという説もある。じっさい、少年団で使われている語彙に注意を払いながら読んでいくと、かつての反軍国主義の詩人が転向したのではないかと思われてくる。そこでは、「参謀会議」が開かれ、「情報収集」、「電話交換部」、「緊急出動」といった組織がおかれ行動がなされている。「増援」には「秘密連絡員」が必要であり、交代は「合言葉」をもっておこなわれる。「教授」の姿は「ライプツィヒ会戦の際のナポレオン」のようだと説明され、彼は「見張りを指揮下におこう」とする。また「前哨」と「駐屯地」がある。「緊急出動の分遣隊」は「新たな命令」を要請し、教授の命令を拒否した少年（「おれに馬鹿らしい命令なんかしやがって」）は少年団から追放される――「それぞれが勝手にやりたいことをやるなんてことは、もちろん許されない」（Ⅶ・267）。好奇心いっぱいの大勢の子どもたちがエーミールに、もはやグルントアイスをスパイたちに「包囲させる」のではなく、そんなことではダメなんだ、「あいつを文字通り狩り立てる必要がある」という考えを吹き込む（Ⅶ・273）。教授がしかるべく新たな命令を出す。「注意せよ！　よく聞くんだ！［……］われわれは相手を包囲する。［……］わかったか？　さらなる命令は途中で伝える。それでは、前進！」。このような秀抜の出動作戦の際には質問はいっさいなしで、山高帽の男は「敵から逃れることはできなかった」（Ⅶ・275）。おしまいにはおばあさんも挨拶をする。そのなかで「小さなディーンスターク」を立派に義務を果したといって讃える。ナチの美徳そのものである。「この子は自分の義務が何かを知っていました。そして果たしました。本人はその義務が気に入らなかったにもかかわらず、なのですよ。これはすばらしいことです。わかりましたか？　これはすばらしいことです！　みんな、この子をお手本にしなさい！」（Ⅶ・299）。

　このような語彙集はいらだたせるかもしれない、がしかし、一九二〇年代の言葉遣いは今とは違っていた（今でも日常語は軍隊用語をじゅうぶんに排除できないでいる）。とくに忘れてならないのは、ここでしゃべっているのは子どもたちだ、ということである。子どもたちは大人の真似をする。また、こうしたゆがんだ使用により、軍隊用語はほとんど茶化されているような印象をあたえる。言うまでもなく力も問題となっている。力を持たない子どもたちが泥棒と戦い、屈服させてその逃亡を終わらせるとき、子どもたちは自分たちの強さを証明するのであり、ここにもさかさまの世界が描かれている。泥棒は、「少なくとも二〇人の少年たちにしがみつかれた。子どもたちは泥棒の脚をつかんだ。両腕にぶら下がった。上着を引っ張った。泥棒は気が狂ったように両腕を振り回した。だが子どもたちは力をゆるめなかった」(Ⅶ・280)。しかし、この箇所ですら話の展開には愉快なところがつきまとっている。「素敵なエレベーター」とか「舞台」といった言葉が使われているからで、空しく両腕を振り回している紳士は、文字通り喜劇役者であることが必要とされる。また、結びで義務についての説教をするのが選りにも選っておばあさんであることも、偶然ではない。おばあさんはいつでも子どもたちに一番近いところにいて、その一挙手一投足にウィットが感じられるのだ。おばあさんは一種の「楽しい人物」であり、そうした役割に応じて物語から引き出されるべき教訓を語るのだ。ここでは、すでに知られているように、「お金はいつも郵便為替で送らなくてはだめ」、というのがその教訓である(Ⅶ・302)。この映画はいくつかの点でもっと誤解を招くところがあるかもしれない。がしかし、この点でも、フリーダ・グラーフェの完全否定的な判断はいくらか行き過ぎであろう。グラーフェは、「青少年虐殺とまではいわないにしても、ヒトラー・ユーゲントの野外ゲームを思い出させられた」と述べているのだ[21]。

　ケストナーは何度か撮影の現場に出かけたが、途方もなく退屈だと思った。「今日は一時間、ツォー駅にいました。そこで、グルントアイスが乗り込んだ路面電車に、エーミールがあとを追って乗ろうとする場面が撮影されていたのです。その場に立って見ているのは、おそろしく退屈でしたよ！　一シーンずつ撮影されるのですが、毎度それが終わる前に眠り込んでしまいそうでした。あれはぼく向きの仕事ではありませんね」(三一年七月二五日、MB)。その後、偶然にカフェ・ヨスティで撮影しているところに行き合わせたが、このときはもっとよい印象を受けた――そこではエーミールが、「路面電車から降りて、自動車のあいだに立っていて、手には花束を持っていました。それからキオスクの方へ歩いて行きました。変な感じですね、こんなふうに自分が創造した人物と出会うのは！」(三一年七月三一日、MB)。ケストナーはこの偶然の出会いからとても強い印象を受けたので、続編『エーミールと三人のふたご』をその場面から始めることにして、「専門家のためのまえがき」にその旨を書いたほどである。

　最初に撮影された部分のフィルムを観て気に入ったことから、間もなくワイルダーと和解した。もっとも、褒め言葉はきわめて簡潔で、「とっても感じがいい」だった(三一年七月三〇日、MB)。映画の編集が完了したのは九月中旬で、ケストナーはそのころアラン・グレイによる音楽も聴いた。「とってもいい感じです」(三一年九月一九日、MB)。完成した映画をウーファの本社で観たときは、まだすぐには態度をはっきりさせなかったが、プレミアを心待ちにしていた。「つまり、映画は特に気に入ったわけではありません。まだカットする部分があるとのことです。ともあれ、ぼく以外はみんな、じつにすばらしい出来栄えで、大成功間違いなし、と言っています。乞うご期待といったところです。プレミアはまだ先で、一二月半ば、場所はツォー地区にあるウーファパラストで、これはベルリンで最大の映画館です。きっと楽しいことになるでしょう。観客は子どもばっかり、その中に批評家が混じっている、ということになるはずです」(三一年一〇月一二日、MB)。プレミアは実際には一二月二日におこなわれた(三一年一一月三〇日、MB)。オフュールスの『これなら肝油の方がまだましだ』も封切られたばかりだった。

『エーミール』の映画化によって、ケストナーはついに世界的な名声を手にした。映画はイギリスとアメリカでも上映され、一九三五年には(イギリスで)最初のリメイクが作られた。「新チューリヒ新聞《ノイエ・ツュルヒャー・ツァイトゥング》」のニューヨーク特派員ゲルトルート・デュナンが特に生き生きと上映の様子を伝えている。彼女が訪れた映画館はドイツ系住民が集中している地区にあり、「いささか惨めな気持ちになった」。というのも、そこは大人には「とても入り込めない閉鎖的な世界だからだ」。大人はちょっぴり覗くことしかできない有様なのだ。館内は子どもで満員で、「小さなドイツ系アメリカ人がすっかり感激して狂ったようになっている」。「子どもたちは椅子の上で立ち上がり、ドイツ語と英語ごっちゃまぜで、気をつけろと怒鳴り、悪者のグルントアイスに憤慨して息もつけなくなっている。それにしても何て恥知らずな、底なしの悪党なんだ!(ブタめ! 悪党! 地獄へ行っちまえ! エーミール、気をつけろ!)そして、エーミールの手が枕の下に押さえつけられて抜けなくなったときは、愕然として喘ぐ声が聞こえ、卑劣な男に当然の罰が下されると、嬉しくて手がつけられないほど興奮し、やがてエーミールと探偵たちに全員が一体となってお祝いの言葉を叫び、それから……! それから明かりがつき、私たちの背後で、子どもの声なのだがいかにももったいぶってこう言うのが聞こえる。〈これまで観たなかで最高の映画だ《ベスト・ピクチャー・アイ・エヴァー・ソウ》! ぼくが生まれてから今まででね《イン・マイ・ホール・ライフ》!〉みんな振り返って見る。すると一人の子どもがドイツ人(らしき)父親とアメリカ人(らしき)の母親のあいだにすわっている[……]。ところで、その子どもはせいぜい四歳で、棒付きのキャンディーを舐めていて、このときそれがちょうど棒だけになったところ。つまり、それほどまで、この午後は人生の快楽がすべての子どもの心を一つにし、思いっきり熱狂させたのだ」[22]。二〇歳のベンジャミン・ブリテンも、それ以前にすでに最初の作品を作曲していたのだが、まったく同じように感激し――、あれは「ぼくがそれまでに見た映画で、またこれから観る映画も含めて、完璧で満足し《ザ・モスト・パーフェクト&サティスファイング・フィルム・アイ・エヴァー・シーン・オア・ホープ・》きった映画《トゥー・シー》」だった、と言っている。彼はドイツ語版の原作を買い、そのなかに切り抜いた映画のスチル写真を貼り付け、弦楽四重奏の『エーミール』組曲を作曲しようとした。残念ながらこの曲は断片に終わり、一九三三年にブリテンが作曲したのは「アラ・マルシア序曲」だけとなった[23]。

『エーミール』の本の方も売れつづけていた。エーディット・ヤーコプゾンは一九三一年のクリスマス前に新版を出すことにした。それまでの版はすでに三万部を売り切っていた（三一年一〇月九日、ＭＢ）。一二月一日に同書の『廉価版』が出た。「定価三マルクです。一冊につき二五プフェニヒがぼくの懐に入ります。売れれば売れるほど、喜びが増えていきます」（三一年一〇月三〇日、ＭＢ）。クリスマス商戦のために、ウィリアムス社は廉価版を増刷する必要に迫られた。こうして総売り上げ部数は五万部に達した（三一年一二月一四日、ＭＢ）。

この年、一九三一年の五月にケストナーは、『ファビアン』の最終章を書いているさなかであったが、三日間ヴァルネミュンデに行こうと思った。「落ち着いて子ども向けの物語を考えるためです。きっとよい効果があるでしょう。そのあとは毎日一章書きますよ、たとえどんなに辛い思いをしてもね」（三一年五月二八日、ＭＢ）。すでに少し前から頭のなかで暖めていた題材があった。四番目の子どもの本には、「フォス新聞」に発表した物語をふくらませようと考えていたのであり、それもやはり新聞の小さな記事を下敷きにしたものだった。『パウラ嬢はお芝居をする』がその物語の題名だった。「マッチの一件は本当にあったことなんです」（三〇年二月八日、ＭＢ）。このような下準備ができていたにせよ、この時期のケストナーの創造力は驚くべきものであった――いくつもの構想に同時に取り組みながら、出版社主エーディット・ヤーコプゾンの希望する期日に合わせて、新しい作品を書き上げているのだ。ヤーコプゾンはケストナーの作品でクリスマスという商機をうまく利用しようと考え、原稿は夏に渡してほしいとケストナーに伝えた。

モーリッツが一か月にわたって泥土浴による治療を受けるといって、一人で湯治場フランツェンスバートへ発ったその翌日、一九三一年六月四日に、ケストナーはヴァルネミュンデへ向かった。着くと、『ファビアン』は二一章の半ばで中断し、六月六日に『点子ちゃんとアントン』に取り掛かった。このとき、母親への手紙に、「仕事、ばんざい！」と書いている（三一年六月八日、ＭＢ）。ヴァルネミュンデからベルリンへ戻る途中、ドレスデンに立ち寄って母を訪ねたが、それにもかかわらずたったの一〇日間で新しい子どもの本を書き上げ、すぐさま「新ライプツィヒ新聞」から依頼されていた詩に取り掛かることができた（三一年六月一六日、ＭＢ）。秘書のエルフリーデ・メヒニヒは『ファビアン』をタイプしている途中だったが、ケストナーは六月一八日から二五日まで、新しい子どもの本を口述した。そして、出来上がった草稿にいくらか手を入れながら、同時並行で一八日からふたたび『ファビアン』の続きに取り組んでいる（三一年六月一八日、ＭＢ）。

さらに、このころはまだプレスブルガーといっしょに映画『肝油』の台本を直す作業も続けていた。しかし、どんなに仕事が重くのしかかっていても、丸々一か月ものあいだ女性なしで過ごすことは、ケストナーには不可能だった。「一時的に金髪のかわいい娘《こ》と付き合っています。〔……〕とっても感じのいい娘です。ちょっと面白くて、面倒なところがいっさいないのです。ときどきベルリンに来る年配の男たちの金で暮らしています。その男たちに連れられて、パリとかに旅行にも行くんだそうです。変な生き方もあるんですね。そう思うでしょう？　でもね、とっても感じのいい女の子なんですよ」（三一年六月二〇日、ＭＢ）。息子がこんなふうに羽目をはずしても、母親は不安にはならなかったらしい。ただし金銭的な方面は別で、その金髪女はおまえのアパートから何か黙って持ち出したりしないだろうね、と尋ねている。ケストナーにはじつは健康上の懸念があった。ケストナーは答えている。「娘は何もくすねたりしませんよ。ほかもすべて順調にいっていると思います。トイ、トイ、トイ！」こうはいいながらもケストナーは、「ここで愚かなことばかりやっているよりは」、週末にはフランツェンスバートに行きたい、と書いている。（三一年六月二四日、ＭＢ）。

モーリッツとの関係では、このころ厄介なことが増えるばかりであった。ケストナーは湯治費用を一部負担しただけでなく、フランツェンスバートに行って再会したあと、ミュンヒェンまで送っていった。モーリッツがミュンヒェンからさらにプレアルプス地方へ、湯治のあとの静養に行きたがったからである。下腹部の病気が治りきっていないとのことだったが、これまたケストナーの経済的な支えを前提にしての話だった。「治療後の静養がなければ、泥土浴の療法が何の意味もなくなってしまうんです。今はまだミュンヒェンで休んでいて、腹痛があると言っています」

（三一年七月二〇日、ＭＢ）。

かわいい金髪娘と付き合ったことから、ケストナーは時間がかかるうえに厄介な問題を背負い込んだ。ルイーゼロッテ・エンデルレはその問題を自分が編纂した『母さん通信』からほぼ完全に抹消した。ある箇所でケストナーは、「ここのところすっかり調子がよくて」、「ふたたびみんなの集まりに顔を出しています」と書いているが、全体の文脈が明らかでなくては理解不能であろう（三一年九月一五日、ＭＢ）。エンデルレの編書にある一九三一年九月九日付のケストナーの手紙では、「七時に」、「ヨーン John」を訪ねること、とある。[24] たしかにこのころエルンスト・ヨーンとは行き来があった。がしかし、現存する手紙では「コーン Cohn」となっている。そしてコーンは、ケストナーがかかっていた皮膚科・性病科の医師なのである。コーンは七月中旬からケストナーの淋病を治療しており、終わるまでに約半年かかっている。また、翌三二年の後半にぶり返したらしく、ケストナーはあらためて何週間か治療を受けている（三二年一二月一〇日、ＭＢ）。

一九四〇年代に抗生物質が特効薬として登場するまで、この病気は治療が困難で長い時間がかかり、しかも苦痛を伴った。使われた薬剤は収斂剤アトストリンゲンティアや銀調合薬剤で、しばらくはスルフォンアミドも使われた。コーンは治療が終わるころにもう一人の医師にも応援を頼んでいるが、こちらの医師は実験的に電流を治療に使っている。病気のためにケストナーは再三、我慢だの不愉快だの怒りだのといった言葉を発している。「楽しいとも言えますよ。今からすぐに箪笥だって切り刻むことができそうですからね」（三一年一一月一九日、ＭＢ）。

しかし、苦しみは特に異常なものではなく、したがってケストナーの場合にことさら目を惹くのは、この病気にかかっていたことではなく、むしろ――一方では――治療の経過を母親に宛ててながながと書き、解剖学的に微に入り細を穿って報告したことである。じっさい、母親と息子が意見を交わさなかったテーマは何一つなかったのだ。そして――他方では――性生活が半年のあいだ途絶えていることを友人や知人に隠し通すことが、ケストナーにはきわめて重要なことだったという点である。いずれにせよ、当時この病気は評判を損なうものであり、大都市の道徳的退廃に憤慨して長広舌をふるうファビアンにふさわしいものではなかった。そこでファビアンの生みの親は「とってもかわいい女優」といっしょに劇場に出かけ、人々の前に姿を見せるのであった（三一年一〇月一日、ＭＢ）。

理由を知らないモーリッツは、自分に触れようとしないケストナーをうらみ、温泉療法後の静養から戻ったあとも、ベルリンにいるよりは旅行している方が多かった。行き先はウィーンやチューリヒだった。そしてケストナーの方は、「出かけていてくれる」方がありがたいと思っていた。「ここにいても喧嘩になるだけですから」(三一年九月二九日、MB)。ふたたびベルリンに戻ってきたとき、モーリッツは、「結婚するという考えはもう完全に捨てたと、週に少なくとも一回は」言って、ケストナーを安心させた。「今ではぼくとまったく同じくらい、結婚に反対なんだそうです。ヤレヤレといったところです。ぼくたちは似合いの二人じゃないってことがわかるまで、長くかかったものです[25]」。すべてはめでたくおしまいとなることでしょう、ぼくとの結婚を望まなくなってから、とても「感じがいい」のですが(三一年一一月二二日、MB)。

一九二九年一〇月、ニューヨークの証券取引所で株が暴落したことから、ヨーロッパ経済も危機に陥り、ドイツでは失業者がふたたび急増、破産や銀行の経営破綻にまで至った。一九三一年七月にドイツでいくつかの銀行が初めて支払いを停止し、他の銀行でも貸し出しをストップ、預金を封鎖した。ケストナーはひどくわずらわしい思いをして、ほんのわずかずつ引き出し、自分の口座を空にした。働く人の賃金はその後も支払われたが、ブリューニング内閣の出した行政命令は自由職業を無視していた。「ぼくや医師や弁護士が生活のためのお金を引き出そうとしても、一銭も支払ってもらえません。でも、いずれきちんと清算されるそうです」(三一年七月一八日、MB)。秘書のエルフリーデ・メヒニヒを連れて銀行まわりをしたこともある。彼女の《給料》を支払うためで、給料の何か月分もの現金を引き出して、手元に置くことにした。印税や謝礼は現金もしくは郵便で送ってもらった。額の大きな支払いには小切手を使った。母親の石炭や自分の電話代も小切手で払おうとした(三一年七月二二日、MB)。しかし電話代はうまくいかなかった。郵便局が小切手を受け取らなかったのだ。「国は銀行を支え、国がやっている郵便局は小切手を受け取らないのです」(三一年七月三一日、MB)。

一週間後に銀行は引出し希望額を全額支払うようになったが、ケストナーの不安は消えず、何千マルクという蓄えを自宅に置いていた(三一年八月四日、MB)。その後も銀行とは十分に距離をとったままの状態をつづけ、銀行と自分の実態を俎上に載せた嘲けりの歌を書いた（「大きな銀行《バンク》の前の小さなベンチ《バンク》の上で」（I・187）。そしてケストナーは、謝金の額をめぐって長いこと交渉したあと、みずから「経済危機のさなかにおける経済活況についての風刺劇[26]」と呼んだ映画の製作に参加する。『O・F氏のトランク』というのがその題名で、アレクシス・グラノフスキが監督を務めるとともに、台本をもレオ・ラニアと共同で書き、ペーター・ロレとヘディー・キースラーが主役を演じた。この映画のためにケストナーは「次々と七編のシャンソンを」、「あらん限りの力を振りしぼって」書いた（三一年七月二五日、MB）。そのシャンソンは明るくて調子のよい実用詩だが、ジークフリート・クラカウアーは、「中身が空っぽで、演奏されるときに付きまとっている文学的な傲慢さと同様に、まったくばかばかしい作品[27]」と酷評している。ケストナーはそのテキストをどの作品集にも収録しなかった。作品のテーマは、当時の彼の物質的な不安と、またペシミスティックな彼の歴史像と、完全に一致していたのであるが。参考のために、結びの歌の一部を引用する[28]。

淑女のみなさん！　紳士のみなさん！
楽園は今もまだ遠い彼方です。
エデンの園は、もちろん、みんな知っています。
けれども誰ひとり行ったことはありません。
私たちは会議を開き、話し合います、
が、たどり着きはしません――
アジアにも、
アフリカにも、
オーストラリアや
アメリカにも。
そして私たちの大陸の心配も、
きょうまで、会議が取り除いたことはないのです！

ケストナーの心配は物質的なものだけではなかった。政治的な大転換を恐れ、政府の無能を呪っていたふしがあるのだ。出版にたいする厳しい検閲が導入されて、『世界舞台』の発行が不可能になるような事態を恐れ、いくつかの政治行動に参加した。たとえばドイツ著作家保護協会(SDS)の集会に出席している。しかし、じっさいにどのような活動をしたのかは不明である。母親への手紙にも一般的なことしか書かれていない。「そこで彼らはいっしょに叫び声を上げげました!」(三一年一一月二四日、MB)。じっさい、ケストナー自身の作品も検閲に遭った。出版社が異議をとなえるという形式をとっており、ケストナーは抵抗できなかった。DTVの社長グスタフ・キルパーが、『ある男が通知する』の新版では「もう一つの可能性」という詩を他の作品と入れ替えるように頼んできたのだ。「ナチの書店のせいです。連中は最初から文句を言っていたのです」(三一年一一月一九日、MB)。この詩集の一万六〇〇〇部から一万七〇〇〇部までの版が一九三二年に出版されたとき、要求どおり「いずこにも秋が」という作品と差し替えられていたが、これは「もう一つの可能性」とは正反対の、全体が諦念で覆われた詩である。

そのような危機の時期に、ケストナーはベルリンを離れようとはせず、ドレスデンにすら行こうとしなかった。「ぼくはただここにすわり込んで、新聞を読んでいるつもりです。事態は相変わらず絶望的です。大臣たちのたわごとは、ぼくたちにとってまったくプラスにはなりません。愚かしいことばかりしゃべっているために、これが手を打つ最後の瞬間だというときも、何もできずに時機を逸してしまうのです。あんな連中は切り刻んでソーセージにすればいいんです!」(三一年七月二八日、MB)。一九三一年八月九日のプロイセン国会を解散するかどうかを決定する国民投票について、この日は「一九一八年の革命以来もっとも危険な日」です、と言っている。連中が案を押し通すことができれば、もう処置なしです。そうなればヒトラー一味が政権につき、フランスはわが国にビタ一文貸さず、誰ひとりとして、これから先どうなるか見当もつかなくなるでしょう(三一年八月四日、MB)。「鉄兜団」[在郷軍人の団体で帝政の復活を主張]が、いくつかの右翼政党とナチの支持を得て、プロイセン州議会はすでに民意を反映していないとして、その解散を国民投票によって実現しようとしていたのであった。KPD[ドイツ共産党]はこれに賛成して「赤い国民投票」の宣伝をおこなっており、SPDの率いる政府はそれにたいして警告を発していた。国民投票によるプロイセン州議会解散の実現は、「この瞬間には手をむすんでいる二つの敵対する勢力の勝利を意味し、両勢力はそののち最終勝利をめざす仮借ない戦いに突入し、国家と経済はこの殲滅戦に引きずり込まれるのである」[29]。国民投票は否決され、推進した急進的ないくつかの政党は一九三〇年の国会議員選挙の得票数すら獲得できなかった。

ドイツ政府は失業者とその家族を支援するために「冬季助け合い」を提唱した。このときケストナーは、嘆いているだけでは満足せず、独自の冬季救済行動を実現するために尽力している。「ぼくたちは内務省に出かけました、が、そこにいた連中は度しがたいのろまばかりでした」（三一年九月一九日、MB）。この「省庁での会談」について、ケストナーは『世界舞台』誌にコラム記事を書いた。そこには、もったいぶった話し方をする多忙な参事官が登場するが、彼は「社会福祉事業を専門的に学んだ」（VI・279）経歴をもっており、訪れたケストナーたちにたいして、政府がこれまでに積んできた大きな経験を信頼してくださいい、と答えるだけであった。これではケストナーにとって不十分もいいところで、かれは、「冬を乗り切るために、カフェ・レオンの二階を開放して、困窮者のために昼食を提供する」ことを考えた。レオンの経営者は同意していますし、経費は「俳優や作家、映画界の人たち、その他」からの義捐金でまかなうことにし、店のボーイたちはすでに無給で協力する旨を明らかにしています。「いたるところでこうした行動がなされたならば、冬にも大騒動は起こらずにすむでしょう。なされなければ、間違いなく起こります！　そうなったらこのぼくを食ってくれと申し出るつもりです。とにかく、ドイツが破滅するのを黙って見ていることはできないのです」（三一年九月一九日、MB）。

「ベルリン日刊新聞」の編集長、テーオドア・ヴォルフがケストナーに実行を思いとどまらせた。結局のところみんな、カフェなんかではなく、自分の家で食事がしたいんだよ。だから、政府が食料品の配給券を配らなくてだめなんだ。「彼の言うとおりだ」、とケストナーは認めた。でも、それでは誰ひとり救われない（三一年九月二一日、MB）。けっきょくケストナー自身も、自分が望むほど実際に行動することはできなかった。「この馬鹿げた病気に罹っていなければ、自分の社会的な計画にもっとエネルギーを費やすことができるのですが」（三一年九月二九日、MB）。カフェ・レオンでの昼食会よりも職業上もっと身近な救援策が立てられたが、これも挫折してしまった。その策とは、ケストナーが書店でサイン会を開き、書店はその週の売上の二パーセントを冬季救済のために寄付する、というものであった。「著者が店内に立って自分の名前を本に書き込めば、普段よりもたくさん売れる、とみんなは考えたのです。さて、火曜日にぼくの本は一、一冊売れました。[……]ひどく疲れました」(三一年一一月七日、ＭＢ)。

貧窮している個人とじかに向き合ったとき、ケストナーは彼が創造した人物、ヤーコプ・ファビアンと同じように、自分にできる範囲内で手助けをした。ただし、ドレスデンに住む母親のアパートの隣人が自殺をしたときは、助けようにも手立てがなかった(三一年一二月一四日、ＭＢ)。しかし、手紙や路上で救いを求められたときは、手を差し伸べている。「今しがた、男が裸足で通りに立っていました。フランクフルトから来たパン屋の見習いだといっていましたが、靴を買うようにと一〇マルク渡し、これで電車に乗りなさいと、もう一マルク差し出しました。男はたいへんな喜びようで、あとの一マルクは受け取ろうとしませんでした。もう生きているのもうんざりという有様で、本当にかわいそうな男でした」(三一年一一月二二日、ＭＢ)。

ケストナーが一〇日間で書き上げた『点子ちゃんとアントン』を、ヴァルター・トリーアは気に入らないと言い、エーディット・ヤーコプゾンは最初から最後まですっかり書き直すよう求めた。それにたいしてケストナーは、ではこの話はなかったことにしてもらいましょう、と言った。ヤーコプゾンにはそれもまた望ましいことではなかった。ケストナーの方は原稿を仲良くなった子どもたちに読ませてみた。アム・シッフバウアーダム劇場でベルリン最初の『エーミール』上演に参加した俳優の兄弟たちだったが、子どもたちは読むなり、面白いと言った。こうして、自分の子ども向け小説に自信を持つことができたケストナーは、それまでよりも強く出ることにした。「ヤーコプゾンがこのままで本として出すか、ほかの出版社にゆだねるか、どちらかです。この原稿の束のことでこれ以上いらいらするのはご免です！」(三一年八月四日、ＭＢ)。ベストセラー『エーミール』の成功により、ケストナーの方が交渉の主導権を握るようになっていたのである。エーディット・ヤーコプゾンは新しい子ども向け小説を書かれたまま受け入れた。ケストナーは書いている。もう一度読んだところ、「最初に読んだときよりも気に入ったそうです。[……]愚かな女です。そうでしょう？　そうですね、もうずっと前からわかっていたことです」(三一年九月九日、ＭＢ)。まずはベルリンのいくつかの新聞が一部分を先行掲載し、できあがった本は三一年一一月九日に売り出され(三一年一一月五日、ＭＢ)、一週間で四〇〇〇部が売り切れた。読者はまさに『エーミールと探偵たち』のときと同じように、夢中になって読みふけったのである。今回は、散歩用ステッキ製造会社の社長の娘で、物乞いをする主人公、そのペットでダックスフントのピーフケ、犯罪と関わっている女家庭教師、腕力の強い料理女のベルタ、そして模範的な生徒アントン・ガスト、こうした登場人物が繰りひろげる物語であった。点子《ピュンクトヒェン》ちゃんという名前、模範的な点ではアントンにも劣らない父親で社長のポッゲ、この二人の名前はロストックのある記念碑で見かけたものだった（三五年六月二日、MB）。ある大人の女性読者がケストナーにこう書いてきた。「もしも太ったベルタがあちらのお宅を辞めるようなことがありましたら、うちで引き取らせてください。実は娘が来春結婚するものですから」（三一年一一月二二日、MB）。

サンタ・モニカに住んでいたマルレーネ・ディートリヒから電報が届いた。「点子チャントあんとんトトモニ至福ノ晩ヲ過ゴシテオリマス。私ノ子ドモノ笑イ声ガ聞コエマシタカ。心カラノ挨拶ト感謝ヲ」[30]。ディートリヒはさらに、自分の最初のポートレート写真を撮った女性写真家に、「ケストナーの本を箱にいっぱいハリウッドへ送らせ」て、「いうなればハリウッドにケストナーというバイ菌をまき散らした」ことを明らかにした[31]。ここにもケストナーと読者との独特の結びつきを見て取ることができる。読者はケストナーを、まるで当人宛ての手紙には何でも書ける友人、どんなに批判したって構わない友人のように、見なしたのである。点子ちゃんの母親の片頭痛について、ケストナーは作品のなかに書いた。「片頭痛というのは頭痛で、頭痛がしないときにも起こります」（Ⅶ・463）。片頭痛を体験した多くの女性読者から、この文章は納得できません、という便りが舞い込んだ。ケストナーがもっと喜んだのはこんな便りだった。「昨日、ケルンテン［オーストリア南部の州］から二人の女の子がこう書いてきました。〈楽しいですか？　私たちは楽しいです〉。これを読んで一日中笑っていました」（三二年三月一六日、MB）。

マックス・ラインハルトのドイツ劇場がクリスマス用の子ども向け劇を求めてきたとき、ケストナーは『点子ちゃんとアントン』の上演用バージョンを提案した。ラインハルトの息子のゴットフリートはゲラ刷りを読んで検討し、例によって作者の取り分を何パーセントにするかをめぐって長い交渉があったのち、契約が成立した。ケストナーは二週間で劇場用台本を仕上げることになった。トリーアの不満はこのころには弱まっていたらしく、舞台装置を引き受けたいと申し出ている。ケストナーは台本のイメージが出来上がると、「ただちに至急便で」ゴットフリート・ラインハルトに送り、ラインハルトは台本がまだ全部は手に入らないうちから稽古を始めた（三二年一一月二六日、MB）。

ケストナーが台本を書き上げたのは一二月一二日で、初演のわずか一週間前であった。だが、その後もケストナーの苛立ちはつづいた。演出家が「まったく馬鹿げたこと」をやって、「俳優たちを途方もなく混乱させました」と書いている（三一年一二月九日、ＭＢ）。ケストナーは、ドレスデンのシャウシュピールハウスで上演されたカール・ツックマイアーの『カカドゥー・カカダー』が観客を失望させたと聞いて喜んだ（三一年一二月一四日、ＭＢ）。がしかし、彼自身の作品も、初演後はほぼ同じ運命をたどった。ケストナーは、ドイツ劇場の管理部が上演を夜の部に組み入れず、週末と休日の昼間に限定した、また適切な宣伝をせず、観客を劇場に誘導する手立てを講じなかった、といって腹を立てた。ラインハルト側はすでに年末には上演打ち切りを考えたが、その際ケストナーが納得できるような理由を挙げることはできなかった。というのもケストナーは、客の入りが悪いというのは口実だと考えていたので、最初から納得するはずはなかったのである（三一年一二月二九日、ＭＢ）。

上演は一月中旬に実際に打ち切りになった。ドイツ劇場とＤＶＡ社の子会社で入場券販売会社のクロノスとは、たがいに告訴すると威嚇し合い、ケストナーはいまにも怒鳴り込みそうな剣幕だった。「劇場側の説明は、何しろ儲けにならないもので、の一点張りです。まるで埒があきません。本当に情けない話で、ぼくは腹のなかが煮えくりかえっています。あの劇場を跡形もなく叩き壊してやりたいところです。おいおい、そんなに怒るんじゃない、と自分に言い聞かせています。全部で上演はたったの八回でした。ああ、嫌だ、嫌だ」（三二年一月一五日、ＭＢ）。

カール・ツックマイアーの子ども向け演劇『カカドゥー・カカダー』を、ケストナーは語気も荒くこき下ろした。その際、劇作家ツックマイアーは子どもを子どもとして正当に理解していないと批判している。のちの批評ではそれに少しブレーキをかけて、その劇を単に退屈だと述べ、「生活環境をありのまま描いた作品、奇妙なエピソード、可愛らしい歌」、ただし緊張感に欠ける、と書いた（ＧＧ、Ⅱ・233）。また、母親のイーダに、この劇のドレスデン上演を観に行って、攻撃するためのさらなる弾薬を供給してください、と頼んでいる。「ぼくにどうしてもわからないのは、批評家が誰一人として『エーミール』に注意を向けさせせようとしていないことです！　本来なら誰もが書かねばならなかったところでしょう、〈劇場はどうして『エーミール』を採用しなかったのだ！〉ってね」（三一年一二月一四日、ＭＢ）。ケストナーはそれ以前から「新ライプツィヒ新聞」で、たくさんのツックマイアーの作品を批評していた。ただ、心から感激したことはなかった。たしかに「生まれついての才能」は認められ、「舞台効果のための感覚」も備えている、「がしかし、彼が書く作品には必然的で有無を言わせない全体の構成が欠けているのである」(Ⅵ・270)。

のちにケストナーは、ツックマイアー六〇歳の誕生日に際して、ささやかな思い出の記をしたためている。子どもの劇について仮借ない批評を書いたあと、それまで見識のなかった二人が初めて出会ったときの情景である。ケストナーはシュヴァネッケの店で書き物をしていた。隣のテーブルにツックマイアーが陽気な連中といっしょにいた。やがてそのなかの一人が、ツックマイアーを酷評した批評家がいることに気づいて、本人に教えた。「すると君は振り返り、ぼくを見つめました。ぼくは自分が首を完全に固定され、ひたすら前を見ているほかないような気持ちになりました。あのときの一瞬一瞬はとても心地よいなどとは言えないものでした。そのうちに君は立ち上がり、ぼくのテーブルまで来て、しばし沈黙のあとこう言いました。〈あなたには私の戯曲がお気に召さなかったんですね。ぼくもあなたの批評は気に入りませんでしたよ。どちらもしょっちゅう起こり得ることです。ですからおあいこですね〉。それから君は自分のテーブルに戻り、腰を下ろすと、グラスを持ち上げてにっこりし、乾杯のしぐさをして飲み干しましたね」[32](Ⅵ・618)。

エルフリーデ・メヒニヒは、雇い主ケストナーの友人たちに紹介されることはなかったが、家族の一員として扱われていた。一九三一年八月にはケストナーの母親をドレスデンに訪ね、その後グリュンドゥルゼーという湖で休暇を過ごした。この湖畔ではモーリッツも温泉治療のあと静養しており、嫉妬深いケストナーは、秘書を説得して女友だちの行動を見守ってもらうことにした——「とってもいいことですよ、あそこにぼくらの可愛い探偵さんに滞在してもらうのは」(三一年八月一日、MB)。

これ以外のときも、ケストナーが可愛い秘書について述べている言葉は、どこまでも雇用主の雇い人にたいするもので、いつでもいくらか見下した口調である。そもそも手紙を読むかぎり、母親イーダとケストナーは自分たち以外の世界にたいしてつねに傲慢な態度を取りつづけている。「そう、秘書はうっかり者なんです。でもこの癖をやめさせることはできないでしょう。彼女にとって、今の仕事に就いているのは幸せというものです。よそで働いていたら、とうの昔にクビになっていたでしょうからね」(三一年一一月七日、MB)。

一九三一年一二月に秘書メヒニヒが事故に遭ったときも、ケストナーの説明はかなり距離を置いた印象をあたえる。

「秘書は昨日の朝、電話が鳴ったときに、絨毯に足を取られて小部屋でスッテンコロリンしたんです。ショックで呆然となり、泣き出してしまって口がきけず、すぐに医者に行きました。するとモルヒネをあたえられ、しばらく横になっていました。今朝は来ましたが、まだ本調子ではなく、左腕に力が入らないと言っています」(三一年一二月一一日、MB)。ともあれ、それから数日間は秘書に気を遣っている。「口述筆記はできるだけ頼まないようにしています。左の眼が痙攣して、ぼくが思うに、斜にずれているようです。まったく、奇妙なことがあるものですね」(三一年一二月一二日、MB)。逆はどうかというと、エルフリーデ・メヒニヒは雇い主について、けっして批判めいたことは口にしていない――どんなときも気持ちのよい方で、思い遣りがあり、気まぐれや奇矯な振る舞いはけっしてありませんでした、と述べているのである。

このころ、経済危機はいたるところで切実となっていたが、やがてそれはウィリアムス社にもおよんだ。ケストナーは再三にわたって同社の経営者、エーディット・ヤーコプゾンに対する憤懣を記している。彼女が当初『点子ちゃんとアントン』を気に入らないと言ったことはすでに触れたが、そのあとは、払うべき印税を払わず、支払いを先延ばししている、といって腹を立てた。「ようやく今日、金を送ってきました。ほとんど一か月遅れです。しかも現金ではなく、郵便小切手なんです。秘書が車で街の真ん中まで行き、列に並び、ようやくお金が手にできるという有様で、とんでもない状態です」(三一年一二月一一日、MB)。ヤーコプゾンは会社の経営が行き詰るのを恐れていた。ただし、子どもの本は売れ行きが好調で、『点子ちゃんとアントン』は一二月初旬にすでに七〇〇〇部から一万二〇〇〇部にかけての五〇〇〇部を増刷していた。「つまりあの女性は、自分の社が出した本は売れても、書店は他のクリスマス商戦が惨憺たる状態なので金を払わないかもしれない、と心配しているのです」(三一年一二月一四日、MB)。

ケストナーによれば、そのあと電話で話したとき、ヤーコプゾンはしどろもどろの状態になった。『点子ちゃん』は快調で、すでに一万二〇〇〇部売れました、と言ったと思ったら、「いいえ、九〇〇〇部ですと訂正し、おしまいには九五〇〇部だと言いました。どれが正しいのか、さっぱりわかりません」(三一年一二月三一日、MB)。ウィリアムス社の担当者の一人、フリッツ・ピカールから、『点子ちゃんとアントン』は一万五〇〇〇部売れましたとの報告があったことから、ケストナーは騙されているという感触をもった。毎年、冬の休暇前には同社から一種のボーナスが出ていたが、それもこの年は、金がないという理由でヤーコプゾンに拒否された（三二年一月九日、MB）。ケストナーは彼女が破産するのではないかという心配までした。「まあね、ぼくがお金を受け取れなくなるのが、彼女からであれ第三帝国になってからであれ、結果としてはまったく同じでしょう」（三二年一月一三日、MB）。

ケストナーは政治の破局をもはや不可避だと考え、DVA社の原稿審査係クルト・ヴェラーから励まされたこともあって、同社の経営者キルパーに四冊目の詩集を出すよう迫った。社長はもう少し待ってほしいと答えた。DVA社も経済危機のために苦しんでおり、経営状態が思わしくない演劇関係の子会社クロノスを切り離すことにして、その主任だったマルティン・メーリケの会社に名義変更していた。「でも、もうすぐ厳しい検閲を通らなければ何も出せなくなるというのに、待つことにどんな意味があるのでしょう」（三二年一月一三日、MB）。それでもケストナーは、同年秋まで出版を延期することに同意し、その間《かん》に「もっとよい詩を」書き足すことにした。「なぜなら批評家はもっぱらこっちが弱点をさらけ出すのを待っているからです」（三二年一月三一日、MB）。なお、ウィリアムス社にたいしては、いっさい関係を絶つという姿勢すら示し、その脅しが功を奏して、両者の関係はあるべき姿に戻った——ヤーコプゾンはベストセラー作家を失いたくなかったのだ（三二年一月三二日、MB）。ケストナーのヤーコプゾンにたいするルサンチマンは、しかしながらその後もことあるごとに頭をもたげた。「ヤーコプゾン夫人はロカルノへ向かって発ちました、ぼくを騙してまき上げたお金でね。いつか思い知らせてやりたいものです！　でもたいへんな騒ぎになるでしょうね」（三二年、復活祭の土曜日に、MB）。

モーリッツとの関係は一九三二年の冬に最終的に終わりを告げた。ケストナーは冬の休暇旅行に彼女を連れて行きたがった。その理由は今回も性と衛生と経済だった。「一人で行けば、途中で馬鹿な真似をして、その結果は、すでに体験済みなように、もっと高くつくことになりかねませんからね。それに、病気を移されるのではないかという不安にたえず苛まれるのです。それでは休養にはなりません。いっしょに来なければ、もうあの女とは別れて、一人で気ままに暮らすことにします」（三二年一月九日、MB）。

母親《ムットヒエン》はどうやら、それまでに何度も手を切ると言ったモーリッツをまたしても旅行に連れていくことについて、気に入らない旨を書き送ったらしい。というのもケストナーは、あらためて結婚する意志はないと断言したうえで、こう書いているからである。「いっしょに旅行する理由は、母さんはこじつけだと言いますが、前に書いたとおりです。モーリッツとぼくはもう長いこと愛し合ってはいません。でも今回の旅行では二人の関係は昔どおりです。目下のところぼくは、つまり元気を取り戻すまでは、決着を付けるといった厄介な話はいっさいできません」(三二年一月一三日、MB)。

ケストナーはもともとスイスに行きたいと思っていた。しかし、通貨の問題があまりにも面倒だったことから、急に思いついて、万事安上がりのオーストリアのキッツビューエルに行くことにした。キッツビューエルなら、オーストリアの出版社から支払われたままドイツに持ち込むことができず、銀行に預けてある金を使うこともできた。最初はモーリッツと別行動だった。彼女はウィーンの友人を訪ね、ケストナーとは休暇の最後の週に会うことになった。ケストナーは一月一六日に発ち、ミュンヒェンで一泊、一八日から二月二〇日まで、一か月間キッツビューエルに滞在した。ほとんど仕事はせず、「そのあいだずっと一人で」過ごそうと固く決心していた。「ぼくの状態がもっとまともになるまでです。状態がまともになるのが、神経をふたたび活発にする何よりの近道ですからね」(三二年一月一五日、MB)。

出版社とのいざこざは、十分に休養を取ったあとで片付けるつもりだった。休暇に入ると、散歩と睡眠、独りになって緊張をほぐすこと、これらを試みたが、差し当たり期待したような効果を上げることはできなかった。「ベルリンを離れて一週間になりますが、相変わらず耐えられないほど苛立ったままです」(三二年一月二四日、MB)。母親が退屈しないように、ケストナーは愛情をこめてびっくりさせることを考え出した。毎日違う言葉に訳された『エーミール』が(おそらくは秘書のメヒニヒに頼んで)母親のもとに届くようにしたのだ(三二年一月一九日)。さらに、「美容師の仕事」はもうおしまいにしては、と提案している(三二年二月一九日、MB)。

『雪の中の三人の男』で主人公の青年フリッツ・ハーゲドルンが、欲求不満の女性から追いかけられるというひどい状況は、ケストナー自身のキッツビューエルでの体験にもとづいているようである。今回は、確かにモーリッツが「いないことがベッドではひどく辛かった」(三二年一月二四日、MB)が、しかしアバンチュールにはまったく興味がもてなかった。「シュヴァイドニッツから来た太った女性にいらいらさせられています。ドアマンにぼくの名前を訊き、ぼくの本を一冊残らず読み、その結果ぼくが自分の暇潰しの相手をするのは当然だと考えているのです。まさか、何も起こりはしませんよ。せめてほんの少しでも可愛ければ別ですが」(三二年一月二一日、MB)。母親に一枚の写真を同封して説明している。「その隣がシュヴァイドニッツの太った女性です。もう一人はハンブルクから来たそうですが、厚かましくて嫌な女です。たった二、三日相手をしただけです。今ではもうはねつけて、ふたたび完全に独りです。これが一番賢明です」(三二年一月二八日、MB)。

独りっきりは長くは続かなかった。このころミュンヒェンのカバレットで司会者と俳優をやっていたヴィリー・シェファースが、週末の休みを延長してやってきて、しかも一八歳のバレリーナを同伴しており、ケストナーにはまさに目の毒であった。「二人は絶えずいっしょで、たがいに撫で合っているのです。あのデブのじじいめ。あんなところを見せつけられれば、誰だって胸がむかついてきます」(三二年二月八日、MB)。シェファースは娘よりも三〇歳年上で、ホテル中が彼を笑いものにしています。そのあとやつはぼくに、払いを立て替えてくれと言ったんです。「いく晩か、まったく嫌な気分で過ごしました」(三二年二月六日、MB)。

それでも結局は休暇に満足し、すっかり日焼けして「まるで半分黒人みたいです」と書いている(三二年二月七日、MB)。モーリッツは二月一〇日に合流したが、ケストナーに煩わしい思いをさせることはなかった。風邪をひいていて、ずっと寝ていたからである。ケストナーはそのホテルでも作家としての成功を確認することができた。二人の宿泊客が『ファビアン』を持っているところを目にしたほか、一人の少年が『点子ちゃんとアントン』を読んでいたからである。「頭を使うような本は読まないんだ、とその子は言っていました」(三二年二月七日、MB)。しかし成功は、何よりもまず秘書から送られてきた計算書を見たときに、明らかになった。この休暇の費用はそこに記されていた収入ですべてまかなえることがわかったのだ。「ベルリンでは、ここでぼくが使った額よりもたくさんの収入があったのです。もちろんこれは素晴らしいことで、ぼくはすっかりいい気分になっています」(三二年二月一三日、MB)。むろん、また仕事をしようという気持ちにもなったが、特に激しい意欲を覚えたわけではなかった。「ぼくはとつぜん怠け者になってしまったんでしょうか?」(三二年二月九日、MB)。

母親に宛てたこのあとの何通かの手紙でも、モーリッツの病気が詳しく書かれている。モーリッツが恋人として登場するのはこの休暇旅行が最後で、どうやら別れたのはその直後だったようである。一九三二年以降、ケストナーの伝記は信頼できる資料が少なくなり、『母さん通信』もそれ以前と比べると間隔が広がっていく。三二年一一月にケストナーは母親に手紙を書き、モーリッツとはもう彼女の弁護士を通してしか連絡し合うことはありません、と伝えている。どうやらその後もしばらくのあいだは、彼女の生活費として、少額の支払いに応じていたらしい。「彼女は自分の写真と絵を返してほしいそうです。それからモーリッツの弁護士はぼくに、金を送るようにと言ってきました。そういうことならこっちには好都合、と言わずにはいられません。お金については、今月末でおしまいです。もっと欲しければぼくを告訴しろ、とむこうの弁護士に伝えます。そうすればすぐに厄介事とはおさらばです」(三二年一一月一〇日、MB)。

モーリッツの後を継ぐのは、やがて大きな役割を演じるようになる女性「ナウケ」と、ウルズラと呼ばれる女性である。ウルズラは「ネルソン・カバレットの次のプログラムでソリストとして登場するそうです。これまではマネキンとしてちょっぴり顔を見せていただけです。でも観客にはすごく人気があって、舞台に姿を見せるだけで拍手喝采でした。それが今度は歌うのです！　ディレクターたちは今からもう夢中になっています。たぶんぼくが歌詞を書くことになるでしょう。そしてこの娘はほんとうに野心家です。モーリッツのときは、みんなで何年も努力しましたが、けっきょく芽は出ませんでした。それが今度は、子どもみたいな娘で、俳優の経験なんか皆無なのに、大の大人がその娘を必死で奪い合っているのです！　滑稽ですね。昨晩、ぼくはその娘といっしょにあるレストランで夕食を取っていました。そこへトラーがケステンといっしょにやってきて、隣のテーブルで食事を始めました。滅多にないほど素晴らしい晩でした」(三二年一一月一二日、MB)。

このウルズラと、もしくは「ナウケ」と、ケストナーは三二年七月後半に夏の休暇をエンガディーンのシルス・マリーアで過ごしている。また、このころ母親のイーダともいっしょに短い旅行をしている。行き先は湯治場のバート・ナウハイムであったが、今回はケストナーの心臓病のためではなく、母親の心臓病のためで、ケストナーは「ときどき炭酸浴を」試そうとしただけであった(三二年三月一二日、MB)。どうやら心臓病のための湯治場は、ケストナーにとって苛立ちを誘うものであったらしい。いずれにせよ、「心臓病湯治場からの手紙」という詩はそのような印象をあたえる。この詩は一九三〇年に書かれ、詩集『椅子のあいだの歌』に収録された。

ここで病気にならない人間は、反抗的だと見なされるかも。
バルテル博士はぼくを何度も診察なさる、
まだあれこれ見つけられると踏んでいるからだ。
博士は社長。ぼくらは雇われ人なのさ。（I・207）

一九三二年一月、「新ライプツィヒ新聞」はまたもやケストナーをクビにしようとした。しかしケストナーは、少額だが保証された定期収入をあきらめる気にはならなかった。そこでライプツィヒに行って、解約通知を撤回させることに成功した。そればかりか、これまでよりもたくさんの時評を書くことになった。この都市で昔の同僚に会えば、嫌でも自分の過去と対面することになったが、どうやら特別な感情を呼び覚まされることはなかったらしい。マールグートは出版社の社長になってデュッセルドルフに移り住んでおり、ナトネクはあいかわらず学芸欄の責任者だった。パウル・バイアーは、ケストナーにいわせれば、無責任にも結婚していた。「ところで彼は、賃金カットとか各種天引きとかで、月に四四〇マルクしか手にしていないそうです」（三二年三月一〇日、MB）。その後もバイアーとその妻とは、ゆるやかではあったが付き合いが続いた。やがてバイアーは「ライプツィヒ最新報知」紙に移り、第二次世界大戦後はライプツィヒのレクラム出版社でフリーの原稿審査係として働くことになる。

一九三二年の春、エーディット・ヤーコプゾンはケストナーに、「短くて楽しい本」を書いてほしいと依頼した（三二年三月一二日、MB）この本はふたたび申し分のない時期に出版された。クリスマス前の書入れ時を控えた一一月初旬で、作品は『五月三五日』であった。ケストナーは『エーミール』のまえがきと以前書いたコラムを参考にして、まずはそのなかの一章、「美しい嘘の物語」を書いた。「原生林のなかの小さなパセリ」と題されており、盗賊の首領ラーベンアース〔訳せば「やくざ者」だが、ラーベンはもともとカラスの意〕とタイピストの娘で、そのためにからだが白黒の碁盤模様になっている女の子の物語である（三二年三月二一日、ＭＢ）。「『五月三五日』は読んだひとの誰もがとっても気に入ったと言っています」と、母親への手紙に書いている（三二年一一月一〇日、ＭＢ）。当時の読者の気持ちは、今もこの本を読めば追体験できる。

この子ども向け小説はケストナーらしくない作品である。つまり、彼の道徳論はごく控えめになっており、主人公はどちらかといえば平凡な生徒コンラートと、彼の大好きな間抜けのおじさんリンゲルフートである。ケストナーは模範的少年をあきらめたのだ。この小説はケストナーでもっとも空想的な作品と見なすことができるだろう。独身でいつまでも子どものような薬剤師リンゲルフートとその甥は、南の海へ行こうとする。コンラートが学校の宿題で、南の海についての作文を課せられたからだ。足にローラースケートが付いているサーカスの馬ネグロ・カバロに助けられて、二人は実際に南の海にたどり着く。まずはリンゲルフートの古い戸棚の後ろの壁を通り抜けるのだが、その戸棚のなかで二人は数時間を過ごし、いくつかの並行世界を身をもって生き、また元の世界に戻る。ついで訪れた怠け者の楽園では思い浮かべた希望がすべて実現し、「戻れ、進め進め」と唱えればまた元の状態に戻ることができる。「偉大な過去」という城では、ハンニバルとヴァレンシュタインが鉛の兵隊で遊んでいる。カール大帝は門衛になっており、カエサルとナポレオンは闘技場で普通の観客席にすわっていて、そのほかの偉人たちもみんなただの滑稽な役を演じている。そこにあるのはさかさまの世界で、じっさいケストナーの作品ではここで初めて、《さかさまの世界》という言葉が使われている。つまり、映画『肝油』と同じように、ここでは両親が学校に行かなければならないのであり、子どもにしたことを両親が逆に徹底的に叩き込まれる。

二人がつぎに訪れるのは電気都市《エレクトロポリス》、「自動化された都市」（Ⅶ・588）で、そこではすべてが電化されているが、ナイアガラの洪水で発電量が跳ね上がったため、あまりにも多くの電流が流れ、最後には都市が空中に吹っ飛んでしまう。家畜加工工場はうしろ向きに動き、エレベーターが屋根を通り抜けて飛んでゆき、道路では動く歩道が途方もない猛スピードになっている。「自動運転の車が電光のような速さで通り過ぎ、たがいにぶつかり、猛然と建物に突入し、轟音とともに階段を上っていく。電球が溶けてしまい、人工庭園では花が続けざまに咲いたりしおれたり、空にはもう明後日の新聞が広がっていた」(Ⅶ・594)。これと同じようなふざけた場面を、ケストナーはすでに数年前にも発表したことがあった。「シカゴの世界没落」(GG、Ⅱ・305―308)である。コンラートとリンゲルフートと馬は、逃げる途中で鋼鉄のベルトにぶつかる。幅が二メートル、長さは果てしがない。それは赤道で、そのベルトがついにコンラートたちを南の海へと連れていく。

　空想の物語である『五月三五日』のなかに、ケストナーはひそかに政治的な見解を盛り込んでいる。政治といえば、むろん過去の城というエピソードの場面が特に目に付くが、「怠け者の楽園」の章にも見いだされる。そこを訪れたリンゲルフートが大統領のザイデルバストに、まだこの楽園に入れてもらえる余地はありますか、と尋ねる。「私たちのところにはたくさんの人間がいるんですよ。仕事も食べる物もない人間がね」。しかし、ザイデルバストは提案をにべもなくはねつける。「そういった人間の話は、私たちのところに持って来ないでいただきましょう[……]。だってそういった連中は働きたがっているんでしょう。そんな人間は私たちのところでは必要ないんです」(Ⅶ・569)。

ケストナー、1934年
(写真：フーゴ・エアフルト)

　ケストナーはしだいに緊張が高まる一方の政治の展開を見守っていた。一九三二年元旦の贈り物として、「ベルリーン日刊新聞」に、グロテスクなドラマ「カスペルレのベルリン訪問」を発表した(三二年一月一日付)。この作品では月から落ちてきたカスペルレ[人形芝居の道化]が、警官の案内で大晦日のベルリンを歩きまわるという趣向で、六つの場面が描かれている。まずは「ゲーテ没後一〇〇周年記念会場」の見学を望むものの、その前にまったく別な施設をつぎつぎと連れ回され、しかもどこへ行っても説明はすべて力強いクニッテル詩形[一行四強音で二行ずつ韻を踏む詩形]でなされる。国会議事堂の警官は、「これぞ栄えある祝いの日々に／大臣らのいと重き言葉の発せらるる」ホールだと紹介する。シルクハットを携えた経済の専門家たちから成る一グループは、国民に向かって最新の愚かしい措置を説明する。

われらは賃金を下げ、物価を下げるぞよ、
この両者を、できるだけ同じ比率でな。
つねにおしゃべりはたっぷり、たっぷり考えることは絶えてなし。
われらがすべてを下げたなら、あるいは災難の数も下がるかも。

群集のなかから一人の若い男があらわれ、憤慨して反対を唱えるが、その声は聞こえない。演出上の注意として、これは以下においても特に危機的な場面で繰り返されるのだが、こう記されている。「この箇所で、緊急命令第四条のために興奮して、騒動が起こり、途方もない大音量になるために、場合によっては政治的なこうした意見は、観客には聞こえない」。つぎに訪れる場所はベルリン地方裁判所で、一〇〇人もの被告が贈収賄の罪で判決を待っている。通りでは軍隊が隊列を整えて行進しているが、じつは映画会社の引っ越しであることが判明する。警官は月からの客に説明する。

ドイツという国の住人はだな、
軍服着てビシバシやってればもう大感激。
いいかい、たぶんな、伍長こそ
ドイツの男の理想なのさ。

ゲーテ記念祭の実行委員会も同様で、委員たちの態度は建設的などとはとうてい言えない。大学教授や劇場支配人、ラジオ放送のプロデューサー、こうした連中が勝手に怒鳴り合っているのだ。放送プロデューサーが詫びている。検閲のために『ゲッツ・フォン・ベルリヒンゲン』の放送ができなくなりましたので、代わりにビュヒマン〔一八二二―

八四。文献学者」の『名言集』からの抜粋をお届けします」。「どうやら兄弟らしい」劇場支配人が二人、別な成功への処方箋を披露する――これはロッター劇場をあてこすっている［アルフレートとフリッツのロッター兄弟は一九二七から三三年まで「メトロポール劇場」を経営、「演劇コンツェルン」と呼ばれた］。

皆さまごひいきのわれらが劇場では、

「老いていくゲーテ」を音楽劇《ジングシュピール》でお目にかけます、
クリスティアーネとフォン・シュタイン夫人も登場いたします。

ゲーテは三人いっしょがお好き、二人もお好きであられたが。

第二幕にいたって、シラーが舞台に現れます、
姿をいつわり、ゲーテの召使になりすまして。

それでもゲーテは見破ります、ただし第三幕でのこと。

歌詞と曲は八人のウィーンっ子の手になるもの。

そしてフォン・レーヴェツォー嬢が薄衣一枚でダンスを披露いたします。

［ウルリーケ・フォン・レーヴェツォー（一八〇四―九九）は七四歳のゲーテが結婚まで考えた、当時一九歳の貴族の令嬢］

出席者たちは兄弟に、その案でいこうと言う。「ゲーテはもうあの世の人、大事なのは商売さ」。すると一人の「アウトサイダー」がまるで発作を起こしたように激しく怒りだし、声を張り上げて言う、ゲーテを「理解せねばならない、理解したことを日々証明してみせねばならないのだ」と。

そして外で、殴ったり殺したりしている奴ら、
あの連中は誰一人、ゲーテを口にする資格はない。
つまるところゲーテを一度は読むべきなんだ！
あの方はヨーロッパ人だった！

おまえたちの立脚点とやらでは、なにしろ頑迷固陋ゆえ、
ゲーテはドイツの文化ボルシェヴィキになっちまう！

アウトサイダーはこう語るが、彼に同調する人間は現われない。何人かの「勇ましい大学生たち」が乱入してきて、「若いアウトサイダーを床に殴り倒す」。「男はさんざんに踏みつけられた、胸糞悪いやつだから。／襲撃、万歳！ゲーテ、万歳！」。カスペルレは「制服を着たウェルギリウス」に礼を言い、月へ戻っていく。月の良いところはね、「人間が住んでいないことさ」。宙を飛びながら、カスペルレはなおもシャンソンをうたう。新年の挨拶と理性のアピールが盛り込まれた歌詞で、直前の場面ときわだった対照をなしている。

大統領選挙でケストナーは、「ヒンデンブルクに投票する」ことを勧める。「今のところはそれが一番ですからね」（三二年三月五日、MB）。「新ライプツィヒ新聞」はヒンデンブルクに投票するよう読者に呼びかけるとともに、第一回目の投票ですでに過半数を獲得すると見ていた。それにたいしてケストナーはこう書いている。「一回目では無理だと思いますね。でも二回目には確実で、結果が確定するのは四月に入ってからでしょう」（三二年三月一〇日、MB）。

ケストナーは前年よりもいくらか楽観的になっており、蓄えた金の少なくともその一部はまた銀行に預けていた。「選挙結果が好ましければ、もっと貯金をするでしょう。好ましくなかったら、貯金なんてまったく無意味ですよね」（三二年三月一一日、MB）。危機の際にも安全な投資の一つの可能性として、ケストナーは土地を買うことを考える。その後、選挙は望んでいた通りの結果となる。「もうほんのちょっとで、パパ・ヒンデンブルクは絶対多数を獲得するところでしたね。わずか一六万九〇〇〇票足りなかっただけです。二回目の投票ではすんなり決まるでしょう。つまり母さんはパパ・ヒンデンブルクの胡椒入りケーキのことで心配する必要はありませんからね。ナチはヒンデンブルクに何もできないでしょう。ナトネクは、すでに荷造りをした、と言っています。ナチが選挙に勝ったら逃げ出すというのです。滑稽なやつでしょう？」（三二年三月一四日、MB）。しかし、ケストナーがナトネクのような人たちをそれほど滑稽だと思っていたことはあり得ない。滑稽だと言い切っているのは確かだが、そのこと自体よりも母親を安心さ

せる方がケストナーには重要だったのだ。彼が状況をかなり正確に掴んでいたことは、三二年秋に出版された第四詩集を見れば理解できる。同年の二月にケストナーは、『世界舞台』誌でトゥホルスキがイリヤ・エレンブルグについてこう書いているのを読むことができた。「彼はすわっている、今日もっともすぐれた人々がすわっている場所、すなわち椅子と椅子のあいだに(33)」。ケストナーは自分もそうした人間になりたいと思い、詩集に『椅子のあいだの歌』という表題をつけた。

それまでの三冊と同じように、この詩集に収録された作品も、素材はじつに多様である。女性嫌い、カバレット、自伝的な話題、自殺して果てた友人の画家オイゲン・ハム〔一八八五―一九三〇〕の思い出。ケストナーはこの詩集で初めて自分の好むエピグラム〔警句的な短詩〕を盛り込んでいる(「何が起ころうと」、「アクチュアルな記念帳用の詩」)。また、比較的多くの政治詩(「ローレライの上で逆立ちをする」、「空腹は治せます」、「ドイツの統一党」)、反軍国主義の詩(「ヴェルダン、歳月を経たのちに」)を収録しており、ほかに断固とした反ナチの詩も入っている(「総統の問題、遺伝的に見れば」)。その一編、「行進の歌」の最終節はたびたび引用されることになる。

おまえたちが夢見ているようなドイツなんて、目覚めることはないだろうよ。
だって、おまえたちは頭が悪く、選ばれた者なんかじゃないからさ。
やがてみんながこう言い合う時代がくるだろう。
あの連中じゃあ国を造るなんてどだい無理だったんだ！　と。

具体的な態度となると、この詩集でも、人類史的な《熟考》のせいで表現が弱められている。「一立方キロメートルあれば十分さ」と「人類の進化」という二つの詩で、ケストナーは、「木の上のやつら」の科学と技術の可能性を讃えている。あの連中は、「頭と口で／人類の進歩を成し遂げた」のだ、と。「ところがそれはちょっと脇において／明るいところでよくよく見れば、連中は基本的に／相変わらず昔の猿なのさ」(I・176)。

一九三二年が終わろうとするころ、ケストナーはいつものストレスに苦しめられた。「カバレット・デア・コーミカー」と「ティンゲル・タンゲル」のために出し物を書き、「ベルリーナー・イルストリールテ」紙のために大晦日の特別寄稿を仕上げ、といった具合だったからである。このころクルト・ヴァイルと会って語り合った。ケストナーはそれまでに、ヴァイルがカスパール・ネーアーと共同で書いた『保証』という作品を観ていたが、『三文オペラ』とは違った意味で気に入らない、と述べている（三二年三月三〇日、MB）。この出会いからはもはや何も生まれることはなかった。ヴァイルが一九三三年に亡命するからである。

　ケストナーはプレスブルガーといっしょに犯罪映画の台本に着手する（三二年一二月六日、MB）。そのプレスブルガーも三三年四月には亡命してしまう。ケストナーは、三三年一月に開かれた民主主義者たちの最後の舞踏会にも、社会主義者たちの最後の舞踏会にも出席している。同業者や仲間たちでそこにいたのは、次の人たちであった。マックス・コルペ（三三年亡命）、ローダ・ローダ（三三年亡命）、カール・ツックマイアー（三八年までオーストリア滞在、その後渡米）、レオンハルト・フランク（三三年亡命）、ルートヴィヒ・フルダ（三三年執筆禁止、一九三九年自殺）。後者の舞踏会にはアルノルト・シェーンベルク（一九三三年亡命）も姿を見せていた[34]。

　新しい年の始まりはいつもと同じだった。毎年恒例の腹立たしい税務署の問題が待ち構えていた。ケストナーは宣伝費用の控除を申請していたが、役人からの返事はなかった。どうやらケストナーの作品を読んだことすらないらしかった。ケストナーに言わせれば、役人なんて「猿」で「角の生えた雄牛［＝うすのろ］」（三三年一月二日、MB）で、ヒトラーのことなど何も考えていなかった。

『ファビアン』

『ホテルという地獄』を音楽劇《ジングシュピール》として書き直す計画もあったが、ケストナーはそれを棚上げにして、自分にとってもっとも重要な作品に取り組むことにした。それが『ファビアン』で、当時のケストナーとしては執筆にたっぷりと時間をかけ、自分の創作活動の総決算とするべく、ひそかに他の作品とは比べものにならない成功を心に期していた。そのため抒情詩集とは異なり、既発表の文章はごく例外的にしか使わなかった。「一等賞は特製小麦粉五ポンド(1)」がその数少ない一例である。つまり、長編小説『ファビアン』はオリジナルな作品にするつもりだったので、作者はあらゆる技法を使い、主人公にデカルトとショーペンハウアーを読ませた。だがその一方で、宣伝、技術、スポーツといった新即物主義の共通表現《トポス》をも使い、新聞や映画といった新しいマスメディアも登場させている。

ケストナーがじっさいに書き始めたのは一九三〇年九月末ごろであるが、思ったようにはかどらないと嘆いている――一〇月にはまだ第一章の最初の部分だった。「長編小説の場合は、すらすらと筆が進まなければ進まないで、それもまた悪くはありません。何より大事なのはすぐれた作品になることです。暇な時間が一分でもあると、素材についてああでもないこうでもないと考え、メモを取ったりなどしています」(三〇年一〇月一〇日、MB)。その第一章は一〇月半ばにできあがった。「印刷して一二ページほどの分量です。ということは、完成までにこのおよそ二〇倍書かなくてはならないというわけです。どうしよう《アウ・バッケ》！　でも、楽しくやっていますよ」(三〇年一〇月一四日、MB)。

ケストナーは何しろ引っぱりだこであったから、この作品にだけ集中するわけにはいかなかった。同時にいくつもの計画に手を染めていた。たとえば、実現はしなかったが、ヘルマン・ケステンと戯曲を書くという計画もあった。このころのケストナーの仕事ぶりについては、母親に書き送った以下の箇条書きから、おおよその印象を得ることができる。「一人はぼくと戯曲が書きたいと言い、二人目は映画を作りたがっており、三人目は六本の映画を、四人目は現代オペラを、五人目は朗読用テキストをご所望で、六人目の男は、一度見かけて外観しか知らない女性とどうしたら再会できるか、ぼくに助言をしてほしいと言い、七人目は女性で、自分が共産党に投票したことは正しかったかどうか、教えてほしいと言っています。八番目に、ぼくはハンス＝アレクサンダー・レーア（八歳）とその姉ルート（九歳）といっしょにコーヒーを飲みます――ハンス＝アレクサンダーは『エーミール』のことで何度もぼくに手紙をくれたんですよ」(2)。こんな調子がもう少し続くが、ケストナーはこの手紙でけっしてただの自慢話を書きつづったわけではなかった。しかもそのうえ、足しげく劇場を訪れ、友情や愛情をも育んでいたのである。

一か月後、下書きは第五章に入っており、ケストナーはエルフリーデ・メヒニヒに冒頭の部分を口述し、タイプしてもらうことにした（三〇年一一月一一日、MB）。当初の予定では、この小説は全部で二五章になるはずであった。一九三一年五月二〇日には一五章まで書き上げられた。作中のいたるところでベルリンが書き割りとして使われていた。「北と東の地域をずいぶんと駈けずりまわっています。書き進めるために必要だからです」（三一年五月二〇日、MB）。このころはウーファで『エーミール』の台本をめぐって諍いが絶えなかったために、考えていたほど早く書き進めることはできなかった。あるときケストナーは、あの小説は「この間《かん》に無精ひげが伸び放題になってしまいました」と不満を漏らしている（三一年五月二三日、MB）。

六月上旬に第二〇章が書き上げられた（三一年六月三日、MB）。その二日後には、二一章の真ん中であったが、この仕事を中断して『点子ちゃんとアントン』を完成させることにした（三一年六月五日、MB）。同月一八日に『ファビアン』の執筆を再開、第二一章を書き進めたが、この章にはほかよりも長い時間がかかった。「やっかいな章です」（三一年六月二四日、MB）。章の残りを仕上げるのに一週間かけたが、このころ、ヘルマン・ケステンとエルンスト・グレーザー［一九〇〇―六三。左翼の作家でいったん亡命するが、のちナチを容認して帰国した］も、「ベルリンを舞台に、大学で学んだが失業中の男を主人公にした！」「まったく同じたぐいの小説を」書いているという情報が入り、ひどい焦りを覚えている（三一年六月一八日、ＭＢ）。ケストナーにとっては、ケステンの小説『幸福な人々』（一九三一）よりも先に出版することが重要だったのである。グレーザーの『エルザスの農園』（一九三二）についてはやがて、テーマがまったく違うことが判明する。

完成した正確な日付をケストナーの手紙で確認することはできない。一九三一年六月二五日付の母親宛ての手紙には、今は「二二章で、ということは、もうすぐできあがります」と書かれている（三一年六月二五日、ＭＢ）。ＤＶＡ社の社長グスタフ・キルパーが七月後半に、小説の採否はこの休暇中に決めたいと記していることから、どうやら六月末までには下書きの原稿が仕上がっていたようである、そして、口述は、「おそろしく退屈な仕事です」（三一年六月二〇日、ＭＢ）とこぼしているが、七月一〇日にはすでにＤＶＡ社の原稿審査係クルト・ヴェラーが、完成した原稿について自分の考えをつぎのように記している。これは、「ジャンルの概念からは長編小説」と呼ぶことはできない作品で、作者は、「時代の断面を露呈させ、そこに生きる人間のタイプに強烈な光を当てて浮かび上がらせること」を目指している。「ケストナーのどこまでも誠実な性格は、ときとして嫌悪感や恐怖感を抱かざるを得ない状況を読者に突きつけるが、これは著者の罪ではなく、時代の罪である。ケストナーは真実を露わにし、そうすることによって改善を求めているのだ」。この小説は「最大規模の告発」である。「この本が望んでいるのは文学作品であることではない——真実であることなのだ。作者の空想に慰めを求めることはできない。ここにあるのは考察であり、体験であり——ままた、ラブーデの自殺とその原因がみずからの体験にもとづいて（ただし十分に隠蔽されて）書かれている[3]」。

原稿審査係ヴェラーは、ケストナーの秘書を別にすれば、『ファビアン』の最初の読者であっただろうが、この作品の最大の問題として表題を挙げた。著者の提案はどれも彼には気に入らなかった。著者ケストナーは『豚小屋』、『ヘラクレスのいない豚小屋』、『真空のなかの青春』を考えていた。ヴェラーの考えでは、すでにシュテファン・ツヴァイクが短編に使っていた『感情の惑乱』が最高の表題であった。ヴェラーの方では、「ヨーロッパがおちいった心の屠殺場、待合室、応急施設……」といった連想を挙げたあと、「でもこれらはまだ表題とはいえませんね」と書いている。ケストナー自身は挙げられたどの案にも満足できず、ほかに『最後にマタイが』（三一年七月二一日、ＭＢ）とか、

『ソドムとゴモラ』(三一年七月二八日、MB)なども考えていた。ちなみに、ケストナーが戦後版のまえがきで述べている『犬たちの前に歩み出る』は、当時の資料ではどこにも見当たらない。

DVA社が所有していた劇場切符販売会社クロノスの責任者マルティン・メーリケは、原稿を読んで頭から否定する報告書を書いた。「まったく使い物にならない、と言ったのでは、まだもっとも穏やかな表現である」(三一年七月一八日、MB)。それにたいしてクルト・ヴェラーは、この本には「すっかり心を奪われた」と書いたが、その一方でいくつかの補足と、あからさまに性を描いた章や特に過激な章は削除が不可欠だ、と指摘した。その結果一九三〇年代の読者は、「盲腸のない紳士」の章と、本来「あとがき」にと考えられていた「ファビアンと道学者先生たち」は、雑誌に収録されたかたちでしか読むことができないことになった。原稿審査係はまた、ラブーデとファビアンがバスに乗ってベルリンを走りまわる場面も、二人がいくつかの記念碑的な建造物に嘲笑を浴びせているという理由を挙げて、削除を求めた(Ⅲ・401―403)。

ケストナーは指摘された箇所を二週間かけて書き直した(三一年七月一五日、MB)。「盲腸の話とその他あれこれを抹消し、新しく二章を加えました。それらはエロチックではありません」(三一年七月一八日、MB)。書き直すのは最初に書き下ろしたときよりも体力を消耗するように思われた。電話には出ず、ウーファにも連絡を取らず、旅行中をよそおって仕事に打ち込んだ(三一年七月二〇日、MB)。現在の第三章、新聞社の夜の編集室の部分は、削られた「盲腸」の章の代わりに、あとから書かれたものである。キルパーは休暇を過ごしていたシュヴァルツヴァルトで書き直された原稿を受け取り、自分が「余計なことを言わなければいいのだが」と述べた(三一年七月二五日、MB)。しかし、余計なことを言うどころか、この原稿を出版することに賛成だ、と言ったのだった(三一年八月五日、MB)。『ファビアン』は一九三一年一〇月一五日に発売になった。ケストナーは、「どういう批評が出るか、舞台に上がる前のように緊張して」(三一年九月二九日、MB)いた。ケストナーの母親は革装の著者用見本を受け取って有頂天になったが、有頂天という点ではヘルマン・ケステンも同じだった(三一年一〇月一二日、MB)。ヴェルナー・ブーレはあら探しをした。それには「妬みも一役買っていると思われます」(三一年一〇月一二日、MB)。

この本を読めば誰もが、主人公で博士号をもつゲルマニストのヤーコプ・ファビアンに、いわば手を取って案内され、一九三〇年から三一年にかけてのベルリンを、それも社会のすべての階層を通り抜け、公共の場も私的な場も含めて隈なく歩きまわる思いがするだろう。ケストナーの描くファビアンは、「家具付きの下宿」に住む不器用な男であり、自分の道徳的な純粋さにたいそう気を遣っているが、すでに第一章でその純粋さをこっぴどく思い知らされそうになる——あやうく路面電車に轢き殺されそうになるのだ。そのあと、上司から紹介された怪しげなクラブを訪れたファビアンは、イレーネ・モルという顔色の悪いブロンド女性に有無を言わさず引っ張っていかれる。彼女の攻撃的な好意にたいして身を守ることができないのである。そもそもファビアンは意志というものをほとんど持っていない人間で、その一方で好奇心はたいそう強い。そう考えなければ、彼がいつでも自分の呪っている場所へ——レスビアンの酒場であれ新聞社の編集室であれ——知らないうちにたどり着いてしまうことは説明がつかない。彼は生活費を、広告のコピーライターとして稼いでいる。なぜか。どうやって稼ごうが、彼にはまったくどうでもいいことだからである。「宛て名書きをしようが、プラカードの名文句を考え出そうが、ムラサキキャベツを売ろうが、ぼくにとっては、また世のどんなことにとってであれ、まったくどうでもいいことだ。これらは一人前の大人のすべき仕事だろうか?」(Ⅲ・45)。彼の友人のラブーデはまだそこまではあきらめていない。ラブーデは大学教授資格を得るための論文を書きながら、みずから一種の社会主義的な小グループを率いて政治とかかわっている。それにたいしてファビアンは、確信をもった「小市民」(Ⅲ・56)として、どこにも属したくないと思っている。ファシストにたいしてファビアンは、自分たちが何にたいして戦っているのかを知っているだけだ、いやそれすら正確に知っているとはいえない、といって批判する。他方プロレタリアートは、彼にとって「最大の利益団体」で、親しみを覚えている。しかしながらプロレタリアートが支配する世の中になっても、「人間の理想というものはやはり身を隠していなければならず、相変わらず泣いて過ごすことになるだろう」(Ⅲ・56)。ファビアンとラブーデは共産主義の労働者とナチ党員の撃ち合いの場に行き合わせる。ラブーデはふくらはぎに銃弾を受けた労働者に応急の包帯をしてやり、弾丸は貫通して残っていないことを確認する(Ⅲ・53)——この箇所ではラブーデのモデル、ケストナーの友人ラルフ・ツッカー(4)の姿が透けて見える。つまり、ラブーデはゲルマニストという設定であるが、ツッカーは医学を学んでいたのである。ラブーデはレーダという婚約者と遠距離恋愛を続けている。彼はベルリンに、彼女はハンブルクに住んでいるのだ。ある夜、前もって連絡しないで彼女を訪れたラブーデは、婚約者が自分を欺いていた現場を目撃してしまう。話し合っているうちに彼女は、彼に相談することなく子どもを堕ろしたことがあると告白する。ラブーデはレーダに平手打ちをくらわせ、婚約解消を告げる。ケストナーがイルゼ・ユーリウスと交際していたころの余韻が、ケストナーに都合のいいように修正されて響いていることは疑い得ない。「ぼくは、間違った前提のもとで生きるために、五年という歳月を費やしたんだ。もうたくさんだ。［……］彼女はぼくを愛していないし、一度だってぼくを好きになったことなんてないんだ！」(Ⅲ・73)。

ラブーデに誘われるまま、レスビアンのルート・ライターのアトリエを訪れたファビアンは、男女が繰り広げる性の狂乱のまっただなかで、ベルリンにやってきたばかりのコルネリア・バッテンベルクという若い女性と知り合う。二人は、そこが自分たちにふさわしい場所ではないことで意見が一致し、やがて自分たちが同じ女家主の間借り人であることに気づく。こうして二人はともに幸福な愛の一夜を過ごす。翌日、宿題だった宣伝方法について、これはという懸賞募集のアイディアを思いついたファビアンが、勤め先で仕事を始めようとしたそのとき、解雇を告げる文書が届けられる。その月の給与の支払いを受け、会社を出たファビアンは、あてもなくベルリンの街を歩きまわり、とある公園で、かつては発明家で紡績会社の社長だったというコルレップ老人と知り合う。わしはドロップアウトして生きているんだ、と老人は語る。自分が発明した機械がじつは、「労働者の大軍から戦闘能力を奪ってしまった大砲」にほかならないことを悟ったからだ。決心をする最終的なきっかけは、マンチェスターで目撃した事件だった。「ロックアウトされた労働者を騎馬警官が蹴散らしていた。サーベルをその頭上に振り下ろし、小さな女の子を馬に踏みつけさせていたんだ。みんな私のせいで起こったことなのだよ」。そのときから彼は「ベルリンで浮浪者同然の暮らし」(Ⅲ・95)をしてきた。ファビアンは老人を自室のソファーで眠らせ、自分は漂流するオデュッセウスのように職業紹介所をつぎつぎとあてもなくめぐり歩く。間もなく老人は家族の指示で精神病院に収容されてしまう。ファビアンの母親が訪ねてくる。二人はファビアンの子どものころの思い出話にふけるが、それはケストナーの読者なら聞いたことのありそうなことばかりである――病気の母親を見舞うために寄宿舎を抜け出したこと、母親の誕生日にプレゼントした「七つの宝物」。すっかり胸がいっぱいになった母親は、「まるでおまわりさんみたいに」抜かりなく息子の身のまわりを調べ、やさしく世話を焼く(Ⅲ・108)。

イレーネ・モルは男娼を雇って金持ちの女性相手の店を開く。夫が客から預かった金を横領して外国に逃げたからであった。そしてコルネリア・バッテンベルクは無職の貧乏暮らしよりも高等売春の道を選ぶ――映画界の大物が彼女のために二間続きの部屋を借り、大々的に売り出すことにしたのである。「避けて通ることはできない話よ。[……]まるで解剖のために自分を売り渡したような気分だわ。[……]私は破滅するつもりはないのよ。医者が診察してくれるんだって、そう考えることにするわ。医者は私のからだをつつきまわすかもしれない。でも仕方がないの。泥だらけにならなくては、泥から抜け出すことはできないわ。私たち、何があっても抜け出すのよ！　いい、抜け出すときは私たち二人いっしょよ。私の言っていること、わかってくれるかしら？」(Ⅲ・136以下)。ファビアンにはまったくわからない。恋人に吐き気を催すだけである。欲求不満の人妻の誘惑に乗るほうがましだ、と思う。次にファビアンを襲うショックはラブーデの自殺である。妬みを抱く競争相手から、五年のあいだ取り組んできた教授資格申請論文が拒否された、と聞かされたのが原因だった。ファビアンがラブーデの担当教授に尋ねると、事実はまったく逆で、教授はラブーデの論文に「近年でもっとも優れた文学史研究の成果」という評価をあたえた、と答える(Ⅲ・172)。問い詰められて、冗談を言っただけだと告白した大学の助手を、ファビアンは血だらけになるまで殴る。ラブーデの死によってファビアンは、ベルリンで生きるための最後の絆を、いやそれ以上に、生きることそれ自体との絆を、断たれたと感じる。「仕事はなくなった。友人は死んだ。コルネリアはよその男の腕のなかだ。まだここに見つけるべきことがあるだろうか？」(Ⅲ・179)。

ファビアンは都会をあとにして故郷の町へ帰る。そこでいくつかの既視感体験《デジャ・ヴュ》をし、かつて学んだ寄宿学校に足を向け、昔の校長に会い、道でたまたま昔の恋人と出会い、兵隊時代に自分をしごいた相手に会い、反動的な同級生と女郎屋に行く。右翼系の地方新聞で広告を担当しないか、あるいはコラム記事を書いてはどうか、という申し出を受けるがことわる。ファビアンには何もかも疎ましくてわざとらしいことに思われる。夜空で輝く月ですら本物とは思えない――その月は、「城の塔の先端からおもむろに、まるで針金の上を滑るように」、空を移動していくのだった

（Ⅲ・189）。ファビアンは決心する、しばらくはラブーデが遺産としてくれたお金で、早期年金生活者としてエルツ山地のなかで生きていこう、「自然の懐に分け入って」、自分がいつしか失ったものを取り戻すべく努力をしよう、と決心したのだった（Ⅲ・198）。しかし、それは果たされることなく終わる。男の子が川に落ちるのを見て、救うために飛び込む。小説の最後の文章はこうなっている。「男の子は泣きながら岸に泳ぎ着いた。ファビアンは溺れて死んだ。残念ながら彼は泳げなかった」（Ⅲ・199）。

ヤーコプ・ファビアンが小説の本質を規定する人物であることは、疑う余地がない。ファビアン一人が巧みに紡ぎ出された個々のエピソードを結び合わせているのだ。しかし、隔たりを示すシグナルもいくつか存在している。言うまでもなくこのシグナルはどれもが、小説のテクストの外にあるのだが。つまり、自作をめぐる注のなかで、ケストナーは『ファビアン』という作品の意味を提示している〔次の箇所は初版では削除されたあとがき「ファビアンと道学者先生たち」に記されている〕。つまりそこには、この作品の著者は、「たった一つの希望を見据えているモラリスト」である、と書かれているのだ。著者の目には、「同時代の人間がまるでロバのように頑なにうしろを向いて突き進み、ヨーロッパ人を残らずひと呑みにしようと、大きく口を開けている深淵に向かっていく様子が」、映っている。「そこで著者は、彼以前のまた彼以外の一連の人々と同じように、叫んでいるのである。気をつけろ！　墜ちるときは、左手で左側のグリップを掴むんだぞ！　と」（Ⅲ・201）。

一九五〇年に書かれた「まえがき」にも同様のことが記されている。すなわち、この小説は、「ドイツが、またその他のヨーロッパ諸国が、近づいていた〔……〕深淵にたいする」警告だったのだ、と（Ⅲ・440）。ケストナーはそこでこんなことも述べている。『ファビアン』はたしかに「当時の大都市の状況」を叙述してはいるが、しかし、「文学的なアルバムでも写真のアルバムでもなく、一編の風刺なのだ。当時のありのままを叙述したものではなく、誇張して描かれているのである」（Ⅲ・440）。

今日となっては、この本のなかに誇張した表現を認めることは困難である。現代の読者にくらべれば、当時の読者には、たとえ労をいとわなかったにしても、ヤーコプ・ファビアンはけっして典型としての人物ではないのだと認識する可能性が、少ししか——おそらく、あまりにも少ししか——あたえられていなかった。なぜなら、ケストナーのあとがき「ファビアンと道学者先生たち」は、出版社の要求で削除されていたからであり、まえがきはまだ書かれていなかったからである。また、表題の『ファビアン——あるモラリストの物語』は、ケストナーのもともとの提案とは異なっていたことから、内容の理解に役立つものではなかった。距離を置いて読むための唯一のシグナルは、小説の結びである。最終章の見出し、「泳ぎは覚えておきなさい！」(Ⅲ・195)は、物語の仮構を突き破り、読者にじかに語りかける指示として読むことができるのである。ファビアンは生きる能力を備えた人物ではありません、とはつまり、あなた方は彼とは別なことをしなさい、別なふうに生きなさい、という意味だと考えるべきである。しかし、それでは、「泳ぎは覚えておきなさい！」とはどういう意味か、とふたたび問われるであろう。これについてのケストナーの要求は、また彼の説明も、明確ではない。がしかし、それが『ファビアン』という作品のすぐれた特性だといえよう。ファビアンが進むべき方向を知らないことを作者は示し、それを批判しているのだ。モラリストによって書かれた物語は袋小路へ導くだけなのである。作者が知っていることは、何かが変わらなければならないということだけで、何が変わるべきかは知らない。その点を率直に認めていること、それが作者の意図を物語っている。

　具体的な政治参加はファビアンのとるべき方法ではないようである。ケストナーも政党に加入したことはなかった。ケストナーの詩作品に表現された「自由気ままな」反軍国主義と平和主義はこの小説でも、とくにファビアンが見る悪夢に、ふたたび見いだされる。この悪夢についてはディルク・ヴァルターが、内戦への警告、「暴力によって社会状況を変更すること」にたいする警告という解釈を打ち出しているが、正鵠を射たとらえ方だといえよう(5)。ケストナー自身の兵隊時代の思い出、「病気になった心臓」と「取るに足りないこと」(Ⅲ・54)とが、とても比較にならない凄絶な目に遭わされた犠牲者たちと、対比されている。「地方にはいまでもそこここに隔離された施設があって、そこには体に欠けた部分のある兵士が寝かされているはずだった。腕や脚のない男たちや、鼻とか口のない恐ろしい顔の男たちだ。どんなことにも尻込みしない看護婦たちが、かつては笑うことも話すこともできて、泣きわめくこともできた口であったが、今は異常に膨れ上がって癒着した穴に、細いガラス管を刺し、すっかり姿の変わってしまった人間に、栄養を流し込んでいるのだ」(Ⅲ・54)。この一節は誇張ではない。一九二〇年代のベルリンでは街角に傷痍軍人の姿があった。そしてここに描かれた極端なケースは、エルンスト・フリードリヒのパンフレット付き写真集『戦争に宣戦布告を』(一九二四)で見たのであろう。フリードリヒは正視できないほど恐ろしい写真に説明文を添え、戦争の犠牲者たちについて報告している。彼らは三〇回も、「いや四〇回をはるかに超える手術を耐えねばならず」、人工的に栄養を補給され、「世界から隔離され、家族から遠く離れて[……]」、いつの日かふたたび人間らしい姿に戻ることを夢見ながら生きている」のである。(6)

著者と登場人物とは、反軍国主義のほかにも多くの局面で重なり合ってはいるが、明らかな相違点もある。ファビアンは歴史に関してペシミストで、何をしてもそのたびに、こんなことは無意味だと思ってしまう。彼にとって自分が役割を果たすことのできるシステムは存在しないのだ(Ⅲ・45)。ファビアンはオノレ・ドーミエの絵、進歩のアレゴリーである「感じの悪いカタツムリ」(一八六九)のことを思い浮かべる。「ドーミエは紙にカタツムリを描いた。一列になって這っている。それが人間の進歩の速さだというわけだった。ところが、カタツムリたちは輪を描いて這っているのだ！　それが最悪なところだった」(Ⅲ・34)。このような姿勢では、文学作品を生み出すということも無意味であろう。この点では、ケストナーは彼が創造した人物とは違う。とにかくケストナーは『ファビアン』という小説を書いたからである。

ファビアンは、一流新聞社でかなりの地位にいる「知人」(Ⅲ・132)、ツァハリアスを頼るが、この男にもファビアンの働き口を見つけることはできない。このツァハリアスはしかしながら具体的な政治観の持ち主である。彼は、「キリスト教会の強大化はとりわけ巧みな宣伝《プロパガンダ》に依るところが大きいというH・G・ウェルズの主張」を擁護するために戦っている。そしてウェルズを援用し、「広告《レクラーメ》はもうその目的を石鹸やチューインガムの消費拡大に限定するのではなく、理想の実現のために奉仕するときがきている」と主張する(Ⅲ・132以下)。ファビアンはこの理論に疑念を呈する。「人類は教育できるというのは疑わしいテーゼである」(Ⅲ・133)。

ところで、エーリヒ・ケストナーはけっしてその理論を疑ってはいなかった。このころのケストナーの政治観にとって、おそらくハーバート・ジョージ・ウェルズはもっとも重要な著述家の一人であった。『神々に等しい人間たち』(一九二三、独語訳一九二七)や『ウィリアム・クリッソルドの世界』(一九二六、独語訳一九二七)といったウェルズの著作について、まるで讃歌のような書評を書いているのだ。ケストナーが讃えているのはウェルズの「絶望に陥ることから私たちを救おうとしており、また救うことができる、その世界観」である（GG、I・108）。ウェルズのユートピアは単に、「空想的な悟性の投影」にはとどまらず、そのユートピアには、「未来がそれを実現するかもしれないという希望の残余」が感じられる、とケストナーは書いている（GG、I・106）。『クリッソルド』には、本来のストーリーを離れて、六〇歳のコンツェルンの会長が自分の人生を語る場面があるが、とくに広く喧伝しようとするのは、「世界のイメージが私の頭のなかでどんなふうに描かれているか」[7]についてであり、彼は宗教と広告について、性と結婚、マルクス主義と資本主義について、そして世界を救うということについて、自分の見解を伝えようとする。エッセイ風のこの「世界観小説」は、今日ではほとんど読むに堪えないが、しかしケストナーにとってこの小説は、「近年におけるもっとも賢明な本」であり、「緊張感あふれる卓越した小説」（VI・121）であった。とくにウェルズの宣伝《プロパガンダ》理念——「主なる神の広告《レクラーメ》のために築かれた、世界の神殿」[8]——について、ケストナーは独自の評論を書いた。それが「広告と世界革命」（一九三〇）である。この評論は大半がウェルズからの引用、わけてもクリッソルドの兄ディコンが語った文章から成っている。小説のなかのディコンは、イギリスで最初の大規模な広告代理店を設立したことになっている。そのディコン・クリッソルドと同様にケストナーも、単純化と濫用の可能性については十分に理解していたが、まさにその可能性が《第三帝国》においてあますところなく利用される。ケストナーは広告に関する前記の評論において、ディコンの言葉を要約してこう書いている。「宣伝は、嘘をついてはいけないという道徳的な義務を負っていることを洞察するにいたって初めて、ディコンの職業上の誇りは偉大なるものへ、世界観と呼び得るものへと転換する」[9]。

　ウィリアム・クリッソルドはあらゆる類いの体制《システム》に嫌悪感を抱いている。それというのも、「生の混沌とした危険性」[10]を確信しているからだ。「人間の社会的ならびに経済的な生活に、本当の意味での体制などいまだかつて存在したことがない」[11]、と考えているのである。彼は言う、資本主義も存在しない。それは、すべての体制と同じく「浅薄で破滅をまねく抽象概念」[12]にすぎない。どちらも、「歴史的事実という暗いジャングルから遠く離れた」[13]、学者たちの楽園なのである。

　この化学工業会社の経営者は手記のなかで、今は世界中の経済界の有力者が力を合せねばならない時だ、と主張する。「確かな情報を得ている、真摯な精神の持ち主たちのエリート集団」が成熟し、「真の革命」が「聡明な男女から成る少数の人々によって成し遂げられる」であろう。煽動された群衆には「現にある体制をひっくり返すことはできるであろうが、新しい体制を作り出すことはできない[14]」。「科学者、知的労働にたずさわる人々、生産的な産業の指導者たち、金銭と証券の流通に通暁した人々、新聞界のリーダー、政治家[15]」、これらの人々がいれば、労働者の了解を得て、今は存立しているそれぞれの政府と国家を廃し、理性にのっとった世界共和国を創設するのに十分であろう。そのような、「資本主義世界と精神世界で指導的な少数の人々による、社会意識の高い〔……〕革命」ならば、成功する可能性が十分にあるだろう。ただしこうした人々は、「自分の関心を労働者たちの関心と一致させ」なければならない(VI・124)。

こうした考え方を背景として、ケストナーはすでにずっと以前に、現実の百万長者にたいして、また将来おそらく百万長者となる人たちにたいして、彼なりの要求を持ち出したことがあった。『点子ちゃんとアントン』のなかでケストナーは子どもたちに尋ねている、「もしもお金持ちがすでに子どものときに、貧乏ってどんなにひどいことかを知っていたら、貧乏はもっと容易になくすことができる」と思わないか、と(VII・492)。「百万長者への呼びかけ」という詩では、ケストナーは金持ちにたいして、革命のために無残な死を遂げるまえに行動を開始することを求めている。

あんたたちはけっして善意から行動してはならない！〔「あんたたち」とは百万長者を指す〕
あんたたちは善じゃない。だがあの人たちも善じゃないんだ。〔「あの人たち」とは革命家を指す〕
あんたたちにとっては、自分をじゃなくて世界を変えること、
それが義務なんだ！〔……〕
荒野を実り豊かにするのだ。命令せよ。レールを敷け。
世界の改造を計画的に進めるのだ！
ああ、ほんの一〇人か一二人、賢者がいて、
唸るほどお金を持っていれば……(I・134)

個人的に援助の手を差し伸べることは、単に百万長者にたいして要求するだけではなく、ケストナー自身ができる範囲内で実行していた。この点はまさに彼が創造した人物ファビアンと同じである。ファビアンは物乞いに食事を振る舞い、浮浪者コルレップにソファーを提供し、商品の灰皿を持ち去ろうとして咎められている一〇歳の少女に代金を払ってやる、等々といったことをしているのだ。まさに、善を実行することのほかに善は存在しない、のである。

ウェルズとクリッソルドの政治上の目標は、個々の点で「フェビアン協会」の影響を強く受けている。この協会は一八八三年に創立された、まことにイギリス的な団体である。この協会はその目指すところをつぎのように謳っている。「慎重な準備を経て人類のもっとも本質的な必要物を供給すること、さしあたりは最低限度の生存をめぐる闘いに浪費されているもろもろの力を組織的に利用すること、投機の完全な禁止、利潤の制限、暴利をむさぼる行為の防止、を目標とする」(16)。フェビアン協会はブルジョワ＝エリートによる社会主義的な組織で、その考え方は二〇世紀が終わりに近づくころまでイギリス労働党が是認していた。初期の段階では、この協会は経済よりも道徳や文化の分野に新しい秩序が打ち建てられることを求めていた。それがやがて、折衷主義的でプラグマティズム風の理論と漠然とした社会的平等理想とを、標榜するようになっていく。バーナード・ショーとその同志たちは、「民主的な集産主義」の理論を展開し、「社会秩序の再建」をめざした(17)。フェビアン協会は、貴族主義的でリベラルなウェルズの思想とは異なり、民主主義と進化論を基盤とした漸進的な改革による進歩を思い浮かべていた。フェビアン協会は元来その名前も、古代ローマの執政官で独裁者のクイントゥス・ファビウス・クンクタトール〔一名、優柔不断のクイントゥス・ファビウス〕から取っているのだが、この独裁者が軍の投入にあたって逡巡したことがその由来となっている。

ケストナーも同じ理由で、つまり優柔不断の男という意味で、ヤーコプ・ファビアンという名前を選んだのかもしれない。くり返しになるが、このファビアンという人物をケストナーは、政治的な問題において自分と同一視してはいなかった。彼が自分と同一視したのはむしろ主人公のクリッソルドの方であり、このウェルズの小説をファビアンのような人間は読むべきだ、と主張したのである。ケストナーはこう述べている。「政治的な考察において絶望に向かう傾向があり、救いを求めながらそれを見出し得ない」人間、「そういう人間にとって、ウェルズの新作は途方もなく重要な読み物である！」（VI・125）。ケストナーは、ナチズムとナチによる宣伝《プロパガンダ》の悪用の時代を生き延びたのちに、ふたたびH・G・ウェルズとその政治の考え方をこのうえなく高く賞讃している。つまり、『ノイエ・ツァイトゥング［新しい新聞］』にウェルズの追悼文を書き、そのなかでヴォルテールならびにレッシングと比較しているほか[18]、雑誌『ペンギン』に『ウィリアム・クリッソルド』の抜粋を掲載させるのである（一九四六年第九号）。

『ファビアン』の赤裸々な性の表現については、そこここで憤激の声が挙がった。ケストナー自身は戦後、「バーの女性が、いやお医者さんまでもが、あの作品を読むと顔を赤らめたものだ」と自慢げに語っている（II・325）。しかし、今日の読者には顔を赤らめた理由がすんなりとは理解できないであろう。いったいどのような契機があってケストナーは、このような《風俗史的》側面をもつ小説を書くにいたったのであろうか？　また、その風俗史的側面は当時それほど前衛的だったのだろうか？　――じつは当時としてはまさに前衛的だったのである。当時のいかがわしい、《わいせつな》文学作品と比較すれば、『ファビアン』はじっさいその束縛を知らない赤裸々さによって、強い印象をあたえる。むろんケストナーは、作品中に描かれているような状況をみずから体験していた、もしくは目にしていた、と考えられる。シャンソン歌手で女優のローザ・ヴァレッティが作中のイレーネ・モルのモデルだった可能性もある。何度も取り上げて批評しているところをみても、ケストナーはヴァレッティを知っていたに違いない。マックス・オフュールスに彼女の日常生活を描いた文章がある。「ヴァレッティは別れた夫といっしょに暮していた。そのときの男友だちも同居していたが、彼女に結婚する気はなかった。一七歳の娘もいっしょだった。ヴァレッティはこの娘がブルジョワ的な生活を送るよう、母親らしい鋼鉄のような厳しさ、グロテスクなほどの厳しさで監視していた」。ローザ・ヴァレッティの住居は誰でも出入り自由で、劇場関係者のために家のなかは乱れに乱れていたので、こういって嘆いたことがあると言われている。「やれやれ、せめて八時になっていればいいのに。幕が上がったら、少なくとも一人になれるわ[19]」。

ケストナーがこの方面で刺激を受けた作家たちのなかには　アメリカ人の医師ワーナー・ファビアンも入っているかもしれない。小説『燃え上がる青春』で「現代の女性」を、しかも「仮借ない赤裸々さ」で描こうとした作家である。[20] ケストナーはこの本を知っており、「アメリカの生活の仮借ない風俗画」として推奨している（GG、I・41）。しかし、この小説がケストナーの要求に応えていたとは思えない。パトリシアという早くに母親を失くした若い女性の成長の物語で、今はまだそこここで罪のないキスをするといった、手探りの状態である。そんなパトリシアの行動をいつも見守りコメントするのが、善人で本物の伯父さん同然の家庭医である。この医師には明らかに作者の分身《アルテル・エゴ》が認められる。主人公の女性は、男の場合は当時も暗黙のうちに認められていた結婚前の性体験を、自分も権利として要求する。やがて彼女は最初の婚約者をうしなう。彼が、自分の前に誰と交際していたかと尋ねたのにたいして、答えるのを拒んだからであった。エロチックな赤裸々さなどといっても、地平線のはるか彼方にしか認められず、現実の背丈よりもはるかに大きく描かれたキッチュ、といった作品である。

　ケストナーはまた、『ファビアン』の何ページかを、彼自身が書いているように、「性の異常な遊び」に費やしている（Ⅲ・20）。そのための刺激は、女性の同性愛を取り上げた当時の小説のなかに山のようにあった。しかし、そうした小説でもほとんどの場合、性を表現するあからさまな言葉はどこにも見当たらない。映画でもっともよく知られた作品といえば、『制服の処女』（一九三一）であろう。一九三〇年発表のクリスタ・ヴィンスローエ〔一八八八―一九四四。早くに母親を喪い、入れられた寄宿学校での経験を作品化した〕の戯曲に拠っており、小説版は一九三四年に作者の亡命先で出版された。女生徒が女の先生に夢中になるが、軍国主義に準じた寄宿舎学校の状況のなかで、やがて自殺に追いやられるというストーリーである。二人の愛情はせいぜいがキスで表現される程度で、それ以外は女生徒が何度か失神するとか、贈られた肌着に誇らしさを覚える場面で、それとなく伝えられるだけである。「感じるわ、肌着をこの胸に、からだの上に、ひんやりとして――いい気持ち……」[21]。

　グレーテ・フォン・ウルバニツキ〔一八九三―一九七四。オーストリアの作家。故国の併合後フランス・スイスに亡命して創作をつづけた〕の小説『荒れ果てた庭』（一九二七）も、ストーリーは学校のなかで展開する。この作品では一九二〇年代の新しい女性が登場し、自分たちが『ファウスト』の時代とくらべて恵まれていることを語る。「グレートヒェンの悲劇は結局のところ、まだジャズバンドも断髪の女性も知らなかった時代、タバコを吸うご婦人も夜の酒場に出入りする若い娘もいなかった時代の話なのよね。現代では指輪をしないで男に身をまかせても、もう悲劇にはならないわ。〔……〕今日では初恋は許される過ちで、そんな過ちなんか、若い心と若いからだはすぐに過去のものとし、忘れてしまうわ」(22)。

この《風俗画》にはホモセクシュアルな生徒が登場し、やがて自殺する。また、『ファビアン』と同様に、「道徳とは無縁の」女性彫刻家、ただしこちらでは謎めいた魅惑的なレスビアンという女性彫刻家も姿を見せている。ウルバニツキの小説はヴィンスローエよりもいくらか大胆である。がしかし、エロチックな場面は形式的な表現に包みこまれており、甘い文体で非現実的に語られている。彫刻家の女性は女生徒に誘惑されるが、その舞台は古代の神殿の前、時は月の明るい夜、といった具合で、ほとんど宗教儀式である。「神が私たちのあこがれに許しの言葉をあたえて下さっているのではないかしら、私たちが――わたしの褐色のからだと、夢のように白くほっそりしたあなたのからだが、成就のうちに美しくなっているとしたら?」コイトスは描写されていない。その代りに女生徒のエロチックなダンスが描写される。「このとき月光が余すところなく彼女のうえに注ぎ、白く優美な胸の上で銀色に燃えるがごとくきらめき、戯れるがごとく下へと滑っていって細い腰に達し、一瞬ごとに激しさを増しながら回転するからだの剣のように細い輝きの内から、まるで一個の神秘のように黒々と見えている翳を、そっと愛撫していた」。これにつづく場面はこう描かれている。「苔がやわらかなしとねを成し、シダがその上を覆っている大理石の床に、二人はくずれるように身を横たえた。太古の円柱のあいだを一つの戦《おのの》きが走り、二つの歓びが一つの声となって夜のなかに消えていった」(23)。

ケストナーの『ファビアン』に――こうした観点からして――もっとも近い位置にあるのが、小説『女友だち』(一九二三)で、書いたのは若い女優マクシミリアーネ・アッカース〔一八九六―一九八二。本職よりもレスビアン小説の作者として知られ、ナチ時代は排斥された〕である。アッカースは、他の女性作家のように甘い文章とは無縁で、むしろぶっきらぼうな書き方で、自分の関心事を――たとえ少数派であれレスビアンの解放を――攻撃的に打ち出している。アッカースの小説は女優ルート・ヴェンクと、「エリ」と呼ばれていてやはり女優になる女生徒、エリカ・フェルデンの愛の物語を描いている。田舎で恋愛体験をしたあと、エリはベルリンに出てくる。この小説でも一人の女性彫刻家が登場するが、愛の取り次ぎ役として小さな役割を演じるだけである(24)。エリはケストナーでいえばイレーネ・モルのような女性、「ローレ・ヴェレンハイマー」という名前の女性によって、厭わしい状況に引き込まれる。ローレが夫婦のベッドでエリカを誘惑しようとしているところへ、彼女の夫が割り込んでくる。「すみませんね、お嬢さん、邪魔だとはおっしゃらないでください……。私は、お許しを願って、少し眠らせていただきます」。エリは彼にブロックされ、そのときは何も起こらずに終わる。エリは当然ながら自分は観察されていると感じるが、ローレの夫はそれが不満である。「この状況のきわどい魅力について、あなたが何も感じないことがぼくには不可解ですよ」。エリは到達感を覚える――「ねえ、ねえ、これがベルリンの西地区なのね」(25)。ここにも『ファビアン』のレスビアン酒場でふたたび見出されるモチーフが認められる。男たちはいっしょに踊ってはならないのだ。「通常のダンス酒場だったら、〈はい、今度は女性が指名する番よ〉というところであるが、ここでは女性が男のような服装をした同性の恋人と踊るのである。あるいは、ここで慣例になっている言葉を使えば、ママがパパと踊るのだ」。ファビアンのような幸運な覗き趣味の男たちが、観察されている側の視点からつぎのように描写されている。「居合わせた全員が――いわゆる教養人以上に不謹慎な人間はいないものだ――じろじろと私たちを見つめることで、楽しみを味わっていた(26)」。

ベルリンという「ソドムとゴモラ」(Ⅲ・84)に涙を流すファビアンには、このように先祖が十分にいた。したがって、ケストナーの《罪業の泥沼》の叙述は、とりわけあからさまで並外れて張りつめていただけなのである。ファビアンはさらに、自分が住むベルリン西地区を知り尽くしていることを、自慢してさえいる。「あちらの広場の横にカフェがあって、そこには中国人がベルリンの娼婦とたむろしているんだ。男は中国人だけなんだよ。その手前には酒場があって、香水をつけたホモセクシャルの青年たちがエレガントな俳優やスマートなイギリス人と踊り、腕前と値段を示して、おしまいに髪をブロンドに染めたおばあさんが、かかった費用を全部支払うんだ。そういう約束でそこへ来ることが許されているんでね。右側の角にあるホテルね、あそこには日本人しか泊まらないんだよ。その隣にあるレストランでは、ロシアとハンガリーから来たユダヤ人が金をせびり合ったり、殴り合ったりしている。横の路地にはペンションがあって、午後になるとまだ子どもの女子高校生たちが体を売っているんだ。お小遣いの足しにしようってね」(Ⅲ・84以下)。

『ファビアン』では、ケストナーの他の作品とくらべて、描かれているそれぞれの女性像にきわめて微妙な差異が認められるであろう。ある批評家は、作者はまたしても「空想上の女性を二分法によって」分類しており、登場する女性は「性を強調された娼婦か、さもなければ性から遠ざけられた母親に分けられて」いる、と非難しているが、[27]これは必ずしも当たってはいない。コルネリア・バッテンベルクは、惨めな状態を脱するために少なくとも何かを企てる。そしてイレーネ・モルは、ファビアンにはまったく共感のもてない女性だが、彼の夢、「不吉な没落の幻影」[28]にあらわれて、世界との関係について真実を告げる。「あなたは、あなたと他の人間を隔てるガラスが割れるのではないかと、不安に襲われているのよ。あなたは世界をショーウィンドーの陳列品だと思っているんでしょう」(Ⅲ・127)。この小説の女性たちは、とりわけ青白いファビアンと対比すれば行動する人間なのであり、この作品の隠喩法においては、おそらく次のようになるだろう。この非難されるべき女性たちも、聖なる光に包まれた子どもたちと同様に、水に落ちれば泳ぐことができるのだ。

読書人は『ファビアン』を即座に受け入れた。ハードカバーと並行して発売された廉価版は一週間とたたずに売り切れ、一一月初旬にはハードカバーの六〇〇〇部から一万部までの四〇〇〇部が増刷された。「このままいってくれるといいんですが」、とケストナーは書いているが(三一年一〇月三〇日)、じっさい売れ行きはそのまま伸びて、三二年三月には二万五〇〇〇部に達した。同じ時期に外国でいくつかの最初の翻訳が出ている。

右翼急進派の酷評は織り込み済みであった。「フェルキッシャー・ベオバハター」[ナチの新聞]はこの小説を「印刷された汚物」と呼び、「下等人種の乱交パーティーを叙述したもの」、「おそまつな作品」だと評した。こんな反応や二、三のブルジョワ新聞の読むに値しない書評は、ケストナーにとって、本がそれにもかかわらず売れているかぎりは、ほとんど気にもならなかった。それ以外の書評はほとんどが肯定的で、特にルドルフ・アルンハイム、ハンス・ファラダ、ヘルマン・ヘッセ、モンティー・ヤーコプス、アルフレート・カントロヴィッチ、ヘルマン・ケステン、ローベルト・ノイマン、フランツ・シェーンベルナーといった僚友は賞讃した。

ヴァルター・バウアーは、『ファビアン』という作品に「絶望に浸りきった総括」を認めた。ヴィルヘルム・E・ジュスキントは、「すぐれた映画の方法で生み出され、苦労するまでもなく完成した」雰囲気を認め、「この散文と映画の散文との親近性、あるいは映画の表現法との親近性は」見誤りようがない、と評している。ユーリウス・バープは『ファビアン』を、「テンポが遅く、繰り返しが多いために」、「叙事的な名作」とは見なし得ないとしながらも、技術に関するこの欠点は度外視して、この作品を自分たちの世代のハムレット的な作品と名づけ、『ヴェルテル』や『アドルフ』や『オブローモフ』と肩を並べるもの、と見ている。同じような論を展開しながらも、ハンス・ナトネクはケストナーの怒りを買った。たがいに関連し合う大きな道徳の問題はケストナーには不向きだ、とナトネクは書いたのだった。エピソードや風刺詩《エピグラム》を書かせたら、現代の若い語り手のなかで他の追随を許さないが、「空想上の物語という点では、この作品はすぐれているとはいえない」。ケストナーはこの書評について、「半分はまるでくだらない」といい、つづけて、「毎度のことですが、褒めておいて、すぐに自分でブレーキをかけるのです。あの男の生まれついての限界で、処置なしです」と書いている(三一年一一月一五日、MB)。

ナトネク以上に強く疑念を表明したのがヨアヒム・マースで、いったんは『ファビアン』を褒めて、「ジークフリート・クラカウアーが匿名で発表した小説『ギンスター』と比較している。ところがそのあと、「この作品で光を当てられている事柄」が、今も典型的かどうか疑わしい、と述べているのだ。「たとえばケストナーが再三取り上げる性的不道徳は、二、三年前には本当に若者たちのあいだで広まっていた時代病であったが、今ではわずかにベルリン西地区の取るに足りない堕落した青少年について、典型的だといえるだけだ。ドイツのそれ以外の土地に住む青年にとっては、別なもろもろの現象、政治的な過激化や知性からの離反といった事柄の方が、はるかに典型的なのである。典型的な事柄のこの誤認は、自分の生活圏から判断したためであり、時代批判的な作品にとっては根源にかかわる誤りである」。けっきょくマースは、ほかならぬ結びの部分を取り上げて、この小説に《道徳的なところ》はまったく認められない、と断定する。「なぜなら、人物としてのファビアンにせよ彼の物語にせよ、道徳論の理念もしくは幻想《ヴィジョン》として、泳ぎを教えはしないからである」。

エルゼ・リューテルもまた手厳しい批評を発表したが、こちらは論拠が確かで捉え方もまたきわめて鋭い。この女性は——他の左翼の批評家と同様に、またヴァルター・ベンヤミンも有名な批判のなかで述べていることであるが——ケストナーは真実を半分しか語っていない、実際上の態度を明らかにしていない、と非難する。ケストナーの関心事を、それも小説の結びを問題にしながら、リューテルは正確に言い当てている。そして、失業したにもかかわらずファビアンは、「自分の階級がいやおうなしにプロレタリア化しつつあるという事実を、そしてその当然の帰結を、理解していない」と批判する。リューテルは書いている、『ファビアン』という作品は、「私たちをぎょっとさせ、けしかけながら、私たちがどこから来たのかをはっきりと」示している。しかし、小説全体はあまりにも人工的で、「極端に陽気なカバレットの口上役が語る特殊な言葉とか、形而上学的なオペレッタとかを聴いている」思いがする。ただラブーデとファビアンの母親の二人だけは、その人間性に疑いを抱かせない。「そのほかのすべては平面的な自然の切れ端で、立体感が感じられない。すなわち、描かれているのは、あらゆる階層の半ばもしくは完全に腐敗した人間たちで、政治と失業の真っただ中にあって、性描写はたっぷりあるが愛はないに等しい。〔……〕ファビアンのような人間、《真っ当な》人間であって正常なモラリストにとって、今日の世界には居場所がないようである。これは工芸品だ。つまり、手すりも階段もすべてがピカピカの紙で作られているのだ。技巧的で、遊び呆けている。どこへ転がっていくんだい、ファビアン、リンゴちゃん？」。

リューテルの最後の文章はレオ・ペルッツの小説の題名にひっかけたものである。それにしても、こうして『ファビアン』の書評を一瞥しただけでも、ヴァイマール共和国時代の文学活動がどんなに活気に満ちていたかが窺われるであろう。たしかに主人公の本質を的確に言い当てた批評家はほとんど見当たらず、また結びについては誤った解釈が横行していた。しかしそうした点は、文学研究の議論ではほんの数年前までごく普通のことだったのである。その一方で、当時の批評を読めば――エルゼ・リューテルの書評が証明しているように――正真正銘の発見がある。多くの書評が広がりと多様性と論証力を備えていたのだ。それらを奪ってしまったのが、《第三帝国》がおこなった《文化報告》である。

「平和だったころのよう」？
〈第三帝国〉時代のささやかな妥協

一九三二年、ケストナーは「緊急アピール！」に署名した。いっしょに署名したのは、アルベルト・アインシュタイン、ハインリヒ・マン、クルト・ヒラー、エルンスト・トラー、ケーテ・コルヴィッツ、それにアルノルト・ツヴァイクである。「今回の選挙戦におけるＳＰＤ［ドイツ社会民主党］とＫＰＤ［ドイツ共産党］の協力」と、「労働者統一戦線の結成」を呼びかけたもので、ポスターとして張り出された[1]。第二次世界大戦後の一九四五年に、ケストナーはアメリカ軍政部からの質問状に、三二年十一月と三三年三月の選挙ではＳＰＤに投票しました、と回答している。ケストナーは、何年も前から右翼急進主義の新聞によって攻撃されていたにもかかわらず、したがって自分の身が危険にさらされることは火を見るよりも明らかだったにもかかわらず、亡命を考えたことはなかった。母親が息子との「洗濯物の絆」を絶たれることに耐えられないだろうと考えていた。当然の心配であっただろうが、しかしケストナーは、少なくともナチの独裁が確立された三三年には、国会議事堂の炎上や焚書があったにもかかわらず、一度ならず見込み違いをしている。

彼の最初の見込み違いは、多くの人と同じで、「そんなに長くは続かないだろう」と考えたことであり、二つ目は、「そんなにひどくはなるまい」と思い込んだことであった。国会議事堂が焼け落ちたとき、ケストナーはチューリヒにいたが、のちにこう語っている。アンナ・ゼーガースやその他の人々がそのまま外国にとどまるよう説得しようとしたが、自分は拒否した。それればかりか、逆に亡命者たちに向かって帰国を促した。「ぼくらには〔……〕ぼくら自身の遣り方で政治体制と対決する義務と責任があるじゃないか、と」(Ⅱ・99)。国会議事堂が焼失したあとになっても、休暇を過ごしていたメラノ〔南チロル、現イタリア領〕から母親にこう書き送っている。「要するに、外国にとどまるなんてまったく問題になりません。ぼくには良心というものがあり、そんなことをすればのちのち自分を意気地無しといって責めることになるでしょう。そんなことはご免です。それにぼくは、いつだって数週間しか国を離れていることはできません」。ぼくは誰にも「こそこそ逃げ出したとは言わせない」つもりです。「そんなことを言われたら、死ぬまで耐えられないでしょう」。こうは言いながらも、ケストナーはそれほど急いでベルリンに戻ろうとはしなかった。「事態が落ち着くまで、しばらく時間が」かかることでしょう、と。ケストナーはまた、外国の新聞に載った記事を信じようとはしなかった。こちらの新聞は、「嘘を書き立てて、今の状況をもっぱら気違いじみたものと見なしています。とんでもなく馬鹿げています！」(三三年三月二七日、MB)。トゥホルスキの「ベルリンの住まいが家宅捜索を受けた」なんて記事もありました。「請け合いますが、彼はもう数年前からベルリンには住まいを持っていません。またしてもでっちあげの記事なのです。〔……〕何事も短兵急にはおこなわれぬものです」(三三年三月一七日、MB)。トゥホルスキが一九三〇年にはすでにスエーデンのヒンドースを定住地にしていたという点では、ケストナーの言うとおりであったが、この時点ではまだ彼の妻だったマリー・トゥホルスキはベルリンに住んでおり、その家は捜索を、しかも二度も三度も、受けねばならなかったのである。ケストナーはこんなふうに自分を安心させようとしていたが、自分でも自分の言葉を完全に信じてはいなかったのであろう。一九三三年には彼としては異常なほど旅行をしている。この時期の手紙はごくわずかしか残っていないが、そのなかにすらベルリンで書かれたものはほとんどない。一月には（カーラ・ギールといっしょに）ガルミッシュ＝パルテンキルヒェンに行き、二月にはキッツビューエルに（おそらく一人で）滞在、三月には「プラハの女子大生」といっしょに(三三年三月二七日、MB)南チロルにおもむき、七月と八月は（カーラ・ギールといっしょに）アイプゼーに滞在して『空飛ぶ教室』を執筆、といった具合である。

三月三一日、ケストナーは「共産主義者ならびに左翼急進主義者の会員たち」とともに、「ドイツ作家保護同盟」から除名される。このとき同じ目に遭ったのは、ルドルフ・アルンハイム、アクセル・エッゲブレヒト、リオン・フォイヒトヴァンガー、マグヌス・ヒルシュフェルト、アルフレート・ケル、エゴン・エルヴィン・キッシュ、ペーター・マルティン・ランペル、それに出版社主ヴィリー・ミュンツェンベルクである。次いで作家保護同盟（SDA）とペンクラブが統合され、ケストナーは「レールヒェン通りへの書簡」のなかで恐喝的なその進め方を描いている（Ⅵ・558—563）。

ケストナーは帝国著作院《ライヒスシュリフトトゥムスカンマー》への加入を何度も申請したが、ついに認められることはなかった。帝国著作院の中央評議会では、ハンス・グリムが一九三四年一月一六日に、問題視されている何人かの著述家については一年間その行動を見守ったうえで改めて決定する、という提案をおこなった。このとき監視下に置かれた三二名の作家のなかにケストナーも入っており、以後は「ベルトルト・ビュルガー」というペンネームで執筆することを許可された[2]。「出版業新聞《ベルゼンブラット》」に載った『雪の中の三人の男』——この小説の根幹をなす素材は二度三度と焼き直されて、そのたびに別な作品が生み出されているが、それについては次の章で扱う——の広告がわざわいして、宣伝省の著作課は版元であるドイッチェ・フェアラークス＝アンシュタルト〔DVA〕社に改めて出版禁止を通告した。その根拠は、「ケストナーは〈自分一人のために〉書くことが許されているに過ぎない[3]」というものであった。ハインツ・ヴィスマンは、三三年から罷免される三七年までその著作課の課長で、一時は帝国著作院の副院長をも務めていた人物であるが、ケストナーを呼んで二人だけで話し、ひそかに抜け道を提示して回答を求めたという。つまり、スイスに行って、ドイツ人亡命者を攻撃する雑誌を出さないか、と持ちかけたというのだ。「費用は、むろん誰にもわからないように偽装してではあるが、宣伝省が出すことになっている」。ケストナーは断った。亡命者のなかには友人があまりにも多く、「ぼくが考えを変えたと言っても、誰も信じませんよ[4]」。この申し出があったという話は信用出来そうである。この逸話がケストナーの未公開の日記にも記されていることも、たしかにその理由ではあるが、何よりもヴィスマンという人物がいっぷう変わったナチ党員だったからである。ケストナーの言葉を使えば、けっして「黄金の党員」（Ⅱ・16）ではないということになるが、黄金どころかブリキもいいところで、じっさいスキャンダルまみれになるのである。ヴィスマンは三四年まで片親がユダヤ人の女性を妻としていて、ゲッベルスもそれを知らなかった。離婚後もユダヤ人であるかつての義兄に職を世話し、いつも給料の前払いをして、出張旅費は規定の倍額を支払っていた[5]。

ケストナーがまだドイツ帝国作家同盟の裁可を待っているあいだに、DVA社はほんのわずかな偽装工作をおこなっただけで『空飛ぶ教室』を出版することができた――用心のためにフリードリヒ・アンドレアス・テルテスと名乗る出版社が出したことにしたのだ。本は書店に並べられ、配本から一週間後にDVAの社長キルパーはケストナーに、「さらに数千部、増刷させました。念のためです」（三三年一二月八日、MB）と報告している。エーディット・ヤーコプゾンはチューリヒに亡命していたが、彼女が経営していたウィリアムス出版社はまだ存在しており、ツェツィーリエ・ドレスラーが責任者となっていた。この会社は引きつづきケストナーの本の販売を許されており、売れ行きは三三年の末になっても衰えてはいなかった。母親に宛ててケストナーは書いている。特によく売れているのが「『エーミール』です。あの本を書いておいたのは幸運でした」（三三年一二月四日、MB）。

焚書がおこなわれるよりも前に、ベルリンの各日刊紙に、「市立図書館から一掃される文学作品」の最初のブラックリストが載った(6)。そのリストには地区ごとに少しずつ違いがあった。ベルリン市当局は次の作家の作品は完全に排除する方針であった。ブレヒト、フォイヒトヴァンガー、キッシュ、クラウス・マン、ローベルト・ノイマン、レマルク、シュニッツラー、ゼーガース、トゥホルスキ、アルノルト・ツヴァイク、シュテファン・ツヴァイク。そしてデーブリーン、エートシュミット、トラーヴェン、ヴァッサーマンについては、何編かの作品は猶予になっていた。またハインリヒ・マンの短編集『フルートと短剣』は許されていて、『エーミールと探偵たち』も同様であった。ちなみにトーマス・マンはこのリストに載っていない。「ベルリン出版業新聞《ベルリーナー・ベルゼン＝ツァイトゥング》」にはクリスティアン・イェンセンなる人物の、『エーミール』も禁止すべきだという主張が掲載された。この要求を持ち出す前にイェンセンは、ほかには類を見ないケストナーの《評価》をおこなっている。「この男はすでに〈抒情詩〉でもって神の冒瀆をおこなってきたが、放縦と無恥はつねにこの男の本質をなしていた。抒情詩のためにほかならぬ悪魔的な想像力と弁舌の才とを利用したのである」。まずは詩集についてこのように延べ、次いで小説に移る。「小説『ファビアン』においても、無政府主義的なインテリが狂気にいたるまで放蕩のかぎりを尽くすのである。［……］ともあれファビアンは、本当の人生については何も知らぬまま、まるでどこに葬ってもらうべきかすら知らない骸骨のように、世の中をほっつき歩くのだ」。

一九三三年五月一〇日、ナチによる焚書がおこなわれた。ケストナーの『ファビアン』と詩集も火のなかに投じられた。ナチの「焚書とする」という宣告の声が響くなかで、ケストナーはハインリヒ・マン並びにエルンスト・グラーザーと同じカテゴリーに入れられたのだった。大学生たちは積み重ねた本を炎のなかに投げ込みながら、「デカダンスと道徳的没落に反対！　家族と国家に規律と道徳を！」と叫んだ。焚書は、ベルリンでは折からの激しい雨のなかでおこなわれたが、《模範的に》計画され実行された。まずはナチ党員の大学生団体がたいまつ行列をおこない、「非ドイツ的精神に戦いを！」、「悪書に戦いを！」と記した横断幕を掲げて練り歩いた。ナチの新聞の一つ、「ドイツの男《デア・ドイッチエ》」は誇らしげに、「多数の女子学生も参加していた」と報じている。ナチの「闘争の歌」には、歌詞に、「ドイツの乙女を、ドイツの婦人を、われらは守り抜く」という一節があった。また、消防法もけっして蔑《ないがしろ》にしてはならぬというわけで、オペラ座前の広場ではブナの薪の下に砂が敷きつめられていた。そこにさしかかった大学生の行列が、たいまつをその薪の山に投げつけた。ケストナーは——燃やされた本の著者はすでに大半が亡命していたが、そのなかでただ一人——友人のハンス・ヴィルヘルム［ドレスデン時代の同級生であるが、その後の人生については未詳］といっしょに、群衆に混じって事の成り行きを見守っていた。

　若いカバレットの女優がケストナーに気づき、おそらく密告する意図はないまま、「あそこにケストナーがいるわ！」と叫んだ。ケストナーは書いている。「いわばぼく自身の葬式の際に、参列者のなかにぼくの姿を見つけたようなもので、その女性はひどくびっくりしたので、叫んだだけでなく、さらにぼくを指さした。思わずぞっとしたことを告白しないわけにはいかない。［……］ハンス・ヴィルヘルムとぼくはまわりに立っているナチの大学生たちを窺い見た。彼らは身じろぎもせずに燃えさかる炎を凝視していた。それでも、ぼくたちはその場を離れることにした。いわば礼儀作法からもう二、三分とどまり、それからぼくらは家路についた[7]」。

　ペーター・ド・メンデルスゾーンは長い亡命の旅の途中、最初はパリに滞在していたが、そこの映画館で観た週間ニュースに薪の山をかこむ群衆が映し出され、そのなかにケストナーの姿が見えた、と書いている[8]。クラウス・コルドンは、当時「人間の精神を敵視するこの暴力行為の警護にあたっていた」警察官の一人にインタヴューすることに成功した。この警察官は群衆のなかにケストナーがいることに気づいていた。「ケストナーの名前が聞こえたとき、わたしはもう一度彼の方を見ました。彼は眉ひとつ動かしはしませんでしたが、顔面は蒼白でした」[9]。

ケストナーはのちに記念講演「焚書について」（一九五八）のなかで、聴衆の前で自問している、なぜあのとき、「焚書とする」という宣告に反駁しなかったのでしょうか、それればかりか怒鳴り返さなかったのでしょうか。自分はオシエツキとか、ゲシュタポに殺された友人の俳優ハンス・オットー［一九〇〇―三三。ギムナジウム時代からの友人。共産党員として反ナチ活動をおこない、ゲシュタポにより虐殺された］とは違い、英雄ではありませんでした。群衆のなかで抗議行動に出ることは、私には――少なくとも振り返ってみると――無益のように思われます。英雄であっても、「マイクロフォンも持たず、新聞という反響を呼ぶ手立てもなくては、悲劇的な道化になってしまいます。その人間としての偉大さはどれほど疑う余地がなかろうと、政治的な結果には繋がらないのです」。《第三帝国》は「遅くとも一九二八年には潰しておかねばなりませんでした。それ以後はもはや遅すぎました。自由のための戦いが国家への反逆と呼ばれるまで待っていてはならないのです」（Ⅵ・646）。自分がそれを一九三三年には知らなかったこと、戦後になって初めて教訓とし得たことを、ケストナーはこの講演で認めたのであった。

このころ女優のカーラ・ギールが新しい恋人になった。ケストナーが「カーリンヒェン」とか「カーラ」とか呼んでいるこの女性は、船員の娘で、本名はケーテ・ヘルネマンといい、一九〇三年にデュースブルクで生まれている。ケストナーと知り合ったのは、二八／二九年にベルリンのバルノフスキ劇場に出ていたときか、ドレスデンのザクセン国立劇場に二九年から三四年まで出演していたときか、どちらかであろう。三三年に数か月のあいだ関係をもち、その後は友人になったが、やがて彼女がフランクフルト・アム・マインの劇場と契約を結ぶまでの数か月間は、普段のケストナーとは別人のような面倒見のよさを発揮している。カーラ・ギールは、じつは『空飛ぶ教室』のまえがきに登場している。このクリスマスのお話を、私は「ツークシュピッツェの麓で」書いている、とそこには記されている［ツークシュピッツェはドイツの最高峰］。「濃い緑色の大きな湖のほとりにいて、泳いだり体操したりテニスしたり、あるいはカーリンヒェンの漕ぐボートに乗ったりしていますが、それ以外のときは広い牧草地の真ん中で、小さな木のベンチにすわっています」（Ⅷ・44）。この湖はアイプゼーといい、ガルミッシュ＝パルテンキルヒェンの近くにあるが、そこにケストナーは三三年夏に「カーリンヒェン」と滞在していたのである。そこには『空飛ぶ教室』のまえがきに紹介されている」子牛のエードゥアルトやクジャクチョウのゴットリープも実際にいたかどうかについては、残念ながらもはや確認する手立てはない。

この小説では、寄宿制ギムナジウムの生徒の一グループが、クリスマスの会で「空飛ぶ教室」という芝居を上演しようとしている。生徒の一人が考えついた話をもとに、クラスが地理の先生といっしょに世界を廻り、授業に出てくる場所を実際に訪れて確かめるという設定で、ヴェスヴィオ山、ピラミッド、北極と巡るが、そのあと飛行機の昇降舵が故障して天国にたどり着いてしまい、みんなはペテロに会う。この劇が上演となるまでに、少年たちはいくつかの冒険を乗り越えなければならない。まず第一に、昔から敵対している実科学校のグループとのいざこざがあり、ギムナジウムの生徒の一人が人質にされ、宿題のノートを奪われてしまう。手に汗握る作戦行動やら雪合戦やらの果てに、人質は解放される。少年たちが尊敬する教員のユストゥス・ベクは、実科学校の生徒たちと殴り合ったことを咎めず、自分が生徒だったときの辛い経験を話す。生徒たちは感謝の気持ちから、音信不通となっていたベクの最良の友を探し出し、再会させる。この友人は学校のすぐ近くで、役目を終えた鉄道の客車を住まいにして暮らしていたのだった。結びの直前で、ほとんどの生徒たちがクリスマスを祝うために親元に帰る。首席の生徒マルティン・ターラーは、親が失業したために汽車賃を送ってもらえず、仕方なく学校に残る覚悟をしていたが、「クリスマスの天使ベク」が往復の旅費をプレゼントしてくれたおかげで、両親のもとに帰ることができる。

カーラ・ギール（伝ジークン画）、1935

互いに心を許し合った友人ヴェルナー・ブーレは、ケストナーの新しい子ども向け小説を手放しで褒めちぎった。「ぼくの横にブーレがいて、『空飛ぶ教室』を読んでいるところです。母上様によろしく、これはエーリヒ・ケストナーが書いた最高にすばらしい子ども向け小説です、何度か泣きそうになりました、と伝えてくれとのことです」（三三年一二月四日、MB）。ヴァルター・トリーアは一ページ大の挿絵一〇枚と表紙のイラストレーションを引き受け、一一月初旬に仕上げた。『空飛ぶ教室』はクリスマスを目当てに出版され、ケストナーはできあがった初刷を一一月三〇日に受け取った。「とっても素敵な本になりました。トリーアの名前が表紙の絵から消されてしまっています。卑劣なことをするものです。そうでしょう？」（三三年一一月三〇日、MB）。ローベルト・A・シュテムレもこの小説に感激し、ウーファで映画化するよう働きかけた。しかし成功しなかった。ケストナーの名前で客を集められる時代ではなかったのだ。シュテムレは一九五四年にケストナーの作品を映画化できたが、それは『エーミール』の方であった。ともあれ、『空飛ぶ教室』は一九三四年に英語版がジョナサン・ケープ社から出版されている。

この児童書に限っては、その優れている理由を説明するのに、ケストナー自身の寄宿生時代にもとづく《保証付きの》背景だけでは不可能である。（他の作品ではエーミールとかアントンが文句なしの主役であるが）、この作品では首席の生徒一人だけが中心になっているのではないことが、理由といえるかもしれない。彼のたくさんの友人たちも、少なくとも同じくらい重要なのだ。そして、一人一人が際立った個性をもち、もはや『エーミール』の場合のように脇役的な存在ではないのである。白か黒かという描き方は先行する子ども向けの作品ほど鮮明ではなく、ここには『点子ちゃんとアントン』のゴットフリート・クレッパーバインのような《悪党》は登場しない。だから敵対する実科学校の《リーダー》は少しも悪い少年ではなく、その仲間の生徒たちは――その中にひょっとして悪い人間がいるかもしれないが――詳しく描かれてはいない。この本に登場する大人たちは完全にこうあってほしいという願望を満たした人間で、特に親友同士のユストゥス・ベクとローベルト・ウートホフトにそれは顕著である。根っからの善人であるベクは、生徒だったときのケストナーと同じように、病気の母親を見舞うために寄宿舎を抜け出したことがあった。「禁煙さん」という愛称をもつウートホフトは、ほとんどユートピアのような生活を送っている。かつて医師だった彼は、妻と子を失ったあと、世間に背を向けて、廃車となった鉄道の車両（それが禁煙車で、彼のあだ名の由来となった）に住み、本を読み、花を育て、夜は安酒場でピアノを弾いている。彼だけではなく、校長も奇妙なドイツ語教員クロイツマンも、共感を呼ぶ人物である。彼らはみんな、「禁煙さん」の、そして作者の、訴えを心に銘記している。「自分が子どもだったころをけっして忘れないでください！」(Ⅷ・46)。

一九三三年一月二日、ヘルタ・キルヒナーが出演した最初の映画『金髪をめぐる戦い』が封切られた。この映画は『跡形もなく消え去った少女』という題名で上映されたこともある。二〇歳になったばかりのキルヒナーはこの映画で、寄宿学校から逃げ出した女生徒を演じている。ベルリンで踊り子としての仕事を見つけるが、犯罪に巻き込まれるというストーリーである。このキルヒナーこそ、ケストナーが「ナウケ」と呼んでいた女性で、二人の関係は彼女の早すぎる死まで、時期によって緊密であったりかなり疎遠になったりしながら、七年間つづく。キルヒナーは映画『麦藁帽子』(一九三九)で共演したハインツ・リューマンとも親しかった。あるとき巡業での滞在先からケストナーに、このままベルリンに戻る方がいいですか、それともリューマンと北海の岸辺に寄り道した方がいいかしら、と問い合わせたことがある。「ぼくは北海に行く方を勧めました。素直に言うことを聞いてくれるといいのですが」(三四年七月二七日、MB)。母親にはこんなふうに紹介している。「とっても感じがよくて、爽やかなお嬢さんです」。「夜が更けるまで、二〇歳の金髪の女優といっしょに過ごしています。一五歳のときからぼくの作品を読んでいて、大好きなのだそうです」(三三年一二月一日、MB)。彼は今回も母親を安心させねばならなかった。その「小さな女優はとってもかわいい娘《こ》で、トイ、トイ、トイ！ 病気なんかもっていません」(三三年一二月四日、MB)。のちにこの女優はヘルティ・キルヒナーと名乗った。最初に主役を演じたあと、舞台に立ち、またいくつかの映画であまり重要ではない役を演じた。それから、ルイス・トレンカーの『エンガディーンから来たラブレター』(一九三八)、ヴォルフガング・リーベナイナーの『麦藁帽子』(一九三九)に出演した。しかし、『マドレーヌにキスをするのは誰？』(一九三九)が最後の映画となり、そのプレミアのときはすでにこの世にいなかった〔後述のように、同年一一月二二日、自動車事故で急死〕。

ヘルティ・キルヒナーとハインツ・リューマン
(『麦藁帽子』1939)

一九三三年一二月、ケストナーが銀行で金を引き出そうとすると、あなたの口座は差し押さえられています、と言い渡された。ゲシュタポは、大半はすでに亡命していた四四人の作家の口座を封鎖させていたのだった[10]。ケストナーは弁護士に相談して打開策を講じようとした。そんななかでつぎに銀行に行くと、その場で逮捕され、ゲシュタポによって尋問された。ケストナーが以前に「モンターク・モルゲン」紙に書いた詩が、ナチの体制を攻撃する新しい数節を付け加えて、プラハで亡命者たちが出していた新聞に掲載されたというのだった。ケストナーは、その部分が自分の書いたものではないことを証明するよう求められ、ルイーゼロッテ・エンデルレによれば、取調官に事情を納得させることができた――ずっとベルリンで暮らしていたことが明らかになり、また元の詩も見つけられたのだった。係官は部屋を出て行き、「沈黙のうちに長く不安な数分が過ぎ」、戻ってきてケストナーにパスポートを返すと、帰っていいと言った[11]。

母親への手紙では、この一件はまるで取るに足りないことのように書かれている。「警察の取り調べは一時間半で終わりました。要するに、ぼくがプラハに住んでいて、金を引き出すためにひそかにやって来たのだと、もしくはそれと似たようなことがあったと、思い込んでいたらしいです」(三三年一二月一四日、MB)。戦後になって匿名の手紙がケストナーのもとに舞い込んだ。そのなかには、このときケストナーを取り調べたゲシュタポの係官たちの名前が挙げてあり、そのうちの一人は「今日では」――手紙に日付はない――上級職の国家公務員としてキールの税務署に勤務中です、と書かれていた[12]。一九六一年に、このときの逮捕のことを思い出したケストナーは、「インディアンごっこが楽しくてたまらないゲシュタポの連中の幼児性」が、彼らの何よりも重要な特徴だという気がした、と書いている。ゲシュタポの建物に着いたとき、ケストナーを迎えたのは、「おい、エーミールと探偵たちがきたぞ!」という言葉であり、電話中の係官は相手に、「〈鷲の羽根〉とか〈鷹の眼〉といった名前をつけて」呼びかけたくてたまらないようだった。「子どもの遊び場と化してしまい、連中が面白半分に踏みつけ、死体だらけになっているヨーロッパ。この入れ墨をした血盟団は、血の兄弟と血の支配の記録を整理する記号なのだ」(VI・417)。

逮捕されていた時間は短かったが、ケストナーは自分が危険に囲まれていることを思い知らされた。しかし、生き方を少しも変えようとはせず、行きつけの店の仲間たち、オーザーやピカール、メーリケに身の回りの面倒を見てもらっていた。特にブーレは「並はずれて親切で、気を遣ってくれます」(三三年一二月一四日、MB)。ぼくの「誕生日仲間なんです」(三四年二月一七日、MB)。ケストナーは『四五年を銘記せよ』に、口座は「一年以上」封鎖されていた、と書いている(Ⅵ・346)。しかしながら三〇年代の手紙類によればこれは事実ではなく、ほぼ即座に解除された。ケストナーはこのときから、口座はオリヴァー広場の銀行のものだけにした。「ネストーア通りの支店の口座は解約します。支店長がまったく恥知らずな態度を見せたからです」(三三年一二月一四日、MB)。

ケストナーは、自分の心配事もたっぷりあったが、カーラ・ギールが自分で書いた戯曲『巡業公演』(一九三四)のためには真剣に力添えをした。彼女が書いているあいだいつでもそばにいて、原稿には隈なく目を通した。そこここの言い回しから、ときにはケストナーがカーラには内緒で手を加えた気配もある。出来上がった原稿はケストナーの秘書エルフリーデ・メヒニヒがすぐさまタイプした。

この戯曲は、六人の演劇グループと舞台監督が二か月にわたって全ドイツを巡業してまわるというストーリーである。男優も女優も全員が、《舞台》で演じる役柄と同じことを《私生活》でもおこなっている。喜劇を演じる男優と老女優、「若々しい恋人役の女優」、恋する男優、社交界の貴婦人役の女優、そして「エレガントな父親役の男優」の六人で、全員が時間とともに激しく敵対するようになる。恋する男優を見張るように、家に残っているその妻から雇われた探偵が、恋人役の女優に恋をしてしまう。監視されていた男優と探偵は、じつは聖職者養成学校のときの親友だったことに気づく。終幕では全員が別れ別れになるが、観客には登場人物がみんな心からの善人であり、争いは悪意のないものであったことがわかっている。作中、巡業で上演されることになっている『新しい箒』というお芝居の一部分が、観客のために演じられる。わざと昔風に作られた喜劇で、デュレンマットのへたくそなパロディーといった趣もある。ギリシャの皇帝と靴屋とが三日間入れ替わる。すると国家の方はうまくいくが、靴屋の方はさっぱりという話である。『巡業公演』という作品そのものの出来栄えはというと、台詞には上出来のところもあるが、全体として特にすぐれた作品とはいえず――要するにまずまずで、観ても観なくてもいい作品であった。

この会話劇は、ケストナーには気に入っており、彼の秘書にはもっと気に入ったが、劇場関係者には受けが良くなかった。採否の結果が知らされるまで、ケストナーは「まるでぼく自身が書いたみたいにそわそわして」いた（三三年一一月二五日、MB）。書いた当人も日を追って神経質になっていった。判断を求められた人々は、そのなかにはケストナーの戯曲の出版者マルティン・メーリケもいたのだが、「手に汗握るストーリー」がない、と言って難色を示した。そこでケストナーは、恋人の作品を世に出すために何度も新しい戦術を考え、劇場の文芸部員を訪ね歩いた。「このぼくが、あの作品のために何かできればよかったのですが！」（三三年一一月三〇日、MB）。ギールはドレスデンの劇場に出演中で、ベルリンのケストナーのところと行ったり来たりの日々だったために、余計に疲労が重なった。「カーリンヒェンは本当にひどい有様で、一人で戻らなければならないためにとても落ち込んでいます。これ以上悲しまずにすむように、どこかであの作品が採用されればいいのですが」（三三年一一月二八日、MB）。辛い思いをしていた彼女にさらに追い討ちをかけたのが、長年親しくしていた俳優が銃で自殺したことだった。例の戯曲を書くときに、「父親役」のモデルにした人物だった。たまたまケストナーが居合わせたとき、「彼女が何も知らずに彼からの手紙を開けると、それが遺書だったのです。恐ろしいことでした！　また一人、新時代の犠牲者が出たのです」[13]。そのうえカーラ・ギールはケストナーを恨みがましく思うこともあった。つまり、彼女は「サロンの女性」役を専門とする無名の女優に過ぎなかったのだが、わざと彼女の耳に入るようにケストナーとの関係を噂する者がいたのだった。「ぼくと付き合っていることで、どうやらまた嫌がらせをされたらしいのです。彼女がそんなことをほのめかしていました」（三三年一二月四日、MB）。

一九三四年一月、カーラ・ギールはフランクフルト・アム・マインの市立劇場と契約を結んだ。まだドレスデンとの契約期間は残っていたのだが、五月からフランクフルトでおこなわれた最初の稽古（作品はシラーの『たくらみと恋』）には参加することができた。レディー・ミルフォード役であった。ところが、七月に神経に異常をきたしてしまった。ケストナーは秘書に宛てた手紙に、ぼくは「おそろしく落ち込んでいる」と書いている[14]。また、母親にはこのうえなく暗い調子で状況を説明し、「カーリンヒェンは自分から、どこかの病院に連れていってください、と頼んだそうです。恐ろしいことです！　両親の遺伝性の病気が突然あらわれたようです」。そして、フランクフルトの病院に入院させて見舞いに行くつもりです、と書いたが、考え直して、ベルリンの自分のところへ引き取ろうとする。

「何ともかわいそうな女性です！　発作中に何もかも窓から外へ放り出してしまいました。ここ幾晩かはひっきりなしに何やら書いてばかりいます」(三四年七月八日、MB)。ケストナーの未完に終わった小説『第三帝国』の草稿に、ギールの虚脱状態についてのメモがのこっている。彼女の「魂」が「おおぜいの紳士たちを相手にすることに耐え切れなくなったのだ。神に心を惹かれるその傾向。彼女の狂気の発作は跪いて懺悔することと結びついている」(日付なし、TB)。フランクフルトに駆けつけたケストナーは、思っていたほど深刻な事態ではないことを知る。そこで両親に、前の手紙は間違っていました、と詫びる。「カーラはもう完全に正常です。遺伝とは何の関係もありませんでした。ドレスデンからつづいていたストレスで倒れたのです」(三四年七月九日、MB)。同年の七月八月、引き続き医師の診察を受けたが、通院だけで十分であった。治療のために多額の借金をしたカーラ・ギールは、フランクフルト市立劇場に出演料の前払いを申し込んだが、総監督は拒否した。ケストナーも金を貸す気持ちにはなれなかった(三四年一〇月三〇日、MB)。

しかし、彼女の戯曲がついに上演されることになった。採用したのはマインツの劇場だった。ケストナーは、純粋に思い遣りの気持ちから、初演前の稽古には彼女に付き添っていった。つまり、すでに二人の関係は終わっており、このときケストナーはあるお針子との情事にふけっていた。いくぶんかは元気を取り戻す狙いもあった。「このエンネ［アンの愛称］みたいな健康で溌溂とした娘の方が、ぼくはずっと好きです。女性の場合は複雑な人間はぼくには向きません」(三四年八月二九日、MB)。ギールがマインツの舞台監督と議論するときには、そばにいて力を貸した。舞台監督は勝手な思いつきで、幕間ごとに歌を入れることを強硬に主張したのだった。またケストナーは、三四年八月二八日に初演の運びとなったとき、母親に頼んで祝電を打ってもらった。この前後、ケストナーとギールはタウナス［マインツからいえばライン川の反対側に広がる山地］に宿をとっている。

この初演ののち、二人は四〇年代終わりまで交際を続けるが、どうやら文通だけであったようだ。ギールからは、ファッションショーの司会をやったこと(三五年三月七日、MB)、役やコスチュームについて、あるいは、戦争が終わりに近づいたころのことだが、自分の結んだ契約の条件などが伝えられた。しかし、間柄は冷ややかで距離を置いたものだった。あるときケストナーはギールに腹を立てている。ギールがシュトゥットガルトの演出家に、「あの子どもはローベルトの子どもではなく、このぼくのだと話したんです。［……］ばかばかしくって、話にもなりません！」(三五年一月一〇日、MB)。ここで子どもと言っているのは、『一生のあいだ子どものままで』という戯曲のことである。事実とは違うという点を度外視しても、このような噂はケストナーの立場を悪くするばかりであった。にもかかわらず、ケストナーがギールに抗議した形跡はない。

ケストナーの元恋人の二人、「モーリッツ」と「ポニー」はすでにパリへ亡命していた。「つまり、パリの花嫁さんたちはまだご存命なんです」(三三年一二月九日、MB)。二人のうち、マルゴット・シェーンランクとはその後もたがいに心を寄せ合った緊密な関係が続いた。とはいっても、残りの人生であと二度か三度しか彼女と会うことはなかった。ケストナーは戦争中もっぱら観察者であったが、マルゴットはそれとはまったく違う形で終戦を迎える。彼女は画家でグラフィック・デザイナーのルネ・ブシェーと結婚、息子が生まれたが、三八年には別れ、偽の身分証明書で暮らしていた。四一年には完全に姿を消した。しかしドイツからの亡命者たちの暮らしぶりは知っていた。アルフレート・カントロヴィッチ、グスタフ・レーグラー、アンナ・ゼーガース、ボード・ウーゼといった人々である[15]。彼女は偽名の宛名をもち、ケストナーとはそれを使って問題なく文通をつづけていた。住まいを次々と変え、さまざまな真っ当とはいえない仕事に手を染めて金を稼いだ。暮らしのためだけではなく、息子ミシェルが小児麻痺で歩けなかったために、治療費がかかったのである。ところで、戦後になって彼女はケストナーへの手紙に、「じつは、これが何より大事なことですが、まったく別なことをやっていたのです」と書いている。つまり、ポニー・M・ブシェーと名乗って、チェコとフランスの友人たちといっしょに抵抗運動をおこなっていたというのである。「ゲシュタポは私を捕らえることはできなかったわ。パリでの戦闘が終わろうとしていたとき、私は——あなたには平和主義の手ほどきをしていただきましたが——射撃を覚え、命中すると喜んだものです。バリケードで過ごした一週間は、たとえどんなことがあっても忘れられません。それから私は《兵士》になりました。フランスのF・T・P［フラン＝ティレール・エ・パルティザン］に所属して、ライン河畔まで進撃したんですよ」[16]。彼女の仕事は「通訳と書記」だったが、一九四五年に兵役を解除された[17]。パリに戻ると夫がアメリカから送った招待状が届いており、間もなく本人がやってきた。「私たち、急にまた好きになってしまったの」。ポニーは息子を連れて、その間にアメリカに帰化していたブシェーといっしょにニューヨークに渡り、そこで自分の母親と妹にも再会し、以後は何度かヨーロッパに短期間の旅行をして、そのたびにケストナーを訪ねたが、それ以外はニューヨークの近郊でその後の人生を過ごした。

ヘルティ・キルヒナーはあるとき病気になって、カーラ・ギールに舞台の代役を務めてもらったことがある。小さな手術を受けることになって、巡業の途中で休まなければならなかったのだ。そのときケストナーは、退院後のヘルティを数日間自宅で休養させた。「一人ぼっちにさせておくわけにもいきませんからね」（三四年一〇月三〇日、MB）。一か月後、すっかり元気になったキルヒナーはドレスデンの劇場に出ることになり、ケストナーのさしがねで彼女にもまた、両親からの「〈ご成功をお祈りします〉という短い手紙」を添えて、「花束が、ケストナー家の三人とカナリアのアウグストからです」、といって届けられた（三四年一一月一五日、MB）。キルヒナーは一九三五年一月からベルリンのカバレット「ティンゲル・タンゲル」に出演し、華々しい成功を収めた。彼女にたいしても、ケストナーは面倒見のよいところを発揮している。じっさい、彼女には同情すべきことがつぎつぎと起こった。キールで父親が亡くなったが、彼女は死に目に遭えなかった。「あの娘《こ》はずっとふさぎ込んでいます」（三五年三月四日、MB）。そのうえカバレットでは、「毎日々々、小さな揉め事が持ち上がります。毎度新しい出来事で、しかもただの一度も気の利いた話だったためしはありません」（三五年三月九日、MB）。

このように絶えず新しい不幸に見舞われながらも、二二歳のキルヒナーは、自分が決めた道だからと、あたえられた仕事に全力でぶつかり、カバレットや劇場に出演し、一九三五年五月三〇日にはベルリン放送局で、ペーター・フーヘル作の放送劇『エレベーターはもう止められない』に出演した。ケストナーはほぼ毎回プレミアを避け、何日か経ってから行くことにしていた。「ヘルティは今晩とうとうプレミアを迎えます。もうその興奮ぶりといったら！とても言葉では表せません。これから行くかどうか、まだ決めていません。行けば彼女が神経質になってしまうものですから。あの娘《こ》は、ぜったいに来てよと言ったかと思うと、お願い、来ないでね、と言ったり。まあ、あとはもう時間の問題です！」（三五年一〇月二日、MB）。

一九三四年、ケストナーはDVA社社長グスタフ・キルパーと『雪の中の三人の男』について交渉し、ブーレと力を合わせて「卵から雛を何羽か孵す」（三四年一一月一五日、MB）ことを考えた。この年の後半にはさまざまな事柄について実情が明らかになった。それも例外無しに悪いことばかりだった。まずは、ケストナーをかこむ友人の輪に隙間が目立つようになっていた。「こちらではほとんどの人間が、もうすぐ国外に出るんだといったことばかり考えています。映画や演劇など、片っ端から禁止され、少し経つと許可され、また禁止です。これではお金を手に入れることができません。まあ、とにかくここに残るようやってみるほかありません」(三四年一〇月二二日、MB)。また、『三人の男』の舞台は禁止された。映画の方は「さしあたり撮影は」禁止です(三四年一一月三日、MB)。本はスイスで出版するしかなかった。毎日のように――「誰かと、何かが禁止された等々といった用向きで」――顔を合わせても何も変えられなかった(三四年一一月二日、MB)。そしてケストナーにも、何かを変える手立てはいっさいなかった。彼のもとに残っていたのは、何人かの女友だち、友人の輪、それにスポーツだけだった。「そう、テニスはからだにはいいですから」(三四年一〇月一〇日、MB)。そして、じっさい毎日やっていた。《第三帝国》の成立とほぼ同時に、このスポーツはケストナーにとって途方もなく重要になった。相手はギュンター・シュターペンホルストで、彼がイングランドに亡命したあとは、アルド・フォン・ピネリであった。ピネリは映画とカバレット「カタコンベ」のために台本を書いており、名前こそどこにも出ていないが、ケストナーは一時期彼の共同執筆者であった。アクセル・エッゲブレヒトもテニスの相手を務めた。マルティン・ケッセルは見物であった。ケストナーは新しいテニス場でのプレーや新しい季節の到来を楽しみにしており、自分のコンディションがよければ上機嫌だった。「もうすぐ別人になりますよ。少なくとも一〇歳は若返ります」(三五年三月二一日、MB)。

経済的には、まだ困ることはなかった。ナチによる独裁政治がつづいた一二年間に、ケストナーの作品については二六の翻訳が出ている[18]。『空飛ぶ教室』は結構な金になったし、『一生のあいだ子どものままで』と『雪の中の三人の男』も、それぞれ禁止されるまでは収入をもたらした。この素材をケストナーは、ブーレといっしょに交渉して、一九三四年にMGMに売り渡した――最初の映画化はスウェーデン、フランス、チェコスロバキア、そしてアメリカでおこなわれた。小説の『雪の中の三人の男』は、ドイツ語圏の外国［オーストリアとスイスを指す］で大いに稼ぎ、折からの厳しい経済情勢にもかかわらず、数か月ごとに増刷を繰り返した[19]。

一九三五年一月一一日、例年のように冬の休暇に出発した。行き先はガルミッシュ＝パルテンキルヒェンで、ベルリンに戻ったのは二月八日であった。今回は心ならずも完全な休暇で、あたりを歩きまわり、開催中のドイツ冬季スポーツ選手権を見物し、本を読み、ルーレットに興じた。母親への葉書に、感情を交えることなしにつぎのように書いている。一二時にクロイツエックハウス［絶景の地にある山荘］で昼食をとりました。「隣のテーブルに帝国大臣ヘスが家族その他といっしょにいました。これから散歩しながらガルミッシュに帰ります。ここは素晴らしいところです」（三五年一月一六日、ＭＢ）。また、こう書かれた葉書もある。週末にはたいへんな混雑ぶりです。「噂ではヒトラーも来るとのことです」。実際に来たかどうかは書かれていない（三五年一月二六日、ＭＢ）。ベルリンに帰る際には、駅までＳＳ隊員とその女友だちに送ってもらっている（三五年二月六日、ＭＢ）。

政治的な意見はどこにも書かれていない。行きつけの店で仲間といっしょのときは違っていたかとも思われるが、それは知る由もない。少なくとも手紙や葉書では何も触れていない。このころには葉書しか書かなくなっていた。誰にでも読めて、検閲を受けても手間がかからないように、と考えてのことであった。それというのも何度か、郵便物が予想よりもはるかに時間がかかったときは、誰かが内容に興味をもったせいではないか、と感じたことがあったからである。そこでわざとナンセンスな文章を織り込んだこともある。「きょうびでは何一つ確実なことはありませんからね。ニワトリの雛もおまるの上に乗っていれば害はないでしょう？」（三五年三月一九日、ＭＢ）。

日々の葉書は生きているしるしとして出すものであり、大事な考えを書きつけるのは場違いであっただろう。ケストナーはいささか生意気な見解や示唆といった程度のことしか書かなかった。「このたび帝国作家同盟はすべての非アーリア人を追放しました。そして同盟のお歴々は、つぎには何をすればいいのか、まったくわからずにいます」（三五年三月二七日、ＭＢ）。それでもあからさまに政治的な事柄に触れることもあったが、そんなときには読む者を惑わす内容になっていた。「まもなくこれまで軍務に服していなかった者たちも数か月間召集されるそうです。一九〇〇年生まれからだとか。まあ、これは外国の望んでいたことでもあります。他の国々がまじめに軍縮をやっていれば、こうした事態にはならなかったでしょうからね」（三五年三月一九日、ＭＢ）。この文章のあとには、春先に着るコートについて詳しく書き綴られている。このような文面が母親の話に調子を合わせたものだということは、十分にあり得る。あるいは、同じ葉書で検閲にも触れているので、検閲官のために撒いた餌のつもりかもしれない。真相はどうだったのか、今となってはもう解明の手だてはない。

一九三五年四月一日付の母親宛て手紙に、「今日から新しい仕事に取りかかりました」とある（ＭＢ）。これは『エーミールと三人のふたご』を指しており、構想が浮かんだのは何週間か前のことで、その後、『エーミールと探偵たち』を読み返したことも知らせている（一九三五年五月四日、ＭＢ）。今回の執筆には前作のときよりも時間がかかった。ほぼ三か月を要したのだ。しかし、そのあいだはずっと気持ちよい時間を過ごすことができた。テニスを頻繁にやり、それぱかりか三週間もバルト海沿岸に旅行をしている。「もう一度この眼で何もかも見る必要があるのです」（三五年五月一三日、ＭＢ）。

このときケストナーは、執筆中のデジャ・ヴュ体験というものを初めて知って面白がっている。じっさいこのとき初めて、ほとんど全員すでに知っている人物たちが、またまた新しい《犯罪》に巻き込まれたという設定であったので、その運命をああでもないこうでもないと、前作に繋げて想像することができたのである。新しい『エーミール』は、物語のテンポとしては前作と比較にならないが、二番煎じにならないために奇想天外な形式をとっている。つまり、「専門家のために」と題された二番目のまえがきがあって、作者が映画『エーミールと探偵たち』の撮影現場に迷い込んでしまった話が語られているのである。さらに作者と友人たちは、コルルスビュッテルという町で自分たちの物語にもとづいた映画を観る。それぱかりか、映画館主には宣伝上たいそう利用価値のある慈善上映会までもおこなってしまう。新しく友だちになったジャッキーのためである。しかしながらケストナーの作品のなかで、父親像に関してまさしく画期的なのが、警察官のイェシュケがエーミールの母親に結婚の申し込みをする箇所である。このためエーミールは夏休みをずっと考え込んで過ごすことになるのだが、同じようにイーダ・ケストナーも考えさせられた。ケストナーがこう尋ねたからだ。「警察官のイェシュケがティッシュバイン夫人と結婚したいと言い出すのです！　母さんはどう思いますか？　ぼくたち同意することにしますか？」（三五年五月一九日、ＭＢ）。このころケストナーの両親の夫婦関係は緊張がゆるんでいたようだ。イエシュケはティッシュバイン夫人との結婚を許されるからである。エーミールはできることなら母親を独り占めしていたかったし、母親も思いは同じであった。しかしエーミールは、祖母と真剣に話し合ううちに、この結婚はしっかりした大人が十分に考えたうえで決めたんだから、きっとよいことなんだと納得する。祖母は、決めるのはエーミールに任せるが、その前に諄々と言い聞かせる。「おまえはこれから大人になっていくけど、お母さんもその分だけ年を取るんだよ。これってわかりきったことのようだけど、本当は重大なことでね。〔……〕いつかおまえも家を出るときがくるんだ。必要はなくっても、出て行かなくっちゃならないんだよ！　そうなったらお母さんはあとに残る。息子はいない。夫はいない。まったくの一人ぼっちでね」(Ⅶ・439)。

一九三五年六月一六日、ケストナーは書き上げ、二四日に昔からの出版社に渡した(MB)。ヴァルター・トリーアはまだベルリン＝リヒターフェルデに住んでいて、まるで何ひとつ変わってはいないかのように、『痛快画報』に挿絵を描いていた。トリーアが描いたこの雑誌の最後の表紙は三五年七月五日付である。[20]ケストナーの新しい作品について、トリーアは「とってもいい感じだよ」といい、[21]今度も挿絵を引き受けてくれた。『エーミールと三人のふたご』はしかし、ウィリアムス社ではもはや出版することができなかった。そこでケストナーは、チューリヒにいるラッシャーの会社に持ち込むことを考えた。あそこならもう『雪の中の三人の男』を出している。しかし、この件は九月末になって予想もしなかったかたちで決着がついた。ケストナーは金を必要としていた。そこで急に考えを変えて、『エーミール第二作』を、クルト・マシュラーが新たに設立したアトリウム出版社から出すことにしたのだった。この出版社はドイツ国外でケストナーの作品を大々的に売り出すことを当面の目標としており、より多くの売り上げが期待できたからで、同社としてはこれが最初のケストナーの本となった。この会社は所在地としてバーゼル、ウィーン、モラヴィアのオストラウを挙げていた。アトリウム社は経営者とともに各地を渡り歩いており、マシュラーがウィーンに移り住むのは三七年一一月のことである――そのときまでマシュラーは、自分はベルリンにいて、スイスにある出版社の指揮をとり、ドイツでは禁止された本をも出版していたのである。[22]アトリウム社の設立申請はバーゼルでなされ、マシュラーのオフィスと最初の亡命先はウィーンで、印刷と発送はドイツ軍による併合までチェコスロバキアでおこなわれた。併合後マシュラーはアムステルダムに行き、三九年六月についにロンドンに渡って、そこに落ち着くことになる。

「子ども向けの本は『エーミール第一作』を除いて、すべて国外の新しい出版社から出ることになりました」(三五年一〇月四日、MB)。ケストナーはこれによってより多くの部数が出ることを――そしてより多くの金が入ることを――

期待した。『エーミールと三人のふたご』の版権取得版は、一九四五年以前ではファシズムの同盟国であるイタリアとスペインのほか、イギリスでも刊行された。

ドイツでの売れ行きは芳しくなく、フリッツ・ピカールが北ドイツをまわって注文を募ったが、取れた予約はたったの一〇〇〇部であった(三五年一一月八日、MB)。本は一二月初旬に店頭にならんだ。ドイツ国内でも販売に問題はなかった(三五年一二月一一日、MB)。また、三五年のクリスマスから新年にかけて、ケストナーもびっくりしたのだが、映画『エーミールと探偵たち』がベルリンの映画館でふたたび上映された。「いたるところにデカデカと広告が貼り出されています。それだけでなく、ぼくの名前も載っているのです。おかしな話ですよね。広告が眼に入るたびに立ち止まって、呆然としながら見入っています」(三五年一二月一四日、MB)。しかしこれは三六年に入って最初の日曜日に訂正され、広告からケストナーの名前は削除された(三六年三月一一日、MB)。

『エーミール第二作』の執筆中、ケストナーは「まさに快調そのもの」で(三五年五月二八日、MB)、早くも次の小説の構想を練っていた。それが『消え失せた細密画』である。むろん、「《第三帝国》の時代になって、ケストナーの創作意欲は驚くほど回復した[23]」というのは、事実とほど遠い。それでも、ヴァルネミュンデからドレスデンを経由して帰る途中で、すでに執筆に取りかかろうと考えていた。自由が奪われて締め付けが厳しくなっていく状況は、無視するのが困難になる一方だったのであるが。

ヴァルネミュンデにいたとき、ある日国境を越えてデンマークに遠出したケストナーは、書店のショーウィンドーに『雪の中の三人の男』が所狭しと並べられているのを見て、「何とも奇妙な気持ちに[24]」なった。そして、まだ出来上がっていない新しい本のことを考え、ため息をつかずにはいられなかった。「よい出版社がどうすれば見つかるか、それがわかればいいのですが」。しかし、あきらめの気持ちに引きずり込まれる一歩手前で踏みとどまり、母親を安心させる文章を書くことにする——「とにかく仕事は相変わらず続けています。わかり切ったことですけどね」(三五年六月六日、MB)。

何の気なしに付け加えられたこのような言葉は、ケストナーがおこなっていたあらゆる妥協が——国にとどまることも、また、政治的な圧迫の下でなおも執筆をつづけることも――母親のためであったことを明らかにしている。彼の手紙の文面はまるでコラージュのようである。つまり、まずは思っていることを書き、そのあとで義務である母親を安心させる文句を貼り付けるのだ。このメカニズムは次のような内容の手紙でも正確に働いている。「強制収容所に送り込まれていた」ヴェルナー・フィンクと「そのほかのカバレットの関係者たちは」、来年まで仕事に就くことが禁じられています。これは「むろんあの青年たちにはとても辛いこと」です。中には「小銭一枚持ち合わせていない」者もいますから。こう書いたあとでケストナーは、やはり母親を安心させるために、こう付け加えるのだ。「でも、もっと早く仕事に戻ることが許されるかもしれません」（三五年八月一六日、ＭＢ）。

しかし、そんな母親にたいしてすら、ときには時代精神を秘めたジョークを控えることができなかった。たとえば、母さんを湯治に行かせてあげたいといい、でも「泥土浴は」勧められません、「ほかの湯治の方がいいですよ。元気を取りもどすためですからね。鋼鉄浴なんかはいかがですか」、と書くのだ（三五年六月二九日、ＭＢ）。また、「近いうちに一族の系図を作りましょう。すごく立派なものをね！」（三五年一一月八日、ＭＢ）などという言葉は真面目に受け取ることはできないだろう。それにたいして、国債は売った方がいいですよという助言（三六年二月二三日、ＭＢ）は大真面目であろう。ともあれ、一族の系図はケストナーの遺品のなかに今もある。

自分の書く新しい本として、ケストナーは推理小説を考えていた。そのために数か月前から「たくさんの推理小説を」読んで、準備を進めていた（三五年六月二〇日、ＭＢ）。同年八月一九日、新しい仕事に取りかかり、一枚目の半分だけ書きました、と報告している（ＭＢ）。書くことは「とても楽しいですよ」（三五年八月三〇日、ＭＢ）。一〇月には、「もうちょっとで第一五章」であった（三五年一〇月七日、ＭＢ）。『エーミール第二作』の校正刷りが毎日届けられたので、二冊の本を混同しないように気をつけねばならなかった。「まさにてんてこ舞いです。平和だったころのようです。ただ、郵便は時間がかかるようになりましたね」（三五年一〇月七日、ＭＢ）。ケストナーとしては、十月後半にドレスデンに帰省する予定だったので、そのときに書き終え、そしてもう一度徹底的に手を入れるつもりだった。「何しろ次から次へと書き進めていて、書いた部分を最初から通し読みすることもできなかったものですから」（三五年一〇月一七日、ＭＢ）。一一月中旬、秘書のエルフリーデ・メヒニヒは最終稿のタイプを終えた。ケストナーは最初、『第一に、事情が変わって……』という表題を主張しようと思っていたが、このころには自分でも、あれではあまりにも「陳腐だ」と思うようになっていた（三五年一一月一二日、ＭＢ）。

『消え失せた細密画』は、ケストナーの大好きな伯父、フーゴー・アウグスティンのためのうるわしいオマージュであった。この伯父は肉屋の親方であったが、どうやらひどく情にもろい人物だったらしい。ちなみにこの小説に描かれているのは、危険とはほとんど無関係の犯罪である。勝手に家を飛び出した肉屋の親方は、デンマークで休暇としゃれこんでいるとき、イレーネ・トリュープナーという若い女性と知り合い、彼女のために高価な細密画を守ることになる。それにもかかわらず悪党にそれを盗まれてしまう。しかし盗まれたのは偽物であった。保険会社のハンサムな青年が本物を盗み、安全なところへ移し、泥棒たちをおびき寄せて一網打尽にし、おしまいにはトリュープナー嬢と結婚する。手に汗握る刑事事件という段階には達しておらず、むしろ散文で書かれた痛快な喜劇といったところで、だからこそ作者もその母親も友人のブーレも、また秘書も、気に入ったのであった。

ツェツィーリエ・ドレスラーはこの小説がまったく気に入らず（三五年一二月一四日、ＭＢ）、クルト・マシュラーとアトリウム社の社員たちの読後感も感激とはほど遠かった。マシュラーは「むろん出版すると言っていますよ。でも、出したくないというのが本心なんです。こういう態度を見せられると、著者としては心底不愉快だと言わずにはいられません」（三五年一二月一六日、ＭＢ）。ケストナーは腹を立て、もしも原稿を読み返して相変わらず気に入っていたら「どやしつけてやろう」と思った。最終的な話し合いがどういう経過をたどったかは不明であるが、とにかくこの小説は三六年二月下旬にアトリウム社から出版され、四五年以前にイギリス、デンマーク、オランダ、フランス、そしてアメリカで翻訳が出た。デンマーク語の翻訳者ヘルベルト・シュタインタールはすっかり魅了されたので、映画化権の獲得を画策したほどだった。コペンハーゲンでは新聞に「六段抜きの」激賞する書評が載った（三六年五月二三日、ＭＢ）。そしてＭＧＭがまたしても映画化権を買い取った。しかし、映画化は実現されなかった。ようやく一九五四年になってカール・ハインツ・シュロート監督が、ケストナー自身の脚本により、「悪くはない」映画を作ることができた。[25]

一九三五年から三六年にかけて、ウィリアムス社から残っていたケストナーの詩集と『エーミール』が押収された。

それればかりか、『エーミール』が紹介されていた宣伝用のパンフレットまでが持ち去られた。『エーミール』は当初禁止されず、映画はまだ上映されていたにもかかわらず、である。出版社は法に違反していないと主張し、出版業協会の内々の回状を引き合いに出した。それによれば、『五月三五日』と『点子ちゃんとアントン』だけが禁止となっていた。しかし、今やケストナーの著書はすべて押収されてしまったのだった。[26] ケストナーは帝国著作院副院長のハインツ・ヴィスマンに手紙を書いて、今回の措置について説明を求めた。これは、「読んだ人の大半によって、これぞまぎれもなくドイツの本だと見なされる」、そういう本にかかわる措置なのです。「その本は、三〇以上の外国語に翻訳され、ドイツ人少年少女の友愛の精神と家族意識を他国の子どもたちに示しているのです。この本はイギリス、アメリカ、ポーランド、オランダの学校で、ドイツ語とドイツの本質を教えるために教科書として使われています[27]」。返事はなかった。

一九三五年、二つのカバレット、「カタコンベ」と「ティンゲル・タンゲル」が、二年にわたる警告や告発のあとで閉鎖された。「カタコンベ」の音楽監督はケストナーの友人エトムント・ニックで、芸術監督はヴェルナー・フィンクとルドルフ・プラッテが務めていた。アンサンブルにはウルズラ・ヘルキングとテオ・リンゲンがいた。「ティンゲル・タンゲル」は一九三〇年にフリードリヒ・ホレンダーが創立し、三五年にトゥルーデ・コルマンとギュンター・リューダースの二人によって再開されていた。こちらのアンサンブルにはヘルティ・キルヒナーも出演したことがあった。ケストナーは両方のカバレットに歌詞を提供しており、自分に危険が迫っていることは承知していたはずである。母親宛ての手紙では何も気づかせないようにし、閉鎖とともにおこなわれた関係者の逮捕の翌日にも手紙を書いたが、母親とドーラの息子のフランツ・ナーケが閉鎖前に出し物を見られてよかった、と伝えただけである（三五年五月一一日、MB）。母親にたいするこの落ち着き払った態度は大半が見せかけであった――それというのも、迫り来る逮捕の波を見て、自分の運を当てにするわけにはいかず、数日間ベルリンを離れてドレスデンに行き、様子を見ているからだ。

一九三四年一二月以来、二つのカバレットは監視されていた。一九三五年五月九日、「ティンゲル・タンゲル」の支配人でナチ党員だったマックス・エルスナーがハイドリヒ管轄下のSD［秘密情報機関］の将校の一人に、自分は何人かのナチ党員から次の上演を妨害するという脅迫を受けている、と伝えた[28]。するとゲシュタポが、党員の乱暴狼藉の先を越してカバレットを閉鎖してしまい、関係者の逮捕に乗り出した。まず「カタコンベ」では、ヴェルナー・フィンク、ハインリヒ・ギーセン、早絵描きのヴァルター・トラウトショルトを逮捕し、「ティンゲル・タンゲル」ではヴァルター・リーク、ヴァルター・グロス、エッケハルト・アレントを、また少し遅れて、今度はエルスナーと「ティンゲル・タンゲル」の支配人オスヴァルト・シャンツェの新たな中傷にもとづいて、芸術監督のギュンター・リューダースを、それぞれ連行した。トゥルーデ・コルマンは亡命し、アレントは数日後に《保護拘束》を解かれて自由の身になったが、そのほかの人々は「六週間の期限付きで労働のための収容所送りとなり[29]」、エスターヴェーゲン強制収容所に《送致》された。

　ほかならぬリューダーの逮捕によって、自分の身にもそのような《送致》がどれほど間近に迫っているか、ケストナーはいやでも思い知らされた。五月一五日、エルスナーはゲシュタポに出向き、記録に残すことを承知のうえでこう証言している。「私の知るところ、ヘルティ・キルヒナーは恋人であるコミュニスト、Dr・ケストナー（以下ケストナーのスペル誤り）と交際しており、彼は舞台のための執筆が禁止されていますので、偽装して書き、そのテキストをノイマン、ヴィット、ピネリといった作家たちに渡しております。これがとくに私の注意を惹いたのは、最初のころ毎日、出し物の初めの部分でヘルティ・キルヒナーはDr・ケストナーの指導と助言を受けていたからです[30]」。

　このような密告にもかかわらず、ケストナーとヘルティ・キルヒナーの身には何も起こらなかった。強制収容所に送致された囚人たちも、一九三五年七月一日に「プロイセン政府総理大臣」、つまりヘルマン・ゲーリングの「訓令」にもとづいて釈放され、彼らにたいしては「通常の訴訟手続き」がとられることになった。ケーテ・ドルシュ、かつてゲーリングの「少尉時代の恋人、もしくは婚約者[31]」でもあったという女優が、仲間たちのために力を尽くしたのであった。彼女はまたヴィクトーア・ド・コーヴァ［一九〇四―七三。喜劇を得意とした俳優から舞台と映画の演出家となり、創作の筆も執った］からも依頼を受けた。ド・コーヴァは彼女ともギュンター・リューダースとも親交があった。ケストナーが逮捕を逃れたのは、ド・コーヴァと知り合いだったからということも考えられる。六月初旬、「カタコンベ」は「龍《タッツエルヴルム》」と名を変えて新たに開店の運びとなった。古い仲間の何人かは今回も参加していた。そのなかには、エトムント・ニック、ウルズラ・ヘルキング、そして密告された作詞家たち、ケストナーの「愉快な戦友たち」の全員、ギュンター・ノイマン、アルド・フォン・ピネリ、ヘルベルト・ヴィットがいた（Ⅵ・351）。しかし、中心となる人物を欠く「龍」は長続きはしなかった。一方、かつての囚人にたいして開始された訴訟では、ベルリン地方裁判所が被告の全員に無罪を言い渡した。

ヘルティ・キルヒナーは逮捕されなかっただけでなく、ふたたび映画の主役に抜擢された。「ルツィー・エングリッシュ風の役どころで、ノイシュトレーリッツ市で数日間の屋外撮影があります。国防大臣ブロムベルクも登場します。つまり軍国主義の映画です」（三五年一一月一二日、MB）。ヘルティー・キルヒナーはつぎの仕事が決まったうえに、カバレットの稽古もあって、ケストナーとはもうそれほど頻繁に会うことはできなくなり、クリスマスも別々に過ごさなければならなかった。ケストナーにとっては母さん《ムットヒエン》の方が大事だったからである。ケストナーはヘルティのために一日前にサンタクロースの役を演じようとした。「あの娘《こ》は泣くことで手一杯です。いや、まあ、そのうちに収まりますよ」（三五年一二月一九日、MB）。

このころヴェルナー・ブーレはシナリオ作家になっており、一九三五年からは映画の編集担当になっていた。映画スタジオがケストナーにどれほど魅力あるところになっていたか、こんな言葉にも窺われる。「ブーレは映画の仕事につくことができました。うまくいくように、少し手を貸しています。彼はすごく威張っています」（三五年六月二六日、MB）。ケストナーは三〇年代のドイツ映画からも得るべきものは得ていた。たとえばヴィリー・フォルストの映画『マズルカ』（一九三五）を、「まさしくうっとりする作品です！　とても悲しいけれど、でもすばらしい作品ですよ」と評している（三五年一一月一七日、MB）。しかし、自分自身の映画の仕事となると、まだ何の展望もなく、年が明けると訃報が相次いだ。「ヤーコプゾン夫人がロンドンで卒中のため亡くなりました。そしてトゥホもパリで。病院で。これが人生なんですね」（三六年一月四日、MB）。トゥホルスキは三五年一二月二一日に、パリではなくイェーテボリの病院で亡くなったのだった。

《第三帝国》の空気は、ケストナーの何とかして持ちこたえようとする意志にとっても、汚れぶりが耐えがたくなる一方だった。一九三六年、彼は文字通り禁止された作家になった。つまり、ケストナーの著書はドイツでの販売がいっさい許されなくなったのである。もはや自分には何もできないことを、彼は悟った。できることがあるとすれば、出版社が自分のために可能にしてくれたときだけである。じかにゲッベルスに当たってみることは、彼には無意味だと思われた。ただ、暮らし向きについては母親を安心させている。「そう簡単にお手上げになったりはしませんよ」（三六年三月一二日、MB）。自分にとってチャンスは実際上あまりないと見込んでいた。「交渉することになっています。おそらくどうともならないでしょう。まあ、だからってそんなに大したことじゃありません」（三六年二月一八日、MB）。「黒い兵団《ダス・シュヴァルツエ・コーア》」［ナチ親衛隊の機関紙］はケーラー＆フォルクマール社が出していた書店用の出版カタログを批判し、もっと薄くて持ちやすいものにするよう要求した。さもないと「担当する当局が必要な強制力を発揮して、文化政策上の義務を」思い知らせることになるであろう、と。それというのも、書籍の取次業者はもはやユダヤ人作家たち、シュテファン・ツヴァイク、フランツ・ヴェルフェル、ヤーコプ・ヴァッサーマン、マックス・ブロート、アルトゥール・シュニッツラー、「さらに、教授面をしたポルノ作家で完全なユダヤ人である精神分析のジークムント（スペルに誤りあり）・フロイト」を、扱うことなど許されないからだ。そして匿名の書評家は問いかけている。「なにゆえカタログにカール・マルクスや人智学者のシュタイナー、ウザルスキー、性的倒錯者のザッハー＝マゾッホやエーリヒ・ケストナーを掲載する必要があるのか？」[32]

ケストナーは著作院に加入を認めてほしいという申請を何度か出しているが、あとで触れるほんの短い幕間を除いて、成果はなかった。ケストナーの弁護士アヒム・フリーゼは一九三八年一二月、事態の進展をはかるべく新たな準備に取り掛かった。著作院にじかに申請するのではなく、「帝国啓蒙宣伝省著作課」の責任者に働きかける、という道をたどろうとしたのだ。目標達成に照準を合わせたフリーゼの理由書を見れば、ケストナーもまた、少なくとも書類上では、どんな妥協をも厭わぬつもりになっていたことに疑問の余地はない。その理由書では、「ケストナーは文化ボルシェヴィキだ」という非難にたいして、次のように反論している。「何年も前に」出版され、「否定的に評価されるべき」何編かの詩で、ケストナーを判断することはできません。「ちなみに、今日の彼はもはやそうした作品を書くことはありません」。そうした詩は「精神的な根なし草となっていた時代に」書かれたものであります。当時のケストナーにたいしては、「無数の同じ世代の若者と同じく、敗戦と破壊的な革命の体験が混乱と抑鬱状態をもたらして」いたのです。非難されている「もう一つの可能性」という詩は、「すでに一九三一年には過去のものと見なして」おり、『ある男が通知する』の第二版にはもう収録していません。ケストナーは「大地に根を下ろした古い職人一族」の出であり、『世界舞台』誌に寄稿していたからというだけの理由で、トゥホルスキその他のユダヤ人文士と同一視することは不当です。ケストナーを帝国著作院に迎え入れることは、芸術のうえから有益なことであります。弁護士はこう述べて、ケストナーの子ども向けの作品を列挙し、これらは「平易で健全かつ痛快な形式によって、少年たちの生活とささやかな冒険を」描いております、と述べている。また長編小説『雪の中の三人の男』は、「そのユーモアをもって、今日の国家指導体制がいみじくも不可欠な生の喜びの源泉と見なしている書物、また日常生活の満たし得ない部分をおぎなう書物なのであります[33]」。

フリーゼの苦心の理由書も役には立たなかった。しかも彼が書類を提出したのは特に悪い時期に当たっていた。宣伝省の著作課課長に、一九三八年一二月二四日付でアルフレート＝インゲマール・ベルントが就任していたからで、ベルントは前任者と上司のゲッベルスにたいして、自分の優秀さを印象付けようとしていたのである。彼の回答は模範的ナチの特徴を際立たせるもので、脅迫的な口調も忘れてはいない。「腐敗文士」の加盟は「いかなることがあろうと問題にならない」。ケストナーは「文化ボルシェヴィキの典型」である。「ナチの弁護士が一九三三年以前のケストナーの創作活動を目立たぬようにし、無害だと強弁することに、驚きを禁じ得ない。堕胎やホモセックスやその他あらゆる錯乱についてケストナーが著した何百編というポルノグラフィー的な詩は、ドイツ語の文学作品中に堕落という点でこれ以上に劣悪なるものを見出し得ないであろう。ケストナーは、本来ならば一九三三年に逮捕して、何年ものあいだ強制収容所に収監し、みずからの手による労働でみずからの生命を購わせるべきだったのであるが、何らかの理由で忘れられていたのであり、それを幸運と見なすべきである。ケストナーと同類で一九三三年以前に創作活動をおこなっていた者は、ドイツ語で書く権利を永久に失ったのだ。この決定は最終的なものである[34]」。

私たちが忘れてはならないことの一つに、《第三帝国》は一二年間つづいたということがある。そして、一二年間とは長い時間だということ、その一二年のあいだは、少なくとも戦争開始までは、大半の国内残留者にとって、つまりケストナーにとっても、《第三帝国》とは日々の暮らしそのものだった、ということである。秘書のエルフリーデ・メヒニヒは仕事がほとんどなかったので、安心して休暇旅行に出かけることができた。「郵便もあまり来ませんからね」（三六年七月六日、MB）。彼女は、短期間だが、完全に別な働き口を探す必要に迫られた。そしてときどき、それも夜にだけ、長年の雇い主のためにタイプを打った（三七年三月三一日、MB）。ケストナーにとって彼女にやってもらう仕事がふたたび十分にできるのは、四〇年代の初めである。三〇年代の終わりごろのケストナーは、書くよりもむしろ読む方が多かった。家政婦のヘレーネ・プラーゲに子どもができて、仕事を辞めると言ってきた（三六年六月三〇日、MB）。ケストナーは短期間だが代わりを探さねばならなかった。まだ家政婦の給料を払うことはできたのだ。そのあと彼の手紙には「ヘレーネ」のことばかり書かれているが、嘆いている気配はいっさい認められない。友人や知人はこんな冗談を言い合っていたそうである。ケストナーが今まで亡命しなかったのは、「プラーゲにさよならを言いたくないからだ(35)［プラーゲには普通名詞で「厄介事、災難」という意味がある］」。

エルフリーデ・メヒニヒは、私が軍需産業に徴用されずにすむようにと、ケストナーは戦争中も雇ってくれていたんです、と話している。そのために「私を掃除婦として」届け出ました。「タイプライターに向かう仕事はほとんどありませんでしたので、私は住まいの掃除をし、買い物に行って料理をしました。一番大事な契約書や証明書は二つの鞄に入れて、いつでも持ち出せるように床に置いてありました(36)」。家政婦の仕事をしていたメヒニヒの話からは、《第三帝国》時代の日常生活が鮮やかに浮かび上がる。このころケストナーが出した仕事の指示がいくつか残っている。たとえば、「グーラッシュ［ハンガリー風ビーフシチュー］用のおいしい肉またはロースト用の子牛の肉」を買って、ネギといっしょに夕食用に下ごしらえしておいてください」。あるいはこういうものもある。「リンゴのムースをたくさん作ってください」。「カボチャを切っておくこと」。「E（エンデルレ）嬢が、キイチゴの軸をフォークで外しておいてくださると、つぶすのに好都合だと言っておりました(37)」。「柔らかすぎるナシは食べてください」。あるときはブーレが東部戦線の近くからヒマワリの油を一缶送ってきた。また、器具類の修理が必要なこともあった。秘書に宛てた日付のないメモにこういうものがある。「電気ストーブをトレーデの店に持っていってください。故障してしまったのです」。

まだ戦争は始っていなかった。一九三六年七月、ケストナーはヘルティ・キルヒナーといっしょに一週間メクレンブルクへ出かけた。小説の準備のためだった。「そんなに大変な思いをするつもりはありません。調べ物をするだけです」(三六年七月八日、MB)。どの小説のためだったかは不明である。五〇年代になってケストナーは二つの未完成の作品を刊行している。しかし、その『ドッペルゲンガー』にも『魔法使いの弟子』にも、メクレンブルクは出てこない。ちなみに二つの構想はどちらもドッペルゲンガーという空想的なモチーフを扱っている。

一九三四年、ケストナーはベルリンのアメリカ大使館にたいして苦情を申し立てている。「ニューヨークその他の都市に」いかさま師が出没して私の名をかたり、私の著書を朗読しているそうです。「背が高くて禿げ頭の男だといわれています。そうした晩には新聞にデカデカと、エーリヒ・ケストナーの朗読会だという広告が載っているとのことです。私は禿げ頭でもなければ、過去二年間ほど国外に出たこともなく、ましてやアメリカには一度も行ったことはありません」。映画会社には、この禿げ頭の男とけっして契約など結んではならないと、くれぐれも注意するよう伝えていただきたい。このいかさま師はさらに、私の著書を朗読するだけではなく、「ナチスに反対する講演もおこなっているとのことです(38)」。

こうした経緯から考えるに、『ドッペルゲンガー』が書かれたのは、ケストナーはのちに断片のまま出版した際、『ファビアン』の直後だったとしているが(Ⅲ・419)、早くても一九三四年ということになる。ルイーゼロッテ・エンデルレはこの短い断片の成立を一九三九年としている。この断片の主人公はカールといい、「マクシミリアン・ザイデル」と名乗る守護天使から自殺を思いとどまるように諭される。天使は鍵をかけたドアの外でワインのセールスマンだと言い、カールが断ってもドアを苦もなく開けて部屋に入ってくる。外見は背が高くて太った男で、こう告げる。「神に命じられてやってきました。あなたに、すぐさま自分自身を見つける旅に出るよう言いなさい、とことづかっています」(Ⅲ・214)。カールは出発する。あるカフェで、小説を書くためのメモをつけ始める。間もなく、一人の男が自殺に成功するのを目撃する——例の「ワインのセールスマン」は間に合わなかったのだ。

ケストナーの遺稿の中にある速記文字で書かれたノートによると、カールはあるカフェで若い女性と知り合い、アムフィトリオン[ギリシャ神話に登場する武将、出征中にゼウスが彼になりすまして妻アルクメーネーと床を共にする]を思い出させる体験をすることになっていた。この女性はカールだと思い込んで、カールのドッペルゲンガーに身をまかせるのである。

ノートの一節は国内亡命者の告白のような趣きがある。「もっと妥当な考え方が見つかるまで、彼はわざと人間性を無視することにした。もっぱら自分の性格に、私生活に、隣人たちに、みずからを捧げることにし、人生を愛することにしたのだ、やがて何かが起こるまで」(日付なし、TB)。

『魔法使いの弟子』の執筆時期は、ケストナー自身によって一九三六年と記されている。ダヴォスの観光協会がこの年ケストナーに講演を依頼し(39)、同時に、ダヴォスを舞台にした明るく楽しい小説を書いてほしいと依頼した。「トーマス・マンの『魔の山』によって、まるでこのあたりは不健康な土地であるかのような評判が立った(40)」からであった。断片『魔法使いの弟子』はテーマとしては『ドッペルゲンガー』と瓜二つであるが、もっと快活な筆遣いである。美術史家のアルフォンス・ミンツラフ教授がダヴォスへ向かう途中で神のゼウス自身に出会う。ゼウスは「ラモット男爵」と名乗っており、列車での旅の途中、立木に雷を落として本物であることを証明するとともに、ミンツラフの考えていることをすぐに読み取るなど、ほかにも思いつくかぎりの能力を発揮する。ダヴォスに着いたあと、ミンツラフはポスターを見つける。それによれば、講演が約束よりも四週間も早くおこなわれることになっていた。観光局に行ってみると、ミンツラフ教授はもう一週間も前からダヴォスに来ていらっしゃいます、と告げられる――またしてもドッペルゲンガーの出現というわけである。断片では二人の女性がミンツラフならびに「ラモット」と複雑にからみ合ういきさつが書かれ、そして、いかさま師が「ラモット」のテレパシーの力で化けの皮を剥がされるが、そこで中断されたままになっている。ゼウスはミンツラフの良心に語りかける、「今の君自身に成りなさい!」(Ⅲ・308)。『ドッペルゲンガー』の場合と同じくこの断片においても、主人公の孤立、換言すれば自分を取り囲んでいると感じている「ガラスの壁」(Ⅲ・308)、がテーマである。この中絶された作品は大半の部分がたいそう明朗快活な印象をあたえる――がしかし、アイデンティティーを見つけ出すことは、空想の世界をさんざん迷い歩いたのちにようやく可能になるようである。というのも、それが現実世界で達成可能だという印象をあたえるようなことはいっさい記されていないからである。

ベルリン・オリンピックの年だった一九三六年、ケストナーはスポーツに没頭している。夏のあいだは、「オリンピックのお祭り騒ぎ」(三六年八月五日、MB)のなか、多くの種目を観に出かけた。ポロ、レスリング、水泳、ホッケー、ボクシング、サッカーのノルウェー対イタリアの試合と決勝戦、といった具合である。「だって、ほかに何をしたらいいというんですか。誰も彼も話すことといえばオリンピックのことですし、みんな観に行くんですから、ぼくも行かないわけにはいきません。いつか物語に使えるかもしれませんしね」(三六年八月一〇日、MB)。自分が今もまだ相対的には恵まれていることが、ケストナーにははっきりとわかっていた。執筆禁止になったあるジャーナリストについて、母親への手紙にこう書いているのだ。「その男は最近やってきて、何かいい話はないかと尋ねました。かわいそうな男です。[……]ぼくはからだは健康ですし、気分も上々です。ただ少々怠けてはいますがね。でも、オリンピックが終わればまた変わるでしょう」(三六年八月一二日、MB)。

友人や仲間がこれまで以上に大事になり、「母さん」によろしくと言っています、といって挙げる名前が膨れ上がっていった。「ナウケ、ブーレ、カインドルフ、オーデ、ピネリ、ニックなどなどです」(三六年五月二一日)。これにさらにヴィクトーア・ド・コーヴァ、グスタフ・クヌートが加わり、四〇年代になると若いヴォルフガング・ハーリヒも仲間入りする。俳優のエリック・オーデはケストナーのためにロンドンで弁護士と交渉し、ドイツに送ることのできない銀行預金のことで尽力したようである(三七年九月四日、一一日、MB)。

こうした友人たちのリストのなかで、エーバーハルト・カインドルフの名前が初めて登場する。カインドルフはケストナーが《第三帝国》で生き延びるために、経済面でもっとも重要な役割を果たした友人であった。一九〇二年にハンブルクで生まれた彼は、三〇年代からベルリンで暮らしていた。『キュルシュナー文学年鑑』一九四三年度版には、戯曲家でエーバーハルト・フェルスターというペンネームをも持つ、とある。カインドルフは帝国著作院の会員になっており、したがって本を出すことができた。右のペンネームは、ケストナーと共同執筆の軽い大衆向け演劇――カインドルフは「愚行への逃避」と呼んでいた――を発表する際に使われた[41](がそれだけではなかった)。のちにケストナーは当時を振り返って、「自分もある程度まで関与した」と書いている[42]。後年カインドルフが『グスタフ・クラウゼ陛下』(一九四〇)について書いた手紙から、共同執筆の様子がかなり明らかになっている。二人の作者は「毎日かならず会い」、「一語一語、一行一行、いっしょに書いていった」というのである[43]。したがって、戦後におこなわれた再上演や再映画化の際の謝金も均等に分けられたが、カインドルフがいったん全額を受け取り、そのあとで清算された(44)。

カインドルフは一九四一年にジビュレ・フライベ(一九一三―七〇)と再婚した。最初の妻はカインドルフを捨ててグスタフ・クヌートのもとへ去っていた。フライベも再婚で、すでに二児があった。彼女は作家で、ヨハンナ・シベリウスというペンネームを使い、《第三帝国》時代に娯楽小説を発表、ほかに映画のテッラ社とウーファのために台本も書いていた(『コンゴ特急』(一九三九)、『オペラのあとに』(一九四四))。戦後、カインドルフとシベリウスのコンビは映画の台本作家として人気を博し、大成功を収める。二人は、次に挙げるように、多くの監督のもとで台本を執筆した。クルト・ホフマン、ヴォルフガング・リーベナイナー、ハンス・デッペ、フランツ・ペーター・ヴィルト、アルフレート・フォーラー、ギュンター・リューダース、ヨーゼフ・フォン・バキー。二人が台本を担当した有名な映画には、ショーを映画に改作した何編かを除いて、『ユリア、魅惑の女』(一九六二)、『禿鷹の群れのなかで』(一九六四)、エーリック・マールパスが映画化した『朝の七時、世はまだ事もなし』と『丘の向こうに月光が甘く眠るとき』(一九六九)がある。

ケストナーとカインドルフが共同で執筆した最初の戯曲は、『親戚も人間だ』(一九三七)で、大衆向けの作品ながら構成は丹念で着想に富み、《第三帝国》時代にさかんに上演された。ドイツの物語では定番の《アメリカの叔父さん》であるシュテファン・ブランケンブルクが主人公で、前々から親族にたいして、自分が死んだら「ドイツのどこか空気がきれいな高原の小さな保養地」に集まって遺言状を開くように、と依頼してあった。連絡を受けて集まったなかに、南アフリカに住む遠い親戚という触れ込みで、一人の若い新聞記者も紛れ込んでいる。全員が指定された山荘に行くと、レーベレヒト・リーデルという名の気難しい老執事に迎えられる。この執事を見て、叔母の一人は思わずこんな言葉を口にする。「私には召使が必要じゃなくて残念だわ。とても辛い目に遭ったようね。あなたを雇えば犬を飼わずにすむのに」(V・612)。故人の友人である法律顧問官が遺言状を開く。遺言状の作成者は、全財産を忠実な自分の執事に贈ると定めていたほか、親戚の者たちに、これから四日間みんないっしょにその山荘で過ごしてほしい、という要望が書かれていた。四日後に別な書状が開示される、というのが理由であった。こうして親戚の者たちは一つ

エーバーハルト・カインドルフ、ヨハンナ・シベリウスとその子どもたち、1945年頃

屋根の下でいっしょに暮らし始めるが、不和や諍いは何一つもち上がらない。また、間もなく観客には――親戚の者たちには知らされないまま――リーデルと名乗る老執事こそブランケンブルクその人であることが明かされる。彼は若いころに親戚の者たちに騙され、そのためアメリカに渡ったのであったが、今回はその復讐をもくろんでいたのである。ところが、彼には不幸なことに、ささやかな望みを抱いた親戚の者たちはまことに感じがよいことがわかってしまう。そこでブランケンブルクは二度目の遺書の開示を前に逃げ出してしまう――二通目の遺書はもっぱら親戚の者たちを罵倒する内容だったのだ。最後の第三幕で、本当の執事リーデルが登場する。そして新聞記者の青年はリーデルの甥であることも判明する。主人の身に何かがあってはと、リーデルが呼び寄せておいたのであった。やがてリーデルは実際に最悪の事態にならないようにする。つまり、ブランケンブルクは好人物の親戚の者たちに詫びを言い、新聞記者はブランケンブルクの姪、ヒルデ・ベームケと結婚することになる。そして主人と召使は、四〇年にわたる主従関係ののち、ついに親友となる。

この芝居にはいくつかの愉快な着想が見られ、とくに親戚の者たちは脇役として効果満点である。その中にはツァンダー一家がいる。父親はどこかの会社で事務長をやっているオットー、その妻インゲボルクと五人の子どもたち、ゴットフリート、ゴットヘルフ、ゴットリープ、ゴットホルト、ゴットロープである。一家の主はいまだにまるで子どものような男であり、妻は「わかったわ、オットー」が口癖だが、実はすべてをがっちりと握っている。オットーは軍隊調のすべて上から下へという態度で家族の指揮をとっている。明らかに同時代の軍国主義のパロディーである。「私が指揮を執るのは妻と子どもたちの完全なる同意のもとにおこなうものである。なぜなら、家族が私に恐れを抱くようなことがあっては、私は嬉しくないからであり、また家族は、私が指揮を執ることが自分たちにとって喜びであると、断言せねばならない」。彼の妻はそれが世の中では何と呼ばれているかを説明する。「啓蒙専制主義っていうのよ、オットー」(V・621)。

ヒルデの兄はいつも間違った組み合わせの推理をしている。また医者の夫婦はその山荘をサナトリウムに変えたがる。法律顧問官は自分のオフィスの組織を改善し、本人はほとんど働かなくてよい体制を作り上げている。というのも彼はあるとき、「人間というのは何という哀れなイヌなんだ、仕事仕事でごくわずかな暇さえもなくしているんだから」と考えたからである(V・637)。新聞記者と名乗る青年は、まことにぴったりの職業であるが、実は「精神科医」で、「フライブルク大学付属の病理学科に勤める第一医局員」である(V・696)。

ハンス・デッペは一九三九年、この大衆向けの芝居をトビス社のために映画化した。ただし、残念ながらひどく粗雑な描き方である。台本を書いたのはペーター・ハーゲンであるが、ひどく気の抜けた会話を新たに加えている。この映画では親戚の者たちは本当に厭わしい人間になっていて、富豪にとって唯ひとり好感のもてる人間は(ツァンダー家の子どもたちを除けば)叔母パウラの養女だけである。おしまいに富豪は、それが自分の娘であることを知らされる。まさしく三文小説そのものである。

一九三六年に『抒情的な家庭薬局』がアトリウム社から出版された。「すばらしいデザインの装丁」(三六年七月一五日)はトリーアの手になるものだったが、このときトリーアはすでにドイツを脱出し、ロンドンに住んでいた。この詩集はケストナーの《非政治的な》作品を集めたもので、それにわずかな数の新しいエピグラムも加えられていた。そのなかに「モラル」という諺のような作品がある。「善いことなんてありはしない。善いことをするというのなら別だが」（I・277）。外国ではこの『家庭薬局』は相対的に評判がよかった。なんとワルシャワのユダヤ人ゲットーでは、この本を手で書き写したものが何部も出まわり、回し読みされていた。若きマルセル・ライヒ＝ラニッキはその一部を、恋人でのちの夫人から、誕生日のプレゼントとして贈られた(45)。

この『家庭薬局』の刊行時には、かつての表現主義詩人で、小出版社を経営したことがあり、「ムンケプンケ」と名乗るカバレット作者でもあったアルフレート・リヒャルト・マイアーが、帝国著作院第Ⅱ部Cの調査部主任に収まっていて、それまでもケストナーの本が出るたびに監視していたが、スイスに本社を置く出版社がモラビアで印刷させた何冊もの本に「疑問を抱い」て、つぎのように書いている。「これについてはなにをなすべきか。ケストナーを認めるべきか、否か？」。長編小説については、彼は異議を唱える必要を感じなかった。それらは「まったく文句のつけようがない」ものだ。それにたいして「詩作品をドイツで流布させることは［……］拒否され」ねばならない、と考えていた。彼は覚書のなかで、ケストナーを「呼び出して根本的な点につき問いただす」ことを進言している。そして『抒情的な家庭薬局』について、詳細な所見を記している。マイアーはもともと詩人で専門知識があり、党員となったのも一九三七年にこの職に就く直前といった具合で、確信をもったナチとは言い難いところもあった(46)。彼はケストナーの詩集を読んだとき、アルフレート・リヒテンシュタインの作品を想起させると感じた。マイアーの所見は詩の引用で埋まっており、そのところどころにほのめかし程度のナチ批判の言葉の引用が挿入されているが、この批判は確信に従っているというよりはナチの特殊言語を使いたがっているような印象をあたえる。すなわち「文化ボルシェヴィキ」という言葉である。マイアーは、「もう一つの可能性」という詩は、「もっとも厭わしい記憶」としていつまでも消えないとか、ケストナーの結婚のついての考え方は拒絶されねばならない、等々と書いたのちに、こういう結論を下している。「この本にはたくさんの機知に富んだ戯れが見られ、この戯れは純粋に職人的な技巧という点で成功している、がしかし、抒情的な家庭薬局というものに期待してよい、また期待するのが当然の、深い心情に欠けている、といった意見があるが、これは無意味である。この家庭薬局の薬はわれわれには苦すぎ、時には残念ながら毒であることが判明しており、われわれは飲まない方がよいと考える(47)」。

ところで、何よりもまずマイアーの所見に付けられた覚書《メモ》が真意不明である——はたしてケストナーを守ろうとしているのか、攻撃しようとしているのか？　いずれにせよマイアーは、散文については問題はない、と言いきっている。ともあれ、ケストナーが三三年以降に自分の名前で発表したものは散文だけであり、『家庭薬局』に収められているのは、大半が古い作品だったのである。

これにたいして、「根本的な点について問いただす」ように提案したのも、このマイアーなのである。ひょっとするとこの覚書が、ケストナーがゲシュタポによって短時間ではあったがまた新たに逮捕されるきっかけとなったのだろうか。三六年にまたしても根も葉もない噂が流れた。ケストナーはプラハに滞在中で、亡命者の雑誌に協力している、という内容であったが、このときは何も起こらぬまま噂も消えた(48)。エンデルレはのちに、ケストナーから知らされた三七年の二度目の尋問の様子を、次のように記している。「〈ふだんはどこに住んでいるのか？　どうやって生活費を得ているのか？　著書はどういう出版社から出ているのか？〉外国語の出版社名と本の表題は口で言うのがやっかいだった。ケストナーは綴りを一字ずつゆっくりと言った。調書を作成する係員はタイプライターをポツンポツンと叩いた。尋問は三時間つづき、そして釈放された。パスポートも返された。入口の鉄格子の門がギギーときしみながら開かれ、ギギーときしみながら閉じられた(49)」。

ケストナー自身はこう書いている。「二度目の逮捕は官僚主義のずさんさを暴露していた。警官は一九三四年の逮捕状は見つけ出したが、尋問の経過と内容を記録した文書は見つけられなかったのだ(50)」。そのときからケストナーは、呼び鈴が鳴るたびに胃に違和感を覚え、おちついていた心臓病が再発した、と記している。二度の逮捕のどちらかのときに、担当者は言った。「手錠をかけて連行しないことを、ありがたいと思え！」。ケストナーはこんなメモも残している。「昔ながらの犯罪担当者の心理だ。誰かを逮捕せよと命じられたら、逮捕すべき相手は犯罪者に違いないと考えてしまうのだ。取り調べが終わるまでの担当者の態度の変化」(日付なし、TB)。

ケストナーは確かに亡命者の雑誌に寄稿はしていなかったが、亡命したトリーアとは引き続きいっしょに仕事をしたいと考えていた。二人は一九三七年八月下旬から三週間、ザルツブルクで会った。この都市を舞台にした作品を書きたいと思っていたからである。しかし、どんな物語になるか、まだはっきりしていなかった。ケストナーは国境のドイツ側にあるバート・ライヒェンハルのクアハウス付きグランドホテル、「アクセルマンシュタイン」に泊って、《ささやかな国境往来》という方法を利用していた。「晩には戻り、朝になるとふたたびこのザルツブルクにやってくるのです。バスでの往来はとても快適です」(三七年八月二〇日、MB)。こうすればヴィザは不要なのだった。逮捕からまだ日が浅いので、外国旅行はしないに越したことはなかった。しかし、両替にはヴィザが必要だったために、必然的にザルツブルクではお金が使えなかった。「毎日、食料を鞄に詰め込んで国境を越え、向こう側ではコーヒー一杯とかビール一杯おごってもらっています。とても愉快です」(三七年八月二六日、MB)。音楽祭の期間中、ザルツブルクではすべての価格が上がるが、文化的な催しに行くときにもトリーアがケストナーの分も負担した。このようにして二人はオルガンのコンサート(三七年八月二〇日、MB)にも、『ファウスト』の上演にも行った。また二人は、『イェーダーマン』[ホフマンスタール作の《死を忘れるな》をテーマとするバロック風の劇。ザルツブルク音楽祭創設のもととなる]や『バラの騎士』も観た。ケストナーは、彼の小説『ささやかな国境往来』の主人公とは違って、「コンスタンツェ」という令嬢と知り合うことはなかったが、しかしヘルティ・キルヒナーとは出会っている。ヘルティはケストナーの母親イーダに宛てて、さも憤慨しているような言葉遣いで書いている。「本当にひどいんですよ。おたくのご令息にまたしてもお会いしたんです。もちろんまったく偶然にです」(三七年八月二三日、MB)。二人はトリーアの親戚が所有する自動車で周辺地域に遠出をし、「ファシュルゼーとヴォルフガングゼーという二つの湖、それにガイスベルクという山など」を訪れた。「とってもすばらしかったですよ。ただ、夕立があって、たっぷり雨が降ったり……したのは誤算でしたが」(三七年九月二日、MB)。そのほかケストナーはザルツブルクで、ヴァルター・メーリングとエデン・フォン・ホルヴァートに会ったとのことである(51)。この時代を描くはずで果たされなかった小説のためのノートに、それを証明する書き込みがある。ホルヴァートは、「ベルリンに戻る」ぼくの「勇気」を讃え、「その後パリのシャンゼリゼを歩いているときに雷に撃たれた[正確には嵐の夜にシャンゼリゼで、折れて落ちてきた大枝が頭に当たって命を落とした]」(日付なし、TB)。

ケストナーは「頭のなかをつねに去来する」(三七年一〇月一日、MB)新しい素材にすっかり心を奪われていた。しかし、同年の一〇月下旬にはまだそのための「物語」を見つけられずにいた(三七年一〇月二一日、MB)。やがて、ささやかな国境往来という自分の日々の過ごし方、少なくとも尋常ではない過ごし方を、そのまま物語の枠組みとして利用することを思いついた。ケストナーはまえがきを書かずにはいられない自分の癖を前々から吹聴していたが、その癖を愉快な自己パロディーにまで拡大し、物語の架空の著者を創り上げた。つまり、読者は主人公ゲオルク・レントマイスター自身の日記を読む、という形式にしたのだ。この主人公はささやかな国境の往来という規定を、ケストナー自身よりも罪のない理由から利用する。両替の申請をするのが遅すぎて、オーストリアの通貨が手に入らなかったためということにしたのだ。そのために支払いがいっさいできない彼は、知り合ったコンスタンツェという小間使いに一度コーヒーをご馳走になる。それにつづいて二人のあいだに大いなる愛が生まれるのは、いわば物語の定石というものであるが、おしまいではさらに、コンスタンツェは伯爵令嬢で、小間使いというのは父親の希望を容れて演じていただけだ、ということが明らかになる。伯爵は挫折した劇作家で、もはや作品の素材《シュトッフ》が思い浮かばないために、良いアイディアをもとめて、使用人たちには休暇をあたえて城から追い出し、子どもたちといっしょに使用人たちの真似をして、外国人の観光客を城に迎え、みずからもてなすことにしたのだった。

　変人の伯爵というこのモチーフは、ケストナー自身がある貴族から受けた招待がきっかけになって生まれたものかもしれない。母親宛てにこう書いている。「ぼくの書いた本が大好きになったというオーストリアの男爵と知り合いになりましたが、ぼくはこの男爵から、二、三日ケルンテンにある自分の城に来てくださいと招かれました。変わった話ですよね。招待に応じるつもりはありません。でも、嬉しく思っています」（三七年四月一六日、MB）。ケストナーの小説は一九三八年にスイスで出版された。このときの題名は、『ゲオルクと突発事故』[52]であった。ただし、冒頭にザルツブルクを讃える言葉を記すわけにはいかなかった。その間《かん》にオーストリアは併合され、ザルツブルク音楽祭は三八年にはおこなわれなかったのである。戦後、ケストナーはその本の表題を『ささやかな国境往来』（一九四九）に変更した。

　ケストナーが手にした印税は明らかに、不確かな時代に確かな投資をするのに十分な額であった。母親はドレスデンの近くで不動産を探した。これについて息子との往復書簡では「例の件」という間接的な表現で触れるにとどめている。ケストナーは母親に尋ねている。「値段はいくらですか?　第一抵当権ですか?　更地ですか?」（三七年一〇月一七日、MB）。じっさい母親と息子は二通の抵当権証書を購入している。金額はそれぞれが五〇〇〇ライヒスマルク以上であった。証書の日付は一九三八年一月三一日となっている。代金はドレスデンの弁護士に利付き貸付金として払われている。購入した抵当権はドレスデン郊外の「トラハウ地区」にある二八三〇平方メートルの土地にかかわるものであった。ケストナーはのちに『ミュンヒハウゼン』の印税でも三つの土地を購入している。場所はシャルミュッツェルゼーという湖に面したヴェンディッシュ・リーツというところである。東ドイツ時代も父親のエーミールが、のちにはエーリヒ・ケストナーの従姉妹が、税金を払いつづけ、一九八九年以前にも以後も政府がこの土地を収用しようとしたことがあるが、所有権はケストナーの家族の手に残された(53)。

《第三帝国》が戦争の準備を進めていることは、誰の目にも明らかだった。ケストナーも徴兵検査に呼び出されたが、厄介なことにはならず、胸をなでおろした。「戦闘員として不適格だと思う者は申し出よ、と言われました。ぼくを含めて一〇人が申し出ました。そのうち三人は、ごく簡単な検査だけで帰っていいと言われました。ぼくもその一人で、膝の屈伸を一〇回、それから心臓に聴診器を当てられ、それでおしまいで、出かけてから一時間後にはもう家に帰っていました」（三七年五月一二日、MB）。終戦の直前にもう一度検査を受けさせられた。このときは軍医大尉が意味ありげにこう言ったという。「そう、あなたがあのケストナーですか！」――そして結果は不合格だった（VI・331）。

一九三七年にはベルリンでも「灯火管制の訓練」がおこなわれ、そのときは「明かりは満月だけでした」（三七年九月二〇日、MB）。住民にはガスマスクの備え付けが義務付けられた。血統証明書なるものが必要となり、ケストナーも必要事項を記入して提出している。ヘルティ・キルヒナーは冬期助け合い運動に駆り出され、街頭集会で歌った（三七年一二月四日、MB）。

一九三七年から三八年にかけての大晦日をケストナーは、ヘルティ・キルヒナーと友人たち、つまり、映画作家のペーター・フランケ、劇場の楽団指揮者で作曲家のハラルト・ベーメルトといっしょに、ハンブルクで過ごした。ベーメルトのミュージカルの初演がそこでおこなわれたからである。このころ、フェルスター名義の最初の作品が上演され、カインドルフは「エーバーハルト・フェルスター」になりすましてプレミアに出かけて行った。「ハンブルク

エーバーハルト・カインドルフ、
1968年クリスマス

でのプレミアは素晴らしかったですよ。ボーフムでの上演も成功だったといっていいでしょう。エーバーハルトはもうすでに別なところでのプレミアに行っています。舞台挨拶のためで、今回はアルトナです。拍手がやまないのでお辞儀をいつまでも繰り返していて、幕を上げられないありさまでした」(三八年一月四日、ＭＢ)。

一九三八年にケストナーとカインドルフは『注文通りの女性』を書いた。劇場を舞台とした喜劇である。演出家がドラマ作家である婚約者に執筆を禁じる。自分が結婚したい相手は女優でも女性作家でも女性プロンプターでもない、「ひとりの女性なんだ!」[54]。ひと騒動あったあと、婚約者の女性は双子の姉妹になりすまして、台所で家庭的な女性を演じてみせる。土壇場で、演出家が姉妹のどちらをも愛していることが明らかになる。エーバーハルト・フェルスター作として、ケストナーとカインドルフが共同で書いた最後の作品は、『黄金の屋根』(一九三九)と『グスタフ・クラウゼ陛下』(一九四〇)である。

今日でもなおケストナーの全容を知ることがどんなに困難か(そして、今後もどんなに発見の期待が大きいか)、それを示すのが行方不明になった作品である。一九四〇年ごろ、ケストナーは流行歌の作詞家ハンス・フリッツ・ベックマンといっしょに、レヴュー『ヘークヒェンと三銃士』を書いている。一九六〇年代にＺＤＦ[ドイツ中央放送局]がそれを新たに映画化しようとしたとき、ケストナーは「大昔の、しかも臨時の仕事」だからといって断った。「『ドッディーと三銃士』というその題名を聞いただけで胸焼けがします」[55]。戯曲『メルゲンタールへようこそ』についても、ケストナーは「罪がないなどとはけっして」言えなかった[56]。この作品は「ハンス・ブリュール」というペンネームで書かれ、執筆時期は遅くとも一九三七年だった。このときのケストナーの共作者は、一九五四年にビュヒナー賞を受賞するマルティン・ケッセルであった[57]。この作品の原稿は散逸したと見なさざるを得ない。《第三帝国》時代には上演されておらず、版権を所有するクロノス出版社にも関係する演劇資料館にも、あってしかるべき保存用見本が見当たらないからである。一九三七年にこの素材はトーニ・フッペルツ監督により、『夫婦のサナトリウム』という題名で、錚々たる俳優を集めて映画化された――フォルカー・フォン・コランデ、ケーテ・ハーク、ギュンター・リューダース、ヴィリー・シェファース、そしてヴィルヘルム・ベンドフといった面々である。(58) 内容は性格喜劇である。新聞記者が社主の娘といっしょにエッシェンブルク教授のサナトリウムに潜入する。この教授は危機に見舞われた夫婦を救うというので、その方法を探るためである。エッシェンブルクは普段は夫婦をべつべつの部屋に収容するが、新聞記者についてはその目的を見抜き、まだ見知らぬ仲である社主の娘といっしょに閉じ込めてしまう。こうして幸せな結婚があらかじめプログラムに組み込まれる。

一九五一年にケストナーはクルト・ゲッツにたいして、この喜劇に興味を抱かせようとしている。「あるときこの作品は、『夫婦のサナトリウム』という題で映画化されました。私の知るかぎり舞台で上演されたことはありません。現在は見捨てられていますが、そんな不運な目に遭うような作品ではない、と私は思っています」。ケストナーはクルト・ゲッツと夫人のヴァレリーに、映画化の権利もまだ売れていないことでもあり、この作品を検討してくれるようにと依頼する。(59) このときはヴァレリー・ゲッツが夫の名前でそつなく断っている。「何しろ時間がなくて、取り上げられないことははっきりしておりますので、お預かりして読ませていただくというお話も、最初からご遠慮申し上げた方がよろしいかと存じます(60)」。

一九五四年にケストナーはケッセルに、「ぼくたちの常軌を逸した戯曲」を新たに「映画会社に買い取らせること」に成功した、と連絡している。(61) フランツ・アンテルが監督し、今度は『愛とはそうしたもの』という表題がつけられた。この映画にはハンス・モーザー、パウル・ヘリビガーといった第一級の俳優が出演しているにもかかわらず、『国際映画百科事典』はずいぶんと激しい言葉遣いで酷評している。「浅薄なストーリーに最低限度のおかしさをもたらそうと、何人かの喜劇俳優は歯を食いしばってがんばっているが、なすすべもなく終わっている(62)」。ケストナーは契約締結の際に、アンテル監督からどのような映画が期待できるかを承知していたらしい。というのも、自分の名前が「いかなるかたちにおいても、外部に向けて、この企画と関連づけられることがないように」と、契約書に盛り込ませているからである。(63)

一九三八年九月、ケストナーはヴァルター・トリーアと会うためにロンドンを訪れた。古典作品を書き直した最初の作品、『ティル・オイレンシュピーゲル』(一九三八)のために、トリーアに依頼してあったカラーの挿絵を見せてもらうのが目的だったが、そのほかにもいっしょに新しい仕事の計画を練り、「リージェント・パークでテニス」をした(VI・650)。また、翻訳者でイギリスにおけるエージェントでもあったサイラス・ブルックスとも会っている(VI・440)。一九四五年にケストナーは、アメリカ軍当局の質問にたいして、旅行の費用は自分で支弁した、目的は「メトロ・ゴールドウィン・メイヤー等々と協議」するためであった、と答えている。この旅行中に他の亡命者たち——当時ロンドンにはローベルト・ノイマン、ペーター・ド・メンデルスゾーン、ヒルデ・シュピールが住んでいた——と会ったかどうかは明らかになっていない。しかしケストナーは自分で、チャーチルの秘書ブレンダン・ブラッケンと会った、と書いている(VI・440)。

ケストナーは「大慌てでロンドンを発ち、ベルリンに帰った」。ヒトラーがチェコスロヴァキアにたいして、ズデーテン地方をドイツに割譲するよう要求したからである。「今にも戦争が始まろうとしていた。船がフーク・ヴァン・ホランドに着くと、号外が出ていた。目前の戦争は回避されたのだった。チェンバリンがミュンヒェンに向かっていた」(VI・650)。ミュンヒェン協定は、チェコスロヴァキアを犠牲にして戦争を一年間先送りにした。トリーアと会うのはこの時が最後になった。画家が一九五一年に世を去るまで、手紙の遣り取りがおこなわれただけである。

ケストナーが『オイレンシュピーゲル』の再話のために選んだ逸話は、すべて他愛のないものばかりである。それでもオイレンシュピーゲルの人物像に手を加えて、いくらか現代風にしている。ケストナーのリライトした物語においても、ティルは陽気なアナーキストで、周囲の人間をからかって面白がっている男であるが、いつも肯定されているわけではなく、人から金品を巻き上げる、頭の回転の速い犯罪者でもある。この本には、同郷の人々が目の前が真っ暗になるまで悪さをつづけた「サーカスの道化」の話やら、「みんなが仰天して卒倒するまでからかう」道化や、あらゆる職業を自己流でこなすが、どれも本当に身につけることのない道化の話、などが盛り込まれているが、それらを読んで、当時の人々は特定の誰かのことを考えただろうか。ベルトルト・ブレヒトの「ペンキ屋」という詩もそうだが、今日この種のあてこすりを読んでも、適切な表現方法だという印象は受けない。描こうとしたモデルに比べると、こうした文学のイメージは無力で、毒にも薬にもならないのである。

ペンキ屋のヒトラーは
塗料まで含めて何も学ばなかった
だから塗らせてみたところ、
何でもかんでも塗っちまった。
全ドイツを塗りつぶしちまった。(64)

ケストナーは一一月のポグロムの証人である。一九三八年一一月九日から一〇日にかけてのいわゆる帝国の水晶の夜に起こったポグロムのことである。彼はタクシーに乗っていた。「妄想にとらえられた人間の夢のなかを走りまわっているようだった」。「まるでガラスを満載した何十台もの貨車がひっくり返ったような音が響き渡った。タクシーのなかから見ていると、道路の右側にも左側にも、およそ五軒にひとりの割合で建物の前に男が立っており、長い鉄棒を思いっきり振り上げて、ショーウィンドーを叩き割っていた。一軒が片付くと、ゆっくりとつぎの店の前に行き、落ち着きはらって力を込め、まだ無傷のガラスに立ち向かった。この男たち、黒い半ズボンに乗馬用ブーツ、平服の上着という格好の男たちのほかには、どこを見ても人っ子ひとり見当たらなかった」。ケストナーは乗っていたタクシーを何度か止まらせ、外に出ようとした。するとそのたびに私服の警官に阻止された。「降りることは禁止されている！　このまま乗って行くんだ！」(VI・512以下)。新聞はこのポグロムを国民の自然発生的な怒りの行動だと言い張った。ケストナーは「諸価値の転換」がじっさいにおこなわれるところを目撃したのだった。「善と悪、人間の心の変わるはずのない基準、それが法と命令によって取り替えられてしまったのだ。《異人種》の栄養不良の子どもに牛乳を飲ませてやろうとした牛乳屋は牢獄送りとなり、その牛乳屋を告発した女は功労十字勲章を授けられた。罪のない人間を殺した者は昇進になった。自分の人間らしい考えもしくはキリスト教徒らしい考えを口にした者は、首をはねられるか絞首刑に処せられた」(VI・514。VI・432をも参照)。

『雪の中の三人の男』

一つの素材の変転

一九二七年八月九日付の『ベルリン日刊新聞』にエーリヒ・ケストナー作の「ホテルという地獄」という短い物語が載った。主人公は二八歳の金属工ペーター・シュトゥルツで、結婚して一年と二か月ほどになる。話はこの男があるグラビア雑誌の懸賞で二等賞を獲得したことから始まる。当選者は三人で、それぞれチロルの三つの豪華ホテルに二週間ずつ招待されることになっていた。一等の当選者は永年にわたってギムナジウムの教員をしてきた男性、三等は銀行頭取の夫人と、どちらも懸賞に当たったからといって困るようなことはまったくなかった。ところが二等の当選者であるシュトゥルツにとって、「その旅行は冒険にほかならず、待ち構えていたのは屈辱で、味わうのは苦痛ばかり」ということになる。

シュトゥルツは雑誌社に、旅行の代わりに現金を受け取れないかと問い合わせるが、むろん拒否され、妻は着ていく服の準備に取りかかる。「消費組合の売店で誕生日に贈るつもりだったネクタイを買った。それから三枚のワイシャツといくつかのカフスに糊をつけ、アイロンをかけた。そして青い一張羅の背広にベンジンを吹きつけてブラシをかけ、トランク代わりの厚紙の箱にそれらを詰めた。シュトゥルツは勤め先から一〇日間の年次休暇をとり、さらに何日か無給の休みを認めてもらった。万一の場合に備えて、貯金から三〇マルク引き出したが、それはもともと二人で話し合い、ミシンを買う頭金にしようと貯めていたお金だった」。鉄道の旅は楽しかった。彼は安い葉巻を吸い、持ってきた「ソーセージのオープンサンド」を食べた。作中でホテルの所在地は《K》となっていて、おそらくキッツビューエルが考えられていたのだろうが、そこまでのルートはケストナーによって要点がかいつまんで述べられている。

到着直後から屈辱と嫌がらせが次から次へと主人公を襲う。厚紙の箱を持ってホテルに入ると、フロント係は、「吹き出したくなるほど粗野で内気なその男が何者なのかを聞いたとき、驚きを隠そうともしなかった。急いで最上階の部屋に連れていくと、支配人に衝撃の報告をする。〔……〕まわりの客たちは、まるで下半身のない女性に出会ったかのようにじろじろと見た」。シュトゥルツは食事を知らせるゴングを聞き逃した。ボーイが迎えに来て、一人用のテーブルに案内した。「奇妙にあれこれ並んだ食事に」かれは「どうしていいか」わからず、「まるで毒でも食らっているようにせかせかと食べた。ナイフとフォークの使い方がぎこちなく、絶えずぶつかって耳障りな音を立てた。ボーイ長は小ばかにした眼で見守っていた。シュトゥルツがナイフを床に落とし、拾い上げ、またそれを使って食べ始めたときには、あらゆる客が不気味なほど疎ましげに、感情は交えず好奇心をむき出しにして、じっと彼を見つめた。真っ赤になった顔を上げようとはせず、シュトゥルツはひたすらもぐもぐと噛んだ。死ぬほど惨めな気分で、絶望の淵に立たされ、出された食事を平らげるのが精いっぱいだった。とうとう思い切って顔を上げたとき、食堂は空っぽだった。というか、ボーイが二人、ビュッフェのところに寄りかかって笑っているだけであった」。シュトゥルツは他の客たちの輪に加わることはできず、部屋に帰って眠ることにしたが、遠くからダンス音楽が聞こえたときは、それに合わせて泣きたい気分だった。

従業員たちが宿泊客以上にシュトゥルツに嫌がらせをし、新しい失敗をするたびに、仲間内ですぐにそれを話題にした。シュトゥルツはバスルームを使わない、ドアを開けると隣室だと思い込んでいるからだ、といった具合である。フロント係はシュトゥルツの奥さんから来た手紙を何日も渡さずにおいた。下働きの者たちや御者も相手になろうとはしなかった。シュトゥルツは薪割りを手伝おうと申し出たが拒絶された。誰も話し相手は見つからなかった。屈辱から解放されるのは、ひとりで山道を歩き回るときだけだった。妻からの手紙を受け取ったあと、彼は夕食の席で泣いた。「ボーイ長はすぐさま触れまわり、そのときの様子を誰もがまざまざと思い浮かべられるように、涙が仔牛のフリカッセの上にポタポタと落ちてな、と付け加えた。またいくつかのテーブルでは、金属工の神経が危機的な状況にあることが話題にされ、客たちは何とも奇妙な出来事だと言い合った」。このときからシュトゥルツはもはや弱気でなされるままになっているのではなく、反抗的になり、新たな挑発を待ち構えた。すると今度はなかなかやってこなかった。シュトゥルツはついに、招待期間の終わりまでまだ日数はあったが帰ることにした。二五マルクをオーストリアのシリングに替え、チップを配ろうとした。渡そうとすると、部屋付きのメイドはくるりと背を向けて行ってしまった。ケストナーの物語のドラマチックな結末はこうなっている。

「彼は下働きの男のところへ行った。男は面と向かってシュトゥルツを笑い者にし、あんたのようなひとからは何も受け取れない、と言った……。シュトゥルツはボーイ長に近づいて、紙幣を何枚かその手に押し付けた。するとボーイ長は手から落ちるにまかせ、背を向けて立ち去ろうとした。労働者はもはや我慢ができず、相手を殴り倒した。──ボーイや客たちが駆け寄ってきて、血を流しているボーイ長のまわりで膝をつき、様子をみた。

シュトゥルツは向きを変えた。まわりの者たちは後ずさりし、道を開けた。ドアのところでシュトゥルツはつばを吐き、残った金を広間にばらまいた。それから駅へ行き、家に帰った。

数週間後、労働者のシュトゥルツとその妻は灯火用のガスの中毒で死んだ。例の旅行とこの自殺とのあいだに関連が認められるとするのは、けだし当然である」。

この物語が『雪の中の三人の男』の第一稿である──ヴァイマール共和国という時代のためのヴァージョンというわけであるが、誰の目にも明らかなように、笑えるような箇所は一つもない。メロドラマ的に誇張された結末にいたるまで、「ホテルという地獄」は濃密なテキストであり、具体的な細部に満ち、社会批判的で陰鬱なリアリズムの作品である。このヴァージョンは時代に合致していたことから、価値を認める読者がいた。それにたいして第二稿では、言葉遣いがいくらか簡潔にされ、とくに結末が書き改められている。表題を『ホテルの奇妙な客──素朴な男の物語』として発表された新稿は、シュトゥルツの気持ちの急変のあと、あっさり帰途に就くところで物語は終わっている──つまり、痛々しいチップのエピソードは削除され、夫婦の心中もなしで、単に、「みんなは道を開けた」で終わっているのだ。(1)

ヘルガ・ベンマンによると、この物語は、ケストナー自身の体験にもとづいている。一九二五年ごろにオーストリアの山岳地方へ休暇旅行に行ったときのことで、予約しておいたにもかかわらず暖房もない屋根裏部屋をあてがわれ、ダグラス・フェアバンクスとかウィンザー公といった名士たちにくらべると、あからさまに差をつけた扱いだった、というのである。(2)

この素材にはほかにもいくつかの可能性がひそんでいることを、ケストナーは最初からはっきりと承知していたらしい。というのも、第一稿が印刷されたのとほぼ同じころ、ケストナーは映画のためのストーリーとして、俳優で監督で台本作家、そして製作者をも兼ねていたラインホルト・シュンツェルのところに、この作品を持ち込んでいるからである。母親宛ての手紙に書いている。新しい使い方のために物語を「完全に書き直しました」、ですから「すっかり見違える作品になっています」。映画になったら美女たちが登場しなければなりません。「あの結びでは問題になりません。結末はあまりにも誇張されていましたからね。でもあのときはそれなりの考えがありました。つまり、ごく限られた長さの物語には、強烈な印象を残す結末が必要だと思ったのです。さもないと物語全体が読者の記憶に残りませんから」(一九二七年八月一九日、MB)。このときケストナーは表題も別なものを提案している。『無料で二週間、フロックコートを着た重労働者』。あるいはシュトゥルツという名をマックスに変えて、『サン・モリッツのマックス』。ミュージカルに仕立てる計画もあったが(三〇年)、そのときも作品はシュンツェルに渡した映画の粗筋と同じ運命をたどった――つまり、実現されなかったのだ。

一九三三年以降になって、すでに有名作家になっており、焚書のあと執筆を禁止されてはいたが、ケストナーはこの素材をもう一度取り上げることにした。今日までもっとも有名なヴァージョンは、一九五〇年代に製作されたクルト・ホフマン監督による映画と、長編小説『雪の中の三人の男』であろう。ケストナーはこの小説と『消え失せた細密画』(一九三六)とを最後の自選作品集に収録するにあたって、短いまえがきを添えている。二つのユーモラスな作品は「たいそう厳しい時代だったために生まれた」ものです。「当時ドイツに住んでいた著者は、作品の公表を禁止されたのですが、初めのうちは外国で出版することは許されていました。要するに著者は当局の規制のもとで執筆をつづけ、いくらかの幸運に恵まれながら、罪のない明朗痛快な物語の作家としてやっていこうとしたのです」(3・7)。

『雪の中の三人の男』は一九三四年に、最初の予告にあったシュトゥットガルトのドイッチェ・フェアラークス＝アンシュタルト社ではなく、チューリヒのラッシャー社から刊行された。こうして二冊のユーモラスな長編小説は確かにスイスで出版されたが、三六年二月末ごろまではドイツの書店でも販売されていた。しかしその後、まだ書店に残っていた本は押収された。これは、少なくともハンブルクの書店については証明可能である。というのも、出版社主のマックス・ラッシャーは国家警察に苦情を申し立てて、この「まったく罪のない」小説が押収されるについては何か「行き違い」があったのではないか、と質問し、ハンブルクの書店から没収された分について返却を求めているからである。その際にラッシャーは当初の合意事項を指摘している。「この本が出版される前に、ケストナーのかつての版元ドイッチェ・フェアラークス＝アンシュタルト社とドイツ政府の担当部局とのあいだで協議がおこなわれ、その結果、この本がスイスで出版され、ドイツで販売される点は問題なし、という合意に達しているのであります。禁止されたのは、ドイツにおいて強力に宣伝をおこなうことに関してだけなのです[3]」。

ラッシャーの書簡にたいして、ゲシュタポの補佐官は、押収は当然だと答えた。押収は国家秘密警察局《ゲシュタパ》の二月二四日付指示にもとづいておこなわれたものである[4]。現在有効な「リストI」に、「作家E・ケストナーについては全作品が望ましくない、と記されている」からである。また、帝国著作院はのちにゲシュタポに次のような報告を送っている。残った書籍の返却は問題にならない、「というのも、ケストナーの作品はもともとシュトゥットガルトのドイッチェ・フェアラークス＝アンシュタルト社から出版されており、単に明確な条件下でのみスイスの出版社からの刊行が認められたに過ぎず、それをドイツに輸入することは許されていないのである」。ケストナーの場合および同様の他の作家の場合に、この種の苦情がさらに持ち出されることを回避するべく、スイス大使館の担当者と協議し、ベルンの政府に報告するよう申し入れるつもりである[5]。

このようにドイツでは販売が禁止されたが、この作品の世界的な成功を阻止することはできなかった。まだ《第三帝国》が存続しているあいだに、すでにハンガリー語、オランダ語、デンマーク語の翻訳が出て、英語圏ではドイツ語版がそのまま出まわっていた[6]。そして第二次世界大戦の勃発以前に、スウェーデン、チェコスロヴァキア、フランスとアメリカで映画化されたのである。ちなみに、一九四五年以前のドイツですら、販売の禁止命令にもかかわらず成功に歯止めをかけることはできなかったのであるが、これについてはあとで改めて触れることにする。

「罪のない明朗痛快な物語作家」と見なされるために、ケストナーはもともとの素材をどのように変えたのだろうか？　社会ドラマを書きあらためて喜劇にしたのである。この小説にはまえがきが二種類ある。二番目のまえがきで作者は、自分の物語の拠りどころや内容の信憑性を宣伝しているが、それにたいして最初のまえがきでは、「芸術上のモチーフとして大富豪を」持ち出したことについて、いわば言い訳をしている（Ⅳ・9）。かつてケストナーが書いた抒情詩では、大富豪といえば憎まれるべき人物であり、でっぷり肥った工場経営者で、貧乏人を助けない場合は革命におびえなければならない人間であった（「富豪に呼びかける」（Ⅰ・133））。また、金属工シュトゥルツのような人間を死へと追いやることのできる者たちであった。

『雪の中の三人の男』では、ホテルの客の何人かはたしかにこの種の人間で、とくに二人の男を惑わす女性《ファム・ファタール》がそのなかに含まれることは、疑問の余地がない。しかし主人公トブラーは、大富豪とはいっても現実の人物というよりはメールヒェンのモチーフである。こうした人間は激減し、もはや絶滅寸前であるが、ケストナーはこうした人間を守ろうとして、《ロマン派風の》といってもよい隠喩法《メタファー》を発展させている。こんな一節があるのだ。太陽が沈んでから数分が過ぎたとき、「とつぜん西の空にかかる雲が輝きはじめた。赤みがしだいに濃くなっていく。その雲はたそがれる灰色の世界をさびしく照らした。今や雲はバラ色に輝いている、がしかし、太陽はすでに沈んでしまっている。富豪たちはあの雲のようなものだろうか？　すでに沈んでしまった時代の反照なのだろうか？」（Ⅳ・10）。

なるほどケストナーは、この修辞的な疑問文にみずから、「ぼくは知らない」と答えているが、彼の宙ぶらりんの隠喩法から、今とは違う時代への憧憬が窺われることは避けられない。むろん、背景が今とは違う時代ならば、そこに今とは違う社会への憧憬が浮かび上がることが期待されていたのであろうが、ケストナーはそこまで具体的に書くことはできなかった。メールヒェン風の装いはむしろ無害な現実逃避を示すのであろう。

長編小説の方では、大学に学んだ宣伝の専門家フリッツ・ハーゲドルンが、プッツブランクという会社の募集した懸賞で一等賞を獲得する。ハーゲドルンは失業中で、わずかな年金で暮らす母親の居候をしている。二等賞を得たのはエードゥアルト・シュルツェという人物だが、これはコンツェルンの会長で枢密顧問官トブラーの偽名である。トブラーの資産は「数百万である。だがかれは大富豪ではない」(Ⅳ・21)。トブラーは「哀れな貧乏人」シュルツェになりすまして、グランドホテル・ブルックボイレンへと出かけていく。「私はほとんど忘れてしまっていた、人間が実際にはどんなものかをな。自分を覆っているガラスの家を、私は叩き壊すつもりだ」(Ⅳ・21)。

トブラーの娘のヒルデは匿名でホテルに電話をかけ、大富豪が偽名で行くから気をつけるようにと警告する。そして、大富豪の日ごろの習慣を大切にするよう忠告する。大富豪は切手収集家で、シャム猫が好きで、コニャックに目がなく、素朴な家庭料理を好み、毎朝マッサージを受けます。一方トブラーは、執事のヨハン・ケッセルフートに同行を命じる。ただし、執事は大金持ちの事業家だという触れ込みで、シュルツェのことなど知らないことにし、スキーを習うために来たことにしろ、と言い含める。つまり、トブラーは完全に一人でグランドホテルに行く気持ちにはなれなかったのだ。

これでレールは敷かれ、茶番劇の始まりとなる。フロント係のポルターと支配人のキューネはハーゲドルンを大富豪だと考え、シュルツェには暖房なしの屋根裏部屋をあてがう。それを知ってケッセルフートは愕然とする。そのあと、シュルツェは嫌がらせをされる。アイスバーンとなった道で雪掻きをさせられ、祝賀会用の大広間の飾り付けやら、村でホテルの買い物やらをさせられる。一方ハーゲドルンは、使用人の親切さ、案内されたスイートルーム、三匹の猫、コニャック、マッサージ、フロント係が彼のためにとっておいてくれた切手、訳のわからないこうしたサービスに首をひねるばかりである。

ハーゲドルンが根っからの好人物なので、二人の懸賞当選者、つまり彼とシュルツェは、意気投合して親友となる。シュルツェはハーゲドルンにたいして、いわば母親代わりを務め、大富豪を釣り上げようと狙っている上流階級の二人の女性、カスパリウスとフォン・マルブレから守ってやる。そして代わりにハーゲドルンから切手をもらい、コニャックのご相伴にあずかる。ハーゲドルンはケッセルフートとも、ホテルに同時に到着したことから、フロントですでに知り合いになっていた。こうして三人はある夜、すっかり酔っぱらってまことに美しい友情の場面を繰りひろげる。いっしょに卵の頭をもった雪だるまを作り、カージミールと名づけるのだ。ケッセルフートはハーゲドルンにトブラー・コンツェルンへの就職を世話する。また、主人が受けた嫌がらせに憤慨して、ヒルデ・トブラーといくらか頭が固い女中頭のクンケルに手紙を書く。二人の女性も間もなくやはり身元は隠して到着し、ヒルデとフリッツ・ハーゲドルンはすぐに恋に落ちる。シュルツェが邪魔なカスパリウス夫人はフロント係を買収、シュルツェに金をいくらか渡してホテルから追い出すよう仕向ける。シュルツェとその一行はその遣り口に愛想を尽かし、予定を切り上げ、たまたま村でおみやげを買っていたフリッツを残して出発する。場面はふたたびベルリンとなり、フリッツと母親はトブラー家に招待され、そこでいっさいが明らかにされる。ハーゲドルンは仮面劇に腹を立てたりせず、やがて結婚式の運びとなり、コンツェルンの会長は友人と後継者を得る。結びに気の利いた場面が用意されている。枢密顧問官は、ホテルの支配人とフロント係をクビにするために、ホテルを買収しようとする。しかし会社の経営担当者は答える。あのホテルを買うことはできません。なぜなら、あれは最初から会長が所有されているホテルなのですから。

『雪の中の三人の男』と『ファビアン』とにいくつかの類似点があることは見逃しようがない。宣伝の専門家ハーゲドルンは、宣伝の専門家ファビアンよりものんきな運命のもとで生きているが、その他の点では瓜二つである。ヒルデ・トブラーはコルネリア・バッテンベルクから否定されるべき部分を除いた女性にほかならない。そのためコルネリアよりも深みに欠け、魅力の乏しい女性となっている。ただ、ダンスの点では引けを取らない。コルネリアは幸せな愛の一夜のあとで靴踊り［チロルの民族舞踏で、踊りながら手のひらで膝や靴底を叩く］をやって見せるが、ヒルデは愛し合う前から、雪のなか、鋲を打った靴という姿で《死に瀕した白鳥の舞い》を披露する（Ⅳ・144）。

このころのケストナーを特徴づける女性敵視は、『ファビアン』ではイレーネ・モルという女性の人物像に表わされているが、『雪の中の三人の男』では攻撃的な二人の女性、マルブレとカスパリウスの叙述に込められている。この女性たちは、大富豪の気持ちなどまったくお構いなしで、心やさしい富豪を征服しようと狙っているのだ。その一方で、女中頭クンケルを犠牲者とするジョークはまことに辛辣であり、したがって現代のような《ポリティカル・コレクトネス》が問題とされる時代には、読者受けを狙った挑発的な表現がこんなところにもあったと見なされるであろう［具体的にはトブラーの「吠える女中頭は噛みつかない」といった言葉を指す］。

この作品にもケストナーの自伝的なモチーフが登場している。むろんその第一はここでもユーモラスで陽気な母親と息子の緊密な関係である。ハーゲドルンの母親は未亡人という設定で、この点はケストナーの場合と違うが、下宿人の名前フランケは、かつてケストナー家にいた下宿人と同じである。フリッツ・ハーゲドルンが嬉しい知らせを伝えようとベルリンから電話をしたとき、受け答えする母親はイーダ・ケストナーその人だといっていい。「何をしたって？　婚約？　驚かすんじゃないよ、そんなことよしときな！　ヒルデガルト・シュルツェ？　知らないね。何でまたあっという間に婚約なんか？　まず相手のことをよく知らなくっちゃ。つべこべ言うんじゃありません。こういうことは私の方がよく知っています。だって私はね、あんたが生まれるよりも前に、もう婚約していたんだからね」。そして、『母さん通信』にかならず書かれている質問も、けっして忘れられてはいない。「もう一つ訊きたいんだけどね、洗濯した下着はまだあるのかい？」（Ⅳ・155）。

この長編小説の成立時期は、ケストナーがのちに書いたまえがきには、記すことが許されなかったとあるが、じっさいどこにも見られない。しかしながら、ハーゲドルンのせいぜい気が利いた挨拶程度の宣伝に寄せる讃歌は、不愉快な印象をあたえる。というのも、宣伝の専門家ゲッベルスが「何百万もの人間の頭を征服すること」に完璧な成功を収めたのは、いずれにしてもこの作品が成立する直前のことだからである。ハーゲドルンは枢密顧問官トブラーの前で一席ぶつことを想像する。「私たち宣伝に携わる人間は軍隊の隊長です。しかし、私たちの兵はといえば、あなた様の金庫のなかにきれいに束ねられて収まっているのです。手勢がいなくては、どんなに優秀な戦略家といえども戦いに勝つことはできません。そして、宣伝とは戦いなのです！　何百万という人間の頭を征服することが、その課題なのです。その頭を占領地域とすることが課題なのです！　トブラー枢密顧問官様！　競争は市場で決着がつくのではありません。明日になったら金を出そうとしている人間の頭のなかで、すでに決着がつけられるのです」（Ⅳ・131）。

長編小説『雪の中の三人の男』は、《第三帝国》ではほとんど注目されず、発売直後に「出版業新聞」に広告が載ったほかは、宣伝もされなかった。国外のドイツ語圏では売れ行きは良好だった。デンマークの翻訳者ヘルベルト・シュタインタールは、「『三人の男』は、新版が出るたびに厚くなり、装丁は醜くなっていった、戦時で紙の質がどんどんと落ちていったからである」、しかし発行部数は五万六〇〇〇部に達した、と書いている[7]。クラウス・マンはデンマーク亡命中にドイツの「出版業新聞」に載った広告を読み、ケストナーを「ザクセン出身ののらくら者」と呼んで、その順応能力について辛辣に批判している。クラウス・マンはまず広告のなかの筋が通らない表現を引用する。

「エーリヒ・ケストナーは彼のシュトゥルム・ウント・ドラング時代を経て、一作ごとにユーモア文学の大家へと成長を遂げている」とか、「この信じがたいほど愉快な物語はいっさいの棘や茨を欠いている」といった文章である。クラウス・マンは嘲笑して、要するに「あのザクセン生まれの役立たずは過去のシュトゥルム・ウント・ドラング時代について、お目こぼしにあずかったというわけだ」、とコメントする。(8)

クラウス・マンは広告の饒舌な内容紹介を引用して、ケストナーにたいする激越な怒りをいっそう募らせていく。「あいつはなんてうまく順応したことか！　なんて器用に滑り降りていったことか、底の底まで、ウーファの題目書きなんていう底なしのぬかるみまで。そこでは物乞い同然の姿をした人間が変装した枢密顧問官で、失業中の青年が富豪の魅力的で気が利く娘と恋仲になる――広告を読むかぎりそんなところだ。あいつは泥やら糞やらのなかでピチャピチャやって、自分が堕ちた道徳の底なし沼から、何と結構なしゃれた言葉をつぎつぎと並べていることか！　ああ、この点には毎度びっくりさせられるよ――ちっとも楽しい気分にはならないが。やつもかつては作家だった。それればかりか、ずっと作家でいようとさえ、しばらくは考えていたんだ。やつは国外へ出ることを考えた。ところがいつの間にか、ああ言えばこう言う弁舌の才をみごとに発揮して、もともと自分にふさわしかった居場所を見つけたってわけだ(9)」。

クラウス・マンとケストナーは、少なくとも一時期は、互いの仕事を注視していた。ケストナーの批評では、クラウス・マンは肯定的に捉えられてはいない。父親トーマス・マンの職業を継いだことで得をしており、いつも偉そうに振る舞っている、と見なしていた。若くして手にした成功、特に劇作家としての成功のために、妬んでいたのかもしれない。ケストナーはつねに自分が早熟の作家だと見られるように努めていたが、この点でクラウス・マンは文句なしにケストナーをしのいでいた。最初の著書が世に出たのは一九歳で、それと同じ年（一九二五）に戯曲『アーニャとエスター』の初演がおこなわれているのである。

他方クラウス・マンは、ここに挙げた批判を除けば、ケストナーについてごく稀にしか発言しておらず、口調もそっけない。『ファビアン』を読んでいたことは確かで、映画の『エーミール』は日記に、「とても好感がもてる」と書いている。こうした経緯はあったが、クラウス・マンの論評はしっぺ返しどころではない――モラリスト・ケストナーをケストナーのものさしで計り、非難したのである。批判者のこうした姿勢にたいして、一九四五年以降のケストナーは、みずから選んだ道であるが、いつになっても事あるごとに自己の正当性を主張せざるを得なくなるのである。

《第三帝国》が存続するあいだに、同一素材のもう一つのヴァージョンが世に出て、こちらは長編小説よりも注目された。戯曲『一生のあいだ子どものままで』がそれで、作者はローベルト・ノイナーとなっていた。これはペンネームである、がしかしケストナー自身のペンネームではなく、ケストナーは《名付け親》に過ぎない。小説の方につけられていた第二の、一見じつにふざけたまえがきがカムフラージュの役目を果たしている。そこでは、私と名乗る作者が友人ローベルトといっしょに汽車の旅をしていて、途中で乗り合わせた年配の男から「すばらしい素材」となる物語を聞かせてもらった、という打ち明け話が記される。二人はその物語が長編小説にも喜劇にもふさわしいと考え、どちらが小説を書くかで言い争う。最後は硬貨を投げて決めることにして、その結果ローベルトが負け、「なんとも悲しそうな目をして窓の外を見つめていた。そのうちにぼそっと、〈ぼくが喜劇を書くよ〉とつぶやいた。ぼくはもうちょっとでかわいそうに思うところだった」(Ⅳ・12)。そのあとにこう書かれている。「ローベルトは戯曲を書いた。そして僕は小説を」(Ⅳ・13)。

このローベルトのことは母親への手紙にもたびたび登場し、作品が上演されることになってローベルトはきっと大喜びしますよ、などと書かれている。一九四五年以降もケストナーは、あの戯曲は友人が例の素材にもとづいて書いたものだ、と言い張った。五〇年にはある演劇エージェントに宛ててこう書いている。ローベルト・ノイナーは「私の友人のペンネームで、じっさい『雪の中の三人の男』を下敷きにしてあの戯曲を構想し、完成させたのです」[10]。じつはこの友人とは、ケストナーのただ一人の生涯にわたる友人、ギムナジウム時代からすでに交わりがあったヴェルナー・ブーレである。ケストナーの遺品のなかにブーレの遺言書がある。日付は一九四三年二月七日となっている――ブーレは一九四三年三月に東部戦線のオデッサに転属となる。彼は自分が死んだときは財産の相当の部分をケストナーに贈ると書き、特につぎのように記している。「戯曲『一生のあいだ子どものままで』から得られるすべての収入、ベルリンのクロノス出版社から生じて私の利益となるべきすべてにたいする要求は、エーリヒ・ケストナーに帰するものとする」。ブーレの遺品にはそのほかにも証拠となる物がある。たとえば、アメリカ軍当局の質問状である。「あなたが使用した別な名前、もしくはあなたが一般に知られている名前」という項に、ブーレは、「ローベルト・ノイナー」と記入し、したがって出版物という欄には、『一生のあいだ子どものままで』が記入されているのである。上演の記録について、ブーレはこう書いている。

一九三四年　初演、ブレーメンにて。
一九三四年　上演禁止、エーリヒ・ケストナーとの協力の廉による（小説『雪の中の三人の男』の筋にもとづいていたため）。
一九三九年　上演、再度許可される。（日付なし、NLB）

一九六一年にブーレは、メトロ・ゴールドウィン・メイヤーにあたえていた『一生のあいだ子どものままで』のための版権の更新に応じた。その際に彼は「ヴェルナー・ブーレ（別名、ローベルト・ノイナー）」とサインしている。[11]

小説の広告が出たのは一九三四年一〇月であるが、戯曲の初演はブレーメン劇場《ブレーマー・シャウシュピールハウス》で、フリッツ・ザールフェルトの演出により、その前の九月初旬にすでにおこなわれている。「ブレーメン新聞《ブレーマー・ツァイトゥング》」の批評家は、いみじくもこの素材のなかに、正体不明の富豪という「大昔の茶番劇のストーリー」を認め、清潔な服装をした貧しくも誠実な青年の、「誰もが好むじつに感動的な体験」と結びつけられており、「やがてそのたぐい稀な才能が初めて発見され」、「何百万という財産を受け継ぐ娘との恋によって」それが報いられる、と書いている。そして、すべてが新しいわけではなく、戯曲はえんえんと続くので、「ひょっとすると〈一生のあいだ〉という修飾語は上演時間を指しているのではないか」と心配になる。こうした点にもかかわらず、作者は新しく見る名前であるが、けっして無名の新人ではなく、「演劇の専門家」であろうと評者は述べる。「どれほど適切にまた活き活きと、場面が設定され、登場人物が導かれているか、滑稽な状況が引き出されているか、すべてのケースでウィットの利いた台詞がいかに的を外さずに発せられていることか！　こうしたすべてを勘案するに、この作品は明らかに経験豊かな劇作家が気楽に、しかし熟練したペンによって、生み出したものである[12]」。

ブーレとケストナーの共同作業が正確にはどのようにおこなわれたのか、右に述べたことのほかは何も判明していない。しかし、どうやらブーレは、ケストナーとストーリー展開について前もって詳しく話し合い、また随時相談は

ヴェルナー・ブーレ、40年代初め

したのだろうが、この戯曲を書くときはあくまでも一人で書いたようである。ケストナーは母親に宛てて書いている、ブーレが隣にすわっているあいだに、「エードゥアルト」――ケストナー自身を指す偽名――は第一幕を読み終え、第二幕にとりかかりました、と（三四年二月一七日、MB）。二人はまた、『雪の中の三人の男』の映画用の台本もいっしょに書き進めた。しかしながら《第三帝国》時代には映画化はされなかった（たとえば三三年七月八日、一〇月四日、MB）。ケストナーは母親に向かって、戯曲が上演されてからはもっぱら「ローベルトの子ども」という言い方をして（三四年一〇月四日、MB）、「ローベルトがブラウンシュヴァイクの批評をお送りしますからね」（三四年一〇月二二日、MB）とか、ローベルトはメーリケといっしょに帝国演劇文芸員のところへ行きました、作品が何度も上演されたことを喜んでいます、等々と書いている――そして、こうした際のローベルトがブーレ一人を指しているのは間違いない。

この「四幕の喜劇」は、小説『雪の中の三人の男』とは表面的な違いしかない。主要人物の名前が変えられているだけなのだ。つまり、枢密顧問官が喜劇ではシュリューターで、その娘はヘルタ、女中頭はメンジング、召使はヨーハン・ザイデルバスト、ハーゲドルンがゲオルク・シャインプフルーク、という具合である。むろん、上演を可能にするための変更がいくつか加えられている。第一幕はシュリューターの邸宅で演じられることになっており、舞台は召使が背広を試着する場面からはじまる。旅行の準備が進められるあいだに、ヘルタと使用人たちとの会話によって、そのときまでのいきさつが明らかにされる。クラインシュミットという男が枢密顧問官のための何とも下品な服を持って登場する。第二幕から第四幕までは「グランドホテル・クロイツキルヒェン」のロビーで演じられ、ストーリーそのものはほぼ小説と同じように展開する。ただ終わりだけが変えられている。さもないと舞台をそっくり変えなければならないからである。ヘルタ・シュリューターが支配人とフロント係に真相を知らせ、全員にとどまるよう説得し、大団円はベルリンではなく、ホテルのロビーで迎える。場面の展開も対話も躍動感にあふれ、滑稽さは上質の大衆向け演劇に期待されるとおりで、したがってこの戯曲は今日でもそのまま上演が可能であり、たとえばライン州立劇場ノイス《ダス・ライニッシエ・ランデステアーター・ノイス》はそれを実証した。枢密顧問官シュリユーターを演じたのはヴィリー・ミロヴィッチュであった。

ヴェルナー・ブーレは自分の仕事に関しては完全に独立して腕をふるった。ウーファで働いていたこともあって、ドラマの感覚や個々の文章に、ケストナーからは想像しがたいところを窺わせている――たとえば、ハーゲドルン／シャインプフロークは自分を「かなり頭のいい犬」と呼んでいる。またスケートに寄せるブーレの讃歌は小説ほど外面的なものではない。「家へ帰ると足首から先が木になってしまっていて、まるで靴の踵がなくなったような感じがしたもんだ……」[13]。この戯曲にはときとして体力まかせの乱暴な滑稽《コミック》さが見られるが、これはケストナーとは無縁のものである。戯曲では、上流社会の女性フォン・ハラー（小説ではマルブレ）が療養先のホテルで知り合ったレーニッツ男爵が、雪だるまをこしらえる。その雪だるまがおしまいには支配人に見立てられて、一撃の犠牲にされるのだ。つまり、シャインプフルークが腕力をふるい、「雪だるま」の頭を叩き落とすのである[14]。

ブーレは経済学の博士号を持ち、活動に参加する社会民主党員であって、ケストナーよりは政治的な人間であった。したがって、トブラー／シュリユーターの変装が小説よりも納得がいくようになっているのも、ブーレの手柄であろう。戯曲の中で枢密顧問官は身分証明書の提示を要求される。支配人が質問する。「身分証明書を見せていただけますか？」

シュリユーター　（取り出して）さあどうぞ。

支配人　（なかを見て、フロント係に向かい）本人のものだ。

シュリユーター　（「……」穏やかな口調で愛想よく、しかし辛辣に）では疑っておいでだったのですか？[15]

この遣り取りが意味するところは、枢密顧問官は腕のたつ身分証明書の偽造屋と知り合いだった、ということになる。おかげで、別人になりすましている今も、身分証明書によって見破られることはないのだ。つまり、枢密顧問官は『一生のあいだ子どものままで』というこの戯曲の表題が生まれるもとになっており、讃えられているのだが、その彼こそがホテルだけではなく国家をも騙しているというわけである。小説の方でも、この《身分証明書》の話は出てくるが、身分証明書をフロント係に渡すことになっていて、そのままで終わっている。

ブーレは断固とした独身主義者であったが、同時代の女性像にたいしては超然としていた。これは問題としている小説と戯曲のもっとも注目すべき相違点であろう。ブーレの戯曲でも女中頭クンケル／メンジングは鈍くて愚かな人物とされてはいるのだが、小説ではまことに愚かな女中頭を標的としているジョークが、この戯曲では彼女ではなく頭の鈍い仕立屋に割り振られている。また女性像といえば、枢密顧問官の娘が、小説の平板な人物とは明らかに違っている。ヘルタ・シュリューターは自立心のある断固とした女性で、ストーリーを左右する決断をくだし、しかもそれを押し通す──富豪の到着をホテルの管理部に知らせるだけではなく、ホテルで解約を申し出た客たちのグループを、フォン・ハラー夫人まで含めて引きとめておくのだ。そればかりか文字通りパンチ力のある女性である。第一幕で、背広を届けにきた男クラインシュミットは、状況を勝手に誤解して、出発していった主人と召使を破産した人間と思い込む。「夜の闇と霧にまぎれてドロンてやつだね。ナウマンて名乗ってたな！　誰でも知ってることさ。肝心なのはパスポートが本物だってことだ！　だから警察だって見逃しちまうのさ。もちろん許せねえことだ[16]」。これだけなら、その場にいる女性たち──ヘルタと女中頭──は男を信用したかもしれない。しかし男は、ここに並んでいるみごとな銀の皿が「競売にかけられるんじゃあ」くやしいじゃねえか、と言って、「立派なやつ」をあっさり懐にねじ込む。メンジング夫人は震えながら助けをもとめる。だがヘルタ・シュリューターの反応はまったく違う。

ヘルタ　（笑いながら）すぐに皿をテーブルに戻しなさい。つまらない夢なんか見るんじゃありません！　さもないと痛い目に遭うわよ！

クラインシュミット　しゃらくさいことを！　（退場する）

ヘルタ　（決然とした態度で後を追う。激しい物音が聞こえる）

メンジング　（口を大きく開けるが、声が出ない）「……」

（叫び声が一度、それから何かが倒れる音がする）

ヘルタ　（戻ってくる。手には銀の皿を持っていて、それを元の場所に置く）メンジングさん、玄関に男の人が一人、

倒れているわ。誰かに片づけさせてちょうだい！(17)

『一生のあいだ子どものままで』は一か月ほどしか上演できなかった。小説がまだ出版されないうちから、帝国著作院と宣伝省ではケストナーの関与が取り沙汰されていた。ある省の参事官は、ケストナーの戯曲を出版していたクロノス社のマルティン・メーリケに宛てて、ケストナーは「ナチ国家の感謝を内々に要求するようなことは」できないと書き送っている。この戯曲は、多数の劇場が採用を決定したが、ドイツでは禁止された。(18)『母さん通信』でケストナーは、この戯曲は「特別な合目的性という理由から」禁止されましたが、「これを読んで理由を理解せよというんですよ！　いったい何を理解すればいいんでしょうね？」と書いている（三四年一〇月三〇日、MB）。メーリケは劇場の総支配人たちに回状をしたためた。少なくともクロノス社をこの一件に巻き込まれないようにするためであった。彼は、「非アーリア人はこの作品には関係しておりません」と説明し、「帝国演劇文芸部員氏との合意」のもと、ペンネームを使っている人間が誰であるかを解明しようとした。そうすることで、「この問題で私たちも作者も非難される覚えはないことを」示そうとしたのである。(19)

こののち数年間、『一生のあいだ子どものままで』はドイツを除く全ヨーロッパで上演された。オーストリア、スイス、イタリア、スペイン、オランダ、ハンガリー、デンマーク、ノルウェー、さらにはエストニアでも、舞台にかけられたことが明らかになっている。ドイツでは禁止が何年もつづき、ナチの大物作家ヴィル・フェスパーは長広舌をふるっているが、その内容から、ケストナーが共作者だということは当局以外にも知られていたことが明らかになっている。「ドイツ人による真に非の打ちどころがない作品によってレパートリーを編成することは、かならずや可能に違いない。そして、じっさい何よりも好ましいのは、演劇院が指導力を発揮して、ドイツの劇場の指導者に自分たちの立場を知らしめ、毎度ユダヤ人の作品にいっぱい食わされ、あとになって巨費を投じて稽古をした愚作を引っ込めるなどということをしなくて済むようにすることである。これは国立劇場においてすら、たとえばノイナー＝ケストナーの『一生のあいだ子どものままで』という作品に関して、起こったことなのだ。問題は昨日の、そして今日の、ユダヤ＝バルカン＝アメリカ＝全世界の（そして目を凝らして見ればいつだってユダヤ人が関わっている）大量生産による安手で粗悪な商品のことなのである」[20]。

ウィーンで一九三四年に発表されたある劇評では、噂としてケストナーが共作者だとはっきり述べられている。また、内情に詳しかったルネ・クラウスは、いずれにせよケストナーとノイナーは血がつながっていると書き、さらにこうつづけている。この事実は、「出版した人物が善意からおこなったすべての宣誓によっても、いまだに消し去ることはできないままである」。しかしながらドイツのパルナッソス山頂は、ゲッベルスが指揮を執るようになってからずっと混乱状態がつづいており、「無数の納得できる理由から、その山に住む者たちは素顔を隠すことを強いられている。すでにこれだけで、誰かがローベルト・ノイナーと名乗ってこの作品を書いたことは疑い得ないであろう。しかしながら一方で、ノイナーの喜劇がケストナーのかつての着想と精神的に結ばれていることもまた、否定し得ないところである」。その素材は古い「ケストナーの短編小説にもとづいており、この詩人に特有の辛辣ながらも愛すべき魅力につつまれている」。

マルティン・メーリケは三六年に宣伝省につぎのような上申書を送って、上演禁止を取り消すよう求めている。いかなる新しい作品によっても空隙を埋めることは不可能で、毎日どこかの劇場の支配人が、あの作品を上演することは許されないのかと問い合わせてきております。「エーリヒ・ケストナーその人の関与が禁止の理由とされている点につきましては、以下の事実にご注意をいただきたく思います。つまり、〈歓喜力行団《クラフト・ドゥルヒ・フロイデ》〉〔労働者を懐柔するためにより多くのレクリエーションの機会をあたえようとしたナチの組織〕は所有する自動車にトーキー映画上映装置を積み、エーリヒ・ケストナー原作の映画『エーミールと探偵たち』をザクセン大管区で（そしておそらくその外の地域においても）上映してまわっているのであります。文化の指導的な立場にあるナチの組織が、エーリヒ・ケストナーの映画を上映することに疑念を抱かないのであれば、他方で、作者がエーリヒ・ケストナーですらなく、当人はほんのわずか関わっただけの喜劇が禁止されるのは、容易に納得しがたいのであります」[21]。

「この問題全体」を見直していただきたいというメーリケの要請は、ブーレによれば三九年になってようやく受け入れられた[22]。新たに許可されると、『一生のあいだ子どものままで』はドイツの劇場でもっとも成功した作品となり、それは終戦直前までつづいた。四一年にクロノス社が出した宣伝ビラによれば、《旧ドイツ帝国》および占領地域で一〇〇回以上の「上演ならびに採用」があり、そのなかのいくつかは四〇／四一年の再上演で、「歓喜力行団」のための上演も一度おこなわれている（クレフェルト市）。四二年二月、ベルリン・レッシング劇場はいくつかの地方紙に広告を出して、ルドルフ・クライン＝ロッゲ演出の『一生のあいだ子どものままで』は上演回数が一二五回に達した、と書いている。まだこの劇場で上演中に、ハインツ・ヒルペルトが総支配人を務めていたドイツ劇場の小劇場でも同じ作品を取り上げ、しかも、枢密顧問官はエーリヒ・ポント、その召使はハンス・ブラウゼヴェッター、演出はエルンスト・カルホフといった具合に、当時のスターを集めていた。

《第三帝国》では当たり前だったおべっか使いの《文化報告》が、統合された日刊新聞だけではなく、ナチの闘争的な新聞「攻撃《アングリフ》」や「フェルキッシャー・ベオバハター」にも掲載された。こうした記事でケストナーの名前が出ることはなかったが、少なくとも執筆者は彼の関与を知っていたはずである。「フェルキッシャー・ベオバハター」の批評家ハンス・ヘムベルクは、小説とそのまえがきを読んでいたことを暗示している。「文学に熱心に取り組む二人、一人はローベルト、もう一人はエーリヒ」について語り、「エーリヒは物語を書いたが、ローベルトの方は『一生のあいだ子どものままで』を書いた」と記しているのである。しかしヘムベルクは、「エーリヒ」の姓も、彼の書いたという「物語」の表題も、明かしてはいない。「ハンブルク外国通信《ハンブルガー・フレムデンブラット》」紙に載った劇評は熱狂的に褒めたたえる内容で、そこには、「『エーミールと探偵たち』がもう一度登場して、ノイナーが何者かを解き明かしてくれるかもしれない」という一節がある。[23]

「月曜日《デア・モンターク》」という新聞では、「彼」が「彼女」に向かってこの戯曲の成功の秘密を説明するという形式で、つぎのように書かれている。「要するにノイナーの戯曲で取り上げられているのは」、（嫌われている）社会的な告発ではなく、「じつに人間的な事柄なんだよ。告発は、それがすべての人間の生活に関係することだというなら、人間社会のもろもろの制度に向けてなされなくては意味がない。豪華なホテルを豪華だからって告発するなんて滑稽だろ。分厚い財布を手にした宿泊客を標的にするんでなければ、告発なんてことは最初から問題にならないんだ。したがって金持ちの枢密顧問官がしようとしているのは、風車に向かって突進するドン・キホーテの戦いと同じレベルの話さ。意味のないことは滑稽だ。それが永遠に人間的＝滑稽なるものの源泉なんだ[24]」。

この「不滅の喜劇」の成功はじつに圧倒的だったので、出版社と作者は「簡略版」を出すことにした。規模の小さな移動劇団にも上演を可能にするためである。しかしこのヴァージョンは元の版より短くはなかった。小さな役が削除され、舞台装置の入れ替えが抹消されただけである。上演用のまえがきには、「この単純化により、作品の魅力や説得力はいささかも失われてはいない(25)」とある。

第二次世界大戦後もこの作品はときどき上演されたが、《第三帝国》時代にくらべれば回数はずっと減った。そして小説の方が前面に出た感があった。出版社ローヴォルトの社長エルンスト・ローヴォルトは、一九四七年にロロロ新聞版として一〇万部出版し、娯楽小説として今日にいたっている［ロロロはRowohlt-Rotations-Romaneの略、五〇年代以降はポケット版に移行］。一方、dtv社［ドイツ・ポケット判図書出版社］が出した方は一〇年間で一二版に上っている。しかしケストナーは、民主主義になった戦後の社会のために、もう一つ別なヴァージョンを世に送り出した。クルト・ホフマン監督で映画化された『雪の中の三人の男』の台本版である(一九五五)。この台本をケストナーは、一九五四年一二月から五五年一月にかけて、一部分はサン・モリッツで書いた。「かつてこの『雪の中の三人の男』を書いたのとまことによく似たホテルに滞在しています。ここでは、腰をおろして周囲を見まわし、見えたままを書けばそれでいいのです！」(五四年一二月一八日、VB)。嬉しいことに、映画の屋外撮影はキッツビューエルでおこなわれた。「ぼくが二五年前にこの小説を書いたとき、じつはキッツビューエルのグランドホテルが舞台だったのですが、よもや同じホテルでその作品の撮影がおこなわれようとは、思ってもいませんでした！　生きていると妙なことがあるものですね！」(五五年二月二三日、VB)。

この台本版が、同作品のいくつかのヴァージョンのなかで、少なくとも心理面ではもっともすぐれており、またいかにもありそうだと思わせるうえでも、一番の出来かもしれない。映画にはいわばケストナー自身が力を貸している。というのも、画面に登場こそしないが、声の出演をして、解説を語っているからである。クルト・ホフマンは映画のプレミア会場から電報を打った。「ワレラガ三人ノ男ノ初上映、場面ゴトニ拍手絶エズ(26)」。小説とくらべ、ストーリーの展開には変わりがなく、人物名も同じだった。ただ、枢密顧問官の名前が戯曲と同じシュリューターになっていた(偽名はシュルツェ)。フォン・マルブレ夫人には息子が一人いることにされ、オラフというその男の子はハーゲドルンと「シュルツェ」を友だちにし、その《あどけなさ》が明確に浮き彫りにされ、自分の母親とハーゲドルンとを引き合わせて、おたがい遠慮なしの間柄にする。その子が初めて登場する場面はこうなっている。

シュリューター　坊や、何をしているんだね？
オラフ　ぼく、遊んでるんだよ。
ハーゲドルン　何をして遊んでいるの？
オラフ　何もしないのさ。
シュリューター　それはまた素晴らしい遊びだな。
脇役の何人かは性格をより際立たせられている。たとえばダンス教師がそうだ。ハンガリー風の訛りでしゃべり、自分を「プロフェッサー」と呼ばせ、「パーティーの演出をさせれば誰をも魅了する才能を発揮する」。執事ケッセルフートにスキーを教える「グラースヴァンダー・トーニ」はドイツ人の客ともバイエルン方言と英語をごちゃまぜにして話す。「プリーズ、サー、行こか《ゲンマ》」。シュリューターも映画ではハルーン・アル・ラシード［『千一夜物語』に登場する賢明な支配者］と呼ばれ、より文学的な人物となっている。

ハーゲドルンは母親との会話で、この大富豪の存在を疑っている。「ぼくはシュリューター老人なんて最初からいないと思うんですよ。写真はないし、インタヴューを受けたこともなければ船の進水式でシャンパンの瓶を割ったこともないんです――ぼくはメールヒェンのなかの人物だと思いますね」。五〇年代に入って、社会は大きく変化しており――たとえばその間《かん》にテレビも登場していた――シュリューターのようなコンツェルンのトップを、どうして誰も顔すら知らないのか、説明が必要だったのである。このためにも、先ほどのハーゲドルンの言葉は役に立っている。映画ではその他の装置や仕掛けも時代を物語るものにされている。同時代の自動車が使われ、ホテルは送迎用のマイクロバスを運行させており、シュリューターは「ホフマンストロップフェン［ホフマン印気つけリキュール、といったところ］」をくれと言う［小説では《バルドリアントロップフェン》という銘柄だが、このころはホフマンストロップフェンの方が時流に乗って知名度を上げていた］。またケッセルフートは、ベルリンにいちいち手紙を書いたりせず、毎晩ホテルのロビーから電話をする。その電話ボックスはロココ風の馬車を改装したもので、ケッセルフートの持っている旅行用ミニアイロンと同じく、随所に魅力的な小道具を配したこの映画の見どころの一つである。

観る者の心理にとって信じ難い点はたしかに少なくなっているが、完全に除去されたわけではない。たとえばヒルデ・シュリューターは、父親がまだこれから出発しようとしているときにホテルに電話をする。どうしてあと数分待って、父親が出発してからにしないのか。ベルリンから高原のホテルまでは、一九五〇年代になってからでも一時間や二時間では着かなかったのだから、あわてる必要はないのである。また、マルブレやカスパリウスが、それにシュリューターやメイドまで、毎度ハーゲドルンのスイートルームにあっさり出たり入ったりするのも、奇異な感じをあたえる――まるでその部屋には鍵のかかるドアがないかのようだ。その他の信じられない個所や飛躍は、映画ではうまく目につかないようにされている。たとえば、シュルツェのために枢密顧問官に力添えを頼むことはできないのかと尋ねられて、ケッセルフートが爆笑して抑えが利かなくなる場面は、単に当人の職業を「面白がって」尋ねるよりは納得がいく(Ⅳ・69)。

映画が生き生きとした印象をあたえるのは、言うまでもなく俳優のおかげである。まずは、シュリューター役のパウル・ダールケ、そしてケッセルフートをみごとに演じたギュンター・リューダースを挙げなければならない。エーファ＝マリア・マイネッケはカルパリウス夫人に小説よりも説得力をあたえている。それに反して、結びの台詞「スープが冷めてしまいますよ」は、まさに一九五〇年代のものである。ところどころあの時代ならではの間が抜けた場面はあるが、この映画はケストナーの同一の素材にもとづく作品のなかで、もっとも長く生命を保つヴァージョンだといえよう。ほかに、パウル・ブルクハルトが作曲を担当して、新たにミュージカル版を作ろうという試みもあったが、途中で挫折した(27)。

一つの素材が三〇年間と三つの政治体制にわたって閲《けみ》してきた歩みは、その途方もない順応能力が何を意味するかを考えさせずにはおかない。ここではケストナー自身がかかわって決定的な役割を果たしたヴァージョンだけを取り上げた(28)。いうまでもなく素材の特徴は、ケストナーの職人的な腕前を、また同時にクラウス・マンが非難するためにあげつらったケストナーの順応能力を、証明している。しかしながらその特徴は、何よりもまず戯曲としての魅力を、また素材の形式主義を、証明しているのであり、好みに応じて多かれ少なかれ時代に合った衣装を着せられてきたが、その際に素材の持つ普遍性と融通無碍なところはいささかも失われなかった。この素材は、当たり役の俳優たちがすっかり夢中になって取り組むときに、もっとも生気に富むものとなっている。

「ハズレの人でいてね!」

戦争中の日々

一九三九年は戦争が始まった年である。しかし、この年はケストナーにとって、戦争の勃発以前から不幸の影に包まれていた。まずヘルティ・キルヒナーのことがあった。キルヒナーは一九三七年からケストナーと競い合って本を書くようになっていた。「ナウケ〔ヘルティ・キルヒナーの愛称〕が書いた最初の本はたぶんウィリアムス社が出版を引き受けてくれるでしょう。とても興味を示していますから。実現したら素晴らしいですよね。あの娘はすっかり鼻を高くしています」(三七年四月一六日、MB)。これは同年秋にウィリアムス社から出た『リュッテ―仲よし子どもたちの物語』のことで、つづいて翌年には『インディアンの仲間になりたい人はだれ?』が出版された。「ナウケの本をクリスマス休みに読んだ子どもたちは、みんな大好きだと言っています」(三八年一月四日、MB)。

このころヘルティ・キルヒナーは女優としても売れっ子になっていた。国内あちこちのカバレットや劇場につぎつぎと出演しており、ケストナーはカバレットに出演中の彼女に会いにミュンヒェンまで行ったことがある(三七年一〇月二一日、MB)。映画にも出て大小の役をこなし、あるときは当時まだ珍しかったカラー映画にも出演した。ほかにラジオで歌や朗読を放送している。三九年、ケストナーとの関係はすでにさほど緊密ではなくなっていたであろうが、そのヘルティ・キルヒナーが自動車事故で世を去った。自損事故で、酒を飲んでいたものと思われる。長編小説の草案メモに、ケストナーはたびたび悪夢のような状況を書きなぐっている。「エルナとベッドで眠っていたとき、電話が鳴った。〈ヘルタが病院に運ばれた！〉」（日付なし、TB）。事故の翌朝、机の上に置いた秘書へのメモが残っている。「ヘルティが死んだ。五月一日、午前五時、ぼくは六時半に起こされ、アッヘンバッハ病院に駆けつけた。もはや会えなかった。即死で、原因は脳出血。以来、ぼくの調子は思わしくない［……］。電話は親友たち、もしくはハイン、もしくはヘルティの兄弟のほかは取り次がないでほしい。これから眠れるかどうか試してみる」(1)。

ヘルティ・キルヒナーの《後任》はライプツィヒ時代からの知り合い、ルイーゼロッテ・エンデルレである。一九三七年一一月、エンデルレは勤めていた雑誌社オットー・バイアーからベルリンへの転勤を命じられた。彼女の本名はルイーゼ・バベッテ・エンデルレで、一九〇八年一月一九日にライプツィヒで生まれている。身分証明書にはそのほかに次のような事項が記載されている。「身長一六八センチメートル、痩身、眼は青灰色（福音ルター派）」(2)。彼女はケストナーと再会した。のちに記録映画作家のエーファ・ハッセンカンプにみずからこう語っている。「私たちね、あっという間に恋に落ちたの。まったく思いがけない展開だったわ」。この《あっという間に》が起こったのは三九年早春のことだった。「ケストナーの住まいの近くにね、おあつらえ向きの公園があったのよ」。四四年にその住まいが焼け落ちると、ケストナーはジューベル通りの彼女のもとに移る。

一九四〇年、二人は初めて夏の休暇をいっしょに過ごす。場所は、ザルツブルクから少し先の山に囲まれた保養地、バート・ガスタインであった。鉄道は本数がひどく少なくなっていたが、二人はガスタインやツェル・アム・ゼーといった町、隣のケルンテン州の湖ヴェルターゼー、あるいは国境のわずかにドイツ側にある湖アイプゼーなどに出かけた。ドイツでも食料品は不足してはいなかったが、贅沢品は手に入りにくくなっていた――オーストリアの方がまだ恵まれていたようで、ケストナーはエンデルレといっしょに母さん《ムツトヒエン》のために、「保存用の瓶に入った」朝食用の蜂蜜を買い集めている（四〇年七月一二日、MB）。

この時からルイーゼロッテ・エンデルレは《伴侶》となり、ケストナーの生活のすべてに関わった。エンデルレの編集技術にはそれ以前もすでに問題があったが、このときからそれが恐るべき結果をもたらすことになる。たとえば、この休暇中の四〇年七月一五日付で母親宛てに書かれたケストナーの一通の手紙が、彼女の編纂・刊行した書簡集では二度も収録され、そのたびに違う箇所が削除されているといった具合なのだ[3]。まずは間違えて五月七日の項に入れられており、二度目は本来の日付のところに収められている。つぎに、内容に関しても大いに問題がある。イーダ・ケストナーは息子への手紙に、旅行用トランクの鍵の複製を送ってもらいたいと書いていた。ふだんその鍵はケストナーの机の引き出しにしまい込んであった。その鍵をかれが持って休暇旅行に出かけたのは、「秘書が手にすることがないように」、つまり、机の引き出しには「秘書が見る必要のない手紙等々が〔……〕入れてある」から、であった。秘書にたいする不信感を述べたこの箇所が、エンデルレによる二度目の収録の方では削除されている。また、収録されたどちらの手紙でも、解決のための提案が欠けているが、たとえばつぎの箇所が見られない。「さもなければ秘書に言って、まだぼくのところにあるヘルティのトランクを母さんに送ってもらうこともできます。大振りの立派なトランクで、何年か前に二人でハンブルクへ行ったとき、彼女のためにと買ったものです」（四〇年七月一五日、MB）。出版されたケストナーと母親との往復書簡にはこうした改竄がしばしば見られる。いつもきまって、ケストナーと誰かとの関係が不愉快なまでに親密だとエンデルレが感じたとき、それをほのめかす箇所が削除されているのである。

戦争が始まったとき、ケストナーは途方に暮れた。彼は税務署にその年度の税の前納を免除してくれるよう願い出ている。これまで自分の収入はすべて外国から得ていたから、というのが理由であった。「現在の戦争状態」のために、自分の「生きていくためのすべての手段が危険にさらされて」います[4]。ケストナーのこの時期の収入を推計することは困難である。遺品の中にある秘書メヒニヒのメモによれば、ケストナーは四〇年に一万一五八一ライヒスマルク二〇プフェニヒ稼いでいた。そのうち一万〇一五九ライヒスマルク五五プフェニヒが、ふたたび上演可能となった『一生のあいだ子どものままで』から得たもので、それ以外のわずかな額が外国からの収入であった。一九四一年の収入は一万九四一一ライヒスマルク九二プフェニヒで、そのうちもっとも大きかったのは、間違いなくウーファが支払った映画『ミュンヒハウゼン』の台本執筆料（一万六〇〇〇ライヒスマルク）であった。

一九四〇年にはエーバーハルト・フェルスター名義の最後の戯曲『グスタフ・クラウゼ陛下』（一九四〇）が、課税されないかなりの額の収入をもたらした。ケストナーがこの作品に深く関わっていたことは明らかである。この大衆向け悲喜劇――そのようなものが存在するとしてであるが――には、ケストナー自身の家族の歴史がたっぷりと利用されているからである。ほかに、おそらくはサマセット・モームの喜劇『一家の稼ぎ手』も参考にされている。後者では主人公が馬商人ではなく、株式仲買人であるが。(5) ケストナーは成功者への道を駈け上がる伯父アウグスティンの一日を詳細に描いたことがあった。「朝の五時には畜肉処理場にいて、それから冷蔵室へ行き、そして畜肉貯蔵室に入って新しい大小のソーセージを作り、豚肉を塩漬け用樽に入れ、それが終わると真っ白な前掛けを着け、髪にはポマードを塗ってきれいに分け、店に出て女性の客たちに微笑みかけ、肉を量るときはこっそり親指を秤の台に載せ、それが終わると厩の馬たちの様子を見に行って、ある工場の社員食堂を請け負っている男と飲み屋に行く。食堂で使う肉の納入業者にしてもらうためだ。それから飼料のカラスムギを大量に一括購入するからと、安く買いたたく交渉をし、六歳馬を三歳だと言って売りつけ、通りがかりにニンニク入りソーセージを一〇串ほどつかむと、ふたたび店のカウンターの奥にあらわれ、肉切り台に向かい、店仕舞いのあとは一日の売り上げを勘定し、厩を点検し、ふたたび飲み屋に行って家具運送店の会計係に鼻薬をかがせ、ようやくベッドに入るが、夢のなかでも勘定をし、馬を買い付け、翌朝五時には畜肉処理場に行き、冷蔵室に入るのだ。これを年がら年中くり返し、死ぬほどあくせく働くのである。若いアウグスティン夫人にとっても同様の毎日だった。馬にはまったくかかわらなかったが、代わりに毎日、にこにこしながら朝から晩まで肉屋の店に立ち、そのうえ二人三人と子どもを産んだのである」(Ⅶ・27)。

喜劇『グスタフ・クラウゼ陛下』は、このような生き方がもたらすさまざまな結果を鮮やかに描き上げた作品である。クラウゼは、フランツ・アウグスティンと同じく金持ちになった肉屋の親方で、作品のなかではすでに何年も前から馬だけを扱う商人になっている。馬のほかはいっさい眼中になく、彼の妻マルタ（ケストナーが明言している「大好きな伯母さん」と同じ名前である）は、そろそろ大人になりかかっている子どもやその友人たちにこぼす。「あんたたちの父親にとってそもそも大事なものって何？　あんたたちはきっとこう答えるわ、父には家族にたいする意識っていうものがない、一度だって休暇を取って旅行したことはない、劇場にも行かなければ本も読まない、ってね(6)」。

あるとき、家に一〇分ほどいたと思ったらまた飛び出していったが、思いがけずすぐに戻ってくる——急行列車に乗ろうと駅へ急いでいたとき、心臓発作に襲われたのだ。かかりつけの医師シュナイダー博士、「てきぱきしており、精力的なところは学生組合上がりといった、かなり年配の男[7]」が、嫌がる主人公を、死んでもいいのかと脅して、バート・ナウハイムへ湯治に行くことを承知させる。エーリヒ・ケストナー自身が心臓病の治療のために滞在した湯治場である。マルタと子どもたちは陰謀を企てる。マルタは父親が家から追い出した長男コンラートに手紙で連絡を取る。また、娘のヘレーネと結婚したがっている若い博士フリッツ・フォン・ボーデンシュテット――『雪の中の三人の男』に登場するハーゲドルンの弟といったところ――を応援する。さらに、息子のローベルトが医学を学ぶことができるように取り計らう。あの子は獣医になりたがっているのよ、馬とも関係があるでしょ、と言って夫を丸め込むのだ。クラウゼはボーデンシュテットに、家に来ることは許さないと言い渡す。ボーデンシュテットは、世のなかには「命令をしたって何の意味もない」事柄があることを説明しようとする。クラウゼは、心臓発作のために穏やかな口の利き方をするようになっていたので、「何を言っているんだ!」と言い返すにとどめる[8]。ケストナーの言うところでは、クラウゼのモデルになったフランツ・アウグスティンだったら、こんな穏やかな態度は考えられなかったそうである(Ⅶ・56)。こうした場面があってから、クラウゼは湯治に出かける。出発前に馬には言葉をかけるが、家族には何も言わない。

　第二幕はクラウゼが湯治から帰ってからの物語である。仕事の鬼は、家族の誰もがあっけにとられるのだが、もう仕事はしないと決心して戻ってきたのだった――要するに金はもう十分に稼いだと。そして、弟のエーミールを支配人にするのだが、この弟には本当の理由を話す。健康上の理由で働くことを禁じられたのだった。じつはフランツ・アウグスティンもかつて弟のブルーノを支配人にしていた。アウグスティン家のこの伯父についてケストナーが記憶していることも、作品中の伯父の人物像と似ており、侮りが感じられる。「馬に蹴られて下顎がめちゃめちゃになっており、別な馬のせいで片脚が不自由だった。そのため足を引きずって厩を歩きまわり、雇い主でもある兄に怒鳴られ、自分は下働きの男たちを怒鳴っていた」(Ⅶ・28)。グスタフ・クラウゼは弟に、自分がどうしてもう仕事をしないか、けっしてしゃべるなと言い含める。それから、ヘレーネの誕生日パーティーに子どもたちをテニスクラブに呼び集め、これからは何でも家族本位でいくからと、みんなにとって喜ばしいはずの決意を告げる。しかし子どもたちは話に乗ってこないばかりか、逆に父親の冷たさを非難し、どの子どもも長いこと母親ともども抱いてきた秘密を打ち明け、両親に向かって、あとは二人で好きなようにと言って、立ち去ってしまう。クラウゼは妻に、「わしは悪い父親だったと」おまえも考えているのか、と尋ねる――すると妻はにっこりして真実を告げる。「あなたはそもそも父親なんて呼べるひとじゃなかったわ(9)」。自分は自宅にいながらよそ者だと思ったクラウゼは、コートと帽子と旅行鞄を持ち、銀行の預金は妻と子どもたちの名義に書き換え、誰にも行き先を告げずに姿を消す。

　第三幕は二年後の話になっている。観客は、クラウゼが戻ってきて厩に姿を見せたこと、古くて小さな部屋に住んでいることを知らされる。彼は最後に家族と会ったときのことをじっくりと考える。「あの日、うちの者たちがこのわしに真相を告げたとき、あまりにもあからさまな言い方だったんで、わしはすっかり機嫌を損ねた……自分たちの言い分が正しく、わしは間違っていた、と連中は言いおった。どうやらその通りだったようだ。だが、その通りだったとして、わしにそれを言うことで、あの者たちは何をどうしようと思っておったんだろう？　どうなんだ？」。逃げ出したあとで孤独を感じた彼は、このとき一人ではなく、グレーテ・ノヴァクという「二〇代末のぽっちゃりしたかわいらしい」女性といっしょに暮らしている(10)。妻のマルタとかつて追い出された長男コンラートとがグスタフを捜し出し、妻は夫のもとに戻りたいと言う。言い争いになり、コンラートは、自分がすでに結婚してアメリカで暮らしていること、そして馬の商売をしていることを告げ、そこへ母親を連れていくと言う。その間《かん》にこの息子は、興奮した雄馬を落ち着かせて腕前のほどを示す。また、そのほかの子どもたちも今は立派な大人になっている。ローベルトは医者に、ヘルマンは弁護士になり、ヘレーネは当時のことで何も職業にはついていないが、その夫のフリッツは今や「参事官」である(11)。これほどたくさんの成功譚のあとでは、喜劇自体も幸福なストーリーを打ち出すほかはない。コンラートは父親の帳簿を徹底的に調べ、そのあとで共同経営者として父親の事業に加わることに、また妻を大西洋の向こうから連れてくることに同意する。グスタフは妻のマルタのもとに戻ることになる。こうしてある晩、クラウゼの好み通りに家族全員が集まっての団欒が実現する。「これからトラウベの店に行って夕食だ。そのあとサーカスに行くぞ」。結びの台詞を口にするのはクラウゼの弟エーミールである。クラウゼが「サーカスに行くのはまったく違う理由からだよ。〔……〕、馬を観るためさ！(12)」。

　この劇の筋は、ケストナー自身の家族の歴史と並べてみるなら、明らかにこうあってくれればという思いそのものである。二流の人物として描かれている伯父エーミールの妻は「とってもうまくいっている」。夫がみずからこう言うからだ。「あいつはこのわしと別れたんだよ」[13]。戯曲のなかのヘレーネは理想とする夫を得る。ケストナーの従姉妹ドーラはシューリヒとの結婚を許されなかった。「伯父フランツは暴君で、独裁者で、馬を商うナポレオンだった。だが本当は素晴らしい人物だった。誰も敢えて彼に異議を唱えなかったことは、彼の罪ではない。もしも誰か、彼にたいして正面から自分の意見を述べる人間があらわれていたなら、フランツ伯父さんは心から喜んだかもしれない。一生のあいだその時を待っていたかもしれないのだ！」（Ⅶ・56）。この点で、作中のグスタフ・クラウゼの子どもたちは真実と思うことを父親に率直に話し、それによって好結果を得る。実在のドーラ・アウグスティンは、素晴らしいはずの人物のために破滅したのであった。ヘルンフート派が経営するザクセンの寄宿制女学校から、「心痛のあまりやつれ、委縮し、青白い顔をして」実家に戻ったのち、「二〇歳で父親の意にかなった商人と結婚し、初産の床で亡くなってしまった」（Ⅶ・125）。

　観客もまた、自分のひそかな願望が舞台上で実現されるのを感じていたのではないかと思われる。しかしながら、調和のとれた大団円へと導く手堅い茶番劇のストーリーは、度外視しなければならない。というのも、馬を大々的に扱う商人が繁栄を謳歌したのは帝国の時代だったのであり、一九二〇年代に入るとつぎつぎと破産していくのだ。フランツ・アウグスティンも例外ではなかった。『グスタフ・クラウゼ陛下』は、したがって、過ぎ去った《古き良き時代》、第一次世界大戦よりも前の時代、皇帝陛下が君臨しており、強国ドイツが脅かされることなどなかった時代の物語なのである。

　この戯曲は『老社長』という題名で映画化されたが、台本はエーバーハルト・カインドルフとヴォルフ・ノイマイスターの共同執筆であった。したがって、いってみれば半分だけフェルスター作ということになる。映画はオリジナルの戯曲をほぼ忠実になぞっている。ただ主人公グスタフ・クラウゼが「ゲオルク・フォン・シュルテ」と、貴族の名前に変えられている。それによって「成り上がり者クラウゼと上層階級と行き来する子どもたちとの社会的な対立が［……］すっかり取り除かれてしまった」[14]。戦後になって、映画のことは思い出せなくなっていたケストナーに、カインドルフはこう書き送っている。あの映画は宣伝省（！）のために台無しにされたヴァージョンなんだ（肉屋の親方が

《ユンカー》に変更させられた)[15]」。シュルテはクラウゼのような肉屋ではなく、二〇年にわたってアフリカで農場主だった人物という設定になっており、健康がそこなわれたのもそれが理由とされている。これは筋には影響をおよぼしてはいない。映画ではいくつかの小さな変更によって適切なイメージを生み出すようにされている。特にオットー・ヴェルニッケが主人公を演じているように、俳優はほとんど理想的といえる布陣である。

ケストナーが日付を正確に記しているならば、一九四〇年一月に彼は二度にわたって「自分自身への手紙」を書いている。少しばかり自分を憐れみながら、ケストナーは自分を「あなたの心の隠遁生活」を営んでいる人間だと述べている。ただぼくだけが推し量ることができます、「あなたがどれほど独りぼっちだと感じているか、幸福と憂愁によって織りなされたどれほどの魔力が、あなたをほかの人々から遠ざけているかを」(Ⅲ・328)。第二の手紙は「あやまち」について語っている(Ⅲ・330)。他の人々をもっと善良にし、周囲の世界に「戦争は忌まわしいものだ、生きることには、互いに怒りを掻き立てたり、騙し合ったり、殺し合ったりするより、もっと高い意味があるのだ、またぼくたちの課題はつぎの世代にもっとすぐれた、もっと美しくて理性的で幸せな地球を引き渡すことであるはずだ」ということを語ろうとした「あやまち」について(Ⅲ・331)。人間を変えたいと願う者は、「他人よりも前に自分を変えることに取り組まなければならない、がそれだけでなく、自分を変えようという試みすらお終いにしなければならないのだ！」(Ⅲ・332)。読者とすれば、この二通の手紙は《第三帝国》においてケストナーがいかなる状況にあったか、その表現として読むべきだと考えがちである。とりわけ彼自身が、ぼくは「もっと交わりを密にするべきだ、特に自分自身を相手に」と書き、果たしてぼくは「自分自身にたいして疎遠になっている」(Ⅲ・329)のではないかと問うているのだから、なおさらそう考えてしまうだろう。

ところが、そのためには手紙の調子があまりにも気楽なのだ。自分が今いかなる時代に生きているかを暗示する箇所などいっさい見られず、ケストナーが《第三帝国》の前にも後にも好んだように、書き手はバーにいて、眼の前には発泡性ワイン《ゼクト》の瓶が置かれているのである。この手紙二通は、時代についての注釈《コメント》というよりもはるかに、ケストナー自身の生活感情についての注釈として読むべきものである。ケストナーが再三にわたって叩き壊そうとしていた

「ガラスでできた壁」、すなわち孤独とか憂愁とか諦めといった感情についての注釈なのだ。

具体的な時代状況がこうした感情を助長したり、あるいは抑圧したりしたことは、言うまでもないことであり、《第三帝国》はそうした傾向に拍車をかけたといってよいであろう。ケストナーが「自分自身への手紙」を書いたその年に、教員養成学校のころの友人が世を去っている。ケストナーは「東部国境地方《オストマルク》」［併合されたオーストリアを指す］にいた秘書に、つまりグルンドルゼーという湖のほとりで休暇を過ごしていた彼女の滞在先に、こう書き送っている。「今日はいささか頭が混乱しています。教員養成学校時代の一番の友人が、ハンス・ルーデヴィヒといって写真屋になっていたのですが、前線から帰還の途中で事故に遭って命を落としたのです。二五人の同級生のうち、第一次世界大戦中にすでに八人が戦死しました。今回の戦争でそれがまた増えつつあるのです。このような文化時代とはなんとも厳しいものですね」(16)。

一九四一年、ケストナーは冷静な戦争日記をつけはじめた。ガーベルスベルク式の速記体を使ったもので、たんに記憶の支えとするのが目的だった。現存するのは四一年と四三年と四五年であるが、四五年の記載がもっとも詳細で、『四五年を銘記せよ』の基礎となっている。この日記帳は遺稿のなかでは奥の列に押し込まれていたため、ようやく近年になって発見された。速記文字の専門家アルトゥーア・ルックスが、一部分は今も暗号文めいている日記を解読したので、以下にそこから引用させていただく。これを読めば《第三帝国》時代のケストナーの日常が、時としては彼の抱えていた問題のいかがわしさも、明らかになる。たとえばこういった話題が記されている。ルイーゼ・エンデルレがもうケンピンスキ［高級食料品店］で買い物をするのは嫌だと言う。理由は、売り子が金持ちの顧客に買収されていて、そういう客には「みんなが見ている前で、ほかの客には〈ありません〉と言った品物を平気で包装するというのだ」。不正な取引がずいぶんとおこなわれていて、「それ相応の金を払えば何でも買う」ことができる（四一年一月一八日、TB）。「この数か月のあいだあり余るほどあった品物といえば、発泡性ワイン、ロブスター、それに蘭の花だ。発泡性ワインは今ではもう見かけない。これは以前にはなかったことだ。だが、蘭の花はまだ売っている」（四一年五月一三日、TB）。奇妙に展望や見解を欠いたメモは、否応なしにヤーコプ・ファビアンを思い出させる。《第三帝国》のファビアンは、見て、メモして、メモして、見て――それ以外には何もしない。そしてこのファビアンは、ゲシュタポに所属していた対戦車部隊の少尉と知り合いになり、その住まいに招待される。そして山と積まれた貯蔵物資を見せられ、いっしょにコニャックを飲み、怪しげな水商売の店を覗かせてもらう。この《第三帝国》のファビアンはクルト・フォン・モーロに異を唱え、ドイツ映画を擁護する。モーロは外国でアメリカとフランスの映画を観て、ドイツ映画は「もう何年も前から国際的な競争には耐え得なくなっている、と主張していたからである」(四一年一月一九日、TB)。

ケストナーは幾度となく人々の口にする噂を書き留めている。そのまま事実であったり、似たような事実があったりする噂である。たとえば、ドイツからの亡命者がフランスの未占領地域ではどれほどひどい扱いを受けているかとか(「興味深い事実」、四一年一月一九日、TB)、ヴァルター・ベンヤミンが自殺した、といった伝聞である。日記帳にこうした噂を書き込みながら、政府も外国の新聞も信じられないことを、はっきりと感じていた。

ケストナーは、ひそかに伝えられる伝説や耳元でささやかれるジョーク(「戦争はすばらしい成果を挙げているから、ちょっとやそっとでは終わらないぞ」四一年一月二六日、TB)、あるいは小さな抵抗運動の風評などを蒐集している。たとえば、ウィーンの《総督》バルドゥーア・フォン・シラッハが、ある工場で演説をしようとして果たせなかった話がある。労働者たちは「熱狂ぶりを誇張してイロニーとしてしまった。というのも、二時間にわたって休みなくナチの運動の歌をうたい、ジークハイルをがなり立てたので、バルドゥーアは演壇の上でずっと待っていたが、ついにひと言も話すことができないまま帰った」(四一年一月二三日、TB)。

人々の健康状態が悪化している、という書き込みもある。栄養不足がひどくなり、伝染病が猛威をふるって、若年層の死者が増えているというのだ。しかし、政治に関わる記述はごく一般的なものに限られている。自分を「政治的な理想主義者」と呼んでいるが、日記の大半は自分のもとに届いた戦争の報道で占められているのである。ときおり書き手は、つぎつぎと明らかになる矛盾に論評を加えてはいる、がしかし、その場合もほとんどが、自分はドイツを代表しているかのような姿勢をとっている。たとえば、今回も「バルカン半島がヨーロッパの時限爆弾」となった(四一年一月二九日、TB)とか、「自分の考えでは、特に重要な問題は、ドイツがイングランド上陸を成功させられるかどうか、アメリカの大西洋艦隊がその上陸を（それからとりわけ後続部隊の補充を）阻止できるか、である」（四一年二月九日、TB）、といった具合なのだ。また、総統代理ルドルフ・ヘスの英国への逃亡については、何日にもわたって報道を追いかけ、おしまいには世間で流行っていた四行の詩らしきものまで記録している。「国中にかまびすしい／イングランドへ進攻するぞとの声が／ところが一人が実行すれば／あいつは精神異常と断定される」（四一年六月二二日、TB）。ロシアに対する宣戦布告については、「心理的にいってじつに興味深い」と書き、ゲッベルスの演説は、「政治家による弁明のたんなる憂鬱な試み」で、ナチ党員に向けられたものであって、国民に向かってというのはただの名目に過ぎない、としている（四一年六月二二日、TB）。こういう記述もある。「ドイツの〈ボルシェヴィキにたいする聖戦〉は、あたかもすべての国々において、そしてもっともきびしく抑圧された国々においてすら、ヒトラーにたいするまさしく驚嘆に値する共感の高まりを呼び起したかのような、そんな印象がある」（四一年六月二二日、TB）。

反ユダヤ主義が激化の一途をたどることにたいして、たしかにケストナーはつねに注意を怠っていない。四一年九月には、「国内における新しい政治行動」に気づいている。ユダヤ人の殲滅収容所への移送が始まったのであり、その事実をケストナーは見逃してはいない。がしかし、まだどのように整理して考えたらよいかわからずにいた。「一週間前からユダヤ人はヴァルテガウへ送り込まれている。住まいはそのままにしておくよう命令され、持ち物は一人につきトランク一個しか許されていない。何が彼らを待ち構えているか、彼らは知らない。私と同じ建物に住むユダヤ人の夫婦がぼくに、家具や絵画、本、陶器等々を買うつもりはないかと尋ねた。どれも選りすぐりのみごとな品々だそうだ。しかし、おそらく現金も持っていくことは許されないだろう」（四一年九月下旬、TB）。

カール・シェーンベックによれば、「ジョニーの小さな芸術家レストラン《ジョニース・クライネス・キュンストラーレストラン》」と名づけられた一種の「非公認の演劇クラブ」があった。そこには俳優や演出家、ジャーナリストなどのうち、《第三帝国》の公的な文化活動に自分の居場所はないと感じていた人々が集っていた。なかでも常連は、ジャーナリストのヴァルター・キアウレーン、大戦後にボンの連邦首席報道官となるフェーリクス・フォン・エッカルト、俳優のハンス・アルバース、ハンス・ゼーンカー、それに当のシェーンベックとその妻、といった面々であった。これらの常連客とケストナーは大戦後も、程度の差はあれ、親しく行き来している。店の主人ジョニー・ラッペポルトは、シュヴァネッケと同様に以前は俳優をしていた。どうやらこのラッペポルトは、四〇年代にケストナーが親称《ドゥー》で呼び合った数少ない友人の一人だったらしく、戦後に初めてベルリンを再訪したときには彼の家に泊まり、一度などスモーキングのズボンを取り違えたことすらある(17)。このラッペポルトは、舞台上でも私生活でもつねにイギリス風のクールなダンディーという印象をあたえていたが、すぐれた観察眼の持ち主でもあって、友人たちの振る舞いを正確に捉えている。たとえば、店にやってきたケストナーをこんなふうに描写している。「きわめて控え目で、けっして多くを語らず、服装が乱れていることは一度としてなかった。ただ、滑稽なことに、ダブルの背広を着ながらネクタイをしていなかった。これは当時のケストナーの個人的な特徴であった。彼はけっしてネクタイをしなかったのだ。それを除けば、彼はいつもエレガントなコートを着て、黒のホンブルク帽をかぶり、テーブルではたいてい静かで、あまり会話に加わらなかった。だが、その意識がいつでも醒めていることは、誰もが気づいていた(18)」。

ケストナーがどんなに醒めた意識の持ち主だったか、オーダ・シェーファーが逸話という形式で語っている。これも場所はラッペポルトのレストランだった。オーダの夫ホルスト・ランゲが「激しい空襲のあと」、「とほうもなく軽率であると同時に容赦ない言葉を」吐いた。そのとき店内のバーにいた見知らぬ男が、自分は軍法会議の法務官だと言い、ランゲを逮捕させるために電話の方へ向かって歩きだした。ケストナーはあくまでも冷静で、「電気の安全器をはずした、一瞬にしてレストランのなかは真っ暗になり、ケストナーはランゲの剣帯をつかむと、裏口から店の外へ引っ張り出し、ちょうど停まっていた路面電車に押し込んだ(19)」。

このころ映画産業はたいそう活気づいており、ヴェルナー・ブーレはその恩恵にあずかっていた。「ブーレは来週ノルウェーに行きますが、短くても四週間の予定です。映画『ノルウェーへの出兵』の撮影をするのです。週給三〇〇マルクとのこと。ずいぶん豪勢ですよね」(四一年三月二一日、MB)。翌年、ブーレはふたたび出張する。今度は「ボヘミアで文化映画を二本製作するように命じられたからです」(四二年五月一六日、MB)。ケストナーもウーファで良い思いをしていた。つまり、四一年四月、ゲッベルスが非公式ながら『ミュンヒハウゼン』の映画化を承認したからで、ケストナーは夏休みのあいだに台本の第一稿を書いた。詳しい状況は別に小さな章を立てて検証することにしたい。

国内に残っていた映画会社から、ケストナーはつぎつぎと仕事を依頼されていた。ウーファのほかには特にテッラ社が多かったが、当時この会社の報道主任は、ケストナーと親しかったエーリヒ・クナウフであった。それればかりか、ケストナーはウーファと専属の年間契約を結んでいたようである。遺された書類のなかに、四三年の「二月分」として、月給の明細書があるからで、そこには、払い過ぎの経費を差し引いて、総額四一六六ライヒスマルク六六プフェニヒと記されている。これによれば、ケストナーは一年間の台本作家としての仕事にたいして五〇〇〇ライヒスマルクを受け取っていたことになる。[20]

もっとも、これはウーファからの最後の支払いであったようで、ケストナーが四三年に帝国著作院から最終的に加入を拒絶され、そのうえさらに国外での出版も完全に禁じられたことを受けて、残額を清算して支払われたもののようである。ケストナーが所轄のシャルロッテンブルク東税務署に宛てた手紙の下書きが残っており、四二年度こそ収入が『ミュンヒハウゼン』のために一一万七一七一ライヒスマルクと高額であったが、今年はせいぜい一万五〇〇〇ライヒスマルクと見積もられるとして、税の前納額の引き下げを求めている。[21]

四二年四月、スイスのある日刊紙にケストナーの詳細な追悼記事が載った。ケストナーは「誕生の地、すなわちベルリンで」、メーリング、トゥホルスキ、ベッヒャーとともに「左翼的な抒情詩人」の一人として活躍し、「ウィットに富んだ流行歌のスタイルを作り上げ、軽快でユーモラスで、しばしば信じられないほど内容にぴったりの形式を見いだし、不愉快な真実を言葉で表現する術を心得ていた」。この記事の執筆者は、ケストナーが『一生のあいだ子どものままで』と映画化された『雪の中の三人の男』の共同執筆者であることを、けっして公表されてはいなかったにもかかわらず知っていた。ただし後者を青少年のための本と見なしている。[22]俗に、死んだと言われた人間は長生きする、というが、『ミュンヒハウゼン』の台本を書いたあとのケストナーは、映画の世界で以前に倍する元気さであった。

四二年、ウーファはケストナーを、イェニー・ユーゴーならびにカメラマンのオイゲン・クラーゲマンとともに、チューリヒへ派遣した。「グレタ・ガルボのある映画を観る」ためであった。[23]つまり、『二つの顔をもつ女』（一九四一）のような作品の台本を書くように求められたのにたいして、ケストナーはその映画を観たいと主張したのだった［ガルボの映画はナチス・ドイツでは上映禁止になっていた」。同工異曲の月並みな作品は絶対に避けたい、というのが理由だった。じっさいにチューリヒまで行って観たその映画は「嘲笑するほかない劣悪な」出来栄えで、「自分がいつの日かあんな作品を模倣したと責められるのは真っ平」だと考えた(VI・441)。時局からしてよもやと思っていた旅行を、ウーファは実現させたのであるから、そのままいけばケストナーは台本を書かねばならなかったであろうが、その必要はなかった。それというのも、いわば「手遅れにならないうちに」、ふたたび執筆を禁止されたからである。

エーミール・ヤニングスのための台本に手を入れる仕事が、ケストナーのところへまわってきた。作品はヤニングスの最後の映画となる『老いた心の回春』(一九四三)だったのではないかと思われる。ケストナーはふたたびはげしく抵抗した。しかし、ヴォルフガングゼーという湖のほとりにあった屋敷にヤニングスを訪問し、強い印象を受ける。「そこには建物が二つ、二頭のブタやたくさんの犬、ヤギ、アヒル、ニワトリがいて、野菜畑やら大麦畑やらがありました。[……]食べ物はおいしかったですよ。特に自家製のソーセージがね。量はたくさんではありませんでしたが。そして本物のバター。そう! 本物のバターがどんな味がするか、もう誰も覚えていませんよね!」(四二年六月一六日、MB)。ケストナーが台本の改作は気が進まないと伝えても、ヤニングスは気を悪くすることはなく、それどころか、来年の映画化をめざして、ぜひオリジナルの台本を書いてください、と頼んだうえに、「ザルツブルク大管区長官とその夫人に紹介しましょう」とまで言った(四二年六月一六日、MB)。そして、このつぎはぜひわが家に泊ってください、と招待した。「ぼくは招待を受ける気はありません」と、ケストナーは母親に書き送っている(四二年六月一九日、MB)。また、大管区長官とも知り合いになろうとはしなかった。

ケストナーは《第三帝国》のお墨付きの人物とは、相手の機嫌を損ねないようにしつつ、できるだけ接触しないようにしていた。そのため、ナチの「国家俳優」であったハインツ・リューマンのための仕事には、また、「国家俳優」であると同時に「帝国文化院会員」であり、さらにトビス社の会長であったヤニングスからの申し出にたいしては、内心では嫌だと思いながら対応した。そのうえケストナーはヤニングスを、映画『世界に告ぐ[原題:クリューガー伯父さん]』(一九四一)によって、国民煽動のプロパガンダに奉仕する「金儲け第一の冷酷な人間」だと見なすようになっていた。『世界に告ぐ』の撮影中に事故があり、「地雷の爆発によって出演していたエキストラのうち[……]四人が死亡し、そのほかは負傷した。すると指揮を取っていたヤニングスは、「これら四人の兵士は名誉の戦場で戦死したのだ、と言い放った」(四一年四月六日、TB)。

ハインツ・リューマンのためには、彼の主演映画『妻をよろしく』(一九四二)の台本に手を入れた。この喜劇映画でリューマンが演じたのは堅物の独身男で、旅行に出発するかつての無二の親友から駅頭で、妻をよろしくと頼まれる。じつは自分が安心して秘書と浮気をするためなのである。てんやわんやのエピソードがいくつかつづくうちに、夫の友人と妻はおたがいに相手を深く知って愛し合うようになる。この映画の製作が始まるまえにいざこざがあり、ケストナーは気が進まないまま仕事を片づけた。映画の世界にとどまるためであった。リューマンの自伝にケストナーは登場していない。

この映画は女性の主役にイェニー・ユーゴーを想定して計画が進められていたが、彼女は出演を断った。「そのため今度はリューマンが苛立った」(四二年四月一一日、MB)。ケストナーは台本が「まだ上出来とはいえない」ことを承知していた(四二年四月一三日、MB)。ある晩、彼は「リューマンの映画の監督」を訪ね、愚痴をこぼした。「この仕事はちっとも楽しくありません。それでも、とにかくやるほかないんでしょうね」(四二年四月一九日、MB)。この監督がクルト・ホフマンで、二人のあいだには、この仕事が発端となって以後何十年にもおよぶ協力関係が生まれた。「リューマンのための台本が印刷されましたが、クレジット・タイトルには台本執筆リュトゲとビュルガー、とありました。あの連中ときたら、ぼくの名前は出さないでほしいと、はっきり言っておいたのに。だって、いつまでもビュルガーという名前を載せてもまったく無意味なんです！　妬む連中はすでにたっぷりいますからね」(四二年五月一四日、MB)。誤りは訂正が可能だったが、とにかくケストナーは印刷された台本をもう一度、「誤りがないか徹底的にチェックしなければならなかった(四二年五月一四日、MB)。最終的に映画のクレジット・タイトルには、台本執筆者としてボビー・E・リュトゲの名前だけが載せられた。この映画はもともとヨーハン・フォン・ヴァサリーの戯曲に拠っていたが、とくに終幕近くで、画面の外でドアがたびたびバタンという音を立て、それによって登場人物の登場と退場を暗示する仕組みになっており、それだけとっても陳腐で機械的な作りの大衆喜劇であることが明らかである。映画のテンポは軽快で、どの役もすぐれた俳優が演じていた。けっきょく女性の主役でリューマンの相手を務めることになったのは、リル・アディーナであった。ほかにボクサーのエーミール・ザンフトフーバーをパウル・ダールケが、「アストリア」のウェイターをヴィルヘルム・ベンドフが演じて、みごとな脇役ぶりを見せている。この映画では、ケストナーが特に貢献したという点は認められない。よどみない会話はひょっとすると彼の手柄かもしれないが。また内容としてはせいぜい、あるエピソードの場面にケストナーの所属していた「ブラウ・ヴァイス」というテニス・クラブが使われていること、作中リューマンが「若い独身男の慰め《ユンゲゼレン・トロスト》」という会社の社長として、独身男のために珍妙な道具を発明するが、それが母親の仕事を軽減するためにケストナーの考えた道具であること、この程度に限られている。

ケストナーがウーファのために完成まで携わった最後の仕事は、ザルツブルクを舞台とする彼自身の小説の台本を書くことであった。ウーファは映画製作の許可を得るために梗概を当局に提出した。ケストナーは無駄骨を折る気はなかったので、その返事が来るまで仕事に取り掛からないことにした（四二年五月一四日、ＭＢ）。時間は切迫した。「七月にはザルツブルクで撮影を開始すると言っています！　間抜けばかりで、台本はいつできあがるか、それを尋ねる人間は一人もいません。もう時間はたったの六週間しかないのです！」（四二年五月一四日、ＭＢ）。製作主任は『ミュンヒハウゼン』のときと同じエーバーハルト・シュミットが予定されていた。かれはケストナーのために、回答が早く出るよう役所に掛け合った（四二年五月二〇日、ＭＢ）[24]。

ベルリンで『妻をよろしく』の撮影が終ろうとしていたとき、ケストナーはザルツブルクを再訪していた。まだ現地で調べたいことがあったのと、舞台とするにふさわしい場所――たとえばコンスタンツェの一家が所有する邸宅――を見つけるためであった。「あたり一帯を自分の脚や馬車で駆けまわるのは、時間もかかりますし疲れます。とにかく、自分の頭がおかしくなるようなことをするつもりはありません。問題の場面は時間が経てば仕上がるでしょう」（四二年六月一二日、ＭＢ）。四二年七月初旬に台本はできあがった。八月下旬から九月上旬にかけて、ケストナーは休暇を取ってバイエルンの山岳地帯に滞在した。ジョニー・ラッペポルトの夫人がガルミッシュの近くで暮らしていたのである。「すばらしい静けさ。山々の眺め。階上の小部屋を使わせてもらっています」（四二年八月二四日、ＭＢ）。

今回、ケストナーは配役をめぐる議論に関心がもてなかった。もともとはアクセル・フォン・アムベッサーとルイーゼ・ウルリヒが主役を演じることになっていた。しかし、結局はヴィリー・フリッチュと、ハインツ・リューマンの再婚相手ヘルタ・ファイラーに決まった。「何もかもぼくにはもうどうでもいいことです。毎回毎回、決まったと思ったら変更されるんです！」（四二年九月八日、MB）。ルイーゼ・ウルリヒの方が、役には年齢が高過ぎたが、ケストナーはふさわしいと考えていた（四二年九月一二日、MB）。しかし、妊娠四か月で出演は不可能だった。ケストナーは撮影中ザルツブルクには行かないことにした。「フランツルとカールを誰が演じるか、阿呆たちはまだ決めていないんです。［……］信じられない連中です。いっしょに行くことにはならないと思います。仕事の時間を奪われるだけですから！」（四二年九月一四日、MB）。

『ミュンヒハウゼン』のときもそうだったが、台本執筆者のペンネーム、ベルトルト・ビュルガーは、一九四三年の映画のクレジット・タイトルには載らなかった。ハンス・デッペは、主役にハンス・モーザーを起用した『嘔吐』のリメイク版『親戚も人間だった』のほか、無数の故郷映画《ハイマートフィルム》［地方の小都市や農村を舞台に、庶民の生活感情を描くもの］を撮った監督である。戦後の五〇年代になってもこのような状況は少しも変わらなかった。彼のもっとも知られた映画は『シュヴァルツヴァルトの乙女』（一九五〇）であり、『荒野は緑なりき』（一九五一）であり、『自分自身に休暇を出して』（一九五三）なのである。『ささやかな国境往来』は監督デッペの最良の作品だといえよう。この映画では明快に時代を暗示する部分が漏らすことなく描かれている。ただし冒頭では字幕によって、《ささやかな国境往来》がどういう経緯でおこなわれたかを説明せざるを得なかった。オーストリアが《併合》され、国境が消滅してからいつしか五年の歳月が過ぎていたからである。画面上でしだいに鮮明になっていく文字がストーリーをメールヒェン風にし、《併合》を強行した人間の論理を明らかにする。

むかしむかし……
　こう始まるのはメールヒェンだけではない！
むかしむかし一つの時代が……
　これはまだついこのあいだのことなんだ！
むかしむかし二つの国が……

それはもともと一つの国だった！

しかし、好奇心の強い人間たちが一つの国からもう一つの国へ行こうとすると、まずは権力を持っている魔術師に可否を尋ねなければならなかった。魔術師が住むオフィスのドアには「外国為替管理局」という不気味な言葉が書かれている。もともと無条件に一つだったわけではないものを、むりやり合体させようとしていることは、俳優のオーストリア風の訛りによっても表わされる。特にヘルタ・ファイラーが発音に苦労していることは、観客にはすぐにわかった。《オーストリア風》は呼びかけるときに肩書を重ねて使うところにも表れていた——「何々枢密顧問官様」とか「何々博士様」、「フォン・ケッセルフート様」、あるいは「何々奥方様」といった具合である。登場人物の一人であるレントマイスターは博士号を三つもっているため、相手は「ドクトーア・ドクトーア・ドクトーア・レントマイスター様」と呼びかけることになる。また、ケストナー独自の細部へのこだわりがいくつか認められる。たとえば、笑いの研究家ゲオルク・レントマイスターは速記術を考案するが、それは話すよりも早く書けるという代物である（原作では構想としてのみ言及されている）。また、レオポルト伯爵は自分が執筆中の戯曲のために、「同僚レッシング」の意見を『ハンブルク演劇論』で確かめたいと言う。そして映画では最後に、伯爵は自分の論文原稿を娘婿となることが決まったレントマイスターに渡し、喜劇を完成させることを承知させる。結びで、「それでは承知しました。私がその戯曲を書きます」、とレントマイスターは答える。これによって観客は、観終わった映画の台本はレントマイスターが書いたのだ、と考えられるようになっている。

映画化された『ささやかな国境往来』は、大半が俳優陣によってそのみずみずしさを保たれている。特に作中の恋愛描写は、当時は当たり前だったのんびりした調子からかなり隔たっている。それというのも、湖畔で横たわるシーンでは、カップルは裸に近い格好であり、またコンスタンツェが暗闇のなかで恋人のゲオルクを案内するのは、ソファーではなく自分のベッドなのだ。これは今日なら予想されるところであろうが、一九四三年には、また五三年にも、ずいぶんと大胆な場面であった。

ケストナーは、自分がかかわったウーファ最後のプロジェクトをもはや仕上げることはできなかった。『ささやかな国境往来』の撮影がまだ続いているあいだに、彼は新しい台本、『ふたりのロッテ』のための梗概を書いていた。ところが完全な執筆禁止となったために、ウーファは残念だとしながらも、すでにできあがっていた梗概の諸権利をケストナーに返却せざるを得なかった。[25]しかし、ケストナーはケストナーの執筆意欲がそんなことでブレーキをかけられることはなかった。できあがった『ロッテ』の台本につづき、「戯曲を書こうと真剣に考えること」(四二年九月一二日、MB)に取りかかった――それが『信頼するあなたの手に――三幕の喜劇』である。これはフェルスター名で発表された戯曲の流れを汲む作品であるが、作者個人に関わる要素がいくらか加わっている。つまり、『ささやかな国境往来』に見られたように、ケストナーは自分自身と格闘していたのである。彼は母親宛てに書いている。ぼくはまず「自分がどんな類いの戯曲を書きたがっているのか」をじっくり考えなければなりません(四二年九月一四日、MB)。「残念ながら戯曲はまだ頭に浮かんできません。でもきっとそのうちに姿を現わしてくるでしょう」(四二年九月一六日、MB)。

『信頼するあなたの手に』は「会話劇」(V・812)で、トーマス・カルテンエッカーという「四〇歳代初め」の作家を主人公としている(V・327)。トーマスの姉が息子ハンスゲオルクをどうかよろしくと言ってくる。ハンスゲオルクは医学を学ぶ学生なのだが、あなたは名親なのだから、あの子が女性関係で、あるいはいっときの感情に押し流されて、愚かな真似をしないように、いくらかなりと父親代わりを務めてほしい、というのである。トーマスはいささか腹を立てる。自分自身がまだまだ十分に大人になっていないと感じていたからだが、しかしそのあとで受け入れる。劇のその後の展開によって、作家のトーマスが二人の女性のあいだで決断に苦しんでいることが明らかにされるが、この部分は十分な説得力をもっている。結びで、ハンスゲオルクはすでに大人であることが明らかになる。というのも、すでに二年前からいくらか年上で職業を持っている女性と結婚を約束しており、二人のあいだには間もなく二歳になる男の子がいるのだ。二人は息子の二歳の誕生日に結婚しようとしている。作家はこう締めくくる。「かつては年配の者が古風で、若い者は現代風だった。それがこんにちでは年配の者が現代風で、若者が古風なんだ。どちらもややこしいロマンチストだ」(V・393)。

この戯曲は誰もが感銘を受ける出来栄えで、フェルスター名義の他の作品のように、錆びついた印象をあたえることはない。にもかかわらずケストナーは作品の出来栄えを信じることができなかった。彼は、「劇作家としてのデビュー作として自分の名前を付ける」のは次回の作品にしようと考えた、と書いている。つぎの作品とは『独裁者たちの学校』(Ⅴ・812)を指すが、それにしても信じがたい言葉である。ケストナーにはすでに三編の児童劇、六編の通俗的な喜劇、そのほか正確な数は不明だが、いくつもの台本があったからだ。この発言は、裏返せば、『独裁者たちの学校』にたいしてどれほど野心を抱いていたかを示すものである。『信頼するあなたの手に』の方は、一九四九年、「メルヒオール・クルツ」というペンネーム――あまり慎重に選んだペンネームとはいえないが――で上演を許可した。当時デュッセルドルフの劇場の総監督だったグスタフ・グリュントゲンスがこの作品を取り上げ、ギュンター・リューダースの演出で初演がおこなわれた。多くの日刊紙が実際の作者はエーリヒ・ケストナーであろうと書いた(26)。

『信頼するあなたの手に』は、単に作家が主人公だから自伝的な要素が加わっているというだけではない。ケストナーの従姉妹ドーラが遺した息子フランツ・ナーケは、祖母であるリーナ・アウグスティンの手で育てられた。そして一九三五年、フランツは《叔父さん》を訪ねてきてしばらく滞在した。その話があったとき、ケストナーは母親に、あの子によろしく、と言づてたことがある。「ぼくからよろしくと伝えてください。ぼくのところに何日か泊まってくれたら、とても嬉しいですよ。よかったらテニスの道具を持ってくるように言ってください。ぼくは毎日やっていますから」(三五年三月二三日、MB)。それから数年後、祖母で実質上の養母でもあったリーナとフランツとのあいだで諍いが持ち上がった。「要するにぼくはこのフランツの一件をそんなに酷いことだなんて思っていません。二人はきっとまた仲直りしますよ。もちろんフランツは強情です。でもそれは伯母さんのせいなんです。だって、あの子にいつだって、特に女の子の問題では、あまりにも厳しい態度を取ったからです。女の子のせいであの子の大学での勉強がおろそかになるなんて、ぼくにはそんなことこれっぽっちも考えられません！　まったく逆です」(四二年四月十三日、MB)。別な手紙から、フランツが作品中のハンスゲオルクと同じように、すでに父親になっていたことが明らかになっている。ケストナーは母親のイーダにたいしてフランツを弁護した。「まあね、あの子は年齢からいっていささかませています。また、いつも他人のせいにするのは確かに褒められたことではありません。でも、あの子は子どものときから両親がいなかったのです。これを考えれば、多くの事柄が納得できるでしょう。リーナ伯母さんはあの若さでひ孫ができたわけですが、どう感じているのでしょうか？」(四二年四月十九日、MB)。

この陽気でおもしろい戯曲をケストナーが書いたのは一九四二年であるが、物語のヤマ、仮借ないヤマは、あとからやってきた。四四年も終わりに近づくころ、フランツ・ナーケが戦死したのだ。どうやら自軍の戦闘機による誤爆の犠牲になったらしい。「リーナ伯母さんにはまだ何も書いていません。慰めの言葉がどうしても見つからないのです」(四四年一一月二三日、一二月二日、MB)。

友人エーリヒ・オーザーとエーリヒ・クナウフの死については、自分で自分を慰めるほかなかった。オーザーは《第三帝国》の時代になって、生まれて初めて経済的に恵まれた。「ベルリーナー・イルストリールテ」紙に掲載された『父親と息子』シリーズによってである。やがて単行本として出版され、これが大いに当たった〔『父親と息子』は日本の四コマ漫画に近い作品。ただし「吹き出し」無しで、大半は六コマ〕。ケストナーは友人のために妬むことなく喜んだ。「オーザーの本は四万部売れたんですよ。すばらしいことですよね」(三六年一月四日、MB)。『父親と息子』の絵はビスケットの缶に描かれ、砂遊びの型〔濡らした砂を詰めて抜けば、主人公たちの形ができる〕やマルツィパンの型に使われ、陶器の絵柄にも採用され、といった具合に大いに持て囃された。オーザーの故郷プラウエンの博物館ではオーザーの部屋を作る計画があるそうですよ、とケストナーは母親に書き送っている。「それにしてもよく考えたものですね。そう思うでしょう?」(三六年一月一五日、MB)。

エーリヒ・クナウフはもっと運が悪かった。一九二八年から三三年まで、ベルリンの「書籍ギルド・グーテンベルク」〔一九二四年、低所得者にも良書をと、印刷業者が中心になって設立したブッククラブで、当初から独自の出版部門を有していた〕で編集者として働き、そのあと作家として独立し、「八時の《アハト・ウーア・》夕刊《アーベントブラット》」紙で、亡命したヴァルター・ヴィクトーアの後任になって学芸欄の編集を担当した。しかし、ゲーリングのお気に入り女性歌手を酷評したために「ドイツ帝国新聞連盟」から締め出され、すでに三四年に何週間かオラニーエンブルクとリヒテンブルクの強制収容所に放り込まれた。その後はフリーで広告の仕事をしたり、ときどき偽名で新聞に詩を書いたりしていたが、三六年にテッラ社に社員として採用された。「テュール」というペンネームで発表した「黒い運命」という詩がナチの「攻撃」紙の怒りを買った。それはアフリカの族長フレブレをうたったもので、そもそもが他陣営攻撃のための新聞「攻撃」は、つぎの箇所の卑猥さに怒りを露わにした。

族長フレブレは良き夫であった。
夫人はときどき、女性を飾る品々を身に着けた。
だがほかにも、敷物から身を起こした女性が
何人かいた、族長が同じく幸せにした女性たちだ。
族長の汗には香料《スパイス》が混じっており、
何かをあたえるときは余すことなくあたえた。
族長の腰嚢の下ですら、
黒いものはキスにも風雨にも耐えた。

匿名の書き手は尋ねている、「そもそもわれわれがエーリヒ・ケストナー氏やジョージ・グロス氏、マグヌス・ヒルシュフェルト氏にたいして鉄槌を下してきたのは、いったい何ゆえなのか」。攻撃は、ナチからすればケストナーの『ファビアン』もその代表的な作品である《ポルノグラフィー》と《デカダンス》に向けられ、むろんまた、「抒情詩を抹殺するユダヤ＝ボルシェヴィキ」[27]にも向けられてきたが、暗号めいたほのめかし程度なら対象としたことはない。こう述べたあと、詩人を非難する記事は脅迫の文章で結ばれている。「卑劣漢のテュールはそのエロチックな空想とともにアフリカに移住ということになった。おそらく差し当たりは国外追放という形であの地へ向かう姿が見られるであろう。というのも、巨漢揃いのＳＳ隊員という姿をした黒い運命に出会い、しばらくのあいだ、詩中の〈フレブレ〉とともにその種牛並みの空想をふん縛られることは、十分にあり得るからだ[28]」。

クナウフは一九三六年から四四年までテッラ映画芸術社に、最初は報道副主任として、それから同主任として勤めていた。そこで彼は作曲家ヴェルナー・ボッホマンのためにポピュラーな曲の歌詞を書いていた。そのなかにはまぎれもない《戦場のヒットソング》もあった。たとえばリューマン主演の喜劇映画『落第パイロット、クヴァックス』（一九四一）で使われた、「故郷、その星」がそうだ。同じ作曲家とのコンビで、ほかにも映画『故郷の鐘』（一九四二）、『ゾフィーエンルント』（一九四三）、『熱燗ワイン《フォイアーツァンゲンボーレ》』（一九四四）の音楽が生まれた。今日でも少なくとも一曲は広く知られて

いる。『ゾフィーエンルント』のなかで歌われる「音楽があれば、すべてはたやすく」である。テッラ社とはケストナーも、少なくとも間接的にはたびたび関わっていた。つまり、『クヴァックス』の台本を書いたのは、カバレット「カタコンベ」の俳優だったローベルト・A・シュテムレで、同作品の監督はクルト・ホフマンだったのだ。テッラ社はまた、エーバーハルト・フェルスター名義の作品、『注文どおりの女性』（一九四〇）と『老社長』（一九四二）を映画化したからである。

オーザーは空襲で焼け出された。クナウフも同様で、四三年一一月二二日のことだった。彼は妻エルナをテューリンゲンの親戚にあずけ、会社のオフィスで寝泊りしていた。やがてオーザーがカウルスドルフにあった自分のアパートの小部屋を提供した。ケストナーの遺稿のなかに、エルナ・クナウフが書いた「私の夫エーリヒ・クナウフとその友人エーリヒ・オーザーの死にいたる過程」というタイプ原稿が残されている。一九四六年に書かれた回想録である。そのなかで夫人は、やはり同じ建物に引っ越してきていたブルーノ・シュルツとその妻について書いている。シュルツはベルリンの国防軍幕僚本部の大尉で、SSの一員であり、雑誌『新ドイツ写真』と単行本『ヌード写真付き・ドイツの女性』の編者であった(29)。シュルツは何食わぬ顔をしてクナウフとオーザーの打ち解けた会話に加わり、その直後に聞いたことを書き記して、ゲシュタポに密告した。理由は、二人が住んでいた部屋を手に入れたかったからである。クナウフとオーザーは四四年三月二八日の午前中に逮捕され、五週間後にはもう生きてはいなかった。このときケストナーは噂を——間違った噂であったが——耳にしていた。ヴェルナー・フィンクも「オーザー並びにクナウフと同じ目に遭ったというのだ。事実かどうか、確かめるのは困難だ(30)」。エーリヒ・オーザーは独房のなかでみずから命を絶った。

フライスラー［ローラント、一八九三—一九四五。《第三帝国》時代の最後の三年間に国民裁判所長官として数千人を処刑］によっておこなわれたクナウフの公開裁判、そして関連の資料については、ヴォルフガング・エッカートがクナウフの評伝のなかで詳細に紹介している。クナウフは四四年五月二日に斬首刑に処せされた。夫人は正式に知らされることはなかったが、たまたまそれらしいことを耳にした。夫人は書いている。「私はすぐさま国民裁判所に行きました。すると、刑が執行されたことは間違いないと告げられました。［……］しかし、遺体も遺骨も引き渡しを拒まれました。まだ夫の存命中に［……］、言われるままに書面で申請しておいたにもかかわらずです。最後の残酷な仕打ちとして、裁判費用の請求書が届きました。それによって私は、夫に加えられた犯罪行為の経費をみずから支払うよう強いられたのです[31]」。彼女は二つの請求金額、合計七四〇ライヒスマルク余りを支払わねばならなかった。届いた郵便物は、「裁判費用請求書の送料」として、プフェニヒにいたるまで支払いを求めていた。エーリヒ・ケストナーは戦後、「ノイエ・ツァイトゥング」紙に「支払われなかった請求書」という記事を書き（Ⅱ・26以下）、密告者の行方を問うている。この密告者は裁判のあと、家主にこう書き送っていた。「［……］あの二人の犯罪者は［……］生きている価値はなかった、と誰もが考えています。私たちには、生産にいそしむ銃後と戦っている兵士たちにたいして、二人を死に至らしめる責任があったのです[32]」。シュルツはロシア軍当局によって一九四五年に捕らえられたことは判明しているが、捕虜収容所でチフスのために死んだといわれている。彼の妻は一度も逮捕されなかった[33]。

ウーファを解雇され、執筆を完全に禁止されて、ケストナーは生活をできるだけ切り詰めざるを得なくなった。戦争の真っ最中であり、外国にある預金を振替え送金することなど、もはやまったく考えられなかった。原稿を書いても引き出しに入れるためであり、小さなプロジェクトのために働いたが、金にならないことは最初からわかっていた。ヨーン・ヤールといっしょにある編集作業に携わったこともある。おそらく『世界長編小説全集』の仕事であろうと思われる[34]。ヨーンはまた、戦争が終わったら『ミュンヒハウゼン』の小説版を書くという条件で、《非公式の》前払い金として一万二〇〇〇ライヒスマルク払ってくれた[35]。オランダ人のJ・B・スホウテンはこんな提案をした。自分と共著で、オランダのギムナジウムと上級実科学校向けに、読本付きのドイツ文学史を書いて出版しないか、それも「ヨーゼフ・ナードラー［『ドイツ文学史』全四巻の第四版（一九三八―四一）はナチ人種理論の全面的な信奉の書であった］の強調している価値」など無視したものを、と[36]。

戦争が終わりに近づくころには、生活を引き締める必要は増すばかりだった。ケストナーはすでに四一年にタバコの合理化［配給制］を嘆いている。一日当たり六本しか手に入らなくなったのだ。四二年にはオーバーのポケットに入れていた懐中電灯と手袋を盗まれた。「今ほど盗みが横行していたことはありません！　理容店では櫛や歯磨き、香水が盗られています。最高級のレストランでも、グラスや塩入れといったように、釘や鋲で固定してなければ、何でも盗まれてしまうのです！」（四二年四月一五日、ＭＢ）。

　遺稿中の少し長めの手紙三通が戦争中のささやかな日常の印象を伝えている。この手紙は四四年に親愛なる「ＭＶＯＲ」に宛てて書かれたもので、別な呼びかけでは「親愛なるヴェローナの友」となっている。この受け取り手は法学博士のグスタフ・ゲルバウレトという人物で、四三年から終戦までベローナではなくベルガモに駐在し、軍需品のための役所で外国との交易と外国為替部門の責任者を務めていた。彼は、戦後もドイツ連邦共和国の本省にふたたび職を見つけることのできた、数少ないナチ時代の国家公務員である。戦後のゲルバウレトは、最初はマーシャルプランのための省庁で働き、その後は定年まで経済省に勤務した。ケストナーの遺稿中にあるゲルバウレトの未亡人からの手紙によれば、彼女の夫とケストナーが知り合ったのは三〇年代の初めごろで、当時ゲルバウレトはベルリン・モアビト地区の判事だった。

　ケストナーはゲルバウレトと一種の物資供給関係を結んでいたように思われる。自分が締めている「ネクタイ」について書き——シェーンベックはケストナーがけっしてネクタイをしなかったと語っていたが——、自分が読んでいる「あなたの蔵書」について書いている。自分は「共生関係にある生き物の寄生している方」に等しいが、辛い気分には「これっぽっちもなりません[37]」。ロッシャー通りの地下室にしまってあった木箱三つ分の蔵書は、強引になかに入って救い出しました[38]。ハーフェルラント［ベルリン西方のハーフェル川流域地域］に運んで安全なところに保存するべきなのですが、いまだに運搬手段が見つかりません。「この移動作戦がこの先も解決できないようであれば、あなたに電話をしてご助力を乞わねばならないかもしれません[39]」。そして、タバコと新しいネクタイを送ってくれたことに礼を述べて、こうつづけている。ぼくは、「ロッテちゃん［ルイーゼロッテ・エンデルレ］がバーベルスベルクで塔の建設に力を貸しているあいだ、まだ住める彼女の部屋の〈半分〉を占領して本を読み、警句《エピグラム》を（やがてキログラムがいっぱいになるまで［グラムをひっかけた語呂合わせ］）つぎつぎと考え出して並べ、ときどきはニーチェが二〇世紀におよぼした影響について熟考し、戯曲に筆を加え、ホウレンソウを買いに行ったり、戦争後の住民政策のやっかいな問題と取り組んでいるドイツ歩兵隊のために、ぼくなりの行進曲を考えたりしています[40]」。ケストナーが心ならずも送っている、平穏無事な詩人の生活のカリカチュアである。日記の方にはつぎのように書かれている。エンデルレがバーベルスベルクで脚本家として働くようになってから、自分は「特別許可を取得済みの食料品業者」になった、――「くる日もくる日も街中へ出かけて行って、買い物をしている。小さな子どものときもそうだったが、買い物は今も嫌いだ」(四三年八月三一日、TB)。

ケストナーのエピグラムは戦後になって集められ、『簡潔にして明瞭』と題して出版される(一九四八)。カージミーア・エートシュミットは同書を贈られて礼を言い、「こんなにわずかな行を書くだけで、ちゃんとした一冊の本を作ることができるとは」と感嘆している。[41] ケストナーがこのもっとも短い形式の文学に関心をもったのは、ずばり急所をえぐろうとする彼の傾向にぴったりだったからである。そしてエピグラムは時代状況に一致していた。エピグラムとは、長い時間とわずかな場所、わずかな材料、そして《正確さ》を必要とする、ガラス玉遊戯だったのだ。

言いたいことのある人間は
あわてはしない。
時間をかけて、
一行で言う。

ケストナーがこのころ「筆を加えて」いた戯曲のなかには、すでに『独裁者たちの学校』が含まれていた可能性もある。この作品は《第三帝国》時代に構想をふくらませていた、と自分で書いているからである。ほかに歴史劇『シヨヴラン、あるいは国王万歳!』[ジェルマン・ルイ・ド・ショヴラン(一六八五―一七六二)はルイ一五世時代のフランスの外務担当国務卿]にも取り組んでいた。[42] 結局その第一幕しか完成しなかったが、完成した部分をケストナーは一九五〇年に発表している。そして生涯の伴侶に、この喜劇を終わりまで書いたものかどうか尋ねている。「題材が、残念ながら大きなものではないからね。カツレツではなく、むしろパティスリーで、チョコ・シュークリーム《モーレンコップフ》といったところなんだ」[43]。

こんなストーリーである。ルイ一五世は予言を聞かされる。ご友人のショヴランが亡くなったら、その二日後に陛下も世を去るでありましょう、という内容で、それからというものルイは友を閉じ込めて、健康な食事とあらゆる快適さをあたえ、監視させる。断片に終わりはしたが、書かれた部分は、『ミュンヒハウゼン』と同様に、歴史的な題材を自分の作品に仕上げるケストナーの能力、ごく容易に雰囲気を作り上げる才能を、余すところなく示している。残念ながら完成には至らなかったが、ある学校の女性教員がこの断片を上演したいと申し出たとき、ケストナーは物語のその後の展開をスケッチして示している。ルイ一五世の女官と侍医がショヴランと手を組んで国王に逆らい、ショヴランは死んだことにし、死の恐怖に捉えられた国王の滑稽な振る舞いを面白がる。この悪巧みが露見したあとも、国王は廷臣を罰することができない――引き続き予言を信じているからである(44)。

一九四三年の二月から三月にかけてと八月、九月に、ケストナーはふたたび日記をつけている。書かれていることは、もはや一九四一年のような世界政治に関する訳知り顔のコメントではなく、彼なりに体制にたいして距離をおこうとする姿勢がより明確に示されている。この間《かん》にさまざまな事件があり、「ドイツに住む人間の気持ちはひじょうに真摯になってきた」(四三年二月一八日、TB)。「全面戦争」が宣言され、ニュースによればスターリングラードの戦況は悪化するばかりで、ベルリンにたいする空襲も回数が増す一方であった。ケストナーとエンデルレはある建物の入り口で、「大型爆弾がクーアフュルステンダム劇場の向こう側に落ちていくのを、耐えられないほど近くで」見守っていたこともある(四三年三月一一日、TB)。また、ベルリンにたいするもっとも激しい空襲のうちの一度を、ケストナーはバーベルスベルクのある邸宅の安全な地下室の窓から見ていた。「きらめく〈クリスマスツリー〉、空へ向かって雨あられと浴びせられる対空砲火、三機が撃墜された、サーチライトの環のなかで赤い照明弾を投下する戦闘機の乗員、森の上に高く輝いている三日月、だが炎上するシェーネベルク地区やシャルロッテンベルク地区からの煙でさえぎられて、その三日月は何度も見えなくなった[……]」(四三年八月二四日、TB)。新しいジョークの一つが、ベルリンの時勢に合った挨拶の言葉だ。「ハズレの人でいてね！」(四三年八月二五日、TB)。食卓での祈りは手が加えられ、こうなっていた。「おいでください、主イエスよ、わが家の客となり、われらといっしょにお召し上がりください、配給券をお持ちでしたら」(四三年九月一日、TB)。

ケストナーはミュンヒェンからだという「奇妙な話」を聞いた。「学生たちの騒動」にかかわるもので、ビラが撒かれ、四人の学生が処刑されたということであった——このとき「白バラ」の噂が彼の耳に届いたのだった（四三年三月二日、ＴＢ）。また、絶滅収容所での犯罪行為についても、詳細に伝わっていた。「東部ではユダヤ人を銃殺するとき、前もってＳＳ隊員がボール箱を抱えて一人一人のところへ行き、指輪やイヤリングをはずして入れさせるんだ、と誰かが話していた」。ベルリンではもうこのときには「まだ残っていたユダヤ人の移送（そのなかには三歳から六歳までの子どもをぎっしり詰め込んだ貨物列車があった）」がおこなわれるだけになっていた（四三年三月一一日、ＴＢ）。

一九四三年八月以降、ケストナーのメモは皮肉になり、時とともに不機嫌になっていく。ナチの幹部たちの特権を論評し、「フェルキッシャー・ベオバハター」紙に掲載されていた、ベルリンからの疎開や「空襲の夜の英雄的行為」を呼びかけたゲッベルスの演説を論評している。「住民は決闘する人間のように扱われている。介添え役は笑いながら古い散水ポンプを手渡すが、相手は間違いなくピストルを持っているのだ」（四三年八月七日、ＴＢ）。

釘や鋲で固定されていないものは、すべてゆっくりと、しかし確実に、崩壊へと向かっていた。ケストナーは四二年に初めて「地下室の運動会」という言葉を書きつけ、以後はしだいに頻繁になっていく。連合国軍の爆撃機大隊が接近中、というアナウンスがあるたびに地下室へ駆け込むことをこう呼んだのだ。ベルリンは四三年一一月に何度にもわたって波状爆撃を受けた。ケストナーの住居よりも前にヴェルナー・ブーレの住居が破壊された。そのためポーランドにいたブーレは「被災休暇」をあたえられて帰ってきた。「彼の住まいは一発の大型爆弾によって木っ端みじんになってしまった。ブーレはそこここが陥没した地下室に下り、命の危険を冒して、なんとかトランクを二つ三つ引っ張り上げることができた。廃墟はさらに崩れ落ちることに余念がなかったからだ。今、ブーレは発熱をともなう赤痢を患っている。目下流行中の病気で、メーリケとぼくはすでに体験済みだ[45]」。

それから間もなく、ロッシャー通りの庭園にかこまれた住居棟の順番がやってきた。四四年二月一五日から一六日にかけての夜半だった。「金属容器がいくつか、なかに〈航空便で《ヴィア・エアメール》〉輸入された硫黄の詰まったものが、屋根の上に落ちたと思ったら、後は赤子の手をひねるより簡単だった。あのときの速さといったら魔法なんて比べものにならない。失われたのは、三千冊の本、八着のスーツ、原稿がいくらか、家具一式、タイプライターが二台、いくつかの髪の色からなる大小さまざまな思い出」（Ⅱ・122）。その翌日には母親が、洗濯物を届けがてらやってくることになっていた。郵便局がもう小包を扱わないことになったので、自分で持ってくると言い出したのだった。大失敗に終わったその訪問の顚末は、「ママが洗濯物を持ってくる」に書かれているとおりである(Ⅱ・122―126)。――交通機関が壊滅状態だったベルリン、瓦礫の山を自分の眼で見たいと言い張るイーダ・ケストナー、その壊滅状態のなかを駅へ戻る途中の彼女の反応。「ママはその時その時で立ったりすわったりしており、虚空を見つめていた。まるで仮面のようなその顔を、涙がつたわって落ちた」(Ⅱ・125)。

ベルリン訪問から何日間も、ケストナーの母親は泣いていた(Ⅵ・326)。息子は母親の心中を推しはかり、空想上の対話を試みている。「あのね、私の息子はね、適齢期のお嬢さんと同じで、持参金をもっているんですよ。そうしてこの私はね、毎年それにいくらか足してやっていたんです。ええ、もちろん、私が自分で稼いだお金からですよ。私は四月で七三歳になります。でも、息子に何も渡してやれなくなったら、生きていてもちっとも楽しくありませんよ。息子は顔を見るたびに言います、もう働くのはやめなくっちゃだめだ、ってね。でもね、これぱっかりは息子の言うとおりにはできません。息子は作家なんですよ。息子の本は燃やされてしまいました。そして今度は住まいが……」(Ⅱ・126)。

ケストナーは仕方なく、差し当たりジューベル通りに住むルイーゼロッテ・エンデルレのもとに身を寄せた。四〇年代終わりごろのインタヴューで、ケストナーは、この時点からあとの自分は「遊牧民」なのです、と語っている。「動かせないものはもう何一つ買いません。そもそもぼくはけっして完全な定住者だったことはないのです」[46]。焼け出されたために、ケストナーは戦争被害局に損害のリストを提出した。「かなり退屈な仕事でした。金が支払われるのを、ちゃんとこの眼で見るつもりです。本を買う等々のためです。少しずつでもまた本を集められるようにね。ぼくの仕事では何と言っても本が一番大事ですから」(四四年一一月三〇日、MB)。役所はケストナーにすぐさま、補償金の一部として、五〇〇〇ライヒスマルクの支払いを了承した(四四年一二月一日、MB)。

それにくらべて、焼失した原稿の補償を認めさせるのは容易ではなかった。帝国著作院は、燃えてしまったという「短編集」の内容と種類について詳しい説明を要求した(四五年二月九日、TB)。ケストナーは著作院への手紙に素材を記し、郵便が機能していなかったために、みずから出向いて提出した。失われた原稿のうち、本になるはずだったものの一つに、『ドン・ジュアン・一九三〇』という表題を持つ作品があった。連作形式の短編集で、「四〇歳の男」が生涯に出会った女性たちを回想するという形式である。「男は、〔……〕女性たちがみんなそれぞれどんなに違っていたかということだけではなく、何よりもまず、自分自身がその時その時でどんなに違っていたか、ということにも気づいたのであった。この洞察にいたったことで、男はそのとき愛していると信じていた女から〔……〕別れを告げずに遠ざかる。そのために男は、自分の犠牲的行為がまったく馬鹿げていることを、まったく知らないまま終わる。それというのも、相手の女は男のなかに愛の冒険家の匂いを嗅ぎつけ、単に冒険を求めていただけだったからだ。女の本能は最初から男の認識よりも賢かったのである」。

二番目の原稿はふたたび学校を舞台としたもので、完成されれば『同級会』という表題になるはずだった。一〇人余りのかつての生徒が、卒業から二〇年後にかつて大好きだった先生と再会し、おたがいに滑稽な思い出をしゃべっていると、先生は話の解説をしてみんなを唖然とさせる。「先生は、今は成人したかつての生徒たちの前で、当人たちは勝手にとてもよく知っていると思い込んでいた子どものころの光景から、真実を覆い隠していたヴェールを一枚また一枚と引き剥がしていく。するとみんなは眼を丸くして聞き入った(47)」。

著作院では下っ端の職員がケストナーの申請書を受け取り、自分の上役の考えを回答として伝えた。「あなたは執筆を禁止されていますので、原稿に金銭的は価値はありません。これを聞いてぼくは皮肉な口調で反論し、経済的に見れば逆の考え方が成り立つと思うよ、と言ってやった。小僧みたいな担当者は肩をすくめた。もしも向こうが書面で同じ内容のことを知らせてきたら、こっちは法に訴えて抗議をするつもりだ」(四五年二月一二日、TB)。

四四年の暮れから、ケストナーは両親のことも心配でたまらなくなった——二人は四二年七月三一日に金婚式を迎えたが、時代が時代でお祝いらしいことは何もできなかった。イーダ・ケストナーは七三歳、エーミール・ケストナーは七七歳であった。それまでドレスデンは敵の攻撃を免れていた。四四年の一一月も終わりに近づいたある日、ラジオのニュースがケストナーの耳に飛び込んできた。「本日正午、敵機がザクセン上空に侵入」(四四年一一月二一日)。それからは頻繁に、両親の住むあたりで警報が出たというニュースが伝えられた。そのためケストナーは両親を力づけ、警報解除の知らせがあるまではけっして地下室から出ないように、と書き送った(四四年一一月二三日、MB)。四五年一月になると、ドレスデン空襲の知らせはますます頻繁になったが、それらはまださやかな始まりに過ぎなかった。四五年二月一三日と一四日、避難民が押し寄せてふくれ上がっていたドレスデンは、敵機の低空攻撃によって市中のいたるところから火の手が上がった。ケストナーは何日も両親と連絡が取れなかった。それでも両親は、住まいについてはまだしも恵まれていた。というのも、もはや電気も水道も使えず、窓ガラスは割れてしまって、部屋に暖房は入っていなかったが、とにかく建物は無事だったのだ。

リーナ・アウグスティンの豪邸はそうはいかなかった。「両親の住まいではガラスが割れてしまい、どこもかしこも煤だらけだ。二人は廊下で寝ている。ママはソファーの上、パパは並べた椅子の上で。食事はレーベンブロイで買っている。とにかく二人は寒がっている。暖房装置が止まっているのだ」(四五年二月二七日、TB)。

ジューベル通りの二部屋の住居では、窓ガラスは無事だったが(四四年一一月二五日、MB)、上の階が四三年の空襲で焼けてしまっていた。ルイーゼロッテ・エンデルレは大家に、水が漏って家具や蔵書に被害が出ていると苦情をいい、建物の管理人に、屋根を作って水が漏らないようにしてほしいと要求した。「部屋の隅は壁に水分がしみ込んですっかり軟らかくなっているので、今度また同じように天候が悪くなったら、天井が完全に落ちてしまうのではないかと心配しています」[48]。ベルリンはもはや住むのに快適どころではなかった。ケストナーとエンデルレにとって、寝泊りできる別な場所としては、ベルリン西地区のケッツィン「ベルリンの中心から西方四〇キロ弱」の友人宅、そして、ポツダムに近いバーベルスベルクのウーファの撮影所に近いところにあった、やはり友人の住居くらいであった。ケッツィンに住んでいたのは、友だち付き合いをしていた織物業者パウル・オーデブレヒトとその夫人のルツィーだった。ケストナーは『四五年を銘記せよ』に書いている。「あたりが夜の闇に包まれると、どこからともなく人々が籠を持ってやってくる。そのなかに入っているのは、ない。「あたりが夜の闇に包まれると、どこからともなく人々が籠を持ってやってくる。そのなかに入っているのは、当人にとってどうしても必要な品もあれば余っている品もあるが、とにかく買い取ってほしいと頼み込む。夜には泥棒も来るが、納品業者も来るのだ。持ち込まれるのは、バター、コーヒーにコニャック、白いプチパンにソーセージ、ゼクトにワイン、ローストポーク等々で、ナチの地区責任者だって持ち込んだことだろう、食べられさえすれば」(VI・310)。持ち込んだ人々は代わりに布地を受け取り、ケストナーの友人は人を集めてパーティーを開くのであった。

もう一つの頼れる場所は、リープシュタット（ピルナ郡）近傍のヘルベルゲンにあった。「そこはザクセンの山岳地帯でエルツ山脈に近く、小さな農場で、母屋のなかは家畜小屋と台所の境目がはっきりしていなかった」。ケストナーはそこで鉛筆でのスケッチを始めた。鶏、あひるの雛、眠っているルイーゼロッテ・エンデルレ〈見れば彼女だということは一目瞭然である〉。ケストナーは冗談めかして、「いつか詩集の挿絵画家として独り立ちできるのではないか」と、将来の可能性に色目を使っている。

ケストナーとエンデルレが田舎にいたあいだに、ベルリンではいくつか大掛かりな出来事があり、二人はそれに立ち会う機会を逸した。「二二日の大空襲では、特に〈ヴィンターガルテン［一九世紀末に建てられたベルリン随一のヴァリエテ劇場、後出］〉、隣接するホテル、さらにトビス社の本館ビルが灰燼に帰したが、ぼくたちは〈その場に居合わせることができなかった〉。あれはぼくたちの不在中におこなわれた最初のベルリン大空襲で、あのとき留守にしていたのは幸運であった」(49)。ケッツィンに行く鉄道は時刻表があってもないようなものだった。もはや列車もバスも当てにはならなかった。ケストナーとエンデルレは歩いていくほかないこともあり、また農家の人の車に乗せてもらったりした。このころの二人は、手に入ったものを食べ、贈られたものを食べる、まさにその日暮らしであった。しかし四四年のクリスマスですら、ケストナーは幸運に恵まれ、ドレスデン行きの列車に乗ることができた。四四年から四五年にかけての大晦日にはケッツィンにいて、ベルリンが新たに爆撃を受けているのを特別席で眺めていた。この空襲について、ケストナーは「卑劣だ」と言っている。「だって、おかげでベルリン市民は〈明けましておめでとう〉の気分を台なしにされてしまったのですからね」（四五年一月四日、ＭＢ）。

ベルリンの状況は危険になる一方だった。住民は迫り来る外国軍か、それともますますヒステリックに市民を逮捕するゲシュタポか、どちらかを選ばされた。バーベルスベルクの友人たちはケストナーとエンデルレにたいして、四四年七月二〇日のヒトラー暗殺未遂事件のあと、いつ逮捕されるかわからない状態だったことから、ふたたびベルリンへ行くよう勧めた(50)。

ヘルガ・ベンマンは、戦争末期にはスパイにたいする警戒など有名無実となっていたことを、逸話で証明しようとしている。ケストナーがドレスデンから帰ってきたとき、不意に空襲警報が鳴りはじめたが、それでも客待ちのタクシーが一台あったのでそれに乗り込んだ。同時に反対側のドアからも見知らぬ女性が飛び込んできた。タクシーの運転手は車を出しながら、「生粋のベルリン方言で」こう言った。「お客さんがだれだか知らないけど、戦争なんかくそくらえだ！」[51]。ケストナーは日記にもこの逸話を記している。そこでは、逸話を話すのはヴェルナー・ブーレになっており、しかもブーレは自分で体験したのではなく、ある知り合いから聞いた、ということになっている(四一年一月二〇日、TB)。また、タクシーの運転手もバイエルン訛りだったと説明されている——明らかに、当時巷に広まっていた伝説だったのだ。

大都市の機能は刻一刻と失われていった。ケストナーは、「先週は二晩にわたって、夜中に合計四度、地下室に避難しました」と書いている(四五年一月九日、MB)。電気は一日に数時間しか使えなかった。発電所が石炭を節約しなければならなかったからである。毎日の食べ物は、文字通り駆けずりまわって集めるほかなかった。ケストナーは、「動員されるのは最終最後となってはいたが、いちおう国民突撃隊」に属していた(四五年一月三一日、MB)。それでもやはり召集されることも考えに入れておかねばならなかった。「ロシア軍がどんどんと迫っていて」、「国民突撃隊」の一部がすでに戦車を食い止めるべく送り出されました」(四五年二月一日、MB)。ベルリンの中心部はすでにかなりの部分が廃墟同然になっていた。四五年二月から、ケストナーはふたたび日記をつけている。この時点からの日記の内容は——大幅に手が加えられ、一部分は曖昧にされているが——『四五年を銘記せよ』で読むことができる。ケストナーはのちの命の恩人エーバーハルト・シュミットについて、当初は冷笑的な書き込みをしていたのだが、『四五年を銘記せよ』では削除された。じつはこう書いていたのだ。あの男は「すでにトンズラしてしまい、詳しく言えば、つぎの映画のために〈バイエルンでモチーフを探している〉ところだ。とんだお笑いぐさだ」(四五年二月七日、TB)。

田舎の避難先はつぎつぎと受け入れてもらえなくなった。オーデブレヒト夫妻も今はもう友人をもてなすどころではなかった。「彼らは東部のいたるところに布地や背広等々を保管しておいたのです。それが今は残らず消え失せたも同然になってしまいました。運ぶ自動車が手配できないからです」(四五年二月一二日、MB)。四四年のドイツの郵便スタンプにはこう書かれていた。「総統の知るのは闘争と労働と英慮のみ。できるかぎり総統の負担軽減を」。ケストナーとエンデルレは決心した、ベルリンの住人二人分の負担を軽くして差し上げようと。つまり自分たちの心配は自分たちでしようとしたのである──今は出来るだけ早く、そして長期間にわたって、ベルリンを離れているのが肝心な時であった。エーバーハルト・シュミットが二人に、解放の時までチロルのマイアホーフェンで冬越しできるよう取りはからってくれたのだった。

『ミュンヒハウゼン』

ケストナーは一九四二年に帝国著作院から公式の特別執筆許可をあたえられた。ウーファで映画『ミュンヒハウゼン』〔邦題『ほら吹き男爵の冒険』〕の台本を書くためである。この許可にいたる経緯については、すべてが明らかになっているわけではなく、おそらくケストナー自身にも判然としない部分が残っていたものと思われる。

一九四七年にケストナーは、かつての帝国映画総監督フリッツ・ヒプラーのために「釈明書」なるものを書いたが、これは一種の《潔白証明書》で、戦後のケストナーはたびたびこの種の書類を書くよう懇願され、じっさいに書いたのも一度や二度ではなかった。とはいえ特に熱意をこめて書くことはなく、かといって加持祈禱者のように、誰に対しても効き目があるような千編一律の書き方をしたわけでもない。ヒプラーは、その時点でまだ占領軍に身柄を拘束されていて、自分でケストナーに証明書の作成を頼んだのではなく、知人の女性に仲介役を依頼していた。この女性からはヒプラー自身が書いた長文の状況説明書の写しも届けられたが、そこにはこうあった。「もっぱら小生ただ一人の尽力により、彼〔ケストナー〕は何編かの台本（『ミュンヒハウゼン』と『ささやかな国境往来』）を書くことを許されたのである。小生の働きにより、彼は帝国文化院の会員ではない身で──他の部門からはすべて締め出されていたにもかかわらず──映画部門で働くことが許されたのだ。やがて何者かがヒトラーにたいして、小生は何という〈文化ボルシェヴィキ〉に映画への扉を開いてやっているのかという中傷をおこなったせいで、こうした小生の営為は頓挫してしまった。その後ケストナーはふたたび活動禁止命令を受け、小生の方は、ナチの映画政策を推し進めるべき身で怪しげな人事政策を推し進めようとした、という悪評につきまとわれることとなった。このまったく否定不可能の事実が彼により確認されることを、小生は願うものである」[1]。ケストナーの方は、期待されていた断固たる無罪の証言をしようとはせず、自分が知っていることだけを、それもいくらか少なめに、書いているだけである。特別許可にいたる「紆余曲折」については、私は詳しくは存じません。しかし、「ヒプラー氏がそれについて決定的に関与したことは、確認が可能であろうと思われます」[2]。

ケストナーは依頼された《釈明書》をきわめて用心深く書いているが、それはヒプラーが長年ゲッベルスの代理を務めた人物であり、したがって厳しく責められて当然の過去をもっていたからである。ヒプラーは宣伝省の映画部門責任者として、《第三帝国》が反ユダヤ主義の煽動のために製作した映画のなかでも最悪の作品、『永遠のユダヤ人』に関与しており、責任を追求されて当然の立場にあった。この映画の完成祝賀上演会は一九四〇年にベルリンのウーファパラストでおこなわれたが、その際には前もって以下のような注意書が公示されていた。「この催しでは、付け加えて一八時三〇分より、ユダヤ教の生贄屠殺の模様を撮影したオリジナル・フィルムが上映されますので、感じやすいお客様は一六時より予定されている縮約版の観覧をお勧めいたします。またご婦人の場合は一六時からの上映のみ観覧を許可されております」[3]。

ヒプラーの状況説明書には、ケストナーが『ミュンヒハウゼン』の台本執筆ができたのは、もっぱら自分がささやかな「陰謀」を実行したおかげだとして、つぎのように述べている。ゲッベルス自身はじかに話し掛けられる人物ではなかった。そこで自分は事務次官のナウマン、それにハンス・フリッチェに打ち明けた。「ちなみに誰よりも早く小生の説明に同意してくれたのがフリッチェであった」。フリッチェはすでに三八年から帝国宣伝省の報道部門の責任者であったが、じつはみずからも三七年からラジオ放送のもっとも重要なコメンテーターを務めていた。ヒプラーは書いている、自分はケストナーに「純粋に目的に合致したポジション」をあたえ、その一方で、自分の同僚たちに向かっては、「わが国の作家は、食料配給券の受け取りを許されているにもかかわらず、そのためにしかるべき仕事につくことなどいささかも要求されていないとは」理解に苦しむ、と説いて納得させた。「ほかのお偉方や同僚もこの点にはそのときまで気づいていなかったのだ[4]」。

ケストナーが書いた潔白証明書のつづきはこうなっている。「以下の点も確認されております。すなわち、特別許可は官僚特有の秘密に包まれていたように見えますが、ヒプラー氏は台本について話し合うために、ウーファの製作主任ヤーン、監督フォン・バキー、映画俳優アルバース、それに私も呼ばれ、当時のドイツ芸術家同志クラブ（KDDK）で再三にわたって会合を開いておりまして、したがって私との共同作業を専門家たちの前ではけっして秘密にしようとしなかったのであります[5]」。ヒプラーはそのときの議論を振り返って、ケストナーのことを「徹底してドライな即物主義の人間で、それがかすかに皮肉っぽく響くザクセン訛りによって、いくらか和らげられていた」、と述べている。

意見が対立したのは映画の終わり方についてだけだった。ハインツ・ヤーンとヒプラーは楽観的な終わりを望んだ。ミュンヒハウゼンは「映画のじっさいのストーリーからは離れるが、不死の人物として生きつづけるのが望ましい、と主張した。それにたいしてケストナーは、ミュンヒハウゼンは永遠の青春という魔法の贈り物を断念し、悲劇のように煙のなかに消えていくべきだ、と主張した[6]」。ケストナーは妥協を拒み、自分の意見を押し通した。しかし、だからといって映画の終わりが諦念的だとか悲観的だとかいうのは当たらない。

一九四二年一二月、ヒトラー自身かもしくは総統司令部の側近の誰かによって――ケストナーはマルティン・ボルマンかアルフレート・ローゼンベルクのどちらかではないかと推測している[7]――この作者は以後いかなる執筆をも禁止する、という命令が出された。四三年一月八日付の『雑誌公報《ツァイトシュリフテン・ディーンスト》』には、通達八五三〇号を根拠にして、各メディアにおける言及禁止という通知が載っている。「映画『ミュンヒハウゼン』の台本作家に関連して、今一度注意を喚起しておく。すなわち、何人《なんぴと》も雑誌において、作家エーリヒ・ケストナー（ペンネーム、ベルトルト・ビュルガー）に言及してはならない」。

ところで、ケストナーの執筆禁止に関しては、どこが正当な担当部局かについて役所同士が対立していた形跡がある。宣伝省は特別許可に関して帝国著作院を無視したのであった。著作院の一官吏がケストナーに、『ミュンヒハウゼン』の仕事が認められたことを伝えたあとで、不満を漏らしているのだ。「これまで私は、作家として活動することを認めてほしいという貴殿の申請をそのたびに却下してきたのであり、今回の出来事について私は、このような仕事をする資格が貴殿にはないことを断言しておく。またペンネームも、私の許可がなければ使用してはならない。私は、違反行為の廉で貴殿に民事罰を課すよう〔……〕法的措置を取る用意がある。がしかし、差し当たりは当方の叱責にたいする貴殿の見解を求めるにとどめる」(8)。しかしその後、民事罰については何も起こらず、四二年七月二五日、著作院の担当官が「いついかなるときにも撤回の可能性がある特別許可」について伝達し、それによってケストナーは「当院の会員で、会員番号は一四九二三」、ということになった。特別許可の手数料として、ケストナーは一二ライヒスマルクを郵便為替で帝国著作院に納入することを求められた(9)。

つまり、ケストナーはいっさい罰せられることなしにこの件は終わったのである。《官僚特有の秘密》とうさん臭い《紆余曲折》については、この場合はケストナーの背後に宣伝省が、具体的にはゲッベルスがいた、ということだけが明らかになっている。ゲッベルスは四二年六月六日に、正式の会員番号をあたえるためだとして、ケストナーの著書を何冊か届けるよう命じている。そして台本の執筆をみずから承認した。したがって四七年には、ヒプラーにとってだけでなくケストナーにとっても、ゲッベルスを引き合いに出すことは都合が悪かったのである。

非公式の許可はすでに四一年四月にケストナーにあたえられていた。友人でウーファの製作部長だったエーバーハルト・シュミットが彼に伝えている。ゲッベルスは「あずかり知らぬことにするそうだが、ぼくを——このぼくを指名で——雇うことはかまわないとのこと。明日、宣伝大臣のこの新たな肝試しについて、もう少し詳しい説明を聞くことになるだろう」(四一年四月一七日、TB)。

ゲッベルスは総統司令部の文化政策は承知のうえで、それに反する行動をしていたのであって、公的な特別許可が出た時点では、台本はとうに完成していた。ケストナーが主として台本に取り組んだのは四一年の夏のことで、場所は避暑地のツェル・アム・ゼー、ザルツブルク、キッツビューエルで、また九月にベルリンに帰ってからも仕事をつづけている(四一年九月下旬、TB)。一一月二九日にゲッベルスは映画製作を許可し(四一年一一月二九日、MB)、四二年三月にバーベルスベルクのウーファで、俳優アルバースと製作グループが出席した大人数の会議があって、主役アルバース以外の出演者について話し合われ(四二年三月一三日、MB)、四月一四日に撮影が開始された(四二年四月一四日、MB)。

ケストナーはこの映画を誇りに思っていた。母親に宛てて、映画関係者は仕事をするのを楽しみにしています、「なぜなら、これは久し振りの特別な作品だからです」と書いている(四一年一一月二九日、MB)。ゲッベルスも、プレミアを観たあと、満足の意を表した。ケストナーは日記に書いている。「時局がこんなに緊迫していなかったら、彼は新しい賞を考え出し、M[ミュンヒハウゼン]にその第一回を授与しただろう」(四三年三月一一日、TB)。映画『ミュンヒハウゼン』は「芸術上きわめて優秀な作品」という賞をあたえられた。つまり、「国政上きわめて優秀な作品」という賞には届かなかったのである。

四三年一月、帝国著作院の法律顧問はケストナーに新たな執筆禁止命令を伝えた。「これをもって貴殿は、もはや帝国著作院の管轄権がおよぶ範囲内において、作家として活動する資格をうしなった。この就業禁止措置に違反した場合は[……]秩序罰を課せられる可能性がある」[10]。二週間後に著作院の事務長名で、これまでの規定がさらに拡大されたことが伝えられた。「就業禁止」は、「従来の国内に適用から、今後は国外にも」適用されることになった、と[11]。

ケストナーはヒプラーのために書いた前述の証明書に、この禁止命令によりヒプラーの地位が揺らいだと記している――「ただし、もっぱらそれだけが原因であったかどうか、むろん私には判断できません」[12]。ゲッベルスの日記を読めばわかるように、ヒプラーはゲッベルスの緊密な協力者であった。ところで、ヒプラーが帝国映画総監督の地位に就いていたのは、四三年五月までのたった一五か月間だけであった。彼はケストナーにたいして、一九四七年の潔白証明書のお返しをすることができた。ケストナーが五三年にあらためてアメリカ当局による調査を受けたときのことである。ヒプラーは、自分が官職から追放されたのはケストナーのためにおこなった介入のためであり、また当局の反感を買っていたその他の芸術家たち(とりわけヴェルナー・フィンク、グスタフ・フレーリヒ、ヴェルナー・ホーホバウムなど)のために、何度かおこなった同様の介入のためであった」と説明したのである[13]。ヒプラーは、彼自身の申し立てによるなら、一介の兵隊として終戦を迎え、その後は四八年まで捕虜収容所に入れられていた[14]。五回にわたる非ナチ化裁判を受けたあとも、映画界ではもはや目指した成功を収めることはできず、八〇年代に書いた回想録では彼自身が奇妙な生き残りとしての姿をさらしている。というのも、ナチ時代の自分の過去についても、当時の仕事上の仲間であるファイト・ハルランやエーミール・ヤニングス、そしてほかならぬゲッベルスに関しても、何ら批判の言葉を発することなく記述しているのである。

六五〇万ライヒスマルクという巨費を投じたカラー映画『ミュンヒハウゼン』には、このプロジェクトによってドイツ映画の威信と持久力を誇示しよう、という狙いが込められていた。製作は急がされた。おかげでウニヴェルズム映画株式会社（ウーファ）の創立二五周年の祝典に合わせて封切ることができた。もともとこの記念すべき節目の映画のためには、ヨーゼフ・ヴィンクラーが書いた『怪男児ボンベルク』（一九二三）が候補に挙がっていた。原作は一九世紀のヴェストファーレンを舞台とし、貴族を主人公とする悪漢小説である。ルイーゼロッテ・エンデルレによれば、ケストナーはその案に反対して、ゴットフリート・アウグスト・ビュルガーの『ミュンヒハウゼン』（一七八六／八八）を提案した。(15) ビュルガーはゲッティンゲン大学の教授であり、シュトゥルム・ウント・ドラング期の詩人で、この作品は生涯匿名でしか発表を許さなかった。ケストナーが自分のペンネームを「ベルトルト・ビュルガー」としたのは、この詩人にちなんでのことであった。

完成された映画については、とくにあの時代としてはきわめて高度なトリック技術のために、今日でも映画関係者のあいだでたびたび大きく取り上げられている。たとえばテリー・ギリアムは一九八八年、大半は同一の場面を使ってもう一度映画化した（『ミュンヒハウゼン男爵の冒険』《ザ・アドヴェンチャー・オブ・バロン・ミュンヒハウゼン》）。現代のトリック技術を用いつつ、完全に異なる歴史像と滑稽さのセンスとを織り込んだものだった。

ウーファは手配できる俳優を総動員した。ハンス・アルバースがミュンヒハウゼンを、ブリギッテ・ホルナイが女帝エカテリーナを演じた。脇役やもっと小さな役にも有名な俳優が顔をそろえている。ケーテ・ハークがミュンヒハウゼン男爵夫人を、イルゼ・ヴェルナーがイザベラ・デステ、レオ・スレザクがスルタンのアブドゥル・ハミド、ハンス・ブラウゼヴェターがフォン・ハルテンフェルト男爵、ヴィルヘルム・ベンドフが月の男、といった具合である。監督のヨーゼフ・フォン・バキーはゲッベルスから自由裁量を認められ、「ほぼ無制限の人的物的な手段」をあたえられた。(16) その結果、出費はかさみ、仕上がりは豪華絢爛たる作品となった。観客が眼にしたのは、当時はもはや現実に体験することが不可能で、その後は終戦後のある時期まで、時間とともにますます非現実的になっていく世界であった。贅をきわめたパーティー、金銀をふんだんに使った衣装、華麗な舞踏会用大広間、サンクト・ペテルブルクでは民衆の祝祭の場面があるが、そこでの派手な飲み食いの様子は、とうてい正常な人間のすることとは思えないほどである。そもそもロシア女帝の宮廷では何もかも奢侈そのもので、客にはデザートとして宝石が贈られ、佞臣の一人は、女帝陛下はあたえるのも受け取るのも豪気なお方で、と言ってはばからない。女帝は奢侈を弁護して言う。「ようく存じております。あなたの国の政府では私の浪費癖が大いに噂になっていますね。浪費癖とひとは言いますが、じつはこれ倹約策なのですよ。こうすることですべては私の国のなかにとどまり、いつの日か私の手に戻ってくるのです」。この引用は――この先の引用もすべてそうだが――一九七八年にふたたび観られるようになった映画の台詞を文字に起こしたもので、一九五九年刊行の全集版にケストナーが収録した台本から採ったものではない。

さて、つぎのような問題が提起されるのは当然である。台本作家ベルトルト・ビュルガーはこの映画作りに参加することで――すなわち、美しい仮象としての映画、祝祭気分を盛り上げて、持ちこたえる意志を強化したとも考えられる映画にたいして、つぎつぎとアイディアに富む場面を考え出すことで――ナチの体制を支えたのではないか、という問題である。ディーター・マンクはこう強調している。「いかなる箇所においても、ナチのイデオロギーは伝達も擁護もされていない」[17]。これまでとくに台本のなかの二つの箇所が、抵抗の姿勢を示すものだとして、あるいは「機知豊かにカムフラージュされたあてこすり」として、引用されてきた[18]。一つはカサノヴァがヴェネツィアの逸話のなかで、デステ家の姫君イザベラに向かってつぎのように述べる場面である。「国の異端審問には一万の眼と一万の腕があり、正しかろうと間違っていようと思い通りに何でもやってのける力を持っているのです」。これにたいしてミュンヒハウゼンは、あいまいな（そして映画で観るかぎり空しく終わる）希望を窺わせながら、こう答える。総督が「愛する男女のことなんぞより、もっと大事な事柄についてお考えになっていればよいのですが」。

クラウス・コルドンは自著のケストナー伝に『壊れた時』という表題をつけているが、この言葉は『ミュンヒハウゼン』の月旅行のエピソードから採ったものである。ミュンヒハウゼンは従者のクーヘンロイターとともに気球に乗って月へ行くが、そこでは一年がたったの一日で過ぎてしまう――サクランボの木は二四時間のうちに芽が出て花が咲き、実が熟し、落葉する。従者はたちまち年をとって死んでしまうが、ミュンヒハウゼンはカリオストロから永遠の若さを授けられていたので、無事に月から帰還する（映画では構想上の誤りがある。従者クーヘンロイターは一日半で少なくとも二〇歳も年をとってしまうことになっているのだ)。この文脈に注意すれば、どうしてナチの検閲が以下の主従の会話に腹を立てなかったかは明らかである。

クーヘンロイター　ご主人様の時計が壊れてしまったのでございますよ、男爵様。さもなければ――さもなければ時の方が壊れてしまったのです。
ミュンヒハウゼン　壊れたのは時の方だ。

この会話が意味するところはまったく言葉通りだったのだ。確かに、月の世界の《壊れてしまった》時というのはケストナーがつけ加えたもので、原作『ミュンヒハウゼン』には出てこない。しかし、当時の観客が、二時間におよぶ映画のなかで、これを鍵となる文章と考えることができたか、あるいはじっさいにそう考えたか――慎重な言い方をするにしても――断定は不可能である。

ひょっとするとこれとは別な箇所の方が説得力があるかもしれない。たとえば、邪悪な心を持つカリオストロ伯爵――これもケストナーが登場させた人物である――とミュンヒハウゼンとの会話である。「まずクールランドを手に入れたら、次はポーランドをむしり取ってくれよう。ポニアトフスキーは今はまだスタニスラフ二世などと名乗っておるが、もう年貢の納め時だ。あれを倒せば私らは国王だぞ!」。ミュンヒハウゼンはきっぱりとした口調でこう答える。「一つの点で、それも一番大事な問題で、私たちはけっして理解し合えませんね。貴殿は支配を望んでいる。だが、私の望みは生きること。冒険、戦争、異国、うるわしき女性たち――私はすべてを生きるために必要としております。ところが貴殿はすべてを支配するために必要としているのだ!」。これを聞いて、カリオストロは口ごもりながらなおも言う。「リトアニアだろ――クールラントだろ――それからポーランドなんだぞ」。

このときカリオストロの顔が少しのあいだ大写しにされる。夢見心地の顔だが、けっして狂気におちいった顔ではない。明らかに時の政治体制を批判しているこの場面の特に注目すべき点は、カリオストロを演じているのがフェルディナント・マリアンだということである。マリアンはファイト・ハルラン監督のナチ映画『ユダヤ人ジュース』(一九四〇)に出演しているが、そのときは強制されてやむなく主人公を演じたのであった[19]。そのカリオストロの歴史的な肖像を、ケストナーは完全にナチのイデオロギーに沿うように捻じ曲げている。実在のカリオストロ伯爵は絶対主義の断固たる敵対者で、全ヨーロッパに、つまりポーランドやロシアにも、フリーメーソンのロッジを設立しようと試みている[20]。カリオストロ伯爵はナチが嫌悪したリベラルな啓蒙主義を支持していたのである。彼はフリーメーソン思想が力を持っていた時代、人権とかユダヤ人解放といったことが考え出された時代の一代表者だったのだ。したがって、この映画で女帝エカテリーナとフランス啓蒙思想との繋がりが無視されているのは、少しも不思議ではない。『ミュンヒハウゼン』は啓蒙主義像を示している。ただし、一九四三年当時の時代にまさに合致した啓蒙主義像なのだ。それは、実態不明の戦争に明け暮れている時代であり、にもかかわらずすべてがおのおのの秩序を持ち、確固としたヒエラルヒーが存在し、一見ある種の文明が世を統べている時代である。それにしてもこの映画では芸術も文学もまったく役割をあたえられていない(レッシング、そして青年期のゲーテならば、同時代人として登場させることは十分に可能であったであろうが)。

この映画では、絶対的なもしくは独裁的な支配者にたいする小さな嫌味はあっても、当たり障りはこれっぽっちもない。というのも、そうした嫌味は体制に順応した台詞によって、そればかりか描かれた歴史像やイデオロギーによって、埋め合わせがなされているからである。たとえばロシアの女帝は《スウェーデン問題》を問われてこう答える。「私は戦争が起こらないことを望みます。しかし、もしも殴り合いになったら、殴られるよりは殴る方を選びます」。女帝はこれにより、まことの「支配者にふさわしい言葉」を口にしたとして、称讃されるのだ。そして、映画でエカテリーナの愛人となっているミュンヒハウゼンは、スウェーデン問題であれロシア・トルコ戦争であれ、自分がそもそも誰のために戦っているかについて、まったく無頓着である——もっとも、スターリングラード戦で敗退した直後に、ロシアを急速に膨張していく強大な君主国として描くことは、宣伝省の意向に沿うものではなかったであろうが。

イザベラ・デステもまた、持ちこたえるためのスローガンともいうべき台詞をしゃべっている。「すべてが失われたと見えたとき、すべてはすでに勝ち取っていたのです」。映画のなかであれ、あるいは現実であれ、願わくばこうあってほしいという考えである。一般に平和を希求する抒情詩人と見なされていたケストナーが、政府に忠実な兵士にほかならないミュンヒハウゼンを、伝統的な諸価値をそのまま受け入れる人物像を、作り上げたのだ。アルバースが演じたのは、おのれの「任務をみごとに果たす」と讃えられた超人にして冒険家であって、血が騒ぐその頭のなかはまるで宇宙のごとき広大無辺な世界である。「すべてが、何百万何千万という星のなかの一つの小さな星の上で起こっているに過ぎぬことを、永遠の軌道を回転する微小なる球体の上で、数多い輝ける太陽の一つのまわりを回転木馬のごとく廻り、うるわしき四季と恐るべき幾世紀の転変のなかにあって、起こっているに過ぎぬことを、おのれの血の奥底に感じる者のみが、またそれをつねに感じている者のみが、人間の名に値する。そのほかは二本足で歩く獣なのだ」。

さらには、永遠の若さというカリオストロの贈り物を返し、愛する女性といっしょに年齢を重ねるという決心もまた、ミュンヒハウゼンの《いっさいを》体験したいという欲求を象徴するものである。「私はすべてを要求する！」と彼は言う。とにかく彼は、自分の行動力だけではなく、自己の想像力をも讃える。「より強い空想力を持つ人間は、より豊かな世界を苦もなくわがものとするのだ」。わがものとする手段について、ミュンヒハウゼンは、彼に呪縛されて聞き入っている映画のなかの若者たちに、何も語ってはいない。しかしその一方で、同じ若者たちに向かって、人間とは「高く上がって風に流されて消える」「煙のようなもの」だということは、語らずにはいられない。

彼はスルタンのために、ガラス張りのハーレムという全体ヴィジョンを考え出す（これもゴットフリート・アウグスト・ビュルガーの原作には登場していない）。この映画で――とりわけコンスタンチノープルの宮廷で――杭に刺してあったり転がったりしている人間の首は、もはやメールヒェン風のジョークや雰囲気をかもし出すための道具ではない。じっさい主人公も、「刎ねられる前に頭を失ってはならぬ」としゃれのめしている。主人公の従者クーヘンロイターは《奇跡の武器》、何キロメートルも離れた的を撃ち落す銃を考案する――もっとも、使われるのはこのうえなく興ざめな場面で、一発は鹿に命中し、もう一発はイチジクに命中して木から落とし、眠っている早駆け男を目覚めさせるのである。また、ファシズムが理想とする清純な裸体の美しさも、見届けることができる。ハーレムの女性が数人、胸を露わにしてプールのなかで水遊びに興じ、あるいは同じ姿で走って画面を横切るのだ、恥ずかしそうに顔をそむけて。

科学が全体主義体制下でも科学のみに忠実でありつづけることができるかどうかを、亡命中だったベルトルト・ブレヒトは、ケストナーのこの映画とほぼ同時期に『ガリレイの生涯』で追及している。しかしながらこの戯曲の結びが、ガリレイはみずからを断罪し、科学者とは「雇われれば何でもする」、「発明する小人の一族」だとなっているのは、改稿後のもので、書かれたのは原子爆弾が広島に投下されたあとのことだった。この点では、ケストナーのテキストはすでに早い時期から、科学は政治からの独立が可能だなどという幻想を免れていた、という印象をあたえる。この違いはひょっとすると、多かれ少なかれ民主主義的な外国に亡命して暮らす人間は、ナチズムの国で生き延びねばならない作家とは違って、政治の現実に関して不利な経験をしていた、ということかもしれない。『ミュンヒハウゼン』のなかで、ヴェネツィアの総督は気球乗りのフランソワ・ジャン・ピエール・ブランシャールを相手に、科学にのみ奉仕するなどというのは迷信だと言い切る。

総督　あなたがこのヴェネツィアから大空に向かうことは、私には嬉しいかぎりです。私たちは科学に奉仕し、下々の者を喜ばせます。一石二鳥をやってのけることこそ、政治をおこなう者の習得しておくべき技《わざ》でしてね。
ブランシャール　私は科学にのみ奉仕しております。
総督　その迷信をどうか奪われないようにしてください。迷信はわれわれのゲームの駒ですからな。

通常ミュンヒハウゼンといえば嘘つきで大ぼら吹きであるが、映画のなかでは賢い老人という印象をあたえる。したがって原作の、これぞ世にありふれた真実だと断言する場面は、映画にも欠けてはいない。しかし、これこそが語られた話のインチキくささを示唆している。そしてミュンヒハウゼンは不死身だという設定によって、フリードリヒ大王［在位一七四〇―八六］の時代にもヒトラーの時代にも生きているという物語が紡ぎだされ、二つの時代が結びつけられ、さらにそのヒトラーの時代が物語の枠をなしている。誰もその枠の裏側を探りはしないのであるが。というのも、映画のストーリーはこういうふうに展開するのだ。映画の始まりは一八世紀の密やかな恋の物語のようである。華麗な衣服に身を包んだ男女が踊り、あるいは蝋燭の灯のもとで語り合っている。ミュンヒハウゼンは彼の愛を激しく求めるゾフィー・フォン・リートエーゼルを退け、父祖伝来の城で、何とまったく唐突にスイッチを入れて電燈をつける。するとゾフィーは外へ駆け出し、自動車に乗って去る。あとでミュンヒハウゼンは彼女とその花婿に歴史的なエピソードを話し、おしまいに彼女には彼が愛を拒んだ理由がいやおうなく明らかにされる。つまり、彼女が夢中になったのは二〇〇歳になろうという男だったのだ。

一見したところこの作品は空想映画と呼ぶことができそうである。しかしこれは、全体として本来の空想映画とはまったく異なっている。空想《ファンタスティーク》というジャンルは『ミュンヒハウゼン』とは似て非なるものなのだ。すなわち、空想とは現実にたいしてきわめて攻撃的なのである。ファンタスティックな物語——E・T・A・ホフマンからカフカやラヴクラフトまで——では、写実的に描かれた現実にひびが生じ、説明のつかないもの、ファンタスティックなものが侵入してきて、私たちの知っている世界を脅かすのであるが、『ミュンヒハウゼン』にはそうしたところがいっさい見られない。つまり、この映画は、効果満点の物語上の枠組とカリオストロの魔術の産物とによって、観客を魔術の信奉者にしてしまい、自分が見ているものを一瞬たりと疑わなくしてしまうのだ。この映画はファンタスティクではなく、むしろ現実逃避のファンタジーを提供する作品にほかならない。そのために子ども向け映画として衰えることを知らない人気を博しているのである。

映画『ミュンヒハウゼン』に価値があること、これは疑い得ない。今日でも一見に値する。『世界映画百科事典』は「ひそかな笑いを誘うみごとな喜劇」と讃えている。いくつかの場面は着想が文句なしにすばらしく、ユーモアの点でも成功している、ここではポチョムキンとミュンヒハウゼンがおこなう「カッコー」の決闘を紹介しておこう。真っ暗な部屋のなかで一人が「カッコー」と言い、もう一人はその声の方にピストルをぶっ放す。部屋の照明は銃口の放つ光だけである。『ミュンヒハウゼン』はこの時期のウーファが製作した他の映画とは異なっている。というのも、総統という原則をじかに讃美してはおらず、讃美しているのは作品の主人公であり、その主人公は途方もなく長い生涯のどの段階においても権力主義の政府に職を求め、反動的な現状《スタートウス・クオ》を支えているからである(21)。

映画のなかにナチは登場せず、ミュンヒハウゼンもナチの先駆者ではない——彼は、「新しいトリックを習得《アン・オールド・ドッグ・フー・キャノット》できない老いぼれ犬《ラーン・ニュー・トリックス》(22)」である。また、反ユダヤ主義もなければ、民族的・アーリア的な人間集団も見られず、戦争讃美も（戦争美化はあっても）描かれてはいない。国民の性格——歴史を動かすほど強大なナチ・イデオロギーの力——も何の役割も果たしてはいない。その役割を果たしているのは、有名で《偉大な》人物たち、女帝エカテリーナ、ポンパドール夫人、ポチョムキン、オルロフ、マリア・テレジア、カサノヴァである。とはつまり、そこにあるのはやはり民主主義的な歴史解釈とはいえないのである。

《第三帝国》時代におけるケストナーの映画に関する仕事を、インゴ・トルノフはつぎのようにまとめているが、あまりにも穏やかな見方といわざるを得ないであろう。「しかしながら権力者たちが［……］政治体制と合致しない諸価値を宣伝していた映画をも許容したことは、その映画を作った人々、この時代にあって魂を売り渡すことなく、正しい態度を守りつつ自分の仕事に取り組もうとした人々に、のちのちも重くのしかかった」[23]。ケストナーが政治体制に反対していたことは疑う余地がない、がしかし、国内に残った人間として、彼は周囲で喧伝されていたイデオロギーを、彼自身が承知していたよりもはるかに強く受け入れてしまっていたのであり、このイデオロギーを他の人に、とくにきわめてアンビヴァレントな『ミュンヒハウゼン』という映画において、伝えたのである。

彼自身は戦後も、この問題についてみずからの意識を示すようなことは何一つ語っていない。一二年間にわたって執筆を禁止され、迫害され、危険に脅かされていた作家という姿を、断固として示しつづけた。ただアメリカ軍の質問状にたいしてだけは、《第三帝国》時代の自分の仕事について、一端を明らかにしている。しかしながらこの用紙の質問事項は、いわずと知れた理由から、外面的で物質的な局面に限定されている。つまりケストナーは、台本を二冊書いた報酬として一一万五〇〇〇ライヒスマルク受け取った、と答えているのだ。ケストナーは、『ミュンヒハウゼン』の場合には、自分は政治体制の犠牲者だと感じていた。なぜなら、自分のペンネームであるベルトルト・ビュルガーがクレジット・タイトルから抹消され、台本作家の名前が挙げられていないからだ、というのが彼の言い分である！　秘書のエルフリーデ・メヒニヒは語っている、自分はケストナーといっしょに仕事をしていたが、四〇年代を通してあのときほど激しく「憤慨し、猛り狂った」姿は見たことがない、と[24]。この点について検閲官は単に、ケストナーの筆になるつぎのような撮影台本の「重要な付帯意見」を、いくらかのシニシズムとともに言葉通り受け取っているだけである。「クレジット・タイトルの部分に載せるテキストの分量が最小限度に絞られるのは、やむを得ない」。――さもないと、ミュンヒハウゼンの肖像というこのトリック映画の効果、彼の目配せの効果、が失われてしまうというのだ（V・51）。

『四五年を銘記せよ』

移行期

空威張りは考えもの、時として
とんでもない目に遭います。
エーリヒ・ケストナー『長い腕のアルトゥーア』

エーリヒ・ケストナーはまことに優れた自己演出の才能を備えており、その才能は母親にたいしてだけではなく読者にたいしても、また同時代の知識人や批評家たちにたいしても、遺憾なく発揮された。またそのおかげで、《第三帝国》において自分が果たした役割をも自分でみごとに弁護しとおして、ローベルト・ノイマンのような過去を容赦なく糾弾する亡命者にも、尻尾を摑ませはしなかった。ノイマンは自叙伝でケストナーを称讃してつぎのように書いている。「ケストナーはドイツにとどまったうえで、その生き方をとおして、エサとして犬どもに投げ与えられないためには、声は低くしてでもとにかくいっしょに吠えなければならなかった、と言い張る連中の嘘を余さずあばき、罰したのであった。ケストナーは吠えなかった。ケストナーは陰謀を企てなかった。〔……〕ケストナーがしたのはつぎのことに尽きる。すなわち、姿を人目にさらしながらカフェに行き、政治的な発言はまったく抜きの映画の台本を一、二本書き、ゲッベルスのためになるようなことはいっさいしなかったのである。ケストナーの身には何も起こらなかった。作家には〈意志に反する行動を命令によって課せられる状態〉などなかったからだ、などと言う人間がいるが、これはナチ崩壊後の臆病者の言い訳で、たんに市民的勇気の欠如というドイツ特有の現象があったに過ぎない。」

ケストナーがおこなったもっとも大がかりな自己演出が、公刊した日記『四五年を銘記せよ』(一九六一)である。この日記は一九四五年二月七日から八月二日までの外面的な生活状況を詳細に叙述したもので、機会があるごとに、それ以前の一二年間に由来する逸話や映画でいうカットバックもふんだんに織り込まれている。『四五年を銘記せよ』は、『独裁者の学校』にも似て、途方もなく野心的であると同時に中身の重いテキストである。このテキストによってケストナーは、みずからの手でおこなったナチズムの《総決算》の証拠を残しておこうとしたのであり、じっさい部分的には、彼が何度も自分がドイツにとどまったのはそれを書くためだったと述べていた一大長編小説、すなわち《第三帝国》をテーマとする同時代小説の埋め合わせ、を目指している。ケストナーは自分の日記を、多くの「小さな絵」(Ⅵ・306)から成るものと見なし、備忘録《ノターテ》は、「考える蟻の視点からの観察」(Ⅵ・304)にほかならない、と考えていた。しかしながら、半年足らずの期間を描いたその「小さな絵」は信じがたいほど多彩であり、その描写はまことに鮮明なために、それをなぞってケストナーの筆の域に達することは、どんな伝記作家でも不可能である。そこで、以下では内容をかいつまんでごく簡単に説明することにしたい。

ハインリヒ・ブレロアーは一九八六年、終戦前後の時期に関する記録映画『失われた顔』を撮影した。当時はまだ何人かの関係者が存命で、とりわけウルリヒ・ハウプトとルイーゼロッテ・エンデルレは重要な証言を残している。エンデルレはブレロアーに向かってこう語っている。チロルのマイアホーフェンに映画撮影隊を送るという計画は、ウーファの製作代表ヴォルフガング・リーベナイナーなどが中心になって立てたものでした。「製作部をいくつかのグループに分けて、器材とともに北や南に分散・待機させ、戦争が終わってふたたび映画作りが可能になったら、すぐさま取りかかれるようにしておきたい。リーベナイナーはこう考えていたのです」(2)。リーベナイナーが率いる製作グループは、グスタフ・クヌート、カール・シェーンベック、ヴィクトーア・ド・コーヴァその他のメンバーを擁し、リューネブルクの荒れ地に《疎開》した。そこで亡霊の映画、『人生は続く』の撮影をおこなうことになっていたのだ(3)。ケストナーの友人エーバーハルト・シュミットは別なグループを率いて南へ向かうことになった。シュミットの手元には、帝国文化院の最高責任者ハンス・ヒンケルがサインした白紙の身分証明書があった。「エーバーハルトはその証明書に、このぼくがマイアホーフェンで撮影する映画の台本作家である旨を記入して、彼自身がサインし、それによって文句のつけようがない書類ができあがった」(VI・345)。ルイーゼロッテ・エンデルレはリーベナイナーの指示で、ウーファの文芸部員として、「インスブルックに住むある作家と映画の題材について研究する」ために、同地に派遣されることになった(VI・345以下)。ケストナーは、申し分のない旅行許可証のおかげでそのほかの必要書類も難なく入手し、銀行から金を引き出した。こうして彼は、総勢六〇人から成るウーファのメンバーに加わり、『失われた顔』という映画の屋外撮影をするべくチロルに向かった。シュミットが製作主任、監督はハラルト・ブラウン、ヘルベルト・ヴィットがケストナーと共同で台本を書き、主役はウルリヒ・ハウプトとハンネローレ・シュロートが演じることになっていた。

ケストナーはシュミットといっしょに二人乗りの自動車で南に向かった。途中で何度も憲兵隊の検問に遭った。フランケン＝ジュラ山地で合板製の車体が燃えだしたが、雪をかけて何とか消しとめた。何しろ目的地は遠く、二人はミュンヒエンに近いオルヒングでシュミットの友人宅に立ち寄り、しばらく休ませてもらった。もう限界に近かった自動車は農場の一角に置いていくことになった。シュミットはそこで「昔の遊び友だち」に、「ゲッベルスはなぜ今も映画を必要としているか」(VI・347)、この映画製作がどのようにして実現の運びとなったかをつぎのように説明したが、納得させることはできなかった。「何人かがでっち上げの話を堂々とまくしたてたところ、相手は言葉通りに受け取った、というだけの話さ。ドイツの最終勝利は確実なのでありますから、われわれはドイツ映画を製作しなければなりません、これは最高指導部の揺るぎない確信を証明する行動の一部なのであります、とね。また、ベルリンの撮影所における製作は日々危険が増す一方であるからして、屋外撮影を必要とする作品を優先させるほかありません、とやったのさ」(VI・348)。ウルリヒ・ハウプトも証言のなかで、ゲッベルスがこのトリックを見抜けなかったことは間違いありません、このときの映画関係者は全員が《指示された仕事》の意味を悟っていましたがね、と述べている。台本は読んでいたんですか、という質問にたいして、ハウプトはこう答えている。「まさか！　考えてもご覧なさい、爆撃を受けて燃えさかるベルリンで、〈山奥へ行く気はありませんか？〉と尋ねられたんですよ。そんなとき、誰が台本なんか読みますか！　〈行きますとも！〉ですよ」[4]。

シュミットとケストナーはオルヒングからローカル列車でマイアホーフェンにたどり着いた。間もなくエンデルレもその村にやって来て、二人はけっきょく三月中旬から六月初めまでそこに滞在した。二人が住んだのはシュタイナー一家のペンションで、この家族は「とても親切だった。夫は牧畜業を営んでおり、妻は村の助産婦だった。娘のヴィクトリアは家事を手伝っていた。息子の一人はすでに戦死していて、もう一人はこのころどこかの前線にいた」(VI・350)。記録映画を作ったハインリヒ・ブレロアーはこのヴィクトリアをも探し出し、インタヴューに漕ぎつけている。記録映画には、ヴィクトリアがブレロアーをケストナーの寝室と書斎に使っていた部屋に案内する場面がある。エンデルレは、「暖房もない屋根裏部屋」だったと書いているが、実際はそれよりはるかに上等である。(5)

ケストナーは四五年三月二五日の項に記している。マイアホーフェンの村長とナチの地区指導者がシュタイナー一家を訪れ、まだ一八歳だった二番目の息子も戦死した、という通知があったことを伝えた。「私たちは玄関の外に出た。女性たちの悲鳴が聞こえた。その嘆きぶりは泣くなどというものではなかった。身の毛もよだつ声が響いてきて、まるで精神病院にいるようであった。〔……〕そのあと起こったことは、人づてに聞いて知っているだけだ。父親は心臓発作を起こした。母親は壁に掛けてあったヒトラーの写真をはぎ取り、足で踏みにじると、窓の外へ捨てようとした。しばらくすると母親は、二度も家の勝手口から真っ暗な戸外へ飛び出そうとして、そのたびにみんなに抱きかかえられ、連れ戻された。今朝見ると、ヒトラーの写真はまた壁に掛かっていた。そしてハンゼル・シュタイナーの写真が黒枠に入れられ、兄の写真の近くに置かれて、その前には皿に載せたパンが供えてあった」(VI・355)。記録映画のなかでヴィクトリア・シュタイナーはこの描写について、「ちょっぴり大げさだわ」と言っている。「作家っていつも少し誇張するみたいですね」。それからこの女性は、ケストナーがシュタイナー一家のために書いた詩を朗読している。これまでどの全集にも収録されていない詩で、(6)ケストナーの思いがけない宗教的な一面を示している。

こうして私たちはふたたびあなたの玉座に歩み寄ります、
おお、主よ、目は涙にかきくれたままで。
あなたは私たちから最後の息子まで取り上げました、

まだほんの子どもだったのに。
あの子の命はまことにはかなく吹き消されました、
まるで屋根の上の煙のように。
私たちの心はそうたやすく呑み込むことはできません、
おお、主よ、二人目の息子までなんて。
空しかったのですね、あの祈り、
この世にあらしめよ、という祈りは。
戦争は二人の命を刈り取ってしまいました、
まるで野の花を刈るように。
死は今ごろ刈り取った命を運んでおりましょう、
遙かな彼方の天国の門をとおって。
何百万という親があとに遺され、
黙然と空を見上げています。
戦争に終わりはあっても、
苦しみの果てることはありません、
心を食い破るまで。
主よ、おお、主よ、私たちに慰めをあたえたまえ、
自分では見いだせぬ慰めを。

独創的な詩でないことは一目瞭然である。独創的な比喩も見当たらない。それでもこれは哀悼の気持ちを込めた機会詩であり、かすかに民衆の言葉遣いを感じさせる。ブレロアーの記録映画では、教会のなかで捧げられる祈りのように、いささか棒読み口調で朗読されている。これは状況のなかで意味を満たしたと考えることも可能な抒情詩であ

り、書き手はみずからの役割を完全に放棄することはなかったといえるだろう。いずれにせよ書き手は、慰めるのは自分にできることではないと明言しているのだ。そしてこの詩の無慈悲で《空涙を流す神》は、あの地方で信じられているカトリックの主なる神とはほとんど無関係である。

ケストナーは『四五年を銘記せよ』で、一つの体制がゆっくりと崩壊していく様子、そして新しい体制がこれまたひどくゆっくりと取って代わる様子を叙述している。マイアホーフェンという村の住民は、ベルリンから来た連中を我慢して受け入れていたのであって、本心は嫌でたまらなかった。疎開させられて村に来ていた教員養成女学校の女の校長は《狂信的な》ナチで、大都市の人間が村を混乱させていると感じていた。そこで親しかったナチのチロル大管区長官に働きかけて、こんなたくらみを実現しようとした。つまり、ベルリンから来た者たちを国民突撃隊に放り込んで、四週間にわたって管区射撃協会分遣隊の訓練を受けさせようとしたのだ。(7)

シュミットとブラウンはベルリンの当局に連絡して圧力をかけてもらい、ようやくこの訓練を回避することができた。二人はその一方で、マイアホーフェンの住民たちの機嫌を取ることにした。その一環として、ヨーゼフ・フォン・バキー監督の映画『悪しき道』を村民に見せたが、これは世界初公開であった。というのも、前年に完成していたものの、映画館で上映されるのは戦後だからである。じつはこの映画も屋外撮影はこのマイアホーフェンでおこなわれたのだった。上演に先立ってハラルト・ブラウンが一席ぶった。「朴訥な村人を相手に、これでもかとばかりに最高級の形容詞を大盤振る舞いしたのであった。洗練された観客だったら窒息してしまったことだろう。いわば泡立てた生クリームを息も出来ぬほど投げつけたのだ。しかし村人は喜びで顔を輝かせていた」(Ⅵ・359)。

マイアホーフェンでおこなわれた野外撮影も、じつは見せかけだけのペテンであった。「カメラは音を立てて回り、銀色の反射板はまばゆく光り、監督は指示を出し、俳優は言われたとおり演技をする。チーフ・カメラマンは駈けまわり、メイク係はいやというほど白粉をはたき、村の子どもたちは目を丸くしていた。その子どもたちはしかし、どんなに驚いたことだろう、もしもカメラにフィルムが入っていないことを知ったなら！　生フィルムは高価だったので、それらしく見せるだけで十分、というわけだった。『失われた顔』という題名は傑作で、ぼくが考えていたよりも奥が深かった」(Ⅵ・370)。

戦争がいよいよ終わりに近づくころには食料品がどんどん乏しくなり、ケストナーはパンやバターやチーズが首尾良く入手できるたびに、その旨をノートにメモした。一九四五年五月四日には《オストマルク》がふたたびオーストリアと呼ばれるようになったが、ケストナーは村民の変わり身の速さを確認して面白がっている。おかみさんたちは赤地に白い環、その中にハーケンクロイツというそれまでの旗から、シーツをいくらか使って赤白赤のオーストリア国旗を縫い上げた。「一家の長たち」は鏡に向かい、「顔の皮膚を押したり引っ張ったりしながら、さして名残りを惜しむふうもなくその第三次性徴を、すなわち総統の口ひげを、剃り落とした」（VI・391）。ヒトラーは四月三〇日に自殺しており、五月八日にはカイテルが降伏文書に署名した。

このときからマイアホーフェンは交通の要衝となった。この村を通って、イタリアから強制連行されてきていた労働者が故国をめざし、イタリアから逃げ帰ったドイツの兵隊がわが家に向かった。五月五日に最初のアメリカ兵がやって来たかと思うと、地下に潜っていた抵抗運動の闘士たちがふたたび姿を見せた。エーバーハルト・シュミットはガイゼルガスタイクにあったバヴァリア映画のスタジオに行って、新しい仕事のための組織作りを試みる一方、占領軍の映画担当官ビル・ケネディにマイアホーフェンへ行ってもらった。ケネディはケストナーと会い、秋になれば仕事をしてもらうことになるだろうと告げた。

やがてケストナーはふたたびオルヒングに行き、シュミットの友人宅を訪れたが、そこで、テューリンゲンとザクセンとメクレンブルクがソヴィエト軍に占領されたことを聞かされた——ドレスデンの両親を訪れる機会がいつとも知れぬ先へと遠のく知らせであった。ケストナーはアメリカ軍将校による第一回目の尋問を受けた。どうしてドイツにとどまったのか、と尋ねられ、また何度かの外国旅行について詳細な説明を求められた。ケストナーが回想している質疑応答の様子から推測するに、どちらも相手の言っていることをあまりよく理解していなかったようである——ケストナーはミスター・ダナーが何を知りたがっているのかわからず、相手は「ぼくを手当たり次第つついたが、まるで歯医者が健康な歯をつつき回しているみたいだった。この歯医者は虫歯になっている箇所を探すのだが、見つからないので腹を立てていた。一二年間、何をしていたのですか？　生活費はどうやって手に入れていたのですか？　目撃［……］国会議事堂が焼けた直後に、どうしてあなたはスイスにとどまらず［……］、ベルリンへ戻ったのですか？

証人になるためですって？　いったい何の目撃証人になるというのですか？　執筆を禁止された作家、好ましからざる市民だったというのに？　それとも、あなたは舞台裏を覗くことが許されていたのですか？」（Ⅵ・439）。

短期間のミュンヒェン滞在中に、ケストナーは昔の友人や知人との再会を果たし、旧交を温めた。ヴォルフガング・ケッペン、ローベルト・A・シュテムレ、ルドルフ・シュンドラーと会い、さらにヴェルナー・ブーレにも会った。シュンドラーとアルトゥーア・マリア・ラーベンアルトと語り合ううちに、カバレット設立の計画がもち上がり、名前は「見世物小屋《シャウブーデ》」とすることまで決まった。ケストナーの第二回尋問はミュンヒェンでおこなわれることになり、前もって六ページに及ぶ質問書に答えることが要求された。やがて、ほんの数日の予定でマイアホーフェンに戻ると、ケネディがふたたびやって来たが、今回はイギリス軍の報道担当将校を伴っていた。「それが何とペーター・ド・メンデルスゾーンだった！」（Ⅵ・461）。二人はたがいに何年にも及んだ過去の不幸について語り合った。メンデルスゾーンは、ローベルト・ノイマンやクラウス・マンと同じく、亡命先の生活に順応し、英語で作品を発表するまでになっていた数少ないドイツ人の一人だった。のちにメンデルスゾーンはケストナーの『四五年を銘記せよ』を読んで誤りを指摘し、訂正を求めている。メンデルスゾーンの記憶では、マイアホーフェンで二人が食べたのは、シュトロイゼルクーヘン［クリームを粒状にして振りかけたケーキ］ではなくパウンドケーキだった。彼は言う、私と妻のヒルデ・シュピールは確かに一九四三年に子どもを失いましたが、ドイツ軍による爆撃が原因ではありませんでした。子どもが死んだのは、「分娩の際に病院が途方もない混乱におちいっていたこと、戦争のせいで誰もが精神も神経もすっかり参っていたこと、こうしたことに由来するおぞましくも不幸な事態のせいでした」。ドイツがおこなった四四年一月の「もはや悪あがきでしかなかった」最後のロンドン爆撃の際に、自分たちを「二度目の不幸が襲ったのですが、これが貴兄の回想では一度目とごっちゃになっているのです。四四年一月二八日の夜、一トン爆弾が直撃し、わが家が私たちの上に崩れてきたのです。ヒルデはとっさに、当時四歳だった娘クリスティーネのベッドに身を投げ出して守ろうとしました。ベッドの脇の壁が大きく揺れていましてね。それが右にではなく左に倒れていたら、母と娘は下敷きになって助からなかったことでしょう。下敷きになったのはぼくの机でした」[8]。

メンデルスゾーンがケストナーをマイアホーフェンに訪ねたのは、個人的な回顧談をするためではなかった。アメリカ軍政部がこれから「ノイエ・ツァイトゥング」［新しい新聞］という新聞を発行しようとしている、ついては編集者として働かないか、という話を持ってきたのだった。ケストナーは即答をためらった。「公的な生活に戻るうえでの最初の拠点をミュンヒェンにするかどうか、これが以後のすべての計画を左右すると考え、まずはその先のさまざまな可能性を吟味することにした。そのため、この話への返事は保留にするほかなかった」（Ⅵ・461）。

それから間もなく、アメリカ軍が引き揚げて代わりにフランス軍が進駐してくるという噂が流れ、チロルの牧歌に終止符が打たれた。ウーファの関係者が新しい支配者にたいして恐怖を抱くさまを、ケストナーはことさら距離を置いて皮肉っている。噂では、やって来るのは北アフリカ人の連隊だということで、「異様な人種から成っているその兵隊」について、「ヨーロッパ人の女性と見れば放ってはおかない、という評判が先に伝わってきた」（Ⅵ・466）。残っていた映画関係者はあわてふためき、全員が一台のトラックに乗り込んでミュンヒェンに向かった。エンデルレとケストナーは四五年七月のほぼ一か月を、シュリーアゼー［ミュンヒェンの南東五〇キロメートル］に住んでいたエンデルレの姉妹ローレのもとで過ごした。ケストナーは稀にやって来る客の話に耳を傾け、状況の把握に努めた。アメリカ軍の衛生班曹長が食糧の面倒を見てくれた。ケストナーは『四五年を銘記せよ』の結びに、アウシュヴィッツからメルク、そしてエーベンゼーと、強制収容所をたらい回しされながらかろうじて生き延びたある男性の話を記している。四五年八月、ケストナーのミュンヒェンでの生活が始まった。

『四五年を銘記せよ』のまえがきでケストナーは、出版に際して本来の日記をどのように扱うつもりか、くわしく説明している。「ぼくがまずしなければならなかったのは、メモ帳を注意深く拡げることだった。つまり、速記文字で書いたものだけではなく、目に見えない文字まで読めるようにする必要があったのだ。ぼくは解読せねばならなかった。本来の日記の真正さは損なうことなしに、それに手を入れるほかなかったのである」（Ⅵ・304）。ケストナーがここで述べているのはパラドックスである。彼の記録は真正であるか、もしくは「手を入れた」のか、とはつまり変更を加えたのか、どちらかでしかないからだ。ケーキを食べ、しかも元どおりにしておくことはできない。ところがケストナーは、手を入れたが元どおり残すことができた、と言っているのだ、「ぼくはテキストに変更を加えた、がしかし、内容はいっさい変えていない」、と。また、『四五年を銘記せよ』はどこまでも「記録」であり、「今も書かれたときと同じ日記」のままで、たとえ誤りがあっても、また根も葉もない噂や間違った判断も、注意深くそのまま残した」と書いている。「今日では知っていることも、当時のぼくは知らなかったのだ」(VI・304以下)。自分は「美化協会」とは無関係で、「ましてや自己美化協会とは縁もゆかりもない」(VI・305)。ところで、ケストナーは一五年にわたって《第三帝国》に関する叙述を、それも少なからず系統的に読んでいた。そこから得た知識が、オリジナルの日記に手を加えた際に記憶から消えていたと考えるのは、ナイーヴではないだろうか。『四五年を銘記せよ』を書いた人物は、《第三帝国》で日記を書いていた人物とは別人なのである。

『四五年を銘記せよ』は同時代の批評家から、《予言的》だと、つまり《優れたドイツ人》ならばすでに終戦前に何を知ることができたかを示している、と受け止められた。ジャン・アメリーは「唯一無二のドキュメント」だと述べ、ヘルマン・ケステンはケストナーの言葉を称讃して、「見たまま聞いたままをその場ですぐさま記した、正確で信頼に足るメモのように、まことに単純で自然な響きをもっている」と記している。ジュビル・シェーンフェルト伯爵夫人は、「几帳面にすべてがありのまま書き付けられたこの日記」は、「みごとな創作のように」読むことができる、「まるで真正な日記の文体で書かれた創作のようであり、また日記と同じ効果を持つ創作のようだ」と讃えている。

ところが、本来の日記と照らし合わせてみると、ケストナーがみずから主張したとおりの姿勢をつらぬいているのは、わずかな部分に過ぎないことがわかる。そのわずかな部分においては、書き手が言っているとおり、メモの不足を補い、読めない箇所を読めるようにし、記憶のなかからさらなる細部を見つけ出して補塡し、輪郭だけの貧相な逸話が首尾一貫した彩り豊かな読み物にまとめ上げられている。

しかしながら、ケストナーは『四五年を銘記せよ』を書くにあたって、オリジナルのメモには拠りどころとなる記述が見当たらない文章、注釈《コメント》と呼ぶのがふさわしいレベルの文章を挿入しているのだ。これは、とりわけケストナーの日記執筆時の評価や判断を大きく変えずにはいない、重大な関与にほかならない。そもそも、その大半が『四五年を銘記せよ』において初めて挿入されたものなのである。『四五年を銘記せよ』の書き方はしばしば二重構造になっていて、まずはじっさいにあったことが叙述され、引きつづきその出来事を解説する部分がある。そしてこの解説については、ほぼ例外なしに、一九六〇年に初めて書かれたと見てまず間違いない。その際にケストナーがめざしたことは、表現を明確化するまったく正統的な試みや、慣用句とか、「小物は吊し首、大物は野放し」といった類いの格言めいた言い回しを使うことであったかもしれない(VI・340)。しかしながら、黙過しがたい《文化批判ふうの》陳腐な言いまわしの挿入も見られるのだ。たとえばこんな箇所がそうだ。「分裂症の人間たちについてはすでにたっぷり語られている。しかしながら今は、起こった事柄がどれほど分裂症だったかといった点について、じっくり考えるべきときであろう」(VI・371)。

加筆がどういうパターンに従ってなされているか、ヒトラーの誕生日についての記述から見て取ることができるだろう。本来の日記にはこう記されている。「要するに昨日はヒトラーの誕生日だったのだ」(四五年四月二一日、TB)。出版された方ではこうなっている。「昨日はヒトラーの五六回目の誕生日だった。最後の誕生日だろうか？　そうだ、最後の誕生日だ」(VI・372)。つぎにヒトラーの死に関するメモを見ることにしよう。もとの日記では注釈なしである。「ヒトラーがベルリンで戦死した」(四五年五月二日、TB)。印刷にまわされた原稿ではこうなっている。「最新のヴァージョンでは、ヒトラーはベルリンで死の床にあるのではなく、〈ベルリンで戦死した〉となっている。死に方にはいろいろあるが、戦死するためには戦わねばならない。つまりこのヴァージョンは、ヒトラーは戦った、と言おうとしていることになる。これは本当のこととは思えない。ヒトラーが戦っている場面など思い浮かべられないのだ。もしも戦った場合、その局面でヒトラーはもっと腹立たしいこと、つまり捕虜になるかもしれないということを、考えに入れねばならなかったであろう。そんなドタバタなどヒトラーに我慢できるはずはない。結論――ヒトラーは〈戦死した〉のではない」(VI・385)。これ以上例を挙げる必要はないであろう。このパターンが『四五年を銘記せよ』の全巻を覆っているのである。

『四五年を銘記せよ』に書かれているのは《事実そのまま》だ、という主張を額面通り受け取るわけにいかないもう一つの根拠が、この本の随所に見られる隠喩化した表現である。明らかにケストナーは、もともとの事実に即した記述をそのまま残しておくことができなかった。毎度《気の利いた》比喩を考え出して書き加えずにはいられなかったのである。多用されると読む方はうんざりし、しばしば不適当だと感じ、その箇所で足止めをくらって読み進めなくなってしまう。そうした一節は、たとえもとの日記とくらべて確認しなくても、読む者に信用できないという印象を抱かせる――実際に日記を書く人間は気取ったアナロジーに手間暇かけたりしないからだ。ケストナーがベルリンで記したという最後のメモはこうなっている。「ぼくはここに、まるで蠅取り紙の蠅のようにしっかりとくっついている」（VI・341）。チロルのツィラータールへ着いてからの最初の書き込みはこうだ。「蠅はもう蠅取り紙にくっついてはいない。誰かが逃がしてくれたのだ。あれは生き物の好きな人だったのだろうか。この比喩は的を射ていない」（VI・345）。的を射ていなければやめておくべきだったであろう。もとの日記ではそうしていたのだから。時代は万華鏡だ、さかさまの世界が世の中を支配している、ぼく、ケストナーは甲虫となって、幹と樹皮のあいだで生きている等々、こうした隠喩の例を挙げればきりがない。

エーリヒ・ケストナー（1945）

こうした改竄はまだ面白い話芸《カバレット》として、あるいは、素材が厳しい同時代に関わっていただけに、気分をほぐすものとして、受け入れることができるかもしれない。しかしながら全体が比喩の連なりから成っている場合、そんなふうに大目に見ることはきわめて困難である。それは、ドイツの刻々の出来事にたいして、演劇や映画の隠喩がくり返し使われている場合である。「まるでフィルムの長さが数メートルで、内容は山岳地帯を舞台とする人情物の映画ででもあるかのように、ぼくたちは歴史という短い作品を、観ていたのだった。むろんそれはすぐに終わり、私たちはふたたび現実に戻った」（VI・399）。自分は安全なケッツィンという町にいて、炎に包まれているベルリンを遠望していたときは、ケストナー一流のひねりをきかせた表現が用いられている。「その様子はといえば、まるで映画館に入ったところ、もう映画が始まっていたときみたいなものだった」。そこに立っていた女性が懐中電灯を「一瞬ピカッと光らせて、事務的な口調で尋ねる。〈入場券を見せていただけますか。どんなお席ですか〉。カールは答える。〈もちろんボックス席だよ。中央の最前列だ！〉」（VI・310）。ケストナーはまた、ヒトラーは国語の教科書に書かれている手本をそのまま真似て、ナポレオンのドラマを再演していると言い、このアナロジーを何ページにもわたって事細かに叙述する。すなわち、「〈大陸封鎖〉、〈イングランド上陸〉、〈モスクワを前にしての反転と終焉〉」を、ヒトラーは「テキストに忠実に演じ切った」というのである(Ⅵ・375)。オーストリア人は演劇気質の持ち主だ。これもケストナーの「オストマルク人」についてのすべての評言と同様に消化不能の隠喩で、こうした傾向は彼のカバレットの歌、「おお、おまえ、ぼくのオーストリアよ」まで続く(一九四六年、Ⅱ・365―368)――まるで自分には取り組むべき切迫した問題がないかのようである。こんな一節もある。ヒトラー最後の演出である「ベルリンの包囲と解放」では、ポーランド国王ソビエスキー〔一六八三年に包囲されていたウィーンに援軍を送り、オスマン・トルコ軍を敗走させた〕とその援軍抜きで切り抜けねばならないであろう。「最終場面の最後の一分間のソビエスキーは誰にも演じられないであろう。この役はむずかしすぎるからだ。したがってこの芝居の終幕はひどいことになろう」(Ⅵ・375以下)。

こうした隠喩について、ハインリヒ・ブレロアーは何人かの同時代の証人に意見を求めた。すると、激しさに差はあれ全員が憤慨した口調で、受け入れられないと答えている。自分たちが生きていた場所は劇場なんかじゃない。劇場には一定のルールがあるが、あのとき起こっていたことはそんなものじゃなかった。ウーファでは誰一人として、ヒトラーのことを演技がへたな同僚の俳優だなんて思ってはおらず、危険のなかで生きていた人間の多くはヒトラーをいつも憎んでいた。ウルリヒ・ハウプトが拒絶の考えを誰よりも明快に語っている。「第一に、くそいまいましいことだが、あれは芝居の台本なんかじゃありませんでした。それに〔……〕生きてきた歴史とか体験した歴史に形式をあたえて、もしくはそれを変形して、歴史画を仕上げようという場合には、とくに物書きであれば、いつだって永遠を横目で見ながらおこなうべきです。〔……〕第一ここには、至るところにひそんでいた気も狂いそうな恐怖がまったく書かれていません」。

現実は映画ではない。ケストナーは、作家としての好奇心に身をまかせ、また局外に身を置く観察者として、それ自体は評価に値する役割を果たそうとするうちに、誤った結論へとたどり着いてしまったのである。ハウプトはその姿勢における誤りをつぎのように言い表わしている。「みずからが絶対的な主体であろうとする態度。このちょっとした粋なトリック。つまりケストナーはこう言っているのです。ぼくはボックス席にいて――彼は書斎をもっていて、こちらには机が、そっちには窓があって、そこに立って見下ろせばテニスコートが、目を上げれば山並みが、眺められたんです――少し距離があるので幸いにもみんなの視界から離れ、もはや誰もこのぼくの姿に気づいていない――とっても心をそそられるぞ！――では、ちょっとばかり神様のように高みの見物といこうか《コケット》(9)」。

決定的な改竄がなされているのは、こうした隠喩のごたまぜにまつわる箇所だけではない。一九四五年にみずから書き記していた評価のいくつかを、『四五年を銘記せよ』では削除しているのである。たとえば、追放されたナチの大物を列挙するなかで、他の者たちと比較して称讃していたと言っていいゲッベルスについて、もともとは書かれていた部分が消えている。「ゲッベルスは知識人だったので、家族といっしょに身を引くという結論を出したのだが、あれは最良の方法だった〔ゲッベルスがベルリン陥落直前に家族を道連れに自殺したことを指す〕（四五年五月二四日、ＴＢ）。その一方でケストナーは、もとの日記にはこれについてひと言も記されていないのだが、『四五年を銘記せよ』には、みずからの役割にふさわしいよう、つぎのように書き込む。「昨日、ぼくはある人物から警告を受けた。信頼できる筋から聞いたんだがね、ＳＳはロシア軍が侵入してくる前に《長いナイフの夜》と名づけた血まみれのさよならパーティーを計画しているそうだ。君の名前もリストに載っているということだよ。まったくとんでもないことを思いつくものだ」（Ⅵ・341）。確かに、日記をつけていたときのケストナーはこのような噂を記す必要がなかった、ということもあり得る。なぜなら、これはとうてい忘れる恐れがあるような話ではないからだ。あのチロル行きという企て自体が、最初から最後まで危険のつきまとう現実離れしたものだったのであり、ケストナー一人が「アキレス腱」だったとは、つまり彼がウーファのメンバーでただ一つの「弱点」だったなどとは、とうてい信じられない。

「宣伝省に、あるいはインスブルックにあるその事務所に、電話をして二言三言しゃべれば、エーバーハルトの敢行した計画なんかあっさり吹っ飛んでしまっただろう。ぼくたちは、土地の役人やお偉方がぼくの名前を聞いたことがないことを、あるいは疾うの昔に忘れてしまっていることを、願うしかなかった（Ⅵ・352以下）」。確かにそうした電話をする人間がいれば十分だっただろう――がしかし、そうなったら他のメンバーや企て自体も無関係では済まなかったはずである。つまり、ウーファが金と時間をかけてそこでやっていることはすべて、六〇人の人間が安全な土地へ逃げ出すという単純明快な目的をもった仮装大会に過ぎない、ということが露見したはずなのだ。

結局ケストナーは、やはり印刷される方にだけ、こう書くことにした。国家評議会の一員であるハンス・ヒンケルがミュンヒェンのバヴァリア映画スタジオを訪問するという情報を耳にしたとき、その裏にひそむ差し迫った危険を、ぼくはどんなに恐れたことか。「今はもう彼が、マイアホーフェンの状況を視察する必要ありと判断するかどうか、それだけが問題だった。もしも彼がここでぼくの顔を見たら、少なからず驚いたことだろう。そして彼は驚くだけでおしまいにはしなかったであろう。おしまいにしなかったとしても、ぼくと彼とのこれまでの経緯からして当然というものだろう。ぼくはメーキャップ係に頼んで口髭を貼り付けてもらい、大家のシュタイナーさんが持っている山の放牧場に身を隠す必要があるだろう。だが、そんなことをしたって彼はウーファの名簿でぼくの名前を見つけるだろう」(VI・371以下)。

エーバーハルト・シュミットはケストナーの心配を聞いて笑った、と記されている。ヒンケルは来ないだろうよ。万一来ても、君がここにいることを大目に見て、大目に見たことを君に悟らせるだろう。「だって、そうしておけば、いつかすべてが終わったときに、彼にとってきっと役に立つからさ」(VI・372)。もとの日記には、帝国文化院の最高責任者が来れば、ケストナーに身に危険が及ぶ可能性があったなどとは、ひと言も書かれていない。そこにはこうあるだけだ。「ヒンケル氏が間もなくこのあたりを視察するためにやって来るかもしれない。もし来たら、どうしてもっとスイスとの国境に近いところで撮影しないのだ、と言って腹を立てるだろう」(四五年四月二一日、TB)。

そのうえヒンケルといえば、一般に《穏健な》役人でとおっていた。《第三帝国》の時代にも引きつづき「カバレット・デア・コーミカー」を率いていたヴィリー・シェファースは、自叙伝につぎのように記している。国家評議会員[帝国文化院最高責任者と兼務]のヒンケルは、「うるさいお偉方、とりわけSSに属する連中が、われわれを再三いやがらせや難問で苦しめたときに[……]、巧みに事態を収拾してくれた」。ヒンケルはある日の早朝、ゲッベルスのオフィスの控えの間で、まだゲッベルスが目を通していない報告書のなかに「われわれに関するページ」を見つけたので、それを秘かに破り捨てて、私に電話をくれた。「私は寝間着のまま受話器に向かって質問に答え、相談をしたものだ」(10)。

ケストナーは同僚たちからも再三にわたって、なぜ亡命しないのか、と尋ねられた。それにたいしてケストナーは、やがて度重なるうちにいささかうんざりして、こんなふうに答えた。エピグラム、「余計な質問への余計ではない答え」がそれである。

ぼくはザクセンのドレスデンで生まれたドイツ人だ。
故郷はぼくを手放そうとしない。
ぼくは樹木のようなもの——ドイツに生えて育った樹木——
ほかに仕方がなければ、ドイツで枯れ果てるまでさ。

晩年になってケストナーは疑いを抱くようになった。果たして自分の決断は正しかったのだろうか。フリッツ・J・ラダッツ［ベルリン生まれの著述家で、一九五八年に東から西に移る］に向かって、「ぼくは生き方を間違えた」と語った。そしてラダッツの伝えるところでは、ケストナーは懸命な口調で彼に、どうかDDRを出てください、「あなたも罪を犯すつもりですか」(11)と言ったという。またケストナーは、アムネスティ・インターナショナル・ミュンヒェン支部のメンバーに向かって、こう明言している。「今の私はもう、国にとどまることによって独裁政治の打倒に決定的な貢献ができるなどとは考えておりません」(12)。

一九四五年から四六年にかけてのケストナーは、どうしてドイツにとどまったのかという質問にたいして、これとは違う答えを繰り返し口にしている。「第三帝国をテーマにした一大長編小説を書く」ためだった、というのがその内容である。ペーター・ド・メンデルスゾーンは、ケストナーが世を去ってから一五年後に書いた回想録で、ケストナーがそのように答えたときの様子を記している。

「私たちは再会を祝った。それからすぐに私は訊いた。〈エーリヒ、いったいどんなふうにして生きてきたんだ。そもそもなぜとどまったんだい。国外に出られただろうに。そうすればこんな嫌な思いはせずに済んだじゃないか〉。そするとケストナーは答えた。〈確かにぼくはとどまった。それは、こう考えたからなんだ。誰かが最初から最後まで身をもって体験する必要がある。それも誰だっていいというわけではない。あとでちゃんとほかの人たちにわかるよう書き記すことができる人間でなくては駄目だ、ってね〉。これを聞いて私は言った、それでは君は日記をつけていたのかい。――するとケストナーは、完璧にね、と答えた。第一日目から最後の日までまったく洩れはないよ。これからそれを使うつもりだ。きちんと手を入れるのさ。そこで私は言った。そうとも、それが作家として君にできる何より大事な仕事だ。君は何としても一二年に及んだヒトラー・ドイツについての本を書かなくては。君のほかに出来る人はいない。だから君がやらなくてはね。約束してくれ、君が書くと。ケストナーは言った。〈約束するよ。今はほかに何も考えていないんだ〉。それから私たちは彼をミュンヒェンに連れていった。私もいくらか手を貸して、彼は『ノイエ・ツァイトゥング』という新聞の編集部で働くことが決まった。そのあと、彼とは定期的に顔を合わせた。年に一度や二度ではなかった。そのたびに私は尋ねた。エーリヒ、例の本はどうなっているんだい。その本はしかし、待ちに待ったのだが出版されなかった。むろん彼が書かなかったからである」[13]。

同様にウルリヒ・ハウプトも鮮明な思い出を語っている。ただしこちらはネガティヴな色合いが濃い。ハウプトは言う。私もケストナーに尋ねました、作家として世界的な成功を収めていたのに、どうしてとどまったのですか、と。残念ながら後日談は、またケストナーのその際の振る舞いは、あまり文章にするようなものではありません。「ケストナーの答えはこうでした。〈ぼくが残ったのは、ぼくたちのうちの誰かが踏みとどまって、すべてをともに体験しながら、目撃者となる必要があったからです。戦争が終わったあと、この時代についての報告書を、実際にどんなことがあったかという報告書を、書くためにね〉。私はそれを完全に信じました。そうです、本当にそれが理由だった、と信じたのでした。そればかりか、これこそ英雄的な行為だと。[……]しかし――四五年に私はアメリカに帰らねばなりませんでした。五〇年代の初めにドイツへ戻ってきましたが、あるとき偶然にケストナー氏と路上で会いました。頭にはホンブルク帽といったように、一分の隙もない服装で、いかにも暮らし向きがよさそうでした――彼は私と出会って、明らかにとてもばつが悪そうでした。私は〈ケストナーさん〉と呼びかけました。たぶん私が誰かわからないんだ、と思ったんです。〈私ですよ、ウーリ・ハウプトです!〉。すると彼は、〈ええ、ええ、わかっていますよ〉と答えました。相変わらずちょっとザクセン訛りが混じっていました。私は言いました。〈あのころはずいぶんお話をしましたが、覚えていらっしゃいますか。あなたはこんなこともおっしゃっていましたね〔……〕。この時代についての本を書くんだ、目撃証人の報告書を、ってね。ぜひとも読ませていただきたいですね〉。これを聞くと、彼はぎょっとした様子でこう言いました。〈残念ながらあれは書きませんでした。ところで、まことに申し訳ないんですが、今は急いでいるんです〉。そしてそそくさと立ち去りました(14)」。

速記文字で書かれたオリジナルの日記には、長編小説のためのメモが二つある。一つは『ドッペルゲンガー』の断片であり、もう一つは表題が記されていない小説のためのメモで、これをもとにして、さまざまな言い伝えがまとわりついている例の同時代小説が、実現した可能性も考えられるものである。ケストナーの自衛行動はこのときは手遅れにならないうちに開始された。つまり、彼はその小説を書かなかったのだ。これに関連する二つの逸話が『四五年を銘記せよ』に記されている。もとの日記では日付のないメモが四五年五月二八日の項に入れられ、ラッペポルトの店の常連客用テーブルで、オットー・ヴェルニッケとグスタフ・クヌートが語る話として書かれている。その話は、小説の断片を要約したメモではこうなっている。「ヴィンターガルテンでヒトラーがある女優に向かって言う。〈さあ、ちょっとさわってごらん――この筋肉に！　ゲーリングは、休みなしではせいぜい三〇分しか腕をまっすぐ上に伸ばしていられない。だがこの私は二時間ぶっつづけだって平気なんだよ〉。一人の女優が腕を上げてヒトラーに挨拶をする。ヒトラーはその女優と握手し、つぎには逆にヒトラーが腕を上げ、今度はまた女優が腕を上げる」(日付なし、TB)。

メモによって判断するに、構想されていた小説の全体像は《第三帝国》における『ファビアン』と考えてよさそうである。ファビアンの性格は抵抗運動の闘士には不向きだ。ファビアンならばこの作品でもふたたび孝行息子になったことだろう、「年代記を書くために踏みとどまった」男、両親を「危険な状況で見捨てたりはけっしてしない」男に。「ドレスデンの両親」というメモにこうある。「息子にたいする振る舞いの悲しさ、〈けなげな男の子〉にたいする国家の無理解の悲しさ」。今回のファビアンは広告の専門家ではなく、作家で、「冬眠中の動物のように時代をやり過ごしている、がしかし、私生活では多くのアバンチュールに精を出している。〔……〕したがって、情熱に突き動かされている年金生活者とでもいうべき男だ。密告屋には自分を何をやってもヤブヘビに終わる人間と思わせている。

彼の金の出所はハリウッドだ」。彼は共同で脚本を書き、何食わぬ顔をしてプレミアショーに行き、「作者」というふれこみの人物が「舞台上で挨拶するのを眺める」。

この主人公も、尋常とは思えぬほど多くの恋のアバンチュールを体験もしくは観察している。メモにはカーラ・ギールとヘルティ・キルヒナーの名前が記されている。ほかに「マリアンネ」なる女性も「彼」という人物とともに登場するが、この「彼」は「マリアンネ」と一度も長時間いっしょに過ごすことができない。なぜなら、主人公とこの「彼」とは、一方が親密な関係になっているときにかぎって、たまたま《フリー》になったもう一方が二人のあいだに割って入るからだ。歴史上の事件は「特別なテキスト」にまとめて述べられるか、『四五年を銘記せよ』に見られるように、逸話という形式でまとめられる手はずになっている。そこでは、ケストナーがあらためてニーチェと取り組んだことにいくらかページが割かれている。政治的な観点における彼の不明確な「イデアリズム」が基本テーマと言っていいだろう。こうあるからだ。「イデアリストであるという狂気、そして大衆、この下衆どもにとっては、責任を取って死ぬべきだとされる狂気。たとえばオシエツキ、だがオシエツキはそれだけでなく、トゥホルスキのために首を差し出した。無論、だからといってトゥホルスキをその運命から守ることはできなかったのだが」。

ケストナーは自分が当初は見込み違いをしたこと、そのために重大な結果を招くにいたったことに、自己批判をこめて言及する。「最大の不幸は、ナチを見くびったこと、からかって面白がっていたことだ」[15]。さまざまな出来事の詳細な記述や、これまで知られていないケストナーの友人の名前が言及されている。したがっていつか、今はそれらの背後で眠っている物語のすべてが、ケストナーの伝記を書くために役立つ日が来るかもしれない。

ケストナーがいつこの小説の執筆を断念したか、明らかではない。資料を読みあさるうちに、《風俗史》に重点を置いた自分の構想が、取り上げる時代にとってふさわしくないことを、戦後間もない時期に悟ったに違いない。いずれにせよ、悟ったのは戦争が終わってから一〇年ほどのあいだのことと思われる。しかし、自分の小説を黙ったままあっさり葬り去ることはできなかった。というのも、《第三帝国》の小説を書くことはこのぼくに出来ないだけではなく、そもそも不可能なことだ、と書いているからである。似たような形で、ユダヤ人にたいする大量虐殺の表現が可能か否かについて、彼は再三にわたって傾聴すべき異議を表明している。時代は「大小説を書くための道具」をもっていない、と(Ⅵ・306)。「一二年のあいだにどんどんと脹れあがっていった犠牲者と死刑執行人のリストを、建造物のように各部分に分けたり接合したりすること」はできない。「統計を使って作品を仕上げるわけにはいかない。それを敢えてしようとしても、できあがるのは大小説どころか、芸術家の視点のもとで配列された住所録、つまり歪められた血なまぐさい住所録で、それはでっち上げの住所と偽りの名前であふれるだろう」(Ⅵ・306)。

ケストナーは、「包括的な試みや同時代を描く壮大な絵画」には不信感を抱いていたが、「それぞれの部分を描く小説や戯曲、大きな絵のなかにはめ込まれた小さな絵は、信頼できる」と見なしていた(Ⅵ・306)。結び合わされた全体を分解し、小さな部分に光を当てる試みは、一九六〇年代に入ってようやく成功する。ドキュメンタリーの技術を用いることによって、それまで表現不可能だったものが表現可能になったのであった。その経緯を物語っているのが、『四五年を銘記せよ』は少なくとも《第三帝国》の日常の小さなひと齣をドキュメンタリーとして残すものだ、というケストナーの主張である。彼はまえがきにこう書く。日常は「戦争中であっても退屈なもの」である(Ⅵ・303)。

ケストナーは、備忘録に十分な魅力があるとは信じられず、戦争にまつわる出来事とマイアホーフェンでの自分の日常のありふれた部分とを並行して記しただけでは、十分に読者を惹きつけられないと考えて、もっとふくらませる必要があるという結論に達したのだ。そしてそれを実行することで――つまり省察やカバレット仕込みのヤマ場や様式化した自分の姿を書き込むことによって――あまりにも多くの箇所で、自分のドキュメントの真正さと信頼性を犠牲にしてしまったのである。

二度目の出発

戦後ドイツの統治に当たっていたアメリカ軍政部からの質問状に、みずから記入しているところによれば、ケストナーは、髪は濃褐色、眼は灰緑色、体重は一一五ポンド［ドイツの一ポンドは一般に五〇〇グラム］であった。ナチの組織に加入していたかという質問にたいしては、何ページにも及ぶその項目のすべてに「否」と記入しており、この申し立てによって一九四六年にミュンヒェンの第一〇非ナチ化裁判所から書面で、「この者は一九四六年三月五日付ナチズムとミリタリズムからの解放のための法律に該当せず」という知らせを受けた(1)。

こうしてケストナーはもう一度、途方もないエネルギーと仕事への意欲を数年間にわたって発揮する。「ノイエ・ツァイトゥング」紙の学芸欄《フユトン》主幹を務め、少年少女のための雑誌『ペンギン』の発行人となり、書評やルポルタージュやコラム、カバレットのためのシャンソン、そして少年少女向けの本を書くのである。彼は決心した、「ほっそりした手をからだの後ろで組んで、〈物思いにふけりつつ森を〉散歩する代わりに」、「日々の雑事」を片づけるのだ、と(Ⅱ・82)。趣味のテニスについては、終戦の数か月前から機会がなく、四〇年代末まで――スイスの出版社主ラッシャーが新しいテニスシューズとボールを送ってくれたのだが――願望はありながら実行はできなかった。「何とも哀れな身で、暇がないのです。［……］新聞の仕事が厖大なうえに、新しくカバレットのプログラムが加わりました。そのうえ『ペンギン』のために原稿を書かなければなりません。そして映画の話もそろそろスタートするでしょう」

（四六年七月一三日、MB）。アメリカ軍によって指定された住まいも家具付きの下宿だった。ケストナーとエンデルレが住んだのは、ティールシュ通り四九番地のペンション・ドルマンの二階の二部屋で、家賃は月額二〇〇ライヒスマルクであった。ルイーゼロッテ・エンデルレは、その住まいには窓がなかった、と書いている[2]。そこに住んだのは半年ほどで、四六年一月に二人はフックス通り二番地に引っ越す。

『シュピーゲル』誌によれば、ケストナーの新しい住まいはかつてパウル・オスターマイアの経営する酒場だったところで、壁が板張りになっており、「天井から下がっている電燈はカウベルをかたどったもの、ガラス窓は丸型で真ん中が膨らんでいた。小さな机と持っていた本を除けば、ケストナーの持ち物は何もなかった[3]」。オスターマイアはガングホーファーの作品を映画化して当たりを取った監督で、四五年以降の映画ではパウル・マイと名乗っている。

《第三帝国》の時代にも亡命せず、しかもナチズムに関して潔白だと見なされたので、戦後ケストナーのところには、西からも東からも、つぎつぎと仕事の依頼が舞い込んだ。ハンブルク放送局の再建に力を貸してほしい[4]、ドレスデン国立劇場の総監督を引き受けていただきたい[5]、といった具合である。彼は「ノイエ・ツァイトゥング」の学芸欄の責任者になってほしい、という要請を受け入れた。明らかに決断は容易だった――『日々の雑事』（一九四八）のまえがきにはこのうえなく簡潔に「了解」と書かれている。「ノイエ・ツァイトゥング」の第一号は四五年一〇月一八日に発行されたが、それには準備が必要だった。「自動車であちこち走りまわり、いっしょに働いてくれる人間を鉦や太鼓で探した。本はどうやって手に入れたらいいんだ？　資料はどこから？　音楽の批評家はどこに？　外国の雑誌はどこに？　ぼくらは昼も夜も働いた。まるで天地創造のときのようだった」（Ⅱ・13）。二年半のあいだ、四五年一〇月から四八年四月まで[6]、ケストナーは「人生で最大の犠牲を払った。というのも、神聖なものとして守っていた朝寝を」あきらめたのだった[7]。

「ノイエ・ツァイトゥング」では、最初の数か月間はハンス・ハーベが編集長で、そのあとハンス・ヴァレンベルクと交代した。二人ともドイツ語圏からの亡命者で、アメリカ陸軍少佐の階級に就いていた。ハンス・ハーベは、当人の回想録によれば、創立する新聞の発行場所を選ぶ権限をあたえられていた。彼はミュンヒェンを選んだ。「シェリング通りの旧『フェルキッシャー・ベオバハター』の印刷所だけがさほど酷い戦禍をこうむっていなかったので、それを使うことで一地域を越えた意義と購読者を持つ新聞を作り出すことができたこと」が、もっとも大きな理由であったという。しかし、むろん心理的な要素も一役買っていた。「アメリカの声が、《ナチズム運動の首都》から、そして『フェルキッシャー・ベオバハター』の建物から発信されることを、私はナチズムにたいするわれわれの勝利にとって象徴的だと考えた(8)」。

のちのアメリカ大統領ドワイト・D・アイゼンハワーが、四五年一〇月一八日に発行されたこの新聞の第一号に創刊の辞を寄せている。このころアイゼンハワーはヨーロッパに進駐していたアメリカ軍の総司令官で、アメリカ軍占領地域の軍政長官であった。英語とドイツ語の二か国語で印刷された挨拶のなかで、アイゼンハワーは、「ノイエ・ツァイトゥング」は副題が示すとおり「ドイツの住民のためのアメリカの新聞」でありつづける、と明言している。つまり、ドイツの新聞ではなく、どこまでもアメリカ進駐軍の意思を伝える伝声管だというのである。「ノイエ・ツァイトゥング」は一つの模範的新聞となり、「客観的な報道と真実に寄せる無条件の愛とによって、また高い水準のジャーナリズムによって、新しいドイツの新聞雑誌に手本を示すものとする」。再教育のその他の目標には、「ドイツ人読者の視野を拡げること」、《第三帝国》では阻害されていた知るということをみんなの手の届くものとすること、またこれからの課題の必要不可欠なことを明示すること——すなわち「自助の精神の浸透、ナチズムとミリタリズムの排除、政府および産業界の自主的な浄化」——が含まれている。

ところで、こうしたことはすべて、すでに言葉のうえで容易ならざる問題を抱えていた。つまり、かつてドイツ語圏からアメリカに亡命した人々も、「ノイエ・ツァイトゥング」のために執筆や編集を担当するアメリカ軍公認のドイツ人も、表現の在り方に関してはナチの《言語規則》とそれほど大きく異なってはいなかったのだ。この特殊な言語にたいする鋭敏な感覚は、何年もかけて、たとえばヴィクトーア・クレンペラーやW・E・ジュスキントの言語批判にもとづく解明を通して、習得されねばならなかった。言語のありようがどれほどひどい状態まで引き下げられていたか、アイゼンハワーの創刊の辞にはそれがとりわけ露わになっている。以下にその一部分を、オリジナルのアメリカ英語の単語を括弧に入れて、掲げてみよう。「ナチとナチ精神《ナチトゥム》の排除《ゾイベルング》(De-Nazification)は使用可能なすべての手段でもって遂行するものとする。[……]ナチズムとならんでミリタリズムも破壊され《フェアニヒテット》(destroyed)ねばならない。

［……］ミリタリズムはドイツ人の思想世界から廃絶され《アウスゲロッテット》（erased）ねばならない。地球上のすべての文化的国民にとって戦争はそれ自体反道徳的なものであるが、まずは教育をとおして、ドイツ人をこの自明の真実へと到達させねばならない。この点でも、ドイツ国民はその哲学の危険な芽をみずから根絶《アウスロッテン》（destroy）せねばならない」[9]。

ハンス・ハーベにとって、ケストナーと最初に会ったときの印象は、「きまりの悪い思い」として記憶に残った。彼は、「自分が子どもだったころのアイドル的な詩人」と向かい合い、相手にははっきり理解してもらおうとした、自分は確かにアメリカ人だが、「《生粋の》アメリカ人ではないことを、そしてあなたはドイツ人ですが、典型的な《ドイツ人》に数え入れてはならないことを、自分自身にたいして明らかにしなければならないと思っていることを」[10]。

契約に際して、ケストナーは粘り強く交渉し、希望を十分に満たすことに成功した。「ノイエ・ツァイトゥング」との契約書が遺稿のなかに残っている。それによれば、給料は月額二二〇〇ライヒスマルク、経費としてプラス三〇〇マルクが支払われることになっていた。ハンス・ヴァレンベルクがサインした添付文書によって、追加条件が明らかにされている。すなわち、同紙に原稿を書いた場合には、給与のほかに原稿料が支払われる。「ノイエ・ツァイトゥング」の仕事に差し支えないかぎり、カバレットや雑誌のために作品を執筆することは自由である。他の新聞や「新聞に準ずる刊行物」への寄稿は、『ペンギン』以外には許可されない。「編集の仕事の長期にわたる中断は［……］、以下の条件内で可能である。すなわち、契約は復帰後に中断期間分だけ自動的に延長され、中断のあいだも他の新聞への［……］寄稿禁止などすべての条件は同一の効力を持つものとする」[11]。これ以外にもケストナーは、アメリカの新聞に社員として勤務していることで、数々の特権を得た――進駐軍当局から「夜間外出禁止令免除」の証明書をあたえられ、一般のドイツ人は外出できない時間帯にも自由に歩きまわることができた。稀にではあったが、旅行することもできた。要約すれば、「立派な新聞に雇われて働くのは楽しいものです」（四六年一月二八日、MB）ということになる。

ケストナーの主張を反映する形で実現した「ノイエ・ツァイトゥング」の学芸欄は、「ドイツ国民の再教育」という同新聞の使命を果たす点で模範的であった。それは、読者の視野を拡げ、一二年ものあいだ阻害されていたのちにふたたび知るということを可能にし、ナチズムの時代について、とりわけケストナーの文章によって、啓蒙を実現するものとなった。「ノイエ・ツァイトゥング」の「折込み付録・学術と芸術」は戦後という一時期を越えて、そればかりかこの新聞が廃刊になったのちも、その高い水準によって模範と見なされることになる。

ケストナーは同新聞に、《第三帝国》時代には禁止されていた文学作品を掲載することができた。彼は文学の新しい担い手たち、負の前歴を持たない若い作家たちに、発表の場をあたえ、外国の作家たちとの連携のために腐心し、多くの亡命した作家を登場させた。また自作もつぎつぎと発表し、その数は四五年から五三年までのあいだに八九編にのぼっている。なお、そのうち三編は同紙の政治欄に掲載された[12]。ケストナーの書いた文章は大きな反響を呼んだが、物質的な意味での反響もあった。つまり、自分の蔵書が焼失したことを書いたとき、多くの読者からゲーテ全集を差し上げたいという申し出があったのだ。なかには、ケストナーの記事に感謝の意を表したいと、玉ねぎを一袋送ってきた読者もいた[13]。

エトムント・ニックとハンス・ハインツ・シュトゥッケンシュミットが現代音楽を論じ、フランツ・ローとエーミール・プレートリウスが美術欄を担当した。折込み学芸欄にはいつも政治的なカリカチュアが載っていた。それはかつて《退廃的》とされていた画家のデッサンや絵画であった。学芸欄は文学や芸術の分野での国際的な《連携》を達成したが、連携はさらに別な分野でも実現した。つまり、この欄にはアルベルト・アインシュタインやマックス・プランクやアメリカの物理学者たちが登場し、生物学者ジュリアン・ハクスリーの文章が掲載され、バートランド・ラッセルも、どちらかといえば数学者よりも平和運動家としてであったが、この欄で紹介されたのである。ヨーロッパの錚々たる歴史家たち、ヨハン・ホイジンハやベネデット・クローチェがこの新聞に発言の場を見いだし、同時代ヨーロッパの民主主義を唱える政治家たち、クルト・シューマッハー〔一八九五—一九五二。社会民主主義者〕やテーオドア・ホイスやルートヴィヒ・エアハルトも、ここで論客ぶりを発揮した。《第三帝国》では弾圧されていた精神分析も、大きな扱いではなかったが、埋め合わせが図られた。エーリヒ・フロムの著書である『自由からの逃走』の一章、「小市民と権威」が掲載されたのである。また、アレクサンダー・ミッチャーリヒもいくつか評論を書いており、そのなかにはフロイトの生誕九〇周年に寄せたものもある。

学芸欄の文学部門はケストナーの意向を明瞭に反映している。そこでは再三にわたってドイツのより良き過去への言及もなされている。精神の対決という、すでに過去のものとなった文体を代表する文筆家たちの手稿が掲載された——当然であるが、真っ先にクルト・トゥホルスキ、そしてマクシミリアン・ハルデンが取り上げられた。ハインリヒ・ハイネを讃える何編もの論考が掲載され、また抒情詩では、アンドレアス・グリュフィウス〔一六一六—六四。バロック期の大詩人〕からリルケ、リリエンクローン、トラークルにいたる幅広いスペクトルに光が当てられた。世界の古典文学にも目が配られ、とりわけモラリストや風刺作家（ラ・ロシュフコー、モンテーニュ、マーク・トウェイン、チェスタートン）が、また抒情詩人も何人か紹介されている（シャルル・ボードレール、パーシー・ビッシュ・シェリー、ウォルト・ホイットマン）。ケストナーが後押しした若い作家たちのなかではヴァルター・コルベンホフがケストナーの在職中に一六編と、もっとも多くの作品が掲載された。

アルフレート・アンデルシュは短期間ながらこの新聞社で編集助手を務め、あのころは終始信じられない思いだった、と語っている。「仕事で毎日有名な作家と会ったが、そのこと自体がとても信じられなかった。それは夢のような世界であった。なにしろ直前まで一兵卒であり、その後捕虜になっていたぼくには、文学というこの夢のような世界に、知り合いなど一人もいなかったのだ」。ぼくは「ノイエ・ツァイトゥング」に雇われていることを利用して、『叫び《ルーフ》』という雑誌を出す準備に取り掛かっていて、ケストナーのもとで新聞作りを学び、「評価なんて到底できない」助言を授かった。その時のケストナーは「物静かで、およそ考えられるかぎり魅力のあふれた先生だった。ぼくがサルトルを語ると、彼はレッシングについて話してくれた。ぼくだったらあなたの今の新聞とはまったく違う新聞を作りますよ、とぼくは言った(14)」。

ほかに若い作家では、ヴォルフガング・ベヒラー、ヴォルフディートリヒ・シュヌレが取り上げられ、ヴォルフガング・ボルヒェルトの『戸口の外で』の一章が掲載されたこともある。

「ノイエ・ツァイトゥング」に登場したジャーナリストとしては、ケストナーの《後進》というべきヒルデガルト・ブリュヒャーやハンスイェルク・シュミットヘナーがいる。すでに《第三帝国》時代に文章を発表していた執筆者では、ブルーノ・E・ヴェルナー、ヴァルター・フォン・ホランダー、ヴィルヘルム・ハウゼンシュタイン、ローベルト・レムケ、ルドルフ・ハーゲルシュタンゲ、ルイーゼ・リンザーの名が挙げられる。

作曲家で友人のエトムント・ニックは、あるとき娘の詩を何編か持ってケストナーを訪ねた。その娘ダグマルがのちに書いている。「すると彼はしばらくして『逃走』という詩を選び、『ノイエ・ツァイトゥング』の第一号に掲載してくれた。これは私にとってとんでもない出来事だった。あのとき私は発射台から打ち出され、初めて世のなかへ飛び出したのだ」(15)。ダグマル・ニックは当時一九歳で、「逃走」は印刷された彼女の最初の作品となった。「ノイエ・ツァイトゥング」にはその後も作品がつづけて掲載され、やがて彼女は多数の詩集と、何年か暮らしたイスラエルについての二冊の著書を持つことになる。ケストナーは彼女の詩に編集者として序文を書いている。「過去数年間に、私たちのあいだで自分は圏外に身を置く人々が、どれほど頻繁に自問したことでしょうか。〈この青年たちはどんな人間になるのだろうか? どんな人間になることができるだろうか? 何しろこの青年たちは、異民族間の文化交流には何ができるかについて、まったく何一つ、およそ一瞬たりとも、身をもって体験したことがないのであり、自分が真摯な気持ちで感じ考えたことを、発言しても書いてもよいということが、いったいどのような幸福を意味しているのかについても、何も知らないのだ!〉〔……〕私たちは、過去のあらゆる障壁や阻害にもかかわらず、才能ある人々が登場してきていると信じている。庭師となって彼らの成長を見守ること、それが私たちの義務である。――私たちの希望がまやかしではないらしいことを示す喜ばしい兆候として、私たちはここに一編の詩を掲載する。書いたのはまだ一八歳そこそこの女性である」(16)。

ケストナーが、とくにこうした《若い》世代にたいしてたいそう気前が良かったことは、何人もの人々が証言している。ミロ・ドールは、《四七年グループ》の集会に行くというと、五〇マルク札を渡された。すでに通貨改革がおこなわれたあとのことで、当時としては大金であった。ハンス・ヴェルナー・リヒター〔《四七年グループ》の代表〕はこの話に感動したことを思い出のなかで語っている。「私の推測では今日の一〇〇〇マルクに相当します。私がこの話に触れるのは、この気前の良さが私にはどうしても忘れられなかったからです」(17)。コルベンホフは編集室で、ヴォルフディートリヒ・シュヌレはズボンを一本しか持っていない、という話をした。するとケストナーからすぐに自分のズボンが、シュヌレが書いているところでは、「高級品のズボン」が送られてきた。「それから間もなく私は、当のエーリヒ・ケストナーがあるレセプションに出席するために〔……〕ダークスーツを借りなければならなかったという話を、どこかで読んだ。ということは、ケストナーは自分ではダークスーツを持っていなかったのだ。あのときの気持ちを、私はどう表現したらいいだろう。言ってみれば、私の（というか、彼の）新しいズボンが喉につかえて言葉が出てこないのだ。その話を読んだとき、ズボンは私が穿いたまま固まって、塩の柱になってしまった。《もともと》そのズボンがあれば、ケストナーは自分で使えたのではないのか？　そればかりか、本当のところは無くてすごく困っているのではないだろうか？〔……〕いずれにせよ、そのときから私はケストナーのズボンを穿かなかった。〔……〕できることなら彼に送り返したかった。でも、そんなことをすれば誤解されてしまうかもしれない」。そのうちにシュヌレの妻が事をうまくおさめる解決法を思いついた。「今朝のことだが、妻がエーリヒ・ケストナーのズボンをほどいて、二本の子ども用のズボンを作った。晴れ着である。こうして、今朝から私はふたたび、顔を赤らめずに〈エーリヒ〉あるいは〈ケストナー〉と言えるようになった[18]」。

ドイツ文学史の戦後の巻を開けば、《第三帝国》に危険を覚えて外国に亡命した人々が、戦後になって帰国した際にどれほどひどい迎えられ方をしたか、かならずといっていいほど言及されている。そこにはケストナーの名前も登場するが、それは彼が書いた悪意と皮肉に満ちたトーマス・マン論、「非政治的な人間の考察」のためである。ハンス・ハーベはのちに、「ノイエ・ツァイトゥング」に掲載された数多くの亡命者たちを自分のめざす手本のように扱っているが、そのハーベは、「ケストナーほど醒めた関心をもつ重要な人物」ですら、「ドイツという牢獄の壁を越えて外の世界を眺めることはできなかった」と書いている。「亡命した人々にたいして、彼は皮膚の下に〔……〕抵抗感が」あったのだ、と。「ケストナーは自分が無意識の拒絶姿勢を持っているなどとはけっして考えていなかった。しかしながら彼でもルサンチマンを免れてはいなかったのである[19]」。ハンス・ハーベはその理由について、ケストナーはアーサー・ケストラーを知らなかった、また「トーマス・マンの帰国に反対の態度」を示した、と述べている。ケストナーがその評論で述べている内容は、いうまでもなくこれとはまったく違う。また、実情はもう少し複雑である。「ノイエ・ツァイトゥング」の学芸欄では、名のある亡命作家は男女を問わず取り上げられている。当時はまだニューヨークにいたフランツ・カール・ヴァイスコップフは、ドイツからの亡命作家を一〇回のシリーズで紹介した。

「亡命・ドイツ語図書」、「亡命・ドイツ語雑誌」、「亡命・人本主義の遺産」、「外国語に飛び込んで」、「偽装した亡命文学」。そして「亡命ドイツ語文学のテーマ圏」と題した回は五編の論考から成っていた。ヴァイスコップフのこのシリーズから、亡命文学の全貌を紹介する最初の研究書が生まれた。それが『異国の空の下で』(一九四八)である。ケストナーは亡命作家の大半をヴァイマール共和国時代から知っていたが、ハンス・ハーベの方は共和国が消滅したときに二〇歳の無名のジャーナリストだったのである。

いくつかの名前は学芸欄に何度も登場することから、ケストナーの好みを見て取ることができる。彼は以下に挙げる友人や良き知人の作品や論考を掲載した。ルドルフ・アルンハイム、リヒャルト・フリーデンタール、クルト・ゲッツ、リヒャルト・カッツ、ヘルマン・ケステン、アネッテ・コルプ、アルフレート・ノイマン、ヨアヒム・マース、ルートヴィヒ・マルクーゼ、フリードリヒ・ミヒャエル、ハンス・ザール、アンナ・ゼーガース、フランツ・シェーンベルナー、フリードリヒ・ヴォルフ、カール・ツックマイアー、アリス・ヘルダン=ツックマイアー。寄稿者となったこれ以外の老若男女の亡命者たちを残らず挙げることは、とうてい不可能である。そのなかにはヴァイマール共和国時代にすでに大家だった作家もいれば、若い帰国者もいた[20]。

特別な位置を占めているのが、個人的に面識もあり、ケストナーのお手本ともいうべき著述家たちで、まずその一人がアルフレート・ポルガルである。また、「ノイエ・ツァイトゥング」の仕事を通して知り合ったアルフレート・ケルも特別な存在であった。ヴァイマール共和国時代のもっとも有名なこの劇評家は、亡命者のなかでは誰よりも多くケストナーの学芸欄に寄稿している。八〇歳に手が届こうとしていたケルにとって、この収入源がどんなに頼もしかったか、彼の娘ユーディット・ケルの小説『家族の集い』(一九七八)からおおよそを知ることができる。ケルは戦争勃発時からいっさい収入が途絶え、夫人が秘書の仕事をして一家の暮らしをささえたのであった。一九四八年四月まで、ケルは「ノイエ・ツァイトゥング」に詩と評論を合わせて九編、ほかに一一回にわたって「イングランド便り」を連載した。また、四七年六月下旬に短期間ドイツを再訪したのち、五編の旅行記を発表している。このなかには「ノイエ・ツァイトゥング」とその学芸欄の主幹にたいする恥ずかしそうな挨拶の言葉も見いだされる。「このミュンヒェンはまた、ぼくが好きになった新聞の発行地でもある。どの新聞かは申し上げないでおく。[……]ここには友人もいる。その新聞の主要な編集者の一人がそうだ。会ったのは今回が初めてである。ミュンヒェンで過ごした五日間は今も楽しい思い出である……」[21]。

コミュニストを殲滅すべき相手と考えていたハンス・ハーベには、断固とした左寄りの作家に大きなスペースを割くことなど思いもよらなかったであろう。ハインリヒ・マンは五編の評論が掲載された。ハイネを論じたもの(四五年一一月一五日)やフランス革命とドイツの関係を扱ったもの(四六年一月二一日)、「真実の亡命」と題したもの(四六年五月二四日)などである。また、ケストナーお気に入りのライバル、ベルトルト・ブレヒトもたびたび寄稿している。「ノイエ・ツァイトゥング」の読者はブレヒトの新しい戯曲を一部抜粋の形で読むことができた。『第三帝国の恐怖と悲惨』(四五年一一月一五日)、『セチュアンの善人』(四六年五月一七日)、『ガリレオ・ガリレイ』(四七年三月三日)、『コーカサスの白墨の輪』(四八年二月一五日)の諸作品である。

一九四七年一〇月から一一月にかけて、数週間チューリヒに滞在したケストナーは、その地でブレヒトとたびたび会った。ケストナーはそのときの様子を「ノイエ・ツァイトゥング」に書いている。ただし、この文章はのちの著作集には収録されていない。ケストナーによれば、ヴェルナー・フィンクのカバレットの出し物『純粋不理性批判』が上演されたとき、「作家諸氏とチューリヒっ子の観客はまるで競い合うかのように笑い転げたが、ベルト・ブレヒトの声がもっともよく聞こえ、それによって彼は笑うという分野でも《トップクラスの能力の持ち主》であることを証明した」。カリフォルニアからやって来たブレヒトは、「今後一年ほどヨーロッパに滞在し、ベルリンでは間違いないがおそらくミュンヒェンでも、新しい自作をいくつか上演する。夫人のヘレーネ・ヴァイゲルが出演を望んでいる」[22]。ひょっとするとケストナーがこの評論をのちに著作集に収録しなかった理由は、ブレヒトの滞在が一年程度ではなく――また特にその滞在地に西ドイツではなく東ドイツを選んだためであったかもしれない。

ケストナーは亡命者にたいして、かならずや多くのことを成し遂げてくれると期待を寄せており、とりわけ彼らの帰国に大きな希望を抱いていた。たとえばヴォルフガング・ラングホフのケースを取り上げてみよう。彼はコミュニストだとしてごく早い時期に強制収容所に送り込まれたが、一九三四年にスイスへの逃亡に成功した。「強制収容所で過ごした一三か月」の報告である『湿原の兵隊たち《ディー・モーアゾルダーテン》』[同名の歌が三三年にベルガーモーア強制収容所で作られ、戦後さまざまな国の言葉で歌われている]は一九三五年に出版された。同書が戦後に再版されたとき、ラングホフは序文にこう書いている。「一〇年後のアウシュヴィッツのガス室、ベルゲン・ベルゼンやブーヘンヴァルトやマウトハウゼンの拷問の地獄や飢餓の墓と比較したとき、ありとあらゆる苦しみを備えた三三・三四年のベルガーモーアの強制収容所はいったい何だったのか?——田園牧歌にほかならなかった」[23]。後年ラングホフは、ブレヒトと同様にソヴィエト占領地域へ行き、一九四六年から六三年までドイツ劇場の総監督を務めた。一九四五年には西側地域をも訪れている。

ケストナーのレポートからは、多くの亡命者の帰国が予想されることについて、一種の至福感が伝わってくる。「ラングホフが私たちに語ったうちでもっとも素晴らしいことは、第三帝国の成立時に国外追放となった人々の多くが、破壊され病んでいる母国に帰国できる時を一日千秋の思いで待っている、ということである。〈彼らはまだ帰国を許されていないのだ!〉私たちと力を合わせてやっていける日を、彼らはジリジリしながら待っているのである。たとえば現在リオ・デ・ジャネイロに住む一人は、チューリヒのある人物に宛ててこう書いている。〈この遥かな地にあって、私はコーヒーとケーキを前にしながら、満たされぬ思いのために死んでしまいそうです!〉そのとき私たちは遠国の友人たちの消息を伝える使者を囲んでいたが、私たちの心臓は希望の喜びに高鳴った。戦死したり殴り殺されたり焼き殺されたりした人々、また絶望の果てにみずから命を絶った人々、こうした人々はもはや私たちに手を貸すことはできない。だが、亡命して今も存命の多くの人々は、私たちを助けることができるのだ！　この人々は、ドイツにあって野蛮な時代を生き延びた私たちと同じく、この世での残された時間を、才能や営みを、大いなる共通の目標に、すなわち故国の文化の再建に、捧げる決心を固めているのである」[24]。

さて、このように全体像を一瞥したうえで、あらためてトーマス・マンの問題に取り組むことにしよう。トーマス・マンは「ノイエ・ツァイトゥング」紙に、亡命者のなかではケルについで多くの著作が掲載された。この点は、一九四六年一月一四日にケストナーのコラム「非政治的な人間の考察」が同紙に掲載されてはいるが、動かしようのない事実である。また、その後も「ノイエ・ツァイトゥング」紙にはマンに関する記事が載り、何編かの彼の文学作品やエッセイが印刷されているのである。

ケストナーはその論難の文章で、架空の「子どもたち」に語りかけている。トーマス・マンとヴァルター・フォン・モーロ［一八八〇―一九五八。歴史・伝記小説で知られた作家。ナチ時代は田舎に隠棲。四五年八月のトーマス・マン宛公開書簡で、過去に苦しんできたドイツ国民はナチの悪業とは無関係と主張、論争の端緒となった］やフランク・ティース［一八九〇―一九七七。作品の一部が焚書に遭いながら国内にとどまった］といった、《国内》亡命者たちとの論争を読むことができた「子どもたち」、という設定である。マンはドイツへの帰国をにべもなく断った。私は、「自分にとってまだ曖昧きわまりない新ドイツの精神的な動きのために、みずから旗手の役を」買って出ることなどしたくない。[25]こう言ったのちにマンは、ドイツはどこにあるのか、と問いかける。「ドイツはどこへ行けば見つけられるのか？ 単に地理的な意味でも、知りたいものだ、統一体として存在していない祖国に、どうすれば帰ることができるのか？」[26]。さらにマンは、モーロへの公開書簡において、まるで憎む相手の人形《ひとがた》を公衆の面前で痛めつけるかのように、国内亡命者に痛烈な平手打ちをくらわせたのだった。「これは迷信かもしれない、がしかし、私の見るところ一九三三年から四五年までのあいだにドイツで出版された本は、無価値というよりもっとひどい代物で、手に取ることは避けるべきだ。血と恥辱の臭いがこびりついている。すべて溶かしてパルプにするべきである」[27]。

ケストナーは「子どもたち」に、これは誤解から生じた問題だ、と説明する。国内にとどまった「善良なドイツ人たち」(Ⅵ・517)は、トーマス・マンに帰国を要請するとき一つの過ちを犯した。ドイツには「偉大で身の丈が現実の人間以上の詩人で思想家」がいないのを寂しく思ったのだ、「そういう人物が姿をあらわし、人々を集め、守り、世界を調伏してくれ、第二の神様のように両腕を差しだしてくれればいいのに、と。だがトーマス・マンは神様ではありません、第一の神様でも第二の神様でもないのです。トーマス・マンは［……］存命中のドイツの詩人でもっとも偉大で有名な方なのだ。［……］一〇マルクしか持ち合わせていない人に私が一〇〇マルクくださいとお願いし、何度も何度も繰り返してお願いしたら、その方はきっとそのうちに腹を立てることだろう。これは誰にだってわかることだよね」(Ⅵ・518)。

しかし、とケストナーはつづける、俳優のアルベルト・バッサーマンが示した反応はまったく違っていました。ベルリンの俳優たちがアメリカにいたバッサーマンに電報で、帰国するつもりがあるかどうかを問い合わせたときのことです。「〈キコク　シマス。アルベルト・バッサーマン。〉たったこれだけの言葉からなる返事を読んだとき、年老いてすっかり呆《ほう》けていた私は、もうちょっとで声を挙げて泣くところでした。わかるね、みんな。バッサーマンはトーマス・マンとはまったく違う人間なんです。でもね、あのバッサーマンのような人間じゃないからって、トーマス・マンを非難してはいけません。そんなことをしたら、とってもとってもひどい間違いを犯すことになります」(VI・519)。

トーマス・マンはこの「恥知らずな」評論を娘に読んでもらい、日記にケストナーの「一見こちらの言い分を認めるかのような陰険な評言」と書いた(28)。言うまでもなくケストナーの評論には悪意がこもっている、がそれは隠れん坊遊びでもある。この時期のケストナーのコラムは大半が文学的な様式化を経ないでよしとされている。ところがこの評論では、「子どもたち」にお話をして真実を教えるという仮空のシチュエーションを作り上げているところに、この件には自分も無関係ではないというケストナーの気持ちが隠されている。ケストナーはかねがねトーマス・マンを称讃していたのであり、このときマンが帰国を断ったのは――「善良なドイツ人たち」、つまり国内に残った模範生たちの功労を認めることをあれほど冷ややかに拒絶するのは――感情を害したせいだと解したようである。

あるスウェーデンの新聞記者に向かって、ケストナーはこう語ったことがある。「たとえばトーマス・マンのような私たちの国で最大の作家が、私たちを見捨てるのを身をもって体験するのは、いささか奇妙なこと」です。「言わせていただけるなら、あの方はアメリカで悠然と暮らしていて下さって一向にかまいません。でも、そうするために、私たちにとって困難さを増すことにしかならない談話を発表されるには及ばないのです(29)」。ケストナーはこののちもトーマス・マンを讃える文章を書き、「ノイエ・ツァイトゥング」紙にも載せた。トーマス・マンがドイツのペンクラブ・センターを新設するにあたって貢献したあとでは、ふたたび帰国を間接的に要請しながら、つぎのように書いている。「夏のあいだスイスに滞在しているのであるから、自分はその間《かん》ずっとドイツの門の前にいるのだということは、心にひっかかっているであろう」(一九四七年六月二三日、VI・587)。

ケストナー自身がいわゆる国内亡命者の一人であった。したがって「ノイエ・ツァイトゥング」には、国内亡命者たちのうちでケストナーの眼鏡にかなった多くの人々が筆を執っている。まずは友人たち、エルンスト・ペンツォルト、オーダ・シェーファー、ホルスト・ランゲ、ヴェルナー・フィンク、マルティン・ケッセル、アクセル・エッゲブレヒト。こうした人々のなかでケストナーがもっともたくさんの原稿を採用したのは、友人だったジャーナリストのヴァルター・キアウレーンであるが、ほかにアルブレヒト・ゲース、マンフレート・ハウスマン、リカルダ・フーフ、ヴェルナー・ベルゲングリューン、そして一九四六年度のビュヒナー賞受賞者フリッツ・ウージンガーといった著述家が、たびたび原稿を寄せていた。その一方で今日でも有名な作家たち、カージミーア・エートシュミット、ゲルハルト・ハウプトマン、ヘルマン・カザック、マリー・ルイーゼ・カシュニッツ、ハンス＝エーリヒ・ノサック、ドルフ・シュテルンベルガー等は、一度かせいぜい二度掲載されただけであった。「ノイエ・ツァイトクング」では、全体としてドイツに残った著作家たちの方が、亡命者よりも作品掲載の回数が明らかに少なく、この点は活動的な抵抗作家たち、エルンスト・ヴィーヒェルトやアルブレヒト・ハウスホーファー、フリッツ・レック＝マレチェーヴェンとかギュンター・ヴァイゼンボルンにしても、扱い方に違いは認められない。

ケストナーが特に力を注いだ分野に、国境を越えた同時代の文学創造への参加があった。ケストナーが英語とフランス語を話したことから、彼が担当した時期の学芸欄では重点の置き方がおのずと決まっていた。おおよそどんな割合だったのかが明らかになるように、以下に取り上げられた作家の名前と、掲載作品数もしくは当人についての評論の数を括弧に入れて紹介する。同時代のフランス文学は明らかに大きなスペースを占めている。上位はポール・ヴァレリー（8）、ジャン＝ポール・サルトル（8）、ジャン・ジロドー（7）、アンドレ・ジッド（5）、アルベール・カミュ（5）といったところである。ポール・クローデルのローマ教皇を扱った戯曲については、ケストナー自身が激しく非難する批評を書いている（四五年一一月二六日）。イタリア人作家のイニャツィオ・シローネは個人的に知っており、フランス語で文通していた。掲載されたシローネの四編の著作のなかには、会話体小説『独裁者たちの学校』の抜粋も見出される（「ファシズムの技術」、四六年一月二八日）。スペインやロシア、それにスカンジナビアの作家はほとんど触れられていない。チェコスロヴァキアからはただ一人、カレル・チャペク（5）が取り上げられている。チリの女性詩人ガブリエラ・ミストラル（2）が顔を見せているのは、戦後ふたたび贈られるようになったノーベル文学賞の第一回受賞者だからである。

当然であるが、外国ではアングロサクソンの文学者がもっとも多く採用されている。そのなかではイギリスのサマセット・モーム（7）の登場回数がもっとも多い。自作『グスタフ・クラウゼ陛下』が頭にあったせいかもしれない。[30]

ケストナーの好きな作家の一人は、これは単に「ノイエ・ツァイトゥング」の学芸欄に取り上げられた回数が多いから言うわけではないが、ウィリアム・サローヤン（10）で、とくに青年期の奇想天外な短編が好まれている。ソーントン・ワイルダー（7）は、ケストナーがエンデルレとともに親しく交わっていた作家で、その戯曲『わが町』は、戦後数年間のドイツでもっとも持て囃された作品の一つである。ワイルダーをケストナーは二回にわたって論評し、作品の抜粋を掲載し、一九五〇年には自分がペンクラブ会長だったことから、彼をノーベル賞候補者として推薦しようとした[31]。シンクレア・ルイス（4）は、その風刺的な傾向に惹きつけられたのであろう。ジョン・スタインベック（6）とアーネスト・ヘミングウェイ（4）は、この時代のアメリカでもっとも重要な作家と目されていた。アングロサクソンの作家の選択にはケストナーの方針が明確にあらわれている――サローヤンのほか、ルイス・ブロムフィールド（4）、パール・S・バック（4）、ロバート・ベンチリー（3）、O・ヘンリー、これらの作家には通俗性があり、伝統的な文章家で、例外もあるが多くはユーモアを持ち味としている。初期の本来的なモダニズムは盲点で、ケストナーはテーマが言語に影響を及ぼし、言語を《デフォルメ》した文学は掲載させていない。すなわち、フォークナーやドス・パソスやプルーストはまったく取り上げられておらず、ジョイスでは代表作とはいえない初期の八行詩一編が、ヴァージニア・ウルフではモンテーニュに関するエッセイが、掲載されているだけである。例外はポール・ヴァレリーとトマス・ウルフである。

　ケストナー自身が書いた評論は大半がのちに自分で編んだ作品集、つまり『日々の雑事』（一九四八）という単行本と、最初の『ケストナー著作集』（一九五九）の「昨日のニュース」という章に収められた。しかし、「ノイエ・ツァイトゥング」紙に載せた自己紹介はどこにも再録されていない。ケストナーはそのなかで、これからまだ長編小説を書く目論見があることを広く読者に告げている。「さて、E・Kは過去一二年間のうち一一年半は執筆を禁止されていた。こう書くと実際よりも何か楽しいことをしていたような印象をあたえてしまうが、その間《かん》E・Kはだいたいベルリンとドレスデンに住み、ドイツの脈をはかっていた。いつの日かE・Kは罹病日記を書き下ろす試みに取りかかるであろう[32]」。

　この文章によってケストナーは、戦後では初めて自分自身の姿を公的に明らかにしたが、その後も、このときに様式化した自分の姿をそのままずっと守り通す。彼が書いた自分の経歴では、たとえばペンクラブのために書いた略歴においても、あたかも一二年のあいだどんな作品も、外国においてすら発表しなかったという印象を、また、あたかも——『ミュンヒハウゼン』に取り組んだ半年間を除いて——ドイツにはいたが何も書かなかったかのような印象を、植え付けようと試みている。

ケストナーは、一九二〇年代と同じように、「ノイエ・ツァイトゥング」紙にも数多くの劇評を書いている。わずかだが以前の原稿を再掲載した場合もある(「ベクという名のクリスマスの天使」、四八年一二月一四日)。学芸欄に載った何編かは意味深く[33]、何編かはさほど意味深くはない(「口笛を吹くことについて」、四八年一月二三日)。しかし、ケストナーが特に試みたのは、過去一二年間に起こった事柄について、読者を啓蒙することであった。つまり、その時期の自伝的な逸話をくりかえし語り、その意味を説明しているのだ——評論、「才能と性格」、「支払われなかった請求書」、「ママが洗濯物を持ってやってくる」などを参照していただきたい。また、ニュルンベルク裁判のレポートを書き、記録映画『死の工場』の批評を書いている。しかしこの二つの仕事は、決然たる意見の表明というよりは、自分なりに納得するために書いたという印象が強い。ニュルンベルク滞在中にケストナーは「一条の光」というレポートを書いているが、その中ではニュルンベルクまでの汽車の窓から見た自然も描かれている。「太陽はまるで曇りガラスを通して見るようにぼんやりと空にかかっている」(Ⅵ・493)。「畑の真ん中にホップの支柱が何十本か、今は剥き出しで空に向かって突っ立っている。その様子はまるで絞首台が集まって代表者会議を開こうとしているようだ……」(Ⅵ・494)。被告たちは奉公人一同として描写されている。あの豪勢にやっていたゲーリングで、「現在も残っているのは一種の運転手の上着だ」(Ⅵ・496)、カイテルはどこかの「営林署長」のようであり、ヴァルター・フンクは「軟体動物を思わせる」(Ⅵ・497)。同時にケストナーは誠実さのこもった願望も表明している。「要するに今は戦争、虐殺《ポグロム》、誘拐、殺人、これらが全部ひっくるめて集められ、席についており、検事席には拷問台がある。拷問台は巨大だが眼には見えず、告発された人間の横に控えている。責任ある人間に責任を問おうとしているのだ。果たして成功するだろうか? 成功しても、それは今回だけの成功であってはならない、今後のすべての場合に成功しなければならないのだ! そうなれば、戦争を根絶できるかもしれない。ちょうどペストやコレラのように。そして戦争を讃美する人間や戦争と手を組む人間を根絶できるかもしれない。ちょうどばい菌のように」（Ⅵ・500）。
「人間の価値と無価値」（四五年二月四日）は、解放された瞬間の強制収容所を撮影した映画、『死の工場』を観た直後に書かれた。この評論では段落の最初がすべて、「時は夜」という書き出しで始まっている。そしてつねに新しい導入部分がつけられているが、毎度、「この想像を絶する狂気、地獄のような狂気について、筋の通った論評をすること」は失敗に終わる。「頭のなかの考えは、映像の記憶に近づくたびに四散してしまう。強制収容所で起こったことはまことに凄惨なため、それについて口を閉ざすことは許されない、がしかし、話そうにも言葉が見つからないのだ」（Ⅱ・67）。

ケストナーは、一方では読者に、ユダヤ人にたいしておこなわれた大量虐殺の事実を受け入れるよう語りかける。彼は自分が耳にした映画の観客のつぶやき声を紹介する。「宣伝だ！　アメリカ軍の宣伝だ！　かつても宣伝だった、今回も宣伝なんだ！」。こう言う観客たちにたいしても、ケストナーは事実を理解させようとする。「観客はこうつぶやいていたが、眼にしたのが宣伝のための嘘だなどと言おうとしているわけではない。観たものは、とにもかくにも撮影されたのだ。この観客たちには、アメリカ軍が輸送船団を何度も組んで死体を海の向こうから運び、ドイツの強制収容所に並べて撮影した、などと想像することはできないであろう。それでは彼らは、宣伝だが真実にもとづく事実を宣伝しているのだ、と言っているのだろうか？　もしもそうなら、彼らが宣伝だと言うとき、なぜその声はあれほど非難がましいのか？　この観客たちにたいして、真実を告げてはならないのか？　観客は顔をそむけようというのか、ニュルンベルクで裁かれている男たちの何人かが、この映画を見せられたときにしたように」（Ⅱ・69以下）。

しかし、ケストナーは他方で、外国にたいして同国人の弁護をもしようとしている――ドイツ人は「これらの収容所でどれほど多くの人間が殺されたかを忘れない」であろう。「同時にドイツ以外の世界は、どれほど多くのドイツ人がそこで殺されたか、ときどきは思い出すべきである」（Ⅱ・71）。ちなみにこの評論は、殺された人間の圧倒的多数がユダヤ人であったことには触れていない。ケストナーにあっては反ユダヤ主義がテーマとなったことはほとんどないのだ。彼は《第三帝国》の「責任」と「負債」を区別している。「責任といわれると、私は拒否せずにはいられないであろう。負債は是認するであろう」（Ⅵ・502）。

ケストナーは、時代が変わったと見て早々と「乗り換えた連中」にたいしては、何度か文章で攻撃している。相手はエーリヒ・エーバーマイアー［ゲッベルスの庇護を受け、多くの映画台本を書いた］（四五年一一月八日）であり、ナチ党大会を撮影した監督レーニ・リーフェンシュタール（四五年一一月一一日、Ⅵ・489―492）であり、ファイト・ハルラン［俳優、監督、代表作は『ユダヤ人ジュース』］であった。このナチズムの《マイスターの称号をあたえられた監督》ハルランにたいしてケストナーにできたのは、ただただ嘲笑を浴びせることだけであった。とにかくケストナーはウーファ内部の状況に通じていたのだ。ハルランはスウェーデンでインタヴューに応じ、またナチズムと自分との関係について自己弁護の文章を書いたことがあった。ケストナーはそれにもとづいて解剖に取りかかる。

「われわれは教授の内面生活を覆う蓋を勢いよく開け、邪魔になるものを残らず結紮《けっさつ》し、偽りの組織を脇に寄せて留め金でしっかりと固定し、顕微鏡を近くへもっていってその上に身をかがめ、覗き――あっけにとられる。これは果たして魂であろうか？　性格であろうか？　人間の一種なのか？　〈人間であることは間違いありません〉、と医局員の女性がささやき声で言う。〈ファイト・ハルラン。ホモ・サピエンス。ナチズムの傑作『ユダヤ人ジュース』、『偉大なる王者』、『コルベルク』を撮った映画監督です。一九四四年には『シャイロック』という映画を作ろうと考えていました。当人は宗教心をもった人間です。だって自分で、子どもたちには篤い信仰にもとづいて名前をつけました、と報告していますから。また報告書には、ユダヤ人や半ユダヤ人を助けようとした、とも書かれています……。本物の芸術家です。反ユダヤ主義を喧伝する映画を撮る前は、これも本人が言っているのですが、プラハの古いユダヤ教寺院の先生について、本式のスコーラの吹き方やトーラを櫃から取り出すときの作法、授業用の棒で文字を指し示す際の決まりを学びました……。ちなみに、この人は英雄でもあったんですよ。もう宣伝プロパガンダ映画を作らなくてもいいようにと、二度も兵隊にしてくださいと志願しているんです。自分で確かだと言っています。［……］このような性格の持ち主はどこにでもいたというわけではありません！〉。

〈その通りだね〉と私は確信をもって言い、あらためて胸郭を開けられた教授、党員ではなかった男の上に身をかがめる。［……］ベルリンが激しい空襲にさらされているあいだ、宗教心篤いわれらが［……］志願兵の成りそこないは、安全のために遠く離れたグーベン［オーデル川沿いの町で、ベルリンから約六〇キロメートル］の城に住み、毎日バーベルスベルクとのあいだを往復していた。どうやらガソリンをたっぷり消費することで、第三帝国にたいする破壊活動をおこなっていたらしいな。これは自分で報告書を書き上げたときには思い浮かばなかったらしい。彼が補遺の巻を出すときのためにプレゼントしよう。

［……］ところで、教授、あなたは恐ろしく危険な毎日を過ごさなければならなかったんですね。だって、〈われわれの住まいの前には……いつも見張りが行ったり来たりしており、玄関の薄いドアを急に開けると、そこには立ち聞き《ホルヒャー》している男がいたものです〉とありますからね。でも、そんなはずはないんです！ ホルヒャーではなくて、本当は迎えに来た〈ホルヒ［高級自動車の銘柄］〉だったんじゃないですか？ それに特別に〈薄いドア〉というのは、ゲシュタポの秘密の策略だったんじゃないでしょうか……。この点についてはスウェーデンの新聞記者が気の利いたことを書いている。〈いつの時代でも同じである。ミケランジェロは奇跡の作品を作ったが、作るよう命じた教皇たちのことは好きではなかったのだ〉。このスウェーデンの記者は、私たちがハルランに不当な仕打ちをしていることを納得させようとして、ミケランジェロを引っ張り出したのだ……。〈けっきょく今日では、一二年間も《地下で》生きてきて、そのため映画を作る技を忘れてしまった映画人なんて、役には立たないのである……〉。これは当たっている。まさしくそのとおりだ。投獄され迫害されていた映画監督たちは、ヴェルナー・ホーホバウム［一八九九－一九四六。ナチの期待に添う映画を作らなかったため軍隊に送りこまれ、終戦後間もなく病死］もその一人だが、また大急ぎで逮捕するのが一番だ。だって、何もかも忘れてしまったのだから。さて、それでは高らかに宣言しようではないか、名誉大学生のファイト・ミケランジェロ教授はこのたび映画独裁者に選ばれたと！ ファイトはつねに芸術家としての能力を向上させてきたうえに、みずからの性格をも倦むことなく鍛えてきた。彼ならこれからすぐにでも、宗教的な作品であれ民主主義の作品であれ、傑作を作ってしまうことができる。そして今も元気そのものなのだ。え、なんだって？ そうか、違うんだったね。そこでわれわれはマイスター監督の内面生活を覆う蓋をもう一度ぴったりと閉ざし、寝ているベッドを部屋から押し出し、部屋の空気をそっくり入れ替える(34)」。

民主主義の初歩的な原則を明確にするために、ケストナーはアメリカで出たハインリヒ・ハウザーの本を取り上げて論じている。『ドイツ人は反論する』である。ケストナーは書いている、著者のハウザーと二〇年代に彼が書いた本のことは知っていました。ハウザーは三九年にユダヤ人の夫人と二人の子どもを伴ってアメリカに移住しました。私はアメリカの書評でこの古い知人の名前を見つけ、まるで思いがけずに出会って抱き合い、感無量で相手の背中をたたき合うような、そんな気持ちを味わいました。しかし、今回のハウザーの著書については、アメリカで出た書評を読んでも明確なイメージを持つことはできません。でも、「ともあれ、はっきりしていることはあります。ハインリヒ・ハウザーは自分の考えを表明したが、それはアメリカの読者や批評家にはまったく不快な考えであった、ということです。どうやらハウザーは、降伏したドイツにたいするアングロ・アメリカの計画を、あからさまに非としているようです」。

あと何か月かすれば誰でも、ハウザーの本について自分のイメージを持つことができるでしょう。「しかし、この件でもっとも驚かされ、また喜ばされることは、今からすでにわかっています。それは、ドイツ人が現下のきわめて厄介な問題について書いた本が、それだけではなく挑発的に反対を唱える本が、一九四五年九月にアメリカ合衆国で出版できたということです！　さらに、その本が九月に書店に並べられたということは、まだアメリカ軍がドイツ国内で最後の抵抗を叩きつぶそうとしていたころに、原稿はすでに出版社に渡されていたことになります。どうか想像してみてください、かつてドイツ軍が一時的に勝利を収めていたころ、ヒトラーとゲッベルスがフランスあるいはオランダで、もしくはユーゴスラヴィアで、著述家にドイツの占領と行政の問題について自由に意見を述べることを許したということを。そんなことは想像できませんね。人間にはそれほど大きな想像力は授けられてはいないのです。だが、違いに気づくためには、少なくとも想像しようと試みなければなりません。［……］

『ドイツ人は反論する』の場合、出版が決まるまで、編集者たちは真剣に考え悩みました。その編集者たちが『ブック・レヴュー』につぎのように書いています。〈私たちはハウザー氏の原稿を読み、内容に腹を立てた。私たちは最初から最後まで、著者に思いっきり反論したいと思っていたが、この思いはほかの読者にも受け継がれることであろう。にもかかわらず私たちは、この著作を出版するという結論にいたった。なぜなら、ハウザー氏の世界情勢および近現代のドイツ史に関する考えはけっして特殊例ではなく、ほかの多くのドイツ人も同じように考えているのかもしれない、と思ったからである〉。出版にいたる経緯を、ハウザーの本を出した出版社は別なところでこう説明しています。〈わが国アメリカを宣伝する人々は二つの理由から出版に反対していた。一つは、あの本はわれわれアメリカ人の思考の進め方を混乱させかねない、と恐れたからであった。そしてもう一つの理由は、あの本はロシアを傷つけるかもしれず、そうなったらわが国と同盟国との関係を脅かすかもしれない、というものであった。――私たち自身は、世界のどんな本であれ、わが国がヨーロッパでそれを守るために戦争をした、その私たちの世界観を放棄させることなどけっしてできない、と信じている。たとえばヒトラーの『わが闘争』という本のときはどうだったか？何百万人というアメリカ人が翻訳であの本を読んだ――読んだ人たちが影響を受けたかどうかについては、そのときから今日までのあいだに世界史が答えを出しているのだ〉。

要するにハインリヒ・ハウザーの本は、当局だの役所だのに問い合わせはしないまま出版されたのです。この寛容こそが民主主義の根源であり、この寛容にはおのずと政治上の賢明さがあらわれています。この文章、寛容とは賢明さだとするこの文章は真実ではないなどと、私たちが私たち自身の振る舞いによって証明したりすることのないよう、ただただ冀《こいねが》うばかりです(35)」。

ここで、ケストナーが占領軍の情報管制部にたいしておこなった提案についても、確かに実現にはいたらなかったが、触れておきたい。《第三帝国》をテーマとする長編小説がいっさいまだ世に出ておらず、「そのような重要な課題に申し分なく対応するような本を書くことは、果たして可能なのかという問いが持ち上がっている今このとき」、読者の気持ちを惹きつけるために、「あの時代に一般の人々が書いた体験談やさまざまな冒険の話、あるいは逸話といった文章を募集する」ことを、提案したのである。一枚二五行のタイプ原稿で最高六枚という分量で寄稿してくれるよう、新聞紙上で呼びかけることをケストナーは考えていた。この募集によって、「多くの原稿が届けられるに違いありません。したがって、慎重な選択ののちに数百の物語が、あの歳月の重要なイメージをモザイクのように浮かび上がらせる物語が、あとに残ることはまず間違いないと思われます」。ケストナーは最終的に一〇〇編のもっともすぐれた文章を選び、『一千年のあいだに生まれた最高の物語一〇〇編』と題した一冊の本として出版する、収入は、大学基金もしくは図書館基金として活用できるようにしたい、と考えていた。この提案が拒否された理由は明らかになっていない。おそらくアメリカ軍当局は、そうした作文を募集したときの自分たちの立場について、危惧を抱いたのであろう。あるいは、必要な人員を振り向けることが困難だったのかもしれない。

「ノイエ・ツァイトゥング」紙で編集にたずさわる一方で、ケストナーは雑誌『ペンギン』の発行者をも務めていた。少年少女の再教育《リエデュケーション》を目標に掲げたこの月刊誌は、シュトゥットガルトにあったローヴォルト社から出ていた。ハインリヒ・マリーア・レーディヒ＝ローヴォルトはアメリカ軍当局にたいして、ヴァイマール共和国時代にウルシュタイン出版社で働いた女性で、彼とはそのときから知り合いだったクレア・ヴィットを編集長にしたいと提案、アメリカ軍は発行人に他の人間を据えることを条件に、その提案を了承した。そこでレーディヒ＝ローヴォルトはケストナーに発行人となることを依頼したのだった。ケストナーは申し出を受け入れ、一九四九年の第六号をもって出版社が代わるまで、雑誌の表紙に彼の名前が印刷されていた。ケストナーはしかし、「ノイエ・ツァイトゥング」の仕事に忙殺されたため、日常的な仕事はヴィットとレーディヒ＝ローヴォルトに任されていた(36)。ケストナーの役割はどうやら雑誌の構想に意見を述べるといった程度だったようである。しかしながらその一方で、ケストナーはほぼ一号おきにみずから原稿を書いている。こうして、彼が発行人であったあいだに雑誌『ペンギン』は四二号まで出たが、合計二五編が掲載された。その内容は「ノイエ・ツァイトゥング」に書いたものと大差ない。「万里の長城」、「教員の発生史」、「亡命について」などを見ればわかるように、自伝的な文章のなかで《第三帝国》に触れ、道徳的に役立つ内容を盛り込んだものである。とりわけ重要なものはのちに単行本、『日々の雑事』と『小さな自由』に収録された(37)。

《第三帝国》時代のケストナーにとって、生きる意味にかかわるほど重要だったのが映画で、これは戦後も変わらなかった。したがって彼は、新しいスタジオを設立しようという人々の努力には多大な関心を寄せた。そしてかつての仕事仲間をできる限り支援したが、そうした一人がハインツ・リューマンであった。リューマンは戦後新たに出発しようとしたが、さまざまな問題にぶつかっていたのである。ケストナーは一九四六年九月に二週間ベルリンに滞在した折に、ルイーゼロッテ・エンデルレにこんな手紙を書いている。「ハインツ・リューマンが嬉しいことにぼくの心からの挨拶を君に届けてくれるそうだ。キスはことづててないから、そのつもりでね。彼は南ドイツでの自分の計画を君に話すことと思う。頼むから、リューマンをハンス・ヴァレンベルク〔既出、「ノイエ・ツァイトゥング」の二代目編集長〕に紹介してあげてくれないか。〔……〕リューマンに車を二、三時間貸してあげることはできないか、ヴァレンベルクに訊いてみてほしい。〔……〕次から次へと人に会わなくてはならないので、もう死にそうだ。それで帰りは、そう、二〇日か二一日にこっちを発つが、その前に電報を打つからね」[38]。

すでに一九三二年にハリウッドへ移っていたウィリアム〔ドイツ名ヴィルヘルム〕・ディーテルレがドイツに里帰りしたとき、ケストナーは歓迎の記事を書いた。ディーテルレは『ノートルダムのせむし男』(一九三九)に、チャールズ・ロートンとともに主役を演じ、監督としては『ルイ・パストゥール物語』(一九三六)や『エミール・ゾラの生涯』(一九三七)といった歴史物の大作で名を知られていた。この評論でケストナーはふたたび亡命者たち全体を弁護している。「自分はこの国にいながら、亡命すれば甘い生活が待っていたと信じている人は、たいへんな思い違いをしている。順応能力、幸運、賢明さ、年齢、これらの方が亡命時の名声とか個性、才能よりもはるかに重要な意味をもっていたのだ」[39]。

ケストナーはまた、エリック〔ドイツ名エーリヒ〕・ポマーを相手に長時間にわたるインタヴューをおこなった。ポマーは一九三三年以前のウーファでもっとも重要な映画製作者だった。当時の作品では特に、『カリガリ博士』(一九一九)、『アスファルト』(一九二九)、『会議は踊る』(一九三一)が有名である。ハリウッドでも成功を収めており、このときはアメリカ占領地区で、またできるだけ他の占領地区でも、ドイツの映画産業を再建させる調整者として、ドイツに派遣された。マスメディアの研究者クラウス・クライマイアーは、ポマーがさまざまなグループのあいだで立ち往生をしていた姿を描いている。ポマーはアメリカの依頼者からは枠をはめられ、ウーファのかつての同僚からは気前よくするようせがまれていたのである[40]。ケストナーはけっして謙虚な人間ではなかったが、ポマーとの対話のあと、つぎのように書いている。「まもなくこのぼくも交渉に加わるほかなさそうです。目下のところ才能ある人間はいないも同然で、仕事を前にしても、何をしたらいいのかわからない人間が何人かいるだけです。(どんなことだって、自分でやるほかないんです。何が肝心なことなのか、誰も知らないのですから)」(四六年七月一三日、MB)。ポマーを歓迎する長い記事で、ともあれケストナーは認めている、ポマーはドイツに着いて一週間で、「ドイツ映画の状況については［……］ぼくよりもたくさんのことを知っている」と。そしてこう続ける。「もしもポマーが、それにもかかわらず楽天的な判断を下すなら、じっさい彼はそうしているのだが、私たちは有頂天になって宗旨替えをするだろう[41]」。

八か月後、ケストナーはもう一度ポマーにインタヴューをした。このときにはすでに、ミュンヒェンのガイゼルガスタイクとベルリンのテンペルホーフ、この二つの映画スタジオの再建について、いくつか新しいニュースが入ってきていた。アメリカとイギリスの《占領地区》が経済のうえで統合されたことから、間もなく最初の映画が二本、製作開始になる見込みであった。監督は、ミュンヒェンの方はハラルト・ブラウン、ベルリンはヨーゼフ・フォン・バキーがすでに確定していた。ポマーは、一九四七年度にはドイツで一〇本の映画を製作すること、そして四八年度には、スタジオを拡大したのちに、二五本を製作することを約束した。それを受けてケストナーは、「フランスでは一九四六年に九六本の映画が作られている」点に注意をうながしている[42]。

ギュンター・シュターペンホルストもまた、ブラウンやバキーと同様に、新しいプロダクションを設立することができた。戦後ドイツの最初の映画は『言え、真実を』（一九四六）と俳優ハンス・アルバースを起用したバキーの『そして見上げれば空が』（一九四七）となったが、後者は「嘘だらけのモラルと再建の風潮とが盛り込まれた、大仰な通俗もの」であった[43]。《非政治的な》ウーファ映画は通貨改革のあとも引き続き製作された。こうして一九四九年には六二本、一九五〇年には八二本の映画が製作されるようになったのである[44]。

ケストナーはしだいに作家としてもふたたび名前が出るようになっていった。戦後最初に出版された本は詩集『自分の本に目を通す』（一九四六）で、順番では、無害なことは誰もが認めた『抒情的な家庭薬局』（一九三六）のつぎということになるが、今度の詩集にはきわめて政治的な詩が集められていた。またケストナーはローヴォルト社のためにトゥホルスキ読本『未来への挨拶』（一九四六）を編集・刊行した。そして同じ四六年に、『ファビアン』と『空飛ぶ教室』がドイツでふたたび購入可能になった。翌四七年には『雪の中の三人の男』がローヴォルト社から新聞の体裁で印刷されて売り出された。大半が四三年にすでに書かれていたエピグラムからなる『簡潔にして明瞭』と、戦後のカバレットの出し物と新聞のために書かれた原稿とを集めた『日々の雑事』、この二冊は四八年にスイスで出版された。ベルリンにあったカバレット「カタコンベ」時代の仲間で、作詞家のギュンター・ノイマンが、ケストナーの作としてもう一冊でっち上げたのもこのころで、『もう一度引き出しを探して』がその表題である。(45) ノイマンの行為は正しかったというべきか、新たに引き出しのなかから見つかった作品『信頼するあなたの手に』が、四九年にデュッセルドルフで初演を迎えた。このとき作者はメルヒオール・クルツというあまり役に立たないペンネームを使っていた。

「ノイエ・ツァイトゥング」の社員という恵まれた地位にいたことから、ケストナーとエンデルレは多くの人々にとって、情報交換の中心としての役割も果たすようになっていた。そのことから二人は、多少は物質的な恩恵にも浴した。つまり、亡命した多くの友人たち、それにさほど親密ではなかったかつての同僚も、暮らしに役立つ品々を小包で送ってくれたのである。しかもその分量が非常に多かったので、二人はときどき編集部に持っていってみんなに分けた。贈り主には、ヘレーネ・ヴァイゲル、ポニー・M・ブシェー、F・C・ヴァイスコップフ、ヘルマン・ケステン、ルドルフ・アルンシュタインがいた。アルンシュタインは戦後ニューヨーク州ブロンクスヴィルで心理学を教えており、また、ミュンヒェンのケストナーを何度か訪ねてきたこともあった。

戦争が終わった直後に、俳優のルドルフ・シュンドラーとオットー・オストホフはカバレット「見世物小屋《シャウブーデ》」を創立した。そのときから数年間、ケストナーはこのカバレットのために筆をとった。シュンドラーはまた、ケストナーに初めて労働証明書を発行した人物でもある(四五年八月二〇日、NL)。「見世物小屋」は四六年四月にライトモア通りに入手した自分たちの建物に入るが、それまでは市当局の許可を得て、ミュンヒナー・カンマーシュピール劇場に客演という形で活動していた。最初のプログラム『第一歩』は早くも四五年八月に初演が行われている。このころ一般のドイツ人はまだ外出時間が制限されていたために、開演は一七時三〇分で、二〇時にはもう終演であった。すべてがまだ間に合わせであったが、ケストナーがのちに『小さな自由』に結実する、全体の骨格となる出し物《プログラム》をある個人のアパートで始めさせたとき、けっしてジョークで笑わせることだけを目指していたわけではなかった。俳優たちは毎晩、まずはそのアパートの所有者に出ていってもらわなければならなかった。あるとき「見世物小屋」はプログラムにこんな広告を載せて配った。「見世物小屋は出演者のために、劇場近くに暖房可能な家具つきの住まいを大至急求めています。心当たりのある方は住所をオフィスまでお知らせ願います」[46]。

最初期のプログラムではまだ《文学的な》カバレットは実現されておらず、むしろキャバレーと呼ばれるものに近かった。つまり出し物は、ヨアヒム・リンゲルナッツの詩の朗読、マティーアス・クラウディウスの「夕べの歌」、ケストナーの古い詩二編（「悲歌《エレギー》」と「父親が息子にうたう子守唄」）。ほかにさまざまな音楽、シャンソン、ほとんど裸の踊り子がガスマスクをつけて登場するダンス、といったところであった。ともあれ観客の受けはよく、まもなく出し物から古いテキストはどんどんと姿を消していった。ライトモア通りの自前の劇場は驚くほど広く――客席は六〇〇以上あった――そこでの最初のプログラムは「大人のための漫画新聞」と銘打たれていた。出演者の水準はしだいに向上した。演出はルドルフ・シュンドラーが担当し、エトムント・ニックが大半の歌を作曲するとともに音楽監督も務めた。出演者にはウルズラ・ヘルキング、カール・シェーンベック、ブム・クリューガーがいたほか、機会があれば外部から、バルバラ・プライアー、ブルーノ・ヒューブナー、ジークフリート・ローヴィッツ、シャルル・レニエといった面々を迎えた。口上役は大半の場合ヘルムート・クリューガーで、彼はその台詞を自分で書き上げた。ケストナーのほかにこの「見世物小屋」のために作品を提供したのは、主としてヘルベルト・ヴィットにアクセル・フォン・アムベッサーであった。プログラムにはこんな表題が冠せられていた。「昨日―今日―明後日」、「大人は禁止！」、「おおむね晴れ―ところにより小雨」、「滑り出しは上々」、「頼むよ、穏やかにやってくれ」。また、「物見高い者たちに警告する」のように、ヴァイマール時代の有名なカバレットの表題を受け継いだものもあった[47]。「見世物小屋」が穏健なカバレットだったのか辛辣なものだったのか、今となっては断定は困難である。いずれにせよケストナーの書いた歌詞自体はどちらかといえば穏やかで一般的な内容である。しかし、観客がもはやそんな調子にすら慣れていなかったために、「見世物小屋」は「完全に妥協を排した、スキャンダルすれすれまで戦闘的」なカバレットと見なされることになった[48]。ウルズラ・ヘルキングは舞台に上がれば圧倒的な存在感を示したものとみえ、グンター・グロルは彼女を、「現代ドイツでもっとも力強くもっとも独自性をもったカバレット女優」と呼んでいる。グロルはまたカール・シェーンベックの「コメディアンの抑えた熱狂」も讃えている[49]。

エトムント・ニックとケストナーの戦後最初の共作は『行進曲　四五』で、ウルズラ・ヘルキングによって「見世物小屋」の二番目のプログラムで歌われた(四六年四月)。アメリカ軍の演劇担当将校は、検閲のために提出された歌詞を見て、当初は禁止しようという姿勢を示した。「『行進曲 一九四五』だって? 何だ、これは? ドイツ人は早くもまた行進しようっていうのか?」[50]。舞台の背景には街道が描かれ、その脇の野原に砲撃で破壊された戦車が転がっていた。ヘルキングは「男物のズボンをはき、古いマントを羽織り、リュックサックをかついで、手にはでこぼこになったトランクを提げて」いた。そしてリフレインの箇所にくると、彼女はじっさいに行進をしてみせた。

左《リンクス》、二、三、四、
左、二、三――
おれには帽子がない。おれにあるものは、
左、二、三、四、
左、二、三――
あるものは頭だ、おれの頭は、まだまだしっかり
乗っかってるぞ、首の上に!(II・52)

この歌を聴いた観客の反応はまさしく熱狂的だったと言われている。そして誰一人として軍国主義云々で不愉快な思いをすることはなかった。「いやもう笑う者も泣く者もいて、まさに大混乱だった。こんな歌がまた聴けたからだ。今ではこんなことが言えるからだった、疫病神のアドルフだとか、鼻水受けのちょび髭を生やした口ひげ陛下だとかいった調子だ。そしてケストナーはみんなを勇気づけたのだった。それもこれも頭がまだしっかりと首の上に乗っかっていたからである」[51]。

映画産業に《第三帝国》との継続性があったように、カバレットにも似た事情があった。作詞家は誰もが古い素材を利用していたのだ。ケストナーしかり、彼の詞に曲をつけたエトムント・ニックしかりである。ケストナーはそれを自明のことと考えていた――新しい作品を生み出すには時間が必要だったと言っている。「私たちはしばしばかつ

ての作品に手を伸ばした。傾向性をもたず、娯楽に好適で、第三帝国の時代にカバレティストが必要とした類いのシャンソンである」[52]。とはいえ、ケストナーが「見世物小屋」のために書いたなかで、言語に絶したもの（「おお、なんじ、わがオーストリアよ！」）や、もっとも有名なものは、むろん新しい作品である。たとえば、「老紳士が通り過ぎる」、「待つことについての歌」、「現在の比喩」、「ドイツの回転木馬　一九四七」などである。この点について、「南《ズユート》ドイツ新聞《ドイッチエ・ツァイトゥング》」にはこんな批評が載った。「この連作の一〇編のうち、どの詩も時代との真正な接触があり、電圧があまりにも高いためにピチピチと音を立てている。センチメンタルなところにおいてもそう、攻撃的なところにおいてもやはりそうなのだ。あるものは惨めな時代の晒し者になっており、あるものは悲惨な時代の重さに背を丸めている、全部で一〇の時代のタイプである。これは非道徳的な手段をも用いた道徳的なカバレットなのである。すなわちこれは診断と警告だ」。文学的カバレットはここにおいて「その頂点をきわめた。これより下位にあるのは娯楽である。〔……〕これより上位にあるものは、それはもはやカバレットの範疇には属さない」[53]。「回転木馬」においては、「今この時代の特徴ある人物が」（Ⅱ・108）、円を描いて動きまわっている、まるで市庁舎の塔にある仕掛け時計のように。そしてタイプ別にそれぞれが歌をうたう。難民の妻、拝金主義者、帰国する年配の戦争捕虜、女、詩人、哀れな若者。党政治家、一〇代の少年、そして「古びた乗馬用ズボンに黒い乗馬靴を履いた〈神の敵対者〉」（Ⅱ・113）。結びでは、これら登場人物の抱える問題がすべて無限の高みまで押し上げられ、同時に悲惨な生活条件にたいする時代に合致した慰めとなっている。そして最後に、時が擬人化されて登場する。正義の女神《ユスティツィア》のようにリボンで目隠しをされており、先に登場した者たちにたいしてその存在が無に等しいことを説く。

ここで言えることはただ一つ――それをお前たちに教えよう。
お前たちはあまりにも騒々しい！
おかげで私には秒がきざむ音が聞こえず、
時間の歩む音も聞こえぬではないか。
おまえたちが祈り、呪い、わめく声は聞こえる、

その最中に銃撃の音が聞こえる、
私に聞こえるのはおまえたち、おまえたちの立てる音だけ……
心して聞け、人間たちよ、私が言わんとしていることを。
いいかげんに静かにするのだ！〔……〕
おまえたちは時の衣にくっついた小さな埃――
争いをやめるのだ！
お前たちを乗せて宇宙を経めぐる
惑星など点のように小さなものだ。
微小なる生き物はわめかぬもの。
おまえたちに賢くなるつもりはなくても、
せめて静かにすることはできよう！（Ⅱ・114）

一九四八年九月のプログラム、「頼むから、穏やかにやってくれ！」をもって、また通貨改革によって、ミュンヒェンのレーヘル街にあったカバレット「見世物小屋」は姿を消した。「『見世物小屋』は、誰もが鍋釜や衣服や食料を買うことに血眼だった時代の産物で、それが過ぎるともう生命を保つことはできなかった(54)」。

戦後のすべてに事欠く時代を少しでも快適に乗り越えるために、物資が多少なりと豊かな土地を選んで、ケストナーはたびたび旅行に出かけた。四七年五月にエンデルレといっしょにガルミッシュ＝パルテンキルヒェンで過ごした短い休暇も、そうした試みの一つだった（四七年五月一〇日、MB）。また、スイスの出版社との関係を十二分に利用して、チューリヒに出かけた。そしてしばしば六週間も滞在して、対外国の出版エージェントもしていたマシュラーを相手に、新しい契約の交渉をした。「なぜなら、あそこでもまたお金を稼がなければならないからです。ドイツマルクが紙くず同然になったときのために、手を打っておくのです。あと三か月もしたら、そういう事態になっているかもしれません。そうなったって、とにかくお金は必要ですからね！」（四六年二月五日、ＭＢ）。不如意な時代に、ケストナーにとってスイスの食事は重要だった。ときには体の方がもはやそうした食事を受け付けないことすらあった。「そのうえいささか弱ってしまった胃袋という問題もあります。脂肪たっぷりの食事のせいで、目下のところ反芻する犀同様の食べ方をして、この身を養っています(55)」。

四七年六月、ケストナーはヨハネス・Ｒ・ベッヒャーとエルンスト・ヴィーヒェルトとともに、チューリヒで開催された国際ペン会議に招待された。そのときの模様を「ノイエ・ツァイトゥング」紙に二度にわたって書いている。一度は「現在への旅」という表題で、著作集にも収録されているが、ケストナーが会議で《ドイツ問題》を詳しく説明した様子をその内容としており、出席していた著名な文学者の名前も列挙されている。もう一編は「過去への旅」という表題で、個人的な色彩が強い。つまり、チューリヒで会った古い友人や知人のことを報告しているのである。まずはクルト・ゲッツの名が挙げられ、「喜劇の一つのジャンルにおける才気煥発な作家だが、残念ながらわが国には彼の〈あとを継ぐ者〉がいない」と述べられている。そしてアリス・ヘルダン＝ツックマイアー、「誰よりもベルリンの雰囲気をもつシャンソン歌手」のブランディーネ・エービンガーとつづいている。また出版業者では、クルト・マシュラー、エーミール・オプレヒト、クルト・ヴォルフ、ゴットフリート・ベルマン・フィッシャーといった人々と会った様子が書かれている。さらに多くの亡命した詩人や作家たちとの出会いが語られる。そのなかにはオシプ・カレンター、トーマス・マン、アルフレート・ケル、ローベルト・ノイマン、ヒルデ・シュピール、ペーター・ド・メンデルスゾーンといった名前が見える。こうした名前のリストのあとには、こんな結びの言葉が添えられている。「重要で且つすばらしかった」のは、「《亡命者》との再会がどんな不信感も不協和音も」感じさせなかったことである。「無理やり引き離されていた歳月は私たちを少しも疎遠にすることはなかったのだ」。

ケストナーはしかし、そのほかに「事物」との再会についても報告しており、こちらの方が表現に力強さが感じられる。つまり、この間《かん》も傷を負うことのなかった国、「二度の世界大戦という巨大な竜巻に襲われなかった［……］離れ小島」、との再会についてである。彼はスイスを物資が有りあまる国と見ている。なにしろナイロンのストッキングやタバコが少しも不足しておらず、マッチが無料で配られる国なのだ。「マッチ箱には着火する面が両側にあり、ここまでくるとただの贅沢じゃなくて罪だ、という思いが頭をかすめた。〔……〕店の前では、イチゴが籠に入ってヒナ壇式に並べられているが、その壇が歩道をふさいで排水溝まで達しているので、歩行者はいったん車道に出て進むほかはない。たっぷり日差しを浴びて、甘い香りが何軒も先まで漂っている。ガラス窓のなかには野菜が山のように積み上げられている。おしまいにぼくは、湖畔のほっそりしたポプラの木を見て巨大なキュウリだと思い込んでしまった。幻覚に襲われてしまったのだ。フェーン現象で輝いている雲の塊が雪に覆われた白銀のアルプスのうえに浮かんでいるのを見て、ケンタウロスやキュクロープスのためのカリフラワーだと思う始末だった……」。

こうしたことがあったにもかかわらず、ケストナーは目にした場面のすべてに彼なりの疑念を懐き、少なくとも一九四七年には、自分はあそこに戻りたくはないという確信を持った。「私たちが過去に目にした光景、それがこの国では今もまだ現在であるが、たとえ私たちが歓迎しようと不満だと言おうと、それは私たちの未来とはならないであろう。私たちは変わった。美しいモノの溢れる国は、訪れればいいのだ。まるで芝居を観にいくように。ちょうど保養地のように。私たちが歩むほかない道の途中には、そうしたものは存在しない。自然保護公園はあって、そこに入れば、囲いの外ではとうの昔に絶滅した植物や動物が見られる。今日のスイスは多くの旅行者に、まるでヨーロッパの文化保護公園のような印象をあたえている[56]」。

しかしながら、そののち何度かチューリヒに滞在するあいだに、この塗装は早くもまた剥がれてしまう。今やケストナーにとっては、イチゴの香りよりも自己宣伝のためのチャンスの方がだんぜん重要になったのだった。確かに父親への手紙では、チューリヒのようなところで何週間か「平和な国の食事」をすることができれば、「父さん母さんの健康にとても良いでしょうが」、と気の毒がっているのであるが。

一九四七年一一月、ケストナーは大学生向けの講演をしている。「工科大学で、かつてトーマス・マンが語ったのと同じ広場で、話すことになるでしょう。これもぼくにとっては重要なことです[57]」。また、「ランデヴーには極めつけの広場」で、ブレヒトやローヴォルト、ツックマイアー、マックス・ブロート、ベルゲングリューン、ホルスト・ランゲ、そしてマックス・フリッシュと会った[58]。四八年九月、一〇月には、バーナード・ショーの新作『兆万長者』のあら捜しをし、チューリヒのシャウスピールハウスでおこなわれたベルトルト・フィアテルの初演を褒め、またチャプリンの新しい映画『殺人狂時代』を「ノイエ・ツァイトゥング」紙上で賞讃した（四八年一一月二日）。

　しかし、何よりもケストナー自身が賞讃の対象となった。著書『日々の雑事』のプレゼンテーションとカバレットの客演の際、観客のなかにはブレヒトとフィアテルもいた。「ぼくは司会者で進行係で、講演者と歌手とその他の役もこなし、終わってからはロビーで本の販売があって大いに売れたが、そのあとのサイン会はもう大変な騒ぎだったよ」[59]。新聞の反響にケストナーは満足した。

「ゲーテとクロップシュトック以来、チューリヒで詩人がこれほど歓呼の声につつまれたことはない、と誰かが書いていた。すごいだろ《ダ・ハンマーシュ》。これから書店でサイン会だ。『新チューリヒ新聞』その他に載った広告のとおりにね。『日々の雑事』は好調だ。これを十分に利用しなくては。這い上がるための一回かぎりのチャンスだからね」[60]。ケストナーは成功を利用した。ほんの半年後にふたたびベルンとチューリヒ、フラウエンフェルト、ヴィンタートゥーアで一連の講演会を開いた。「舞台でワンマンショーをおこなった」のだった。それだけではなく、ケストナーは出版業者や劇場関係者、あるいは《新聞界のうるさがた》を相手に交渉した。ある作品については再版を出すことを、未発表の作品については、出版に先だって抜粋を新聞雑誌に掲載することを、承知させようとしたのだった。取り上げられた作品は、エピグラム集や『ささやかな国境往来』、未完成の歴史劇『ショヴラン』、そして『ふたりのロッテ』などであった。首尾よく『一生のあいだ子どものままで』をシャウシュピールハウスで上演させる話をまとめることができた。「自分でやらなければ、だれもやってはくれないからね」。商売上の交渉で大成功を収めたにもかかわらず、カマトトぶって、自分はお金を稼ぐことについてはまるで素人なもので、「こんなことでは軟らかい石鹸とか刺激的な下着とかを売って歩くほかないかもしれない」、などと言っている[61]。

　このころケストナーは五〇歳、母親は七五歳になっていたが、二人が交わす手紙の言葉遣いに変化はなかった。イーダ・ケストナーは書いている。「母親と子どもは本来もっと頻繁に会うべきです。両者のあいだには特別深い結びつきがあるからです」。母親は今もって変わることなく、ケストナーがまだ結婚していないこと、子どもが一人もいないことを、残念がっていた。「私だったら、とってもいいおばあちゃんになれるでしょうにね。もしもそうなったら、あなたの子どもの面倒はちゃんと見ますよ。でも、あなたにその気がなくては、何も変えられませんね」(四六年二月一三日、ＭＢ)。へその緒は今も引き寄せていたのである。もっとも、いつしかその力が弱くなっていた節はある。というのも、ケストナーはこんなふうに書いているだ。「かれこれ一週間もお手紙を受け取っていません。何か思わしくないことでもあったんでしょうか？」(四六年三月七日、ＭＢ)。

ケストナーの両親はとくに恵まれていたわけではないが、状況からすれば、とくに悪かったわけでもない。二人はそれまでの住まいに引き続きとどまることができた。ソヴィエト占領軍が強制的に空け渡しを要求したが、息子の尽力もあって回避できたのである。食料も、贅沢な思いはできなかったが、不足することはなかった。息子エーリヒとエンデルレから定期的に小包が届いたから、なおさらであった。さらに、ポニー・Ｍ・ブシェー、エルフリーデ・メヒニヒ、ジョニー・ラッペポルト、そしてライプツィヒに住んでいたエンデルレの両親からも、届けられた。ヘルベルゲンに住んでいたケストナーの知人の女性リンダ・リットマイアーは、衣類と交換してジャガイモを手に入れていたのだ(四六年一〇月二五日、ＭＢ)。ところがイーダ・ケストナーは幸せとはほど遠かった――息子に会えなかったからである。そこでイーダは息子に、石炭が不足がちだとか、食料品が手に入らないとか、ひたすら窮状を訴える手紙を書いた。

母親と息子は一年半以上も会えなかった。一九四五年にはクリスマスにも帰省できなかった――親子が別々にクリスマスを過ごしたのはこのときが初めてであった。ケストナーは「四六回の聖なる夜」と題して、このときに感じた悲しみと記憶にあるかつてのクリスマスのお祝いの様子を書き綴って、「ノイエ・ツァイトゥング」の子どもの読者向け付録に掲載した(Ⅱ・18―22)。郵便が遅れたために、少しあとになってそれを受け取ったイーダ・ケストナーは、こんな返事を書いている。「すっかり嬉しくなって泣いてしまいましたよ。だって、それまではみんなから見捨てられたという気がしていたものでね。やさしくて誰より立派な私の息子がいないために、一人ぼっちで過ごす最初のクリスマスだったからだよ」(四五年一二月二七日、ＭＢ)。

母親と息子は占領地域の境界線を越えて手紙をやり取りし、どうしたらいいかを考えに考える――両親はバイエルンに引っ越した方がいいのだろうか(四六年二月一一日、ＭＢ)。母親は書いている。「おまえと同じ都市《まち》で暮らすことができたら、私は幸せです。ドレスデンにはもう住んでいたいとは思いません」（四六年三月三〇日、ＭＢ）。父親のエーミールは引っ越しを嫌がり、引きつづきドレスデンに住みたがっていて、しかも考慮の余地などまったくなしという態度だった。「パパの具合を尋ねていましたね。パパはやたらと怒鳴ってばかり。だから具合が悪いはずはありませんよ。［……］そう、これははっきりしています、エーミールはまだたいへんな剣幕で怒鳴ることができるのです。だから病気なんてはずはありません。そして、しょっちゅう言っています、エーリヒはもうすぐ来られるのかなあ、と」（四六年三月三〇日、ＭＢ）。

エーリヒ・ケストナーには、母親を勇気づけてバイエルンに引っ越してくるように言おう、という考えはなかった。彼自身もこの時点ではまだ、自分がずっとミュンヒェンに住みつづけるかどうか、はっきりしていなかったのである。今もベルリンへ戻ることを考えていたのだ（四六年二月一一日、ＭＢ）。そしてルイーゼロッテ・エンデルレにすれば、圧倒的な存在であるエーリヒの母親がすぐ近くに住むというのは、考えただけでも嬉しいことではなかった。イーダ・ケストナーのある手紙に、エンデルレはコメントを書きつけた紙切れを添付している。「母さん《ムットヒェン》は何が何でもミュンヒェンへ来ようとしている――でもエーリヒはとっくの昔に母親離れをしていて、自分自身の生活で大忙しだ」（四六年八月二二日、ＭＢ）。

秘書のエルフリーデ・メヒニヒも、ずっとベルリンに残っていて、占領地域の境界線をめぐる状況に詳しかったことから、ご両親の引越しはあきらめた方がいいと書き送った。「どうか二度とお母様に、ミュンヒェンに引っ越すことについてお書きにならないでください。お父上は言っておられます［……］、お母様が引越しという考えに取りつかれて自分を間抜け扱いしている、と。第一に、許可が出る見込みはありませんし、第二に、住む家はどうするというのですか。あなた様は忙しくて面倒をみることはできないでしょう。もうお年なのですから、今住んでいるところに引き続き住むのが一番です！　もう何度もこういう話を聞かされています。つまりお母様は、エーリヒが手紙を書けば許可が出る、と誰彼かまわず話しているというのです。そんなこと、考えるだけでもはや正常とはいえません。先日ドレスデンにいる知人たちが私のところに来て、こう言っていました。お母様は階段の上で話すだけで、部屋には入れようとしないのに、あなた様のことを生い立ちから現在までしゃべりにしゃべったのよ、って」[62]。

しばらく落ち着いていた夫婦の暮らしは、イーダに病気の兆候があらわれたことでふたたび地獄になった。妻は構ってもらいたがったが、夫は自分一人のことで手いっぱいだった――「パパはいつだって一人だけでいるのよ」、とイーダは息子に宛てて書いている（一九四七年四月一四日、ＭＢ）。「パパは頼まなければしゃべってはくれません。できることならひと言も口を利かないでいたい人なんですからね。あんなに無口な人間は元気のいい妻といっしょに暮らすことはできません」（四六年四月七日、ＭＢ）。夫と妻が《息子》をめぐって張り合う構図、相互の妬み合いは、少しも変わっていなかった。「今朝、パパはキッチンのテーブルにすわって手紙を書いていましたが、誰に書いているのか言いません。そのままにしてあったので、宛名を見て、それからパパにこう言いました。私も今日あの子に手紙を書くわよ、だってあんたの手紙があの子のところに着いたら、あの子は私が死んだって思うもの。でもこの私は、みんなも言ってくれるように、ピンピンしてますからね」（四六年一〇月一八日、ＭＢ）。

戦後の数か月、ケストナーは旅行したくても思うに任せなかった。ベルリンに住んでいたエルフリーデ・メヒニヒの方が、ドレスデンに行くのは容易だった。ケストナーが両親に会いに行く前に、メヒニヒは何度も、ドレスデンの自分の友だちのところへ行ったついでに、ケストナーの両親を訪ねた。そしてケストナーに、二人の暮らしぶりについて長くて詳細な手紙を書いた。

メヒニヒが何よりも衝撃を受けたのは、ケストナーの母親の病的な食欲だった。メヒニヒが見ている前で母親は一キログラムもあるパンを平らげた――「これは誓って本当のことです！　この眼で見なければ、私だって信じなかったでしょう」。母親は夫の分まで、さらに役所からの指示で同居していた下宿人で七五歳のルイーゼ・ミートの分も、そして客のメヒニヒからも、こっそり取り上げて食べてしまった。「みんながベッドに入ってからも、一人だけキッチンに行って、ひたすら食べつづけるのです！」。「お母様は思いつくかぎりの口調で愚痴をならべますが、廊下の食料用戸棚には隙間がないほど手提げ袋がいっぱい詰め込んであるんです。〔……〕お母様は失くなった二つのトランクのことを何度も何度も蒸し返します。そうするとお父様は、まったく正しいことですが、失くなった二つのトランクのことで泣きわめくのはもういいかげんによしなさい、と言い聞かせます。だって戸棚も箱もはちきれるほどいっぱい物が入っているじゃないか。よその家では家族が亡くなって嘆き悲しんでいるんだよ、そのうえ持ち物も全部失ってしまったんだ、って。このような道理にかなった話も、お母様の耳には入りません。[……]お年を召したお父様をお気の毒に思いますが、同時に、どんなこともなんて落ち着きはらって受け止めていらっしゃることかと、感心せずにはいられません」(63)。

メヒニヒが両親の生活ぶりを書き送ったのは、ケストナーが訪ねていったときにどんな光景を目の当たりにするか、前もって知らせておくためであった。そこでこう書いている。一瞬、お二人はちっとも変っていないと思いました。でもそのあと、お母様の様子が尋常ではないことに気づきました。「ガスがまだいつでも使えたころの話ですが[……]、夜になってみんながベッドに入っても、たいてい言うことを聞かず、起きていました。ところが、新聞を読み始めるとたちまち寝込んでしまうのです。あとでお父様が様子を見に行くと、キッチンにはガスが充満していて、お母様はテーブルで眠っていました。でも、お父様が眠っていたと言うと怒り出し、寝てなんかいなかったと言い張ります。私はちゃんと新聞を読んでいた、あんたが邪魔したのよ、と。そこでお父様が、ガス臭いと言っても、ガスの臭いなんかしないと答えます。[……]お母様には、お金を渡すにしても、今ではもうほんの少しにしておかなければいけません。手にしたお金は二度と出さないからで、お父様はいくら働いても何にもなりません。部屋は散らかし放題です——お母様にかぎって絶対にそんなことはないと思っていたのですが。何もかもぞっとするほど汚れたままで、とにかくお母様は手紙を書くことのほか、何もしないのです。お父様が掃除をし、窓を拭き、一個当たり六プフェニヒの手間賃で、朝から晩まで革のベルトを仕上げたり、留め金を付けたりなさっています。そして悲しい声で私に、がんばっても一時間に一〇個すらできないんだ、とおっしゃいました。階段の掃除も、今ではお母様ではなく、お父様がなさっています。お母様には、ひとを頼んでこの仕事をやってもらうお金は十分にあるのです——私はわざと尋ねてみました。でもお母様の返事は、だめ、うちのひとにさせればいいの、でした。ちょうど私が行っていたとき、ロシア兵が来て、明日までに地下室を空にせよと命令しました。お年を召したお父様が朝の五時に起きて、幾度となく階段を上ったり下りたりなさいました。お父様は男の人を一人見つけてあって、そのひとは少し手伝っていましたが、すぐにすっかり腹を立ててしまいました。とんでもなく暑い日でしたしね。お母様は毎日一〇時ころまで寝ています。[……]私はあなた様の蓄えのなかから[……]合計七ポンドほど、それ以外はほかで調達して、持っていきました。白い豆を二ポンド、砂糖二ポンド、マーガリンを半ポンド、ヌードルを約五ポンド、パンを七五マルク分、お父様にタバコを七個（三五マルク）、乾燥ジャガイモ、ジャムを三ポンド、などです。がんばって持っていったんですよ。お父様が喜ばれて、ジャムをパンに塗ったとき、お母様は何て言ったと思いますか？　そんなにたくさん塗ってはだめじゃないの、と怒鳴りつけたんですよ。そして翌日になると、お父様にはいっさい食べさせない、あれは私のものだから、と言いました。このときは私も黙ってはいられなくて、お二人のものです、と言いました。でも、お父様がいない隙に、お母様はすぐさま食べてしまいます。お父様が砂糖に手を伸ばすと、駄目だと言います。前もって知っていたら、何もかも二つに分けて持っていき、お父様にはお父様の分を差し上げたでしょうに。お父様には五〇マルクお渡ししました。何かの支払いに使えるようにです。お母様が一プフェニヒも渡さないことは眼に見えていますから。お年寄りがほんの数プフェニヒ稼ぐために、そして労働者の食券を手に入れるために、苦しい思いをさせるなんて、まったく恥ずかしいことです。そして食事のときも同じありさまです。お父様が、肉をもう一切れ食べていいかと訊くと、だめ、とお母様は言い張ります。残しておけば明日の分になるわ。そこでお父様は出ていきます。するとお母様は分厚く切って食べてしまうのです。このようなことは口にできないほど見苦しいと思います。自分の分をほかのひとに分けてあげるのは当然のことで、私も母にそうしています、〔……〕ですが、〔……〕仕事でも心配でも全部引き受けて片づけている人間が、何一つせず、そのうえもはや頭もはっきりしていない人間の言いなりになっているのは、あまりにもひどすぎます」(64)。メヒニヒの報告はこのままの調子で便箋に何枚もしたためられている。ケストナーの返事は見当たらない。

息子は何度もドレスデンに行こうとした。そのためには編集長のハンス・ヴァレンベルクに頼み込み、ある時は母親に会いにミュンヒェンにやってきたヨハネス・R・ベッヒャーにも助力を求めた（四六年五月一九日、MB）。ケストナーはまたザクセンの旧友たちにしきりと働きかけ、両親の面倒を見てもらおうとした。あるときは休養のために二週間ほど田舎に連れていってもらっている（四六年五月一五日、MB）。ケストナーは四六年四月末にドレスデンに向かったが、半分行ったところで断念せざるを得なかった。というのも、フランクフルトに着いてから初めて、「一般人はベルリンに行くアメリカの軍用列車に乗ることは許されない」、と言い渡されたからで、空しく引き返すほかなかった。

ケストナーと両親、ドレスデン、1946年9月

「列車に一一時間乗ってフランクフルトまで行き、そこで五時間駈けずりまわり、ふたたび一一時間かけて帰ってきました」(四六年五月一日、MB)。「はらわたが煮えくりかえる思いです！」(四六年四月二五日、MB)。

旅行が困難な状態は何か月経ってもいっこうに変わらなかった。ようやく一九四六年九月になって、ケストナーは両親を訪ねることができた。「ノイエ・ツァイトゥング」の編集員だったからできたのだった。つまり、新聞社の社員として、ソヴィエト占領地域に入る許可を手に入れたのである。旅行の目的は、出版社訪問、ルポルタージュ執筆、映画と演劇の取材であった[65]。西ベルリンではニート通り五番地に住んでいたエルフリーデ・メヒニヒのところに泊った[66]。

両親との再会の様子については、「それから私はドレスデンに行った」というコラムに描かれている。二人は駅まで息子を出迎えるつもりが、遅れてしまった。「まだずいぶん距離があったが、両親だということがわかった。二人は鉄道の土手に沿った道を歩いてきた。縮んで背中は丸くなり、すっかり失望し、疲れ果てた足取りであった。息子が乗ってきたかもしれない列車は、二人の目の前を走り過ぎてしまった。待っていたのはまたしても無駄だった……。そのとき私は大声を挙げた。手を振った。走り出した。すると突然、私の両親、小さくなり、背中が曲がり、疲れ果てた両親も、ほんの一秒ほどまるで死の硬直に襲われたように立ち止ったあと、大声を挙げ、手を振り、走り出した」(Ⅱ・91)。

そのときになって初めて、破壊されたドレスデンの姿も目に入った。まるで「自分たちが夢のなかでソドムとゴモラを走っているかのような」気持ちに襲われた。あっちの街区もこっちの街区も今は瓦礫ばかりで、「埃をかぶったレンガの広がる風景」になっていた。「ニュルンベルガー広場から中央駅の反対側のはるか向こう、ノイシュタットのアルベルト広場まで、建物は一つも残っていなかった。私たちは四〇分かけてとぼとぼ歩いていった」(Ⅱ・91以下)。そのノイシュタットでも、思い出の結びついている建物の多くが消えてしまっていた——ただ兵舎だけは、「もちろん変わらぬ姿で残っていた！」(Ⅱ・93)。

数年たつと、東ドイツへの旅行はもっと容易になった。ケストナーは毎回、まずベルリンに二週間とか三週間とか滞在し、それからドレスデンへ往復した。ライプツィヒやヴァイマールにも出かけた。ベルリンでは昔の友人たち、エーバーハルト・カインドルフやジョニー・ラッペポルト、ヨーゼフ・フォン・バキーと旧交を温め、「ノイエ・ツァイトゥウング」の駐在員フリード・ルフトに挨拶をした。ヨハネス・R・ベッヒャーとも会い、またアンナ・ゼーガースとはもっと頻繁に会った。「ビリー・ワイルダーが二、三日のうちに自作の映画、『失われた週末』を見せてくれるそうです」(67)。

ケストナーにとってはベルリンにも交渉のし甲斐がある出版業者たちがいた。ツェツィーリエ・ドレスラーとクロノス演劇出版社。この出版社は、マルティン・メーリケはすでに亡くなっていたが、夫人のゾフィー・メーリケが引き継いでいた。

母親の病気が進行した。一九四七年五月から、市内のシュトレーレン地区にある病院に入院して様子を見ることになった。ちなみに医長はツィンマーマンという名前だった。しかし、入院しても落ち着きがないのは以前と同じだった。「母さん《ムットヒエン》のことをこの先どうしたものでしょう？　パパが見舞うたびに、うちへ連れて帰ってくれと頼むのは、病院に入っているのが気に入らないからでしょうか？」(一九四六年六月二七日、MB)。自宅で看護婦に世話をしてもらうという案もあったが、誰も賛成しなかった。その後、私立の神経科病院に入院して介護を受けることになり、けっきょくそれが長期におよんだ。このときからケストナーは、手紙の宛て名には二人の名前を記すようになったが、まもなく父親だけに宛てて書くようになった。「父さんのお加減はいかがですか？　母さんは？　とても嬉しく思いましたよ、お二人にまた会えて。それから、ママがシュトルテンホフ博士のもとであんなにやさしく、また注意深く、介護を受けていることがわかって」（四七年九月一〇日、VB）。イーダ・ケストナーが息子に手紙を書くことはもうほとんどなくなり、せいぜい葉書が数枚残っているだけである。

ケストナーのもとには一九四五年から五〇年代もかなり遅くまで、《潔白証明書》を書いてほしいという依頼がつぎつぎと寄せられた。ナチ時代に国内に残った者のための無罪証明書である。また、損害賠償のための鑑定書作成も求められた。これは亡命者にとって、失われた財産のほんの一部であれ、賠償を受け取るために必要な書類であった。ケストナーは依頼されて断ったことはほとんどない。しかし、たんなる好意から所見を書いたことはただの一度もない。簡潔な文章で損害を被った人との関係を、友人だとか知人だとか明確に記し、当人のことを詳しく知らないときは、その旨を書き添えた。ケストナーが損害賠償のための所見を書いたのは、カディジャ・ヴェーデキント、ヘレーネ・トゥリーア、ルドルフ・アルンハイム、リヒャルト・ヒュルゼンベック、ハンス・ザールである。無罪証明書の方は、既述のフリッツ・ヒプラーのほか、たとえばヴェルナー・ブーレやエーバーハルト・カインドルフのためにも書いている。

鑑定書にはときとして奇妙な形式のものがあった。たとえば、あるときルイーゼロッテ・エンデルレの両親に関して、書面で証明するよう求められた。「ケストナーは空襲で完全に焼け出されたあと、そればかりか一二年におよんだナチ時代を通して、ナチににらまれて執筆を禁止されていたあいだ、収入はなかった(68)」のだが、その間《かん》、両親が自分たちの「殿方用の部屋」と食事室にあった家具調度を自由に使わせたことを証明するように、というのであった。エンデルレの父親は一九三三年以降「ナチ党員」であったことから、略奪を恐れていた。じっさい食事室にあった革張りの椅子はすでに持ち去られていた。

当時は非ナチ化の訴訟が頻繁におこなわれており、この方面でもケストナーは何人かの友人のために証言していたが、早々に嫌気がさした。ベルリンの滞在先からエンデルレにこんな手紙を書いている。「今日は五時間にわたって、おそろしく暑い部屋で、フルトヴェングラーにたいする非ナチ化裁判所の手続きに追われていたが、けっきょく裁判はおこなわれず、延期！　国内国外の新聞記者も、おしまいにはメモ帳に似顔絵を描いて暇つぶしをしていたよ」(69)。

レンナート・ヨートベリというスウェーデンの新聞記者が、ケストナーとのインタヴューのために、「ノイエ・ツァイトゥング」の編集部とフックス通りの住まいを訪れ、つぎのように書いている。オフィスでのケストナーは、「ほんの一秒もじっとすわっている」ことはできず、苛立っているような印象を受ける。「でも詳しく観察していると、じっさいは自分をしっかりとコントロールし、落ち着きはらっていることがわかってくる」(70)。インタヴューのなかでケストナーは、新聞編集者としての仕事から「少しずつ」手を引くつもりです、と語っているが、その言葉通り一九四八年四月に退社する。その後「ノイエ・ツァイトゥング」にはごく稀に書くだけとなり、それも一九五三年には終わって、以後はずっとフリーの作家で通した。時期を同じくして、彼の書くものから日々の政治との関わりが目に見えて薄れていく。当人は、政治が「正しい方向に進んでいた」のは一九四八年までだ、と考えていた。ケストナーにいわせれば、アデナウアーの政治は「間違って」いた。「たとえばドイツ自身の外交政策というものはなく、ひたすらアメリカの政治やらその他の望みやらを健気にかなえていたのです。［……］私の見るところ、アデナウアーが首相だったあいだは民主主義《デモクラトゥーア》の顔をした独裁政治の時代でした……」(71)。

「ノイエ・ツァイトゥング」との関係はすぐには切れなかった。その理由の一つが、一九五〇年からヴェルナー・ブーレがそこで働きはじめ、五三年の廃刊まで少年少女欄を担当していたことであった(72)。また、ルイーゼロッテ・エンデルレが四六年一〇月一五日から編集部でケストナーの代理を務め、税込一三〇〇ライヒスマルクの俸給を得ていた。ケストナーが退職したあと、数か月間は彼女が仕事を引き継ぎ、そののちにブルーノ・E・ヴェルナーと交代した。四九年九月三〇日付でエンデルレは職を免じられている。理由は、経済情勢により経費削減を余儀なくされたため、であった――「ノイエ・ツァイトゥング」自体も、通貨改革のあと規模を縮小せざるを得なくなっていたのである。エンデルレ自身はすでに四八年一〇月に辞職を申し出ていた。理由は「編集上の困難な問題」(73)であった。その後の経過から、このときの申し出が受理されなかったことは明らかである。
『ミュンヒナー・イルストゥリールテ』誌の創刊に際して、ハンス・ハーベが指名されて編集長になり、エンデルレは彼の推挙によって副編集長として採用された。ところがハーベは、自分の休暇中に発行部数が伸びたことを知って、中傷によってエンデルレを追い出しにかかった。エンデルレが語っているところでは、反共産主義に凝り固まっていたハーベは言いふらした、私が「編集会議で話し合われた秘密事項を〔……〕ケストナーを通して共産主義政党に流したと！　まったく根も葉もない誹謗で、私を酷い目に遭わせるためでした(74)」。

　エンデルレの語っていることも、ここまでは信頼してよいかと思われる。しかし、その後の回想に少なからぬ記憶の誤りが混入していることは、明らかだと言わざるを得ない。ケストナーが世を去って一〇年以上も経ってからのことであるが、エンデルレは友人にこんな出来事について語っている。「私はハーベと、東ドイツの大臣だったゲルハルト・ツィラーの自殺について話していました。ツィラーはケストナーの若いころの友人で、ドレスデンの劇場のプロデューサーにならないかと言ってくれたこともありました。そのころツィラーはザクセン州政府の部長になっていたんです。一九四九年にはザクセン州の工業大臣になり、五〇年から五三年までは東ドイツの機械製造を担当する大臣を務めていました。そして五三年から亡くなる五七年まで、SED〔ドイツ社会主義統一党〕の中央委員会で経済担当の書記だったのです(75)。ツィラーとケストナーの母親同士は〔……〕買い物のときにちょくちょく顔を合わせていました〔……〕。ツィラーが突然亡くなったとき、ケストナーの母親はツィラー夫人に歩み寄ってお悔やみを言いました。そのときにケストナーの母親は初めて、ツィラーの死因が自殺だったことを知ったのです(76)」。死の前夜、ツィラーはケストナーの『ぼくが子どもだったころ』を読み返したという。「自分のドレスデンをもう一度眼前によみがえらせるためでした(77)」。このエンデルレの話は事実と合致していない。イーダ・ケストナーはお悔やみを言うことはできなかった。このときよりも六年も前に彼女自身が亡くなっているからである。この逸話の核になる部分は、ケストナーがツィラーと知り合いだった、それをハーベはエンデルレの話を聞いて知った、というところであろう。

　ハーベの誹謗は影響なしでは済まなかった。そのためにエンデルレは彼といっしょに働くことを拒否したのであるからなおさらである。確かにエンデルレはその後も『ミュンヒナー・イルストゥリールテ』誌と「絵入り南ドイツ新聞《SZイム・ビルト》」

に記事を書いている。この二つが一九五四年に廃刊になると、彼女は仕事を失った。これについてエンデルレは述べている。「ジャーナリストとして働くこと」は、「これで《おしまい》となりました。［……］ともあれ私はまた映画界で働きたいと思っていました。そこでクビにされたのです」。ハーベは、とエンデルレはつづけている、偽情報を流したり、いかさまや誹謗をやってのけたのに、「有力な方面に庇護されて」いたものですから安全でした(78)。ハーベは、ハインリヒ・ベルなどが「剥き出しのファシズム」と断罪したシュプリンガーの新聞で、最後までモラルを喧伝するもっとも耳障りなジャーナリストであった。エンデルレは新聞社を辞めてからフリーで仕事をして、ケストナーの助言を受けながら、映画『シュペッサルトの宿屋』(一九五七)の台本をほかの執筆者と共同で書き、猫の本を出版し(一九六〇)、『喜ばしきホワイトソーセージ＝赤道』(一九六七)といったアンソロジーを編み、コラム記事を書いた。

一九四九年、チューリヒのアトリウム社から『ふたりのロッテ』が出版された。『エーミールと探偵たち』についで大きな成功を収める子ども向け小説である。ルイーゼ・パルフィーとロッテ・ケルナーという二人の女の子がゼービュールという湖畔のサマースクールで出会い、自分たちが一卵性双生児であることに気づく物語である。生まれて間もなく両親が離婚し、引き離されたのだった。二人は入れ替わることにする。つまり、夏休みが終わったとき、ミュンヒェンで母親と暮らしていたロッテは、ルイーゼになりすましてウィーンの父親のところへ行く。父親は《上流社会の一員》で、オペラの指揮者であり作曲家である。一方ルイーゼは、『ミュンヒナー・イルストリールテ』誌で図版担当の編集者として働いている、収入のけっして多くない母親の生活を知ることになる。二人の女の子は性格も能力の優れている分野も違っているが、誰もこの《いかさま》に気づかない。しかし、父親である指揮者が再婚しようとしたとき、ロッテはその相手、「プラリーネの女性」(Ⅶ・207)を追い払おうとしてうまくいかず、重い病気になってしまう。母親は、勤務先の編集室でゼービュールから送られてきた写真を見て、やっと娘たちの《ゲーム》に気づく。そんなときルイーゼが母親に、ロッテから手紙が来ないと異常事態を知らせる。二人はウィーンに駆けつけ、やがて父親と母親は、子どもたちをもう一度引き離すことはできず、もう一度結婚する。

この物語は、当時の離婚に関する法律を無視しており、同時にもう一つの時代背景も考慮していない。厳格な女性批評家ルート・クリューバーは、この長編小説を「設定からしてセンチメンタルな作品」だと非難している。「つまり、時代はどうやら現代らしいが、それなら占領軍がいるはずである。そして、話のなかで執拗なほどくり返し語られる、両親が別れて暮らしていた一〇年間には、戦争があったのではないだろうか。仮にこれが三〇年代を想定した《歴史小説》だというなら、この家族はいずれ戦争と占領を迎えるわけで、ハピー・エンドは成り立たない[79]」。物語の素材が時代をかなり無視していることはその通りだとしても——それは一九四二年に書かれたせいかもしれない——、とにかくこれがケストナーのもっとも溌溂とした子ども向け小説であることは間違いないのであって、時代の全体像を伝えたりそれを可能にしようとする物語ではないのである。

『ふたりのロッテ』はケストナーには数少ないまえがきのない作品である。書かなかったからではない。書くには書いたのだが、あまりにも陰鬱なものになってしまったために収録しなかったのだ。使われなかったまえがきのなかで、語り手はテニスコートに行く途中での体験を述べる。道の両側は瓦礫の山だ。「一つの階の半分が、曲がって錆びている針金や鉄のワイヤーでくくられて、傾いたまま空中に突き出している。〔……〕埃だらけでカビ臭い、見るも哀れな光景だ！」。「神に見捨てられた廃墟」で、ボロをまとった数人の子どもたちが「行方不明の兄さん」遊びをしている。一人の子は手の指を二本失っている。

ケーテという女の子が遊びの説明をしてくれる。「兄さんはついこのあいだ捕虜収容所から帰ってきたばかりよ。私は姉さんの役なの。お父さんもお母さんも死んでしまったわ。空襲でね。わかるでしょ。それでね、いい、ゲオルク兄さんは帰ってきたの。私たち、三年のあいだ思っていたのよ、兄さんは戦場で行方不明になったか、凍死しちゃったんだってね。それとも何か別なことがあったんだろうって。でも本当はね、両足に水がたまって、指が二本失くなっただけだったんだって。駅から家まで、足を引きずって帰ってきたわ。そうしたら家は無くなってしまっていたっていうわけ。近所の人が教えてくれたそうよ、私たちがどこに住んでいるかをね。地下室に住んでいるの。上には家の一部分と、煙の出ていく煙突が乗っかっているわ」。

語り手は言う。確かに楽しい遊びではありません。たまには《おままごと》でもしないのか、とお尋ねでしょうか。「みなさんがお考えになるような楽しい遊びはありません。私たちは楽しい遊びを知らないのです。〔……〕母さんと子どもは、今は避難民で、疲れきって死の一歩手前、たまたま行き着いた村で足をとめようとすると、即座に農民がやってきて追い立てます。あるいはクリスマスをバラックで迎えても、明かりも暖をとる石炭もなく、子どものミルクもなく、まったく何ひとつないのです。それから飛行機がやってきて爆弾を落とします、大きな袋にいっぱい入っている爆弾をね。それが終わると警官がやってきて、私たちから何もかも取り上げるのです(80)」。

この導入部にくらべれば、『ふたりのロッテ』は何とも無邪気な印象をあたえる。しかし、この小説は紛れもなく一つの問題をめぐって展開している。この作品は子どもにとっての離婚の意味を問い、その意味を子どもの立場から物語ろうとしているのである。それをケストナーは、この作品でもふたたび夢を用いることで、巧みにやってのけている。夢を見るのはホームシックに苦しむロッテで、その夢にはヘンゼルとグレーテルのメールヒェンが「ロッテなりの不安と嘆きで色づけされて」混り込んでいる(Ⅷ・201)。ロッテの悪夢のなかでは父親のパルフィーが、子どもたちを真っ二つにするといって脅かす。「のこぎりで切るのだ！　ぼくはロッテを半分、ルイーゼも半分、いただくからな。ケルナーさん、あなたも半分ずつ受け取るがいい！」(Ⅷ・202)。実際には双子が寝ているベッドを真っ二つにするだけだが、しかし双子は引き離されてしまうのである――「ぼくはこっちを貰おう。どっちだって同じようなものだ。とにかく、どっちがどっちか見分けがつかないのだからな」。「やめて」とロッテは叫ぶ。「私たちを引き離したりしないで！」。「うるさい！」と父親は冷酷に言い渡す。「親は何をしたっていいんだ！」(Ⅷ・203)。この小説は確かに大きな成功を収めたが、テーマのために批判を招いた。言うまでもなく、親が本当に離婚すれば、子どもたちは本で読んだときとは比べものにならない精神的な負担を強いられるであろう。

ケストナーの遺稿のなかには、同じ素材をめぐって五種類の異なる原稿があり、そのうちの二つにだけ日付が記されている。『大いなる秘密。映画用短編の最初の四分の一、ベルトルト・ビュルガー作』と書かれたものは一九四二年の執筆で、母親へのクリスマスの贈り物にされた。『大いなる秘密。シナリオ、ベルトルト・ビュルガー作』は一九四三年と記されており、やはり母親に贈られている。ほかに、早い時期に書かれた小説ヴァージョンも現存している。最終的なテキストをケストナーが書いたのは一九四八年の夏と秋で、新聞の編集者という厄介な職から解放されたあとのことである。八月にはキームゼーという湖に浮かぶ小島フラウエンインゼルで仕事をしていた。同じ時期に同じ湖の大きな方の島ヘレンキームゼーでは――西側被占領地域から集まった三〇人の専門家の手で――西ドイツの憲法草案の作成が進められていた。ある逸話によれば、文学に特に関心を抱いていた国際法と政治学のカルロ・シュミートが、ケストナーが隣り合った島に滞在中だと聞いて、モーターボートで渡してもらった。しかしケストナーは、電撃訪問の情報を前もって耳にしていたので、見つからない場所に隠れていたということである(81)。

『ふたりのロッテ』に関して、ケストナーは早くからスイスの女性雑誌『アナベル』相手に、単行本に先立つ一部掲載を交渉していたが、ヴァルター・トゥリーアはようやく四九年三月になって原稿を受け取った。一読してトゥリーアは、本文も気に入ったが、特に表題［ダス・ドッペルテ・ロットヒェン］が「響きとして愉快だ。聞くとまるで〈二倍《ドッペルト・》コロコロ太って《ゲモッペルト》〉と言っているみたいでね。ただしルイーゼの方は損をしている――でも当然というべきだろうね――どうしてルイーゼって名前は響きが面白くないんだろう(82)」と書いている。そして挿し絵のアイディアはあっという間に浮かんだ。ケストナーはいくらか早すぎると思った。「これは君だから言うんだけど、『ふたりのロッテ』の挿し絵のうち、二、三枚どうもしっくりこないんだ。特にふたりのロッテ自身がいくらか甘ったるくてかわい過ぎはしないだろうか(83)」。

映画化された『ふたりのロッテ』では、第一作がもっとも優れているが、そのシナリオはケストナー自身が一九五〇年に書いたものである。またナレーターも担当しており、しかも冒頭の場面では顔も出ている。すでに一九四二年に想定されたように、ヨーゼフ・フォン・バキーが監督し、ギュンター・シュターペンホルストがプロデューサーを務めている。この映画がいつまでも生き生きとした魅力を失わないのは、何といっても双子を演じたユッタとイーザのギュンター姉妹のおかげで、「表現力が豊かで、活発で、子どもらしい魅力を備え、理想的な配役」であった(84)。この姉妹は監督のバキーとケストナーとで一二〇組の双子から選んだのだった。

映画『ふたりのロッテ』の封切りは一九五一年一月であったが、そのときも双子のギュンター姉妹は引っ張りだこだった。「主演・双子の姉妹――来館(85)!」。この「たいそう重い問題をめぐる――たいそう快活な映画」(『映画広報《キノアンツァイゲ》』誌)は五一年、この年に第一回が授与されたドイツ連邦映画賞の脚本、製作、監督の各部門で最高賞を獲得し、同年のドイツでは、ゲーザ・フォン・ツィフラ＝シュルツェン［一九〇〇―八九。ハンガリー生まれの映画監督］の『右から三番目の女性』と『ヴェールを着けたマヤ』を抑えて「最優秀作品」に選ばれた。

このの ち『ふたりのロッテ』は何度もリメークされる。エメリヒ・プレスブルガーは五三年に英語の映画を作り、五二年には日本でも映画化された(『ひばりの子守唄』)。最近ではヨーゼフ・フィルスマイアーが、話を九〇年代に移してリメイクしている(『シャーリーとルイーゼ』、一九九四)。特に風変わりな映画として、ディズニーの三つの作品に触れておきたい。『ザ・ペアレント・トラップ』(一九六〇/一九九八)と『ペアレント・トラップⅡ』(一九八六)である。第一作は狙いとは裏腹に醸し出されている滑稽味によって、ある種の娯楽作品としての価値はあるだろう。素材はアメリカの状況に合わせて書き換えられていて、両親はともに裕福という設定になっている。双子はハーリー・ミルズの二役で、撮影したフィルムを並べてコピーするという単純なトリックが用いられており、父親は「ビル伯父さん」として知られたブライアン・キースが演じている。

「火薬樽の上で生きるって、とにかくたいへんなのです」

「ノイエ・ツァイトゥング」との関連で、別なプロジェクトが一つ生まれ、ケストナーはルイーゼロッテ・エンデルレとともにそれを支えていくことになった――ミュンヒェン国際児童図書館というプロジェクトで、発案者はイェラ・レプマンという女性であった。

イェラ・レプマンは一九三六年、四〇歳代の未亡人の身で二人の子どもを連れてロンドンに亡命、四五年にはバート・ホンブルクにあったアメリカ軍司令本部で女性と児童のための相談係として働いていた。彼女は「ノイエ・ツァイトゥング」紙に、国際的な児童図書の展示会をベルリン、ミュンヒェン、シュトゥットガルト、フランクフルトで開催したところ大成功であった、という報告を寄せた。その際にレプマンは、この活動はすでに規定づくりと図書館創設の準備に取りかかっている、と書いた。「この国際的な児童図書の展示会をもとに国際児童図書館を作り上げようという考えが生まれました。すべての国々にたいして、自国のもっともすぐれた幼児や青少年向けの図書を提供するように、そしてこの図書館に参加するように、と呼び掛けることになっています。このような国際児童図書館はドイツにとって初めての試みであり、国境を越えた理解にいたる最良で有望な手段でありましょう。未来の世界平和は今日の子供部屋で決定されるということを、一瞬たりと忘れないようにしようではありませんか[1]」。

レプマンは最初、そのような図書館を世界のいたるところに設立することを考えていた。そして特にアメリカでは、前大統領の未亡人エレノア・ルーズヴェルトをはじめ多くの支援者を見いだしていた(2)。実現までにそれからなお三年を要したことは、ミュンヒェン市の困難な状況に原因があった。一九四八年一二月に「国際児童図書館友の会」が結成され、会則を決定した。ケストナーとヒルデガルト・ブリュヒャーは創立メンバーに名を連ねており、ルイーゼロッテ・エンデルレは副会長に選ばれた。最初の二年間、この友の会はミュンヒェン市による助成に加えて、ロックフェラー財団、ドイツ連邦政府、そしてユネスコから資金の援助を受けた。ミュンヒェン国際児童図書館は四九年九月に完成したが、そのとき母体となる収蔵図書は二三カ国から集まった一万冊であった。

ケストナーは祝電を打った。「ワレラガ愛シ児ノ行ク末ニ幸運ト祝福ガアランコトヲ、心ヨリ祈ッテオリマス。けすとなー(3)」。そして「世界のすべての子どもたちに」と題した公開の手紙を書き、そのなかで、君たちは家の持ち主になったんだよ、と呼びかけた。「当然だけど、自分たちのものになった家について、君たちがしてはいけないことが一つある――その家を売ってしまうことだ。また、ボンボンやおもちゃを山のように差し出されても、取り替えてはいけない。その家はきみたちのものだ。つまり、すべての子どものものなんだ。シュヴァービング地区の子どもだけじゃなく、ミュンヒェン市の子どもだけじゃなく、バイエルン州の子どもだけじゃなく、ドイツとかヨーロッパの子どもだけじゃなく、そう、すべての子どものものなんだ。そして、もしもアメリカ先住民とかイヌイットとかの小さな子どもがたまたまミュンヒェンにやってきたら、その家はその子たちのものでもあるんだ、今もこれからも君たちのものであるようにね(4)」。

ケストナーはこの児童図書館で何度も朗読会をおこなった。そして、一九五〇年二月には児童演劇クラブを設立し、みずから監督となって、二週間の稽古をへて劇の上演を実現させた(5)。特筆すべきは、イェラ・レプマンに励まされて『動物たちの会議』を書いたことである。この本は四九年にエーミール・オプレヒトが経営するチューリヒの出版社から刊行されることになるが、四七年に冷戦のなかで国際会議が再三にわたって行き詰っていたころには、すでに書き上げられていた。伝えられるところでは、そのころケストナーは毎晩、一匹の雄猫を肩に乗せ、ルイーゼロッテ・エンデルレといっしょにレプマンの住んでいた「アメリカ軍が強制収用し、ビーダーマイアー風に改装した部屋」に出かけ、猫は暖炉の上に置き、三人でストーリーの展開を考えた。「あのずっとつづいた晩のことを思い出すと、今も心が温かくなります。冬のさなかで、外は雪が舞って凍てついていましたが、ドイツの状態が改善されてきた最初の兆候が感じられました。借家とはいえ何の心配もない部屋に落ち着き、ワインを飲み、PX〔米軍駐屯地売店〕の菓子をつまみ、浮かんだアイディアをボールみたいに投げ合っていましたね。ぼくたちの頭のなかではまるで火があかあかと燃え、パチパチはぜているようでした(6)」。

その後、平和を希求する夢の仕上げはケストナーが一人で引き受けた。『動物たちの会議』の最初の数ページを練り上げた文章で埋め、オプレヒトに送って返事を待った。つまり、使われる紙のフォーマットと大きさを知ったうえで、一ページに収まるテキストの量を見積もるつもりだったのだ。出版社主のオプレヒトは試し刷りをなかなか渡さず、そのために原稿の仕上がりが遅れた。それでもケストナーは一九四七年のうちに完成させている(7)。

「人間たちをこのままにしておくわけにはいかない！」(Ⅷ・264)。動物たちはそう考えた。第八六回平和会議が失敗に終わったあとのことで、人間の子どもたちをかわいそうに思ったからである。そこで動物たちは自分たちの最初で最後の会議を開くことにする。全世界の動物たちが――絵本のなかの動物までが――動物の高層ビルディングに集まる(Ⅷ・266)。来賓として人間の子どもたちが、肌の色ごとに一人ずつ招かれている。白クマのパウルは会議電話を使って、ケープタウンにおける第八七回会議に出席中のすべての国家代表に向かい、「二度と戦争、生活苦、革命を惹き起しません！」と宣言することを要求する(Ⅷ・294)。そのためにはすべての国境が廃止されねばなりません。

会議に出席していた国家の代表たちは、これが初めてなのだが、全員一致で抗議のメモを送る――動物たちの介入を許さない、というのがその内容である。すると翌日、あらゆる種類のネズミたちがまるで大潮が満ちるように会議場に押し寄せ、書類という書類を残らず齧ってしまう。しかし晩までにはすべてのコピーがふたたび揃えられた。そのため動物たちは新しい作戦を考えざるを得なくなる。雄牛のラインホルトがテレビの画面にあらわれて叫ぶ。「諸君の制服、それが合意と理性の妨げとなっているのだ！〔……〕それを消してしまわねばならない。この会議室からだけではない、全世界からだ！　われわれは諸君の意見が一致することを要求する！　子どもたちのためなのだ！」(Ⅷ・303)。全世界で「まるで雲のような銀鼠色の蛾の大群」があらゆる制服めがけて飛びかかる。軍人の制服だけではない。制服を着ていれば、郵便配達人や路面電車の車掌だって同じだ。これにたいして、人間の政治家たちは脅しの言葉を口にするだけであった。しかし、動物たちの最後のクーデターがついに所期の成功を収める。一夜で人間の子どもを一人残らず連れ去り、見つからないように隠してしまったのだ。「地球上には両親、先生、大人たちだけになって、子どもはたったの一人すら見当たらなかった」(Ⅷ・306)。

政治家は絶望した何万何十万という親たちに囲まれ、協定にサインする。そのときから、もう国境も戦争もなくなり、軍隊は廃止され、大砲も爆薬も廃棄され、警官が身につけるのは弓と矢だけとされ、その役目は「科学や技術がもっぱら平和のためにだけ使われているかどうか」を監視するだけとなる。こうして殺人の科学は世界から消滅する。「……」役所や役人や書類用ロッカーの数は必要最低限度まで引き下げられる。役所は人間のためにあるのであって、その逆ではないのだ」(Ⅷ・314)。将来は学校の先生がもっともよい給料を支給されるようにすべきだ。「真の教育の目標は、〈怠惰な心の持ち主を一人もいなくすること!〉となるべきである」(Ⅷ・314)。

イエラ・レプマンもケストナーも、この本の挿絵画家としてはただ一人、ヴァルター・トリーアしか思い浮かばなかった。ケストナーはこのときロンドンにいたトリーアに手紙を書く。「貴兄に折よく時間があり、唐突な思いつきながら迅速な完成を待ちわびている私たちの計画に、手を貸そうという気持ちになっていただければ、これにまさる喜びはありません!」(8)。トリーアは確かに構想には感激したが、依頼がとどいたとき、じつは新たな移住の準備を進めている最中であった。今回の行き先はカナダだった。しかも、この『動物たちの会議』という作品のためには、ゆっくり時間をかけたいと思った。「望ましい落ち着きと精神の集中をもってこの挿し絵の仕事に取り組むことができず、ごく短時間で仕上げるよう迫られるのではないかと、心配でなりません。今回の絵が簡単に——そしてごく短時間で——描けるとは考えておりません」(9)。

トリーアは一〇〇枚を超す、一部は彩色した挿し絵を仕上げたが、エーミール・オプレヒトが厖大な制作費が必要だといって二年近くも印刷を遅らせたとき、裏切られた気持ちになった。平和の重要さを訴える子どもの本が世界的な成功を収めることに、トリーアは大きな期待を寄せており、同時に自分の努力が水泡に帰すことを恐れていた。「貴兄はどうお考えですか? およそ二年前には私たちの本を出すための基盤が十分に整っていましたが、今もあのときと状況は変わっていないのでしょうか? あのときは、早くもまたつぎの戦争を口にする輩が出てきたことに、私たちは一人残らず（??）激しい憤りを覚えたものでした。それとも世の人間たちは早くもまたすっかり無感覚になって——諦めて——しまい、そのために私たちは、雲に乗って空を漂っている度し難い平和主義者だと見なされているのでしょうか［……］??」[10]。

ケストナーにとっても出版の遅れは痛恨の極みであった。こうした事情から、『動物たちの会議』は『ふたりのロッテ』とほぼ同じころ世に出ることになり、二冊の本は「反響がいささか小さすぎるようで」あった[11]。そこでケストナーは、売り上げを伸ばすために、出版から間もなく「ノイエ・ツァイトゥング」紙にかけ合って、一部分をクリスマスの読物として連載させることに成功した。ウォルト・ディズニーが、この子ども向けの本を元にしてアニメーション映画を作りたいと申し出たが、交渉はまとまらなかった。これはトリーアが予測していた通りであった。「ディズニーのような男が、あれほどの平和主義的な考えを進んで受け入れる」だろうかと、トリーアは最初から疑っていたのである[12]。ようやく二〇年後に、クルト・リンダという監督がケストナーの小説にもとづくアニメーション映画を製作するが、これはドイツ映画史上初めてのアニメーション映画であった。

トリーアがケストナーの書き直し《リライト》た作品『長靴をはいた猫』[13]の挿し絵を描いたのは、『動物たちの会議』よりも前のことだった。しかし本になったのは遅く、一九五〇年である。ケストナーによる再話の本はそのあとも、『ミュンヒハウゼン』、『シルダの市民』、『ドン・キホーテ』、『ガリヴァー旅行記』とつづいた。この仕事が、りっぱな古典文学を子どもと時代に受け入れられるよう新たに磨きをかける、という意図にもとづくことは間違いない。しかし、理由はそれだけではなかった。これらの素材はケストナーが手を加えなくとも、すでに完成された吟味済みの作品で、商売になることが約束されていたのだ。「ぼくたちが、とりわけ貴兄が、よりたくさんの綺麗な本をシリーズで出せば、一冊ずつの売り上げも大きく伸びることは間違いありません。周知のようにシリーズ物は全巻揃えようという気持ちを起こさせますからね[14]」。『ミュンヒハウゼン』がトリーアとケストナーの最後の共同作業となった。この挿し絵画家はカナダのオンタリオから出した手紙にこう書いている。「芸術については、野心に苛まれております。と申しますのも、大いなる別れが訪れる前にりっぱな作品を仕上げたいと願っているのです[15]」。その別れは思っていたよりもはるかに早く訪れ、二人の友はもはや会うことはなかった。トリーアが一九五一年七月八日に心臓麻痺で世を去ったのである。

ケストナーはトリーアの突然の死に激しいショックを受けた。やがて、イェラ・レプマンがトリーアの回顧展を開くために骨を折っていることを知り、彼女に協力する。レプマンはトリーアの遺族に宛ててこう書いている。「ケストナーと私はこれを是非とも実現しなければと感じております。貴重な作品を安全かつ確実に輸送するべく、細心の注意を払い、十分な安全策を講じることをお約束いたします(16)」。

一九四〇年代の終わりごろから、ルイーゼロッテ・エンデルレとケストナーは年輪を重ねた夫婦のような関係を保っていた。エンデルレは公式の席で「ケストナー夫人」と呼ばれ、「しかるべき人々だけの」会合にも顔を出す資格があると見なされていた。ケストナーはしかし、夜となるとエンデルレとは別に過ごしていた――つまり二人は、「洗濯女と夜警のような(17)」関係だったのである。「ノイエ・ツァイトゥング」の編集部を辞めてから、ケストナーがどのように毎日を過ごしていたか、エンデルレはつぎのように語っている。いくつかの誇張された牧歌的な傾向を差し引けば、ほぼこの通りだったと見てよいであろう。

「エーリヒ・ケストナーは夜型でした。午前一一時ころに起きると、コーヒーを飲み、新聞を読み、午後二時前後に私といっしょに昼食をとり、四時ころ出かけました。行き先はオフィスですが、あのひとの場合はオフィスといえばいつもカフェのことだったのです。ミュンヒェンではカフェ・レオポルトと決まっていました。そこで秘書と会い、手紙のたぐいを口述筆記させました。［……］。自家用車はけっして持とうとしませんでしたから、いつでもタクシーを使っていました。そのためミュンヒェンのタクシーの運転手には人気がありましたね。

晩はしばらくうちで過ごし、私といっしょにテレビを観て、おしゃべりをし、たがいにその日にあったことを話しました。あのころ私はまだ仕事を持っていましたから、もちろん話すことはいろいろとありました。知り合いもほとんど重なっていましたしね［……］。そのあと、だいたい九時か九時半ころですが、エーリヒはまた出かけました。それをあのひとはとってもおしゃれに、〈モンタージュに行ってくる〉と言っていました。鉛筆を手にそそくさと出かけ、執筆をするのです。この夜更けの執筆のために、いつでも小さめのバーが見つけてありました。もしも誰かに気づかれたら、別な店を探して移るか、ボーイに話をつけて、面倒な人間を近づけないようにしてもらいました。じっさい、バーに来て仕事をする人がいるなんて、誰が考えるでしょうか？　でも、これは事実です。あのひとにはバーがインスピレーションの湧く場所だったのです[18]」。

新聞の編集者を辞めてから数カ月のあいだ、ケストナーはいくつかのカフェを転々としていた。ミュンヒェンでここと決めた最初の《オフィス》は、レオポルト通り七四番地の「フライリンガー」で、そのつぎが「カフェ・レオポルト」だった。仕事をするためのバーは、最初「ベンツ」だったが、やがて「エーファ」に行くことの方が多くなり、そこでは店の人間とダイスゲームをした。ケストナーはもともと数多くの協会やクラブの会員になっており、代表的なものだけでも、ドイツ演劇クラブ、シュトゥック＝ユーゲントシュティール協会、ミュンヒェン独立映画クラブ、演劇クラブ・イン・コンチネンタル、子どもの村設立推進協会（一九五二）、ショーペンハウアー協会といった具合で、さらにボンゴ・バーの会員証まで持っていた（「ボンゴ・ナイトクラブ——南国の魅惑——口コミで評判[19]」）。ケストナーはバーやナイトクラブを高く買い、脂が乗っていた時期にはそこで夜中の二時三時まで原稿を書いていた。ただし夜の外出の目的は、説明されているような意味での《モンタージュ》だけではけっしてなかった。

ルイーゼロッテ・エンデルレとケストナー、50 年代初め

ルイーゼロッテ・エンデルレが語っているような「幾個もの女性の大隊[20]」は、存在したかもしれないが、確かなことは不明である。いずれにしても、何人かの恋人、《関係を結んだ》女性たち、そしてエンデルレ以外に人生の伴侶がもう一人いたことは確かで、ケストナーはそうした女性と何年にもわたって付き合っていた。ケストナーにとっては彼女たちの一人ひとりが、それぞれ別な意味で重要であ

り、誰も（エンデルレのことはともかく）他の女性のことは知らなかった。関係が終わるときはほぼいつでも女性たちが別れを告げ、彼の方から別れ話を持ち出すことはまずなかった。そして、今も存命の方々は共感を持って彼のことを思い出している。ケストナーは、はっきりとした境界線を設けて、同時に多数の女性にたいして《誠意を尽くして》いた――ルイーゼロッテ・エンデルレの存在と彼自身の生活習慣とが、口実として、また境界線の設定に、十二分に利用された可能性がある。

一九四八年一二月のある晩、ミュンヒェン大学ドイツ文学科の教授アルトゥーア・クッチャーのクリスマス・パーティーが日にちを繰り上げておこなわれたとき、ケストナーは二三歳の女子学生ヘルガ・ファイトと知り合った[21]。ファイトにはすでに小さな男の子がいて、彼女は闇商売とアメリカ軍人の妻たちにドイツ語を教えることで生計を立てていた。この晩に情熱的な関係が始まり、それは何年もつづいたのち、五〇年代半ばになって、「いつとはなしに薄れていった」。彼女は大学でドイツ文学と演劇学を学び、今も、「ケストナーは徹底的な研究ということを教えてくれましたが、性的な方面でも私の先生でした」、と語っている[22]。二人は、旅行などでの中断はあったが、だいたい週に三回は会っていた。手筈は、午後にファイトの方が「フライリンガー」にいるケストナーに電話をして決められた。

ファイトは今日でもまだケストナーの魅力、「女性におよぼす途方もない影響力」を、そしてセックス・アピールについて、このうえなく熱っぽく語っている。それによれば、ケストナーは黒っぽくてウェーブした濃い髪で、こめかみのところにわずかに白いものが混じっており、肩幅が広く、腰は細く、いつも褐色に日焼けしていた。奇妙なのは、ケストナーの眼は深い青色だったと述べている点で、ほかにも同じように述べているひとはいるが、パスポートでは灰緑色となっている。ヘルガ・ファイトとの関係をたどっていくと、もう一人のケストナーが姿をあらわす。性にうつつを抜かし、陽気にはしゃぐ男、手紙を書けばたいていは「エーミール」とサインするが、ほかに「エードゥアルト」だの「家庭教師」だの、あるいは「コレペティートル」［歌手の練習相手］、「コロンブス」、「ドクター・フックス」といったサインも使っていた人物である。また、サイン代わりに猫の絵を描くこともあった。

普段は控えめだとか寡黙だと思われ、ときには引っ込み思案だとまでいわれた男が、こうした女性の前では姿が縦にも横にも大きく伸びて、しかもそれを持続することができたに違いない――よく気のつく恋人で、ちょっとした折にも走り書きのメッセージを届けることを忘れず、花やプレゼントの準備に怠りなく、経済的にも恋人たちのために（多少差をつけて）気を配っていた。ケストナーのナイトライフならびに恋愛生活はまさしく外向的なものだったとしか思えない。彼はいつでも身長のことで悩んでおり、酔っ払ったときは背の高い男に悪態をつかないよう大変な努力を要した。ヴェルナー・ブーレが一時期恋の使者《ポスティリヨン・ダムール》の役を演じた。つまり、ケストナーはブーレの宛名を使って手紙を書き、届いた手紙はブーレがケストナーに渡していたのである（一九五〇）。冬の休暇旅行に出かけた女友だちに尋ねている。「もう一刻も待てないよ。違うかい？」。そしてこう書き添えた。「ついさっき、路面電車のなかでうっかりして馬のいななきのような声を出してしまった。でもね、こっちを盗み見た乗客に気分を害している様子はなかったよ。特にご婦人方はね[23]」。

ヘルガ・ファイト（1951）

　一九四九年、カティ・コーブスが主宰するカバレットの謝肉祭パーティーのとき、ケストナーはコーブスのアンサンブルの一員だった女優に「モッカ」［小碗で飲む濃いコーヒー］とプリンツェンレゲンテントルテ［摂政の宮という名のトルテ］をご馳走した。それが三一歳のバルバラ・プライアーであった。ケストナーはプライアーをすでにカバレット「見世物小屋」のときから知っていた。初期のプログラムに端役で出演していたのだった。プライアーもヘルガ・ファイトと同じで、息子が一人いるシングルマザーだった。したがって二人の女性はどちらも、ケストナーのために割ける時間は限られていた。そのうえバルバラ・プライアーは、自分の幸福をそれほど信じる気持になれず、長期間の契約をめざす小さな試みとして、シュトゥットガルトの劇場が申し出た四週間の契約を受け入れ、結果は上々であった――このプライアーとも、ケストナーは七年にわたって関係を持った。プライアーの歌と朗読はラジオで頻繁に放送された。ケストナーは彼女の家計にいくらか協力した。やがてプライアーが俳優として舞台に立つことは少なくなっていった。

　さらにケストナーは――これも一九四九年のことだと思われるが――もう一人、フリートヒルデ・ジーベルトという女性と知り合った。このときはケストナーがカフェ・レオポルトで話しかけた。そしてジーベルトとの愛は、どうやらイルゼ・ユーリウスとの愛にも匹敵するもので、ケストナーの人生における最大の恋愛の一つであったらしい。少なくともケストナー自身はエトムント・ニックに向かってそう語っている。「最近ぼくは心から愛するその女性と知り合った。だがエンデルレと別れることはできない。そんなことになったら窓から飛び降りる、と彼女は言うんだ」[24]。

ジーベルトは本名を使おうとはしなかった。「フリーデル」という名前で押し通し、役所の書類にもそうサインした。生まれたのは一九二六年二月二一日で、場所はマイバッハ・アン・デア・ザールであった。ケストナーと知り合ったとき、ジーベルトは演劇学校の生徒だった。しばらくはまだ生徒だったが、やがてカッセルの劇場が契約するという連絡をよこした。ケストナーはジーベルトに、行かないでくれと言った。仕事に就くのは完全にあきらめるのだ、と。ジーベルトはその言葉にしたがい、ケストナーの恋人として生きていくことにした。自分の友人たちと行き来し、ケストナーとのあいだに男の子が生れる前後には、ミュンヒェン市内で引っ越すことに忙しかった。バール通りの母親のもとで暮らしていたが、一九五五年からは、ケストナーから生活費を受け取って自分の住まいを持った。二人とも子どもを望んだ。生まれたのは二度の流産のあとだった[25]。

ルイーゼロッテ・エンデルレは、ケストナーの女友だちのなかでジーベルトが特別な存在であることを、早い時期から感づいていたものと思われる。彼女は、ケストナーのナイトライフについて真実を知ろうとして、何度か私立探偵にフリーデル・ジーベルトのことを探らせた。探偵は一時期ケストナー自身のあとをつけて、その行き先を突き止めようとしている。しかし一九五一年には成果を挙げることができなかった。ケストナーの相手として報告したのは、「植民地の産品を扱う店の経営者」で、「ゲルトルート・ジーベルト嬢」という女性だったからで、エンデルレは、それは探るべき相手ではないと伝えている。ケストナーの行状を洗ううちに、探偵はフリーデル・ジーベルトではなく、ヘルガ・ファイトに行き当たった。そして、ヘルガとその母親が住まいから追い出されようとしているのを、ケストナーが手を貸して裁判に訴えた、という情報をもたらした[26]。

ペンクラブでケストナーが関心を抱いたのは、憲章にうたわれた崇高なヒューマニズムの理想だけではなかった。会議期間中のナイトライフも関心の的だったのである。宿泊はいつも第一級のホテルだった。「バーに近いこと等々。

ぶらつくのはぼくの習慣で、やめることはできない。ただし、美しからざる魂の告白なんぞ願い下げだ！」(27)。ヘンリー・ミラーの伝記を書き、長年にわたってペンクラブの書記を務めていたヴァルター・シュミーレは、ミュンヒェンのあるバーでケストナーからフリーデル・ジーベルトを紹介された、と語っている(28)。

ペンクラブは作家たちにとって唯一の国際団体であるが、そのなかにドイツ部会が新設された一九四八年から、ケストナーは役員を務めていた。最初は書記で、のちにヨハネス・R・ベッヒャーとヘルマン・フリートマンとともに、三人の議長の一人となった。ところが、デュッセルドルフで開催された年次総会の際、西ドイツの会員は出席者が少なく、東ドイツの会員に多数決ですべて押し切られるのは必至の情勢となった。そこで西ドイツの会員は、ベッヒャーの再選は認めない、自分たちは別な組織を設立する、と宣言した。五一年一二月に西ドイツ・ペンクラブ・センターの設立集会が開催された。エーリヒ・ケストナーは会長に選ばれ、カージミーア・エートシュミットが総書記になった。ケストナーは六二年までこの職にあり、その後も名誉会長として、ペンクラブとの関係はつづいた。

五〇年代のペンクラブは文学界のエリートの集まりだと自認しており、のちのドイツ作家連盟（ＶＳ）とは違って、自分たちを取り巻く現実の問題に取り組むことはなかった。ケストナーの時代のペンクラブでは、政治参加は小さな活字で印刷される問題だったのである。そのため、たとえばソヴィエト軍のハンガリー進駐（一九五六）とかベルリンの壁建設（一九六一）といった大きな政治問題が起こるたびに、ペンクラブの内部で論争がもちあがった。一部の会員の目には、幹部の抗議は、いやそもそもその態度からして、まったく弱腰だと映ったからである。こうした問題についてケストナーは、むしろ秘密外交の推進が自分の役目だと見なしていた。クラブがもつ対話という基盤を東側の作家にたいしても維持しようと考えていたからで、したがって大々的な公的決議は最初からあきらめていた。

しかし、発言の自由という問題については、ペンクラブは党派を超えてみずからの主張を打ち出すことができた。西ドイツ国内の検閲につながりかねない流れや新しい青少年保護法——これについてケストナーその他の会員は「有害出版物取締法」の新バージョンだと見なしていた——にたいしては、敏感に反応したのである。ペンクラブのためにケストナーがおこなったもっとも重要なことは、焚書から二五年後にハンブルクで開催された会議の際の有名な講演、「焚書について」であろう（Ⅵ・638—647）。

ケストナーとエートシュミットはペンクラブを何よりもまず友好団体であると見なしていた。二人はミュンヒェンとダルムシュタットで、いわば行きつけの店の常連客を束ね、音頭を取っていたといえよう。国際ペンクラブ会議は一九五〇年代にも文学上のテーマを抱えてはいた、がしかし、それが第一の問題とは見なされなかった。国際ペンクラブ会議の開催は何よりも記念すべき社交的な出来事なのであり、世界中から五〇〇人ないし六〇〇人のペン会議の《仲間》が集い、開催国の政治家からは華やかに歓迎され、もてなされたのであった。この記念すべき出来事は、さほど旅行好きではなかったケストナーをミュンヒェンから誘い出した――以下のように、出席のために頻繁に旅行するようになったのである。エディンバラ（一九五〇）、ローザンヌ（五一）、ニース（五二）、ダブリン（五三）、ウィーン（五五）、ロンドン（五六）。そればかりか、何年にもわたって国際ペン会議の副会長にも選ばれている。

一九五〇年、トゥルーデ・コルマンが亡命先のイングランドから帰国した。この女性はベルリンで「ティンゲル・タンゲル」にかかわっており、ケストナーとはそのころからの知り合いだった。コルマンはミュンヒェンでカバレット、「小さな自由《ディー・クライネ・フライハイト》」を設立、五一年一月二四日に最初の上演がおこなわれた。このときのアンサンブルにはウルズラ・ヘルキングとペル・シュヴェンツェンが入っており、のちにはオリヴァー・ハッセンカンプとカール・シェーンベックが共同ディレクターになった。最初の舞台は、エリーザベト通り三四番地の屋根裏部屋に造られた小さなアトリエ風の劇場だったが、一年前後でマクシミリアン通り四四番地のアーケード下に引っ越した。

「見世物小屋」と比較すると、このカバレットは最後まで小さな劇場しか持たず、客席数は一二〇であった。プログラムを挙げておこう。「コロンブスの腐った卵」、「アヒルよければすべて《エンテ》よし」、「小さな洗濯物」、「いいや、おまえたちのスープなんぞいらん！」、「急カーブに注意！」、「一二月の野原」。他のカバレットに比べて、「小さな自由」はいかがわしさもアドリブも少なかった。カバレット名物の口上役もおらず、最初から最後まできちんと台本にしたがったプログラムで構成されていた。作詞者たち――ケストナーのほかにオリヴァー・ハッセンカンプ、マルティン・モルロック、ローベルト・ギルベルト、ペル・シュユヴェンツェンがいた――は、始まりつつあった経済復興と再軍国主義化とにたいする彼らなりの返答、すなわち失望を歌い上げていた。最初の晩に舞台を観た批評家は、「哀調を帯びた諦念というヴェールが全体を覆っている」のが認められた、と主張している。[29]「小さな自由」の音楽監督はヨッヘン・ブロイアーで、作曲も大半は彼が手がけていた。ほかにエトムント・ニック、カール・フォン・ファイリッツ、ローベルト・ギルベルトもいくつかのシャンソンを作曲した。経営を楽にするために、トゥルーデ・コルマンは週末の午後にケストナーの『点子ちゃんとアントン』の劇場版を上演した。

このカバレットの名前はケストナーの詩にちなんでいた。その詩で、このカバレットの最初のプログラムは幕を開け、カバレットが存続するあいだは毎晩、ローベルト・ギルベルトが作曲したその詩をアンサンブルが歌って幕を下ろした。

大きな自由は生まれなかった。
どんなに頑張っても駄目だった。
夢と憧れはあきらめに変わっちまった。
星の輝きはネオンの輝きになっちまった。
不安が市民の最初の義務になった。
大きな自由は生まれなかった、
だったら小さな自由は――ひょっとしたら！

カバレット「小さな自由」にとってのケストナーの役割は、最高の言葉遣いで強調されていた。「われらが守護聖人聖エーリヒ」と言いならわされていたのだ。[30]グンター・グロルはケストナーとその自己イロニーをこう叙述している。「文学博士、細身で短躯、懐疑的な魅力と心のこもった鋭利さをたっぷり備えた、ドイツ・カバレット界至高のオリュンポス神、しかしそれを除けばオリュンポスと格別の関わりなし。自分はこれより周知の教育的方法をもって大いに厳粛なる作を朗読する、と快活に宣言し、そして実行した」。[31]

しかしケストナーは、カバレット「小さな自由」にたいしては、「見世物小屋」のときのように、その進む方向を指示するといったことはしなかった。最初の年こそかなり多くの作品を提供したが、間もなく新しい出し物はプログラムごとに一編だけとなった。その一方で、マルティン・モルロックのような新しい作家たちが育っていくのを喜び、自分は遠からず「隠居」の身になって、「蓄えた金で優雅に」暮らすんだ、と言っていた(32)。

ケストナー自身が書いたカバレット用の詩は、舞台でうたわれると途方もない効果を挙げた。多くのさほど重要でない出演者と並んで、ウルズラ・ヘルキング、ヘレン・ヴィータ、もともとクラシックの歌手ハンネローレ・シュッツラーなど一流の芸術家が出演していた。またカール・シェーンベック（「チャンピ」）、ブム・クリューガーもいた。のちにはブルーニ・レーベル、エーファ・マリア・マイネッケ、パメラ・ヴェーデキント、フランツ・ムクセネーダー、シャルル・レニエ、ハンス・クヴェスト、こういった人々もアンサンブルの一員として名を連ねていた。

もっとも重要な詩や場面はケストナーが選集『小さな自由』に収録し、さらにほかの作品も併せて著作集に入れている。カンタータ「ささやかなることについて《デ・ミノリブス》」は、最終核戦争を前にすべての子どもたちが疎開させられるという内容で、いわば『動物たちの会議』の大人版である（Ⅱ・205―210）。「モグラ」は人類の滅亡についてのエコロジカルな幻想で、カール・シェーンベックはこの作品を、カバレットで上演されてから三〇年以上過ぎたあとでもまだ暗唱することができた(33)。ヘルキングの独唱、たとえば「デーモンのような女」は、いくつもの日刊紙で賞讃された。同じように評判となったのが、詩「耳の中の小人」である。この作品でケストナーは、想像力の豊かな税務署員を登場させる。「ーツィヒ」［二〇以上の一〇の位をあらわす語尾］という特別税を思いついたこの税務署員は、財務大臣に根本的な解決策を提案する(34)。

月給も週給も、その他の稼ぎもみんな、
大臣のオフィスは、一銭だって差っ引かずに
私らに送るんです！
そうすりゃ大臣閣下にとっては、確かに俸給はゼロ、
それればかりか、お金はいっさいなくなります、

がしかし、利点はそれはそれは大きいですよ！
だって私たちから一挙に
最高に厄介な状況が、
差し押さえだの悩みのタネだの、
大臣閣下の悪態だの嘆きだの、
さらにはドイツの税金問題まで、一つ残らず、
消えてなくなるんですからね！

「目に見えない合唱団付き独唱」は、この時期のケストナーの傑作で、他のカバレットでも演奏された。強制的に退役となった将軍が野菜を相手に軍事教練をおこない、「ドイツよ、銃を取れ！」の時代の再来を切望している。

肝心なのはだな、わしらが再び秩序を手に入れること、
ドイツ人をどっついて背骨をもう一度しゃんとさせることだ、
そうしなくちゃあ、わしらはロクに横にもなれんだろうが。
そのうえで、どうしてもというなら、三度目の勝利をつかみ取るのだ！（II・228）

ケストナーはハリウッド映画『イヴのすべて』の吹き替え用台詞を担当したが、彼はその映画からヒントを得て、女性特有のポーズについての詩を書いた。「イヴについて若干」と題して、「ナイーヴな女」、「知性をもった野獣」、そしてヴァンプがうたわれている。ケストナーにいわせれば、ヴァンプが「一番感じがよく、あらゆる点で女性らしい」(35)。

『ミュンヒハウゼン』について、子ども向けにリライトした作品とともに、もう一つの新しいヴァリエーションが生み出された。今度は詩である。ほら吹き男爵は、かつて嘘をつくことが「最高に詩的だった」ころのことを回想す

る。今日の人間は、「嘘をつくとき、本気で、〈大真面目に〉やっておる／本来の職務として、おっそろしく危険に／おごそかに、等々とな(36)」。

これにたいして、ケストナーがカバレット「小さな自由」のために書いた寸劇の方は、数もわずかだが、いずれも失敗に終わった。最初のプログラム「小さな自由」のための枠物語は、俳優たちがつぎの戦争のために順々に引き抜かれていくという筋立てであるが、今日から見るとずいぶんのんびりした印象を受ける（Ⅱ・390―399）。アリストパネスを下敷きにした「アカルナイの人々」（Ⅱ・296―308）と、プログラム「コロンブスの腐った卵」に挿入された作品、この二編の寸劇は上演されたときすでに新聞や雑誌で酷評された。これらのテキストには「無意味な箇所が散見され」、「アカルナイの人々」については、なるほど「勇気もモラルも欠けてはおらず、モラルについて言うなら過剰なほどだ、がしかし、ウィットが見られない。優美さも見られず、深い思慮も見られない。りっぱな問題（平和という問題――これに勝る問題はない）は、作者には何しろ絶望するほど〈重大な問題〉だということで、きちんと制御できていない。そしてユーモアの大権とかウィットの説得力が全体を引き締めるべき場面では、緊張のあまり説教調になっている(37)」。ケストナーは批判を受け入れ、「アカルナイの人々」はどうやら失敗だったようだ、と述べている(38)。

やがてケストナーはカバレットから距離を置くようになる。一九五三年、カバレット「小さな自由」のプレミアに立ち会った彼は、「とてもかわいらしく、いたって軽い(39)」と評している。このカバレットは一九五八年に大衆演劇に変身するが、おしまいの方のプログラムにはもう何も書かなかった。

作家のオリヴァー・ハッセンカンプは一九八九年、共作者の歌詞の影響力について、つぎのように回想している。「エーリヒ・ケストナーの作品を舞台に上げるのは容易ではありませんでした。彼の歌詞は心の思いを語るもので、決まった誰かとか歌手とかと結びついているわけではありませんでした。そして、きわめて優れた歌手を必要としていました。しかし、歌手がとても優れていれば、歌詞はまさしく光り輝いたものです。彼の歌詞はいつだって厳密で理知的で、それこそエーリヒ・ケストナーたらしめているものにほかなりませんでした。彼は自分で実用詩人と名乗っていましたが、読者から遠く離れているのではなく、読者のもとにたどり着きたいと願っていたのです。いつでも言葉があらわすイメージを信頼しており、誰にも理解不能なリリシズムのなかに、特に作者が一番理解できないでいるリリシズムのなかに、迷い込むようなことはけっしてありませんでした[40]」。
「ノイエ・ツァイトゥング」の学芸欄が真剣さを増していったのにつれて、ケストナーが書くコラムは時とともにしばしばカバレット風で、しかつめらしくないものになっていったようである。ゲーテの生誕二〇〇周年〔一九四九〕を迎え、彼はふたたび記念祭が気にかかった。そこで、一九三二年のどちらかといえば政治色が明確で、道化《カスペル》的でグロテスクなコラムをもう一度掲載させ、『ペンギン』（一九四九年第二号）のためには「ゲーテ・ダービー」（Ⅱ・312以下）を書いた。「ぼくはベンツに乗り込んでガソリンを飲み、必死になって『ペンギン』のためのテーマを探しています。探しているのは、〈ゲーテと衣類につく蛾〉といった類いの可愛いテーマです[41]」。ケストナーは、記念祭は「かなりぞっとするものになりそうです」と書いている。編集者、文学研究者、牧師、哲学者、演説上手の政党人、こういう人たちは誰も物惜しみしないだろう。きっとゲーテ・黄金オレンジが発売され、スキーヤーには《ベルリヒンゲン・ファウスト手袋》が、また《フォン・シュタイン男爵夫人印》のゲーテ・ブラジャーが出まわるだろう。「偽りの厳かさから混じりっ気なしの無趣味まで、すべてが在庫ありの状態で、注文すればすぐさま届けられるだろう。〔……〕ゲーテにふさわしくお祝いするためには、一日では、あるいは一生をかけても、短すぎるかもしれない。しかしながら一年というのは長すぎる」（Ⅱ・313）。

　このころにはもう演劇批評はほとんど書かなかった。経済復興のあと「劇場復興」も始まったことを見抜いていた。それは「幕間ごとに供される本場フランスのコニャックとフランクフルト・ソーセージ」とともにやってきたのだった。「無能なセールスマンや勝手な口実をならべるカトリックの浮気者」には関心が持てなかった。また、「色情狂《ニユンホマニア》の女性教員や、遺産相続人で父親コンプレックスの醜い女性もごめんだった[42]」。

　しかし、ミュンヒナー・カンマーシュピール劇場でおこなわれた、ハンス・ヴァイカルト演出によるフリードリヒ・デュレンマットの『ミシシッピー氏の結婚生活』の初演については、『世界劇場』誌に賞讃の記事を書いた。さらにヘルガ・ファイトに宛てた手紙で正鵠を射た感想を述べている。「ようやく深い意味をもった道化芝居《カスペル》をふたたび観ることができるようになったね。ぼくには死ぬほど退屈な、アメリカ風のくだらない作品じゃなくってね[43]」。

父親のエーミール・ケストナーは一九四七年にケーニヒスブリュッカー通りの住まいを引き払い、介護者のマリア・フルティヒといっしょにベルナー通り七番地に住むようになっていた(44)。この離婚歴のある四〇代半ばの女性から、ようやく行き届いた世話をしてもらえるようになって、エーミールは心からありがたいと思っていた。つまり、過去数十年間の耐え忍ぶだけの人生ではなくなったのだった。「フルティヒ夫人には、やさしい母親からだってこれ以上は望めないほど親切にしてもらっています」(五三年三月九日、VB)。サナトリウムに入っていた妻はもう会話はできなかったが、エーミールは一週間に何度か見舞いに行き、詳細な報告をミュンヒェンの息子に書き送った。「母さんと話をすることは出来ません。ときどき何か言おうとしますが、しゃべってもたった一語だけで、何が言いたいのかわかりません。あまりにも残念で悲しすぎます」(五〇年六月二四日、VB)。こうした見舞いにマリア・フルティヒも付き添っていき、持参したココアを飲ませ、玉子やケーキを食べさせた……。「私は写真を一枚もって行って、母さんに見せ、これは誰かと訊きました。すると、私たちのエーリヒだ、と言いました」(五〇年七月一三日、VB)。イーダ・ケストナーの八〇歳の誕生日はひっそりと過ぎた。「何を見せても関心を示しません。おまえの写真を見たときだけは、エーリヒだ、と言いました。飲んだり食べたりすると、おいしいと言います。でも、ほかには何も言いません」(五一年四月一三日、VB)。エーリヒ・ケストナーもこのころは何度か母親を訪ね、その状態を「まことに悲しい」と書いている(45)。一九四九年の復活祭にはこう記している。「エルベ河畔のハンブルクからエルベ河畔のドレスデンまでは、今日では変化に富んだかなり長い道のりです。〔……〕今はこのドレスデンでようやくゆっくりと休んでいます。母のところを訪ねるのは気疲れすることですが……。父は身支度をし、沸かしたココアを瓶に入れ、ケーキを切り分けました。サナトリウムに向かって出発です(46)」。

やがてイーダは訪れた息子を見分けることが出来なくなった。「膝の上にハンカチを置き、それを拡げ、つぎには折りたたみ、これを休みなしに続けていて、胡乱な笑みを浮かべながらぼくの顔を見つめ、ぼくのことがわかったような様子で頷きかけ、それからぼくに尋ねるのです、〈エーリヒはいったいどこなの?〉」(Ⅶ・105)。母親は一九五一年五月五日に亡くなり、九日に葬儀が営まれた(47)。ケストナーはドレスデンに急行し、父親のお供をして役所に行った。「必要に迫られての遍歴」だった。「さいわい父はしっかりしており、何度もあちこちに出かけましたが（墓地の管理事務所、牧師のところ等々）、落ち着いて静かに耐えていました。こうして明日の正午にはお葬式という運びになりました[48]」。すべてが終わったあと、エーミール・ケストナーは息子に礼状を書いている。「おまえがあんなにすぐに来てくれて、ありがたく思っています。私はすっかり途方に暮れていました。なにぶん自分が誰かの葬式を出すということはまだなかったものだから」（一九五一年五月二二日、VB）。

母親の死後、ケストナーはのめり込むように仕事に没頭した。一九五一年六月にはチューリヒ、ヴヴェイ、ローザンヌを経由してルガノに旅行し、途中ローザンヌではペン会議に出席した。「純粋な喜びばかりではなかったよ。というのも、ベッヒャーとアルノルト・ツヴァイクとヘルムリーンがプラハ経由でやってきたが、これが他の少なからぬ会員にとって、いわゆる目の上の瘤だったからだ。しかもフリートマンは初日しかいなくてね。ほかの会員をぼくにまかせて、あとはよろしくというわけさ。〔……〕ときどきはこのぼくがフランス語をしゃべったんだよ。たとえばアメリカ人を相手にしたときにね。インドネシアの会員たちはドイツ語ができてね。小柄な紳士たちで、たいそう気を遣っていたよ[49]」。

このころケストナーは四つの執筆計画を持っていた。第一はフリードリヒ・フォルスターの青少年向けの本、『ロビンソンは死んではいけない』に関するもので、これにはもともと小説版と戯曲版があったが、この作品をもとにして新たに映画の台本を書き上げようと考えていた。二番目が、『イヴのすべて』の吹き替え用テキストの作成で、第三は『ドン・キホーテ』を子ども向けに書き直す仕事であった。それからサー・ジェイムズ・マシュー・バリーの『ピーター・パン――大人になりたがらなかった少年』（一九〇四）の翻訳である。ルガノで『ロビンソン』の契約確認を待っているあいだに、ある日新聞でずっと興味深いニュースを見つけ、秘書に指示した。「たった今新聞で知ったが、ミュンヒェンでデヴィスカップ争奪戦のイタリア対ドイツの試合がおこなわれるとのこと。全三日間通しのチケットを二枚、購入しておいてください。最上の席にすること！　こちらでは申し分ない日々を送っています」。ケストナーはアスコーナでローベルト・ノイマンを訪問し、レマルクにも会った。また、映画『ミュンヒハウゼン』で《ロシアの女帝》を演じたブリギッテ・ホルナイとその母親カーレン・ホルナイにも出会っている。「これまたとても愉快でした[50]」。そのあとはもう他のことにかかずらうのはやめ、ヨーゼフ・フォン・バキー監督のために長い台本、『ロビンソンは死なせない』を書く仕事に取り組んだ。フォルスターの原作にかなり忠実で、『ロビンソン・クルーソー』を読んで虜になった少年たちが、今は盲目となっているダニエル・デフォーを助けて、その不肖の息子が盗まれた直筆の原稿を取り戻すという内容である。「やっかいな相手です。この素材は子どもの読物には適しているが、フィルムの長さ二八〇〇メートルの映画を作るためには十分ではないのでね[51]」。いずれにしても約束の期限には間に合わせることができた。「台本もこの私も息を引き取る寸前だよ。食道が詰まってしまったみたいだ。それでも、皇帝ヴィルヘルム一世が言ったように、ひとりでくたびれている暇はないのさ[52]」。一九五一年八月一〇日、すでに戻っていたミュンヒェンで台本は完成した。近くのカフェに入り、「自分を褒めたい気持ちをまぎらすために、人や車の往来を」眺めた[53]。ケストナーのこの台本がその後どのような運命をたどったか、詳らかではない。別なカフェのテーブルで、彼はこう書いている。「今は〈レオポルト〉の店先の席にいます。今日は上半身がビキニのブラジャー姿という女性がおおぜい出歩いています。見ていると、老いていくぼくの心は温められ、喜びを覚えます。むろん一定の枠のなかでのことです。〔……〕今まで、カバレットのつぎのプログラムのために、カンタータ（「ささやかなることについて《デ・ミノリブス》」）に付ける歌詞をあれこれひねくっていましたが、明日はバキー相手に、新しい台本の長所と短所について一戦まじえるつもりです[54]」。この戦いの結末はケストナーにとって有利ではなかったようである。ヨーゼフ・フォン・バキーは『ロビンソンは死なせない』を映画化するが、それはようやく五年後のことである。愛情を込めて時代を再現しようとする歴史映画で、ロミー・シュナイダー、ホルスト・ブーフホルツ、エーリヒ・ポントと、当時売り出し中の俳優たちが出演していた。クレジット・タイトルに記された台本作者はエーミール・ブリとヨハネス・マリオ・ジンメルで、ケストナーの名前はない。歴史上のダニエル・デフォーをめぐる当初の物語は、映画のストーリーでは脇へ押しやられている。二人の台本作家が映画に社会の歴史という次元をつけ加え、一八世紀イギリスにおける子どものあまりにも過酷な労働をテーマとしたのであった。

『イヴのすべて』では、ケストナーはもっと幸運に恵まれた。もとの映画は、アン・バクスターとベティー・デーヴィスという二大女優がぶつかり合い、七つのオスカーを獲得したハリウッドでも指折りの名作である。マリリン・

モンローが脇役で出演している。この映画は腹黒い端役の女優イヴが、年齢的に盛りを過ぎた大スターに巧みに取り入り、彼女を踏みつけにしてのし上がっていく物語である。イヴが破廉恥で抜け目のない人間なのか、単純素朴で自然児のような人間なのか、観客には長いことはっきり知らされない。またこの映画では、ひっきりなしに口にされる下品で乱暴な言い回しが特別な魅力となっている。ケストナーは二時間を越えるこの映画の吹き替え用の台詞を仕上げた。原作の対話はセンチメンタルなところなど入り込む余地はいっさいなく、ケストナーが作成したドイツ語版もそれに対応して辛辣で厳密で、ケストナーのもっともすぐれた面を浮かび上がらせている。しかも、ケストナーはこの仕事が気に入らなかったにもかかわらず、やってのけたのであった——その分量が彼にうめき声を挙げさせた。「無理やり一人になって、今日、『イヴのすべて』に取り掛かりました。二週間で仕事を終えられるよう、どうか応援していてください。でも、どう見たって《ちょっとやそっとでは》終わりそうもありません」[55]。何がそれほど気に入らなかったか、ケストナーは詳しく説明している。「もう何日も前から『イヴのすべて』と向き合っているが、正直なところ、一語一語取り上げてはためつすがめつするのは犬の蚤よりも苛立たしいよ。最悪なのは唇音で、発音するには口を閉じるので、それに合わせて適切な言い回しを見つけなくてはならないんだ（音としては馬鹿にしているように聞こえるんだよ）。もちろんそうしたら単語も文章も元の意味を伝えることはできなくなるんだがね。こんな調子なのに、まだ二週間も働きつづけろだとさ！　もう耐えられないよ！[56]」。

　アメリカ映画の音声吹き替え用原稿を作る仕事は、これが最初で最後となった。引き続きいくつか依頼があったが、ケストナーは即座に断っている。たとえば、リリー・パルマーとレックス・ハリソンが主演したスタンリー・クレイマー監督の一種の室内劇、『四柱式のベッド《ザ・フォー・ポスター》』（一九五二）がそういう目に遭った。「二人の俳優がたった一つの部屋で演技をするんだ。結婚から臨終までの夫婦の物語さ。でも、主人公の男は作家なんだ。この作品はドイツ語にとっては分量が多すぎるよ。何と言ったってフィルムの長さは二八〇〇メートルだよ。時間を飛び越すときの中間の場面として、アニメーションのすばらしい絵が映し出され、有無を言わさず他の場面を文字通りノックアウトしている。たとえば第一次世界大戦がスケッチ画と音楽でしっかりと捉えられているんだ。それにたいしてあとの実写部分は、まさしく産みの苦しみってやつで、ジャガイモの芽のように見栄えがしないのさ[57]」。ケストナーは称讃していたチャーリー・チャプリンの『殺人狂時代』の仕事まで拒否している[58]。

ケストナーが二重生活を、あるいは三重、四重の生活を、どのようにしてうまく送っていたか、冬の休暇の過ごし方から見てとることができる。相手の女性一人一人に、君がいちばん大切なひとで、もともと君しかいないんだ、もっぱらルイーゼロッテ・エンデルレのために、毎度ぼくは妥協を余儀なくさせられているんだ、と思わせたのである。クリスマスの祝日と大晦日はエンデルレといっしょに、バート・ガスタインとかサン・モリッツの「パレス・ホテル」とか、いわゆるハイ・ソサイエティーの集まる場所で過ごした。夫婦同然の二人はそうした場所にそろって姿を見せることができたのだ。そして友人や知人、映画監督のヴィリー・フォルスト、クルト・フォン・モーロ、小説家のエーリヒ・マリーア・レマルクといった人々と会った。この二つの場所からケストナーは、ミュンヒェンに残っている愛人たちに、ほとんど同じ文面の手紙や葉書を書き送った。主な内容は誰にたいしても、自分にとって祝日はどんなに疲れてやりきれないかとか、たくさん仕事をしているよとか、もうすぐ年が明けるね、といったことであった。たとえば、バート・ガスタインからバルバラ・プライアーに宛てた葉書にはこう書いている。「ここには外国人がいっぱい来ている。インド人、ペルシャ人、スウェーデン人といった具合。おかげでちょっぴり気がまぎれます[59]」。これと対をなすのが、ヘルガ・ファイトへの便りである。「それにしてもさまざまな国の人がやって来ているものです。スウェーデンからインドまで、残らずいるんだからね[60]」。大晦日には相手の心にやさしく響く言葉をしたためて、新しい年を迎える挨拶としている。「今年も間もなく乗り越えられます。そして旅行も終わりとなります。遅くとも一月三日にはぼくたちの新年が始まりますからね[61]」。

じっさい、休暇中もケストナーは毎日執筆をつづけており、日々のリズムも維持していた。「この空気、ミュンヒェンに持っていけたらどんなに素晴らしいことか！　じつに健康そのものだよ！　[……]今はビールを飲み、『南ドイツ新聞』を読んでいるところ。つまり、この点では何も変わりはありません[62]」。

似たような報告を、ケストナーは外国旅行の際にも書き送っている。そうしたときも通常はルイーゼロッテ・エンデルレが同行していた。目的はペン会議とか朗読会とかで、行ったのはパリ、ストックホルム、ウプサラ、ダブリン、ロンドン、アムステルダム、ローマである。ケストナーは北よりも南の大都市の方が好きで、特にパリとローマが気に入っていた。「とっても暖かな夏の日々だったので、ぼくたちは夜中の二時まで戸外のカフェにコートなしでいました。まことに素晴らしかったですよ」（五七年一〇月一三日、VB）。アイルランドではその奇妙なところを高く評価している。つまり、風景は「半分リヴィエラ、半分は北欧風と、とうてい真っ当とはいえない混淆状態で、住人はオケーシー［ショーン、一八八〇―一九六四。アイルランドの劇作家］に登場するような人々だ」という印象を受けたのだった[63]。それにたいしてロンドンは大き過ぎると感じた。一九五六年七月のペン会議について、バルバラ・プライアーに宛てた手紙にこう書かれている。「ここではいつもと変わりない雑踏なのだが、ぼくはもう息も絶え絶えだよ。四〇〇人から八〇〇人の会員の声が一瞬も止むことなくぼくの耳のまわりで響いている。演説、討論、投票。それに加えてマシュラーとの話し合い。始終タクシーに乗って移動する。会場が恐ろしく離れているからだ。今晩は朗読会（カシュニッツとケステンがいっしょ）。レセプションとなると立ちっぱなしで、キープ・スマイリング、ハウ・ドゥ・ユー・ドゥー、というわけです[64]」。そしてここでは彼の日常のリズムが身にこたえるほど制限された。「夜の一一時には警察のお達しによりすべて閉店、生ぬるいビール、ここはぼくの住む国じゃない！[65]」。

奇妙な逸話というべきであろうが、一九五五年にサン・モリッツに滞在中のケストナーは、ホテルで催されたファッション・ショーを見物した。当人は何の印象も受けなかったが、ルイーゼロッテ・エンデルレのためにたくさんメモをしている。「コレクションは気が抜けている。多くは光沢のある黒とない黒とのコンビネーション。［……］上品な退屈。いくつかは腰の線を強調しているものの、明らかに腰があまりにも貧弱。［……］集まった人々は飽き飽きしている。モードでは（ほかの分野もそうだが）単純さがもっともむずかしい。ここで見た作品ではそれが実現されていない」。ケストナーはモデル嬢たちすら気に入らなかった。あまりにも痩せていると思われたのだった。「当レポーターは骨と皮だけの姿を見ていることに耐えられず、一杯やりに行くことにする。あんなモデル嬢やドレスを欲しがるなんて、男には考えられない！　あれは女たちが共謀して何やらたくらんでいるんだ！　女同士で互いに注文し合っていればいいのさ。［……］結論。以前は客の女性たちがモデル嬢の体型にあこがれていたが、今では反対だ。でもこの場合は、チュール織りの薄絹も枠を入れて広げたペチコートも役には立たない[66]」。

一九五三年、ケストナーとエンデルレはフックス通りの家具付きアパートの契約解除を告げられた。そこで二人は、何週間かかけて自分たちの家具調度を購入したのち、八月下旬にフレミング通り五二番地の連棟式住宅に引っ越した。けっきょくはそこが、中断は何度かあるが、ケストナーの終の住処となる。そこに「ロットヒェン〔ルイーゼロッテ・エンデルレを指す〕」と増えていく猫といっしょに住み、一九五五年までは家政婦イングリート・ミッテンシュタイナーに世話になり、そののち何人か交代したのちに、五七年に姓がホルツァーで名前をローザとアロイスという夫婦者を雇い入れるが、一〇年以上にわたって面倒をみてもらううちに友人同然の関係になっていく。

新居にはヘルツォークパルク〔大公の庭園〕に隣接する広大な庭や菜園用の地所がついており、どうやらケストナーはそれに惹かれたようである。自分のなかに田園詩人の素質を発見したのだった。これについては、一九四八年以降ときどきコラム記事を寄稿していた「シュヴァイツァー・イルストリールテ新聞」の編集者から手ほどきを受けていた。この新聞には毎月一回、「今月の診断」という特別ページがあり、その編集者はケストナーにそこに載せる「毎回その月の秘密を明らかにするような暦の詩」を依頼した(67)。つまり、今月はこんな月という詩を一年間にわたって書いてほしいという注文だった。この主旨をケストナーは「たいへん結構だ」と思ったが、最初の詩を渡すまでの時間があまりにも短かかった(68)。それでも「一月」という詩を新聞社の希望通り二週間以内に書き上げた。それから一二月まで、ほぼ月初めにケストナーの詩が同新聞に掲載され、並行して「南ドイツ新聞」にも載った。のちにまとめて本のかたちで出版するにあたって(一九五五)、ケストナーはさらに一三番目の月も考え出した。これは、他の一二か月すべての特性を併せ持つという、想像の世界でのみ可能な月――換言すれば「前代未聞の音調」と「いかなる虹にも見られない色彩」から成っている月であった(I・314)。まえがきも全編を集めたときに書かれたものだが、そのなかでケストナーは、これらの詩を「大都市の住人として、大都市の住人のために」(I・300)、毎度『小ブレーム』〔動物学者アルフレート・E・ブレーム(一八二九―八四)にちなむ『動物の生態』シリーズ〕や『植物の世界』、『教科書版ドイツの花々』といった本を参考に、自然よりも一か月先んじて書いたことを明らかにしている。

このときの詩は、自然の移ろいをとりわけ自分の庭を通して好ましく思うようになっていたケストナーが、技巧をこらして書き上げた牧歌である。ケストナーとエンデルレには《園芸の才》があり、痩せた土地に自然のまま草を生い茂らせた。こうした考え方が一般的になるのはもっとあとのことである。伸びた草は、農家の人が年に二回刈っていった。二人は花を植え、トマトやサヤインゲンといった野菜もいくらか栽培した。ケストナーは父親に宛てて庭を褒めそやす長い手紙を書いた。それを読めば、『一三か月』の仕事を終えたのち、現に庭に生えているすべて、自分の眼で見ることができるすべてを、それぞれの名前で呼ぶ喜びが感じられる。「草地に花の季節がやってきて、草の丈が今ではぼくの顎まであります。ツリガネソウ、マーガレット、花の終わったタンポポ、ゼラニウム、みんなどっさり生えています。猫たちは至福の時をすごしており、鼠やヤマカガシを捕まえますので、ぼくたちが気をつけて放してやらねばなりません。庭仕事はときには苦痛のこともあります。まあ、そんなものですよね」（五六年六月五日、VB）。ケストナーは自分一人のものである庭園を散歩して、花や果実を一つひとつ数えた。「庭で最初のバラがほころびかけています。小さな木が一本だけですが、蕾は五四個もつけているんですよ！ 今しがた、ケシとワスレナグサを切ってきて、花瓶に活けたところです」（五四年六月二二日、VB）。――「草が今は一メートルもあります。スグリの実がふくらんできました。四本の木に合計三二個、熟しつつあります。リンゴとナシにも花が咲き、いくつかは実をつけそうな気配です。豆類は数日中に蔓を支柱に巻きつけることでしょう。ライラックの花は萎れかかっています。シャクヤクの蕾はまだ大きくなりません。季節の歩みが今年はまたしても恐ろしくのろくって！ しかしそれでも、とくに太陽がさんさんと照っている今は、素晴らしく綺麗ですよ。ぼくは腹に日光を浴び、冷えたビールを飲んで、三匹の猫と同様に喉を鳴らしています。猫たちは庭のどこかに隠れて、ケストナー家での暮らしを楽しんでいます」（五五年六月六日、VB）。五六年からは猫が四匹になる。雌は、それぞれ有名な女優にちなんで、「ポーラ（・ネグリ）」、「ロロ」（ジーナ・ロロブリジーダ）、そしてロシア皇女アナスターシャにちなんで「ナナ」と名づけていた。「ブッチ」という猫もいたが、この名前の由来

ケストナー、1955 年頃

は不明である。ケストナーはライラックやツリガネソウを、ジャスミン、トネリコ、ハンノキを、心ゆくまで楽しみ、花咲く自然の草地に「文字通り惚れ込んで」いた（五四年六月二二日、VB）。また、田園詩をいっそう完璧なものにするために、二本の木のあいだに古い街路灯を立ててコンクリートで固定させた。「かつてのケーニヒスブリュッカー通りのようにね」（五五年六月六日、VB）。

戦争直後の何年かが過ぎて物不足が克服されたあと、ケストナーはなお数年のあいだ、特に五〇年代の前半は、恵まれた時を過ごすことができた。筆に衰えは見られず、とりわけ映画と演劇の分野で数々の作品を仕上げた。そして、かつて母親が果たしていた役割を、今は父親のエーミールが引き受け、ケストナーの私的な読者よろしく、息子の手紙ならばどんなものでも喜んで読み、その子どものような言葉遣いをすぐに受け入れた。二人の関係は母親と息子の関係にも劣らない緊密なものとなった。こうしてエーミールは、「五八歳になるあなたの息子からの何百万回もの挨拶とキス」を受け取った（五七年二月二八日）。エンデルレとケストナーは《東側》へ小包を定期的に送った。月に二回までは許可されていた。中身はあらゆる類いの食料品で、鶏卵やバター、チューブ入り蜂蜜、血入りソーセージ、ザルツシュタンゲ、扁桃油、砂糖、メットヴルスト、パンケーキといったものであった。そして葉巻。葉巻は欠かすことはなかった。葉巻も統制品に入れられたに違いなく、一度に一〇本以上は送れなくなった。父親からはイーダ・ケストナーが大事にとっておいた資料が少しずつ送られてきた。そのなかに『ミュンヒハウゼン』の台本や映画用の原稿が含まれていた（五三年一二月二三日、五四年一月二九日、VB）。父親が送った誕生日とクリスマスの贈物はケストナーを有頂天にした。包みのなかには本も入っていた。それもルートヴィヒ・リヒターやカール・マリア・フォン・ヴェーバーやゴヤについての本だった。「父さん、クリスマスの本、本当に素晴らしいです！」（五五年一月七日、VB）。五六回目の誕生日のあと、ケストナーは「最高のシュトロイゼルクーヒェン」と二冊の本に礼状をしたためている。「ドレスデンについての本は、特に写真のせいでとても興味深いですが、見ていると悲しくなります。ああ、ぼくたちのあんなに素晴らしかった故郷の都市が！　泣いてしまっても不思議はありません。――そしてクレムペラー教授の『一八世紀フランス文学史』は、小包が届くとすぐに読み始めてしまいました。本屋のシャルンホルストさんは本当に有益な助言をしてくれたものですね！」（五五年二月二三日、ＶＢ）。

そればかりか以前は貶《けな》していた——お金にならなかったからだが——父親の仕事も、今のケストナーは思い出して感動している。ある若いテレビの演出家から、自分の父親はレープタウで会社の社長をしていたという話を聞かされたとき、ケストナーは父親への手紙につぎのように書いている。「父さんはその会社の社長をしていたんですね。おそらく革のベルトなどを作っていたのでしょう。ママが出来上がった品物をいつもレープタウに運んでいたそうですね」。その社長は若い社員に向かって、「たびたび父さんの作った品物を見せて、みんなこれと同じような物が作れるように修業するんだ、と言っていたそうです。いい話でしょう？」（五七年一〇月二五日、ＶＢ）。これには逆の場合もあって、父親は息子に、今はもう誰もはばかることなく、いつもおまえのことを思っていると言える、と書き送っている。「一分だっておまえのことを思わずに過ぎることはない。一時間ごとに私は心のなかで、あの子は今ごろ何をしているだろうって尋ねているんだ」（五七年一月一九日、ＶＢ）。定期的に写真を送ることも続けられていて、エーミール・ケストナーはこんなふうに心のうちを明かしている。「まわりにはおまえの写真があるので、私はいつも嬉しく思っている。写真を見てはおまえと話をするんだよ」（五五年一月二〇日、ＶＢ）。

父親と息子は少なくとも年に一度はベルリンで会った。エーミール・ケストナーとマリア・フルティヒはドレスデンから来て、ニート通りにあったエルフリーデ・メヒニヒの住まいに泊ることにしていた。ケストナーの父親は人づきあいがよくなり、新しいことを喜んで試みるようになっていた。そして、かつてイーダ・ケストナーがそうしたように、息子の《交遊圏》に顔を出した。ケストナーはグスタフ・クヌートについて書いている。「父さんのこととなると夢中になってしゃべっていますよ。どんな男だったか覚えていますか？　背が高くて肩幅が広く、陽気なやつです！」（五五年三月一九日、ＶＢ）。エーリヒ・ケストナーと会う予定がないときでも、八八歳の父親と介護の女性はベルリンにやってきて、メヒニヒが旅行しているあいだ留守番をし、病気のダックスフントを散歩に連れていったり、二人で映画に行ったりしている（一九五五年六月五日、ＶＢ）。

ケストナーにとって、ドレスデンの思い出の多くは『空飛ぶ教室』と結びついていた。そこで父親に、クルト・ホフマン監督によるその映画化について、とりわけ詳細に説明している。ぼくはあの本を書いていたとき、自分が子どもだったころのことをずいぶんと思い出していました。「フレッチャーの教員養成学校や真冬のアラウン広場のこと。ビショッフス通り界隈にプリースニッツ川のこと、校長先生ヨープストに候補者ホフマン〔未詳――S・ハヌシェク〕に体育館のこと、教員養成学校の学期末パーティーでお下げ髪をつけて女の子に変装し、誰にも見破られなかったこと。そして母さんと父さんのことなどです。父さん、どうかぼくのためにも、いつまでも元気でいてくださいね！」（五三年一二月二三日、VB）。

この手紙を書いた一九五三年一二月、ケストナーはバート・ガスタインで映画化のための台本執筆を開始するが、バルバラ・プライアーに「死ぬほど頑張って、六時間でたった二一カット分が精いっぱいだ」とこぼしている。きみの「お祈りの仲間《ベートゲノッセ》〔ベッドのお相手 Bettgenosse をもじった言葉〕」は、「まるで陸の上をたっぷり歩かされたセイウチのように疲労困憊している。もう何も思いつかない。〔……〕しかも時刻はまだやっと午前一時だというのにだよ！　そろそろ年なんだろうか？　これは一月初めにきみといっしょに確かめなくては(69)」。

台本は一月中旬にほぼ完成、二月にかけて監督のホフマンと話し合いながら細部の訂正をおこなった。また二月上旬にはホフマンといっしょに出演者の選考にも立ち会っている。「明日の午後、すでに選ばれている七〇人の一四歳の少年たちをさらにふるいにかけて、出演する一五人を決めなくてはなりません」（五四年二月七日、VB）。二月末にはすでに撮影が始まり、ケストナーはつぎのプロジェクトに取り掛かった。『五月三五日』を戯曲化する作業で、これはベルリンのヘッベル劇場で上演されて成功を収めた（五四年五月三〇日、VB）。

『消えた細密画』の脚色に取り組むまえに、『シルダの市民』を子ども向けにリライトする仕事を手掛け、こちらは同じ年のうちに本になった(70)。推理小説『消え失せた細密画』の映画化交渉がつづいていたことから、ケストナーはこれ幸いとアムステルダムで開催されるペン会議への出席を断った（五四年六月二一日、VB）。台本は八月と九月の前半に書かれ、すぐさま撮影が開始された。映画『消え失せた細密画』は失敗に終わった。ケストナーの考えでは、監督がせっかくの映画を「台無しにした」のだった（五五年七月一日、VB）。

それにたいして映画化された『空飛ぶ教室』には満足していた。この映画は「最優秀作品」という折り紙がつけられたのでなおさらであった。「これは西ドイツでは最高の評価なのです。これなら喜んでも当然ですよね！」（五四年九月二日、ＶＢ)。この映画では、ほんの少しだがケストナー自身も二度登場しており、ナレーションも担当した。そのためにまったく新しい台詞が書き加えられ、また少年たちの会話も小説とは違うものになった。残念ながら今日から見るとこの映画は、とりわけ五〇年代の若者言葉を取り入れた試みのせいで、わざとらしく、信憑性に欠け、いささかしつこい印象をあたえる。少年たちの演技には出来不出来があり、何人かはのちに俳優として知られるようになった。ピアノを弾くフェルディナントはミヒャエル・フェアヘーヴェン、ジョニー・トロッツはペーター・クラウスが演じている。ブルーノ・ヒューブナーがドイツ語教師クロイツカムに扮して、カバレット仕込みの演技力を披露した。パウル・ダールケは正義漢のベク先生、パウル・クリンガーが「禁煙さん」と呼ばれるその行方不明になっていた友人の役を割り振られた。ケストナーは映画で新たに寄宿舎の看護婦という人物を登場させている。湯治場で校医に夢中になってしまったという設定である(演じているのはヘリアーネ・バイ)。冒頭のシーンではケストナーがアルプスの山並みを背に、牧草地に置いた椅子にすわっており、仔牛のエードゥアルトが迎えにくる。終幕では、ミュンヒェンのカフェ・ホーフガルテンで、ケストナーが謎の人物として、ジョニー・トロッツに同級生たちのその後を根掘り葉掘り尋ねている。そして少年が、あなたはいったいどなたですかと訊き返すと、黙ったまま立ち上がって去っていく。つづいてボーイが、『空飛ぶ教室』を一冊もってくるが、そのカバーにはケストナーの手で添え書きがしてある――「エーリヒ・ケストナー」という著者名のあとに、「並びにジョニー・トロッツ」と記されているのである。この映画が報道陣に公開された際、カバレット研究家のクラウス・ブッフィンスキはケストナーと出会い、話しかけたが失望感を味わわされた。「私の前にすわっていたのは寡黙でぎこちなく、ユーモアの微塵もない男で、あれこれ誘いをかけてようやくいくらか話を聞くことができた程度であった[71]」。

一九五六年、ケストナーは『頭脳明晰なる騎士ドン・キホーテの生涯と偉業』と題して、「本を読んで頭がおかしくなった」という人間の話を彼なりに短く語り直して出版した(Ⅸ・100)。このリライトの仕事にケストナーはてこずった。「ドン・キホーテ自身もサンチョ・パンサもみごとに描かれた人物です。しかし二人の冒険となると、ときどき、いや、いささか余りにも馬鹿げています。しかしまあ、仕事は続けてみることにします[72]!」。ちなみにケストナーはこの年を、自

『女の部屋』でのバルバラ・プライヤー
（ドイチェス・リンゲルシュピール、1947、シャウブーデ）

分の生活をいくらか整理することに当てている。

　ケストナーがヘルガ・ファイトに宛てて手紙らしい手紙を書くのは一九五三年までで、その後は行きつけのカフェから、きわどい言及などまったくない短信を書き送るだけとなった。短いメモ同然で、呼びかけの言葉もサインもない。「元気かい。最近は兵舎〔自宅のこと〕を出るのも時間単位。また電話する」[73]。ヘルガは、ケストナーのような生き方や年齢からくる面倒な条件のないスポーツマン・タイプの若い男を選んで、ケストナーとの関係にピリオドを打った。しかし、二人はその後も二年間はまったくの友だちとして会った。この時期にケストナーはヘルガに、クナウス＝オギノの〔避妊法の〕便覧を手に入れてくれるよう頼んでいる。「ぼくがそれを注文すると、出版元は宣伝に使おうとして、役に立ったという証明書を書いてくださいと言い出しかねないからね！」[74] ヘルガ・ファイトに結婚話が持ち上がってからは、ケストナーの側では無言の状態がずっとつづいた。彼がヘルガに書いた最後の便りは、「LH〔ヘルガに Liebe Helga の略〕、きみが嬉しがっていると聞いて、とっても嬉しいよ！　とりわけ、きみにとって喜ばしい結婚の計画を進めているということがね！」[75] だった。関係が終わるころ、ヘルガ・ファイトはケストナーと組んでジャーナリスト兼ファッション写真家として働いており、のちにはさまざまな学校で教壇に立った。

　バルバラ・プライアーとの間柄は順調とは言えないことが少なからずあった。発端はプライアーが夜中の三時に、フリーデル・ジーベルトの住まいの前でケストナーを待ち伏せしていたことだった。ケストナーは自分の性格を詫びたが、しかし改めるとはけっして言わなかった。「ぼくが現在のような人間になったのは、《ふさわしい女性》がいなかっただけだと君は思い込んでいるが、それは違う。ぼくはウサギだ。でも、野性を失っていないウサギなんだ。しかも一種の良心を持ち合わせている。ぼくを変えることはできない。ぼくは純粋な快楽の権化なんかじゃないんだ」[76]。ケストナーはプライアーとの関係を例外的に自分の方から終わりにした。一九五六年のことで、理由はこうだった。

あるときケストナーは、ミュンヒナー・カンマーシュピールのプレミアには来ないでほしい、ルイーゼロッテ・エンデルレが嫌がっているから、と伝えた。それにもかかわらずプライアーはやってきた。仕事を辞めた彼女は、そこでしか昔の仲間に会えないからだった。ケストナーは罵りの手紙を書き、別れを告げた。しかしながら二人は、短い中断を経てふたたび会うようになり、ケストナーは以前のように手紙を書き、花を贈り、会ってコーヒーを飲んだ。ケストナーにとってプライアーは、私的な問題や仕事についても包み隠さず話すことのできる女性だったのである。バルバラ・プライアーも結婚をするが、それをケストナーは新聞で知った。彼女は六年のあいだブレーメンで暮らし、一九六〇年には二人目の息子が生まれた。こうしたいっさいの事柄もケストナーとの友情にはまったく妨げにならなかった。手紙のやり取りは六〇年代半ばまでつづいている。

ケストナーは、何年ものあいだ父親に、どうか一度ミュンヒェンに来てください、と言いつづけていた。オクトーバーフェストのパレードを引き合いに出して気を惹こうとしたこともある。「馬勒の立派なことといったらありませんよ！　それに堂々たる馬！　いやもうぼくたちはすっかり感激してしまいました！　革の細工など惚れ惚れするようです」（五二年九月二〇日、VB）。一九五六年の秋、ケストナーの努力はついに報われた。旅行の苦労をいとわずにミュンヒェンまでやってくることを、エーミールが承知したのだ。老いた父親はマリア・フルティヒといっしょに息子を訪ね、一か月間滞在した。ただしオクトーバーフェストだけは行くとは言わなかった。「私のエーリヒ、人間がたくさん集まって陽気に騒いでいる場所に行くと、私は不安になってしまうんだ。私はもうそういったことをいっしょに楽しむことはできないんだよ」（五五年九月二〇日、VB）。

のちにエーリヒ・ケストナーは手紙のなかで「素晴らしかった時」の思い出に触れ、つぎのように書いている。「どうか父さんたちも思い返しては大いに喜び楽しんでくださいますように。ぼくたちのこと、猫たち、庭と草地、上天気の日々、戸外でお昼を食べていたときにやってきたスズメバチのこと、羊の肉といっしょに料理されたグリーンピース、ぼくたちが庭でつくったダイコンとイチゴ、ザルツブルクやテーゲルンゼーやシュタルンベルクへの小旅行、ガイゼルガスタイクでの映画の撮影、ヴェランダでの午後の昼寝、ちょっぴり味わったヴェルモット、ホーフブロイハウス、オクトーバーフェスト、ケペニックの大尉、自分たちで焼いたケーキ、その横で葉巻の木箱を燃やして気持ちよく暖まったこと、いっしょに新聞を読んだ朝のひととき、庭仕事の服装をしたフルティヒ夫人、アンナとネズミたち、アネッテ・コルプといっしょに招かれた晩のこと、ペンション・シュミット、ドレスデンまでお供することになったスコットランド風の帽子のこと」（五六年一〇月二五日、VB）。

ここで言及されている映画の撮影とは、『ささやかな国境往来』の価値の乏しいリメイクのことで、監督はまたしてもクルト・ホフマンであった。新しい映画は『ザルツブルク物語』という題名になり、マリアンネ・コッホとパウル・フープシュミートが主人公の愛し合う二人を演じ、リースル・カールシュタットが脇役で出演している。ケストナーはこの映画のプレミアのとき、デュッセルドルフまで行った。ホフマンがすでにつぎの映画の撮影に入っていて、顔見せをすることができなかったからである。「今回はトーマス・マンの小説にもとづく映画とのことです」（五七年一月一三日、VB）。これは『詐欺師フェーリクス・クルルの告白』を指していた。

一九五四年の暮れから五五年にかけて、滞在していたサン・モリッツでケストナーは自伝的な著書、『ぼくが子どもだったころ』のための最初のメモを書きはじめ、一年後にやはり同じ場所で最初の何章かを書こうとした（五六年一二月一九日、VB）。ずいぶんと久し振りの子ども向けの本で、しかも特別な種類のものであった。それというのも、この本の場合、それがどういう部類のものか、著者のケストナー自身が決めかねていたのである。のちに彼はこの本を『大人のための著作集』と子ども向けの本の両方に収録する。子どもや青少年向けの本の著者として世に出たころとまったく同じように、自分の書いた原稿について少しも確信が持てなかった。「まるで木のペン軸でも噛むように、書いている子ども向けの本をためつすがめつしているよ。そう、生まれてからまだ一度も本など書いたことがないみたいにね」[78]。かれは冒頭の部分をまずは子どもたちを相手に「試して」みた。「数日前に第一章ができあがりました。そこでさっそく同じ日の午後、あるクリスマスのお祝いに集まっていた数百人の子どもたちの前で朗読してみたのです。子どもたちはすっかり気に入った様子でした。これからは筆の進み方がいくらか速くなりそうです」（五六年一二月一九日、VB）。

『ぼくが子どもだったころ』は、眠っていたケストナー自身の過去を呼び覚まし（そしていくらか修正を施し）、また故郷の都市ドレスデンの往時の姿をよみがえらせた。ケストナーは執筆のためにドレスデンを描いたさまざまな本をひもとき、思い出という抒情詩を通して読んだ。フリッツ・ガイの著書『不死身の都市。レクイエムと呼び声』もその一冊であるが、これは父親のエーミールから贈られたもので、収録されている一九世紀風の挿し絵は、連合国軍による大空襲ののちに歴史的な建物がどのような姿で残っているかを示していた。ガイはその都市を、「時間という地表の傷めつけられた残骸」と呼び、見る人に「橋や階段状の庭園や塔が生み出す線のたわむれ」を思い出させている。「それらはかつて暖かい夕風のなかにたたずみ、流れゆく川面にその姿を静かに映していた。古い小路や街角や階段のつぶやく忘れがたい言葉。私たちが愛したのは、この都市の静けさであり、石の音楽であり、すでに語るのをやめた過去の証人として私たちをいたるところで包む不可思議な力であった。今やこの都市は粉々に打ち砕かれ、たった一夜で破滅し没し去ってしまった。黙示録の騎士たちがエルベ川の谷間を襲い、跨った馬の蹄でドレスデンの美を踏みつぶし蹴散らした、あのたった一夜で[79]」。

ケストナーは何か月にもわたって父親を質問攻めにした。「お願いですから近いうちに返事をください。父さんと母さんが結婚したのはいつですか？　一八九二年で間違いありませんか？　場所はデーベルンですか？　デーベルンを離れたのはいつですか？　まっすぐドレスデンに移ったんですか？　それからすぐリッポルト社で働くようになったんですか？　ぼくが生まれたのはケーニヒスブリュッカー通り六六番地ですか？　四八番地から三八番地に引っ越したのはいつですか？　教員のフランケが最初の下宿人でしたか？」（五六年一二月一九日、ＶＢ）。

エーミールから返事が来ると、息子はすぐにまたいくつもの質問を書き送った。「父さんのメモはぼくの本のためにとっても役に立ちます。まだ教えていただきたいことがあります。どんな騎馬連隊がボルナ、グリーマ、オシャッツには駐屯していたんですか？　まだ覚えていますよね？　どこかに騎馬ライフル銃連隊は駐屯していませんでしたか？　［……］ひょっとしてご存知ですか、ストライキがあって、騎馬警官がライヒスブリュッカー通りに出動し、街路灯が投石で壊されたのは何年のことだったか？　一九〇五年？　一九〇六年？　あるいはもっとあとですか？」（五七年一月二三日、ＶＢ）。

『ぼくが子どもだったころ』は一九五七年一〇月に出版されることになっていて、ケストナーは八月半ばには書き上げたいと考えていた（五七年八月五日、ＶＢ）。自分でも上手に書けたという感触はあった。実際に刊行されたのは一〇月下旬であった。アストリッド・リンドグレンから、原稿を拝見したいという便りが寄せられた。「小鳥たちが歌にのせて伝えてくれました、〈生い立ちの記〉をもうすぐ書き上げられると。読ませていただくのをそれはそれは楽しみにしております」[80]。「本当に良い出来栄えになるかどうか、ぼくにはわかりません。残念ながら、書いているあいだはけっしてわからず、あとになって初めてわかるのですが、そのときはもう取り返しがつかないのです。そのときになると、たとえ当人がそうしたいと思っても、最初からもう一度書き直すというわけにはいきません。まったく、どんな仕事にもそれぞれ難しいところがあるものですね」（五七年七月一七日、ＶＢ）。

この本は批評家にはほとんど注目されなかった。しかし、出版前に一部分がグラフィック誌『コンスタンツェ』に掲載されると、それを読んだ人々から、文字通り山のような投書が寄せられた。差出人はみんな、かつてドレスデンに住んでいた人々であった。ケストナーは父親に宛ててこう書いている。「『コンスタンツェ』の版元から毎日のように手紙が送られてきます。回想録の抜粋を読んだ人たちが私に宛てて書いたものです。この世にドレスデン生まれの人間がどれくらいいるのか、見当もつきません」（五七年一〇月二七日、ＶＢ）。「手紙はうず高く積まれて、もう完全な山をなしています！」（五七年一二月一七日、ＶＢ）。父親に一部分を送って、嘆いてみせたこともある。「これがずっと続いているのです。もしも一通ずつ丁寧に返事を書こうとしたら、いつになっても終わることはないでしょう」（五七年一二月八日、ＶＢ）。

エーミール・ケストナーは息子にビュヒナー賞が贈られたことを知り、また『ぼくが子どもだったころ』の出版も知らされたが、おそらくそれを読むことはなかっただろう。一九五七年三月五日に九〇歳の誕生日を迎えたあと、衰えが目立つようになり、手紙を書くことも少なくなった。「もはや思うにまかせません。手がなかなかじっとしていないのです」（五七年四月二三日、ＶＢ）。夏にもう一度ミュンヒェンにという計画も、エーミールは断った。亡くなる数日前にルイーゼロッテ・エンデルレに宛ててクリスマスカードを書いたが、その簡潔さは容易に凌駕できないであろう。「この身にはもう起こることとて限られています」[81]。エーミール・ケストナーは一九五七年の大晦日に世を去った。

イニャツィオ・シローネはスイスに亡命中の一九三八年に、議論を中心に据えたいかにも諷刺的な小説『独裁者たちの学校』を出版した。未来のアメリカに出現した独裁者で、単純なプラグマティストである「ミスター・デッブル・ユー」とその宣伝大臣「ピックアップ教授」が、ヨーロッパの独裁者を歴訪し、クーデターを起こして支配権を握ったときのために学習する、というストーリーである。小説の大部分はこの二人とシニカルな男トマスとの議論で占められている。三人は「独裁制志願者の性格的特徴」について、党について、ファシズムの神話について、「今日においてファシズムとナチズムを可能にし、その存続と伝播とを助長する、特別な条件」について、議論を繰り広げるのである。

ケストナーはシローネの作品を知っていたが、それが出版されるよりも早く、すでに一九三六年には自分なりの構想をいだいていた。彼は書いている。自分はそのとき、「ヒトラーがあのようにしゃべる」のを聞き、「独裁者を物笑いの種にすることができたら、そのときは独裁体制そのものを葬り去ることができるにちがいない」と考えた(82)。ケストナーは戯曲という形式を選び、何度もまったくの最初から書き始め、完成をめざした。一九四九年には早くもカーラ・ギールに宛てて、「相も変わらず歯を食いしばって、『独裁者たちの学校』の結末を書き進めています(83)」としたためている。また、五〇年代の半ばには腹立ちまぎれにこんな文句を書きつけている。「もう我慢できません、一刻も早くこの作品にケリをつけなくては！」(五五年二月九日、VB)。

ケストナーの『独裁者たちの学校』はいつまでたっても手のかかる子どもだった。そして『四五年を銘記せよ』と同様に、あまりにも大きな野心が重圧となっていた。日記と同じく、この戯曲は《第三帝国》の注釈とするつもりであり、しかも時代を離れて、すべての独裁制にあてはまる作品をめざしていた。戯曲の執筆は一九五五年一二月一一日に終わった(84)。そしてすぐさま、コピーした劇場用原稿をチューリヒ・シャウシュピウールハウスの友人クルト・ヒルシュフェルトに手渡した。「上演されるかどうかの決定は、早くて一月中旬です。うまくいかないような気がしています(85)」。不安は的中した。ヒルシュフェルトは断ってよこし、ケストナーは――ハンブルク、ベルリン、シュトゥットガルト、デュッセルドルフと――受入れ先を探して交渉するが、いずれも不首尾に終わった。ちょうどそのころミュンヒェン市から文学賞を贈られたものの、ケストナーの気持ちは沈んだままで、賞金はオットー・フラーケに譲ってしまおうとした。「ミュンヒェンの文学賞。悪くはないですね。でも、あの戯曲が採用された方が、ぼくにとっては百倍もうれしく重要だったことでしょう」(86)。ケストナーは『独裁者たちの学校』の上演をいったんあきらめ、まず本にすることにした。挿し絵にはシャヴァル〔一九一五―六八。カリカチュアを得意としたフランスの画家〕の作品を使った(五六)。

ケストナーのこの戯曲は寓話で、ほぼ全編にわたって具体的な歴史の暗示を排除している。著者は、髪型や髭が「最近の歴史上の人物を思い起こさせてはならない」と指示している(V・465)。この作品の独裁者たちは取り替えのきくあやつり人形で、初代の独裁者の外見、習慣、話し方の特徴などを、外界とは隔絶した邸宅で「徹底的に教え込まれる」。じっさいに権力を握っているのは、国防大臣、侍医、首相、そしてこの学校を管理している「教授」からなる小集団である。大統領が政治犯にたいして、当初の申し合わせになかった大赦をしようとしたために抹殺され、そのあと後継者たちは「七番目の男」の指揮のもとにクーデタを起こす。「それが一段落するとクーデタの首謀者は殺され、つぎの独裁制が樹立される。後継者たちにとって、その首謀者はただの乗り物だったのだ。トロイの馬ならぬロバだったのである」(V・461)。

この戯曲はさまざまな点で問題をはらんでいる。すべての登場人物が気の利いた台詞を口にするのだが、その台詞がいわば作品が秘めている肝心の狙いの足元をすくい、台無しにしてしまっている。また、「七番目の男」の人物像がぼやけていて、明確な印象などまったく伝わってこない。さらには、この男がクーデタを起こした理由があいまいなままである。それというのも、彼が掲げる理想――「大多数のためにいくらかの幸福を。いくらかの安心を。ひとかけらの自由を」――では不明瞭であろうし、この革命家が前任者一派と同様の圧制者にならないとは、ひと言も述べられていないからである。彼の「同級生たち」が、蜂起が成功したあと自分たちはどうなるのか、と尋ねたのにたいして、彼はいくらか高慢にこう答える。「君たちは自分のことをあまりにもちっぽけに考え過ぎている。〔……〕君たちのことはまだ考えていなかったよ」(V・509)。

『ファビアン』と同じく、『独裁者たちの学校』も訴え《アピール》の構造を持っている。ところが作者ケストナーは、二つの場面で内的虚構をぶち壊してしまっている。一度は、作中の真の権力者たちが舞台から観客を恫喝する場面だ。彼らは探るように観客を見まわして言う。

国防大臣　あの連中はもう長いこと閉じ込められたことがないようだな。たらふく喰らって、恥知らずなものだ。

首相　（見積もりをしている）貨物列車が一〇両あれば十分だろうな。

国防大臣　バラックを何棟か建てるんだ。電気を通した鉄条網。便所。サーチライトをいくつか。それに機関銃を五丁か六丁。

首相　生きるのも死ぬのも国家が管理するんだ。

侍医　お二人はまだご存じないようですね、背骨を取ってしまえばどんなに楽しく生きられるものかを。

国防大臣　消え失せろ！（V・486以下）

フィクションは終幕でもう一度破綻する。「七番目の男」が大統領宮殿のバルコニーから突き落とされ、国民は入ることを禁じられている「大広場」の地面に激突して身体はばらばらになる。作品の最終場面でその死者が叫ぶ。「どうして君たちはぼくをこんなに一人ぼっちにしておくんだ?」。そしてもう一度、「怒りを含んだ声で」、作品の最後の台詞、「どうして?」を怒鳴る（V・539）。『ファビアン』では訴えが、すでに不明瞭ではあったが、それでもとにかく何かを訴えていることはわかったのにたいして、五〇年代半ばのこの戯曲では、何が何やらわからないまま作品が終わってしまう。これでは、たとえ上演された舞台を観たとしても、誰が、そして何のために、語りかけられていると感じるだろうか。『独裁者たちの学校』は、当時の批評では『シュピーゲル［鏡］』誌と「アンデレ・ツァイトゥング［別種の新聞］」紙が取り上げただけで、「一晩暇をつぶすためのカバレットの寸劇《スケッチ》(87)」、あるいは「グロテスクで諷刺的な寸劇(88)」と見なされた。そして批評家は、テーマからしても作者の名前を見ても、深い意味があるに違いない、としながらも、どんな意味か明瞭に語ることはなかった。カール・アメリは、一九四五年以降に独裁者というからには、「それが出現するための広大で新しい基盤」が描かれていることを期待しないわけにいかないが、その期待が満たされず、残念だと述べている。アメリはそうした基盤の例として、「強制的な消費とか、人工的に操作された安全志向」を挙げている。そして、ケストナーのこの作品はもはや人々に、「自分の家の前を掃くための箒を手渡す[89]」ことに成功していない、と断定している。

この戯曲が出版されたのを受けて、ようやくハンス・シュヴァイカルトがミュンヒナー・カンマーシュピールでの上演を引き受けた。ケストナーは選りにも選ってこのシュヴァイカルトには話を持ち込んでいなかった。というのも、この劇場のプレミアには欠かさずに顔を出していたからである。つまり、「もしも彼らが、原稿が気に入らなくてそれを突っ返したのだったら、彼らはいたたまれない思いだったことだろう。もしも原稿が気に入らないのに受け入れたのであったなら――もっといたたまれなかったであろう。そして、もしも原稿は気に入ったのに断ったのなら、誰もがすぐさま言ったことだろう、〈もちろんですよ。連中はケストナーのような人だってはねつけるんです。それもこのミュンヒェンでね〉。ともあれ彼らは身銭を切って本を買っているのだ[90]」。ケストナーは何度も稽古場に顔を出した。自分の作品がはたして舞台に適しているのかどうか、「知りたくて、もう緊張し切って」いた(五七年一月一三日、ＶＢ)。舞台稽古は上々の出来だった。これは「上演はうまくいかないという予兆だ！[91]」。五七年二月二五日、待ちに待ったプレミアがやってきた。「七番目の男」はクルト・マイゼルが演じ、その他の出演者にはペーター・リューア、ハイニ・ゲーベル、トゥルーデ・ヘルスターベルク、ローベルト・グラーフ、パメラ・ヴェーデキント、ルート・ドレクセル、マリオ・アドルフがいた。「国防大臣」役の俳優のために、プレミアはもう少しで中断されるところだった。「私たちはとんでもなく冷や汗をかきました。というのも、主役級の俳優がすっかりあがってしまい、初っ端から大きな幕間《まくあい》まで自分の台詞が言えず、わけのわからないことをしゃべったからです。自分がしゃべる場面では何も言わず、他の出演者がしゃべる場面で、なにやらぶつぶつわめく始末でした。いっしょに舞台に出ているほかの俳優たちは、自分の台詞をいつどのようにしゃべったらいいか、まったくわからなくなってしまいました。大きな幕間になったとき、彼らはぐっしょりと冷や汗をかいていましたが、それは私たちも同じでした。幕間のあとはそんなこともなくなりました」(五七年二月二八日、ＶＢ)。観客の反応と新聞の反応は似たようなもので、ケストナーはミュンヒェンの批評について、「真っ当だ」と述べている(五七年二月二八日、ＶＢ)。ミュンヒェン以外の新聞記者も立ち会った二度目の上演は、「すばらしい出来栄え」で、「演出も俳優も最高」であった(五七年二月二八日、ＶＢ)。ケストナーはその後も上演を何度も見たいと思った。「今後の作品のために勉強したい」からであった。「勉強するには年を取りすぎているということはありませんし、才能がありすぎるということもありませんからね」（五七年二月二八日、VB）。カンマーシュピールがチューリヒに客演したあとでスイスの新聞が示した反応は、はるかに冷淡であった。「ぼくは何日か打ちひしがれていました。スイスの新聞がぼくの作品を――観客の反応とはまったく反対で――きわめて冷淡に扱ったからです。たった一紙、例外はありました。でもその批評家も、引き合いに出したデュレンマットをひどくこきおろしていますので、あれでは贔屓の引き倒しです[92]」。

『独裁者たちの学校』は、ミュンヒェンでは三〇回以上上演されたが、作品の価値のためというよりは作者ケストナーの名前のためであった。シュヴァイカルトはケストナーに新作を依頼しようとして、「来年のために」と言った。「ぼくが新作には二年か三年必要だと言うと、彼は椅子から落ちそうになるほど驚いていた。デュレンマットの亜流どもは書くのがそんなに速いっていうわけだ。いやはや[93]」。

ケストナーはすでに一九五七年にミュンヒェンでクルト・マシュラーと会い、「ぼくの作品の全集を出す」相談をしている。「六〇歳の誕生日に出版しようというわけです」（五七年三月一〇日、VB）。七巻本の『全著作集』を刊行するために、ケストナーはかなり骨を折った。というのも、みずから歴史家になって自分の過去を振り返り、多くの自作について序文を書き、各巻のカバーの袖に印刷される内容紹介まで書いたからである。ベルリンでケストナーの秘書をしていたメヒニヒとエリカ・ヴロッホは、市内の図書館をまわって、特に二〇年代の『世界舞台』に掲載された文章を探し出し、タイプで打つよう命じられた――まだコピー機械がなかったからだが、できあがったタイプ原稿は往々にして雇い主を失望させた。「ひと目見て、またしてもぞっとしました！　特に評論『不潔さ超一流』はまぎれもなくメヒニヒさんの傑作です。ときどきは単語を推測しなければならないほどなのです。ですから『不潔さ超一流』だけでも清書しなおしてください。さもないとドレスラー氏は頭がおかしくなってしまい、植字工もそのあとを追うことになります[94]」。書籍ギルド・グーテンベルクの編集長だったドレスラーはこのとき全著作集のコーディネーターを務めていた。ほかにアトリウム社とキーペンホイアー&ヴィッチュ社も参加していた。全著作集のためのケストナーの仕事は一九五八年一〇月に終わった。[95]出版された全著作集は高く評価され、『カトリック教会』と『獣医学展望』といった雑誌までが取り上げた。後者では書評が猫の本[Katzenbücher]と鉱物の本[Mineralienbücher]のあいだに載っている。

この大掛かりな著作集のほかに、六〇歳の誕生日にあたってケストナーは、ミュンヒナー・カンマーシュピールから日曜日のマチネのための「金縁のプログラム」を贈られた。[96]ケストナーが《第三帝国》時代に構想した作品、『思い出の家』[97]の序幕を、ハンス・シュヴァイカルトの演出で上演したのだった。誕生日の一週間前のマチネで、俳優たちがケストナーの政治的な詩や私的な詩を朗読した。

ケストナーは全著作集の出版によって、自分を歴史的な存在として感じるようになったが、それ以外の理由でも年齢を痛感するようになっていた。五〇歳代の初めに早くも上あごには歯が一本もなく、「けっして気品のある姿とは[98]言えなくなっていた。父親とベルリンで会った折に、「ぼく以外はみんなおいしいと言って食べていました！」[99]と書いたことがある。じつはこれも歯にまつわる話であった――早朝、フックス通りの住まいを出たところで転び、前日の午後にはなかった道路上の砂利の山に顔から倒れたのだった。このときに残っていた歯もブリッジも残らず折れてしまった。歯医者の治療は何か月もつづき、その間口にしたのは発泡性ワインとスープだけだった。[100]一九五〇年代にはお気に入りの飲み物を変えるほかなくなった。ゼクトとシャンパンはからだが受け付けなくなり、ウィスキーとビールに乗り換えたのだ(五五年聖霊降臨祭の第一日目、VB)。また、行きつけのカフェにも別れを告げることを余儀なくされた。「フライリンガー」が一九五八年二月に店仕舞いしたからである。「適切な店が不足しているなかで」、「ガストシュテッテ・レオポルト」[101]という店を選び、以後は最後までそこに通った。

ケストナーはすでに一九五三年にビュヒナー賞の候補者として下馬評に上がっていた。この年に選ばれたのはエルンスト・クロイダーで、副賞の賞金をケストナーよりも必要としていたことは疑う余地がない。五七年、ダルムシュタット・アカデミーの会長ヘルマン・カザックはケストナーに喜ばしい知らせをもたらした――「こういうことになりました」、と。副賞の五〇〇〇マルクをケストナーは受け取ろうとせず、彼が選んだ経済的に不自由している文学者に同じ額ずつ分けられることになった。そのなかにはヴェルナー・ヘルヴィヒ、マルティン・ケッセル、オーダ・

シェーファーがいた。「賞金は五人の文学仲間に受け取ってもらうことにしました。ぼくもお金の使い道ならいつだってありますが、この人たちはぼくよりもずっとずっと不如意な思いをしているのです。ですから正しい解決策だったと思います」（五七年一一月八日、VB）。ケストナーがこのときおこなった感謝のスピーチは、彼の自己評価という点で注目に値する。ゲオルク・ビュヒナーの業績を詳細に讃える前に、「お集まりの皆様と本日栄誉を授けられた者との上に射す」、三つの「雲の影」について述べている（Ⅵ・621）。彼はまず自問する、賞の授与は「現代の老化現象」ではないのでしょうか、と（Ⅵ・622）。つまり、自分が老いたと感じる理由がまた一つ増えた、というわけである。二つ目の雲の影とされているのは、「天才的な作家を記念して授与される」この賞に、自分がふさわしいとは思えないことです、と語る。「ビュヒナーほど独創的で尊敬に値する詩人はほかにいないであろう」という推測はありましょうが、それでは自分を慰めるのにとても十分とはいえないのです。三番目として、ケストナーはふたたび自分への問いを持ち出す。諷刺的な作品を世に送り出してきた作家が、良心のやましさを覚えることなく、賞讃されたと感じてよいものだろうか。おおやけに授けられる花冠はむしろ挫折を物語ってはいないだろうか？「むしろ皆さんはこうおっしゃろうとしているのではないでしょうか、〈君は飼いならされたサーカスのライオンだ、さあ、この手から月桂冠を受け取って食べるのだ〉と？」（Ⅵ・621）。みずからの心を安らかにしようとするケストナーの言葉は、品があって控え目である。このときの自分への問いかけにコケットな響きは認められない。

一九五七年一二月一七日、ケストナーとフリーデル・ジーベルトの息子、トーマス・ジーベルトがミュンヒェンで生まれた。やがてトーマスは、両親の申請が受け入れられて、一九六四年に当局からケストナーという姓を名乗ることが認められる。息子の誕生は、老いを示すいくつもの徴候を経験したあとのことであり、ケストナーにとってひときわ喜ばしい節目となった。しかし、その後につづいた出来事は肯定できることばかりではなかった。その原因が、わが子とその母親とにたいするケストナー自身の向き合い方にあったことは、疑う余地がない。息子が生まれた翌日、ケストナーはまるで何事もなかったかのように、『全著作集』に関する手紙を口述し、同じ月の二一日にはチューリヒに行き、つづいてサン・モリッツに向かった。そこで冬の休暇を過ごすためで、息子の母親には、「再会を心から楽しみにしている。こめかみの毛が白くなった、満ち足りた紳士より[102]」と書き送った。滞在は五八年一月二日までの予定だったが、父親が亡くなったために急遽切り上げられた[103]。

このときからケストナーはこのうえなく慎重に二重生活をいとなむ――ルイーゼロッテ・エンデルレにはどんなことがあっても子どものことを知られてはならなかった。彼女はそうでなくてもフリーデル・ジーベルトにたいして、ほかの女性以上に疑いを抱いていた。秘書のエルフリーデ・メヒニヒはこの母と子に引き合わされた。ケストナーがサナトリウムに入ったあと、秘書はケストナーへの手紙をミュンヒェンのフレミング通りの住まいに宛てて出したが、そのなかに意味のあいまいな一文が見られた。するとケストナーは秘書に、自分の不在中にルイーゼロッテ・エンデルレは手紙を残らず開封して読む、と書いたあと、必死の口調で頼んでいる。「これは大事なお願いです、今後は何かをほのめかすようなことはいっさい書かないでください！ 火薬樽の上で生きるって、とにかくたいへんなのです[104]」。ヴァルター・シュミーレはこう語っている。ケストナーは「自分がブルジョワに」――二〇年代には自分が攻撃していたブルジョワに「なったことでも悩んでいた。しかも嘘つきのブルジョワなのである。なぜなら、彼に血を分けた子どもがいることは周囲で知らない者はいなかったが、にもかかわらずいっしょに暮らす女性には話さなかったのだから[105]」。

ルイーゼロッテ・エンデルレはこうしたことは何も知らずに、一九五八年からケストナーの図版入り伝記を書く仕事に取り組んだ。のちに改版が出るが、このとき書いたものが最初の版である。ケストナーは彼女がそれを書くことを許容し、秘書のエルフリーデ・メヒニヒにも、エンデルレの名前は出さずに、「現代人の伝記シリーズの一冊として、ぼくのものも出る」そうです、と書き送っている[106]。エンデルレが書いた本は一九六〇年にキントラー社から出版された。ケストナーはこの最初の版に深く関わった。のちにローヴォルト社から出る増補版は、ケストナーが書いた部分も少なくないが、この版のときは一節まるまる自分で書くことはなかったものの、自分の過去のうちで触れることと触れないことを決め、原稿をチェックしたのである。こんなメモを残している。「ロッテに。まだまだ修正すべきところが多々あるよ。特に最後のページ、静かに老境を迎えるエーミール、と君が書いている箇所だ」。あるいはまた、彼女に「〈この意味〉で、いくつかの提案を」したこともある。「そのうちいくつかは君の役に立つのではないだろうか。［……］今のままでも十分によく書けているよ。ひと言でいえば、正確だ。うまくいきますように《トイトイトイ》！」。最初の伝記に関して残っているわずかなメモは、一九三七年のザルツブルク滞在についてのものである。彼の文章がそのまま伝記に入っているということだけでは、彼がそれらの文章を自分で書いたことにはならない。エンデルレの元原稿にケストナーが手を入れ、書き直したという可能性もあり、ケストナーは自分の原稿がいつもきちんと書かれていることを重視していたからである。「すらすらと読めて、君が心配しているような退屈さはまったく感じられないよ！　ずいぶんと手を入れたが、それでもまだ文体のうえで小さな改善の余地はあるかもしれない[107]」。

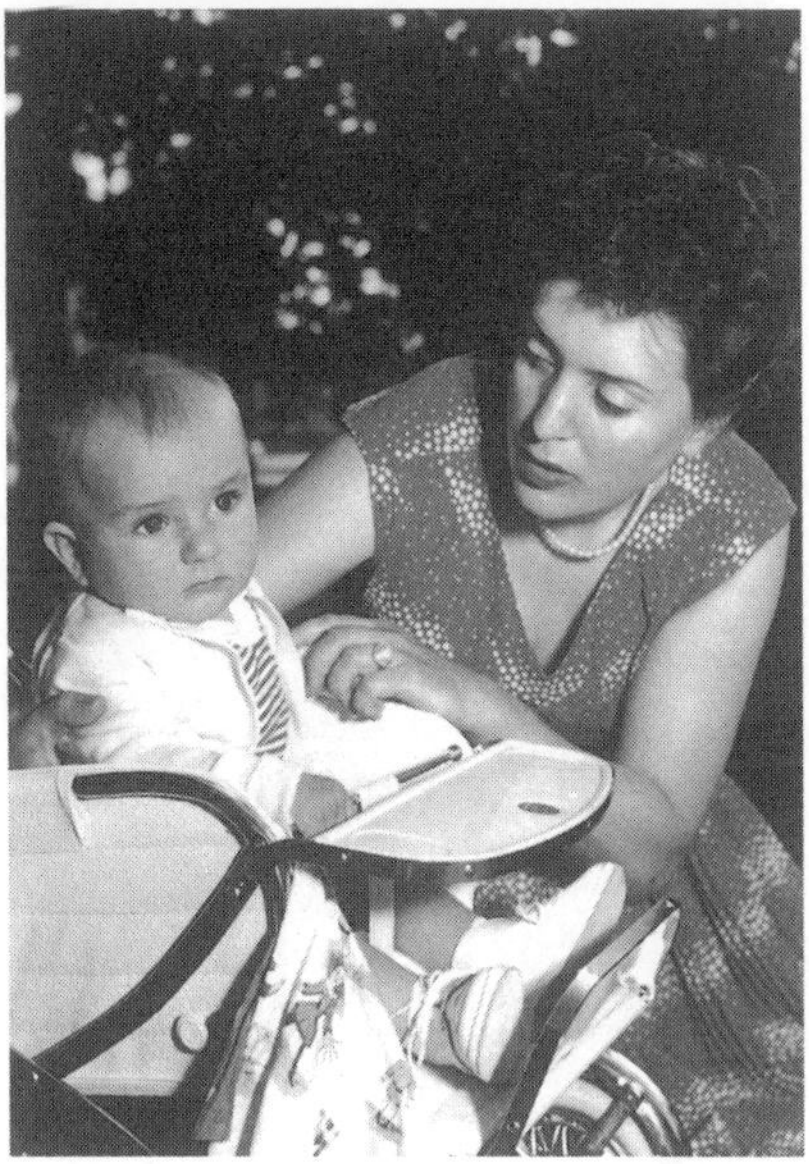
ジーベルトと息子トーマス（1958）

　ケストナーの秘密は知らなくても、エンデルレにはこの伝記について彼女なりの苦労があった。彼女は、『ぼくが子どもだったころ』が「肝心のところを全部もっていってしまう」と思った。「どうかそんなことはしないで！　これでは伝記を書く本来の目的を見失ってしまいそうです！[108]」。さらに、もっと大きな問題があった。それは対象との多かれ少なかれ密接な関係であった。原稿を渡したあとで、編集者に打ち明けている。「人生のパートナーについて書くことは、むずかしい仕事のようですね。なぜって、同時に影の伝記を書いているのですから[109]」。ケストナーといっしょに暮らすようになってから、彼女はつねに、結婚していない《ケストナー夫人》という自分の立場について苦しんでいた。

　ヘルマン・ケステンが『全著作集』に寄せたケストナーへの讃辞のなかでこの点に触れたとき、彼女は頼んでいる、「もう少しエレガントな」書き方をしていただけないだろうかと。それにつづけて、自分のこれまでの苦悩を打ち明け、いくつかの箇所を改めるように求めた。「エーリヒといっしょにエディンバラに行ったときのこと、ペン会議で騒ぎが持ち上がりました。ケストナー氏は愛人を同伴している、これは良俗に反すると見なす人も何人かいて、食事会の座席の順序にも影響を及ぼしかねない、というのです。まさにこれが理由で、会長のモーガン氏はこれみよがしに私を無視しました」。国際ペン会議の事務局長だったデイヴィッド・カーヴァーは彼女に好意的で、「そのためすっかり当惑して何度かウィーンまでやってきました。ロンドンでは親切な会員たちが事態の収拾を決意し、私を《ケストナー夫人》として扱うことになりました。［……］金切り声を張り上げる女性がいて、ありがたいことに名前は忘れましたが、昔ベルリンで新聞記者をやっていたそうで、ぬけぬけと私に尋ねたのです、いったいあなたはケストナーと結婚しているんですか、いないんですか、ってね[110]」。

伝記の仕事と並行して、エンデルレはケストナー六〇歳の誕生日を記念する『友の書《リベル・アミコールム》』のために、友人たちに寄稿を求めた。しかしこれは出版されなかった。この計画は、捧げる相手を慮って外部にたいしては秘密にされ、マシュラーとエンデルレだけで練られていた。しかしケストナーは十分に情報を得ていて、友人たちの名前のリストに注釈を加え、手を入れ、足りないところを補った。一九五八年にはエンデルレ自身が長いこと病気に苦しめられた。「敗血症、ツツガムシ病、それに肋膜炎」を患ったのである[111]。『友の書』のための依頼状に彼女は、友人の多くに宛てて、ケストナーのテニス中の事故のことを説明している。「ところで、今年の夏はすばらしい天候でしたね。ところがいたずらっ子のエーリヒときたら、重い感染症に罹ってしまっていたんですよ。最初はスズメバチに刺され、左足が象の脚みたいにはれ上がりました。それではまだ足りないとばかりに――エーリヒはそのとき手当てを受けなかったのです――テニスをしに行って、はれ上がった脚で元気な方のくるぶしを思いっきり蹴飛ばしてしまいました。むろんただではすみません。象の脚の大きさ[!]の穴が開いてしまいました。［……］あのひとはそのときも手当てを受けませんでした。悪寒がして初めて、あのひとは寛大にもこの私に、医者に連絡することを許してくれたのです[112]」。傷は「危険なもの」でした、とエンデルレはマルティン・ケッセルへの手紙に書いている。「脚が問題でしたが、でも脚だけではなかったのです。あのならず者ときたら、最初はどうしても医者に行こうとしないので、私はもうちょっとで首を絞めそうになりました。その代わり、何週間も前から今現在にいたるまで、毎日どこにも行きません。少しずつよくなっていきます。まったく、悩みは尽きません！[113]」。

こんなハンディキャップを負ったまま、ケストナーはフランクフルトで開催された国際ペン会議に出席しなければならなかった——なんといってもホスト国の代表だったのである。二〇年代以降、このような会議がドイツで開かれたことはなかった。一週間というもの、彼は難儀をして松葉杖をつき、タクシーを使い、あちらこちらと駆けずりまわった。「暑さが一瞬も途切れることなくつづいてくれてね、そのおかげで五〇〇人の同僚たちとの再会の喜びはいや増しに高められたよ。いや、まあね。《会議は終わった》《ザ・コングレス・イズ・オーヴァー》。これがいちばん肝心だよね。これからは本当に、そしてついに、また仕事にかからなくては。本を書くか、演劇になるか。そのためにはまず安らぎが必要です[114]」。

つぎに本になったのは、手を入れた《第三帝国》時代の日記、『四五年を銘記せよ』であった。ケストナーが筆を擱いたのは一九六〇年の一一月で、翌六一年の早春にチューリヒのアトリウム社とベルリンのツェツィーリエ・ドレスラー社から並行して出版された。最後のリライトの本『ガリヴァー旅行記』のためには、「半年以上[115]」という例外的に長い時間がかかった。刊行されたのは一九六一年秋のことである。スウィフトの作品の子ども向け改作では、ほかの人々もそうしているが、ケストナーもガリヴァーのリリパットへの旅とブロブディングナグへの旅だけを取り上げている。しかしケストナーの場合は、原作にはない細かな点がじつに詳しく描かれていることで、優れた出来栄えになっている。たとえば、ガリヴァーといっしょにブロブディングナグの海岸に偵察に行った者たちは、辛うじて巨人から逃れることができるのであるが、それは船長の命令で、呆気に取られて開いていた巨人の口に大砲の弾が撃ち込まれたからであった。おかげで巨人は舌の先をやけどしてしまう。巨人が立ち止って手で舌をなでているあいだに、ボートに乗り込んでいたみんなは逃げることができた、というわけである(IX・156)。ケストナーがこう書こうと思ったのは、スイフトがそれとなく示しているまったく別な場面にしたがってのことであった。挿し絵は、実現しなかったが、是非ともフェリシアン・ロップスに依頼しようと考えていた。「グラフィック・アートでいくんだ。ガリヴァーとリリパットと宮廷の女官たちがシリーズ・ナンバー・ワン。そして巨人の国のガリヴァーをシリーズ・ナンバー・ツーとする。ぼくが絵を描けないのは残念だ。奇想天外な思いつきがいっぱいあるんだがな[116]」。

最晩年の日々

国民的作家というキッチュの地獄で

若いころのケストナーはいつでも、自分は政治に参加していると考えていたが、確固とした政治姿勢を表明したことは一度もなかった。そんな彼が、老人と呼ばれる年齢になってからきわめてラディカルな考え方を示すようになり、かつての「もしも」や「しかし」とは決別して、明快かつ厳格に批判をおこなった。フリーデル・ジーベルトに宛てた私信で、アルジェで反乱が起こった旨を記し、こう続けている。「落下傘部隊の八〇パーセントはドイツ人外人部隊が占めているると、新聞に書かれていた。（要するに西ドイツには住みにくいSSやその他の若者たちなんだ）」[1]。自分が公的な世界で声望のある知識人という位置を占めていることを受け入れただけでなく、さらに街頭にまで繰り出すことにした。一九五八年には国防軍の核兵器装備に反対する運動に一度ならず参加し、バートランド・ラッセルのアピールに署名し、ハンス・ヴェルナー・リヒターの「核装備に反対する委員会」に加入している。ケストナーは、ハインリヒ・ベル、ハンス・ヘニー・ヤーン、エルンスト・クロイダー、パウル・シャリュックといった文学者とともに、「原子爆弾による死に宣戦布告を」という呼びかけに署名した一人である。同じ一九五八年、ベルリンにある巨大なクローネ・サーカスの施設を会場とする大政治集会において、ケストナーはボン政府に反対する痛烈な演説をおこない、わけてもアデナウアー首相と国防大臣シュトラウスを攻撃した。おそらくこれがドイツ連邦共和国の政治論争にたいして、ケストナーのおこなったもっとも実質的で力のこもった働きかけであろう。彼は、選挙民による白紙委任を濫用し、民主主義の精神を損なっている、と述べて国会議員を非難した。

「人間の生死にかかわるこの問題で、国民投票をおこなうことは本来ならば必要ないでありましょう。世論調査機関EMNIDによるアンケートでは、連邦共和国の国民の八〇パーセント以上が国防軍の核兵器装備に反対しているのであり、もう一つの多数派、すなわちボン政府の多数派議員は、この信頼し得る世論調査の結果を是認すれば、それで事は足りるのです！

ボンは当然のことながら結果を是認しません。ボンは死をもたらすおのれの過ちを告白しません。ボンは言葉では表現できない論拠を挙げて、現行の選挙よりも広いレベルでの国民の意思表示となる国民投票に反対しています。国民の要求や国民の判断を国民投票で問うことは憲法違反であり、それゆえ国民投票はいかなるものであれ憲法違反なのだ、というのがその論拠です。生きるか死ぬかという問題に対するこのようなふざけた回答を、私は断固拒否します。［……］政府と議会の多数派は、国民が核兵器についてどう考えているか、知っていたのでしょうか？　それとも知らなかったのでしょうか？　もしも知らなかったのなら、おだやかな言い方をするとしても、そんな人間は政治家ではありません。もしも知っていたのなら、いっそうおだやかな言い方をしますが、そんな人間は民主主義者ではないのです」[2]。

一九六一年にケストナーは「核兵器に反対する復活祭行進」のハンブルク実行委員会の委員となる。南ドイツの復活祭行進の目的地、ミュンヒェンのケーニヒプラッツで、ケストナーは長い演説をする。そのなかにのちに人口に膾炙する文句、「諦念は物の見方ではない」が含まれていた（VI・667）。ケストナーはゲーテとバートランド・ラッセルとカール・フリードリヒ・フォン・ヴァイツゼッカーの名を挙げ、この人々こそ想像力と「健全な悟性」の持ち主であると述べた（VI・663）。六三年には、世界最初の原子爆弾が広島に投下されたことを忘れないために、「核兵器に反対する人々の監視活動」にアピールを寄せている（「八月六日へのアピール」）。そして学生たちといっしょにミュンヒェン大学の前でデモンストレーションをおこなった。彼はアピールのなかで、「核実験が中止されるように、核兵器所有国が増加しないように、核兵器を保有しない国にたいして、直接間接を問わず人類を殲滅する核兵器の自由使用権を認めないために、中央ヨーロッパに核兵器の存在しない地域を設けるためドイツ国内に核兵器を配備しないように、共に行動を起こす」ことを要求した(3)。

その後の復活祭行進に際しての演説と、ミュンヒェンでのデモンストレーション(六八年三月一五日)に寄せた「ヴェトナム戦争に反対する」という挨拶は、大半が自分の過去の文章からの引用で成り立っている。このような政治参加はケストナーの年代の作家には稀なことであった。ヴェトナム戦争反対のデモに参加した文学者には、むろん連帯の挨拶によってだけであったが、エーリヒ・フリートとマルティン・ヴァルザーがいた。しかし二人ともケストナーより二〇歳以上若かった。アーデルベルト・ライフは、すでに六〇歳になろうとしていたケストナーから、それ以前にもまして明確な政治的発言を引き出している。ケストナーは自分の諦念と受動性について語り、まだ政権の座にあった《大連立》を、「私たちの問題について何ひとつ解決しようとしない」といって非難し、自分の立場を説明している。「私は、どんな種類であれ、イデオロギーを嫌悪します。私は堅い信念をもつ個人主義者です。社会の進歩はどんなものであれ歓迎です。……もう少し言えば、私は左翼のリベラル派ですが、そんなものは今日ではもはやまったく存在していませんね。また私は、やはりもはや存在していない政党の党員です。こんなふうに申し上げるのも、もしもその政党が存在していたら、私は党員になっていないからです(4)」。

クルト・トゥホルスキは一九二九年、ハインリヒ・ハイネと比較するようなことは避けるべきだ、最初から「尺度の違うものを比べる」という誤りを犯すから、と警告した。「そんなことをしても、ケストナー氏とかティーガー氏〔テオバルト・ティーガー、実はトゥホルスキ自身のペンネームの一つ〕とかのために何かをすることにはならない。なぜなら、ハイネと比較されても、彼らにとってはお世辞にもならないからである――そんなことをするのは文学についての無知蒙昧を露わにするだけなのだ。ケストナー氏もティーガー氏も才能の持ち主だ。ところがハイネは一世紀を代表する人物なのである」。トゥホルスキはさらにこう述べている。「この国では、戦士の記念碑の数とハイネの記念碑の数は、権力と精神の関係に比例している(5)」。ケストナーはこの点にいささか変化をもたらそうとして、ペンクラブ会長だったとき、みずから発起人となってミュンヒェンにハイネ記念碑を建立しようとした。ハイネ没後一〇〇年に当たる一九五六年のことである。ケストナーは何年にもわたって事務連絡や議論を引き受けた。最初に依頼した彫刻家は制作の途中で世を去り、トーニ・シュタードラーが引き受けた。像の設置場所として、バイエルン州の城館・庭園・湖水管理当局は宮殿庭園とプリンツ・カール宮殿のあいだにある小さな「税務署の庭」を提案した。ところがそのあと、バイエルン州文部大臣フントハマーが異議を申し立てた。噴水をかざる女性像はもっと衣服で覆うべきだ、と主張したのである。専門家が呼ばれ、シュタードラーの作品の出来栄えは問題ないという鑑定結果が出て初めて、像の設立が許可された。一九六二年の除幕式には、ケストナーからペンクラブの仕事を受け継いだブルーノ・E・ヴェルナーが挨拶し、ケストナーは滞在中だったアグラのサナトリウムから祝辞を送った。そのなかでケストナーは除幕式を「意義深い瞬間」と呼んでいる（8・321）。

ひとつの（ささやかながら）本格的なキャンペーンが、ケストナーをもう一度はるか昔の日々へと連れ戻した。選挙戦でSPDに肩入れしたときのことである。彼はCSU［キリスト教社会同盟］の学校政策を批判した――「この政策は現在の当局に心から敬意を抱く従順な市民」を生み出そうとしている、「庶民階級の子どもは小学校に通えば十分だ、《もっと立派な》人々の子どもは大学教育を受け、両者の中間の子どもは小学校と大学のあいだのしかるべき学校に進む。すべては秩序正しくきれいに組み立てられているのであり、最後列の席［成績の悪い生徒のための席］で騒ぐのはやめてくれ！」。こうして、今や両親が子どもの名前でCSUを選ぶ時が来ようとしている。「バイエルンの教会の塔は立派な名所になっている、がしかし、文化政策を監視したり指示を出すためにはきわめて不向きである。今や、当局の利害ではなく子どもの利害を擁護する学校制度を実現するためには、もはや一刻の猶予もならない。すなわち、今はSPDの主張する学校プログラムを実現しなければならない時なのである」(6)。ここで教会の塔が引き合いに出してあったことから、教会の新聞と「バイエルン急報《バイエルンクリーア》」紙がケストナーに襲いかかり、耄碌爺さんとか「酔っぱらい」と呼び、大昔の文化闘争で使われた決まり文句をまたぞろ引っ張り出した、と述べて罵った。教員たちは署名を集め、ケストナーにたいする抗議文書を作成した。そのなかで、「学校と教員と教育法に関して」ケストナーが意見を表明した際の「幼稚で中傷そのもののやり方」に抗議した(7)。「ターゲスシュピーゲル［日刊・鏡］」紙はこの騒ぎを要約し、「右翼陣営が見せた反応にケストナー氏は満足なさるのではあるまいか」、というのも、「ケストナー氏に向かって吹く風はいつでもそこからやってくるからだ」と書いている(8)。

一九六一年四月、ルイーゼロッテ・エンデルレは雇っていた私立探偵の一人から報告を受けた。「K氏」は「フリーディーネ・ジーベルト嬢」とのあいだに、「現在三歳になる男の子をもうけて」おられます。[9] フリーディーネという誤った名前は現在もなお、エンデルレが著したローヴォルト伝記叢書にそのまま記されている。エンデルレはフリートヒルデ・ジーベルトに直接会って問いただそうとした。むろんジーベルトはグロフ通りの住まいの扉を開けようとはしなかった。[10] 子どもへの顧慮から、そうした場面が繰り返されるのを避けようと、ジーベルトは転居届を出して、公的にはふたたび母親のもとに住んでいることにした。ニュンフェンブルク地区、のちにはゲルン地区にあった彼女自身の住まいは、突き止められないようにしておこうとしたのだ。それというのも私立探偵には、ちなみに彼らはしばしば退職した警察官であったが、転居届を閲覧することが許されていたからである。六三年、別な私立探偵がジーベルトの以前の隣人たち、ジーベルトの母親の下宿人たち、行きつけの花屋の女主人から情報を集めて報告した――花屋の女主人は答えていた。「ジーベルト嬢」はいちばんのお得意さんで、「物腰のたいそう丁寧な、落ち着いた方です。[……]お子さんのことだけを気にかけておいででした」。そして子どもの父親がケストナーであることを知っていた。[11]

ケストナーが二重生活のそれぞれの領域をきちんと維持していた(同時にきちんと分けていた)その巧みさは、誰しも認めるであろう。[12] 「腰の上の心臓」ならぬ「腰の上のエーリヒ」は、自分の織り上げた嘘に苦しみ、できることなら小さな家族のもとへ飛び込んでしまいたいと思ったこともあった。というのも、一九六二年のクリスマスには「ぼくの二人、ぼくのすべて」に宛ててこう書いているからである。「ぼくは何をしているのだろう? 君のことと子どものことばかり考えている。仕事をしようとする――すると頭に浮かぶのは君のこと。本を読もうとする――すると頭に浮かぶのは君のこと。窓の外を眺め、あるいは鏡を覗いて髭を剃る――すると頭に浮かぶのは君のこと。誰かに会う――すると頭に浮かぶのは君のこと。これはすばらしいことです、がしかし、辛いことです」。[13] ケストナーはルイーゼロッテ・エンデルレとの対決を、彼女の激しい性格を、恐れていた。それでもどうやら一九六一年春には話し合うほかなくなったようである。そのときケストナーは妥協案を持ち出した。エンデルレは受け入れようとせず、何度も攻撃と怒りの発作を繰り返した。深く傷ついていたのだ。「途方もなく思慮を欠いた人間でなければ、そんなやさしい気持ちを持ちつづけることはできない」と、彼女は勤め先の編集部の用紙に書きつけている(NL、日付なし)。

火薬樽はついに爆発する。しかしながらそれはようやく一九六一年秋のことで、きっかけは新聞の誤報だった。その誤報のために、ケストナーの二つの生活が明るみに出る恐れが生じたのである。通信社インタープレスが発行する『資料サービス《アルヒーフデイーンスト》』一九五九年二月一三日付の第五四号以降には、ケストナーの人物紹介の欄に、本人の知らないまま、「既婚、子ども一人」と記載されていたことが判明したのである。その後ケストナーは抗議して、この記事が載ることになった経緯を問いただした。編集長からは謝罪の言葉とともに、遺憾ながら「種々の資料を精査いたしましたが[……]問題の記載事項に関する典拠を突き止めること」はもはや不可能です、という答えが返ってきた[14]。ルイーゼロッテ・エンデルレはクルト・マシュラーにこう書き送っている。私とオーストリア・ペンクラブの女性秘書が同席しているところで、ある女性記者がケストナーにこの記事の真偽を問いただしました。「あのような記事がどれほどのショックをもたらすか、想像していただけるかと存じますが、ケストナーはその女性記者にひと言も答えませんでした。つまり、部分的に誤っているとすら言わなかったのです[15]」。この時点でエンデルレはすでに、ケストナーに息子がいることは知っていた。そのうえ結婚までしていたとの報道は、彼女に――そして彼女のケストナーにたいする信頼に――とどめを刺したといえよう。エンデルレは、この記事がケストナーの坐骨神経痛の発作を惹き起したと信じている[16]。まるで彼が苦労して組み立て維持してきた建物が崩壊して、彼を押し潰したようなものだと。

そのときケストナーはウィーンにいて、市公会堂で四回にわたって、それぞれ四〇〇〇人の聴衆を前に講演をおこなっていた。一度目か二度目の講演のあと、激しい坐骨神経痛におそわれた。痛みは鎮痛剤でやわらげた。講演会を中止するつもりはなかった。最後の晩には「這いずるようにして壇に上がりました。その前には三時間ぶっ続けで書店のサイン会に出ていたのです。胃は飲んだ薬で膨れ上がっていました。見るも無残な有様でした![17]」。そのうえ痛み止めの薬のために胃痙攣まで起こし、ミュンヒェンに帰るや、そのまま何週間か入院した。すると医師たちはその間にさらに、開放性の結核に冒されていることを発見した。体温の変化について、ケストナーはフリーデル・ジーベルトに詳細に知らせている[18]。そして、「どうやら熱のおかげで、ぼくはまたかなり理知的な顔立ちに」なったようだよ、と書いている[19]。サナトリウムに入るほかないことになり、ケストナーはルガノから山道を上ったところにあるアグラに行くことにした。そのあたりで何度か休暇を過ごしていたことから、土地に馴染みがあったのである。息子に宛ててこう書いている。ミュンヒェンの病院はさよならすることにしました、だって、「バスタブにぼくの髭剃り用ブラシで絵を描いてくれる人が」もういないからだよ。「絵の先生がいなくては、病院ってとっても退屈なんだ。これはね、えらいお医者さんたちもその通りですって言っていることなんだよ[20]」。

この時点でケストナーが病に倒れたのは、個人的な状況のせいであった。永続的な精神的重圧についに耐えきれなくなったのだ。このころケストナーとエンデルレは一種の「オープンな関係」にあった。ケストナーが恋人を持ってもエンデルレは何も言わず、エンデルレ自身も有名な劇作家の息子、ジャン＝ピエール・ジロドーと親密な関係にあった[21]。ただしエンデルレは、おおやけの「ケストナー夫人」という地位が危険にさらされると、復讐の女神のような凶暴性を発揮した。ケストナーの永年の恋人にたいしてはまさにそうで、特にフリーデル・ジーベルトとその息子にたいしては何をするかわからなかった。ケストナーはエンデルレが自分にたいして大暴れするのをつねに避けようとしていた。エンデルレは家具を叩き壊し、あるときなど玄関のドアにはめ込まれたガラスまで割り、ケストナーにも暴力をふるったとされ、友人たちのあいだでも彼女の凶暴さは知れ渡っていた[22]。ケストナーの恋人の一人に向かって、その顔に硫酸をかけてやると脅した、という話が伝わっている[23]。当時を知る人々は口をそろえて、（おだやかな表現を用いても）彼女は厄介な人間だった、と証言している。五〇年代の終わりごろから、エンデルレは酒に手を出すようになり、意識を失くすまで飲むことも珍しくなかった。やがて三〇年という時間が過ぎて、もはや何を言っても心配がなくなったとき、彼女はこう認めている。「嫉妬からエーリヒを殺したいと思ったこともありました……たった一度ですが。あのひとに息子のトーマスができたときでした。もちろんほかの女とのあいだにです。エーリヒはそのことを私にはずっと黙っていたのです。きちんとご理解いただけるよう申しておきますと、その女のことでは、私は悲しくなんかありませんでした。でも、子どもとなるとね。私も一人の女として、どんなに子どもが欲しかったことか……」。でもエーリヒは私に言ったんです、君はぼくの「最高の恋人だ」って。そして、「人生ってそういうものなんだ。つまり、最高の恋人とのあいだに子どもはいないのさ……[24]」。

このような共同生活を送っていたのなら、当然のことながら、ケストナーはどうしてエンデルレと別れなかったのか、という疑問が浮かぶ。彼がしたことといえば、家を出てホテル「ケーニヒスホーフ」で暮らし始めたことだった。しかし、たったの数週間で、またフレミング通りの二人の住まいに戻っている。[25] 答えは想像するほかはない。ケストナーが彼女に感謝していたことは確かである。《第三帝国》時代に空襲で焼け出されたとき、自分を迎え入れてくれたからだ。また、戦争の最後の数か月をマイアホーフェンで快適に過ごすことができたのも、エンデルレのおかげであり、そうでなかったら命を落としていたかもしれない。「オープンな関係」は長いあいだうまく機能していて、それをケストナーが高く評価していたことは疑う余地がない。エンデルレの鼻っ柱が強くセンチメンタルとは無縁の性格にしても、(うまくいっていたあいだは) 高く買っていたのだ。ケストナーはあるときエンデルレへの手紙に、ぼくが誰よりも離れがたく感じるひと、それが君だ、と書いたことがある。また、どうやらエンデルレは、知人たちの回想によれば、自殺するといって脅したこともあったようだ。とにかく、エンデルレは頭のいいヒステリー患者だった。ケストナーには自力でこの状況から抜け出すことはできなかった。自分で認めているように、両親の不幸な結婚生活がいつでも、裏返しのお手本として目の前にちらついていたのであろう。そのためけっして結婚しようとはしなかった。しかし彼は、結婚はせずに似たような耐えがたい生活状況を作り出すことに成功してしまったのだった。暴君的な母親の代わりに暴君的な伴侶を得たことによって。そして、どんなに――この場合は代わる代わる双方にとって――屈辱的なことがあっても、問題の女性のもとを去ることはできなかった、ちょうど父親のエーミール・ケストナーにできなかったように。ある早朝、眠りにつくまえにエンデルレにメモを残す必要があったとき、ケストナーは彼女を指してはっきりと「ママ」と書いている。[26]

大騒動のあとも、ケストナーはフリーデルとトーマスのところに出かけて行ったが、その回数はエンデルレに伝えたよりも多かった。口にするだけで話はこじれるようであった。ケストナーは妥協を望み、息子と母親といっしょに暮らすことを願い、しかももはや会話も交わせないルイーゼロッテ・エンデルレともいっしょに暮らすことを願った。「このあいだ言ったが、〈あの二人〉はミュンヒェンを離れ、ぼくは八月に二人のところへ行く。[……]これから伯母さんのフリーダ、イーダ、エルゼ、そのほかの人たちがやってくる。君とは今日話せなかったが、今日だけのことではないね。[……]ぼくは八月の四日から一八日まではミュンヒェンにいない! これについてははっきり決まったことで、何もこじつけることはありません。ロッテ、君のことはとても好きなんだよ。一体全体どうしてそれを信じてくれないんだろう？　ぼくが二人の〈別な〉人間を、まったく違う理由からだけど、好きだということ、それを、君のように理解しようとしないひとだけが、悲劇だと言い張るのだ。本当なら納得したというところだろうに。［……］これでは四人の人間が追いつめられたも同然だ！　［……］ぼくはとても悲しい気分だ。そしてもう疲れ切っている」(27)。口をきけばエンデルレを逆上させるばかりだった。そこでケストナーはできるだけひっそりと母と子のもとを訪れた。エンデルレに宛てたクリスマスの走り書きが残っている。「午後は子どものところに行く。プレゼント。受け取ってくれるよう、切にお願いする！　一九時ころには戻っているつもりだ」(28)。

エンデルレは、自分が状況を険悪にしている、という非難を退けようと手を打った。クルト・マシュラーに応援を頼もうとして、ルガノから便箋何枚もの手紙を書き、自分がどれほどひどい目に遭わされたかを縷々訴えたのである。これが現存するエンデルレの側からのもっとも詳細なドキュメントである。彼女が書いていることは必ずしも正直ではなく、たとえばケストナーとの関係が悪化したことを否認している。この点については、ケストナーの死後いろいろなかたちでみずから認めるようになるのだが。また、真相を知ったのは友人たちがすこしづつ教えてくれたからだ、と主張しており、自分が私立探偵を雇って探ったことには口をつぐんでいる。しかしそれでもこの手紙は、長年にわたって欺かれた女の悲鳴であり、十分に立証された事柄も記されている。

彼女は書いている、もしもケストナーの子どものことを知っていたなら、自分が著したケストナーの評伝が『全著作集』に収録されるのも、キントラー社の写真集の出版も、阻止したであろう。「ケストナーと自分の状況がまったく違うものになってしまったことを、ほんのかすかにでも察知していたら」、自分は依頼を「もちろん断っていたことでしょう——もしくは《正しく》書いたことでしょう」。

エンデルレはマシュラーに、広まりつつある中傷から守ってほしいと頼み、こう続けている。「あの女はひっきりなしに暴れ、夫を休ませもしないのだから、いっしょには暮らせない、などと言うことは許されません。傷めつけられている、あるいは過去にそういう目に遭わされた人間というものは、また、生活しているうちにいつしか完全に変わってしまった状況、自分が惹き起したわけでも決定に関与しているわけでもない状況に向き合わされた人間は、挑発されたら誰だって身を守ります」。私は証拠を握っています。ケストナーはまだミュンヒェンの病院に入院中にジーベルトと話し合って、フレミング通りには戻らないことを決めたんです。そのような別れ方をしておいて、責任は私になすりつけようとしているのです。

「あの女は酒におぼれている、だからあの女とは話ができない、というわけです。この件について、ケストナーは何年間も私と話したことがありません。しかし、私が伝記を書くことは［……］受け入れました。そして、奇妙なことですが、その伝記については何年間も私と話すことができたのです。話すことが彼にとって有益だったからです。ところが、私にとって生きるか死ぬかという問題については、私と話すことはできなかったというわけです！［……］そして今は――あなた様は私にいくつかの事柄について間接的に説明しようとなさいました。つまり、ロッテ、人生ってそんなものだよ。ルート・クライン夫人を訪ねてごらん。ほら、ぼくの結婚生活も破綻したんだよ、と。［……］マシュラーさん、あなた様の運命を軽んじるつもりなどいささかもありません。でも、私は誰に向かっても、私の運命をケストナーの運命と同一視することは許しません。これだけは申し上げておきます。もしも今あなた様が、ケストナーは私と別れなくてはいけない、だって彼は、私が騒ぎ立てるために仕事ができないのだから、という声に耳を貸すようなことがあれば、あなた様は嘘偽りが広められるのに手を貸すことになります。この嘘偽りは、あとあと《本物の嘘偽り》であることが明らかになるはずです。というのも、ロッテもまた仕事ができない、そんなことどうだっていい、ロッテには子どもがいない、そんなことどうだっていい、と言っているに等しいのですから。

ケストナーはロッテが騒ぎ立てるから仕事ができない。だからケストナーはロッテと別居しようとしている。（いいえ、私はケストナーの良心の呵責なのです。誰が来る日も来る日も良心の呵責と顔を合わせたいと思うでしょうか？　たとえ良心が笑顔を見せていたとしても。）そして、カトリックの国バイエルンでいったい誰が、ある女性と暮らし、別な女性と子どもをもうけることができるでしょうか？　その子は大きくなり、こう言わなければならないのです。ぼくのママの名前はジーベルト、父の名前はケストナーで、ぼくを養子にしてくれたの、ってね。ほかに伯母さんがいて、その人の名前はロッテ、というわけ。［……］わたしのことを飲んだくれだと陰口をきく人がいたら――そしてそうなった理由を言わなかったら――、わたしが騒いでケストナーの仕事を妨げていると、蔭口をきく人がいて――そうなったいきさつを話さなかったら、その人は意識してわたしを傷つけようとしているのです。わたしが当てにしているのは、あなた様だけではありません。そういう行為にたいしてはあらゆる手段で身を守ります。ほかにも何人か、影響力のある方が――そして明晰な理解力をお持ちの方が――、何も得にならなくてもわたしを守ると言ってくださいます。あらゆる手段を講じて」(29)。こうした人々の一人に、エンデルレはアネッテ・コルプを挙げていた。そしてマシュラーもそのなかに入ってくれることを望んでいたのである。

一九六一年一月下旬から、ケストナーはアグラのサナトリウムに収容され、このときの滞在は一七か月におよんだ。ホルスト・レムケはケストナーについてこう書いている。ケストナーはそこで暮らす態勢を整えると、「何もかもすばらしい」と言った。「とくにこのテシーンという土地がね、と。彼があそこで幸せな、そして生産的な時間を過ごしたと信じるのは、けっしてぼくだけではない」。レムケはトリーアの死後、ケストナーの子ども向けの本に挿し絵を描いていた画家で、ハイデルベルクを引き払い、テシーンに移り住んでいた。「ケストナーは私が挿し絵を描くのを結構なことだと思っていた」。しかしレムケはこうも言っている。「彼がぼくと同じほど感激していたとは考えにくい」。一〇年にわたっていっしょに仕事をしたあと、ようやくこのときレムケもケストナーの友人になったのだった。「その理由はおそらく、彼がしばらくのあいだ日常の心配事を忘れることができたからであろう。また、テシーンのおだやかな空気も一役買っていたかもしれない。そして、私たちがお互いを親しく知る機会に恵まれたことも、理由の一つであろう(30)」。

「幸せな患者」というレムケの見立ては、到着したばかりのケストナーについては説得力があると思えない。ともかく重病人としてこの地にやってきたからである。しかし快復ぶりは目覚ましかった。やっかいな人生問題は今や遠い彼方に押しやられていた。ルイーゼロッテ・エンデルレは二、三か月に一度やってくるだけで、来たときはルガノのホテルに泊った。「私も仕事がしたい、とのことです。まあ、いいじゃないですか(31)」。フリーデルとトーマスは一時期サナトリウムの近くに滞在していたが、一九六二年と六三年にはチューリヒの近くのキュスナハト市に住んだ。ケストナーは、一日のリズムは少し変更を余儀なくされたが、ほぼ以前の生活と仕事の習慣を取り戻し、このアグラでも間もなく、食事をする店、飲む店、仕事をする店を見つけた。アグラのなかではカフェ・リストランテの「サン・ゴッタルト」と「トーニ」という店が行きつけになった。ルガノでは、クアハウスの本館のなかに昔ながらのカフェを見つけて通うようになった。「かつてのグランド・ホテルのスタイルで、大きなテラスがあり、内部は巨大な駅のホールのように広いんだ」。ボーイたちはすすんでケストナーの希望をかなえようとした。「注文しなくてもウィスキーが、紅茶用のガラスのカップに入れて運ばれてきた。同様に、ウィスキーは医者から止められていたはずであるが、好きになった習慣をやめる気持ちなどさらさらなかった。キャメルという銘柄の強い紙巻きタバコも、あきらめるよう言われてもまったく聞き入れようとはしなかったであろう」。「トーニ」に行く患者たちは、決まった時間に店を出て、サナトリウムに戻るよう言い渡されていた。「九時だったか一〇時だったか、今となっては思い出せないが、門が閉められた。ケストナー以外はみんなこの門限をきちんと守っていた。〔……〕遅くなって帰ってくると、ケストナーは心配している看護婦からそのたびに小言を言われた。しかし彼は持ち前の魅力で難なくやり過ごし、反りのある小さなウィスキーの瓶をポケットに、微笑を浮かべながら、ゆっくりとした足取りで、自分の部屋に帰っていくのだった(32)」。

ケストナーがミュンヒェンで雇っていた秘書リーゼロッテ・ローゼノウは、アグラとの連絡には、仕事上必要だから頻繁に手紙を遣り取りするというだけではなく、特別な心づもりで対応していた。ローゼナウはケストナーが「ノイエ・ツァイトゥング」にいたときに、すでに彼の秘書を務めていた女性で、雇い主とは友人に近い関係であった。ケストナーの秘書の仕事はパートタイムで、ほかにミュンヒェン大学ドイツ文学科でも働いていた。現在、ローゼノウの遺した品々はケストナーの資料の一部として保管されているが、それに目を通せば、二人のあいだには私的な事柄についても遣り取りがあったことがわかる。そもそもケストナーがアグラのサナトリウムに入る前に、すでに彼女はケストナーの小さな遊びを誰にもわからないようにし、《秘密の宛て名》の役を引き受け、贈り物や花を彼に代わって届けていたのだった。それも全員にたいして――つまりエンデルレにもジーベルトにも、ジーベルトの母親カタリーナにも……。

ケストナーもまた、サナトリウムに入ってから、たいそう頻繁に息子とその母親に手紙を書いた。この『テシーン便り』はケストナーの没後にまとめて出版された。ともあれ、ケストナーがフリーデル・ジーベルトへの手紙に毎回のように同封した「小さなお札」、一〇〇マルク紙幣や一〇〇〇マルク紙幣は、彼がいつも《贈り物をする人でいることを望んだ》といったこととは無関係である。のちにジーベルトと別れたあと、ケストナーはスイスの銀行に彼女のための口座を開設している。そのときまで、ジーベルトは約束の生活費を封筒で受け取っていたのである。そして、封筒にはいつも約束の額より多く入っていた。送金するとき、当時はまだ口座に振り込むよりも郵便配達人が運ぶ方が普通だった。ケストナーが自分でお金をもってくるときは茶色の封筒だった、と息子のトーマスは語っている。ケストナーもまた、たとえば出版社主のクルト・マシュラーから、そのようにしてお金を受け取っていた。したがってお金を届けるこの方法は、ケストナーはフリーデル・ジーベルトを自分に縛りつけておきたがった、といったこととは関係がない。そして、十分な収入を得るようになってからのケストナーはいつでも鷹揚であった。

アグラから書き送った手紙からは、ケストナーが自分の病気にたいして距離を置き、ときには辛辣に冗談めかして見ていたことが窺われる。安静療法には退屈し、「レントゲンスポーツ」について語り(33)、ぼくは「ただささやかな肺結核《テー・ベー・ツェー》」を学んだだけだ、と書いている(34)。

この「安静療法の帝王」は、「最愛の人」フリーデル・ジーベルトと「パウンドケーキ」、つまり息子に宛ててたくさんの手紙を書いた。ケストナーは二人合わせて「ぼくの最愛の宝物(35)」と呼んでいる。「この小さな《魔の山》[……]での」生活を、ケストナーは奇妙な感じだと言っている。「ぼくはすべてから離れています。一日おきにタクシーでルガノまで、二時間かけて山道を下っていきます。気分転換のためです。ルガノは変てこな町です。ところで、こちらに来てもうすぐ二週間ですね(36)」。自分の状態についてはわかりません。「内臓」の方がぼくたちよりもいつだってよく知っています。そしてぼくはお医者様の言うことを信じるほかありません。「だって、自分ではほとんど病気だという気はしないのですから。錠剤をたくさん飲み、注射を受けています(37)」。

ともあれ、ほかの患者と違って、サナトリウムに入っていてもケストナーは仕事をすることができた。そして、食事と時間の過ごし方が規制されていることを除けば、生活はグランドホテルに泊っていたときとさほど違わなかった。

想像力は相変わらず旺盛で、雪に埋まったサナトリウムをもとに、グロテスクなエピソードを紡ぎだした。「パトカーまでが後ろから押されてサナトリウムにたどり着く始末だった。捕まえた押し込み強盗が結核患者だったからで、それからというもの、咳をしながら逃げ出したりしないように、私服刑事が四六時中同じ部屋で見張っている」[38]。

ケストナーは孤独をかこつことはなかった。レムケが折あるごとに顔を見せたうえに、カージミーア・エートシュミット、リヒャルト・フリーデンタール、ヘルマン・ケステン、ルドルフ・W・レオンハルト、ローベルト・ノイマン・ヘッセといった近くに住む年長の人々を訪問した。税理士のペーター・パウル・ガイガー、出版社主のクルト・マシュラー、この二人はこれまでケストナーに会うためにはミュンヒェンに出向いていたが、今はその代わりにアグラにやってきた。

また、映画監督のクルト・ホフマンはサナトリウムの近くに「土地付きの家屋」を持っており、「これを聞いたときは、みんな開いた口がふさがらなかったよ」[39]。ケストナーは秘書にその屋敷の様子を説明している。「敷地は絵本に出てくるようにきれいでね。葡萄の木が植わっており、ボッチャ用のレーンがあり、スイミング・プールもあって、平屋建ての家屋には便利な装置が残らず揃っていて、まるで映画に出てくる邸宅みたいなんだよ」。ホフマンはケストナーを励まし、ふたたび仕事をさせることに成功した。このとき取り組んだのは、会話劇『信頼できるあなたの手に』を映画の台本に書き直すことだった。新しい表題をつけることになり、『愛は学ぶもの』とすることで二人の意見は一致した。ケストナーは三か月のあいだ台本に取り組み、八月に完成した。「できあがったよ！　約束の期日は守りました。ぼくたちって感心な子ですよね」[40]。

ホフマンの映画は一九六二年に撮影が完了した。デュッセルドルフでのプレミアに出席するため、ケストナーはサナトリウムでの療養を一時中断した。カメラマンのスヴェン・ニュークヴィストは、この糞真面目な映画のためにホフマンがイングマル・ベルイマンに口利きを頼んで、特別に仕事を引き受けてもらったのであった。しかし、このカメラマンにしても、主演のマルティン・ヘルトにしても、映画の出来栄えをよくすることはできなかった。ケストナーは台本のなかで、男同士のウィットはふんだんにちりばめ、元の『信頼できるあなたの手に』に描かれていた作家である伯父の多彩な女性遍歴については、秘書とのささやかな恋愛だけとした（そのために面白みは失われたのだが）。

ケストナーはこの映画の最終的な結果にある程度は満足していた。「今日はお休みをとっています。映画界のうるさい連中はいなくなりました。そこでぼくは仕事をサボっているというわけ。明日の朝、飛行機で戻ります。チューリヒまで一時間飛んで、それから急行列車で三時間——そうすればふたたび我がささやかな魔の山に到着です。［……］映画はとっても気持ちのよい出来栄えに仕上がった。ヘルトとベンクホフの演技は抜群、ローニ・フォン・フリードルとゲッツ・ジョルジュも立派、女優のリュッティングには——ぼくには前からわかっていたんだが——あの役はすこし荷が重すぎたね。ヴィンマーを使うというぼくの提案が、あっさりはねつけられてしまったためです[41]」。

アグラでは、仕事への意欲を維持するために、ジェイムズ・クリュスが書き上げた『エーミールと三人のふたご』の舞台用台本に手を入れることにした[42]。クリュスは、『五月三五日』と『動物たちの会議』を放送劇のために脚色する仕事もすでに終えていた。ケストナーはその労に報いるために、クリュスが書いた『みごとに調律された手回しオルガン』（一九六二）が出版されるのに際して、「年長の同僚が寄せるあとがき」を書き、それまでのどんな同僚にたいするよりも手放しで褒めたたえた。クリュスとぼくとでは年齢が隔たっています、がしかし、それ以外には「何もぼくたちを隔てるものはありません」。ぼくと同じでクリュスも「小学校の教員という茨の道に進むこと」を断念し、文筆家に、「しかも青少年向けの読み物を書く作家」に、方向転換しました。青少年のための本を書くためには、いつまでも子どもでいなくてはなりません。「一生のあいだ子どもでいるのです。自分が子どもだったときと同じで、大人になっても変わってはいけないのです。踏み台の上に乗って世界を見るのですが、そのとき大人になった自分の目は、いわば窓のようなものでなくてはだめなのです[43]」。

病状はしだいに改善されていった。「右の空洞、つまり右肺の組織にできた小さな穴は、消えないそうです。でも、願わくば何も悪さはしないで、じっとしていてほしいものです。それ以上は望めません。やっかいな手術（五時間におよぶこともあるとか）をすれば別ですが。しかし、空洞が小さいことから勧められないそうで、ぼくもできれば受けたくはありません。それというのも、手術をした人は何人も見ていますが、生き延びたにしてもすっかり衰弱してしまっているからです」[44]。
サナトリウム暮らしがあくまでも平穏で変化に乏しいことから、また、台本を書くという手慣れた仕事がこなせたことに気をよくして、ケストナーは思い切って新しい素材に取り組むことにした。一〇年以上の空白期間を経て、新しい子ども向けの本を書くことにしたのだ。それが『こびと』〔邦訳題名『サーカスのこびと』〕（一九六三）と『こびととお嬢さん』（一九六七）で、自分の息子に聞かせるためのお休み話がもとになっている。メックスヒェン〔マックスの愛称〕・ピッヒェルシュタイナーはみなし子で、身長がたったの五センチメートルしかない。両親も同じように小さかったが、エッフェル塔から景色を眺めているときに風に吹き飛ばされてしまい、そのときから魔法使いのホークス・フォン・ポークスに育てられた。二人は大きなサーカスといっしょに旅をしている。メックスヒェンは、客のポケットから何かをこっそり持ち出す演技によって、また奇跡の肉体の持ち主として、喝采を浴びて世界中に知られるようになる。

ケストナー、ジーベルト、トーマス
（コペンハーゲン、1966年頃）

第一話でメックスヒェンは誘拐事件の被害者になる。ラテンアメリカに住む大金持ちで大悪党のロペスが、こびとを自分のコレクションに加えようとしたのだ。メックスヒェンは策略を使って間抜けなロペスの手下たちを出し抜き、自由の身になるが、その先はヤーコプ・フルティヒという少年の助けを借りる。第二話で、警部がロペスの手下を何人か逮捕するものの、ロペスには逃げられる。『エーミールと探偵たち』の第二作と同様に、今回も第二話は第一話が映画化されるという展開になっている。その映画が全世界でテレビ放送され、それを観たカナダに住む不幸なこびとの女性がテレビ局に連絡してくる。娘のエミリーも身長が五センチメートルしかないというのだ。ホークス・フォン・ポークスと恋人でブランコ曲芸師のローザ・マルツィパンはルガノの近くの家に住み始める。メックスヒェンと「ミールヒェン〔エミリーの愛称〕」は、二人の家の庭に小さな小さな家を建ててもらい、ミールヒェンの母親も料理を引き受けるということでいっしょに住み、ローザには赤ちゃんが生まれることになる。

この二編の作品はケストナーの最後の長編となるが、きわめて生彩に富み、子どもの視線から描かれている。この点では『動物たちの会議』よりも数段すぐれている。細部にいたるまで愛情が感じられるのだ。実在の読者、ほかならぬ自分の息子のために書かれているからである。第一話にはトーマス・ケストナーに捧げる言葉が記されている。「この本を、ルガノの思い出に、そしてベッドの横での〈小さな小さなお話をもう一つ！〉に、そして〈ママに、もう一度来てちょうだいって！〉に。いつもおまえのパパより」[45]。二編のどちらにも出所のはっきりした小さな事柄、いわば家族のジョークがちりばめられている。ルガノと同じように、コペンハーゲンのティヴォリ公園が出てくるが、トーマスは両親といっしょに訪れたことがあって、よく知っていた。ケストナー家の家政婦ホルツァーもちょっと顔を出し、少年ヤーコプの名字はケストナーの父親エーミールの介護をしてくれた女性と同じになっている。フェーリクス・フォン・エッカルト（「連邦政府の報道部長」、Ⅷ・403）とホルスト・ダルマイアー（「牧師レミギウス・ダルマイアー」Ⅷ・391）は、ケストナーの友人を思い出させる名前である。ダルマイアーはアグラにケストナーを訪ねたこともあった。また、メックスヒェンが四匹の猫とボール遊びをすることになっているのは、けっして偶然ではないであろう。魔法使いの姿はケストナー自身にあご鬚をつければそっくりで[46]、しかも理想の父親として描かれているだけでなく、メックスヒェンにいわせれば「この世で最高の人間」（Ⅷ・446）なのである。第二話ではなんとケストナーとレムケが実名で登場し、第一話の大半を書いたルガノの「湯治場の大ホール」とか、フレミング通りの住まいまでも出てくるのである。

もっと抽象的なレベルでも、この二作品には既視体験が描かれている。背が低いというケストナーにとってきわめて重要なコンプレックスが出発点で、ストーリーの根底に《小柄な男——じつは偉大》というテーマがあり、作中にケストナーが実名でこう話しかけられる場面さえある。「私に繰り返し話してくれましたね、どんなにたくさんの有名人が小柄だったかを。ナポレオンにユリウス・カエサル、ゲーテ、アインシュタイン、そのほかまだまだ何人もいましたね。こうもおっしゃいました。大柄な人間に大人物はめったにいないってね」（Ⅷ・401）。『エーミール』で見かけられた少々くだけた言い回しもふたたび使われている。「くだらんことを言うな、クラウゼ」とか、「怒鳴り合いなんかするな、殴り合いをしたらどうなんだ」とかである。そして、こびとのお嬢さんはまたしてもエミリーと名づけられているのだ。

この作品でもケストナー自身の家族状況が使われているが、今回はとくに奇妙な風に変形されている。メックスヒェンの夢の家族では、実の両親はすでに亡くなっており、信じがたいほどやさしい義父はケストナー自身と同年齢である。そして母親代わりとなるローザは「食べてしまいたいほどだ」(Ⅷ・428)と書かれており、バラ色のマルツィパンのようにおいしそうで、出会ったときにすでに有名なこびとのメックスヒェンのことを、けっして邪魔者扱いなんかしない。『こびととお嬢さん』の終幕では二組の家族ができあがるが、登場人物はだれもが古典的・伝統的な男性女性の役割を引き受けている。小さなお嬢さんも「生まれついての主婦」(Ⅷ・644)なのである。しかし、同時にこの二つの作品は、遊びにうつつを抜かしているような印象をあたえる。まるでこうした状況設定が自己イロニーによる屈折そのものであるかのようだ。それを最もあからさまに示しているのが、ケストナーの子ども向け作品で初めて登場した、うきうきした性的な戯れである。そのすべてがローザ・マルツィパンにかかわっており、ほとんどすべてがこびとのメックスヒェン・ピッヒェルシュタイナーが発信源で、したがってメックスヒェンはヨークスに代わってその男性面を表わしているといえる。ヨークスは一度ローザのお尻の大きさについて冗談を言うが(Ⅷ・596)、そのほかの戯れの言葉はすべてメックスヒェンにまかされているのである。メックスヒェンはローザに押しつぶされることを少しも心配しない。「だってマルツィパンは柔らかいんだもの」(Ⅷ・627)。こびとはデザートに「鳥肌を少々添えたマルツィパン」が欲しい、でも知っているんだ、「巨大なマルツィパンはヨークスのために予約済みなんだよね」、と言う。これを聞いて「ローザは顔を赤らめる。でもそれを見たのはメックスヒェンだけだった」(Ⅷ・521)。メックスヒェンは、ローザを丸々と太らせたらどうかと思い描くが、それから間もなくローザはじっさいに妊娠する。そのあと、生まれてくる子どものために「ヨーキュスヒェン・フォン・ポーキュスヒェン」という名前はどうかと提案する(Ⅷ・530)[「小さなヨークス・フォン・ポークス」の意味だが、キュスヒェンはキス、ポーはおしりに通じる]。

老年になってからのいかにも気楽そうなこの二編は、ケストナーにとって苦心の作であった。「文章を二つ書くあいだに三つ消しました。書き進められるかどうか、やってみるほかありません。《ただただ》子どもたちのためで、以前は袖を振れば出てきたものです。今回はどうやら振る袖がないようです[47]」。初めのうちはこのように苦労したが、やがて調子が出て、書くのが楽しくなった。三か月でノート一〇三ページ分書き、五か月余りで第一作を書きあげた。「これからせっせと手を入れなければなりません。早書きの短所です[48]」。創造の幸福にすっかり心を奪われたケストナーは、すぐさま続編を書くことを考えた。「さあ、気持ちをしっかりさせておくんだぞ。現在の八九ポンドの体重も維持するようにな。原稿がどの章でおしまいとなるか、まだわかりません。ところが、気が早いことに、もう第二作のいちばん主要な章の内容をメモしているんですよ！（これは絶対に内緒ですよ！　差し当たりはね！）この第二作までは二年の余裕が見込めるでしょう。だって、まずは第一作が成功するかどうか、見定める必要がありますからね。そっちが成功しなければ、こっちもなしです[49]」。三月下旬、ケストナーは原稿の一部分をドレスラーとマシュラー、そしてエンデルレに送る。反応は上々だった。「ロッテは最初の一〇六ページを夢中になって読んだといい、マシュラーはお祝いの電報をくれました」。ツェツィーリエ・ドレスラーと見舞いにアグラを訪れたイェラ・レプマンもすっかり魅了された。ケストナーは勇気づけられ、すぐさま第二作の冒頭部分に取り掛かった。「文体に齟齬をきたさないためです。作品の世界から離れてしまわないうちにと思いましてね[50]」。

ケストナーは活力を取り戻した。「完全に昔のようにはならないでしょうがね。でも、差し当たり生きていくには十分です。そして生きていくって、いろいろありますが、とっても面白いことですから、まず問題はないでしょう[51]」。こうした経緯にもとづいて、ケストナーはアグラでの暮らしをこれまでよりも融通のきくものにした。ミュンヒェンに出かけ、チューリヒにいる母と子を訪ね、アムリスヴィル市〔コンスタンツとザンクト・ガレンの中間に位置する小さな町〕で催されたスイス青少年図書週間の開会式に出席した。この式典でケストナーは『こびと』の原稿の一部を朗読した。すると『シュテルン〔星〕』誌から、子ども向け付録に掲載したいという話が舞い込み、けっきょく一九六三年八月中旬から連載されることになった。「原稿料は悪くありません。でも一番のポイントは、これから出る本の良い宣伝になることです！　『シュテルン』誌は発行部数一六〇万部だとか！　わかるでしょ！[52]」。

一九六三年から六四年にかけて、エンデルレとの不和がもう一度エスカレートし、あとになって考えればこのときがその頂点であった。つまり、サナトリウム暮らしもそろそろ先が見えてきたことから、ケストナーはそのあとの生活をどうするか、新たな決断を迫られた。そこで話し合いで妥協の道を探ろうとしたところ、エンデルレのあからさまな怒りを買ったのであった。ミュンヒェンの秘書リーゼロッテ・ローゼノウは、自分の母親が亡くなってから体調を崩していたが、ルイーゼロッテ・エンデルレに電話をかけ、郵便物のことで質問をしたところ、一時間半にわたって「とめどない怒りの台詞」を聞かされることになった。「EK様、あなた様のことがとても心配です。この電話での話から、私がどう考えているか、はっきりと申し上げます。もちろん他言は無用に願います。どうやらあの方はご自分が何を言っているのか、まったくわかっていないようです。恐ろしくてぞっとしました。くらべるとしてもカフカしか思いつかない恐ろしさなのです」(53)。ケストナーとエンデルレの関係を明らかにするきわめて重要な資料が、前年のエンデルレがマシュラーに宛てた手紙であったとするなら、このときケストナーがエンデルレに宛てて書いた長い手紙は、それに劣らないもう一つの決定的な資料である。彼はこの手紙で――アグラで克服した――諦念を、より明確に言えば絶望を、どこまでも私的なもろもろの理由とともに書き綴っている。したがって書き上げられた文章は、口調こそ物静かだが、書き手の思いが凝縮したものとなっている。まずケストナーは、これは誓って間違いないことだとして、自分は一九六三年からこちら、アグラとルガノではずっと一人で過ごしてきた、その間《かん》フリーデルとトーマスにはチューリヒで一度会っただけだ、と書く。

「もともと話すのは得意ではなかったが、ぼくは話すことをほとんど完全に忘れてしまった。とはいっても、大事なことを失ったわけではない。あの子ども向けの本を書いているあいだは、眠れない夜を除いて、忘れたからと言って問題はなかった。もともと偏屈で、物書きであり、金を稼ぐ必要がある身だ。何か書いていないと、いつでも絶望に呑み込まれそうな気がするのだ。〔……〕このような手紙を書くことは、このような手紙を読むことと同じように、むずかしいことだ。この手紙のどこを読むときも、ぼくが君を誰よりも大事だと思っていることを、忘れないでほしい！　君がそんなこと問題じゃないと確信しているのは、ぼくにはわかっている。確かにぼくは冷たい人間だからね。言い換えればぼくは、真の思いとセンチメンタルな感情とを取り違えているのだ。〔……〕ぼくがこれから〈どうしようと思っているか〉、それを言えとのことだったね。あの子が三歳になる前に、ぼくは言った、〈妥協してほしい〉と。

今もあれよりましな考えは浮かんでこない。あの子は今五歳半だ。あの二人がキュスナハトで暮らすことにして、ぼくはある程度規則的に訪ねたいと思い、じっさい二度訪ねたが、あれがひとつの妥協への道だった。この妥協への道は達せられなかった。理由の一つは滞在許可が手に入らなかったからであり、いま一つは君の反応だった。

　それからぼくは病気になった。あの二人は何度かルガノにやってきた。君も二、三度は来たね。あれは妥協ではなかった。きちんと決めた暮らしをしようという試みではなかったからだ。ぼくは病気そのもの以上に病んでいた。生きていこうという意志がまったく持てなかったのだ。破れた紙袋みたいにぺしゃんこだった。あのままだったら、一つの解決にはなったことだろう。ぼくは多かれ少なかれ無関係ということになっただろうからね。でも薬が効いた。開放性の結核の進行が止まったのだ。レントゲン写真によれば、肺の空洞は変化しなくなり、おそらくこのままだろうとのことだ。台本を書く仕事、それから『こびと』の本が、ふたたび生きているという気分にしてくれた。驚くほどというわけではなかったが、それでもいくらかは。

　あの二人に、偶然だったが、もう一度ミュンヒェンで暮らす可能性が出てきたとき、そうしなさいと勧めたのはぼくだ。あのころ、自分はもう長くないと思っていた。そんなときに、あの子にはミュンヒェンで成長する可能性もあると聞かされ、ぼくはまことに願わしいことだと思ったのだ。いったいほかのどこへ行けばいいというのか。ぼくはいないも同然なのだから、一つの可能性ではあっただろう。

　しかしながら、もうすぐぼくは——すっかり健康になったというわけではないが、それでもとにかく——復帰する。そして君のところへ戻りたいと思っているのだ。同時にあの子とその母親のもとにも戻りたいと思っている。こうしてふたたび《妥協》という言葉が頭をもたげてきた。〔……〕妥協をどうしても実現させなければならない。一〇〇パーセントどちらかにという解決は、ぼくにはあり得ないのだ。そんなことを無理強いするのは、精神的に自殺することにほかならないだろう。毎日タクシーでミュンヒェンの町を走り抜け、一時間だけあの子に会いに行くというのは、主としてあの子のために、問題にはならない。ぼくはあの子がとても好きだ。じっさいあの子は、ぼくがどんなに苦しもうと、それだけの価値がある子だ。でも、毎日行ったり来たりというわけにはいかない。そんなことをすれば、あの子はぼくを、父親なのにほんの一瞬訪ねてくるだけの人間だと思うだろう。あの子は、ぼくが父親だということと一瞬しか訪ねてこないということ、この両方を感じてしまうのだ。
ではどうするか。中間の道は、二つに分けることではないだろうか。このぼくを、そしてひどいことだが、君をも。失敗に終わったが、キュスナハトで試みたようにするのだ。今までの住まいで、君といっしょに住み、暮らし、仕事をする。それからあちらで。交互に暮らすのだ。
それが不可能なら、ぼくがほかに一人で住む場所を見つけ、山のなかでもどこでもいいから、そこからあるときはヘルツォークパルクの住まいに、あるときはニュンフェンブルクの住まいに、出かけるという道もある。それぞれ一定期間ずつだ。どこかに一人で暮らすことにしても、死ぬことはないだろう。このアグラですでに訓練済みであり、そうしたことが自分にとってたいした負担でないことは、昔から知っている。それに、ぼくはもう年で、以前のぼくとは違う。今ではかなり欲のない人間になった。〔……〕この手紙を書き始めてもう二日になる。これを書くのは君の求めに応じてのことだ。ぼくにほかの考えはない。《もっと理性的な》妥協は、いくら考えても浮かばない。だからとても悲しい[54]」。

エトムント・ニックが見舞いに来て（一九六二年六月七日）、それから数日後にケストナーは退院する。そのときから妥協の暮らしが始まった。二つの住まいでほぼ五週間ずつ過ごす、ということになったのである。退院に際してダイエット計画を立て、摂取するカロリーを計算していた。そのため、ケストナーがどんな食事をしていたか、この時期だけは例外的に詳しくわかっている。それによれば、必要な栄養は食べ物よりも飲み物で摂っている――いつも朝は何も食べず、ときには昼も食べないことがあった。飲み物は、毎回「ウィスキーを一杯」と「ビールを一杯」、晩はコーヒーと「ビールを大ジョッキ一杯」、食べ物を口にすることは一日に一度ということが少なくなかったが、そのときは「ゼンメル〔丸くて小さなパン〕二個にバターとソーセージ」、しばしばマカロニとハムとキュウリのサラダであった。ケストナーはしかし、まだサナトリウムと完全に縁が切れたわけではなく、妥協もそれほどうまくいっていたわけではなかった。

六五歳の誕生日はふたたびサナトリウムで過ごさなければならなかった。結核のためというよりは神経のためであった。一方で十分すぎるほどさまざまな文学賞を贈られ、お祝いの挨拶にはむしろ苛立ちを示している。「部屋のなかは花でいっぱいで、こちらは立ったまま向きを変えることもできないほどです」。お祝いに礼を言うために、六五〇通の礼状を印刷させ、自分の住所はアグラではなくフレミング通りとした。「これで誰もが、ぼくはこちらに別荘を持っていると思うでしょう[55]」。健康を取り戻す唯一の薬は仕事だった。このころは『こびととお嬢さん』に取り組んでいた。健康がどれほどむしばまれていたか、誕生日を機に応じた当時のテレビ・インタヴューを見れば歴然としている。文学的な効果の限界――特にカバレット向けの仕事の場合――について質問され、それに答えているのであるが、語っている内容はほとんど異様でさえある。ケストナーといえば、文章であれ口頭であれ、つねに完璧な表現をもって知られていた。ところがこのときは、文字通り文章が完全にまとまりを欠いているのだ。言いたいことが理解できないほどではないが。「カバレットの目的と達成可能な目標について申し上げるなら、文学的な懐疑を発展させていくと、そもそも形にされた諷刺というものは、世のなかへとつづくまっすぐの道は開けていて、もしも理想と目標とを信じるのであれば、そこを、あなたのおっしゃる街道を、進んでいかなくてはなりません[56]」。

新たなサナトリウム暮らしの始まりは以前よりも辛いものとなった。医師たちは「今回は」「厳格な」態度を示し、あの気儘な散歩はもはや許されなかった。「正午前後と午後、それぞれ三〇分ばかり兵舎の外に出ます。それ以外はいつもバルコニーか部屋です。これは相当長く続きそうです」。糖尿病の疑いありとされて検査を受けた。「きっとからだのなかに角砂糖があるんでしょう」。そして食餌療法を命じられた――ウィスキーもだめ、ビールもだめ、であった。「きっと楽しいことになるでしょう！　インシュリンを注射されるのは、そんなにひどいとは思いません。でもそれ以上はご免こうむりたいものです[57]」。喫煙もだめ、仕事をするのもだめ、ルガノへ繰り出すのもご法度だった。出ていってよいのはバルコニーだけとされてしまったのである。最初の長い滞在中にできた友人たちは、もう退院してしまったか、あるいは話をすることができなくなっていた。「変人のブルカルト」――この男は画家であった――はサナトリウムにいたが、病気が重篤になっていた。この施設で電気技師をしていた男と郵便配達人も今では入院患者で、それだけでなく看護婦の一人も、折れた腕が「うまくくっつかず」、手術のやり直しをされていた――「要するに健康だった人もここで働いていた人も、今は病気なんです[58]」。

今回の入院では前回よりも早く時間が過ぎていった。「毎年こんな《強化療法》を受ければ、元気のいい老人になれそうです。嫌とは言いませんよ。たとえどんなことがあってもね」[59]。今回もローベルト・ノイマンの見舞いを受けた。ほかにヴェルナー・ブーレやペーター・パウル・ガイガーもやってきた。そしてケストナーは、思ったよりも早く、街中の歩道に椅子を並べたカフェにふたたび陣取ることができるようになった。「若い娘たちは成長して綺麗になった。それは確かです。しかしおつむは、いやはや！　そして女性たち、人類の最良の部分、それはもう存在していません。愛する君、鏡に映った君によろしく！　ブルー・モーリシャスはとっても珍しい切手、それと同じくらい君は貴重なんだよ！」[60]。このときは療養中に仕事をすることはできなかった。ミュンヒェンのゲルトナープラッツ劇場のために、かつての映画『ミュンヒハウゼン』をミュージカルに仕立てる話があったが、具体化しないまま終わった。一九六四年八月一八日、ケストナーはミュンヒェンに帰った。

フリーデル・ジーベルトは息子といっしょにベルリンに住むことにした。一九六四年から六九年まで、父親ケストナーはそこで、限られた時間ではあったが、家族とともに過ごした。住んだのは、最初はダーレム地区、やがてヘルムスドルフ地区にあるパルク通り3Aに移った。ケストナーはミュンヒェンのフレミング通りと行ったり来たりの暮らしで、また途中に短期間のルガノ滞在をはさむこともあった。ベルリンでもゆっくり朝寝をし、起きると、何も食べずに、まずはグラスに一杯ウィスキーを飲んだ。食事をするときは一人だけで、《隔離状態》であった。入れ歯に問題があり、食べるときにははずした[61]。夜になると、ミュンヒェンでもベルリンでも、バーとかナイトクラブに出かけた。ミュンヒェンでもベルリンでも、仕事はできなかった。

フリーデル・ジーベルトは必ずしもつねに、物言わぬ愛人とか便利な妻ならぬ妻という役柄に、甘んじていたわけではない。ケストナーはおおやけには一度も小家族に責任を持とうとはせず、自分とは無関係だという態度を貫いた――彼女といっしょに劇場に出かけ、そこで知人と顔を合わせても、この点に変わりはなかった。フリーデル・ジーベルトとトーマス・ケストナーはあくまでも自分一人の避難所に、それも、自分は公的な世界に身を置く人間でありながら、そうした公的な世界とはまったく無関係の避難所に、しておきたがったのだ。そうした公的な世界はもっぱらエンデルレが受け持った。これは明らかにケストナー自身の意思によるものであった。ケストナーの友人たちで、息子とその母親の存在を知っている者は多かった、がしかし、直接会ったのはほんの数人だった。エルフリーデ・メヒニヒは、「お二人は本当にすばらしい方ですね」、と祝いの言葉を述べ、さぞやお幸せなことでしょう、と言った。「あなた様のためにうれしく思っております——これで初めて人生に意味と目的ができたと申せましょう[62]」。メヒニヒのほかに、ケストナーの家族と直接面識があったのは、ヴェルナー・ブーレ、ルドルフ・ヴァルター・レオンハルト、エトムント・ニックであった。ニックはトーマスの誕生日に一家を訪れたことがあった。普段は友人たちであっても慎重に遠ざけていた。「ちょうどトーマスの誕生日にニッキーがこの住まいに来ました。みんなとっても喜びました。ニッキーも喜んだ、とぼくは思っています[63]」。

しかし、ケストナーの二番目の住まいは噂の種になった。大衆紙の「北ベルリン市民《デア・ノルト＝ベルリーナー》」は、ケストナーの「最初に大成功を収めた都市への帰還」について、大々的に報じた。その記事は一面全体を占めるほどの分量で、トーマス・ケストナー、フリーデル・ジーベルト、エーリヒ・ケストナー、それぞれの写真が一枚ずつ入っていた。記者は、呼び鈴の横の名札には「ケストナー」とあったと書き、こうつづけている。ケストナーはミュンヒェンでの生活をすっかり切り上げ、ヘルムスドルフに移ってきたのである。「ケストナーの長年にわたる伴侶である」ジーベルトは、記者が訪れたとき、「いくらかぎょっとした面持ちであった」。「古くて新しいベルリン市民のエーリヒ・ケストナーは、いつまでも郊外にとどまっているとはけっして思えない。昔と同じように、カフェでの執筆が再開されることであろう……。〈ナイトライフをもう少し楽しむことは、ベルリンにとっても喜ばしいことではないだろうか〉。ジーベルト夫人はこうコメントなさっている。〈ベルリンの打てば響くようなところが、ケストナーにはとっても気に入っています[64]〉」。

この記事を書いた記者は、最初どこかから情報を得たはずであるが、その出所は不明である。問題になるのは、新聞社とは仕事柄おおいに関係があった秘書のエルフリーデ・メヒニヒか、フリーデル・ジーベルトの母親、あるいは、ぎょっとした面持ちという記述からよもやとは思われるが、フリーデル・ジーベルトその人、くらいではないかと思われる。

ルイーゼロッテ・エンデルレは、新聞に記事が出る前に、すでに危険な《スキャンダル》について情報を得ていたらしい。ケストナーの秘書に苦情を訴えているのである。「私のいくらかフェーン現象みたいな性格については、お気になさる必要はありません。わめくのは息ができなくなったときだけですから。あまりにも腹が立つと、咽喉が締めつけられてしまうのです。ひどい侮辱はやはりひどくこたえるものです。ですから、どうかお願いです、私の不機嫌な状態をその原因を作った男と――そして悪魔を解き放った女と――結びつけて考えてください」(65)。エンデルレはケストナーに、訂正記事を書かせるよう要求した。ケストナーは問題の新聞の編集長に手紙を書いたが、明らかに嫌々ながらで、しかも記事が出てから二か月後であった。「自分はミュンヒェンの住まいをけっして手放してはいない。しかし、時間に余裕があるかぎり、ベルリンにも住みたいと思っている」。そして新聞の報道について、「今回のような、あるいは類似の私的な種類のニュースについては」、報道を控えるよう求めた(66)。

ケストナーがこの手紙を書き送る前に、エンデルレはもう一度ケストナーに地獄の苦しみを嘗めさせた。クルト・マシュラーが、たまたま状況を聞き知ったのであるが、スイスでケストナーとごく短時間会って話したあと、ミュンヒェンでの秘書リーゼロッテ・ローゼノウにこう報告しているのだ。「彼の状態は目を覆うばかりで、ただもう右往左往していました。火曜日にL・Eが電話してきて、あなたなんぞに用はないと言って、一秒後には電話を切り、それから三分後にまた電話して、ミュンヒェンに来たら承知しないわよ、といったことを告げました。ご存知のようにE・Kは水曜日にミュンヒェンへ戻るつもりで、飛行機の予約をしていました。私は熱心に忠告しました。この時期にミュンヒェンには帰らないで、チューリヒからまっすぐテシーンに行き、ゆっくり深呼吸をして自分を取り戻すんだ、と勧めたのです。今日とどいた絵葉書から、ケストナーが私の助言に従ったことがわかって、とても喜んでいます。今の彼は、ミュンヒェンに立ち寄らずにルガノから直接ベルリンに行き、二五日にやはり飛行機でミュンヒェンに帰るつもりでいます。［……］あなたもご存知でしょうが、ケストナーは何事があっても、とにかくL・Eを大事なひとと思っています。起こっていることはまことに歓迎できないことばかりですが、落ち着いて考えればすべてはL・Eが原因なのです。彼女がジーベルトの母親を訪ねていったり罵ったりしなければ、間違いなくこうしたことは最初からなかったのです。［……］私がE・Kだったら、まずは一年ほど外国に行くでしょう。でもE・Kにはそれができません。そんなに長いあいだ息子に会わずにはいられないからです」。

マシュラーはケストナーに提案した。ミュンヒェンに小さな部屋を借り、ルイーゼロッテ・エンデルレがアルコール依存症の治療を受けに行くまで、フレミング通りの住まいには立ち入らないことにしてはどうか、と。「だって、エンデルレがやっているのはE・Kにたいする犯罪ですが、それだけではなく、E・Kの仕事を高く評価しているすべての人々にたいする犯罪でもあるからです——しかもこれは現在についてで言えるだけではなく、未来についても当てはまるのです」(67)。

ケストナーはエンデルレから要求されたとおりに書いて新聞社に送った。エンデルレは彼の手紙を資料として注意深く保存した。いっときも緊張がゆるむことのない妥協のなかで、暮らしはつづけられた。ケストナーは五週間ごとにベルリンとミュンヒェンを行き来し、休暇はフリーデル・ジーベルトならびにトーマス・ケストナーといっしょに過ごした。行き先はデンマークが多かったが、スイスのこともあった。エンデルレはしばしば、この解決法では自分の方が割に合わないと不平をならべた。そのためケストナーはとうとう彼女に完全な計画を書き送ることになった。「一一日に学校が始まる。五月七日にぼくはミュンヒェンに戻る。ぼくは二月二三日から四月一日にもミュンヒェンにいた。四月一日から五月七日はラッパースヴィル。二回とも五週間。まるで帳簿みたいにこんな計画を書き記すのは嫌でたまらない、がしかし、もっと知恵があってぼくを助けてくれるサロモン王はいないからな。その後の計画。五月七日から六月七日はミュンヒェン、六月七日から七月一日はラッパースヴィル、七月一日から八月一五日はミュンヒェン」(68)。

こんな状況だったにもかかわらず、エンデルレが書いたローヴォルト社刊の評伝ケストナーは新版が出た。彼女の書いたテキストの補遺には——キントラー社版は一九五九年まで絶版になっていた——ケストナーがアグラで書いた原稿が含まれている。ケストナーはエンデルレにこう書き送っている。「テキストについては、使用も変更も、短縮や挿入のための手直しも、《自分の考えで》おこなうこと。その際に、判断は自分がおこなっていることを忘れないこと。ぼくは《ぼくの》立場で書いた。この二つはまったく別のことである」(69)。ケストナーの原稿と印刷されたエンデルレのテキストとを並べてみると、ほとんど同じである。

このローヴォルト社の評伝シリーズでは、どの巻も末尾に同時代のすぐれた人々による寸評が載せられることになっているが、ケストナーはエンデルレのためにそうした《証言》を探すことまでした。その結果ケストナーは、著名な人物が自分について何らかの証言をしたことはほとんどない、ということを確認せざるを得なかった。「凡庸な阿呆を片っ端から褒めているトーマス・マンですら、何も言っていないんだ」[70]。けっきょく引用された証言は大半が、六〇歳の誕生日に寄せられた友人や文学仲間の私的な文章から拾い集めたものとなっている。

ケストナーがしだいに仕事ができなくなっていったことについて、すでに触れたように、マシュラーはエンデルレに責任があるとしているが、それが正しいかどうかは議論の余地があるだろう。動かせない事実は、ケストナーの創造力が減退し、その結果自分の過去の作品によって生きることが多くなっていった、ということである。『こびととお嬢さん』がケストナーの最後の新しい本となった。その後はさまざまな選集が出ているが、すべて『全著作集』から選んで編んだものであり、ほかには著者による最後の自選集として、『大人のための全作品集』（一九六九）が出版された。このころケストナーは一種の規範と目されるようになっており、顕彰するためにさまざまな賞が贈られ、展示会が開催された。たとえば六五歳の誕生日には、各地を巡回する展示会がおこなわれている。ストックホルム図書館の落成式があの半円球天井のホールで開かれたとき、招かれたケストナーはアストリッド・リンドグレンに会い、ペーター・ヴァイスと知り合った[71]。

ケストナー（1970、シュテファン・モーゼ撮影）

ケストナーは大量の「序」や「まえがき」を書いた――友人の画家オーザーやトリーアやヴィル・ハレの作品集のために。また文学仲間であるヘルマン・ケステンやジェイムズ・クリュスやマルティン・モルロックのために。しかしそれだけではなく、猫や子どもの写真集のためにも書いている。また、以前から講演や会合の挨拶を述べる役目は嫌がらずに引き受けていたが、このころから祝賀会の主賓として引っ張りだこになった。緊張とは無縁のなごやかな、しかしお祝いにふさわしく品位を保った挨拶の様式は、多くの機会にぴったりだと感じられたのである。ケストナーは公的な世界に身を置く文学者を具現していた。《私的》にはもう二度と果たすことのない役割であった。彼の作品集を見ても、この方面の活動で印象に残るものはほとんど見当たらない。そうした挨拶のうちもっとも重要で実体のあるものしか収録されていないからである。かれはソーントン・ワイルダーとフランツ・テーオドア・チョコーア〔一八八五—一九六九。オーストリアの劇作家〕についてスピーチをおこない、ローベルト・ノイマン、ヘルマン・ケステン、リヒャルト・フリーデンタール、イェラ・レプマン、ギュンター・シュターペンホルストについては、節目となる誕生日に際して公的な席で祝辞を述べた。また、アネッテ・コルプの思い出を語り、風刺雑誌『パルドン』の発刊を祝い〔一九六二〕、書籍ギルド・グーテンベルクの創立四〇周年祝賀会〔一九六四〕でオーザーとクナウフについて語った。ケストナーの最後の重要な講演は、一九七〇年三月一五日にブナイ・ブリト〔アメリカに本部を置くユダヤ人の国際組織〕による書籍展示会の際に、開会の挨拶としておこなわれたもので、「一九三三年以降のドイツ語によるユダヤ文学」と題されていた。

　この挨拶のなかでケストナーは、自分が《第三帝国》時代に二度逮捕されたというすでに周知の逸話にもう一度触れ、それまでにはなかったことであるが、亡命した人々にたいしてこのうえなく率直に称讃の言葉を口にした。「わたしはあの人々の生き方と文学にたいする勇気とに感嘆を禁じ得ません。嫉妬を覚えることなくこの二つに感嘆し、自分にはそれについて——すなわち逃亡の過程で闘いをつづけ生きつづけることについて——おそらく能力が欠けていたのだと、率直に告白するものです。それだけに、ハーゼンクレーヴァー、ベンヤミン、トラー、トゥホルスキといった、その途上でみずから命を絶った人々のことが、いっそうよく理解できるのです[72]」。

　ケストナー自身も、自分にはもはやほとんど作品を完成させられる見込みがないことに、気づかずにはいられなかった。そしてそのことで苦しんだ。バルバラ・ジース＝プライアーに宛ててこう書いている。「特に新しいことは何もありません。残念ながら著述の方面でもそうです。この破滅的な怠惰に遠からず終止符が打たれるといいのです

が」。彼女からの問い合わせにたいして、ケストナーは毎回、ぼくにはもう書けません、と答えている。(73)

自分にたいする疑念は早い時期に始まっていた。すでに『四五年を銘記せよ』と『独裁者たちの学校』にしても、以前の計画にもとづいての著作であり、構想された戯曲『氷河時代』は「エロチックな伏魔殿」となるはずであったが、けっきょく断片のまま終わった。(74)そうであればこそ、晩年にいたって息子トーマス・ケストナーのために書いた二冊の子どもの本によって、もう一度新しい素材を作品に仕上げることができたとき、ケストナーがみせた手放しの喜びようも理解できる。ケストナーの存命中に出た最後の本は、彼が書いた最初の本であった。一九七二年、博士論文『フリードリヒ大王とドイツの文学』が出版されたのである。

ケストナーは自分のみじめな状態を隠蔽しようとしたが、その際、講演やまえがきだけではなく、ユーモア文学のアンソロジー編纂もそのための手段とした。しかし、この種のものはあまりにも数が多く、あまりにも安易な妥協の産物も含んでいた。『滑稽文学——短調と長調』(一九五八)、『限界なしの滑稽文学』(一九六〇)、『滑稽に言葉は無用』(一九六二)、『詩にうたわれた滑稽』(一九六五)。このアンソロジーという形で、引きつづきさまざまな本が出版された。表紙にはエーリヒ・ケストナーの名前が大きな活字で印刷されており、たとえ二ページか三ページのまえがきであれ、ケストナーも書いていた。出版には出版社との手紙の遣り取りや交渉が不可欠で、出せばお金も入ってきたが、かつてのような作家としての仕事はもはや要求されないに等しかった。最初の何冊かについては、ケストナーが何を考えてその本を出そうとしているか、まだ見て取ることができて、作品の選択にも苦心の跡が認められる。要するにドイツ文学にはユーモア作家が数えるほどしかおらず、ケストナーが「笑いについての思索」を自分の全著作集に収録したのはそれなりに意味のあることだったのである。しかしながら最後の何冊か、特に『愛の溜息』(一九七〇)とか、没後出版の『短距離読者のための笑える娯楽本』(一九七四)となると、仕事をしたのはルイーゼロッテ・エンデルレであり、ケストナーは序文だけ書くとか、名前を出す許可をあたえるだけであった。ハンス＝ヘルマン・ケルステンはこの最後に挙げた本について、まずは「ケストナー亡きあとの悲しみを呼び覚ますもの」と述べて歓迎の意を述べように見せかけ、しかし直後にその本を突き放して、「このアンソロジーでもってケストナーの思い出を不幸なものにしてはならない」と言い切っている。そして、このアンソロジーは「憤懣の種」であり、「最大の活字と厚い紙を使って仕上げられたごたまぜ」だと酷評する。「このアンソロジーでは、ソフィア・ローレンとベアーテ・ハーゼナウ〔ドイツの映画とカバレットの女優〕の口にした名文句が、バーナード・ショーとアルフレート・ポルガルの思想とかき混ぜられてカクテル（同書中の一編「賢明な言葉」参照）になっているのだが、ケストナーがそれを特に高く評価していたのだと、私たちに信じさせようとしているのだ[75]」。

このころのケストナーはまだ作家の役割を演じていて、付き合うのはむずかしく、昔を思い出しては時とともに「不機嫌になるばかり」であった[76]。午後から夕方にかけてはまだカフェやバーで過ごし、引きつづき受け取った手紙に返事を書いたが、ノートに何かを書くよりはウィスキーと語り合う時間の方が長くなっていた。ケストナーは彼個人をめぐる耐えがたいキッチュや、猫やエピソードをめぐるルポルタージュに、耐えるほかなくなっていた。このルポルタージュは、ケストナーをめぐる逸話の蒐集発信センターとなったルイーゼロッテ・エンデルレが、グラフ雑誌や小さな単行本『逸話によるケストナー』（一九七〇）を通して広めたものであった[77]。

ケストナーは確かに人気者となったが、同時に人気の影の部分も彼につきまとうことになった。読者やファンから手紙が寄せられ、挫折した詩人志望の若者やディレッタントは自作の詩についての判断を求めた。雑誌『親しい《イン》関係《ティーム》』は「エーリヒ・ケストナーと新しいスウェーデン映画『愛するカップルたち』」という表題のもとに、彼の詩「世紀末」を再録した。リリー・パルマーはテレビの「アンネリーゼ・ローテンブルガー・ショー」に出演して、ケストナーの『一三か月』から「一二月」という詩を朗読した[78]。発展を遂げるドイツ経済もケストナーを放ってはおかなかった。トイレット・ペーパーの宣伝の話が持ち込まれ、上品なパンティーストッキングの宣伝にまで駆り出されそうになった。「テーマ――女性の脚線美とその美の決め手、絹のように柔らかな感触のストッキング」。ある建築家は連棟式の土地付き住宅に「点子ちゃんとアントン」という名を付ける許可を求めてきた。菓子メーカーの社長は、なかにウィスキーなどの入った新開発のチョコレートに、ぜひとも「二人のロッテ」という名をつけさせてほしいとしつこく食い下がった[79]。マギーから舞い込んだ連絡はとにかく実質を伴ってはいた。つまり、ケストナーがあるインタヴューで同社製でスイス限定販売の「グリシュナ」というスープを褒めたところ、お客様サービス係から、謹呈として一キロ・パックのスープの素が送られてきたのである[80]。

七〇歳の誕生日をめぐるお祭り騒ぎの直前、ケストナーは遺言状を書き直した。フリーデル・ジーベルトとトーマス・ケストナーの権利を認めるためである。それまでただ一人の遺産相続人だったエンデルレは、こうコメントした。「そして今度の《相続人たち》はすでに鉄のような意思をもって背後に控えているというわけね！　でも私だって、この先ずっと《鉄のような意思をもって》生きていくことができますからね[81]」。エンデルレはこの言葉通りに生きつづけることができた。つまり、二〇歳近くも若かったフリーデル・ジーベルトよりも長く、八三歳まで生きたのだ。ジーベルトは一九六九年にケストナーと別れた。自分の野心も職業も捨てて、辛くやっかいな立場を長年にわたって引き受けてきたが、それもこれもケストナーがいつかは決断を下して、完全に自分といっしょになるものと考えてのことであった。そのケストナーが、いつまでたってもエンデルレ相手に、またエンデルレをめぐって、ぶつかり合いを繰り返すのを見て、彼女はあきらめた。ケストナーはけっして自分といっしょに暮らすことはないと見極めたのであった。ジーベルトは息子を連れてスイスへ移住した。離別による気持ちの落ち込みを克服したあと、何度か男性との出会いもあったが、ケストナーと過ごした歳月のような強い結びつきとはならなかった[82]。一九八六年八月一七日、フリーデル・ジーベルトはチューリヒで亡くなった。

両親が別れてから、トーマス・ケストナーは父親と毎週電話で話した。また、その後三度、いずれも夏休みに、父親のもとを訪ねていっしょに何週間か過ごしている。そうしたときには、フレミング通りの父親の住まいではなく、ルイーゼロッテ・エンデルレが彼のために借りたウンターフェーリング地区の部屋に泊った——父親のところからは歩いて三〇分以上かかった[83]。一九七二年、ケストナーはミュンヒェン・オリンピックに息子を招いた。そのために息子が通っていたチューリヒのギムナジウムに手紙を書き、数日間休む許可を求めた。校長代理はケストナーに、欠席を許可するのはオリンピックのためではありません、「トーマスに父親といっしょに過ごす機会をあたえるためです」、と書き添えた[84]。ケストナー七五歳の誕生日にも、トーマスはミュンヒェンを訪れていた。しかし、トーマスのことが新聞などに報道されるのはいっさい許されなかった。

亡くなる数年前から、ケストナーは見るからに衰え、からだにはむくみが現れていた。彼は「自分から年金生活に入る」ことにした[85]。ヒルデ・シュピールは死の一年前にケストナーに再会し、ヘルマン・ケステンにそのときの様子を書き送った。あの方は「老け込んでもう何の反応も示さなくなっていますが、それでも何度か、ほんの短いあいだ」、意識を取り戻しました。「あんなに理性そのものだったエーリヒが、肉体上のさまざまな本能を制御できず、自分のからだをどうしたらいいかわからなくなっています。これは、年をとってから頭の働きを維持するためには、ぜひとも必要なことなのですが[86]」。ときどきはまだカフェ・レオポルトに出かけ、午後にはもうアルコールを飲み、ときどきは入れ歯を外して注意深くテーブルの真ん中に置いた[87]。ケストナーが自宅で撮影させた、亡霊じみた一連の写真が残っている。エレガントの代名詞だった人物の廃墟がガウンをまとっている姿、肌が敏感なため髭を剃ることができず、苦労してひきつったような笑いを浮かべ、そのため顔はむしろゆがんでいる――いっしょに写っているのは、コーヒー・カップ、息子、猫。窓から外を眺めているものもあれば、一度はエンデルレといっしょにソファーにすわっているものもある、不機嫌そうにたがいに顔をそむけて[88]。

　このころケストナーはすでに食道癌を患っていた。エンデルレは書いている。「エーリヒはひどく痩せてしまいました。口にするのはスープ、ブイヨン・スープ、タタール・ステーキをほんの少し、アイスクリーム、果物のジュースで、これでは太るはずがありませんね[89]」。ウィスキーはまだ飲んでいた。おそらく苦痛がいくらかやわらげられたのであろう。一九七四年七月二五日、ノイペルラッハ病院に収容され、二九日、朝の六時三五分に亡くなった。

　病院に入るときはルイーゼロッテ・エンデルレが付き添っていた。亡くなるまでの四日間に会いに訪れたのは、税理士のペーター・パウル・ガイガーと通いの付添婦ローザ・ホルツァーだけであった。ケストナーは一人きりで息を引き取った。ルイーゼロッテ・エンデルレは死の数時間後に病院に着いた。大衆紙は興味本位でケストナーの孤独な死を、また、葬儀の際に初めて《おおやけに姿を見せた》息子トーマス・ケストナーについて、書きたてた。ケストナーはボーゲンハウゼンにある著名人のための小さな墓地に葬られた。隣りはアネッテ・コルプの墓である。

　花輪を寄せた人々のなかには、ケストナーの秘書、出版社主たち、ミュンヒェン・イスラエル文化協会、いくつものアカデミー、ペン会議、フリーメーソン・ロッジ、ミュンヒェン市とダルムシュタット市、ヴィリー・ブラント、連邦首相ヘルムート・シュミットがいる。ケストナーお気に入りのメロディーはリヒャルト・シュトラウスの『バラの騎士』中のワルツで、ルイーゼロッテ・エンデルレは墓がおおわれる前に演奏されることを望んだ。マルゴット・ヒールシャーは語っている。エンデルレは葬儀の日の朝、私の夫の作曲家フリードリヒ・マイアーに電話をかけてきて、何としても弦楽四重奏団を手配してほしいと言いました。夫は八方手を尽くしましたが、時間が足りなくてどうしても果たせませんでした。そこで急遽カラヤンの演奏をカセットに移し、プレーヤーを持って墓地に駈けつけたのでした[90]。

一九五六年に作成されたもともとの遺言状では、エンデルレとケストナーが相互に単独相続人に指定されていた。一九六九年に変更された遺言状では、あらゆる収入の五〇パーセントをルイーゼロッテ・エンデルレが、五〇パーセントをトーマス・ケストナーとその母親が相続するものとし、この母親はトーマスが成人に達するまで財産を管理すること、とされていた。また、印税の半分を同じ割合で相続する、と定められていた。つまり、エンデルレとトーマスならびにその母親とが、全員存命のあいだは、二五パーセントずつ受け取ることになっていた。エンデルレが亡くなった場合は、その取り分が息子とその母親に移り、最終的にはトーマス・ケストナーが「全財産の相続人」となって、「すべてをその子どもたちに相続させる権利を得る」ことにされていた。遺言状作成者は、息子が結婚し、子どもがなくて妻だけがあとに残った場合のことは、考慮していなかった。決めておいたのは、トーマス・ケストナーに実子相続人がいない場合だけで、そのときは「相続されるべき全額が、有意義な活動をおこなっていると私が考える団体に贈られるものとする。私が考えているのは、たとえばマールバッハ市にあるシラー財団である」。土地家屋はルイーゼロッテ・エンデルレが生きているかぎり自由に使うことを認められた。家財道具はすべて、「エンデルレ夫人の私有財産であるがゆえに」ケストナーには何の決定権もないとされていた[91]。ケストナーは最後まで、第二次世界大戦後に自分で述べていたように、「完全な定住者」ではなかったのである[92]。エンデルレの死後、土地は彼女の希望通りに売却するものとされた。また、生存中も、「印税収入が相続人の生活維持に不十分となったときは、売却も可能」、ただし収入の年額が平均して「月額五〇〇〇ドイツマルク以下になった」場合に限定する、となっていた。

「この《最終的意志による指示》に、私は七〇歳の誕生日の数日前に署名する。いずれその時が来るであろう[93]」。

こうしてその終わりを迎えた人生は、けっして幸福なものではなかった。ここでもう一度、ケストナーの生涯の友

ヴェルナー・ブーレ（1961）

ヴェルナー・ブーレの言葉を引用しよう。二人は親友だった。しかしながらケストナーの亡くなる一〇年ほど前から遠ざかっていた――ケストナーの方から、と見て間違いないであろう。共通の女友だちポニー・M・ブシェーがブーレに尋ねた。「何がケストナーの命を奪ったのですか。私の思いつくかぎり、人間が死ぬ原因は、生きることに倦んだか、愛を喪ったか、なのですが……[94]」。ケストナーが死んでから半年後に、ブーレはポニーにつぎのように書き送った。

「ポニー様。私が知っている限りのことをお知らせするよう努めます。私の知っていることには空隙があります。エーリヒは食道癌で亡くなりました。死ぬ数日前から入院して、人工的に栄養を補給されていました。日曜日（翌月曜日、七月二九日に亡くなります）にはもう誰が訪ねていってもわからなくなっていました。私自身は一九六四年以降会っていません。あれはエーリヒが六五歳になったときでしたが、私はルガノに彼を訪れました（ヴェネツィアに行く途中でした）。[……]その後は電話で話しただけです。聞いた話では、少なくとも一年前から、大きな窓の前に置いた椅子にすわり、外を眺めていたそうです。おそらくウィスキーでかろうじて栄養を取っていたのでしょう。食事はもう何も口にしていなかったとのことだからです。病気に長いあいだ気がつかなかったのも、おそらくこのためなのでしょう。（病気を除く）すべての事態を招いた原因は、そのときそのときに眼の前にある問題をついに克服できなかったことです。最初に酒を飲んだのはエンデルレだけでした。その後、息子のトーマス（現在一七歳）が生まれ、Eはエーリヒに（そして息子の母親に）途方もなくヒステリックに迫りましたので、彼もまた、すべてから逃れるために飲み始めたのです。そしてこの逃げるという生き方から脱け出すことが、彼にはついにできませんでした。現在、トーマスの母親はチューリヒで暮らしており、二年か三年に一度私に電話をしてきて、エーリヒについて理にかなった話をします。息子が彼の姓を名乗ることについては、エーリヒは自分の願望を貫きました。[……]こんなところです。もしも君が今ここにいれば、もちろん話すことはもっとたくさんあるでしょう。でも、どうか質問してください、そうすればお答えします。「ツァイト[時代]」紙や「南ドイツ新聞」、『シュピーゲル』誌の記事は、かならずしも真実を伝えてはいません。こうしたメディアにどうして真実を知ることができましょう[95]」。

謝辞

本書のような本には多くの方の助力が不可欠である。ペーター・バイスラーには、幾度となく話を聞かせてくださったこと、心を開き、常に変わらぬ関心を示してくださったことにたいして、トーマス・ケストナーとルーツィア・ケストナーにたいしては進んで手を貸してくださったことにたいして、御礼を申し上げる。編集を担当してくださったトビアス・ハイルには、司牧者にふさわしい忍耐と励ましにたいして、感謝の意を表する。完成にいたる最後の数か月、ぼくたちの不如意な日常生活を堅持し、すべてをあるべきように維持してくれたがゆえに、本書はケルスティン・デッチュに捧げられる。

質問に応じ話をお聞かせくださったこと、ご指摘、情報や資料、そしてさまざまな形でのご支援にたいして、つぎの方々に御礼を申し上げる。ヴェルナー・アルンホルト（グラッス）、Dr・ヤン＝ピーター・バルビアン（デュースブルク）、Dr・アンドレアス・ボーデ（ミュンヒェン）、Dr・ハインリヒ・ブレロアー（ケルン）、パトリシア・ブロンス（ハンブルク）、ヴェルナー・ブーレ（ウィーン）、エーファ・フィンク（ミュンヒェン）、イーリス・シュタウフとアルフ・フルケルト（ドレスデン）、ハンス・ゲオルク・ヘーペ（ローヴォルト出版社、ラインベク）、カーリン・クルーク（ドレスデン）、ジルケ・フォン・デア・ハイデ（ミュンヒェン）、マルゴット・ヒールシャー（ミュンヒェン）、Dr・ウーヴェ・ナウマン（ローヴォルト出版社、ラインベク）、ダグマル・ニック（ミュンヒェン）、ジビュレ・オスターマイアー（ミュンヒェン）、ハインツ・G・シュミット（ドレスデン）、Dr・ヴァルター・シュミーレ†（ダルムシュタット）、O・E・シュレーダー（ボーフム）、ディーター・シュヴァルム（カッセル）、Dr・ギーゼラ・スコーラ（ミュンヒェン）、バルバラ・ジース＝プライアー（ミュンヒェン）、Dr・インゴ・トルノウ（ミュンヒエン）、レア・トゥリヤンダフィリディス（ヒルパーティング）、ヘルガ・ファイト（ヘルシング）、マンフレート・

ヴェーグナー（ミュンヒェン／ベルリン）、ハリエット・ヴォルフ（ミュンヒェン）。

同様に、以下の機関もしくは出版社にも御礼を申し上げる。アーン&ジムロック出版社（ミュンヒェン）、クロノス出版社（ハンブルク）、ドレスデン市・戸籍課、ディーセン／アマーゼー町・住民登録課、ミュンヒェン市・住民登録課、フリードリヒ・ヴィルヘルム・ムルナウ財団（ヴィースバーデン）、国際児童図書館（ミュンヒェン）、ザクセン州ドレスデン中央文書館、ドレスデン市立文書館、トーマス・ゼスラー出版社（ウィーン）、西ドイツ放送（ケルン）。

訳者あとがき

本書はSven Hanuschek: Keiner blickt dir hinter das Gesicht. Das Leben Erich Kästners. München Wien, 1999を日本語に訳したものである。著者スヴェン・ハヌシェクは一九六四年生まれ、ミュンヒェン大学ドイツ文学科で教鞭を執るかたわら、『ウーヴェ・ヨーンゾン』（一九九四）や『ハイナール・キップハルト』（一九九六）といった現代作家の研究書を世に問うている。

原書の表題をそのまま翻訳すれば、『おまえの顔のうしろは誰も覗かない。エーリヒ・ケストナーの生涯』となる［本訳書の表題は白水社編集部の提案にしたがった］。この前半部分はケストナーの詩の表題から採られている。その詩であるが、じつは初めて新聞に発表されたとき（一九三二年）から次の二編が組み合わされていた。「訳者あとがき」にはなじまないかもしれないが、省略なしで引用させていただく［節は上から下へ、そして左上へとつづく］。

おまえの顔のうしろは誰も覗かない
（大胆な者のためのヴァージョン）

顔には笑みを浮かべ、おまえは悩みや苦しみを背中に載せる、
そうすりゃ自分の眼で見なくて済むからと。
ところがそいつらは重く、耐えきれずにかがみ込み、
やがておまえの顔から笑みが消える。
そのときいちばん役に立つのは松葉杖だろうよ。

誰も知らない、おまえがどんなに貧しいか……
お隣さんたちには自分の嘆きがおありでね。
尋ねる暇なんてありはしないんだよ、
おまえがいったいどんな思いでいるかなんてさ。
それとも——おまえ、自分から触れまわるかい？

ときどきおまえを見つめるひとがいる、
おまえはそれに気づき、慰めてくれると思い込む。
ところが相手は、うつむいてしまう。
おまえを慰めるなんてできないからさ。
そして、群れをなす人々といっしょに去っていく。

だけどいいかい、悲観論者には成るな、
話しかけられたら、笑みを浮かべるんだよ。
おまえの顔のうしろは誰も覗かない。
誰も知らない、おまえがどんなに貧しいか……
(そして、幸いなことにおまえ自身も知らない。)

おまえの顔のうしろは誰も覗かない
(小心な者のためのヴァージョン)

誰も知らない、おまえがどんなに豊かなのか……
ここで豊かだと言っているのは、
もちろん株券や小切手のことじゃない、
邸宅でも自動車でもピアノでも、
そのほかのおそろしく高価なものでもない。

忍耐がそんな宝物の一つだ、
あるいはユーモア、それにやさしさも、
およそ感情と名がつくものはみんなそうなのさ。
だって、心のなかはおそろしく広くて、
魔法の袋みたいに何でも入るから。

私がここで言っているのは、目に見える
ものでも、税金のかかる豊かさでもない。
違う豊かさがあるんだよ、平方根や立方根を
はじき出せたって計算なんかできず、
どんな泥棒にも盗まれない豊かさが。

貧しいのは、感情がどれほどの豊かさを
もたらしてくれるか、忘れ果てた人間だけ。
おまえの顔のうしろは誰も覗かない。
誰も知らない、おまえがどんなに豊かなのかを……
(そしておまえは、ときどき自分でも忘れてる。)

この一対の詩は、啓蒙家の語る教訓としてべつだん深みがあるわけではなく、ケストナーが力を入れていた「実用詩」としても、新鮮味がいまひとつであろう。（そのせいか、詩集には収録されなかった。）本書の著者スヴェン・ハヌシェクも訳者にたいして、この詩の題名をケストナーの生涯と重ね合わせたまでで、うたわれている内容を考えてのことではない、とことわっている。しかし、にもかかわらずこの詩に、「謎を秘めた啓蒙家」ケストナーのありようの一端が示されていると見て、大きな間違いはないと思われる。しかも二編が組み合わされていることも重要なポイントだ。「大胆な者」と「小心な者」とがケストナーのなかで共生しているのである。

すぐれた伝記はいつでも、取り上げた人物が「自分でも知らなかった」ことや「自分でも忘れていた」ことも、さらには世を去るときまで「隠しおおせた」と信じていたことまで、露わにせずにはおかない。ただし、暴くことが目的では伝記の名に値しない。対象とする人物への特別な尊敬や驚嘆や感謝といった気持ちだけが、秘密の暴露を正当化する。

本書をお読みいただければ、著者ハヌシェクが、ケストナーを心から敬愛しつつ、その「顔のうしろを覗く」試みに果敢に挑んだことは、納得していただけるであろう。ケストナーとは誰だったのか。この問いにたいする答えを見つけるには、方法は一つしかない、とハヌシェクは考えたようである。「つねに一次資料にもとづくこと」である。断簡零墨にいたるまで手に取り、読み解き、しかるべき位置に納め、パズルのように全体像を浮かび上がらせていく。愛読してきたケストナーに、いわば愚直なまでに真正面から取り組みつづけた成果、それが本書である。

＊　＊　＊

こうして、現時点では決定版といっていいケストナーの伝記が生まれた。画期的な研究書の常で、本書もまた、これまで世に定着していた固定観念や思い込みを、意図とは無関係に、しかし容赦なく、叩き壊さなければならない宿命を負っている。

その一、「ケストナー、ナチに抵抗した詩人」。――ドイツ文学に詳しい方々からも聞かされるこのキャッチフレーズ、少し冷静に考えてみれば、ほとんど現実性のない思い込みに過ぎないことが納得されるだろう。つまり、ケストナーはいつ、どのように、ナチに抵抗したのか？　本当に抵抗したのなら、なぜそれにもかかわらず生きていられたのか？　こうした問いに答えられるひとはいないからである。

たとえば、ナチがその本性を露わにした《帝国の水晶の夜》を体験して、ケストナーは書いている。「自分の人間らしい考えもしくはキリスト教徒らしい考えを口にした者は、首をはねられるか絞首刑に処せられた」（本書二九七ページ参照）。しかし、ケストナーがこれを書いたのは戦後のことなのだ。そして、有名な軍国主義批判の詩は、すべてナチの政権掌握以前の作品である。《第三帝国》の一二年間には、わざわざ速記文字を使ったメモにすら、同時代にたいする批判の言葉は見つかっておらず、ましてや発表など考えもおよばないことであった。

要するに、ナチ独裁下のドイツでは、少しでも抵抗すれば《白バラ》のメンバーのようにたちまち極刑に処せられたのであり、彼ら以外のすべての国民と同様にケストナーも、おこなっていたのは抵抗ではなく妥協だったのだ。それ以上のことを、つまり、本書に書かれている「ささやかな妥協」以上のことを、ケストナーがおこなっていたかどうかについては、少なくとも今はまだ、判断材料がないと言うしかなさそうである。

その二、「ケストナーは、画期的な作品『エーミールと探偵たち』によって、児童文学に新たな一ページを開いた」。――本書一七〇ページ以下に、ケストナーの『エーミールと探偵たち』とヴォルフ・ドゥリアンの『木箱から出てきた少年カイ』の関係が詳述されている。特に問題となるのは、「ケストナーはドゥリアンの作品から借りられるものは借り、学べるところは学んでいる」と訳した箇所であろう。これはケストナーの愛読者にとっては少なからず衝撃的な指摘だと思われ、著者ハヌシェクにじかに真意を尋ねた。その遣り取りを要約すれば以下のようになる。

問題の箇所の原文は、Kästner hat Durians Geschichte kräftig geplündert（……）で、直訳すれば、「ケストナーはドゥリアンの物語から思いっきり剽窃した（……）」となる。問題を明確にするために、訳者は意識的にあからさまな言い回しを用いて質問した。「ここでの geplündert ＜ plündern［「略奪する」の意で、創作に関しては「盗む」、「剽窃する」］は、plagiieren［こちらは完全に「盗作する」の意］と受け取ってよろしいですか？」　原著者スヴェン・ハヌシェクの回答はつぎのとおりであった。「plündern の方が少しやさしい表現で、plagiieren はいくらかきついと感じました。（中略）ケストナーはこの本で明らかにドゥリアンからモチーフと基本的なアイディアの数々を《借りて》

います。しかし、場面の描き方や会話はすでにケストナーの特徴を十分に示しています。ですから単純に盗作というのは当たらないでしょう。むずかしい問題です。（とにかくケストナー自身は終始、ドゥリアンの本は知らないと主張していますから。でもそれを信じるのはまったく不可能です）」。

ちなみに訳者もドゥリアンの作品を読んでみたが、原著者ハヌシェクの見解に違和感は覚えなかった。以上を勘案して右記のような訳文にした次第である。したがって、『エーミールと探偵たち』を画期的と評するとき、もしも独創性をも認めようというのであれば、再考を要するであろう。

＊　＊　＊

ハヌシェクが本書で紹介している一次資料では、何といっても母親との往復書簡が、公刊されているものとは大きな隔たりがあり、もっとも興味深いであろう。そこに見えてきた心理分析の格好の研究材料になりそうな母親と息子の世界については、本書をじっくりと読んでいただくほかないが、このいわゆる『母さん通信』がいわば副次的に露呈させたケストナーの一面も、大きな問題をはらんでいるように思われる。あるいは、こう言った方がより正確だろう。資料の博捜はケストナーの生涯に新たな謎を見つけてしまった。たとえば、一九三五年冬、ガルミッシュ＝パルテンキルヒェンに出かけたケストナーは、本書の二七一ページにあるように、昼食をとったとき隣のテーブルに帝国大臣ルドルフ・ヘスとその連れたちがいた、と報告し、別な葉書には、「噂ではヒトラーも来るとのことです」と書いているのだ。母親がこれを読んで喜んだとも安心したとも思えないが、ケストナーはそのような場所に身を置くことに、自己満足であれ何であれ、何らかの意味を見いだしていたのだろうか？　ナチの独裁が始まるまで、あれほど軍国主義や国粋主義を痛罵していた彼、そして三三年には作品が焚書の対象とされ、「好ましからざる作家」の烙印を押されていた彼が、ナチの軍服であふれかえっていたはずの小さな町に滞在して、平静な気持ちでスポーツ観戦を楽しみ、アルプスの絶景を堪能することができたのだろうか？

そうした一方で、敢えて言及しておけば、あくまでも第一次資料をとおしてケストナーの実像に迫るという姿勢から、作家の伝記に含まれてしかるべきテーマの一つ二つが、本書では深く追求されないままになっている。たとえば同時代のケストナー受容については、独立した章を割り当てられた作品を除き、あるいはじかに接触があったクルト・トゥホルスキによる場合などは別にして、あまり触れられていないのである。取り上げられずじまいのもっとも重要なケストナー論は、一九三一年に書かれたヴァルター・ベンヤミンの「左翼のメランコリー」であろう。興味のある方は、すぐれた翻訳が早くから出ているので、そちらに当たっていただきたい〔晶文社刊『ベンヤミン著作集』第一巻所収〕。

＊　＊　＊

翻訳に当たり、何人もの方々にお世話になった。

まずは、本書で言及されているケストナーの最初の恋人イルゼ・ユーリウスの卒論と博士論文について、大学の大先輩で化学者の篠原信好氏に、表題のもっとも適切な日本語訳を教えていただいた。厚く御礼を申し上げる。

普段からご厚誼をたまわっているライナー・ホルト氏とベルント・シャハト氏には、今回もまたドイツ語の表現一般について、とりわけケストナー独特の言い回しについて、数えきれないほど頻繁に教えをたまわった。深甚なる感謝の意を表するばかりである。「ありがとうございました」。

また、原著者スヴェン・ハヌシェク氏にも心から感謝する。遣り取りの一部はすでに紹介したが、少なくとも一〇数回にわたって、ときには納得がいくまで質問を繰り返し、そのたびに迅速かつ詳細にご教示をいただいた。このようなじきじきのお力添えがなければ本訳書の完成はとうてい覚束なかったであろう。〔なおその過程で、原書の小さな誤りをも二つ三つ指摘して、敢えて明示はしていないが、原著者も確認のうえで訂正した。また、読者を混乱させるだけだと思われるいくつかの語句について、やはり了解を得たうえで削除した。〕

しかしながら、それでもなお、訳者の力量不足もしくは勝手な思い込みから、翻訳に誤りのある可能性を完全に否定することはできない。ご叱正をお願いする次第である。

二年ほど前のこと、白水社の稲井洋介氏から、「エーリヒ・ケストナーを信頼できるかたちで日本に紹介したい」

という話があり、それならばこれを読むしかないでしょう、と紹介したのが本書である。何分にも大部であり、この困難な時代に出版に踏み切った白水社の勇断にあらためて敬意を表する。

その稲井氏は、いっしょに仕事をさせていただくようになってから二〇数年、つねに最良の本作りをめざしてご尽力くださったが、とくに今回はこれ以上望み得ないほどお世話になった。心から御礼を申し上げる。

二〇一〇年九月

訳　者

ドイツの子どもの本
――大人の本とのつながり【増補新版】
野村 泫
ヨーロッパで最初の「子どもの本」とされる『世界図絵』から、グリム、ケストナー、エンデにいたるドイツ児童文学の流れを、大人の本とともに語る一冊。図版多数。年表・索引付。

《白水Uブックス》
初版グリム童話集【全5巻】
吉原高志／吉原素子訳
子殺し、近親相姦、おおらかな性表現……。一般に流布している第七版では味わえない魅力にあふれる〈初版〉の全訳。あなたが読んだグリム童話と読み比べてみませんか。

父フロイトとその時代
マルティン・フロイト
藤川芳朗訳
19世紀末から第二次世界大戦前夜のウィーン。フロイトの長男マルティンによる、ユダヤ人であることを背負ったフロイト家の人々の日々。ナチに追われロンドンへ亡命するまでを語る。

鉄腕ゲッツ行状記
――ある盗賊騎士の回想録
ゲッツ・フォン・ベルリヒンゲン
藤川芳朗訳
勇敢な騎馬武者か、はたまた無法の盗賊騎士か？戦場で失った右手に精巧な鉄製義手を付け、16世紀前半の神聖ローマ帝国を舞台に武勇の限りを尽くした男の前代未聞の自叙伝。痛快無比！

著者略歴
スヴェン・ハヌシェク(Sven Hanuschek)
1964 年生まれ. ミュンヒェン大学ドイツ文学科教員. ドイツ現代作家の研究を主とし,『ウーヴェ・ヨーンゾン』(1994)や『ハイナール・キップハルト』などの著作がある.

訳者略歴
藤川芳朗(ふじかわ　よしろう)
1944 年生まれ. 東京都立大学大学院修了. ドイツ文学専攻. 横浜市立大学名誉教授.
主要訳書：ベンヤミン「モスクワの冬」, ブロッホ「異化」, ヘルツォーク「氷上旅日記」, フリードマン「評伝ヘルマン・ヘッセ」(上・下), マゾッホ「聖母」, フロイト「父フロイトとその時代」, 他多数.

エーリヒ・ケストナー —— 謎を秘めた啓蒙家の生涯

2010年10月20日　印刷
2010年11月10日　発行

著　者　スヴェン・ハヌシェク
訳　者©藤　川　芳　朗
発行者　及　川　直　志
印刷所　株式会社三秀舎

発行所　101-0052東京都千代田区神田小川町3の24
電話 03-3291-7811 (営業部), 7821 (編集部)
http://www.hakusuisha.co.jp
株式会社 白水社
乱丁・落丁本は、送料小社負担にてお取り替えいたします。

振替 00190-5-33228
松岳社 株式会社 青木製本所

ISBN978-4-560-08095-5

Printed in Japan

人名索引

516ページ以下の「謝辞」および原注での人名は含まれません

ア 行

カ　行

サ　行

タ　行

ナ　行

ハ　行

マ　行

ヤ　行

ラ　行

ワ 行

ケストナーの作品索引

戯曲

映画

詩

ア 行

カ 行

サ 行

タ 行

ナ 行

タ 行

ナ 行

ハ 行

マ 行

ヤ 行

ラ 行

原　注

略語

エーリヒ・ケストナーの著作からの引用は原則として以下の版に拠った。

Erich Kästner: Werke in neun Bänden. Hg. Franz Görtz. München, Wien 1998, 9 Bde.; 出典表示の場合は初めにローマ数字で巻数を、次にアラビア数字でページを示す。したがって第2巻93頁の場合はⅡ・93と表記される。

上記以外に、以下の版から引用した。

Erich Kästner: Schriften für Erwachsene. München, Zürich 1969, 8 Bde. 出典表示の場合は最初にアラビア数字で巻数を、次にページを示す。例：8・321.

GG — Erich Kästner: Gemischte Gefühle, Literarische Publizistik aus der »Neuen Leipziger Zeitung« 1923－1933. Berlin und Weimar 1989, 2 Bde.

MG — Montagsgedichte. Zusammengestellt und kommentiert von Alexander Fiebig. Berlin und Weimar 1989

NL — 本書では、上記の刊行された著作のほか、ケストナーが遺した未整理で手のつけようのない厖大な資料から、数多くの引用がなされている。遺されたケストナーの資料は、かつてはPeter Beislerのオフィスによって整理が進められていたが、1998年6月にネッカール河畔のマールバッハ市にあるドイツ文学資料館に移管された。そのなかにはエルフリーデ・メヒニヒの遺品の一部と、リーゼロッテ・ローゼナウの遺品も含まれている。それとは別にケストナーの私的資料があって、そのかなりの部分がルイーゼロッテ・エンデルレの遺品で占められている。ケストナーのこの私的な資料と図版資料とは、現在もPeter Beislerのオフィスに保管されているが、そのうち、少なくともいくつかの束を特定するために、以下の略語を用いることにする。

AN — 遺稿中の『ぼくが子どもだったころ』に関する資料集で、»Notizen in Stichworten (Zur Vorordnung). St. Moritz. Jahresende 1955«を指す。

JB — イルゼ・ユーリウスからケストナーに宛てられた手紙、»Briefe von Ilse Julius an Erich Kästner　1919 bis 1927«を指す。束としてNLに入っている。

MB — エーリヒ・ケストナーの母親宛て書簡を指す。ただし、引用はルイーゼロッテ・エンデルレ編の書簡集（Enderle, 1981）には拠らず、つねに遺稿中の —— 削除や加筆補正がいっさいおこなわれていない —— オリジナルに拠った。母親のエーリヒ・ケストナー宛て書簡についても同様である。

TB — エーリヒ・ケストナーの未公刊日記を指す。1941年、43年、45年にガーベルスベルク式速記文字で書かれたものであるが、引用には、遺稿中に見いだされたアルトゥーア・ルックスが通常の文字に起こしたものを使用した。疑問の余地のない脱字や誤字は断ることなく訂正した。

VB — エーリヒ・ケストナーと父親エーミール・ケストナーの往復書簡を指す。

所有者からの特別貸与

NBL ― ヴェルナー・ブーレの遺稿集を指す。Dr. ギーセラ・スコーラ（ミュンヒェン）から貸与を受けた。

エーリヒ・ケストナーのバルバラ・ジース＝プライアーとヘルガ・ファイト宛て書簡については、受け取ったご当人が親切にも貸与してくださった。

フリートヒルデ・ジーベルト宛ての書簡は、トーマス・ケストナーが著者に閲読を許可してくださった。

全編にわたって使用した参考文献

Bemmann, Helga: Erich Kästner. Leben und Werk. Biographie. Aktualisierte Neuausgabe. Frankfurt / Main., Berlin 1994 (Ullstein TB)

Enderle, Luiselotte: Erich Kästner in Selbstzeugnissen und Bilddokumenten. Reinbek bei Hamburg 1966 (rm)

Enderle, Luiselotte (Hg.): Erich Kästner: Mein liebes, gutes Muttchen, Du! Dein oller Junge. Briefe und Postkarten aus 30 Jahren. Hamburg 1981

Enderle, Luiselotte: Erich Kästner mit Selbstzeugnissen und Bilddokumenten. Reinbek bei Hamburg 15 1995 (rm)

Hassencamp, Eva: Erich Kästner. Schriftsteller für Kinder und Erwachsene. Bayerischer Rundfunk 1989 [Fernsehfilm, 45 Minuten]

Tornow, Ingo: Erich Kästner und der Film. Mit den Songtexten Kästners aus »Die Koffer des Herrn O. F.«. München 1989, Neufassung München 1998

Tucholsky, Kurt: Gesammelte Werke in 10 Bänden. Herausgegeben von Mary Gerold-Tucholsky, Fritz J. Raddatz. Reinbek bei Hamburg 70.－119. Tsd. 1985 (rororo)

出　典

エーリヒ・ケストナー、謎を秘めた啓蒙家

［以下、各章の原注の冒頭に、同章で使われた文献が挙げられ、注ではその文献が略称で示されている ―― 訳者］

Exner, Richard: Er sagte, er sei ein Moralist. Zu einer Kästner-Auswahl. In: Die Zeit, 22. 7. 1966, Nr. 30, S. 24

1 Exner

2 Kästner an Horst Fuchs, 3. 1. 1948, NL

3 Keiner blickt dir hinter das Gesicht. これはケストナーの詩の表題で、同詩には「小心な者のためのバージョン」と「大胆な者のためのバージョン」がある（I・234f)。

4 Enderle 1995: 157

トランプの札として使われた子ども
一番の優等生でとびきりの孝行息子

Bertlein, Hermann: Karl Gustav Nieritz. In: Lexikon der Kinder- und Jugendliteratur. Hg. Klaus Doderer. 2. Band. Weinheim, Basel 1977, S. 555－557

Förster, Rudolf u. a.: Dresden. Geschichte der Stadt in Wort und Bild. Berlin 1985

Nieritz, Gustav: Zwei Heldenknaben. Zwei Erzählungen: Der Kantor von Seeberg. －Der Lohn der Beharrlichkeit. Für Jugend neu bearbeitet von R. Lorenz. Mit zwölf Bildern. Neue Rechtschreibung. Berlin o. J. ［Um 1910; zuerst 1843］

Reinhold-Großweitzschen, Emil: Geschichte der Familie Augustin und vom Obergasthof Goldene Sonne. 1568－1927. Döbeln 1927

Scharrelmann, Wilhelm: Großmutters Haus und andere Geschichten. Braunschweig u. a. 1928, 19.－28. Tsd. ［zuerst 1913］

Schnorr von Carolsfeld, Friedrich: Karl Gustav Nieritz. In: Allgemeine Deutsche Biographie. Berlin 1970（Unveränderter Neudruck der 1. Auflage von 1886）, S. 688f.

Schenda, Rudolf: Volk ohne Buch. Studien zur Sozialgeschichte der populären Lesestoffe 1770－1910. Frankfurt / M. ^{3}1988, S. 163－173

1 Reinhold-Großweitzschen: 51
2 Reinhold-Großweitzschen: 55
3 Kleist an Wilhelmine von Zenge, 3. 9. 1800
4 Ⅶ・64.－体育館は現存、〈Ⅳ.〉は施設が生まれた順番をあらわす――ここではドレスデンに設置された4番目の学校を示す。
5 Kästner an Mechnig, 20. 4. 1944, NL
6 ここでいうサローヤンの本は、1948年に出たドイツ語版。ケストナーは「ノイエ・ツァイトゥング」紙のある読者に、次のような注文をつけて貸している。「この本については、大事に扱い、紛失することのないようくれぐれも気をつけてください」（Rosenow an Stelly, 23. 7. 1947, NL）。
7 Kästner an Paul Zacharias, 13. 3. 1960, NL
8 Kästner an Hans Thalmann, 20. 1. 1967, NL
9 Schenda: 172f.; Schnorr; 689; Bertlein: 556f.
10 Nieritz I: 93
11 Nieritz II: 9, 10, 44, 66, 83f.
12 Förster: 118

E.かZ.か？
本当の父親は誰も知らず

本章の副題のもととなったトスカーナ童謡は、Paolo と Vittorio Taviani の映画『サン・ロ

レンツォの一夜』(1982) に拠る。
Foerster, Eberhard [これはエーリヒ・ケストナーとエーバーハルト・カインドルフが使ったペンネーム]: Das goldene Dach. Eine Komödie. Berlin 1939 [Bühnenms.]
Arnold, Werner: 本書の著者宛て1998年6月17日付書簡。
Görtz, Franz Josef, Hans Sarkowicz: Erich Kästner. Eine Biographie. Unter Mitarbeit von Anja Johann. München, Zürich 1998
Kiley, Dan: Das Peter-Pan-Syndrom. Männer, die nie erwachsen werden. Deutsche Übersetzung Dirk van Gunsteren. München, 1989
Möller, Hans Jürgen, Gerd Laux, Arno Deister: Psychiatrie. Stuttgart, 1996
Rowohlt Verlag / Uwe Naumann: 本書の著者宛て1998年5月27日付書簡
Sächsisches Hauptstaatsarchiv Dresden: 本書の著者宛て1998年6月2日付書簡
Schneyder, Werner: Erich Kästner. Ein brauchbarer Autor. München 1982
Stadtarchiv der Landeshauptstadt Dresden: 本書の著者宛て1998年6月3日付書簡

1 Schneyder: 20
2 1998年9月8日にトーマス・ケストナーにおこなったインタヴューにもとづく。
3 上記、Arnold, Werner: 本書の著者宛て1998年6月17日付書簡に拠る。——Görtz / Sarkowicz: 153は出生地をオーバーシュレージエンのピッチェン (Pitschen) として、典拠として『ドイツ帝国公報』1941年版の国籍喪失者リストを挙げ、「きわめて疑わしいが信頼できる」と書いている。いったいどういう意味なのであろうか?
4 Arnold, Werner: 本書の著者宛て1998年6月17日付書簡。Görtz と Sarkowicz は出費を惜しまない調査により、ツィンマーマンとその家族について多くの詳細な点を明らかにした。それはとくに社会史的に興味深い。一方二人は、ケストナーとの関係については何ら新しい証拠を見つけることはできなかった。ジーベルトとエンデルレの述べた事柄にたいする「疑念」、「さらにヴェルナー・シュナイダーの調査にたいする疑念」は、「これまでにほぼ消滅した。[……] したがってわれわれは、エーリヒ・ケストナーは衛生顧問官ツィンマーマン博士の婚外子とみてまず間違いないであろう」(Görtz / Sarkowicz: 151)。しかしながら、疑念は山とあり、少なくとも間違いないであろうとはいえない。
5 Arnold an Kästner, 5. 12. 1958, NL
6 Foerster 1939: 110
7 ひょっとすると著者たちはゲッベルスをも揶揄しているのかもしれない。マグダレーナ・ゲッベルスの最初の夫は実業家ギュンター・クヴァントであった。
8 Görtz / Sarkowicz: 154f.
9 Kästner an Karlheinz Deschner, 13. 1. 1967, NL
10 Schneyder: 20
11 Enderle an Hurtig, n. dat (日付なし。以下同). ——1961年前後——, NL
12 Enderle 1995: 140
13 ローヴォルトとの遣り取りの一部はエンデルレの遺稿中に見いだされる。しかし、それも事態を明確にするものではない。遣り取りによれば、エンデルレは少なくとも注の作成に関与はしていたように思われる。エンデルレは、一方ではシュナイダーの著書『ウ

ィーンのカフェ中傷物語 Wiener Cafèhausschmähgeschichte』について語っているが、他方では自著の執筆時に「エーリヒの誕生をめぐるセンセーション」については、「知らなかった」と主張しているのである。そして、自著が出版されたのちにセンセーションを知り、改訂時に「エーリヒがおおやけに話したことにしたがった」としている(Enderle an Rowohlt, 1. 7. 1982, NL)。

14 Enderle 1960: 8

15 「愛の妄想」はまさしく精神医学の専門用語である。Vgl. Möller u. a. : 558

16 ヘルガ・ファイトに 1998 年 9 月 1 日におこなったインタヴュー、エーファ・ハッセンカンプと 1998 年 9 月 17 日におこなった電話インタヴュー、にもとづく。Görtz / Sarkowicz は、オリヴァー・ハッセンカンプは「どうやらそれを友人たちに話したらしい」、そして彼が亡くなってから 10 年後にそれが「たまたまわれわれに」伝えられた、と書いている(S.151)。ハッセンカンプの未亡人は噂を知ってはいるが、夫から聞いたかどうかは覚えていない、また、ケストナーが夫に噂を他人に話す許可をあたえたことは、けっしてあり得ない、と話している。

17 バルバラ・プライアーに 1998 年 4 月 28 日におこなったインタヴュー、およびマルゴット・ヒールシャーに 1998 年 9 月 27 日におこなったインタヴュー、にもとづく。

18 Ida Kästner an L. Enderles Eltern, 18. 3. 1947, NL

食べ物はいつも同じ
教員養成学校と軍隊の時代

Görtz, Franz Josef, Hans Sarkowicz: Erich Kästner. Eine Biographie. Unter Mitarbeit von Anja Johann. München, Zürich 1998

Klüger, Ruth: Goethes fehlendeVäter. In: Frauen lesen anders. Essays. München 1996 (dtv), S. 105 – 128

Vring, Georg von der: Soldat Suhren. Roman. München 1980 [初版:Berlin 1927]

1 Quittung im NL

2 ルート・クリューガーは以下のように指摘している。ファウストの父親は無許可で治療行為にたずさわっていた人間で、有名な引用文はまったく別な意味を持っている。ファウストは父親の遺産を拒否する、それは彼にとって「塵」(658 行)であり、「紙魚だらけの世界」(659 行)だからだ── 書斎にある彼が受け継いだ遺産は「できるだけ早く厄介払いするべきがらくた」である。おしまいにそのがらくたは命を奪う危険があることが判明する。ファウストは父親の遺品のフラスコから同じく遺品のシャーレに毒を注ぎ、それを飲もうとするが、そのとき復活祭の鐘が聞こえて彼を思いとどまらせる。クリューガーはこのように書いている。Vgl. Klüger: 114 – 118

3 Handschriftlicher Lebenslauf, 23. 11. 1918, NL

4 Kästner an die Kurdirektoren Bad Nauheims, 2. 6. 1956, 6. 5. 1970, NL

5 Vring: 23 – 28

6 Vring: 59, 193 – 196, 346

7 ここにツィンマーマンの名前が記されていることから、ツィンマーマンはケストナーの

「実際上のお手本」だったと見るのは、あまりにも行きすぎた解釈である。Vgl. Görtz, Franz Josef, Hans Sarkowicz: 39

8 Kästner an Hofstaetter, 16. 8. 1958, NL

9 Enderle 1966: 35; GGI: 96

10 Zucker an Kästner, 8. 5. 1920, NL

11 NL 中のコピーに拠る。

ケストナー、ケストナーになる
ライプツィヒの大学生と新進気鋭のジャーナリストの時代

Kästner, Erich, Heinrich Dietze u. a.: Dichtungen Leipziger Studenten. Weihnacht 1920. Leipzig 1920

Kästner, Erich: Dresden im Schlaf. In: Leipziger Tageblatt, 22. 2. 1924

Kästner, Erich: Friedrich der Große und die deutsche Literatur. Die Erwiderungen auf seine Schrift »De la littérature allemande«. Stuttgart u. a. 1972 (Studien zur Poetik und Geschichte der Literatur) [Dissertation Leipzig 1925]

Kästner, Erich: Schule, Rat und Schulrat. In: Neue Leipziger Zeitung, 14. 1. 1927 (a)

Kästner, Erich: Die Jugend als Vorwand. In: Neue Leipziger Zeitung, 5. 2. 1927 (b)

Kästner, Erich: Rechtschreibung und Politik. In: Neue Leipziger Zeitung, 20. 2. 1927 (c)

Arnold, Heinz Ludwig: Der falsch gewonnene Prozeß. Das Verfahren gegen Arthur Schnitzlers »Reigen«. In: H. L. A. (HG.): Arthur Schnitzler. München 1998 (Text + Kritik), S. 114－122

Brauer, Christoph: Nachwort. In: Walter Hasenclever: Stücke bis 1924. Bearbeitet von Annelie Zurhelle und Chr. B. Mainz 1992 (Sämtliche Werke II. 1), S. 582－591

Enderle, Luiselotte (Hg.): Kästner anekdotisch. München 1970

Foerster, Christel: Nachwort. In: Georg Witkowski: Geschichte des literarischen Lebens in Leipzig. München u. a. 1994 (Reprint), S. I－XV

Heine, Wolfgang (Hg.): Der Kampf um den Reigen. Vollständiger Bericht über die sechstägige Verhandlung gegen Direktion und Darsteller des Kleinen Schauspielhauses in Berlin. Berlin 1922

Klein, Alfred: Erich Kästner. Leipziger Lehrjahre. In: Berühmte Leipziger Studenten. Hg. Hans Piazza u. a. Leipzig, Jena, Berlin 1984. S. 165－173

Krell, Max: Das alles gab es einmal. Frankfurt / M. 1961

Ludewig, Peter (Hg.): Schrei in die Welt. Expressionismus in Dresden. Zürich 1990

Meyen, Michael: Leipzigs bürgerliche Presse in der Weimarer Republik. Wechelbeziehungen zwischen gesellschaftlichem Wandel und Zeitungsentwicklung. Leipzig 1996

Müller-Seidel, Walter: Geleitwort. In: Erich Kästner: Friedrich der Große und die deutsche Literatur. Die Erwiderung auf seine Schrift »De la littérature allemande«. Stuttgart u. a. 1972 (Studien zur Poetik und Geschichte der Literatur), S. 7f.

Natonek, Hans: Die Straße des Verrats. Publizistik, Briefe, und ein Roman. Hg. Wolfgang

U. Schütte. Berlin 1982
Reichshandbuch der deutschen Gesellschaft. Das Handbuch der Persönlichkeiten in Wort und Bild. Berlin 1931, 2. Band
Reimann Hans: Mein blaues Wunder. Lebensmosaik eines Humoristen. München 1959
Richter, Hans Michael: Soo golden die zwanziger Jahre. 1921...Der Anfang. In: Dürfen die denn das. 75 Jahre Kabarett in Leipzig. Hg. Hanskarl Hoerning, Harald Pfeifer. Leipzig 1996, S. 7－27
Schütte, Wolfgang U. (Hg.): Damals in den zwanziger Jahren. Ein Streifzug durch die satirische Wochenschrift »Der Drache«. Mit Erinnerungen von Hans Bauer, dem ehemaligen Herausgeber des »Drachen«, einer Textauswahl und biographischen Notizen. Berlin 1968
Schütte, Wolfgang U. (Hg.): Bis fünf nach zwölf, klein Maus. Streifzug durch satirische Zeitschriften der Weimarer Republik. Mit einem Nachwort von Ruth Greuner. Berlin 1978
Serke, Jürgen: Nachwort. Hans Natonek und die Erreichbarkeit des Unerreichbaren. In: Hans Natonek: Blauberts letzte Liebe. Roman. Wien, Darmstadt 1988
Stock, Frithjof: [Rezension von] Erich Kästner: Friedrich der Große und die deutsche Literatur. In: Arcadia. Zs. für vergleichende Wissenschaft, Bd. 8, 1973, H. 3, S. 340－342

1 Schütte 1968: 7
2 Bemman 1994: 58f
3 本引用およびこのあとの引用は以下に拠る。»Erich Kästner erzählt von Berthold Viertel«. Interview von Gerd Fricke, Süddeutscher Rundfunk, n. dat. Typoskript im NL; wahrscheinlich von 1953, Viertels Todesjahr.
4 Brauer: 589
5 Grossmann und Jacobsohn zit. n. Brauer: 590
6 Kästner 1920: 1
7 Enderle 1970: 27
8 n. dat. MS, etw 1922, NL
9 Arnold: 118
10 Heine: 20
11 Arnold: 118
12 n. dat. MS, etwa 1922 NL
13 Hilde Gundermann an Enderle, 12. 6. 1958, NL
14 Kalenter an Kästner, 30. 12. 1924, NL
15 Kalenter an Kästner, 1. 10. 1925, NL
16 Krell an Kästner, 30. 8. 1924, NL
17 Reimann: 166
18 アメリカでは彼の自叙伝 *In Search of Myself* (1943) が出版されただけである。Wolfgang U. Schütte と Jürgen Serke が編纂したナトネクの著作集は，残念ながら大き

な反響を呼ぶことなく終わった。

19 Kästner 1924

20 Vgl. Foerster

21 Müller-Seidel: 7

22 Kästner 1972: 88: 以下においてはページ数を本文のなかに記す。

23 Bemman 1994: 74

24 Kalenter an Kästner, 7. 9. 1925, NL

25 Reichshandbuch: 398

26 Kästner 1927a

27 Kästner 1927c

28 Kästner 1927b

29 Krell an Kästner, 25. 12. 1924, NL

30 16. 10. 1926, MB. —『戸棚のなかのクラウス』のタイプ原稿は、アカデミー・デア・キュンステ（ベルリン）が収蔵するエルフリーデ・メヒニヒの遺稿の一部に入っている。V・833

31 Ludwig Marcuse an Kästner, 22. 8. 1959, NL

32 Enderle, 引用は Hassencamp による。

33 Meyen: 85－99

34 Undatierte Briefentwurf, NL

35 同上

36 Kästner an »Herrn Doktor«, 13. 4. 1927, NL

感情教育
イルゼ

Kästner, Erich: Einem Schauspieler. In: Der Zwinger. Zeitschrift für Weltanschauung, Theater und Kunst. Verantwortlicher Schriftleiter Dr. Karl Wollf [!]. Dresden, 4. Jg., 1. 12. 1920, H. 23, S. 590（a）

Kästner, Erich, Heinrich Dietze u. a.: Dichtung Leipziger Studenten. Weihnacht 1920. Leipzig 1920（b）

André, M. C.: Ein Kartenhaus. Alltags-Komödie. Zweite, vom Autor vollständig neu bearbeitete Auflage. München 1913

Flake, Otto: Der gute Weg. Roman. Berlin 1924

Julius, Ilse: Heterocyclische Polymethin-Farbstoffe aus α- und γ-Methyl-cyclammonium-Salzen. Dresden-Lockwitz 1929

Pietzker, Carl: Sachliche Romantik. Verzaubernde Entzauberung in Erich Kästners früher Lyrik. In: Germanica, 9, 1991, S. 169－189

Schmid, Simone: Ich halte meine Hände über dich. Drei Frauen aus der »stummen Generation«, aufgewachsen in Arbeiterfamilien, brechen ihr Schweigen und sprechen über das, woüber man nicht spricht. In: konkret sexalität, 1984, S. 79－81

Soden, Krtistine von: »§218－streichen, nicht ändern!« Abtreibung und Geburtenregelung

in der Weimarer Republik. In: Unter anderen Umständen. Zur Geschichte der Abtreibung. Eine Publikation des Deutschen Hygiene-Museums. Hg. Gisela Staupe, Lisa Vieth. Dresden, Dortmund 1993, S. 36－50

Undset, Sigrid: Jenny. Berechtigte Uebersetzung aus dem Norwegischen von Thyra Dohrenberg. Berlin 1921

1 Schmid: 79
2 Holthausen zit. n. Schmid
3 Schmid: 80f
4 Kästner 1920b: 2
5 Kästner 1920a
6 7. 1. 1920, Ida K. , im Konvolut JB
7 Ilse Julius an Ida Kästner, 22. 11. 1926, JB
8 Vgl. Soden
9 Flake: 7, 144
10 n. dat. , ca. Ende Januar 1929, MB
11 Kästner an Mechnig, 13. 12. 1952, NL

「あの小さなエーリヒがどんどんと有名に」
ベルリン時代の最初の数年間

Kästner, Erich: Auf einen Sprung nach Rußland. In: Das neue Rußland, 7. Jg., 1930, H. 5 / 6, S. 33f.

Kästner, Erich: »Der Scharlatan«. Hermann Kesten und der skeptische Idealismus. In: Vossische Zeitung, 2. 10. 1932

[anonym:] »Der Scharlatan«. In: Magdeburgische Zeitung, 22. 10. 1929

[anonym:] Kulturbolschewismus am kirchenmusikalischen Institut in Heidelberg. In: Völkischer Beobachter, 22. 8. 1931

Budzinski, Klaus: Die Muse mit der scharfen Zunge. Vom Cabaret zum Kabarett. München 1961

Cziffra, Géza von: Der Kuh im Kaffeehaus. Die Goldenen Zwanziger in Anekdoten. München, Berlin 1981

Duda, Gerhard, Olaf Rose: »Wacht auf, Verdammte dieser Erde...«. Die Sowjetunion 1917 bis 1930. In: Die wilden Zwanziger. Weimar und die Welt 1919－1933. Konzeption Irene Lusk, Gabriele Dietz, Berlin 1986, S. 92－99

Durian, Wolf: Kai aus der Kiste. Eine ganz unglaubliche Geschichte. München 1995 [初版 1926]

F. L.: »Chor der Fräuleins«, »gewisser« Fräuleins Protest und eine notwendige Antwort. In: Mannheimer Volksstimme, 20. 9. 1928

Godard, Jean-Luc, Manoel de Oliveira: »Schau Mama, ich habe ein Bild gezeichnet«. Gespräch. In: Frankfurter Rundschau, 22. 1. 1994, S. ZB 3

Grosz, George: Ein kleines Ja und ein großes Nein. Sein Leben von Ihm selbst erzählt. Hamburg 1955

Hippen, Reinhard: Kabarett zwischen den Kriegen. Die »Goldenen zwanziger Jahre«. In: Die wilden Zwanziger. Weimar und die Welt 1919－1933. Konzeption Irene Lusk, Gabriele Dietz, Berlin 1986, S. 76－83

Istrati, Panaït: Auf falscher Bahn. Sechzehn Monate in der Sowjetunion. Bekenntnisse eines Besiegten. Aus dem Französischen von Karl Stransky. Frankfurt / M. , Wien 1989 (Werkausgabe in 14 Bdn. , Bd. 11)

Karrenbrock, Helga: Das stabile Trottoir der Großstadt. Zwei Kinderromane der Neuen Sachlichkeit: Wolf Durians »Kai aus der Kiste« und Erich Kästners »Emil und die Detektive«. In: Neue Sachlichkeit im Roman. Neue Interpretationen zum Roman der Weimarer Republik. Hg. Sabine Becker, Christoph Weiß. Stuttgart, Weimar 1995, S. 176－194

»Katakombe« im März. In: Vossische Zeitung, 7. 3. 1930

Katz, Richard: Die Grüne Post. In: Hundert Jahre Ullstein. Hg. W. Joachim Freyburg, Hans Wallenberg. Frankfurt / M. , Berlin 1977, Bd. 2, S. 166－176

Kesten, Hermann (Hg.): 24 neue deutsche Erzähler. Berlin 1929

Koeppen, Wolfgang: Ein Kaffeehaus. In. W. K. : Gesammelte Werke in sechs Bänden. Frankfurt / M. 1986, Bd. 3, S. 165－168

Lang, Lothar (Hg.): Walter Trier. München, 1971

Langer, Felix: Zwei junge Dichter. In: Berliner Tageblatt (Literarische Rundschau), 15. 10. 1929

Laubach, Detlev: Erich Ohser (e. o. plauen) und die »Vater und Sohn«-Bildgeschichten. In: e. o. plauen: Vater und Sohn. Gesamtausgabe. Konstanz 1982, S. 253－277

Meyen, Michael: Leipzigs bürgerliche Presse in der Weimarer Republik. Wechelbeziehungen zwischen gesellschaftlichem Wandel und Zeitungsentwicklung. Leipzig 1996

Michael, Friedrich: Der verfluchte Buchtitel. Eine Erinnerung an Erich Kästner. In: Frankfurter Allgemeine Zeitung, 23. 6. 1975, Nr. 141

Rühmkorf, Peter: Rationalist und Romantiker. Verteidigung von Kästners linker Melancholie. In: Süddeutsche Zeitung, 3. / 4. 3. 1979, Nr. 52

Salzer, Marcell (Hg.): Das lustige Salzer-Buch. Heitere Lektüre- und Vortrags-Stücke. Neue Folge. Hamburg 1913

Soden, Kristine von: Sexualreform — Sexualpolitik. Die neue Sexualmoral. In: Die wilden Zwanziger. Weimar und die Welt 1919－33, Konzeption Irene Lusk, Gabriele Dietz. Berlin 1986, S. 122－129

1 200 Reichsmark; Meyen: 260

2 Grosz: 94, 96

3 Nick an Enderle, 18. 11. 1958, NL

4 Koeppen: 166f

5 Cziffra: 254
6 Nick an Enderle, 9. 7. 1958, NL
7 Grosz: 97f
8 Vossische Zeitung, 7. 3. 1930; vgl. VI・241
9 Budzinski: 193
10 n. dat. , Mitte Januar 1929, MB
11 Kästner zit. N. Michael
12 F. L.
13 Soden: 124
14 Rühmkorf
15 Kästner an Sies-Pleyer, n. Dat. , August 1956
16 Mechnig an Enderle, 14. 7. 1958, NL
17 Mann an Kästner, 29. 11. 1931, Abschrift im NL
18 10. 10. 1927 u. 20. 7. 1929, MB
19 Kästner 1932
20 Langer
21 Zit. n. [anonym] 1929
22 Tucholsky 7・85
23 Tucholsky 7・128f.
24 Simonson »née Reismann« an Kästner, 18. 8. 1946, NL
25 n. dat.－ca. Ende Januar 1929, MB
26 Karten an Emil Kästner, 26. 6. 1929－10. 8. 1929, MB / NL
27 Lang: 131
28 Lang: 132
29 Das Reichsbanner, 6. Jg. , Nr. 47
30 見取り図はEnderle 1981: 79 参照
31 Tucholsky 8: 312
32 Grosz: 165
33 Istrati: 64
34 Laubach: 261
35 Kästner 1930

エーミール、映画に行く
ケストナーの天才時代

Kästner, Erich: Fräulein Paula spielt Theater. In: Die Vossische Zeitung, 18. 11. 1928, Literarische Umschau Nr. 47

Kästner, Erich: Kasperle besucht Berlin. In Berliner Tageblatt, 1. 1. 1932

Kästner, Erich: Lieber Günther Stapenhorst. In: Der Produzent Günther Stapenhorst. Hg. Photo-Filmmuseum im Münchner Stadtmuseum. München 1968, n. pag.

Andersch, Alfred: Fabian wird positiv. In: Das Alfred Andersch Lesebuch, Hg. Gerd

Haffmans. Zürich 1979 (detebe), S. 135–137
Aufricht, Ernst Josef: Erzähle damit Du Dein Recht erweist. Berlin 1966
Carpenter, Humphrey: Benjamin Britten. A Biography. London 1992
Chronik 1931. Hg. Bodo Harenberg. Dortmund 1989
Drews, Jörg (Hg.): Dichter beschimpfen Dichter. Ein Alphabet harter Urteile. Zürich 1990
Drouve, Andreas: Erich Kästner — Moralist mit doppeltem Boden. Marburg 1993
Dunant, Gertrud: Emil in New Zork. In: Neue Zürcher Zeitung, März 1932
Georg, Manfred: Marlene Dietrich. Eine Eroberung der Welt in sechs Monaten. Berlin, Wien 1931
Giesen, Rolf: Eugen Schüfftan — Techniker, Kameramann. In: CineGraph. Lexikon zum deutschsprachigen Film. Hg. Hans-Michael Bock. München 1987, Lfg. 2
Grosz, George: Ein kleines Ja und ein großes Nein. Sein Leben von Ihm selbst erzählt. Hamburg 1955
Karasek, Hellmuth: Billy Wilder. Eine Nahaufnahme. Aktualisierte und erweiterte Fassung. München ^{2}1994 (Heyne Tb)
Kracauer, Siegfried: Der Film im Dezember. In: S. K.: Von Caligari zu Hitler. Eine psychologische Geschichte des deutschen Films. Frankfurt / M. 1984 (stw), S. 518–521 [zuerst in der Farnkfurter Zeitung, 30. 12. 1931]
Lutz-Kopp, Elisabeth: »nur wer Kind bleibt...« Erich Kästner-Verfilmungen. Frankfurt / M. 1993
Müller, Henning (Hg.): Wer war Wolf. Friedrich Wolf (1888–1953) in Selbstzeugnissen, Bilddokumenten und Erinnerungen. Köln 1988 (Reihe Röderberg)
Ophüls, Max: Spiel im Dasein. Eine Rückblende. Dillingen 1982 [zuerst 1959]
Emmerich Pressburger — Autor, Produzent, Regisseur. In: CineGraph. Lexikon zum deutschsprachigen Film. Hg. Hans-Michael Bock. München 1987, Lfg. 27
Rotthaler, Viktor: Allan Gray. In: Emil und die Detektive. Drehbuch von Billie Wilder frei nach dem Roman von Erich Kästner zu Gerhard Lamprechts Film von 1931. Hg. von Helga Belach, Hans-Michael Bock, München 1999 (FILMtext), S. 176–179
Seidl, Claudius: Billy Wilder. Seine Filme — Sein Leben. München 1988 (Heyne Filmbibliothek)
Stern, Carola: Willy Brandt mit Selbstzeugnissen und Bilddokumenten dargestellt. Reinbek bei Hamburg 1988 (rm)

1 Brandt, zit. n. Stern: 20
2 Grosz: 143
3 ebd.
4 Grosz: 144
5 ebd.
6 Grosz: 150
7 Andersch: 135

8 Tucholsky 8・311－313

9 2. 9. 1930, MB.— 挿絵が印刷されたのは 1930 年 10 月 21 日（MB）、ケストナーが完成した著者分を受け取ったのは同年 11 月 13 日。

10 Aufricht: 108f.

11 Müller: 114

12 Ophüls: 142. 1998 年にシュフタンの監督第 2 作『紺碧のなかへ』（1930 年頃）が個人のコレクションから発見された 。Viktor Rotthaler の教示による。

13 Tornow: 13

14 Ophüls: 140f.

15 Ophüls: 142

16 Tornow: 13.— Elisabeth Lutz-Kopp: 179. この 2 編の文献は、モスクワのゴスフィルムが台本を発見し、ドイツ・フィルムライブラリー財団［Stiftung Deutsche Kinemathek］に引き渡したと伝えている。同台本はケストナー著作集に収められている。Werken in 9 Bänden, V・543－601.

17 Ophüls: 145f.

18 Kästner: 1968

19 ebd.

20 Karasek: 88

21 Grafe, zit. n. Seidl: 214

22 Dunant

23 Carpenter: 45.『エーミール』の映画音楽を担当した作曲家アラン・グレイは 1947 年に、ケストナーとプレスブルガーによるオリジナルの台本にもとづく新たな映画化をめざした。この試みは台本が見つからなかったために頓挫した。Rotthaler を参照

24 Enderle 1981: 154

25 15. 11. 1931, MB, zit. n. Enderle 1981: 163f.; Brief fehlt im NL

26 Tornow: 15

27 Kracauer: 520

28 Kästner, zit. n. Tornow: 97

29 Otto Braun, zit. n. Chronik: 1989

30 Dietrich an Kästner, 25. 4. 1932, NL

31 Georg: 9

32 次のどちらかの公算が大である。つまり、ツックマイアーには決まったレパートリーがあって、いつもそれを演じた。もしくは、ツックマイアーを主人公とする伝説が人々のあいだを徘徊していた。なぜなら、フリードリヒ・デュレンマットも似たようなことを報告しているからである。ミュンヒェンでのことだったという。「私はホテル・フィーア・ヤーレスツァイテンにいた。少し離れたところにツックマイアーがいたが、そのうちにやおら立ち上がると、ワインのせいでまさしくこぼれそうな笑みを浮かべながら、私のテーブルの前までやってきて、こう言った。〈あなたは私の作品をゴミだと言いましたね。私はあなたの作品をゴミだと思っていますよ。〉そこで私はこう言い返した。〈ツックマイアーさん、たいへん結構な表現ですね〉」（Dürrenmatt zit. n. Drews: 123f.）。

33 Tucholsky 10: 25

34 vgl. Vossische Zeitung, 29. 1. 1933; 8-Uhr Abendblatt, 30. 1. 1933

『ファビアン』

Kästner, Erich: Zum Tode vom H. G. Wells. In: Neue Zeitung, 2. Jg., 16. 8. 1946, Nr. 65
Ackers, Maximiliane: Freundinnen. Ein Roman. Bremen 1923
[anonym:] Gedruckter Dreck. In: Völkischer Beobachter (München), 15. / 16. 11. 1931
Bab, Julius: Hamlet, Schaperstrasse 17. Erich Kästners Buch »Fabian«. In: Berliner Volkszeitung, 24. 11. 1931
Bauer, Walter: Erich Kästner, Fabian. In: Eckart (Berlin), Nr. 4, 1932
Fabian, Warner: Flammende Jugend. Ein Sittenroman aus der heutigen Amerikanischen Gesellschaft von dem amerikanischen Arzt W. F. Deutsch von P. A. E. Andrae. Leipzig 1926
Friedrich, Ernst: Krieg dem Kriege. Frankfurt / M. [12]1982 [zuerst 1924]
Fuld, Werner: Walter Benjamin. Eine Biographie. Reinbek bei Hamburg 1990
Jürgs, Britta: Neusachliche Zeitungsmacher, Frauen und alte Sentimentaritäten. Erich Kästners Roman »Fabian. Die Geschichte eines Moralisten«. In: Neue Sachlichkeit im Roman, Hg. Sabine Becker und Christoph Weiß. Stuttgart, Weimar 1995, S. 195－211
Kiesel, Helmut: Erich Kästner. München 1981, S. 87－109
Lethen, Helmut: Neue Sachlichkeit. 1924－1932. Studien zur Literatur des »weißen Sozialismus«. Stuttgart 1970, S. 142－155
Maass, Joachim: Kästners erster Roman. In: Der Kreis (Hamburg), Februar 1932
Maass, Joachim: Erich Kästners Geschichte eines Moralisten. — »Fabian«. In: Hamburger Fremdenblatt, 20. 2. 1932
Natonek, Hans: Geschichte eines Moralisten? Fabian. In: Neue Leipziger Zeitung, 15. 11. 1931
Ophüls, Max: Spiel im Dasein. Eine Rückblende. Dillingen 1982 [zuerst 1959]
Rüthel, Else: Der Moralist von gestern. Zu Erich Kästners neuem Roman. In: Literaturblatt der SAZ (Sozialistische Arbeiter-Zeitung), 4. 12. 1931, Nr. 28
Süskind, Wilhelm Emanuel: Fabian. In: Die Literatur (Berlin), November 1931
Urbanitzky, Grete von: Der wilde Garten. Roman. Leipzig 1927
Walter, Dirk: Zeitkritik und Idyllensehnsucht. Erich Kästners Frühwerk (1928－1933) als Beispiel linksbürgerlicher Literatur in der Weimarer Republik. Heidelberg 1977, S. 239－256
Wells, Herbert George: Die Welt des William Clissold. Ein Roman mit einem neuen Standpunkt. Autorisierte Übersetzung aus dem Englischen von Helene M. Reiff und Erna Redtenbacher. Berlin, Wien, Leipzig 1927, 2 Bde.
Winsloe, Christa: Das Mädchen Manuela. Der Roman von »Mädchen in Uniform«. Leipzig, Wien 1933
Wittig, Peter: Der englische Weg zum Sozialismus. Die Fabier und ihre Bedeutung für die

Labour Party und die englische Politik. Berlin 1982

1 VI: 107–112, vgl. Jürgs: 199

2 14. 10. 1934, MB. ── ハンス・アルブレヒト・レーアは最初に映画化された『エーミールと探偵たち』で「小さなディーンスターク」を演じた。ケストナーはこの少年と親しくなり、《第三帝国》時代にも会っていた。「兵役に就く年齢になったとき、いかんともしがたく、間もなくロシア戦線に送られ、そこで［……］戦死した」(Kästner an Hein Kohn, 22. 2. 1971, NL)。

3 クルト・ヴェラーによる出版社の所見。

4 ヴェルナー・フルトは、「状況を知る者ならだれでも、ラブーデの人物像はベンヤミンを彷彿とさせると思った」と述べているが、いかにもありそうだと思われる (vgl. Fuld: 168–170.)。── ツッカーと異なり、ベンヤミンはおおやけに知られた人物だった。彼のケストナー批判は『ファビアン』より早く、1931年に発表されている。

5 Walter: 254; vgl. III・123–129

6 Friedrich: 206, 219; Manfred Wegnern の教示による。

7 Wells I: 10

8 Wells I: 356

9 VI・235; Wells I・213

10 Wells II: 19

11 Wells I: 178

12 Wells I: 184

13 Wells I: 180

14 Wells I: 209

15 Wells I: 218

16 Wells I: 203

17 Wittig: 52f.

18 Kästner 1946

19 Ophüls: 130f.

20 Fabian: 1

21 Winsloe: 232

22 Urbanitzky: 253

23 Urbanitzky: 242–244

24 Ackers: 90

25 Ackers: 103f.

26 Ackers: 118, 120

27 Jürgs: 206

28 Kiesel: 92

Foerster, Eberhard [pseudonym für Erich Kästner und Eberhard Keindorff]: Die Frau nach Maß. Ein Lustspiel in fünf Akten. Berlin 1938 [Bühnenms.]
Erich Kästner: Kann man Bücher verbrennen? Zum Jubiäum einer Schandtat. In: Die Neue Zeitung. 3. Jg. , Nr. 37, 9. 5. 1947, Feuilleton — und Kunstbeilage
[anonym:] Bücher flogen in die lodernden Flammen des Scheiterhaufens auf dem Opernplatz. In: Der Deutsche, 13. 5. 1933
[anonym:] Der Wälzer. In: Das Schwarze Korps, 20. 2. 1936
[anonym:] Nicht trompeten — dichten. In: Das Schwarze Korps, 25. 6. 1936
Archiv des Staatstheaters Frankfurt / M, Personal-Akten 9962 (Cara Gyl)
Barbian, Jan-Pieter: Literaturpolitik im »Dritten Reich«. Institutionen, Kompetenzen, Betätigungsfelder. Überarbeitete und aktualisierte Ausgabe. München 1995 (dtv)
Bemman, Helga: Humor auf Taille. Erich Kästner — Leben und Werk. Berlin 1983
Brecht, Berthold: Das Lied vom Anstreicher Hitler. In: B. B.: Die Gedichte. Frankfurt / M. ^{6}1990, S. 441f. [zuerst 1934]
Gyl, Cara: Die Tournee. Eine Reisebeschreibung in 8 Stationen. Berlin 1934 [Bühnenms.]
Heiber, Helmut: Die Katakombe wird geschlossen. München, Bern, Wien 1966
Hepp, Michael: Kurt Tucholsky. Reinbek bei Hamburg 1998 (rm)
Jahnke, Manfred: Bühnenkünstler erzählen: Cara Gyl: Ein Wille setzt sich durch. In: Kasseler Post, 9. 12. 1935
Jenssen, Christian: Erich Kästner, der sein Herz auf Taille schnürte, sich zwischen die Stühle setzte und nur noch am 35. Mai fortlebt. In: Berliner Börsen-Zeitung, 25. 6. 1933, Nr. 291, S. If.
Kordon, Klaus: Die Zeit ist kaputt. Die Lebensgeschichte des Erich Kästner. Weinheim und Basel 1994
Lang, Lothar (Hg.): Walter Trier. München 1971
Lexikon des internationalen Films. Red. Klaus Brüne. Reinbek bei Hamburg 1987, Bd. 4
Mank, Dieter: Erich Kästner im nationalsozialistischen Deutschland. 1933－1945: Zeit ohne Werk? Frankfurt / M. , Bern 1981 (Analysen und Dokumente / Beiträge zur Neueren Literatur)
Mendelssohn, Peter de: Dem Andenken eines Weggenossen. Ih: P. M.: Unterwegs mit Reiseschatten. Essays. Frankfurt / M. 1977, S. 142－149
Wendtland, Karlheinz: Geliebter Kintopp. Jahrgang 1933 und 1934. Berlin ^{3}1988

1 Bemmann 1983: 280f.
2 Barbian: 367f.
3 Enderle 1966: 65
4 Enderle 1966: 66; vgl. Talent und Charakter, II・15－18

5 Barbian: 173f.
6 Berliner Börsen-Courier, 7. 5. 1933
7 Kästner 1947
8 Mendelssohn: 147
9 Kordon: 109
10 Bemmann 1994: 280
11 Enderle 1966: 64
12 »61224« an Kästner, n. dat., NL
13 Kästner an Mechnig, 12. 11. 1933
14 Kästner an Mechnig, 8. 7. 1934
15 Bouché an Buhre, 2. 12. 1947, NLB
16 Bouché an Kästner, 7. 8. 1946, NL
17 Bouché an Buhre, 2. 12. 1947, NLB
18 Mank: 55
19 この本の発行部数は1935年2月に1万1000部に達し（8. 2. 1935, MB）、12月には1万8000部から1万9000部となった（12. 12. 1935, MB）。出版社主は、こんなご時世でなかったら「この3倍か4倍にはなっていたでしょうが。いや、これは少々大げさですがね」と語った（8. 2. 1935, MB）。
20 Lang: 140
21 Mechnig an Kästner, 9. 7. 1935, NL
22 Maschler an Enderle, n. dat. , NL
23 Bemmann 1994: 287
24 17. 6. 1935,, MB; Enderle 1981: 211, fehlt im NL
25 Tornow: 66
26 BArch R 58, RSHA
27 Kästner an Wismann, 11. 2. 1936, Abschrift im NL
28 Heiber: 34f.
29 zit. n. Heiber: 55
30 zit. n. Heiber: 58
31 Heiber: 65
32 Das Schwarze Korps, 20. 2. 1936
33 帝国啓蒙宣伝省・著作課・課長宛て、Dr. フリーゼの1938年12月16日付手紙の写し。
34 Berndt an Friese, 18. 1. 1939, NL
35 Bemmann 1994: 313
36 Mechnig-Interview, 23. 2. 1980, zit. n. Kordon: 140
37 Kästner an Mechnig, 12. 8. 1944, NL
38 Kästner an die amerikanische Botschaft, 16. 7. 1934, BArch R 58 RSHA
39 「マイアホーフェン、1945年7月」とある、アメリカ軍政部の質問状、NL
40 Kästner an Mechnig, 16. 12. 1957, NL
41 Keindorff an Mechnig, 16. 1. 1955, NL
42 Kästner an Keindorff, 13. 11. 1953, NL

43 Keindorff an Kästner, 14. 2. 1971, NL
44 Korrespondenz im NL
45 Kästner an Maschler, 27. 12. 1957, NL
46 Barbian: 211
47 マイアーによる 1937 年 6 月 21 日付所見 ; BArch, BDC / RSK / Erich Kästner
48 Gestapo Berlin an die Stapo Hannover, 19. 9. 1936; BArch R 58, RSHA
49 Enderle 1966: 70
50 ブナイ・ブリトによる書籍展示会でのケストナーの講演。o. T. , 15. 3. 1970 NL
51 Enderle 1966: 71
52 ケストナーは 1937 年以降「一冊また一冊とノートに書き溜めていき、鉛筆はどんどんと短くなっていった」(10. 12. 1937, MB)。新しい小説をクリスマスには書き上げるつもりだった。しかし果たせず、冬の休暇に入る前に、「ダヴォスで書き終えて、徹底的に手を入れる」つもり、と書いている (14. 1. 1938, MB)。
53 トラハウとヴェンディシュ=リーツに関する抵当権証書やその他の証明書、遣り取りの手紙類は NL に保管されている。
54 Foerster 1938: 18
55 Kästner an Beckmann, 9. 6. 1964; und an Paul E. Moeller, 22. 6. 1964, NL
56 Kästner an Goetz, 12. 5. 1951, NL
57 Mechnig an Kästner, 20. 5. 1955; Kästner an Mechnig,
58 初演 : 1938 年 2 月 24 日、ベルリン。
59 Kästner an Goetz, 12. 5. 1951, NL
60 Goetz an Kästner, 30. 5. 1951, NL
61 Kästner an Kessel, 14. 11. 1954, NL
62 Lexikon des Internationalen Films: 1843f.
63 Kästner an Herzog Filmverleih, 2. 10. 1954, NL. ── ケストナーがこの訴訟をおこなったのは、仕事の能力がないことで有名だった友人ケッセルに多少なりと金を稼がせることだけが目的だった可能性もある。1950 年代にケッセルは、困難な ── 出費のかさむ ── 眼の手術を何度も受けなければならず、たいそう困窮していた。彼の妻、翻訳家のエリーザベト・ケッセルは長年患っており、1959 年に世を去った。
64 Brecht: 442

『雪の中の三人の男』
ある素材の変転

Erich Kästner: Inferno im Hotel. In: Berliner Tageblatt. Abendausgabe. 56. Jg., 9. 8. 1927, Nr. 373, S. 2f.

Erich Kästner: Der seltsame Hotelgast. Geschichte eines einfachen Mannes. [20 年代終わりごろの断片が NL にあり。]

Neuner, Robert [Pseudonym für Robert Buhre und Erich Kästner]: Das
lebenslängliche Kind. Ein Lustspiel in vier Akten. Berlin 1934 [Bühnenms.]

Neuner, Robert [Pseudonym für Robert Buhre und Erich Kästner]: Das lebenslängliche

Kind. Ein Lustspiel in vier Akten. Vereinfachte Fassung. Berlin o. J. [Bühnenms. ca. 1940]
Erich Kästner (Drehbuch), Kurt Hoffmann (Regie): Drei Männer im Schnee. Ring-Film-Produktion, Wien, 1955
Kästner, Erich: Interview mit dem Weihnachtsmann. Hg. Franz Josef Görtz, Hans Sarkowicz. München, Wien 1998
Bornemann, Hanns: Wir bemerken zur Theaterwoche. Erfolg. In: Der Montag (Berlin), 4. 5. 1941
Hömberg, Hans: Ein Märchen im Schnee. In den Kammerspielen: »Das lebenslängliche Kind«. In: Völkischer Beobachter (Berlin), 26. 3. 1941
Kraus René: Unsterbliches Lustspiel. »Das lebenslängliche Kind« im Akademietheater. In: Neues Wiener Journal, 28. 9. 1934
Li.: Das lebenslängliche Kind. Lustspieluraufführung im Schauspielhaus. In: Bremer Nachrichten, 9. 9. 1934
Mann, Klaus: Erich Kästner. In: K. M.: Zahnärzte und Künstler. Aufsätze, Reden, Kritiken 1933－1936. Hg. Uwe Naumann, Michael Töteberg. Reinbek bei Hamburg 1993 (rororo), S. 215－217 [zuerst in Das Neue Tage-Buch, 13. 10. 1934]
Meumann, Max Alexander: »Das lebenslängliche Kind«. Lustspiel-Erstaufführung im Staatlichen Schauspielhaus. In: Hamburger Fremdenblatt, 2. 1. 1940
Vesper, Will: Blick auf deutsche Bühnen. In: Der Schriftsteller (Berlin), April / Mai 1935.

1 ケストナーには、数は少ないが似たような陰鬱な話があり、大半は20年代に書かれた。「人生」(1923)；一種の社会ルポルタージュである「喜びを知らない子供」(1924)；「解雇」(『Jugend』誌、Jg. 30, H. 6, Juni 1925, S. 149－151)；「模範児童」(1926)；「ペーター」(1927)；「これもいっときのこと」(1929)。これらのテクストのほとんどはKästner 98に収録されている。──1945年以降、この種の物語はほとんど書かれなくなるが、あればたいていはエルフリーデ・メヒニヒの手で地方新聞に送られた。例：「失敗に終わった復活祭の旅行」(Südkurier誌、1952年4月12日)
2 この著者の常で、残念ながら出典が挙げられていない。vgl. Bemmann 1994: 274f.
3 Rascher an die Staatspolizei Hamburg, 12. 3. 1936, BArch, Bestand R 58
4 ebd. , 4. 4. 1936
5 RSK an Gestapa Berlin, 4. 7. 1936, BArch , Bestand R 58
6 Kästner an Eric Marcus, 27. 2. 1953, NL
7 Steinthal an Kästner, 17. 6. 1944, NL
8 Mann: 215
9 Mann: 216f.
10 Kästner an Sidow, 20. 4. 1950, NL
11 Buhre an MGM, 21. 12. 1961, NLB
12 »Li.«
13 Neuner 1934: 44
14 Neuner 1934: 80

15 Neuner 1934: 39
16 Neuner 1934: 20
17 Neuner 1934: 20f
18 メーリケの1934年11月20日付、各劇場ディレクター宛て回状に引用されている。NL
19 同上、回状。NL
20 Vesper
21 Mörike an Ministerialrat Dr. Rainer Schlösser (Propagandaministerium), 17. 6. 1936
22 アメリカ軍政部の質問状、NLB
23 Meumann
24 Bornemann
25 Neuner o. J.: 1
26 Hoffmann an Kästner, 1. 7. 1955, NL
27 Kästner an Buhre, 2. 10. 1956, NLB; an Mechnig, 26. 7. 1957, NL
28 1970年代初めにアルフレート・フォーラーがこの素材をミュージカルにしようとしたが、その試みは放棄された(Tornow: 58－65参照)。

「ハズレの人でいてね！」
戦時中の日々

Foerster, Eberhard [pseudonym für Erich Kästner und Eberhard Keindorff]: Seine Majestät Gustav Krause. Eine Komödie in drei Akten. Berlin 1940 [Bühnenms.]

[anonym:] Hullebulle. In: Der Angriff, 1. 2. 1935

[anonym:] Er ist doch kein Dentist. So kam es zu Kästner. In: Der Spiegel, 9. 6. 1949, S. 27－29

Eckert, Wolfgang: Heimat, deine Sterne...Leben und Sterben des Erich Knauf. Eine Biografie. Chemnitz 1998

Enderle, Luiselotte: Kästner. Eine Bildbiographie. München 1960

Kirchner, Herti: Lütte. Geschichte einer Kinderfreundschaft. Berlin 1937

Kirchner, Herti: Wer will unter die Indianer? Berlin 1937

Laubach, Detlev: Erich Ohser (e. o. plauen) und die »Vater und Sohn« -Bildergeschichten. In: e. o. plaen: Vater und Sohn. Gesamtausgabe. Konstanz 1982, S. 253－77

Magill, Frank N. (Hg.): Critical Survey of Drama. English Language Series. Autors. Englewood Cliffs 1985, Bd. 4

S.: Erich Kästner † in: Tagesanzeiger (Zürich). [Zeitungausriß im NL, hs. dat. »April 1942«]

Schaefer, Oda: Auch wenn Du träumst, gehen die Uhren. Lebenserinnerungen. München 1970

Schönböck, Karl: Wie es war durch achtzig Jahr. Erinnerungen. München 1988

1 Kästner an Mechnig, n. Dat., NL
2 Ausweis im NL

3 Enderle 1981: 233－235

4 シャルロッテンブルク東地区税務署宛て、ケストナーの申請書の写し。10. 10. 1939 NL

5 vgl. Keindorff an Kästner, 14. 2. 1971, NL: Gagill: 1310.──『一家の稼ぎ手』、ドイツ語訳は Mimi Zoff, 舞台用原稿としては 1930 にベルリンで刊行。

6 Foerster 1940: 23

7 Foerster 1940: 23

8 Foerster 1940: 23

9 Foerster 1940: 23

10 Foerster 1940: 102

11 Foerster 1940: 116

12 Foerster 1940: 137

13 Foerster 1940: 127

14 Tornow: 77f.

15 Keindorff an Kästner, 6. 5. 1966, NL

16 Kästner an Mechnig, 16. 8. 1940 NL

17 Kästner an Rappeport, 27. 12. 1946, NL

18 Schönböck, zit. n. Hassencamp; vgl. auch seine Erinnerungen *Wie es war durch achtzig Jahr*, S. 63－67

19 Schaefer: 307

20 UFA an Kästner, 9. 3. 1943, NL

21 シャルロッテンブルク東地区税務署宛て、ケストナーの書簡、「二番目の下書」 27. 3. 1943, NL

22 Vgl. 》S.《

23 アメリカ軍政部の質問状、1945、NL

24 1942 年 5 月 20 日、ウーファ社管理部は依頼書に署名（1942 年 5 月 21 日、MB)、ケストナーは 6 月 5 日にシナリオ執筆を開始した（1942 年 6 月 5 日、MB)。素材とシナリオにたいするウーファのオプションが書面で確認されるのは 9 月になってからであった「支払い期限のきた 13,333,35 ライヒスマルクを振り込みました」（ウーファのケストナー宛て通知書、1942 年 9 月 7 日付、NL)。

25 Enderle 1966: 74

26 たとえば 1949 年 9 月 25 日付「ヴェルト・アム・ゾンターク」紙。

27 1936 年 6 月 25 日付の「ダス・シュヴァルツェ・コーア」紙がケストナー、ヴァイネルト、トゥホルスキ、ミューザム、トラーに言及。

28 Hullebulle, in : Der Angriff, 1. 2. 1935

29 Eckert: 113

30 Kästner an Mechnig, 20. 4. 1944, NL

31 Erna Knauf, 6. 1. 1946, NL

32 Schultz, zit. n. Eckert: 168

33 Eckert: 170

34 Jahr an Kästner, 6. 6. 1944, NL

35 「マイアホーフェン、1945年7月」と記されたアメリカ軍政部の質問状、NL
36 Schouten an Kästner, 13. 6. 1944, NL
37 Kästner an Gerbaulet, 3. 6. 1944, NL
38 Kästner an Mechnig, 24. 2. 1944, NL
39 Kästner an Gerbaulet, 3. 6. 1944, NL
40 Kästner an »MVOR«, 27. 4. 1944, NL
41 Edschmid an Kästner, 9. 1. 1951, NL
42 Enderle 1966: 77
43 Kästner an Siebert, 22. 8. 1961
44 Kästner an Dr. L. Augstein, 27. 7. 1960, NL
45 Kästner an Mechnig, 31. 8. 1943, NL
46 Kästner in: Anonymus, 1949: 29
47 Kästner an die RSK, 12. 2. 1945（下書きがNLに）
48 Enderle an Fa. Schock, 7. 9. 1944, NL
49 Kästner an Gerbaulet, 30. 6. 1944, NL
50 Enderle 1966: 78
51 Bemmann 1994: 331

『ミュンヒハウゼン』

Barbian, Jan-Pieter: Literaturpolitik im »Dritten Reich«. Institutionen, Kompetenzen, Betätigungsfelder. Überarbeitete und aktualisierte Ausgabe. München 1995 (dtv)

Christensen, Peter G. : The Representation of the late eighteenth Century in the von Baky / Kästner Baron Münchhausen: The Old Regime and its Links to the Third Reich. In: German Life and Letters, 44, 1. 10. 1990, S. 13－24

Hippler, Fritz: Die Verstrickung. Einstellungen und Rückblenden von F. H. , ehem. Reichsfilmintendant unter Joseph Goebbels. Düsseldorf 1981

Knuth, Gustav: Mit einem Lächeln im Knopfloch. Hamburg, 1974

Konstantin Prinz von Bayern: Erich Kästner. In: K. P. V. B. : die großen Namen. Begegnungen mit bedeutenden Deutschen unserer Zeit. München 1956

Mank, Dieter: Erich Kästner im nationalsozialistischenDeutschland. 1933－1945: Zeit ohne Werk? Frankfurt / M., Bern 1981 (Analysen und Dokumente / Beiträge zur neueren Literatur)

Prinzler, Hans Helmut: Chronik des deutschen Films 1895－1994. Stuttgart, Weimar 1995

1 Abschrift Hippler von Ilse Biegholdt, 18. 3. 1947, NL
2 Erklärung für Hippler im NL. , 25. 3. 1947
3 zit. n. Prinzler: 138
4 Hippler: 227
5 Erklärung für Hippler im NL, 25. 3. 1947

6 Hippler: 228

7 18. 2. 1943, TB; vgl. Enderle 1960: 65. – Barbian: 376 では、ヒトラー自身が決定したことは確認済みとされている。それればかりか、コンスタンティン・フォン・バイエルンは「総統命令」と書かれた紙がガラスケースに入れられ、フレミング通りの壁に掲示されているのを目撃した、と書いている（Konstantin: 283）。じじつ、このガラスケースは現在も遺品のなかにある。タイプライターで書かれた、ここに相当する一節は以下の通りである。「総統はボルマンを通じて、ブロンネン、グレーザー、ケストナーといったかつての敗北主義的文士たちが活動することに反対を表明している。私はここに命令する、今後はいかなる文化領域においてもこの者たちを用いてはならない」。

8 RSK / 書名は判読できず、6. 6. 1942, 写しが NL にあり。

9 RSK / Loth an Kästner, 25. 7. 1942, NL

10 RSK / Günther Gentz an Kästner, 14. 1. 1943, NL

11 RSK / Wilhelm Ihde an Kästner, 26. 1. 1943, NL

12 Erklärung für Hippler im NL, 25. 3. 1947

13 Brief Hipplers an Kästners Anwalt, 16. 11. 1953, NL

14 Hippler an Kästner, 11. 11. 1953, NL

15 Enderle, 1966: 74

16 Mank: 155

17 Mank: 158

18 Bemmann 1994: 328

19 Knuth: 126f.

20 Christensen: 15

21 Christensen: 17

22 Christensen: 19

23 Tornow: 22

24 Bemmann 1994: 327

『45 年を銘記せよ』
移行期

Améry, Jean: In Deutschland gewachsen. Erich Kästner wird 75 Jahre alt. In: Frankfurter Rundschau, 23. 2. 1974

Breloer, Heinrich: Das verlorene Gesicht. Eine Reise mit Erich Kästner. WDR 1986 [Fernsehfilm, 75 Minuten]

Kesten, Hermann: Das Tagebuch des Erich Kästner. In: Süddeutsche Zeitung, 22. / 23. 7. 1961

Knuth, Gustav: Mit einem Lächeln im Knopfloch. Hamburg 1974

Mendelssohn, Peter de: Dem Andenken eines Weggenossen. In: P. M.: Unterwegs mit Reiseschatten. Essays. Frankfurt / M. 1977, S. 142 – 149

Neumann, Robert: Ein leichtes Leben. Bericht über mich selbst und Zeitgenossen. München, Wien, Basel 1963

Raddatz, Fritz J.: Eine Replik. In: Die Zeit, 9. 11. 1979, Nr. 46, S. 57
Schaeffers, Willi: Tingel Tangel. Ein Leben für die Kleinkunst. Aufgezeichnet von Erich Ebermayer. Hamburg 1959
Schönfeldt, Sybil Gräfin: Nicht mehr und noch nicht. Erich Kästners Tagebuch aus dem Jahre o. In: Die Zeit, 3. 6. 1961

1 Neumann: 422
2 Enderle, zit. n. Breloer
3 Knuth: 184f.
4 Haupt, zit. n. Breloer
5 Enderle 1966: 79
6 Steiner, zit. n. Breloer
7 Landrat des Kreises Schwaz. Heranziehung zum kurzfristigen Notdienst. 5. 4. 1945; NL
8 Mendelssohn an Kästner, 28. 3. 1961, NL
9 Haupt, zit. n. Breloer
10 Schaeffers: 185
11 Raddatz
12 »Genehmigter Text eines Interviews Münchner Mitglieder von Amnesty International mit Erich Kästner am 19. 4. 1971 in der Gaststätte Leopold«, Typoskript, NL
13 Mendelssohn, zit. n. Hassencamp
14 Haupt, zit. n. Breloer
15 Alle Zitate: TB, n. dat.

第二の出発

Kästner, Erich: Münchner Theaterbrief. In: Die Neue Zeitung, 1. Jg., Nr. 1, 18. 10. 1945, Fuilleton- und Kunst-Beilage (a)
Kästner, Erich: Zu einem Gedicht. In: Die Neue Zeitung, 1. Jg., Nr. 1, 18. 10. 1945, Fuilleton- und Kunst-Beilage (b)
Kästner, Erich: Besuch aus Zürich. In: Die Neue Zeitung, 1. Jg., Nr. 4, 28. 10. 1945, Fuilleton-und Kunst-Beilage
Kästner, Erich: Ein Deutscher antwortet. Amerika spricht von Heinrich Hausers »The German talks back«. In: Die Neue Zeitung, 1. Jg., Nr. 6, 4. 11. 1945, Fuilleton-und Kunst-Beilage
Kästner, Erich: Harlan oder die weiße Mütze. In: Die Neue Zeitung, 1. Jg., Nr. 13, 30. 11. 1945, Fuilleton-und Kunst-Beilage
Kästner, Erich: Gespräch mit Erich Pommer. In: Die Neue Zeitung, 2. Jg., Nr. 56, 15. 7. 1946, Fuilleton-und Kunst-Beilage
Kästner, Erich: Wilhelm Dieterle besucht Deutschland. In: Die Neue Zeitung, 2. Jg., Nr. 79, 4. 10. 1946, S. 4

Kästner, Erich: Filmindustrie und Zweizonenmarkt. Erich Pommer äußert sich zur Frage eines künftigen deutschen Filmexportes. In: Die Neue Zeitung, 3. Jg., Nr. 19, 7. 3. 1947, S. 4

Kästner, Erich: Reise in die Vergangenheit. Wiedersehen mit Dingen und Menschen. In: Die Neue Zeitung, 3. Jg., Nr. 51, 27. 6. 1947, Fuilleton- und Kunst-Beilage

Kästner, Erich: Treffpunkt Zürich. In: Die Neue Zeitung, 3. Jg., Nr. 93, 21. 11. 1947, S. 3

A.F.: Kleine Münchner Freiheit. In: Die Abendzeitung, 22. 1. 1951, S. 5

Andersch, Alfred: Der Seesack. Aus einer Autobiographie. In: Das Alfred Andersch Lesebuch, Hg. Gerd Haffmans. Zürich 1979 (detebe), S. 83–101

[anonym:] Er ist doch kein Dentist. So kam es zu Kästner. In: Der Spiegel, 9. 6. 1949, S. 27–29

Ebbert, Birgit: Erziehung zu Menschlichkeit und Demokratie. Erich Kästner und seine Zeitschrift »Pinguin« im Erziehungsgefüge der Nachkriegszeit. Frankfurt / M. u. a. 1994

Eisenhower, Dwight D.: Zum Geleit. In: Die Neue Zeitung, 1. JG. , Nr. 1. 18. 10. 1945, S. 1

Enderle, Luiselotte (Hg.): Der fröhliche Weisswurst-Äquatot. Bayerisches und Urbayerisches. Hannover 1967

ge: Blitzbesuch bei Kästner. In: Oberbayerisches Volksblatt, 29. / 30.. 8. 1998

Görtz, Franz Josef, Hans Sarkowicz unter Mitarbeit von Anja Johann: Erich Kästner. Eine Biographie. München, Zürich 1998

Groll, Gunter: Die neue Schaubude oder: was ist Kabarett? In: Süddeutsche Zeitung, 4. 3. 1947, S. 3

Habe, Hans: Im Jahre Null. Eine Beitrag zur Geschichte der deutschen Presse. München 1966

Herking, Ursula: Danke für die Blumen. Damals — gestern — heute. München, Gütersloh, Wien 1973

Kerr, Alfred: Fünf Tage Deutschland (2). In: Die Neue Zeitung, 3. Jg., Nr. 61, 1. 8. 1947, S. 3

Kerr, Judith: Eine Art Familientreffen. Aus dem Englischen übertragen von Annemarie Böll. Ravensburg 1979

Kesten, Hermann (Hg.): Deutsche Literatur im Exil. Briefe europäischer Autoren 1933–1949. Wien, München, Basel 1964

Klüger, Ruth: Korrupte Moral: Erich Kästners Kinderbücher. In: R. K., Frauen lesen anders. Essays. München 1996 (dtv), S. 63–82

Kreimeier, Klaus: Die Ufa-Story. Geschichte eines Filmkonzerns. München, Wien 1992

Langhoff, Wolfgang: Die Moorsoldaten. 13. Monate Konzentrationslager. München 1946

Lexikon des internationalen Films. Red. Klaus Brüne. Reinbek bei Hamburg 1987, Bd. 8

Mann, Thomas: Warum ich nicht nach Deutschland zurückgehe. In: Th. M.: Gesammelte Werke in dreizehn Bänden. Frankfurt / M. 1990, Bd. XII, S. 953–962

Mann, Thomas: Deutsche Hörer! [30. Dez. 1945]. In: Th. M.: Gesammelte Werke in dreizehn Bänden. Frankfurt / M. 1990, Bd. XIII, S. 743–747

Mann, Thomas: Tagebücher 28. 5. 1946－31. 12. 1948. Hg. Inge Jens. Frankfurt / M. 1989
Reif, Adelbert: »Ich habe schon resigniert«. Ein Gespräch mit Erich Kästner zu seinem 70. Geburtstag. In: Die Tat, 22. 2. 1969
Richter Hans Werner: Im Etablissement der Schmetterlinge. Einundzwanzig Porträts aus der Gruppe 47. München 1988 [zuerst 1986]
Schaeffers, Willi: Ich warne Neugierige oder Wer's zu spät liest, wird bestraft! Berlin o. J.
Schnog, Karl: Zeitnahes Kabarett. In: Rundfunk, Berlin, 7. 12. 1947
Schnurre, Wolfdietrich: Kästners Hose. In: Ulenspiegel, 1. 4. 1948
Weber, Hermann: DDR. Grundriß der Geschichte 1945－1990. Vollständig überarbeitete und ergänzte Neuauflage. Hannover 1991
Wolff, Harriet: »Die Neue Zeitung« und ihr Feuilletonchef Erich Kästner 1945－1948. Ein Publizist als Erzieher und die Reeducationpläne der Amerikaner. München 1993 [unveröff. Diplomarbeit]

1 Notariell beglaubigte Abschrift im NL
2 Enderle 1966: 81
3 Anomymus 1949: 29
4 Angebot vom 3. 8. 1945, NL
5 Ziller an Kästner, 15. 3. 1948, NL
6 Wolff: 67; いくつかの研究文献に見られる「1946年秋」とか「1947年」という主張は誤り。
これはGörtz / Sarkowicz: 263.にも見られる。なお、Kesten: 337をも参照。
7 Anonymus 1949: 29.──「ノイエ・ツァイトゥング」は日刊紙ではなく、週2回、「木曜日と日曜日、45年11月23日付からは金曜日と月曜日」発行であった。「その後、週3回発行となり、8－12ページ立てであった。」ケストナーが辞めたあと、「49年5月8日付（ミュンヒェン版は49年7月15日付）からは、月曜日を除く毎日発行となった。1947年3月からはベルリン版も作られたが、1948年3月までは〈ベルリンのページ〉として（ひと回り小さな紙型で）、ミュンヒェン版に添えられていた。ベルリン封鎖以降、ベルリンのページが独立した。1951年6月からはフランクフルト版も発行された。ミュンヒェン版とフランクフルト版は53年9月21日付をもって廃刊となった。ベルリン版の最後の号は55年1月30日付である」（Wolff: 50f.）。
8 Habe: 82f.
9 Eisenhower
10 Habe: 89
11 Wallenberg an Kästner, 14. 10. 1946, NL
12 Wolff: 108
13 Werner von Grünau an Kästner, 16. 5. 1947, NL
14 Andersch: 98f.
15 ダグマル・ニックに1997年9月25日におこなったインタヴューにもとづく。
16 Kästner in NZ, 18. 10. 45 (b)

17 Richter: 81
18 Schnurre
19 Habe: 92
20 以下の人々を挙げておきたい：シュテファン・アンドレス、ハンス・アルプ、ヨハネス・R・ベッヒャー、マックス・ブロート、アルフレート・デーブリーン、ブルーノ・フランクとレオンハルト・フランク、オスカール・マリーア・グラーフ、マックス・ヘルマン=ナイセ、ゲオルク・カイザー、アルフレート・カントロヴィッチ、ハンス・マイアー、クルト・ピントゥス、エーリヒ・マリーア・レマルク、ルネ・シッケレ、ベルトルト・フィアテル、ヤーコプ・ヴァッサーマン、エーリヒ・ヴァイネルト、フランツ・ヴェルフェル、シュテファン・ツヴァイク。
21 Kerr
22 Kästner in NZ, 21. 11. 1947
23 Langhoff: 6
24 Kästner in NZ, 28. 10. 1945
25 Mann XIII: 744
26 Mann XIII: 745
27 Mann XII: 957
28 Mann Tagebücher: 8
29 Lennart Göthberg: Begegnung mit Erich Kästner. Typoskript im NL, übersetzt von H. Stieve, 21. 4. 1947
30 以下、次のようにつづく：バーナード・ショー（6）、ジョン・B・プリーストリー（4）、T.S.エリオット（4）、キャサリン・マンスフィールド、スティーヴン・スペンダー、H.G.ウェルズ（各2）。
31 Kästner an Paul Alfred Otte, 20. 4. 1950, NL
32 Vorbemerkung zu Kästner in NZ, 18. 10. 1945 (a)
33 Chaplin I.で、人間に幸福をもたらした人に記念碑を建てることを提案している。23. 1. 1945
34 Kästner in NZ, 30. 11. 1945
35 Kästner in NZ, 4. 11. 1945
36 Hans Georg Heepe (Rowohlt Verlag): Brief an den Verf. , 9. 10. 1997
37 Birgit Ebbert は論文中で雑誌を残らず紹介している。
38 Kästner an Enderle, 15. 9. 1946, NL
39 Kästner
40 Kreimeier: 440f.
41 Kästner in NZ, 15. 7. 1946, NL
42 Kästner in NZ, 7. 3. 1947
43 Lexikon des internationalen Films: 3954.
44 Kreimeier: 442－444
45 Anonymus 1949: 29
46 Programm vom Oktober / Dezember 1946
47 1920年代30年代に人気抜群だったカバレットの口上役、ヴィリー・シェファースは、

自分の口上を集めた小著書の一冊にこういう表題をつけた。『知りたがり屋に警告する。あるいは、読む時が遅すぎた者は罰せられる！』
48 Schnog
49 Groll
50 Nick, Edmund: Erich Kästner und die Münchner »Schaubude«. Typoskript einer Radiosendung im NL, n. dat. etw. 1965
51 ebd.; vgl. Herking: 121
52 Nick, ebd.
53 Groll
54 Schönböck, zit. n. Hassencamp
55 Kästner an Enderle, 1. 5. 1948, NL
56 Kästner in NZ, 27. 6. 1947
57 Kästner an Enderle, 25. 10. 1947, NL
58 Kästner in NZ, 21. 11. 1947
59 Kästner an Enderle, 29. 9. 1948, NL
60 Kästner an Enderle, 3. 10. 1948, NL
61 Kästner an Veith, 11. 3. , 23. 3. 1949
62 Mechnig an Kästner, n. dat. , NL
63 Mechnig an Kästner, 31（ママ）. 4. 1946, NL
64 Mechnig an Kästner, 29. 7. 1946, NL
65 Permit, gültig 15. 8. — 15. 9. 1946. NL
66 Kästner an Enderle, 6. 9. 1946, NL
67 Kästner an Enderle, 23. 8. 1947, NL
68 Paul Enderle an Kästner / Enderle, n. dat. , NL
69 Kästner an Enderle, 11. 12. 1946, NL
70 Göthberg, a. a. O.
71 Reif
72 Korrespondenz mit der NZ im NLB
73 Enderle an Jack M. Fleischer, 28. 10, 1948, NL
74 Enderle an »Max«, 26. 2. 1985, NL
75 Weber: 283
76 Enderle an »Max«, 26. 2. 1985, NL
77 Jochen Ziller an Kästner, 27. 12. 1959, NL
78 Enderle an »Max«, 26. 2. 1985, NL
79 Klüger: 65
80 Typoskript im NL. , n. dat. , etwa 1948
81 »ge«
82 Trier an Kästner, 28. 3. 1949, NL
83 Kästner an Trier, 2. 5. 1950, NL
84 Tornow: 45
85 Einladung zur Münchner Premiere am 22. 1. 1951, Filmtheater am Sendlinger

Tor; NL

「火薬樽の上で生きるって、とにかくたいへんなのです」

「ケストナーとペン会議」というテーマについては、本書の枠内ではごく周辺的な扱い方しかできなかった。西ドイツのペン会議（1951－90）に関する詳細な歴史については、目下準備中である。とくにケストナーとの関係については、以下を参照されたい。

Sven Hanuschek: Eine Kreuzung aus Eier- und Schleiertanz. Erich Kästner als Funktionär des PEN: (1946－1962). In: Die Zeit fährt Auto. Erich Kästner zum 100. Geburtstag. Berlin 1999

Kästner, Erich: Ein Brief an alle Kinder der Welt. In: Münchner Merkur, 14. 9. 1949

Kästner, Erich: Dürrenmatts neues Stück. In: Die Weltwoche, 4. 4. 1952

Amery, Carl: Das Dilemma des wachsamen Schulmeisters. In: Frankfurter Hefte, Nr. 6, 1957, S. 444f.

[anonym:] Papageien im Gehrock. Kästner-Premiere. In: Der Spiegel, 6. 3. 1957, S. 52f.

Budzinski, Klaus: Darf ich das mitschreiben? Kurze Begegnungen mit großen Leuten. München 1997

Enderle, Luiselotte: Kästner. Eine Bildbiographie. München 1960

Gay, Fritz: Unsterbliche Stadt. Requiem und Ruf. Bilder und Erklärungen von Otto Reinhardt. Dresden 1948

Goldschmit, Rudolf: Spiegel des Jahrhunderts. Erich Kästners »Schule der Diktatoren« uraufgeführt. In : Tagesspiel,14. 3. 1957

Groll, Gunter: »Das faule Ei des Columbus«. In : Süddeutsche Zeitung, 22. 6. 1951

Groll, Gunter: Die »Kleine Freiheit« hat Geburtstag. In: Süddeutsche Zeitung, 28. 1. 1953

Holm, Alfred: Die Chronischen Aktualitäten. In: Die Andere Zeitung, 7. 2. 1957

Horn, Effi: Die »Kleine Freiheit« in München. In: Welt am Sonntag, 29. 4. 1951

Kiaulehn, Walther: Wenn wir (Schein)-Toten erwachen. In: Münchner Merkur, 26. 1. 1951, Nr. 23. S. 7

Lepman, Yella [!]: Internationale Verständigung in Kinderschulen. In: Die Neue Zeitung, 2. Jg. , Nr. 100, 16. 12. 1946, S. 4

Lepman, Jella: Die Kinder Buchbrücke. Geleitwort von Carl Zuckmazer. Nachwort von Andreas Bode. München 1991 [zuerst 1964]

Lüdgenhorst, Manfred: Die Neuberin der Maximilianstraße. Theaterprinzipalin Trude Kolman gestorben. In: Abendzeitung, 2. 1. 1970

P. Sd. : Ein Nachwort: zu Kästners Diktatorenschule. In: Zürcher Woche, 17. 4. 1957

Reifferscheidt, F. M. : Kästners »Schule der Diktatoren«. In: Weltbühne, H. 13, 27. 3. 1957, S. 394－398

Schneyder, Werner: Erich Kästner. Ein brauchbarer Autor. München 1982

Schumann, Uwe-Jens: »Det bißken Tod«. In: Süddeutsche Zeitung, Magazin, 23. 10. 1992,

Nr. 43. , S. 28－30
Silone, Ignazio: Die Schule der Diktatoren. Autorisierte Übersetzung aus dem Italienischen von Jakob Huber. Zürich, New York 1938

1 Lepman 1946
2 Ausführlich in Lepmans Erinnerungsbuch *Die Kinderbuchbrücke* (1946) beschrieben.
翻訳　レプマンの回想録『児童図書という橋』(1946) に詳細に語られている。
3 Kästner an IJB, 12. 9. 1949, 15[25] Uhr, Archiv der IJB
4 Kästner 1949
5 Lepman 1964: 160－162
6 dies.: 108
7 Kästner an Trier, 19. 6. 1947, NL
8 Kästner an Trier, 17. 3. 1947, NL
9 Trier an Lepman und Kästner, 11. 5. 1947, NL
10 Trier an Kästner, 28. 3. 1949, NL
11 Kästner an Trier, 4. 4. 1949, NL
12 Trier an Kästner, 12. 1. 1950, NL
13 Kästner an Trier, 11. 1. 1947, NL
14 Kästner an Trier, 28. 1. 1950, NL
15 Trier an Kästner, 26. 4. 1950, NL
16 Lepman an Helen Trier, 26. 7. 1951, Archiv IJB
17 Enderle, zit. n. Schumann
18 Enderle, zit. n. Hassencamp
19 Mitgliedskarten, Korrespondenz im NL
20 Schneyder: 23
21 ヘルガ・ファイトはこのころまだ前夫の――たいへん珍しい――姓を名乗っていた。その後自分の身内のために、この姓の使用を止めて結婚前の姓を使う許可を申請し、今日もそれを用いている。
22 ヘルガ・ファイトに1998年9月1日におこなったインタヴューにもとづく。
23 Kästner an Veith, 27. 1. 1950
24 ダグマル・ニックに1997年9月25日におこなったインタヴューにもとどく
25 トーマス・ケストナーに1998年9月8日におこなったインタヴューにもとづく。
26 ある探偵事務所のエンデルレ宛てカーボン複写――レターヘッドなし。18. 12. 1951
27 Kästner an Edschmid, 5. 10. 1951, Nachlaß Kasimir Edschmid im DLA
28 ヴァルター・シュミーレに1996年6月25日におこなったインタヴューにもとづく。
29 Kiaulehn
30 Horn
31 Groll 1953
32 Kästner an Veith, 21. 3. 1952
33 vgl. Schönböck in Hassencamp
34 Typoskript im NL, n. dat.

35 Typoskript im NL, n. dat.
36 Typoskript im NL, n. dat.
37 Groll 1951
38 Kästner an Veith, 25. 6. 1951
39 Kästner an Veith, 30. 3. 1953
40 Hassencamp, zit. n. Hassencamp
41 Kästner an Veith, 9. 1. 1949
42 Kästner 1952
43 Kästner an Veith, 27. 3. 1952
44 父親エーミール宛てケストナーの電報、10. 12. 1947, NL
45 Kästner an Veith, 30. 3. 1950
46 Kästner an Veith, Ostermontag 1949
47 父親エーミール宛てケストナーの電報、5. 5. 1951, 8^{13} Uhr, NL
48 Kästner an Veith, 8. 5. 1951
49 Kästner an Veith, 26. 6. 1951
50 Kästner an Rosenow, 5. 7. 1951
51 Kästner an Veith, 6. 7. 1951
52 Kästner an Veith, 9. 8. 1951
53 Kästner an Veith, 10. 8. 1951
54 Kästner an Veith, 13. 8. 1951
55 Kästner an Veith, 17. 8. 1951
56 Kästner an Veith, 20. 8. 1951
57 Kästner an Veith, 2. 4. 1953
58 Wenzel Lüdecke an Kästner, 18. 1. 1952; Kästner an Mechnig, 16. 2. 1952, NL
59 Kästner an Pleyer, 25. 12. 1951
60 Kästner an Veith, 25. 12. 1951
61 Kästner an Pleyer, 31. 12. 1951
62 Kästner an Veith, 24. 12. 1952
63 Kästner an Veith, 13. 6. 1953
64 Kästner an Pleyer, 9. 7. 1956
65 Kästner an Pleyer, 10. 7. 1956
66 Notizen im NL, 28. 12. 1955
67 P.Münch an Kästner, 26. 11. 1952, NL
68 Kästner an Münch, 29. 11. 1952, NL
69 Kästner an Pleyer, 26. 12. 1953
70 仕事を終えたのは 1954 年 5 月 31 日、VB
71 Budzinski: 168
72 Kästner an Pleyer, n. dat.
73 Kästner an Veith, 14. 2. 1956
74 Kästner an Veith, 12. 8. 1958
75 Kästner an Veith, 15. 4. 1958

76 Kästner an Pleyer, n. dat.
77 バルバラ・ジース＝プライアーに1998年8月31日におこなったインタヴューにもとづく。
78 Kästner an Pleyer, 5. 4. 1957
79 Gay: 40. 7
80 28. 8. , 8. 11. 1957, VB. ―Lindgren an Kästner, 11. 10. 1957, NL
81 Emil Kästner an Enderle, 20. 12. 1957, NL
82 Kästner an Anonymus 1957
83 Kästner an Gyl, 4. 10. 1949, NL
84 Kästner an Kesten, 12. 12. 1955, NL
85 Kästner an Pleyer, 23. 12. 1955
86 Kästner an Pleyer, n. dat. Etwa 1956; Kästner an Flake, 29. 3. 1956, NL. ― フラーケは感謝しつつケストナーの申し出を辞退した。そして、自分の窮状に関する新聞等の報道は事実と異なる、と伝えた（Flake an Kästner, 3. 4. 1956, NL）。
87 Goldschmit
88 Reifferscheidt
89 Amery
90 Kästner, zit. n. Anonymus 1957
91 Kästner an Pleyer, 24. 2. 1957
92 Kästner an Pleyer, n. dat. ; vgl. P. Sd.
93 Kästner an Sies-Pleyer, n. dat.
94 Kästner an Rosenow, 27. 12. 1957, NL
95 Kästner an Witsch, 6. 10. 1958, NL
96 Zettel an Enderle, n. dat. NL
97 ケストナーによって未完と見なされた作品はV・703－771に収録されている。
98 Kästner an Veith, 27. 11. 1951
99 Kästner an Veith, 12. 12. 1951
100 ヘルガ・ファイトに1998年9月1日におこなったインタヴューにもとづく。
101 Kästner an Veith, 15. 3. 1958
102 Kästner an Siebert, 27. 12. 1957
103 Kästner an Veith, 7. 1. 1958
104 Kästner an Mechnig, n. dat. ―Oktober 1961?―, NL
105 ヴァルター・シュミーレに1997年3月17日におこなったインタヴューにもとづく。
106 Kästner an Mechnig, 25. 1. 1958, NL
107 Zettel an Enderle, n. dat.
108 Enderle an Maria Torris, 18. 10. 1958, NL
109 Enderle an Helmut und Nina Kindler, 20. 12. 1959, NL
110 Enderle an Kesten, 17. 8. 1958, NL
111 Enderle an Kindler, 1. 12. 1958, NL
112 Enderle an Thornton Wilder, 19. 10. 1958, NL
113 Enderle an Kessel, 24. 10. 1958, NL

114 Kästner an Pleyer, Juli, 1959
115 Enderle 1966: 124
116 Kästner an Siebert, 29. 3. 1961

最晩年の日々
国民的作家というキッチュの地獄で

Kästner, Erich: Nachwort eines älteren Kollegen. In. James Krüss: Der wohltemperierte Leierkasten. 12 mal 12 Gedichte für Kinder, Eltern und andere Leute. München 1989, S. 123－125 [zuerst 1961]

Kästner, Erich: [Wahlanzeige für die SPD.] In: Abendzeitung, 2. 10. 1970

Kästner, Erich: Briefe aus dem Tessin, Zürich 1977

[anonym:] Er ist doch kein Dentist. So kam es zu Kästner. In: Der Spiegel, 9. 6. 1949, S. 27－29

AZ: Erich Kästner: In vier Tagen war alles vorbei... In: Abendzeitung, 30. 7. 1974, Nr. 174, S. 7

Enderle, Lieselotte (Hg.): Kästner anekdotisch. München 1970

Enderle, Lieselotte (Hg.): Seufzer der Liebe. Einführung von Erich Kästner. Hannover 1970

Enderle, Lieselotte und Erich Kästner: Schmunzelschmöker für kurzstreckenleser. Ein heiter-literarisches Sammelsurium. Red. Marion Beaujean. Hannover 1974

K.S.: Ein Haus in Hermsdorf. Anfang Dezemberzieht Erich Kästner von Münchenwieder nach Berlin. In: Der Nord-Berliner, 11. 11. 1964

Kesten, Hanns-Hermann: Schmunzelschmöker für kurzstreckenleser. In: Frankfurter Allgemeine Zeitung, 21. 5. 1975, Nr. 140

Lemke, Horst: Erich Kästner im Tessin. In: Erich Kästner: Brief aus dem Tessin. Zürich 1977, S. 7－16

Nagel, Wolfgang: Erich Kästners Briefe an seine Mutter. In: Zeitmagazin, 3. 4. 1981, S. 22－24

Reif, Adelbelt: »Ich habe schon resigniert«. Ein Gespräch mit Erich Kästner zu seinem 70. Geburtstag. In: Die Tat, 22. 2. 1969

Rudolf Günter: Kästner contr CSU. Ein Moralist im Schatten bayerischer Kirchentürme. In: Der Tagesspiegel, 21. 2. 1971

Schumann, Uwe-Jens: »Det bißken Tod«. In: Süddeutsche Zeitung, Magazin, 23. 10. 1992, Nr. 43, S. 28－30

Spiel, Hilde: Briefwechsel. Hg. Hans A. Neunzig. München, Leipzig 1995

TM: Blumen von Schiller und Büchner. Stille Trauerfeier für Erich Kästner. In: Abendzeitung, 2. 8. 1974, Nr. 177

1 Kästner an Siebert, 26. 3. 1961
2 Typoskript o. T. , n. dat. — 1958 —, NL

3 Typoskript im NL, 1963
4 Reif
5 Tucholsky 7: 130
6 Kästner 1970
7 Adolf Weber-Gymnasium an Kästner, 10. 10. 1970, NL
8 Rudolf
9 Detektei Rieder an Enderle, 7. 4. 1961, NL
10 トーマス・ケストナーに1998年9月11日におこなった電話インタヴューにもとづく。
11 Detektei Jenuwein an Enderle, 22. 1. 1963, NL
12 ちなみに見解の変化に触れておけば、若い日のケストナーは、知人が二人の女性とのあいだにそれぞれ子どもをもうけたとき、大いに憤慨し、「手がつけられない」と切り捨てた。「つばを吐く気にもなれない。何年も心を入れ替えることなくそんな二重生活をつづけるなんて！　こういうときは腹を立てる必要もありません。あっさり交わりを断つだけです」（24. 10. 1918, MB）。
13 Kästner an Siebert, n. dat. Und 26. 12. 1959
14 Chefredaktuer Interpress an Kästner, 29. 11. 1961, NL
15 Enderle an Maschler, 23. 10. 1962, NL
16 ebd.
17 Kästner 1977: 19
18 Kästner 1977: 27－30
19 Kästner 1977: 32
20 Kästner 1977: 25
21 Korrespondenz im NL
22 トーマス・ケストナーに1998年9月8日におこなったインタヴューにもとづく。
23 ヘルガ・ファイトに1998年9月1日におこなったインタヴューにもとづく。
24 Schumann
25 トーマス・ケストナーに1998年9月8日におこなったインタヴューにもとづく。フリーデル・ジーベルト宛ての手紙によれば、ケストナーの試みがなされたのは1961年1月と推定される。
26 Zettel an Enderle, n. dat., NL
27 Kästner an Enderle, 25. / 26. 7. 1961,NL
28 Zettel an Enderle, n. dat., NL
29 Enderle an Maschler, 23. 10. 1962, NL
30 Lemke: 8. 9. 11
31 Kästner an Rosenow, 9. 7. 1962
32 Lemke: 12, 16
34 Kästner an Rosenow, 29. 12. 1961, NL
34 Kästner an Enderle, 7. 9. 1962, NL
35 Kästner 1977: 37
36 Kästner an Rosenow, 8. 2. 1962. NL
37 Kästner an Sies-Pleyer, 10. 10., 3. 9. 1962

38 Kästner an Enderle, 13. 12. 1962, NL
39 Kästner 1977: 42
40 Kästner an Rosenow, 30. 4. , 25. 8. 1962. NL
41 Kästner an Sies-Pleyer, 2. 3. 1963
42 Kästner 1977: 38
43 Kästner 1961: 123, 125
44 Kästner an Rosenow, 10. 10. 1962. NL
45 Kästner 1977: 13
46 vgl. Lemke: 15
47 Kästner an Rosenow, 1. 12. 1962. NL
48 Kästner an Enderle, 16. 2. 1963, NL
49 Kästner an Rosenow, 20. 3., 6. 5. 1963, NL
50 Kästner an Rosenow, 5. 4., 6. 5. 1963, NL
51 Kästner an Sies-Pleyer, 30. 3. 1963
52 Kästner an Rosenow, 21. 2., 20. 4. 1963, NL
53 Rosenow an Kästner, 12. 3. 1963, NL
54 Kästner an Enderle, 4. / 5. 6. 1963, NL
55 Kästner an Rosenow, 25. 2. , 7. 3. , 15. 3. 1964, NL
56 Kästner, zit. n. Hassencamp
57 Kästner an Rosenow, 4. 2. , 7. 2. 1964. NL
58 Kästner 1977: 96
59 Kästner an Sies-Pleyer, 5. 7. 1964
60 Kästner 1977: 118
61 トーマス・ケストナーに 1998 年 9 月 8 日におこなったインタヴューにもとづく。
62 Mechnig an Kästner, 25. 4. 1961, NL
63 Kästner an Rosenow, 17. 12. 1967. NL
64 K.S.
65 Enderle an Rosenow, 28. 10. 1964, NL
66 Kästner an den Chefredakteur *Der Nord-Berliner*, 7. 1. 1965, NL
67 Maschler an Rosenow, 11. 12. 1964, NL
68 Kästner an Enderle, 17. 4. 1969, NL
69 Kästner an Enderle, 1. 4. 1966, NL
70 Kästner an Rosenow, 3. 4. 1966. NL
71 Kästner an Rosenow, 20. 9. 1965. NL
72 o. T. , 15. 3. 1970, NL
73 Kästner an Sies-Pleyer, 27. 7. 1964; さらに、バルバラ・ジース＝プライアーに 1998 年 4 月 27 日におこなったインタヴューにもとづく。
74 Kästner, zit. n. Enderle 1966: 122－ケストナーは「チューリヒ・シャウシュピールハウス記念論文集」のためにと考えていた『氷河期』の構造原則について、おおまかな考えを書き下ろしていた。8・269－277
75 Kersten

76 マルゴット・ヒールシャーに1998年9月27日におこなったインタヴューにもとづく。なお、彼女への手紙が書けないという意味ではないことに、留意されたい。
77 ケストナーは、本の出版に先立って、マンフレート・クルーゲのコレクションに目を通したうえでの所見を書き —— 自分は数多くのアネクドートがあるような人間ではないと述べて —— これは「失敗作だ」と記した。しかしその一方で、15編のアネクドートを示し、自分から提供すると告げている。
78 Polyphon an Kästner, 21. 10. 1971, NL
79 広告代理店 Troost an Kästner, 2. 8. 1963; Heinz Todtmann an Kästner, 12. 3. 1953; Werner Hary an Kästner, 28. 6. 1971; Hans Imhoff an Kästner, 22. 7. 1954, NL
80 Maggi an Kästner, 20. 12. 1967, NL
81 Enderle an Rosenow, 5. 2. 1969,NL
82 トーマス・ケストナーに1998年9月11日におこなった電話インタヴューにもとづく。
83 トーマス・ケストナーに1998年9月8日におこなったインタヴューにもとづく。
84 Werner Bachmann an Kästner, 21. 8. 1972, NL
85 Kästner, zit. n. Nagel
86 Spiel: 386
87 エギンハルト・ホーラ氏から1998年6月22日に伺った口頭での説明に拠る。
88 dpa 1974, NL
89 Enderle 1995> 135
90 マルゴット・ヒールシャーに1998年9月27日におこなったインタヴューにもとづく。
91 Testament, 21. 2. 1969, NL
92 Anonymus 1949: 29
93 Testament, 21. 2. 1969, NL
94 Bouché-Simon an Buhre, 12. 12. 1974
95 Buhre an Simon-Bouché, Entwurf, 27. 12. 1974, NLB

掲載図版

Erich Kästner Archiv (Nachlaß Luiselotte Enderle), RA Peter Beisler, München: S. 39 / 42 / 55 / 59 / 74 / 229 / 379 / 425 / 441 (Sämtliche Rechte bleiben vorbehalten)
Werner Arnhold: S. 43
O. E. Schröder: S. 117 / 120 / 129
Kasseler Post, 9.12.1935: S. 261
Dr. Michael Farin, München: S. 263
Silke von der Heyde: S. 287 / 294
Dr. Gisela Scola: S. 310 / 514
Helga Veith: S. 443
Deutsche Presse-Agentur: S. 459

Barbara Sies-Pleyer: S. 464
Thomas Kästner: S. 477 / 495
Stefan Moses: S. 507